UNIVERSALE
ECONOMICA
FELTRINELLI

Simonetta Agnello Hornby è nata a Palermo e vive dal 1972 a Londra, dove svolge la professione di avvocato dei minori ed è stata per otto anni presidente part time dello Special Educational Needs and Disability Tribunal. *La Mennulara*, il suo primo romanzo, pubblicato da Feltrinelli nel 2002 e tradotto in tutto il mondo, ha vinto i premi Alassio 100 libri, Forte Village, Stresa e Novela Europea Casino de Santiago. Oltre a *Vento scomposto* (2009), con Feltrinelli ha pubblicato anche *La zia marchesa* (2004; "Audiolibri Emons-Feltrinelli", 2011), *Boccamurata* (2007), *La monaca* (2010), *La cucina del buon gusto* (con Maria Rosario Lazzati; 2012), *Il veleno dell'oleandro* (2013), *Il male che si deve raccontare* (con Marina Calloni; 2013) e *Via XX Settembre* (2013). Ha inoltre pubblicato: *Camera oscura* (Skira, 2010), *Un filo d'olio* (Sellerio, 2011) e *La pecora di Pasqua* (Slow Food, 2012).

SIMONETTA
AGNELLO HORNBY

Vento scomposto

Prima edizione ne "I Narratori" febbraio 2009
Prima edizione nell'"Universale Economica" settembre 2010
Quinta edizione maggio 2014

Stampa Nuovo Istituto Italiano d'Arti Grafiche - BG

ISBN 978-88-07-88536-5

Nota introduttiva

Il Children's Act del 1989 ha rivoluzionato il sistema legale inglese ed è stato giustamente ammirato in tutto il mondo: il minore ha diritto a un suo tutore legale e a un suo avvocato a spese dello stato, esattamente come i suoi genitori. Scopo dichiarato della legge è sostenere le famiglie e tutelare i minori; per raggiungerlo, il processo dovrebbe essere basato sulla collaborazione anziché sull'antagonismo. Noi avvocati inglesi lo chiamavamo la Rolls Royce dell'assistenza pubblica. Come la famosa automobile, ormai quasi scomparsa, così il Children's Act nella sua applicazione è diventato l'ombra di quello che era.

Vento scomposto nasce in questo scenario.

Nell'ultimo ventennio numerose inchieste pubbliche su tragedie causate dall'inefficienza dei servizi sociali nel contesto di un sistema assistenziale multidisciplinare carente, hanno sconvolto il pubblico inglese. Ogni volta lo stato è intervenuto appesantendo gli organismi di controllo e imponendo cambiamenti strutturali e amministrativi, con il risultato di demotivare i lavoratori e scoraggiare le nuove leve. Per completare il proprio organico i servizi sociali assumono personale di agenzie o proveniente dall'estero, spesso inesperto e con scarsa conoscenza della cultura degli utenti. Nel contesto forense ciò è particolarmente evidente quando i servizi sociali, che dovrebbero essere capaci e desiderosi di sostenere la propria posizione ed esprimere un'opinione professionale, preferiscono ricorrere alle perizie di psichiatri infantili in situazioni che nulla hanno a che fare con la malattia mentale di un minore.

Troppi assistenti sociali sono incompetenti e dunque arroganti; troppe famiglie di utenti vengono considerate alla stregua di oggetti e non come persone; troppi periti godono di un senso di impunità, al riparo come sono dal giudizio del pubblico, in quanto i procedimenti sui minori avvengono a porte chiuse per *proteggere* il minore. E, tristemente, troppe volte la voce del minore rimane inascoltata.

Nello scrivere questo romanzo ho attinto alla mia esperienza di avvocato, di docente universitario e di giudice. I personaggi sono immaginari. Ciascuno dei fatti può essere avvenuto.

S.A.H.

The wind goeth towards the South
And turneth about unto the North,
It whirleth about continually and
The wind returneth again
According to his circuits.

Ecclesiastes JV6

Il vento soffia a mezzogiorno,
poi gira a tramontana;
gira e rigira
e sopra i suoi giri il vento ritorna.

Ecclesiaste, Capitolo I, Prologo, 6

PARTE PRIMA

1.
Il nuovo lavoro di Pat
Victoria Station. Lunedì 7 aprile

Le uscite di Victoria Station erano bloccate dal flusso dei pendolari che si riversavano dai treni e spingevano compatti verso l'esterno. Schiacciata contro il muro dell'arco d'ingresso, Pat inalava profondamente per evitare un attacco di panico. Rimpiangeva ancora una volta di aver accettato, d'impulso, il suggerimento dell'agenzia di lavorare in uno studio legale della periferia. Anziché prendere l'autobus 11 che in venti minuti la portava allo Strand, il quartiere degli avvocati, ora avrebbe dovuto contendere con i pendolari della mattina per raggiungere il binario del treno per Brixton.

Poi si sovvenne delle sagge parole di Ron. La sera prima le aveva ricordato che il nuovo lavoro era ben pagato e che probabilmente sarebbe stato meno stressante di quello a cui era abituata; l'aveva rassicurata dicendole che le prossime due settimane sarebbero volate e poi lei sarebbe ritornata agli studi legali della City dove, dopo aver conseguito il diploma, aveva lavorato ininterrottamente come segretaria volante. Pat si fece coraggio e prese a farsi strada contro corrente. Il fiume di viaggiatori taciturni si apriva per poi richiudersi alle sue spalle. Non senza fatica, riuscì a raggiungere il suo treno e a saltarvi su prima che partisse.

Seduta accanto al finestrino, Pat arricciò il naso, disgustata: lo scompartimento era disseminato di rifiuti e i sedili erano ingombri di bottiglie, lattine, giornali e sacchetti di carta appallottolati.

Il treno costeggiava la Battersea Power Station – sbudellata, un'immensa cattedrale di mattoni rossi con quattro minareti bianchi e altissimi, uno a ogni angolo; poi serpeggiava lento sulla strada ferrata sfiorando gli edifici ai lati, silenziosi obelischi del passato industriale di Londra. Per lo più abbandonati, erano in vari stadi di degrado: su tetti e davanzali, erbacce e piante selvatiche; le finestre, con le intelaiature marce e i vetri rotti; le mura annerite e l'intonaco scrostato. Spericolati artisti anonimi avevano scalato le mura più alte per coprirle di graffiti dai colori sgargianti.

Il treno attraversava una zona residenziale – una distesa di giardini inselvatichiti e cortili trascurati. Più in alto, la linea dei tetti era irregolare. Quelli delle casette a schiera, bassi, aguzzi, di ardesia, si alternavano a quelli piatti dei tozzi palazzoni delle case popolari. Pat si chiese ancora una volta perché mai avesse accettato un lavoro a Brixton.

Ignaro degli altri, e dagli altri ignorato, un uomo pisciava fuori dalla stazione contro un lampione di ghisa. Pat distolse lo sguardo e attraversò svelta il mercato. I macellai halal lavavano il marciapiede davanti al negozio; sui banconi, mazzi di polli con le zampe legate, appesi a grossi ganci, le creste penzoloni e la pelle ruvida cosparsa di penne rotte come stoppie. A fianco, i macellai giamaicani allestivano un'orgogliosa mostra di zampe di maiale accanto a una montagna di ricciute code rosa. La gente camminava senza fretta. Una donna con un soprabito blu elettrico e tacchi alti si trascinava dietro un valigione che ondeggiava sul selciato irregolare. Incespicava e inciampava, e più di una volta sembrò sul punto di cadere.

Anche lei, come Pat, si era fermata al semaforo su Brixton Road. Pat poi l'aveva superata e ora camminava svelta verso lo studio legale Wizens. L'altra la seguiva sbuffando e borbottando.

Pat suonò il campanello e rimase ad aspettare davanti alla porta. La donna la raggiunse, anche lei era diretta lì. Nonostante la lunga cicatrice sbiadita che la sfigurava da guancia a collo, rimanevano in lei vestigia di una lontana bellezza.

"Sono io, Mrs Ansell!" strillò alla voce che usciva dal citofono, e spinse Pat di lato, bloccando l'ingresso con la valigia. "Fammi entrare, ho bisogno di un'ingiunzione!" Aveva lividi attorno alla bocca e le labbra gonfie.

"Deve aspettare l'orario di apertura, non sono ancora le nove e mezzo," rispose la voce.

"Fammi entrare, ho detto! Mi ha quasi ammazzato, ieri notte!" La donna ora urlava. "Fammi entrare, Sharon! Fammi entrare!" E riprese fiato. Pat ne approfittò per bisbigliare il proprio nome nel citofono, e la porta si aprì con uno scatto.

Senza lamentarsi, ma in malo modo, Mrs Ansell spostò la valigia per liberarle il passaggio. Prima di varcare la soglia, Pat le diede uno sguardo di sfuggita. Accasciata contro il muro, Mrs Ansell sembrava essersi arresa e guardava lontano, le mani di nuovo aggrappate al manico della valigia.

Una giovane alta e nera, dai grandi occhi scuri, si era presentata come Sharon Steen – "Sono *l'altra* segretaria dell'avvocato Booth" – e l'aveva portata nella cucina al primo piano. Mentre prendevano il caffè, Sharon spiegò a Pat che avrebbero diviso la stanza dell'avvocato, che era ostile all'informatica e per questo aveva bisogno di due segretarie. Sharon si occupava dei clienti dalla A alla L, il resto dell'alfabeto sarebbe toccato a lei.

Sharon intanto si controllava a una a una le lunghe unghie smaltate rasta. Poi guardò Pat: "Steve è specializzato in cinque campi," e alzò un dito per volta mentre li enumerava, "violenza domestica, diritti di visita, sottrazione di minore, adozioni e procedimenti di tutela – in pratica, quando ti tolgono i figli. La maggior parte dei clienti riceve il gratuito patrocinio, il Legal Aid – ci paga lo stato. Alcuni sono difficili, come Mrs Ansell. Ma in genere sono a posto". Sharon tacque, si era accorta che Pat sembrava stordita. Poi cominciò a darsi dei colpetti sull'indice per controllare che l'unghia finta tenesse e schiuse le labbra carnose in un sorriso luminoso: "Qui si lavora molto, ma non ci si annoia mai. Spero che ti piacerà".

"Chi è Mrs Ansell?" Pat moriva dalla curiosità.

"Una donna maltrattata, come tante. Una delle mie clienti. Ma è una cliente privata, e povera non è! Anche se qui li trattiamo tutti allo stesso modo, ricchi o poveri. Mrs Ansell ha fatto un sacco di soldi vendendo abbigliamento per corrispondenza. Poi ha incontrato uno più giovane di lei, a Kingston, e se l'è sposato: lui si fa mantenere e la pesta regolarmente. Lei viene qua e pretende un'ingiunzione, come se fosse la padrona, ma l'indomani sono di nuovo insieme: uno spreco, del nostro tempo e del suo denaro." E agitò le dita lunghe e magre sotto gli occhi di Pat: "Ti piacciono le mie unghie nuove?".

L'ufficio era una spaziosa stanza quadrata al pianterreno con una grande finestra sulla strada e una porta comunicante con la sala d'attesa. Sopra gli schedari allineati contro le pareti, lunghi scaffali arcuati sotto il peso di libri e scatole di cartone, ognuna contrassegnata da un'etichetta con il nome del cliente scritto a pennarello; nel centro della stanza, tre scrivanie: quelle delle segretarie una di fronte all'altra, perpendicolari a quella, più grande, di Steve.

Il davanzale era pieno di felci. "Steve se le porta da casa e solo lui deve badare alle sue piante. Non innaffiarle mai, nemmeno quando sembrano secche: è l'unica cosa che lo manda in bestia!"

Proprio allora entrò Steve: un uomo di età indefinibile, rotondo e dalla calvizie incipiente, in abito scuro e cravatta viola. Era di fretta – aveva un'udienza –, e dunque passò subito a istruire Pat, che prendeva appunti e ogni tanto alzava gli occhi a guardarlo. Le parlava in un modo chiaro e autorevole che la rassicurava. Non aveva chiuso la porta sulla sala d'attesa e controllava cosa succedeva lì dentro. C'era un continuo viavai di giovani avvocati diretti al tribunale e clienti; alcuni aspettavano pazientemente, altri erano nervosi. Un bambino piagnucolava nel passeggino. Mrs Ansell, seduta impettita di fronte alla porta, fissava implorante Steve, che la ignorava e continuava a parlare con Pat. Ogni tanto Mrs Ansell cambiava posizione, accavallava e scavallava le gambe e lo trafiggeva con uno sguardo sprezzante, per poi riassumere l'espressione pietosa.

Steve aveva dato a Pat un nastro da sbobinare per il pomeriggio e si era messo a scorrere la corrispondenza. A un tratto si alzò e andò a prendere Mrs Ansell. Sharon diede un'occhiata e riprese subito a lavorare, Pat ascoltò tutta la conversazione.

Con poche domande mirate, Steve era riuscito a cogliere il nocciolo della questione. Alla fine aveva comunicato lentamente la sua opinione alla cliente: "Abbiamo abbastanza prove per chiedere un'ingiunzione d'urgenza". E le elencò a una a una: un passato di violenza, un'aggressione recente, lividi ben evidenti, graffi e lacerazioni a sangue, la possibilità di un domicilio alternativo per l'aggressore. Poi guardò Mrs Ansell dritto negli occhi: "È proprio sicura di voler portare suo marito in tribunale?". Lei fece di sì con la testa e allora Steve le disse che doveva andare immediatamente dal medico, farsi rilasciare un certificato e ritornare da lui alle due e mezzo. "Può lasciare la valigia all'ingresso, nessuno gliela ruberà," le disse mentre l'accompagnava alla porta. Poi Steve prese lo zaino e, dopo un saluto frettoloso, uscì anche lui diretto al tribunale.

Il Quality Cafe puzzava di olio fritto e non era invitante. "Oggi offre Wizens, è il benvenuto a ogni nuovo impiegato: è scritto nel regolamento. Prendi quello che vuoi, si mangia bene," disse Sharon, e porse a Pat un foglio unto, il menu del giorno. Pat si era lasciata consigliare il Jamaican Pattie, panzerotti ripieni di carne speziata, e insalata.

Sharon teneva banco: parlava del loro capo, dei clienti e poi di uomini. Ne aveva molti, ma nessuno del tipo da sposare. "Un uomo per bene, con uno stipendio decente e un lavoro fisso e che abbia voglia di mettere su famiglia, è molto difficile da trovare. Ma io non accetterò di meno. Nell'attesa, me la spasso andando ai club e alle feste." Rise. "E tu?"

Pat accennò a Ron, con cui stava da anni: passavano il fine settimana e le vacanze insieme, ma non avevano intenzione di sposarsi. Lui aveva dieci anni più di lei, era divorziato e aveva un figlio ormai grande, lei di figli non ne desiderava. "A me invece piacerebbe avere un bambino, mi devo sbrigare," disse Sharon.

"Io ho ancora tempo." Pat si rese conto di esere stata poco delicata e arrossì.

Sharon parlava di Steve senza deferenza e descriveva i clienti con distacco, tacendone il cognome, ma era evidente che amava il suo lavoro e che ne andava orgogliosa. La maggior parte dei clienti era gente disoccupata da sempre e coinvolta in dispute, tra loro o con i servizi sociali, per l'affidamento dei figli. "Steve rappresenta anche bambini, quando i servizi sociali vogliono metterli sotto tutela e revocare la potestà genitoriale, e magari farli adottare. L'incarico glielo conferisce il tutore legale del minore, o, se non è ancora stato nominato, il tribunale stesso; lo paga il Legal Aid. E poi ci sono le donne maltrattate..."

"Cosa spinge una donna maltrattata a tornare dal suo uomo?"

"Paura, per lo più. Paura di rimanere sola, paura della miseria. Paura di essere uccisa. Soltanto a Londra, l'anno scorso ne hanno ammazzate quarantaquattro!" Poi Sharon aggiunse: "La gente che ha alle spalle una storia di violenza familiare la accetta come normale e non ha fiducia in se stessa".

"Mrs Ansell è una di queste?"

Al sentire il nome della cliente pronunciato in un luogo pubblico, Sharon sobbalzò e si guardò in giro. Poi si lisciò la minigonna e incrociò lentamente le lunghe gambe tornite. "Ne dubito," disse sottovoce, quasi a sottolineare l'indiscrezione della collega. "È una donna che incute timore." Giocherellò con i bracciali. "Secondo me, lei ci sta per il sesso," fece maliziosa. "Li ho visti una volta, a una festa. Lui è proprio un maschione."

Poi Sharon si dedicò al merluzzo fritto e alle patatine. Le prendeva a una a una tenendole strette fra le unghie laccate e intanto guardava il giovane in piedi davanti al bancone: "Anche quello non è male".

Steve le aspettava in ufficio. L'udienza era stata rinviata: l'assistente sociale aveva dimenticato la data e la scadenza per depositare le nuove proposte per il futuro di Stephanie, il cui temporaneo ritorno a casa era stato disposto dal giudice per permettere un ulteriore accertamento delle capacità genitoriali di Mavis Clarke. All'udienza finale il giudicante avrebbe deciso se Stephanie poteva rimanere con la madre per sempre o doveva essere adottata, come sostenevano i servizi sociali. "Ho detto a Mavis di passare dall'ufficio ogni mattina dopo aver lasciato Stephanie all'asilo. È convinta che i servizi sociali si aspettino che lei riprenda a drogarsi ed è per questo che vogliono rinviare l'udienza finale, in modo da poter tirare di nuovo fuori l'adozione."

Detto questo, Steve si mise a mangiare un panino. Pat ascoltava e non capiva: sperava soltanto che con lei sarebbe stato meno sbrigativo quando le avrebbe dato istruzioni sui clienti. Steve masticava lentamente e di tanto in tanto si perdeva in un pensiero. "Non dimenticare di darle qualcosa per colazione, se ti sembra che abbia fame," disse a Sharon, e ricominciò a mangiare tranquillo.

Poi rispose al telefono e prese un appuntamento per le due e mezzo. Quando ebbe riattaccato, Pat si sentì in dovere di ricordargli che per quell'ora era già impegnato con Mrs Ansell.

"Si è portata via la valigia," borbottò Steve, e sprofondò nelle sue carte.

Pat si offese come un bambino rimproverato ingiustamente, e più ci pensava, più si offendeva. Aveva perfino pensato di alzarsi e andarsene, ma si era controllata: dopo tutto, erano solo due settimane. Riprese a battere sui tasti veloce, senza più degnarlo di uno sguardo. A un certo punto si sentì osservata: gli occhi di Steve erano fissi su di lei:

"Mrs Ansell ha cambiato idea. Il giorno in cui lascerà la valigia in ufficio sapremo che ha deciso di andare avanti con l'ingiunzione".

2.
Mike Pitt fa jogging
St James's Park. Lunedì 7 aprile

Ogni mattina Mike Pitt faceva jogging attraverso i parchi reali: Kensington Park, Hyde Park, poi sbucava dal sottopassaggio su Green Park e, dopo averlo costeggiato, attraversava il Mall e finalmente raggiungeva St James's Park; lì faceva il giro del lago e poi ritornava sui suoi passi. Un trentasettenne che lavorava lunghissime giornate, mangiava senza orario, fumava, beveva, e di tanto in tanto prendeva cocaina, Mike era convinto che quell'esercizio fisico gli mantenesse il corpo sano e la mente agile.

Incurante dei jogger di prima mattina, l'uomo degli scoiattoli avanzava svelto sul sentiero, la testa girata verso i grandi sicomori sulla cima del prato in leggera pendenza. Poi vi entrò deciso camminando dritto verso gli alberi, gli occhi guizzanti da tronco a tronco. All'improvviso l'uomo aveva appoggiato a terra la sacca e s'era accovacciato, le braccia distese in avanti, i pugni chiusi, immobile.

Mike lo aveva seguito con la coda degli occhi, non riusciva a capire perché quel giorno lo incuriosisse tanto. Due scoiattoli scendevano lungo il tronco veloci, a testa in giù e poi rimasero ai piedi del sicomoro, anch'essi immobili. Un altro li aveva seguiti, a balzi; si era fermato a guardare, le zampe ben aggrappate alla corteccia; poi si era appostato sul ramo più basso, e da lì fissava l'uomo, che ricambiava il suo sguardo e pian piano apriva le dita, una alla volta. Lo scoiattolo adesso era sul prato e saltellava verso la mano aperta; si alzò sulle zampe posteriori, acchiappò la nocciolina offerta e scappò via, mentre gli altri due si avvicinavano.

Quello che prima gli era sembrato un benevolo passatempo aveva assunto un non so che di minaccioso, come se l'uomo volesse ammaliare gli scoiattoli e far loro del male. Mike aguzzò lo sguardo e incontrò quello, durissimo, dell'uomo, che subito si girò dandogli le spalle. Altri scoiattoli intanto spuntavano dal cavo dei tronchi e altri ancora avanzavano incantati verso le braccia tese che li aspettavano. Mike rabbrividì, e prese la via del ritorno.

Una folata di vento freddo spazzò il lago. Lo solcavano, lenti e maestosi, due cigni neri; erano passati sotto il ponte e adesso scivolavano verso l'isolotto in cui avevano il nido – l'arancione dei becchi era il solo tocco di colore sulle acque lucide e scure.

Il lago era incorniciato da alberi. I grandi sicomori erano in piena fioritura – grappoli di fiori rosa e rossi, puntati in alto come candelabri, spiccavano in mezzo al fogliame rigoglioso e troneggiavano sugli altri alberi; il profilo delle chiome si stagliava contro il cielo mattutino che stava virando in un purissimo azzurro. Poi il lago si allargava e finiva. In fondo, il bianco palazzo settecentesco di Horse Guards e i palazzi vittoriani di Whitehall, più alti e ornati di cupole verde rame e guglie svettanti, sembravano un unico castello, da favola; sopra le miriadi di torrette e guglie, il cielo era già blu. St James's Park splendeva in tutta la sua gloria.

"Buongiorno, papà," disse Amy.

"Buongiorno, papino," lo stuzzicò Lucy muovendo le mani.

Sudato e ansante, Mike si sedette al tavolo di cucina e prese la tazza di caffè dalle mani di Lisa, la ragazza alla pari polacca. Guardò soddisfatto le figlie alle prese con la prima colazione. "Allora, bambine, che avete fatto venerdì?"

"Niente!" E gli occhi castani di Lucy brillarono di sfida.

"Niente di importante, a scuola," disse Amy. E poi, tutta seria: "E tu?".

"Be', se nessuna di voi vuol dirmi cosa ha fatto, nemmeno io dirò niente su quello che ho fatto questo week end a Ginevra." Mike finse di guardare altrove, distratto, e poi riattaccò: "Avanti Amy, raccontami: la maestra ti ha insegnato parole nuove?".

Amy adorava andare a scuola e, a otto anni, era già un'avida lettrice.

"Lo so io cosa fa papà al lavoro!" intervenne Lucy. "Papà fa soldi, tanti soldi, tutti per noi."

"Brava! E se vi comportate bene, sabato, dopo la lezione di nuoto, vi porterò al sushi bar. Ora sbrigatevi, altrimenti farete tardi a scuola."

Mike fece per andare e Lucy gridò, agitando il cucchiaio ancora pieno di porridge: "Io non vado a scuola!". E dopo una pausa, puntandosi il cucchiaio contro il petto: "Io vado all'asilo, alla Sunshine Nursery!".

Un'ultima spruzzata di acqua di colonia e Mike fu pronto per uscire. Avvolta in una morbida vestaglia di seta, Jenny si era trattenuta nella stanza da letto: lo seguiva, pur sapendo che il marito preferiva non averla attorno quando si vestiva, e intanto si lamentava dell'asilo; Lucy l'avrebbe lasciato non appena si fosse liberato un posto a The Meadows, la scuola privata di Amy.

Il venerdì precedente Lisa aveva un appuntamento dal dentista ed era andata lei a prendere Lucy. Mrs Dooms, la maestra l'aveva trattenuta con le solite lagne: Lucy non ascoltava quando gli adulti le parlavano e preferiva star sola e disegnare, anziché giocare con gli altri bambini. "Ha avuto la faccia tosta di chiedermi quando se ne andranno gli operai! Ne ho abbastanza di questo asilo!" Jenny aveva alzato la voce. "Chissà se il prossimo trimestre Lucy riuscirà a entrare alla scuola di Amy!" aggiunse pensosa.

Mike le diede uno dei suoi sguardi severi, ma senza effetto. Jenny insisteva perché chiamasse il presidente del consiglio dei Meadows, suo ex compagno di università, per far saltare la lista d'attesa a Lucy. "Si approfitta delle amicizie soltanto al momento giusto, e questo momento non è ancora arrivato," le disse secco. "Ci hanno garantito un posto entro la fine dell'anno. Lo sai che la maestra ce l'ha con te, come del resto tu ce l'hai con lei: avresti dovuto dire a Lisa di spostare l'appuntamento." E Mike sgattaiolò via, per non darle modo di replicare.

Uscì senza voltarsi e si lasciò alle spalle la facciata di stucco bianco della bella casa vittoriana nella quale si erano trasferiti da pochi mesi. Mentre camminava, pensava agli operai. Le stanze di rappresentanza erano ancora sottosopra e ne dava la colpa a Jenny: aveva speso una fortuna per l'arredatore e i mobili di design e lui, sentendosi in dovere di risparmiare sui lavori, aveva preso una squadra di polacchi che gli erano stati raccomandati per essere economici e veloci e che invece erano risultati lenti, anzi, lentissimi.

"Quei polacchi," borbottò fra sé, ma gli bastò allungare il passo per entrare in un'altra regione di pensieri.

3.
Il tè dalla maestra
Fulham. Martedì 8 aprile

Il cameriere era entrato in punta di piedi nella sala riunioni della Trolleys. Mike, seduto al tavolo rotondo vicino alla vetrata, stava scorrendo il materiale per la presentazione del pomeriggio e non se n'era accorto.

L'uomo dispose il pranzo – formaggio, insalata, caffè e frutta – sul tavolo, poi indietreggiò e guardò fuori.

Al di là del fiume, la vecchia torre Oxo, rimpicciolita ma non umiliata dai moderni palazzoni di uffici, ricordava ai londinesi lo stratagemma ingegnoso di chi l'aveva costruita aggirando il divieto del comune di fare pubblicità: le sue tre finestre erano rotonde, una sopra l'altra, e i vetri rossi e bianchi formavano la scritta "Oxo", il dado indispensabile per il gravy. Di notte, illuminate, le lettere O-X-O spiccavano sul lungofiume.

Il Tamigi era deserto: non una barca, non una chiatta; la riva sabbiosa scendeva verso l'acqua che scorreva piatta e rifletteva la luce tenue di un sole velato. La calma del fiume era ripetuta dal cielo: alto e pallido, senza nuvole, anch'esso deserto di voli.

Il cameriere andò via in punta di piedi, con un "buon appetito" a cui Mike, che gli dava le spalle, rispose con un vago cenno della mano.

Mike continuava a esaminare le carte. Ogni tanto piluccava una ciliegia. Il cellulare suonava, ma lui non rispondeva. Infine prese la chiamata. Jenny aveva appena lasciato la Sunshine Nursery e la sua voce petulante si mischiava al rumore del traffico.

"Calmati!" Mike finalmente era riuscito a interromperla. "Ne stai facendo un dramma! E comunque adesso sto preparando una presentazione." Staccò il cellulare.

Spinse via il vassoio e andò alla finestra per sgranchirsi le gambe: la bellezza maestosa del Tamigi lo offendeva, ed esacerbava, anziché alleviarlo, il malumore che gli era calato dentro.

Amy e Lucy erano pronte per andare a scuola con Lisa. Jenny le guardò uscire, poi chiuse dietro di loro la porta di casa e vi si appoggiò contro. Sentiva ancora il loro chiacchiericcio, che pian piano si allontanava; finché si spense.

La casa era vuota. La ringhiera di legno scolpito accompagnava elegantemente la scala dell'ingresso; la luce forzava i vetri rossi e blu della finestra vittoriana del pianerottolo, in cima alla prima rampa. Jenny assaporava quei rari momenti di solitudine nella nuova casa, che presto sarebbe stata invasa dalla voce squillante di Lisa e da quelle dissonanti degli operai. Vagava di stanza in stanza sorseggiando un succo di pompelmo. Non vedeva altro che sbaffi di vernice, prese avvitate male, porte che non chiudevano.

Lisa era tornata con giornali e brioche e aveva messo la caffettiera sulla cucina Aga. Mentre aspettava che il caffè fosse pronto, Jenny si era seduta a leggere al tavolo di marmo. Il profumo delle brioche appena sfornate le stuzzicava l'appetito. Posò il giornale e cercò la scatola di cartone bianco e lucido della pasticceria. Era in fondo al tavolo, con accanto una busta indirizzata a lei. La aprì, nervosa: Mrs Bell la invitava a partecipare alla sessione settimanale "genitori e figli" – "Oggi avremo un laboratorio di arte creativa: sono sicura che Lucy sarebbe felice di vederla insieme alle altre mamme" – e suggeriva che loro due si incontrassero subito dopo, alle due meno un quarto: doveva parlarle di Lucy. Jenny inspirò profondamente: il profumo burroso delle brioche adesso la nauseava, l'aroma del caffè era amaro e le veniva da vomitare. Poi venne la rabbia contro Mrs Bell e la sua lettera impertinente. Chiamò Lisa, ma non rispondeva: era ancora di sopra, a dilungarsi in striduli saluti con gli operai. "Lisa!" Questa volta la ragazza scese sorridente e venne assalita da una sfilza di domande. Chiedendosi dove avesse sbagliato, raccontò a Jenny che, mentre stava andando via, Mrs Dooms le aveva detto che la direttrice voleva parlarle. Mrs Bell l'aspettava con la lettera in mano, ma non aveva voluto dargliela finché non le aveva assicurato che Mrs Pitt non sarebbe uscita prima del suo ritorno. "Le ho detto che lei aspettava le brioche per colazione, e allora si è persuasa a darmela," aggiunse, fiera.

Jenny era livida. Dapprima pensò di ignorare l'invito, poi cominciò a montarsi in vista dello scontro. Avrebbe mandato Lisa alla sessione "genitori e figli", come sempre, e lei sarebbe andata direttamente al colloquio con Mrs Bell.

La Sunshine Nursery era un ottimo asilo comunale, inaugurato di recente dalla moglie del primo ministro. Era ospitato in un edificio progettato per le esigenze dei bambini con spazi ampi e moderne attrezzature. Annabel Snowball, per cui Jenny aveva lavorato per un breve periodo durante le vacanze universitarie, e che le faceva da mentore, l'aveva incoraggiata a iscrivervi Lucy in attesa che si liberasse un posto alla scuola di Amy. Annabel, la vedova di un baronetto, ne sapeva assai: si occupava di opere di beneficenza ed era nel comitato direttivo di un ospedale per bambini. All'inizio Jenny era stata contenta della scelta. Poi era cominciato l'assillo delle sessioni settimanali "genitori e figli", l'invito ad accompagnare i bambini al parco e ad aiutarli in classe nei giochi. In verità Jenny c'era andata soltanto due volte e si era sentita fuori posto in mezzo alle altre mamme, tutte più giovani e socialmente inferiori. Inoltre, non si trovava a proprio agio con la maestra di Lucy, Mrs Dooms, un'insopportabile donna di mezza età che non nascondeva le sue idee di sinistra e che sin dal primo incontro l'aveva martellata di domande indiscrete. Jenny non dubitava di aver preso la decisione migliore scegliendo di mandare Lisa al suo posto: oltre tutto, all'asilo la ragazza si divertiva ed era diventata amica di alcune mamme. Ma da allora Mrs Dooms le aveva dichiarato guerra e la sua ostilità finiva per contaminare il rapporto con Lucy, apparentemente con il consenso, se non l'incoraggiamento, di Mrs Bell.

"Lucy è una bambina dotata. Peccato che oggi lei non sia potuta venire: ha fatto dei disegni molto belli, davvero interessanti."

L'esordio di Mrs Bell era stato conciliante, ma Jenny, subito sulla difensiva, aveva risposto bruscamente: "Mrs Dooms li descrive in modo molto diverso".

"Il lavoro artistico di Lucy a volte è strano. Ripetitivo. Vorrei farle vedere cosa ha disegnato oggi." E Mrs Bell piazzò sulla scrivania un grande foglio di carta.

"Questi sono i comignoli di Two Oaks." Jenny le spiegò che il vecchio cottage di sua zia nel Gloucestershire aveva straordinari comignoli, con decorazioni di mattoni sporgenti.

Mrs Bell la ascoltava continuando a scrutare il foglio; ogni tanto annuiva. "Capisco. Ecco perché sarebbe stato utilissimo se lei fosse venuta alla sessione. Mrs Dooms si sarebbe sentita rassicurata, se lo avesse spiegato anche a lei."

"Ma cos'altro avrebbero potuto essere, se non comignoli?"

"Tante cose... I bambini comunicano attraverso i disegni. Nella sua lunga carriera, Mrs Dooms ha lavorato anche con degli arteterapeuti. Mi ha detto che recentemente Lucy è ossessionata da questi comignoli e da altre cose, e poi a volte pasticcia il suo lavoro con grandi macchie di colore nero." Mrs Bell fece una pausa. "A Lucy piace andare al cottage di sua zia?"

"Certo! Le mie figlie la adorano!"

La direttrice cambiò argomento. "Lucy ogni tanto si rinchiude in un mondo tutto suo, quando disegna. Mrs Dooms dice che non la ascolta, e che evita la compagnia degli altri bambini."

"A Lucy piace giocare da sola, ma le piace anche giocare con i figli dei nostri amici. A casa obbedisce, anche se può essere testarda. Una maestra esperta dovrebbe sapere come prenderla!" obiettò Jenny.

Sospirando, Mrs Bell disse che lei era tenuta ad ascoltare le preoccupazioni delle maestre, ognuna aveva la sua personalità e le sue piccole manie: Mrs Dooms comunque, le assicurò, aveva anni di esperienza. Sperava dunque che lei e Jenny andassero d'accordo in futuro e trovassero il modo di parlarsi: ambedue avevano a cuore il bene di Lucy.

Fino ad allora il colloquio era stato teso ma rispettoso da entrambe le parti, e utile. Ma quando Mrs Bell chiese se gli operai polacchi stavano ancora lavorando in casa sua, la buona volontà di Jenny svanì di punto in bianco: "Lucy non ha niente a che fare con gli operai. Se può interessarle, sappia che sono lentissimi e che non li raccomanderei a nessuno!".

E Jenny se ne andò convinta che Mrs Bell fosse un nemico astuto che aveva cercato di metterla a suo agio al solo scopo di impicciarsi nella vita della sua famiglia.

Appena uscita dal cancello dell'asilo chiamò Mike, ma lui non aveva tempo.

"Lucy è stata invitata da Mrs Dooms per il tè. Posso avere anch'io dei dolci?" aveva chiesto Amy non appena la madre era entrata nella stanza dei giochi. Lisa aveva subito aggiunto che Mrs Dooms avrebbe riportato Lucy per le sei.

"E tu l'hai lasciata andare?! Come ti sei permessa?"

Lisa era convinta che l'invito fosse stato concordato con Jenny al colloquio con la direttrice, ma non ebbe la possibilità di spiegarsi perché Jenny era già attaccata al cellulare. Chiamò l'asilo, non rispondeva nessuno. Chiamò Mrs Bell sul diretto, nessuna risposta. Terrorizzata, chiamò Mike: Lucy era stata rapita e bisognava avvertire la polizia.

La voce di Mike era gelida: "Sono nel mezzo della presentazione. Puoi solo aspettare che torni. Non sappiamo dove vive la maestra. Fammi sapere quando rientra".

Jenny mandò Amy e Lisa a prendere il tè alla pasticceria. Finalmente sola, era rimasta in piedi davanti alla porta d'ingresso, trepidante e passandosi il cellulare da una mano all'altra – e se Lucy era stata rapita e venduta sul mercato dei pedofili? E se Mrs Dooms, invaghitasi di lei, se l'era portata all'estero spacciandola per figlia sua? E se addirittura l'aveva uccisa? Le storie morbose dei tabloid salivano come una marea e diventavano realtà. Tutte.

Poco dopo le sei suonarono alla porta. Lucy era in piedi sul portico; accanto a lei, Mrs Dooms e un uomo barbuto. Non appena vide la madre, la bambina aprì le braccia per essere presa e la strinse forte. Jenny ricambiò la stretta e sbatté la porta in faccia a Mrs Dooms e al suo accompagnatore. All'inizio Lucy era inconsolabile, poi si sciolse lentamente dall'abbraccio della madre e zitta zitta cominciò a fare una ricognizione della stanza dei giochi: andava da un giocattolo all'altro, ne prendeva uno e controllava che fosse come l'aveva lasciato, e poi ripeteva la stessa operazione con il successivo, esattamente come faceva quando tornava a casa dopo le vacanze.

Mike era rientrato tardi ed era andato dritto nella camera delle figlie. Amy e Lucy dormivano profondamente e lui diede loro un bacio leggero sulla fronte.

Jenny, che lo aveva aspettato per cena, gli fece un resoconto dettagliato e poi aggiunse che aveva chiamato Annabel che le aveva detto che il comportamento di Mrs Bell e Mrs Dooms non poteva passare sotto silenzio e che bisognava denunciarle all'amministrazione comunale, subito! E Lucy non doveva più andare in quell'asilo!

Jenny era una brava cuoca e Mike aveva assaporato il suo Lancashire Hot Pot – lo strato di patate disposte a spina di pesce sulle costolette d'agnello era croccante, e la lenta cottura al forno l'aveva insaporito degli aromi del sugo. Aveva mangiato di buon appetito e bevuto più del solito mentre ascoltava con attenzione quello che la moglie gli raccontava. Finita una bottiglia di Barolo, ne aprirono un'altra. Poi Jenny gli posò la mano sul braccio: "Adesso scriverai l'esposto all'asilo? Lo porterà Lisa domattina".

A quel punto Mike era più che rilassato: anziché risponderle le sollevò il braccio e glielo coprì di piccoli, goffi baci che sapevano di Barolo e sugo d'arrosto. Poi, senza lasciarla andare, la guidò verso il salotto.

La stanza non era ammobiliata, Mike spinse Jenny sui rotoli di moquette coperti di plastica, in attesa di essere posati, e lì fecero l'amore. L'odore pungente dello smalto, della pittura ad acqua e della vernice per i pavimenti che si sprigionava dalle latte mal chiuse, invece di infastidirli aumentava i loro ardori.

Jenny non aveva fatto caso allo strappo nella gonna e non aveva pronunciato la parola "asilo" nemmeno una volta. Mentre salivano le scale in punta di piedi – lui con la giacca sul braccio, lei con gli indumenti appallottolati nel pugno, per paura che all'improvviso Lisa aprisse la porta per dare loro la buonanotte –, Jenny bisbigliò: "Credevo che ti fossi abituato a essere un marito da fine settimana".

"Lo sono, ma era l'unico modo per farti stare zitta."

Jenny però non era più in grado di offendersi.

4.
I gioielli di Miss Gladys
Brixton. Studio Wizens. Mercoledì 9 aprile

Il Cardinal, in Francis Street, era uno dei pochi pub rionali di Londra rimasto quasi immutato da un secolo a questa parte, nell'arredo come nella clientela.

La carta da parati del soffitto, rosso amaranto, era spessa e con disegni geometrici in rilievo, ripresi dai vetri sabbiati e intagliati dei finestroni su strada; pannelli di quercia ricoprivano le pareti e i tavolini rotondi erano quelli originali – ripiano di legno e treppiedi di ghisa. Il bancone era illuminato dalla luce fioca di grandi abat-jour dai paralumi scuri; nel retro, il lampadario di ferro battuto, basso e a quattro bracci, penzolava malinconico sul pavimento quasi sentisse l'assenza del tavolo del biliardo. C'era soltanto una slot machine muta, appoggiata alla parete coperta dai ritratti dei cardinali cattolici degli ultimi due secoli.

Gli impiegati dei ministeri si riunivano al Cardinal per una pinta di birra, la sera, prima di tornare a casa per cena. Ma ci andava anche la gente del quartiere, che si divideva in due gruppi sociali che lo frequentavano in orari diversi: l'alta borghesia dei prestigiosi appartamenti di Ashley Gardens vi prendeva l'aperitivo; quando se ne andavano, subentravano gli inquilini delle case popolari costruite nell'era vittoriana alle spalle della cattedrale: cenavano appena rientrati dal lavoro e poi passavano la serata al pub, bevendo e giocando a biliardino o a freccette. Di turisti, al Cardinal, quasi nessuno.

Ron era un cliente affezionato. Dopo il divorzio, e prima di conoscere Pat, andava al Cardinal direttamente dall'ufficio e vi rimaneva fino a tardi perché non aveva nessuno da cui tornare. Si trovava a suo agio con tutti. Era un impiegato del ministero del Commercio, apparteneva per nascita alla classe operaia ed era uno dei pochi affittuari rimasti ad Ashley Gardens: se lo poteva permettere perché il padrone di casa, un anziano generale, grato per tutte le piccole riparazioni che Ron faceva per lui e del fatto che pagava puntualmente, non gli aveva aumentato l'affitto a livelli intollerabili.

Quella sera Ron aspettava Pat al Cardinal – come spesso succedeva, lei era in ritardo e lui si godeva la sua pinta di birra. Era al bancone e scambiava qualche parola con il gestore: ogni tanto i due si guardavano intorno e accennavano un saluto ai clienti abituali che entravano. Riconobbe i capelli rossicci di Pat mentre lei passava davanti alla finestra e ordinò la sua consueta mezza pinta di Lager. Si sedettero a un tavolino in un angolo. Pat aveva voglia di raccontare: il nuovo lavoro la incuriosiva; lo avrebbe apprezzato di più se non ci fossero stati momenti in cui si sentiva incapace.

"In vent'anni di lavoro non avevo mai provato un tale senso di inadeguatezza: non so niente di diritto dei minori, e devo imparare; per di più, in quello studio le segretarie hanno mansioni che di rigore spetterebbero agli avvocati." Pat, che aveva difficoltà enormi anche con l'amministrazione del Legal Aid, più di una volta era stata sul punto di andarsene. Non l'aveva fatto perché Sharon l'aveva aiutata e incoraggiata, senza mai farglielo pesare.

"Dovresti andartene, se non sei contenta."

"Finisco le due settimane, poi si vedrà. Di buono c'è che non mi annoio."

Ron aveva sorriso davanti alla sua determinazione, poi l'aveva messa in guardia: "Noi dipendenti del governo pensiamo che il Legal Aid sia un immenso pasticcio".

"Comunque sia, i nostri clienti dipendono da quello. La maggior parte di loro è disoccupata. Hanno tutti storie tristissime. Alcune me le racconta Sharon." Era soprattutto al mattino presto che Sharon raccontava; lei arrivava verso le otto per aprire l'ufficio e smistare la posta e Pat la raggiungeva poco dopo ed era contenta di aiutarla. Così, oltre tutto, evitava l'ora di punta.

Steve andava in tribunale ogni giorno e lo vedeva poco, ma erano sempre in contatto. Lui arrivava in ufficio quando lei e Sharon stavano per andare via e l'indomani trovavano sulle scrivanie cataste di cartelle con i nastri da sbobinare. Alla fine di ogni registrazione Steve dettava le sue "note private" ed era stato così che lei aveva cominciato a capire il suo modo di ragionare.

"Ma lui ti piace?" fece Ron sospettoso.

"Non ne sono certa. È un uomo strano, molto educato. Parla soltanto di lavoro. Sharon, che è lì da sette anni, si trova bene."

Ron le propose di cenare al Cardinal: merluzzo fritto e patatine, il loro settimanale strappo alla regola. Pat acconsentì, ma una volta seduti a tavola smise di parlare. Si limitava a brevi commenti o cenni del capo: pensava a Miss Gladys e alla saggezza di Sharon.

Steve aveva telefonato all'ora di pranzo. Era in attesa della sentenza, che sarebbe stata pronunciata nel pomeriggio, ed era sicuro di aver vinto. "Dobbiamo festeggiare, ce lo meritiamo dopo tutto il lavoro della settimana!" disse Sharon, e corse dalla receptionist.

Dopo un po', una robusta giamaicana fece il suo ingresso nell'ufficio. In mano aveva una valigetta rigida di finta pelle ed era tutta un sorriso. Sharon si illuminò e la baciò su entrambe le guance, poi chiuse la porta con cura. "Cosa ci ha portato oggi, Miss Gladys?"

"Bellissimi anelli a prezzi modici e tante altre cosette!" rispose lei, e poi aggiunse: "Prima di tutto fatemi sedere, le ginocchia non mi danno pace! Quando mi avete chiamata ero dall'altra parte del mercato, sono venuta più in fretta che ho potuto". Miss Gladys si era lasciata cadere sulla poltrona girevole di Steve e armeggiava con la levetta per abbassare il sedile. Aveva il respiro corto. Pat le offrì un bicchiere d'acqua.

"Tu devi essere la nuova segretaria di Mr Booth," le disse Miss Gladys. "È una brava persona, ti troverai bene con lui," e si mise a chiacchierare fitto con Sharon nel loro pidgin english.

Indossava un abbondante caftano a disegni rossi, generosamente scollato, con un turbante della stessa stoffa. Priva di rughe, sembrava più giovane della sua età, tradita da una sfumatura di grigio che spuntava all'attaccatura dei capelli. Portava una bella collana d'oro che dava risalto alla pelle lucida e nera, ma le scarpe erano sformate e i tacchi consumati.

Sharon si era data da fare per togliere dal tavolo sotto la finestra tutte le cartelle di Steve e aveva coperto il ripiano con il drappo di velluto rosso che le era stato porto. Poi Miss Gladys risistemò velocissima il velluto come voleva lei, creandovi nidi e sbuffi, onde e increspature, e lì espose il suo scintillante campionario di bigiotteria: braccialetti, collane, catene, medaglioni, anelli, orologi e orecchini.

Altre impiegate sciamavano nell'ufficio e si erano tutte raccolte attorno a lei. Miss Gladys diede inizio al suo show. Prendeva un gioiello e lo faceva passare di mano in mano; dopo averlo magnificato provandolo addosso all'una o all'altra, e perfino su di sé, le incoraggiava a comprarlo. Le conosceva tutte per nome e, senza smettere di invitarle a fare acquisti, non mancava di chiedere notizie sulla famiglia e gli acciacchi di ognuna. Le ritardatarie arrivavano a una a una, e ogni volta si richiudevano bene la porta alle spalle, perché in ufficio le vendite erano severamente proibite e il responsabile amministrativo doveva rimanerne all'oscuro.

Le impiegate erano clienti regolari e non perdevano tempo: sceglievano rapidamente, contrattavano sul prezzo, pagavano e ritornavano al lavoro, mentre altre sgusciavano dentro. Ammaliata, anche Pat aveva comprato una collanina d'argento. Miss Gladys sembrava soddisfatta, ma non era paga e si parò con l'intero assortimento di anelli invenduti, tre per dito; poi si posizionò davanti alla porta e accolse le ultime venute agitando le mani paffute e bardate.

A un certo punto la receptionist chiamò Sharon. Mavis Clarke, la sua "cliente urgente", chiedeva di Steve. Sharon andò nella sala d'aspetto e ritornò con la ragazza. Confusa, Mavis si tenne in disparte. Miss Gladys le si avvicinò e le fece i complimenti per i suoi begli occhi grigi, quindi la invogliò a dare uno sguardo alla mercanzia rimasta. Mavis adocchiò un anello con una grossa pietra rossa; Miss Gladys se ne accorse, se lo sfilò dal mignolo e glielo fece provare. Le disse che era il miglior affare della giornata e che le avrebbe fatto un bello sconto; alla fine la convinse. Mavis ne era felice; lo mostrò alle altre e si unì alle risate generali. Pat aveva seguito la scena perplessa: Sharon le aveva detto che Mavis era una pessima amministratrice del sussidio che riceveva dallo stato. Cercò il suo sguardo, ma era intenta a leggere un sms.

"Steve sta per tornare," annunciò Sharon e poi, con voce dolce: "Adesso deve andare, Miss Gladys".

Le ultime concitate trattative, poi Miss Gladys raccolse quello che era rimasto e se ne andò ancheggiando.

Sharon rimise le cartelle sul tavolo e rassettò l'ufficio. "Voglio bene a Miss Gladys." E raccontò a Pat che, in passato, Miss Gladys era stata la titolare di una bancarella di bigiotteria al mercato; la gente la rispettava perché era onesta. Aveva dovuto lasciare l'attività commerciale per dedicarsi ai nipotini, quattro bambini che conosceva poco perché la figlia, drogata, si era allontanata dalla famiglia. Una cliente l'aveva informata che i bambini erano stati tolti alla madre ed erano stati accolti in una casa famiglia, ma sarebbero stati adottati da due famiglie diverse. Miss Gladys si era subito messa in contatto con i servizi sociali e si era offerta di prenderli con sé, tutti. I servizi sociali avevano fatto gli accertamenti formali sulle sue capacità genitoriali e l'avevano scartata. Lei allora si era rivolta a Steve; il processo era stato lungo e acrimonioso, ma alla fine Steve e la tutrice dei bambini erano riusciti a persuadere i servizi sociali ad affidarli a Miss Gladys, a condizione però che abbandonasse la sua attività. Da allora i nipotini erano rifioriti, adesso andavano a scuola e con profitto. Miss Gladys però viveva del sussidio dello stato e non riusciva a sbarcare il lunario. Per questo, da quando il più piccino era alla primina, aveva ripreso a lavorare – quando poteva. Un commerciante le aveva affidato una bancarella due giorni alla settimana e lei vendeva bigiotteria di casa in casa, ma senza grandi guadagni. "La chiamo ogni volta che Steve non è in ufficio."

"I servizi sociali dovrebbero aiutarla." Pat era dispiaciuta di non aver acquistato di più.

"All'inizio le avevano dato un sussidio, su richiesta di Steve e della tutrice, ma dopo un anno glielo hanno tolto: è discrezionale. Si dice che le cose stiano per cambiare, ma ci crederò solo quando lo vedrò." Sharon spiegò che le famiglie affidatarie erano molto ben pagate, ricevevano almeno cinque volte quanto era stato offerto a Miss Gladys. "Perfino gli adottanti possono avere un sussidio, ma non i parenti," aggiunse con amarezza. "Il sistema impone che i parenti di sangue debbano prendersi cura dei bambini della famiglia per amore e per dovere..." E guardò in basso; poi riprese il solito tono scherzoso e aggiunse, sollevando la mano a cui brillava l'anello appena acquistato: "La tirchieria dei servizi sociali per una volta va a nostro vantaggio: noi, impiegate dello studio Wizens, siamo trattate come i dirigenti della City. Anche loro ricevono visite in ufficio dai commessi di Bond Street, per non perdere tempo a fare acquisti! Solo che lì hanno il permesso dei datori di lavoro!".

In quel momento era entrato Steve. Gli era bastato dare uno sguardo al tavolo per notare che le cartelle non erano esattamente nell'ordine in cui le aveva lasciate e quando si sedette nella sua poltrona sprofondò, tanto che dovette assestarsi meglio. Guardò Sharon. Pat temeva che la rimproverasse, invece si limitò a dire con voce stanca: "Abbiamo vinto. Grazie per aver presidiato il forte. Potete prendervi il resto del pomeriggio libero".

"Non hai fame?" Ron aveva mangiato di gusto e non si era accorto che il piatto di Pat era ancora mezzo pieno.

Lei lo guardava con occhi vuoti e intanto si accarezzava la collana d'argento. "Pensavo a una donna che è venuta oggi in ufficio a vendere bigiotteria."

"Be', dimentica l'ufficio e mangia. Ho un nuovo dvd, potremmo vedercelo a casa mia." E Ron ordinò un'altra mezza pinta.

5.

Un tavolino terribilmente caro

Kensington. Casa Pitt. Mercoledì 9 aprile

Durante la settimana, la prima colazione era "il tempo di papà", Mike aveva giornate lunghissime e quando tornava a casa le bambine dormivano.

Quel giorno invece Jenny si era fatta trovare in cucina quando Amy e Lucy erano arrivate con Lisa, e aveva fatto colazione con loro. La novità aveva confuso le bambine: Lucy infilava le dita nella scodella del porridge e se le leccava, guardando la madre con aria di sfida. Amy si chiedeva se il padre fosse andato all'estero senza dirglielo e non aveva toccato cibo. Come non bastasse, Jenny annunciò a Lucy che avrebbe trascorso la giornata con lei.

"Perché? Non ho il raffreddore. Mrs Dooms si arrabbierà," e voleva una spiegazione.

"Ti porterò al Natural History Museum, con Lisa, e vi divertirete a guardare i dinosauri."

"Anch'io voglio vedere i dinosauri!" si lamentò Amy. "Perché non ci andiamo sabato?"

Lucy appoggiò la sorella.

Lisa aggiunse che lei aveva un appuntamento dal dentista nel primo pomeriggio e Jenny ebbe un'idea: la mattina sarebbe andata con Lucy a comprare pennarelli con i brillantini e autoadesivi e dopo colazione Lisa avrebbe portato la bambina con sé, per un controllo. Lucy adorava farsi guardare in bocca dal dentista, che alla fine della visita non mancava mai di complimentarsi con lei. Il suggerimento piacque a tutte e quando Mike le raggiunse, dopo la corsa mattutina, le bambine erano intente a fare la lista delle commissioni.

"Scrivi," disse Jenny davanti alla porta.

"Lo farò questo pomeriggio," rispose Mike, e le diede il consueto fugace bacio sulla guancia, appena più lungo del solito.

Jenny aveva l'ossessione del controllo. Diventava emotiva soltanto con Mike, e abbandonava l'abituale riservatezza quando era sola con le figlie. Insieme si divertivano. Quella mattina voleva scoprire cos'era successo veramente da Mrs Dooms, ma si sentiva a disagio nel rivolgere a Lucy una domanda diretta. La bambina percepiva la sua ansia e rispondeva sfidandola; in cartoleria era stata invadente e capricciosa, e aveva messo a dura prova la pazienza della madre.

Jenny si fece aiutare da Lucy a preparare il pranzo: zuppa di carote e uova strapazzate sul toast. Avevano preparato anche dolcini e scones per il tè – una sorpresa per Amy. Mentre Lucy versava il composto negli stampini di carta, cominciò a descrivere la casa di Mrs Dooms nei minimi dettagli: il minuscolo salotto, il grande poster con gli elefanti che le aveva fatto paura e i giocattoli – una strana famiglia di bambole e tante penne e pennarelli sparsi sul tappeto. Mrs Dooms aveva giocato con lei tutto il tempo: avevano disegnato e lei si era divertita a incollare sui fogli ritagli di carta, lana e stoffa. Lucy continuò a raccontare: il succo d'arancia e i salsicciotti le erano piaciuti molto, ma non i sandwich al formaggio. Poi divenne seria: "Non mi piaceva, l'uomo che era lì. Stava seduto in una poltrona e ci guardava; parlava da solo. Ogni tanto diceva qualcosa a Mrs Dooms, a me niente".

Jenny era la responsabile per gli acquisti di mobili di design per una prestigiosa catena di negozi. Da quando avevano traslocato lavorava a metà tempo per seguire i lavori e poi arredare la casa. Sarebbe tornata a tempo pieno il mese successivo, ma adesso doveva preparare i cataloghi della nuova collezione.

Suonarono alla porta: era Samantha Harvey, l'Health Visitor – la puericultrice che seguiva i bambini fino ai cinque anni. Lucy aveva fatto tutte le vaccinazioni: quella visita non poteva avere a che fare con la sua salute. Jenny nascose la propria sorpresa e decise di prenderla come un'occasione sociale e Samantha fosse lì per vedere a che punto era la casa. Era venuta nel mese di febbraio, quando sembrava ancora di stare in un cantiere. Jenny si offrì di farle fare un giro e le disse che i lavori sarebbero finiti quanto prima.

Erano nella stanza dei giochi, accanto alla cucina, nel seminterrato. Samantha guardava i disegni delle bambine attaccati alle pareti e diceva che erano molto graziosi. Dalla teglia con gli scones e i dolcini, lasciata in caldo sull'Aga, veniva un sottile profumo di vaniglia e cannella.

"Lucy e io abbiamo fatto dei dolci. Aveva un appuntamento dal dentista e tornerà fra poco, con Amy. Vuole aspettarle?" disse Jenny. Ma Samantha era di fretta e se n'era andata senza fare alcun riferimento alla Sunshine Nursery.

Durante la visita Jenny era rimasta impassibile; ma appena ebbe chiuso la porta si precipitò a telefonare a Mike. Concordarono che quella visita aveva un solo scopo: controllare la famiglia, su espressa richiesta dell'asilo. Mike dovette promettere che avrebbe parlato immediatamente con il suo avvocato e avrebbe scritto l'esposto.

Sola, Jenny fu invasa dalla paura. Era certa che la visita a sorpresa dell'Health Visitor fosse stata richiesta da Mrs Bell, e non riusciva a indovinarne il motivo. Chiamò Annabel Snowball, che le ripeté il suo consiglio: bisognava assolutamente che l'esposto venisse scritto e inviato d'urgenza.

"Ho un problema. Ho bisogno di parlarti di un esposto contro l'asilo della mia figlia minore," aveva detto Mike entrando nell'ufficio di Chris Pottis. Chris era il socio dello studio Beagles che curava gli affari personali dei dirigenti delle società clienti. Si davano del tu perché la Trolleys era uno dei loro clienti più grossi: la concorrenza fra gli studi legali nella City era spietata e alcuni, tra cui Beagles, cercavano di assicurarsi una certa fedeltà aziendale garantendo una consulenza personalizzata ai dirigenti.

Mentre Mike raccontava la vicenda, notava che Chris sembrava a disagio. Ne ebbe la conferma quando Chris lo interruppe per dirgli che non aveva alcuna esperienza in quel campo: Mike doveva vedere qualcuno specializzato come Steve Booth, dello studio Wizens: "Non farti impressionare dal suo ufficio, abbiamo studiato insieme, e di lui mi fido," gli disse. "Ti prendo un appuntamento, è la persona giusta."

Jenny non era per niente contenta. Quello che si aspettava era un esposto già pronto per essere consegnato l'indomani mattina: Lucy era stata irrequieta tutto il giorno e aveva insistito per sapere perché non poteva andare all'asilo.

"Smettila di frignare e mandala a quell'asilo maledetto!" Mike, spazientito, aveva chiuso la comunicazione.

Jenny non era abituata a essere trattata così. Cacciando indietro lacrime di frustrazione se ne tornò nello studio. Prese un catalogo e cercò la pagina che le interessava. Rimuginava da tempo sull'acquisto di un certo tavolino di cristallo, terribilmente caro, per il salotto. Andò su Internet e lo comprò.

6.

"Che te ne pare di Mike Pitt?"

Brixton. Studio Wizens. Giovedì 10 aprile

Sharon e Pat entravano in ufficio, ognuna con la propria vaschetta della posta e la propria tazza di caffè e rimasero sorprese nel trovarvi già Steve, e per giunta con un nuovo cliente, Mike Pitt. Steve aveva fissato di persona l'appuntamento, d'urgenza.

Pat sapeva di dover prendere nota se ci fosse stato qualcosa di interessante. Era un altro dei consigli preziosi di Sharon: "Bisogna che impari a capire quando devi ascoltare quello che Steve dice ai clienti, così lui non ha bisogno di ripetertelo".

"È venuto da me su insistenza di sua moglie e su suggerimento del suo avvocato." Steve aveva alzato la voce. "Io l'ho ascoltata, eppure non capisco cosa vuole da me."

"Sia ben chiaro," la voce educata di Mike aveva una sfumatura aggressiva, "ho deciso di fare un esposto formale contro la Sunshine Nursery. Lucy non andrà più in quell'asilo. Da lei voglio sapere, esattamente, cosa questa gente può fare contro di noi. Mia moglie è preoccupata."

"Lei e io sappiamo ben poco sulle preoccupazioni dell'asilo. Sua moglie ne sa sicuramente di più, avrei bisogno di parlarle."

"Escluso. Mia moglie ha detto a me tutto quello che sa. E questo è quanto," lo interruppe Mike.

Steve non gli diede retta: "Lei mi ha descritto Lucy come una bambina di quattro anni sana e contenta, a cui piace andare all'asilo, dove però secondo la sua maestra si comporta come una bambina infelice, isolata, che disegna in maniera ossessiva strane figure e che non ascolta quando la maestra le parla. L'asilo vi ha fatto più volte domande sugli operai che lavorano in casa vostra: due giorni fa la maestra si è portata a casa Lucy, senza il vostro permesso e se l'è tenuta lì fino a sera a disegnare e a giocare, in presenza di un uomo barbuto che le guardava. Non sappiamo perché. Ieri pomeriggio la puericultrice vi ha fatto una visita a sorpresa". Guardò Mike dritto negli occhi: "In questa storia c'è più di quanto lei mi ha raccontato". E aspettava una risposta.

Poi riprese a parlare, la voce piatta come se stesse dettando: "L'unica certezza è che la maestra di Lucy non avrebbe dovuto portarsela a casa senza autorizzazione. Sarebbe opportuno fare un esposto".

"Lo sapevo già, non c'era bisogno di venire qui per sentirmelo dire da lei."

Steve si irrigidì e spinse la schiena contro la spalliera. Appoggiò entrambe le mani sul bordo della scrivania e si protese verso Mike: "Allora mi permetta di darle un consiglio non richiesto. Lei ha sbagliato a non mandare Lucy all'asilo senza avvertire la direttrice: dovreste mandarcela, notificare alla direttrice la 'sottrazione' di Lucy da parte di Mrs Dooms e richiedere una spiegazione e un resoconto dettagliato di cosa è successo in casa della maestra. A mio parere, la Sunshine Nursery nutre gravi sospetti su ciò che avviene in casa vostra e sul benessere di Lucy. Sarebbe davvero il caso che sua moglie venisse da me quanto prima".

Mike era teso. La logica di Steve non gli lasciava spazi di manovra.

"Non scriva nessun esposto, per il momento. Prima deve ascoltare quanto ha da dirle la direttrice. Io ci andrei con i piedi di piombo. C'è sotto qualcosa di molto sgradevole."

E Steve tacque; si aspettava una risposta da Mike, ma quello lo ringraziò e disse che ne avrebbe discusso con la moglie. In ogni caso, era perfettamente in grado di gestire la cosa da solo. Steve poteva mandargli la parcella in ufficio. Mike era in piedi, sembrava pronto ad andare, ma non era così. "Trovo l'espressione 'gravi sospetti' offensiva nei riguardi di mia figlia e della mia famiglia. Siamo una famiglia felice e normale. Solo, abbiamo più soldi di quella gentaglia dell'asilo. Ha capito? Felice e normale."

Pat e Sharon avevano rizzato la testa. Cosa avrebbe risposto Steve? Ma Steve stava raccogliendo i suoi appunti e non degnò Mike di uno sguardo. Non disse nulla, nemmeno dopo che il cliente se ne fu andato. Si limitò a commentare: "Mr Pitt tornerà presto da noi, potrebbe essere urgente".

Pat e Sharon preparavano copie di fascicoli nella stanza delle fotocopie. "Che te ne pare di Mike Pitt?" chiese Pat.

"Non mi convince. Non mi sorprenderebbe se la figlia fosse

trascurata o perfino maltrattata. Mi sa che la moglie è una troia ricca ed egoista, una di quelle che passano il tempo a lamentarsi, a far compere e ad andare in palestra." E Sharon raccontò a Pat che suo cugino lavorava nella palestra di un albergo di Mayfair frequentato da ricconi: alcune ospiti gli avevano fatto delle avance. "Pensano che sia esotico, farsi un giovane nero," disse con amarezza.

"E tuo cugino come reagisce?"

Sharon rise: "Se la donna gli piace ci sta, e si fa pure pagare bene! A ventidue anni aveva già risparmiato abbastanza per la caparra del suo appartamento. Non male per un ragazzo di Brixton!".

7.
Pat prende una decisione fatidica
Brixton. Studio Wizens. Giovedì 10 aprile

Mike Pitt aveva lasciato dietro di sé un'atmosfera sgradevole. Sharon era andata dal ragioniere; Steve e Pat lavoravano chini sulle scrivanie: Pat era indietro con la sbobinatura e Steve studiava una causa segnando i punti salienti con un evidenziatore verde. Di tanto in tanto scribacchiava su un blocco.

Suonò il telefono: era l'assistente sociale di Ali, il figlio di Mrs Oboe, una cliente. Steve ascoltava e prendeva appunti, assorto. "Sono d'accordo," disse, e continuò con pacata lentezza, "che aver saltato l'appuntamento con la logoterapeuta di Ali è grave, ma non potete togliere un bambino disabile a una madre che gli vuol bene soltanto per questo. Dev'esserci una spiegazione. Vedrò la cliente stamattina e ne parlerò con lei, dopo di che mi metterò in contatto con i vostri avvocati." Ascoltò la risposta, poi concluse. "Posso garantirle che la mia cliente non ha mai mancato un appuntamento, con me."

"Che stupida!" borbottò dopo aver riattaccato.

"L'assistente sociale?"

Steve guardò verso la sala d'attesa. "No, Mrs Oboe. Ha un'ottima e paziente assistente sociale, una contrattista israeliana."

Mrs Oboe aveva i capelli divisi in miriadi di treccine con in fondo una perlina, lineamenti delicati e magnifici occhi a mandorla, frangiati da ciglia folte. Indossava un tailleur viola di buon taglio e portava una borsa di Gucci da cui spuntava l'"Evening Standard". Prese posto accanto a Steve, e quando Pat le venne presentata le sorrise timidamente.

Steve le chiese subito perché non fosse andata all'appuntamento.

“Non me l’avevano detto. Io ci vado, quando me lo dicono. Me ne prenda un altro e ci andrò.”

Mrs Oboe parlava a frasi brevi, staccate, con l’accento gutturale degli yoruba. Steve fece un sospiro e alzò il telefono; dopo qualche insistenza, riuscì a ottenere un altro appuntamento con la logoterapeuta. Scrisse data, ora e luogo su un foglietto e glielo porse. “È stata fortunata. Qualcuno aveva appena disdetto. Altrimenti avremmo dovuto aspettare più di un mese e il giudice non sarebbe stato per niente contento di lei.”

Mrs Oboe aveva piegato con cura il foglietto e lo teneva stretto in mano. Steve la interrogava sugli altri appuntamenti mancati: lei era irremovibile nel sostenere che l’insegnante di supporto non l’aveva informata e ripeteva che non saltava un appuntamento, quando la avvertivano. “Li cambiano e non me lo dicono!” Steve non volle approfondire: si sarebbero rivisti in tribunale, nel pomeriggio.

Mrs Oboe stava per uscire, ma tornò sui suoi passi: chiedeva di nuovo orario e luogo dell’appuntamento. Lui frugò in mezzo alle carte e le diede l’informazione senza nascondere la propria irritazione. “Il foglietto,” le disse, “è tutto scritto sul foglietto.” Quasi fosse stata presa in castagna, Mrs Oboe sollevò la testa e la tenne alta. Poi lanciò a Steve uno sguardo di fuoco, come una freccia scagliata da un nemico ferito. Rimase così per un po’, quindi girò i tacchi e se ne andò.

Pat aveva ascoltato attentamente la loro conversazione, ma aveva capito ben poco. Selezionò sul computer la cartella di Mrs Oboe e aprì il file della sinossi, che avrebbe dovuto leggere prima dell’appuntamento.

Mrs Amina Oboe, moglie separata di un ricco capo nigeriano, vive con Ali, il suo unico figlio di nove anni, che ha dei problemi fisici e di apprendimento, oltre a essere autistico. Il marito li ha abbandonati non appena si è manifestato l’handicap del figlio e vive all’estero. Mrs Oboe dipende dal sussidio statale e Ali frequenta la scuola elementare del quartiere, che non può far fronte a tutte le sue necessità. Mrs Oboe si rifiuta di mandarlo in un istituto differenziale, perché è lontano da casa loro e non vuole che Ali prenda l’autobus della scuola. Ha concordato di supplire integrando a casa i programmi stabiliti per Ali dalla logoterapeuta e dalla fisioterapista, ma non è costante. Non si è presentata a diversi appuntamenti con le terapiste e con altri senza dare una spiegazione: quando le viene chiesto perché, diventa aggressiva. Ora si rifiuta di far entrare in casa i servizi sociali. Ali peggiora. La scuola e i servizi sociali suggeriscono che vada in collegio e il tribunale ha ordinato un accertamento formale. Ma Mrs Oboe ha saltato gli appuntamenti. La prossima udienza sarà decisiva.

Nota: non ha una vita sociale. A volte è non coerente, permalosa e poco approcciabile. Eppure è dedita al figlio. Ali le verrà tolto se continua a sàltare gli appuntamenti, non riesco a farglielo capire. Credo sia intelligente. È un mistero.

Pat venne interrotta dall'assistente sociale di Ali. Il preside della scuola l'aveva informata che Mrs Oboe aveva mancato anche l'appuntamento con il terapista e aveva rifiutato l'offerta della scuola di provvedere al trasporto di Ali. Il giorno prima l'insegnante di sostegno le aveva chiesto una spiegazione e Mrs Oboe si era messa a sbraitare: l'assistente sociale voleva far sapere a Steve che il suo capo aveva intenzione di allontanare Ali da casa.

Pat prese nota, poi chiese a Sharon se doveva avvertire Steve con un sms. Sharon si mise a ridere e Pat si sentì di nuovo inadeguata e confusa. "Mrs Oboe è una delle tante. I nostri clienti saltano gli appuntamenti e danno in escandescenze con gli insegnanti, con gli impiegati del comune, con gli assistenti sociali... Altrimenti non sarebbero nostri clienti! Lasciagli un appunto sulla scrivania."

"Potrebbero toglierle Ali!"

"Ci penserà Steve. Ha un debole per Mrs Oboe."

"Perché? La nota privata non lo dice."

"Te ne accorgerai," rispose Sharon ammiccando.

Pat arrossì. Arricciò il naso e ricominciò a scrivere: contava alla rovescia i sei giorni che mancavano alla fine delle due settimane.

"L'udienza è andata bene," annunciò Steve entrando nell'ufficio seguito da Mrs Oboe, i cui occhi sorridenti tradivano la sua soddisfazione. Il giudice aveva rinviato di sei settimane la richiesta dei servizi sociali di togliere Ali alla madre. Nel frattempo, uno psicologo avrebbe fatto degli accertamenti sul loro rapporto, il colloquio sarebbe stato registrato a scopo didattico e per giunta Pat lo avrebbe trascritto, a evitare qualsiasi malinteso da parte di Mrs Oboe. Tutti gli appuntamenti sarebbero stati presi attraverso lo studio e lei avrebbe chiamato Pat ogni giorno alle dodici e mezzo per confermarli e tenere Steve informato su quanto succedeva a casa e a scuola. Mentre Steve parlava, Mrs Oboe ascoltava intenta e quando Steve ebbe finito chiese: "È d'accordo, Miss Pat, che io la chiami ogni giorno?".

"Certo!"

Le sue labbra si dischiusero in un gran sorriso, i denti perfetti brillarono come una fila di perle.

Nel tardo pomeriggio Steve invitò Pat a prendere un tè al Quality Cafe.

"D'ora in poi Mrs Oboe è la nostra cliente urgente. Ali andrà in collegio, se la madre non collabora. È permalosa e sospettosa; la sua lingua può essere molto tagliente. Non devi tollerare alcun abuso verbale da parte sua, e se succede voglio esserne informato immediatamente. D'accordo?" E Steve piantò gli occhi in quelli di Pat. "Qualcosa mi dice che riuscirai a guadagnarti la sua fiducia. Io non ce l'ho fatta. Forse non si fida degli uomini."

Pat lo ascoltava incredula. Dovette ricordargli che avrebbe lasciato lo studio Wizens il venerdì successivo. Steve sembrò cadere dalle nuvole. La mano che reggeva la tazza si fermò a metà strada: "Non hai ancora parlato con il direttore amministrativo del tuo nuovo contratto di lavoro?".

Sharon e Pat mettevano in ordine le scrivanie prima di andare a casa.

"Allora, dimmi: Steve ha usato il suo charme?"

"Non me ne vado finché Mrs Oboe non si toglie di torno gli assistenti sociali."

Sharon la osservava, e più la guardava, più Pat arrossiva. "Anch'io ero venuta qui come segretaria volante. Sette anni fa." E poi aggiunse: "Andiamo, zio George mi aspetta".

Uscirono insieme dallo studio Wizens e insieme camminarono sul marciapiede, i passi sincronizzati.

8.
Il dottor Vita annulla la partita di tennis
La City. Venerdì 11 aprile

Mike era in ufficio e scriveva l'esposto all'asilo. La sera prima era rincasato a mezzanotte passata e Jenny era rimasta sveglia ad aspettarlo: aveva pensato e ripensato al consiglio di Steve di mandare Lucy all'asilo; anche Mike l'aveva spinta a rivedere la sua posizione, ma lei non ci riusciva. Mike aveva dovuto arrendersi: Lucy non sarebbe tornata all'asilo e l'esposto sarebbe stato consegnato a mano alla Sunshine Nursery il giorno dopo.

Sentì il bip di un messaggio sul cellulare. Era Justin Vita, il suo medico: aveva bisogno di vederlo urgentemente per una questione importante, ma niente che avesse a che fare con la salute dei Pitt. Fissarono un incontro per le undici nel suo studio della City, non lontano dall'ufficio di Mike. Justin era stato di grande aiuto a Jenny dopo la nascita di Lucy, quando aveva sofferto di una lieve depressione. Grato, Mike lo aveva incoraggiato ad allargare la sua clientela privata e il suo supporto era stato fondamentale per procurargli alcune società come clienti. Da lì era nata un'amicizia e giocavano a tennis quasi ogni domenica.

Quel giorno Justin non era del solito umore: gli mostrò subito la mail ricevuta quella mattina dai servizi sociali. Chiedevano un resoconto su Lucy. Si affrettò a specificare che riceveva ogni anno una dozzina di richieste del genere e che per la maggior parte finivano in niente. "Però," aggiunse, "sono obbligato a fornirlo. Si tratta della protezione di un minore."

"Protezione contro cosa?" Mike aveva alzato la voce, ma subito gli chiese scusa e gli raccontò il retroscena della vicenda. Justin aveva ascoltato compunto e poi cercò di rassicurarlo: probabilmente il suo resoconto avrebbe messo fine alle dicerie dell'asilo, Lucy era una bambina che non destava preoccupazioni. Ma le sue parole erano formali e non si accordavano al suo atteggiamento: era teso e a disagio.

"Intendi dire che grazie al tuo intervento questa follia finirà?" gli chiese Mike impaziente.

"Non esattamente. Ma le parole di un medico hanno un certo peso." E Justin aggiunse che non avrebbe fatto cenno al profilo sanitario suo o di Jenny, e neppure alle partite di tennis. I servizi sociali probabilmente avrebbero organizzato una riunione per discutere il bene di Lucy e avrebbero convocato lui e Jenny. Mike non aveva fatto domande e Justin, visibilmente sollevato, aggiunse come per un ripensamento: "Forse è meglio che non giochiamo a tennis, domenica. Tornando al motivo del nostro incontro, lascio a te il compito di dare la notizia a Jenny".

"Sarà fatto!"

"Fammi sapere come la prende, e chiamami se posso esserle utile." Justin non si era accorto del lampo nero negli occhi di Mike.

Mike aveva completato l'esposto, era scritto esattamente come aveva chiesto Jenny. Glielo lesse al telefono. "Posso farlo recapitare in qualunque momento. Però preferirei prima parlarne con te. Tornerò a casa presto," e Jenny gli disse che era d'accordo.

Mike era come sempre in ritardo e percorreva a lunghi passi la strada che sboccava sulla piazza in cui viveva. Si vedeva in fondo il grande giardino centrale con prati e querce imponenti e circondato da una cancellata nera. Sui tetti di ardesia, il cielo era striato da larghe pennellate orizzontali cremisi, blu acceso e azzurro – ognuna che sfumava nell'altra –, poi diventava intensamente luminoso, quasi bianco e continuava così fino a oriente. Da lì strisciavano in alto, incessanti, le lunghe ombre della notte.

Mike si fermò sul portico di casa. Tutto a un tratto si era fatto scuro, come se il cielo fosse diventato un manto di velluto grigio. Si incupiva sempre più. Dentro, le luci erano spente. Mike sentiva una strana sensazione di vuoto. Andò nella stanza delle bambine, che dormivano tranquille. Chiamò Jenny, nessuna risposta. Anziché andare a cambiarsi, era tornato sui suoi passi e aveva fatto il giro della casa, chiamando Jenny. Di nuovo, nessuna risposta.

C'è qualcosa di particolarmente desolato quando qualcuno sta in cucina al buio: preparare il cibo, mangiare e fare le pulizie sono tutte operazioni che richiedono una buona illuminazione. Jenny era seduta al tavolo, sola, e guardava il lavello vuoto. Si era girata verso Mike, sentendolo entrare, ma non lo aveva salutato. Aveva cerchi scuri sotto gli occhi e il trucco sfatto. Evitò il suo bacio e allungò il braccio – stretta nel pugno, una lettera.

"L'hanno portata mezz'ora fa. Non l'ho letta."

Era un invito dei servizi sociali alla Riunione per la protezione dei bambini, il lunedì successivo alle cinque, dove avrebbero discusso come tutelare Lucy. Non c'era altro, soltanto il nome del loro contatto: Fiona McDougall, assistente sociale. Si guardarono, muti.

Jenny ruppe il silenzio: "Tutto perché non hai scritto quando ti avevo chiesto di farlo. Hanno vinto!". Lo guardava con occhi umidi, incapace di piangere.

"Non hanno vinto!" gridò Mike. "Gliela farò vedere io a questi dell'asilo, quando sarà il momento!"

Jenny non lo ascoltava, aveva voltato la testa.

Mike si sedette. All'inizio non parlarono, poi cominciò a raccontarle della sua giornata in ufficio, cosa che faceva molto di rado. A Jenny piaceva sapere cosa succedeva alla Trolleys e pian piano si era ripresa, anche se continuava a non aprire bocca. Scosse la testa quando lui le chiese se aveva fame, e lo guardò senza interesse mentre preparava una cena a base di pomodori, formaggio, pane e sottaceti.

Poi Mike stappò una bottiglia di rosso e gliene versò un bicchiere, ma lei non toccò cibo né bevanda.

Lui intanto aveva tagliato una fetta di cheddar e se l'era messa nel piatto. Ne tagliò un'altra e gliela porse. "Prendine un po', a te piace il cheddar stagionato." E poi: "È il momento di far intervenire il mio amico. Lucy sarà ammessa nella scuola di Amy".

L'sms diceva: *Ho urgente bisogno di mettere Lucy ai Meadows. Chiamami appena puoi.* Jenny si era piegata in avanti a leggere sul Blackberry che Mike le porgeva, ma rimaneva muta.

Prese un boccone di pane, poi un altro; assaggiò il vino e diede un altro morso al formaggio. E allora cominciò a mormorare: "A Lucy non è successo niente. Assolutamente niente. Lucy sta bene". E mentre masticava ripeteva le ultime parole – "Lucy sta bene" – come un mantra, e più le diceva, più le lacrime le solcavano le guance.

Suonò il telefono. Era Annabel Snowball. Mike uscì nel cortile interno a fumare un sigaro. Quando rientrò, Jenny era ancora in lacrime. Annabel, che era stata un giudice di pace, l'aveva messa in guardia: la riunione era una faccenda seria, avrebbero avuto bisogno di un avvocato.

"Ho pensato anche a questo, ed è tutto sotto controllo," la rassicurò Mike; avrebbe parlato con Steve nel fine settimana.

A letto, esausti, si addormentarono immediatamente – Mike, la faccia affondata nel cuscino, teneva il braccio attorno alla vita di Jenny, pesante come un giogo.

9.
L'arrosto della domenica
Kensington. Casa Pitt. Sabato 12 aprile e domenica 13 aprile

Ogni quarto weekend del mese i Pitt andavano fuori Londra – all'estero o al cottage di Marjorie Wood, la zia di Jenny, o, più raramente, a Glasgow, dove viveva la madre di Mike. Gli altri weekend, a meno che Mike dovesse partire per lavoro, erano pianificati con grande anticipo.

Il sabato mattina Mike badava alle figlie: le portava alla lezione di nuoto e poi a bere la cioccolata calda al Trinity Store, o in un altro deli alla moda dove avrebbe fatto la spesa per il pranzo e il tradizionale arrosto della domenica. Jenny andava dal parrucchiere, dall'estetista o al bagno turco, a rotazione, e poi in giro per negozi. Dopo pranzo Mike andava in palestra, poi faceva acquisti – per lo più vestiario, ma anche ogni sorta di gadget elettronici, attrezzi da cucina, pennelli da barba da collezione – e non mancava di fare una breve visita da Taylor, in Jermyn Street, rinnovando l'antica consuetudine instaurata dal padre quando la famiglia andava a Londra durante le vacanze di Pasqua e lui lo portava con sé per il taglio dei capelli dal barbiere di fiducia. Come la moglie, Mike aveva gran cura della sua persona.

Jenny trascorreva il sabato pomeriggio con le bambine. Andavano a far compere o ai musei, o le portava alle feste a cui erano invitate. La sera Jenny e Mike andavano fuori con amici o a teatro. Amy e Lucy passavano la maggior parte della domenica con la madre, in casa. Il jogging domenicale di Mike era più lungo; poi lui preparava il pranzo. Cucinare lo distendeva, e a volte le bambine lo aiutavano. Nel pomeriggio giocava a tennis, oppure andava a una partita di rugby o di cricket. Il resto della giornata lo trascorreva nello studio occupandosi dei suoi investimenti. La sera i Pitt cenavano da soli e pianificavano la settimana, agende alla mano. Poi guardavano la televisione o un dvd.

Quel sabato, Jenny e Mike avevano seguito la loro routine come se nulla fosse accaduto. Erano usciti da casa insieme: Jenny per andare a fare un massaggio, Mike e le bambine in piscina. Quando Jenny rientrò, venne accolta da grida di eccitazione – Amy aveva ricevuto un altro diploma di nuoto e Lucy, fierissima, le annunciò che aveva nuotato tre metri sott'acqua. Ma Jenny fu pienamente contenta soltanto quando Mike le disse che la settimana seguente Lucy sarebbe stata ammessa ai Meadows.

"Se tu avessi fatto quella telefonata un po' prima!" sospirò, mentre le bambine non potevano sentirla.

"Non ne sono per niente orgoglioso," ribatté Mike. "È stato una specie di ricatto." E le raccontò che una volta aveva passato delle informazioni confidenziali all'amico, che aveva guadagnato una bella somma in Borsa. Mike aveva tenuto una copia della email e glielo aveva fatto capire.

"Non è la prima volta," disse Jenny in tono complice.

"Hai ragione, ma mai con un amico."

Né Mike né Jenny accennarono alla minaccia che entrambi sentivano incombere. Lasciarono che il resto della giornata li avvolgesse in una calma assorta.

A Mike piaceva comprare cibo e vino. Aveva preso un cosciotto d'agnello da Owen e lo aveva cucinato per il pranzo della domenica con le bambine. Amy era già una valida aiutante: aveva tagliuzzato la menta e sbucciato le patate. Lucy si era concentrata sui rametti di rosmarino, che porgeva al padre a uno a uno perché li infilzasse nel cosciotto.

Sotto la sua guida, poi, aveva versato in una ciotola due tazze di farina, aveva aggiunto il brodo in cui avevano dissolto ben due cubi di Oxo – mezzo litro misurato con gran cura –, due pizzichi di sale e una cucchiaiata di aromi. Alla fine, un bicchierino di sherry: l'ingrediente segreto di Mike. Lucy aveva mescolato il composto da sola e con grande energia, facendolo schizzare sul pavimento, e si era divertita moltissimo anche a pulire con lo straccio.

Adesso la tavola era apparecchiata e l'arrosto troneggiava sul tagliere. Amy aveva chiamato la madre e i tre cuochi avevano recitato il ruolo di orgogliosi anfitrioni. Il pranzo della domenica era stato un successo.

Ma la giornata era stata guastata da una telefonata della moglie di Chris Pottis, che compativa Jenny per i problemi con l'asilo di Lucy. Jenny se ne risentì. Chris avrebbe dovuto essere discreto e invece aveva lasciato trapelare qualcosa alla moglie. Con che faccia si permetteva di chiamarla? "In ogni caso," disse Mike, "l'indiscrezione di Chris è un piccolo prezzo da pagare. Grazie a lui ho ottenuto un altro appuntamento con Steve Booth domani mattina presto, prima di colazione: così non farò tardi in ufficio."

L'esposto era stato consegnato alla Sunshine Nursery e Mike ne avrebbe portata una copia alla riunione dell'indomani. "Sarà una bella sorpresa!"

"Forse ce l'avrò anch'io una sorpresa," gli fece eco Jenny con una strizzata d'occhio. "Sto seguendo una pista, te ne parlerò dopo averne discusso con Lisa."

Nel pomeriggio di domenica Mike era entrato nella stanza dei giochi. Lucy stava disegnando la piscina: era circondata da palme come quelle degli alberghi di lusso che sceglievano per le vacanze ed era piena di pesci di tutti i colori; la bambina dichiarò di averli visti mentre nuotava sott'acqua. Mike lo prese come un buon augurio: la vivida immaginazione di Lucy gli fece pensare che non c'era nulla di cui preoccuparsi.

10.

"La tuta era di Prada"

Brixton. Studio Wizens. Lunedì 14 aprile

Alle sette in punto, Mike, in tuta, era davanti alla porta dello studio Wizens, zuppo; la pioggerella si era trasformata in un acquazzone e lui aveva corso da casa fino a Brixton. Aveva pianificato l'itinerario con gran cura e l'aveva anche imparato a memoria, ma si era perso nella monotona uniformità del Sud di Londra. Alla fine aveva seguito il tragitto dell'autobus numero 2 e durante la corsa ne aveva superati più di uno.

Steve gli disse subito che aspettava un documento importante e quando fosse arrivato avrebbe dovuto interrompere il loro incontro. Lavorarono di lena, Mike prendeva appunti sul Blackberry. Steve gli aveva spiegato le procedure: i servizi sociali dei comuni mantenevano un registro per la protezione dei bambini, nel quale iscrivevano quanti avevano bisogno di protezione o erano a rischio di abuso. La riunione di quella sera era stata indetta appunto per decidere se dovesse esservi inserito il nome di Lucy. Avrebbero dovuto stabilire se la bambina era stata, o era, a rischio di essere maltrattata, trascurata o abusata. Poi aggiunse: "L'abuso include l'abuso sessuale". E fece una pausa.

Mike completò l'appunto, poi alzò la testa: "Cosa intende dire con 'abuso sessuale'?".

"Esattamente questo: abuso sessuale. Non è mai isolato: avviene nei bambini che sono trascurati, maltrattati o soggetti ad altri tipi di abuso."

"Sia ben chiaro, gli operai lavorano per i fatti loro. A casa non c'è nessun altro."

"C'è lei, Mr Pitt. La maggior parte degli abusi sessuali avvengono all'interno della famiglia." La voce di Steve era piatta.

"Questo ovviamente è fuori discussione."

"Le sto dicendo che alla riunione di stasera discuteranno la possibilità di abuso sessuale," ripeté Steve, e gli ricordò che il personale dell'asilo aveva fatto più di una domanda sugli operai.

"Non starà dicendo sul serio che mia figlia potrebbe essere stata abusata?!" Mike aveva parlato in tono di sfida, e siccome Steve taceva lo incalzò: "Voglio una risposta".

"È possibile. Da quanto mi dice, sembra molto improbabile."

Mike rimase in silenzio. Steve offrì di riorganizzare la sua giornata per accompagnarlo alla riunione, aveva in mente di chiamare l'avvocato dei servizi sociali e chiedere se avevano già contemplato la possibilità di abuso sessuale. Mike chinò la testa, ma sembrava aver perso la parola. In quel momento entrò Sharon col documento che Steve aspettava; Mike si alzò e rimasero d'accordo che si sarebbero sentiti durante la giornata.

"L'hai visto Mr Pitt?, stava andando via," chiese Sharon a Pat.

"No, però un tizio in tuta mi ha sfiorato. Stavo per accecarlo con l'ombrello. Era lui?"

"Secondo me, la tuta era di Prada."

Steve aveva condotto le sue ricerche. Sandra Pepper, l'avvocato dei servizi sociali, gli aveva confermato che la riunione era stata fissata all'ultimo momento e che i servizi sociali non avevano alcun contatto diretto con la famiglia. Avevano agito sulla base della segnalazione dell'asilo: Lucy era stata tenuta a casa tre giorni senza alcuna spiegazione e la maestra sospettava che fosse abusata dal padre. Steve aveva immediatamente mandato un sms a Mike, ma non aveva ricevuto riscontro.

Nel pomeriggio Mike lo chiamò: lui e la moglie erano certi che Lucy non fosse stata abusata e avevano una spiegazione per l'ossessione della maestra al riguardo. La loro ragazza alla pari aveva confessato a Jenny di essere innamorata di uno degli operai che lavoravano in casa, probabilmente i due erano andati un po' oltre nelle loro effusioni in presenza di Lucy. Lucy parlava molto, e spesso a vanvera: chissà cosa aveva detto, o disegnato. A ogni buon conto, Mike avrebbe licenziato la coppia.

"Non lo faccia," gli disse Steve. "Le si ritorcerebbe contro."

"Grazie," disse Mike sarcastico, "avevamo giusto bisogno di sapere come comportarci con i nostri dipendenti. Comunque, ora che abbiamo trovato la risposta alle farneticazioni dell'asilo, non c'è bisogno che lei si disturbi: alla riunione faremo da noi."

Più tardi, Mike lo richiamò: "Abbiamo seguito il suo consiglio. Non li licenzieremo, non ancora. Le darò un colpo di telefono nei prossimi giorni. Grazie di tutto".

Per la seconda volta, Mike aveva virtualmente licenziato Steve.

11.

Una riunione multidisciplinare

World's End. Ufficio dei servizi sociali. Lunedì 14 aprile

Correndo a rotta di collo, Mike era riuscito a raggiungere le figlie alla fine della prima colazione.

Jenny era rimasta con lui mentre faceva la doccia e si vestiva, ma questa volta non se ne infastidì: le aveva fatto un racconto sommario di quanto discusso con Steve, e, vedendola preoccupata, l'aveva rassicurata che Lucy sarebbe stata ammessa ai Meadows prima della fine della settimana, il resto si sarebbe risolto.

Jenny in genere si fidava del giudizio del marito, ma non questa volta. I suoi dubbi svanirono quando Lisa tornò dai Meadows, dopo aver accompagnato Amy, con una lettera del preside: dall'indomani Lucy sarebbe stata ammessa all'asilo. Jenny riorganizzò la giornata per andare con Lucy e Lisa da Harrods a comprare la divisa, poi festeggiarono pranzando nel ristorante del negozio.

Nel pomeriggio Jenny prese Lisa in disparte e le tirò fuori una piena confessione di quanto stava succedendo fra lei e il giovane polacco. La ragazza si era sciolta in lacrime, ma lei voleva di più, voleva che raccontasse la sua storia d'amore alla riunione per la Protezione dei bambini. E finì per ottenerlo. Lisa promise.

Il vento aveva spazzato via la pioggia ma il cielo era rimasto plumbeo e l'aria era umida e fredda. Mike aveva parcheggiato l'automobile in una strada laterale accanto all'ufficio dei servizi sociali. Andava a passo di marcia; Jenny e Lisa si erano affannate per rimanergli a fianco ed evitare le pozzanghere, poi avevano desistito e lo seguivano, mogie.

Negli anni sessanta era consuetudine costruire grandi edifici pubblici in cemento o mattoni, grigi e tozzi. Il palazzo dei servizi sociali era uno di questi e, come tutti gli altri, aveva retto male l'urto del tempo; i pannelli decorativi sotto le finestre stavano per staccarsi; il bianco originario era un grigio sporco che si intonava al colore dei mattoni.

L'atrio era altrettanto squallido: file di sedie di plastica arancione allineate contro le pareti, inframmezzate da espositori girevoli contenenti dépliant in più lingue – su sussidi dello stato, sanità, prevenzione, gruppi di sostegno, istruzione e informazioni sui servizi pubblici – che finivano appallottolati a terra. Era tutto un viavai di impiegati del comune e utenti; e a prima vista non era facile distinguerli: erano vestiti più o meno allo stesso modo e avevano tutti l'aria malconcia.

Una receptionist parlava con una donna velata circondata da bambini. Due delle colleghe si erano spostate per ascoltarla e nel frattempo, davanti ai loro sportelli, si era formata una piccola coda. Finalmente Mike riuscì a dare il proprio nome; gli venne detto di aspettare.

Un giovane scarmigliato litigava con l'altra receptionist.

"L'assistente sociale mi ha detto che il mio biglietto del treno era pronto. Se lo faccia dare!"

La donna raccomandava la calma.

"Io voglio soltanto il mio biglietto!"

"Il biglietto non è qui," gli rispose meccanicamente la receptionist. "L'assistente sociale non risponde al telefono. Chiamerò il suo capo e lei dovrà aspettare." E intanto cercava di rintracciare chi potesse aiutare il giovane, ma inutilmente. "Non risponde. Si segga. Riproverò fra un po'. Altrimenti, dovrà tornare domani mattina."

"L'assistente sociale mi aveva assicurato che avrebbe lasciato il biglietto qui! Domani devo uscire di casa alle otto per prendere il treno, e voi aprite alle nove. Io non me ne vado da qui senza il mio biglietto."

Un'altra impiegata aveva lasciato la sua postazione e, fatto il giro del banco, si era piazzata dietro il giovane: "Si sieda e cercheremo di capire cosa è successo con il suo biglietto".

"Si tolga dai piedi! Io ho bisogno del biglietto per andare da mio figlio. Se arrivo in ritardo, chi la sente l'affidataria?!" protestava il giovane, paonazzo. Ma finì col seguirla, rassegnato, in una stanzetta sulla cui porta era scritto COLLOQUI.

Una giovane donna in jeans e maglietta e con una massa di capelli rasta si avvicinò ai Pitt. "Sono Fiona McDougall, l'assistente sociale di Lucy," disse con accento newyorkese; si scusava per non averli incontrati prima, per spiegare loro procedure e scopo della riunione, e li invitò a seguirla. Per raggiungere la sala delle riunioni dovettero attraversare corridoi e porte che si aprivano con codici diversi. Era ampia e spoglia; nel mezzo, un tavolo rotondo circondato da sedie; in un angolo, delle poltroncine attorno a un tavolo basso. Dalla parte opposta, proiettori, lavagne a fogli di carta, schermi avvolgibili, videoregistratori, lettori dvd. Sulle pareti, nude e scolorite, resti di gomma adesiva che era stata usata per attaccare fogli e tabelle.

Si sedettero sulle poltrone ad aspettare Fiona, che era uscita a cercare la sua cartella. Lisa teneva gli occhi fissi sull'unico poster che ingentiliva la parete; sentiva freddo, e ogni tanto si tirava giù le maniche della camicetta e si stringeva le mani, poi tornava al mazzo di fiori del poster. Mike leggeva messaggi sul Blackberry. Jenny si guardava in giro e controllava ansiosa l'orologio: le cinque erano passate da un pezzo.

Fiona era ritornata con una donna dall'aria decisa, Mrs Bruka, che si affrettò a sottolineare la sua completa indipendenza dai servizi sociali: il suo ruolo era semplicemente quello di presiedere la riunione. Volle sapere perché i Pitt avessero portato Lisa: ciò che aveva a che fare con i minori doveva avvenire a porte chiuse. La ragazza, a sentir questo, era diventata tutta un tremito.

"Lisa è qui per spiegare questa follia! Tutti devono ascoltare cosa ha da dire!" Mike non ammetteva repliche e Lisa annuiva, rossa in viso.

Alla fine raggiunsero un accordo: Lisa avrebbe partecipato in qualità di "amica-sostegno dei parenti". Soltanto allora Mrs Bruka diede ai Pitt la relazione di Fiona: era un resoconto della sua visita alla Sunshine Nursery del giovedì precedente e faceva riferimento alla relazione di Mrs Dooms e ai disegni che Lucy aveva fatto a casa della maestra, che però – Mike l'aveva fatto notare immediatamente – non era allegata.

Mrs Bruka rovistava fra le sue carte e Mike non la perdeva d'occhio: "Mi dia anche la relazione del dottor Vita e gli altri documenti". Il tono era imperioso. Gli fu subito dato il resoconto del medico, ma non quello di Mrs Dooms. Fiona si rammentò che la maestra se l'era ripreso perché voleva rivederlo, e aveva promesso di mandarlo ai servizi sociali quella mattina. A questo punto Mike sbottò in una tirata sull'incompetenza di Mrs Dooms e l'arroganza di Mrs Bell.

Mrs Bruka lo lasciò sfogare; poi intervenne con autorità: "Basta così. Ne parlerà quando sarà il suo turno".

A quel punto Jenny, che non aveva aperto bocca, esplose: "Dove sono i disegni di Lucy? Voglio vederli!".

"Capisco la sua ansia, Mrs Pitt, anch'io voglio vedere quei disegni. Ma si calmi. Li porterà Mrs Bell. Lei e Mrs Dooms sono rimaste bloccate nel traffico, saranno qui fra poco."

Nel frattempo, quattro donne erano entrate in sordina, senza salutare ed evitando con cura di guardare i Pitt; si erano sedute al tavolo grande e parlavano tra loro a voce bassa. Quando Mrs Bruka le raggiunse con i Pitt e Lisa, senza fare alcuna presentazione, quelle si zittirono improvvisamente. Mike e Jenny rileggevano le carte che erano state date loro, sotto gli sguardi curiosi delle quattro, che assumevano un'aria distratta appena uno dei due alzava la testa. Poi arrivò Samantha Harvey, la puericultrice, seguita da Mrs Bell e Mrs Dooms, che portavano delle grosse borse di plastica. Samantha prese posto al tavolo e accennò un sorriso a Jenny, le altre due ignorarono i Pitt.

Nel dare il via alla riunione, Mrs Bruka aveva formulato l'avvertimento rituale che precede tutte le riunioni dei servizi sociali: non avrebbero tollerato commenti offensivi e discriminanti sugli anziani, sull'orientamento sessuale, sull'etnia, sull'appartenenza razziale e sulle convinzioni religiose di chicchessia. Dopo di che passò alle presentazioni. Ciascuno dovette dare nome e qualifica, e specificare il proprio ruolo. Le quattro donne erano rispettivamente, una poliziotta dell'Ufficio per la protezione dei bambini, la direttrice dello studio del dottor Vita, il capo di Fiona – Lucretia Barnes – e l'impiegata amministrativa che avrebbe steso il verbale. Questa aveva il compito di passare il foglio delle presenze. Ci volle un po' perché venisse compilato, e l'impazienza di Mike aumentava.

La poliziotta parlò per prima: i genitori di Lucy erano incensurati, i loro nomi non erano noti al suo dipartimento e si lamentò del ritardo con cui avevano cominciato. Pretese che fosse messo a verbale che lei sarebbe dovuta andare via entro un'ora.

Fiona spiegò che era stata nominata "assistente sociale di Lucy" tre giorni prima e non l'aveva ancora incontrata. "Sono qui per ascoltare e per capire," disse rivolgendosi ai Pitt con un sorriso.

Mrs Bruka chiese a Mrs Bell di dare una spiegazione introduttiva sulle preoccupazioni dell'asilo riguardo a Lucy. Mrs Bell iniziò col dire che Mrs Pitt aveva iscritto Lucy alla Sunshine Nursery nel gennaio precedente e sin dall'inizio aveva evitato i contatti con le maestre e le altre madri. Nelle rare occasioni in cui la madre andava a prendere la figlia Mrs Bell aveva cercato di instaurare un dialogo – con scarso successo. Era Lisa, la ragazza alla pari, ad accompagnare e riprendere Lucy all'asilo e faceva anche le veci della madre quando era richiesta la sua presenza. Agli inizi di febbraio, Linda Dooms, la maestra di Lucy, le aveva detto che la bambina piangeva quando faceva pipì e aveva accusato la madre di averla tagliata con le forbici "lì sotto". Mrs Bell aveva osservato Lucy in classe ed era rimasta fuori dalla porta quando Lucy era andata in bagno: non aveva sentito nessun pianto o lamento, e ne aveva concluso che Mrs Dooms si era sbagliata.

"È la prima volta che sento questa storia!" esclamò Mike.

Mrs Bruka l'ammonì: "Mr Pitt, lei deve aspettare fino a che tutti gli altri avranno detto quello che hanno da dire, poi lei e sua moglie avrete la possibilità di parlare".

Da allora Mike era rimasto zitto. Digitava furiosamente sul Blackberry e ogni tanto alzava lo sguardo, truce, su Mrs Dooms. Mrs Bell continuava il suo resoconto: alla fine di febbraio, Mrs Dooms le aveva riferito che Lucy aveva ripetuto le stesse accuse contro la madre. Lei non aveva potuto ignorarle e aveva chiamato i servizi sociali. Non avendo ricevuto alcun riscontro, si era rivolta alla puericultrice, che era andata a casa dei Pitt. "Non c'è nulla di cui preoccuparsi," le aveva detto. Nel frattempo, la bambina non aveva più ripetuto le accuse e la cosa era finita lì.

Dopo le vacanze di Pasqua, Lucy aveva cominciato a fare strani disegni. Non giocava con gli altri bambini e stava in disparte. Mrs Bell aveva lasciato dei messaggi ai servizi sociali e non aveva ricevuto risposta. Mrs Dooms continuava a ripeterle che Lucy sembrava triste, e che Mrs Pitt eludeva le sue domande. Il martedì precedente Mrs Bell aveva invitato Mrs Pitt nel suo ufficio. Le aveva mostrato i disegni di Lucy e avevano discusso il comportamento della bambina. "Ma la mamma di Lucy non era interessata," e Mrs Bell rivolse a Jenny uno sguardo pieno di compassione.

Mrs Bell era all'oscuro del fatto che quello stesso giorno, dopo la scuola, Mrs Dooms si fosse portata Lucy nel suo appartamento di Fulham: "Ma sono certa che lo ha fatto in buona fede, spinta dal desiderio di proteggere Lucy. Sarà lei a dirvi cosa è successo a casa sua".

Mrs Dooms esordì dicendo che non aveva mai incontrato una bimba triste come Lucy, e poi, sollevando le borse di plastica, sentenziò: "I suoi disegni parlano da soli". Quindi tirò fuori ventiquattro fogli colorati, ognuno arrotolato e fermato con un elastico, e cominciò ad accatastarli davanti a sé, per poi srotolarli uno per uno seguendo un ordine prestabilito – alcuni erano disegni, altri voluminosi collage. Di ognuno descriveva come Lucy lo aveva creato e ne offriva l'interpretazione. Ma ben presto il passarseli di mano in mano degenerò in confusione: chi si attardava su un particolare; chi chiedeva a Mrs Dooms di ripetere cosa aveva detto sul disegno che aveva per le mani; chi ne aveva ricevuti più di uno contemporaneamente e voleva sapere qual era la successione esatta.

I rotoli che tornavano indietro si mischiavano agli altri ancora da mostrare in un mucchio di carte avvoltolate le une sulle altre. Ciascuno provava a elargire consigli su come farli vedere meglio, mentre Mrs Dooms e Mrs Bell si affannavano a rimetterli in ordine. Alla fine Mrs Bruka decise che dovevano essere esposti sulle pareti e l'impiegata amministrativa, una giovane claudicante, andò a prendere della gomma adesiva. Mrs Dooms intanto descriveva il gioco di Lucy con le bambole, a casa sua – aveva mimato un rapporto sessuale. Non ci fu tempo per chiederle altro. L'impiegata era tornata con la gomma e i disegni e i collage furono attaccati alle pareti sotto la guida di Mrs Dooms, la quale illustrava le opere come se fossero in un museo e con un esibito gusto del dettaglio: qui vedeva un solo pene, là gruppi di peni, là ancora un pene eiaculante e altri peni coperti da macchie di colore, ghirigori, scarabocchi e pennellate di nero. Raccontava la fretta ansiosa di Lucy nel farli e il sollievo della bambina quando ne aveva completato uno. Per due volte guardò Mike dritto negli occhi e disse: "Lucy è riuscita a liberarsi del suo segreto!".

Erano di nuovo al tavolo. Mrs Dooms, esausta, beveva dell'acqua e non parlò più. Mrs Bruka chiese a Jenny se avesse riconosciuto la mano di Lucy nei disegni. "Potrebbero essere suoi, ma non ho mai visto niente di simile. Lucy di solito non pasticcia i suoi disegni," rispose Jenny, e poi aggiunse che a lei sembravano carote, razzi, grattacieli, birilli e ciminiere.

Era il turno della puericultrice; durante l'ultima visita dai Pitt, la settimana precedente, aveva notato che i lavori in casa erano quasi finiti; i disegni di Lucy erano ben diversi da quelli che le erano appena stati mostrati da Mrs Dooms, e appropriati alla sua età. Lucy era una bambina ben curata e molto amata, le figlie dei Pitt non destavano in lei alcuna preoccupazione.

La direttrice dello studio del dottor Vita confermò quanto scritto dal medico: Lucy godeva di ottima salute e nulla lasciava pensare a un abuso; durante l'ultimo anno aveva sofferto soltanto di una leggera infezione urinaria, che la madre aveva debitamente curato.

Mike aveva aspettato il proprio turno con impazienza. Dichiarò che lui e la moglie avevano perso fiducia nell'asilo dopo il "rapimento" di Lucy da parte di Mrs Dooms, e per questo non l'avevano più mandata. Dal giorno seguente Lucy avrebbe cominciato a frequentare la scuola della sorella maggiore. In quanto all'interpretazione di Mrs Dooms, era totalmente inaccettabile e offensiva. Voleva che i disegni venissero sottoposti all'esame di un esperto, che avrebbe dovuto parlarne con Lucy. Poi alzò la voce: "In casa di Mrs Dooms Lucy ha incontrato un uomo che l'ha spaventata. Voglio sapere chi è e che ruolo ha in questa storia!".

"Nessuno! Nessuno! Non c'entra!" rispose tutto d'un fiato Mrs Dooms.

"Lucy ha detto a mia moglie che le ha fatto paura," ripeté Mike, "e dunque ha avuto dei contatti con lui. Le ripeto la domanda: chi è? Abbiamo il diritto di sapere perché ha trascorso un pomeriggio con nostra figlia!"

Mrs Dooms non riusciva a contenersi e strillava che il suo compagno aveva diritto alla privacy. "Non lo dico il nome! Non lo dico!"

"Questa donna non vuole rivelare il nome di un uomo che ha terrorizzato mia figlia: lo scriva!" esclamò Mike e seguì con sguardo truce la mano della ragazza che redigeva il verbale.

Mrs Dooms balbettava fra le lacrime dei "no!" che non si capiva bene a cosa si riferissero.

Mrs Bruka invitò Mike a calmarsi: erano lì per discutere il bene di Lucy e se la bambina aveva bisogno di essere protetta, non per indagare sulla vita privata di Mrs Dooms. Poi si rivolse a Jenny: "Vorrei sentire da lei cosa pensa di sua figlia".

Jenny aveva iniziato col parlare delle difficoltà incontrate negli ultimi mesi con gli operai in casa e il lavoro a metà tempo. Forse aveva contato un po' troppo su Lisa, che era brava e responsabile e alla quale le bambine erano molto affezionate. Lei aveva a cuore il bene della figlia più di tutti gli altri intorno a quel tavolo, ma Lucy era una bimba felice e nessuno ne aveva abusato, men che mai lei o il padre; non si era mai lamentata quando faceva la pipì, nemmeno quando aveva sofferto di quella infezione urinaria. I suoi disegni non avevano alcuna connotazione sessuale, "ma," aggiunse, "i disegni dei bambini sono spesso poco chiari e possono prestarsi a interpretazioni diverse. Bisognerebbe chiedere a Lucy". In quanto al gioco sessuale con le bambole, era la prima volta che ne sentiva parlare. Lucy a casa non l'aveva mai fatto, e lei e il marito erano riservati nelle loro effusioni davanti alle figlie: Lucy però avrebbe potuto aver assistito a quelle tra Lisa e l'operaio polacco. Proprio quella mattina, Lisa le aveva confessato quel rapporto e si era offerta di venire a dirlo a tutti loro.

Rossa in volto e con voce esitante, Lisa parlò del suo ragazzo: si erano incontrati dai Pitt e si volevano bene. Una volta soltanto si erano toccati in una situazione inappropriata: era successo sulla scala e la ringhiera li riparava dallo sguardo di Lucy, che peraltro era intenta a disegnare. Lei l'aveva tenuta d'occhio ed era convinta che non si fosse accorta di cosa stava succedendo.

Era tardi: la poliziotta guardò l'orologio e annunciò che se la riunione fosse durata ancora a lungo se ne sarebbe andata. Mrs Bruka si affrettò a riassumere quanto detto: "Nessuno sta accusando i Pitt, ma quanto visto e sentito desta gravi preoccupazioni. Abbiamo visto i disegni: sono intensi e realistici, e nessuno di noi è abbastanza qualificato per escludere l'interpretazione di Mrs Dooms. È necessario un incontro fra Lucy e uno specialista: io consiglio lo psichiatra infantile dell'ospedale di zona – è stimato e rispettato".

Miss Barnes non era d'accordo: c'era una lunga lista d'attesa e bisognava agire tempestivamente. Allora Mike prese la parola: era disposto a pagare una visita privata, a condizione che Lucy fosse vista da uno specialista approvato dal dottor Vita, e sorprese i presenti dicendo che gli aveva già mandato un sms. Il dottor Vita gli aveva dato tre nomi di psichiatri infantili che proponevano un appuntamento per quella stessa settimana.

Dopo una breve discussione si erano accordati sulla dottoressa Melanie Cliff, prima scelta dei Pitt in quanto unica donna. La direttrice dello studio del dottor Vita aveva nel frattempo ricevuto l'sms che confermava la disponibilità della dottoressa Cliff: avrebbe visto Lucy martedì pomeriggio alle quattro e mezzo, e i servizi sociali avrebbero dovuto farle avere i disegni durante la mattinata. Avrebbe dato un parere venerdì. Il dottor Vita si sarebbe occupato della richiesta formale.

Restava soltanto da decidere se il nome di Lucy dovesse essere inserito nel registro: Mrs Bruka propose di rinviare la decisione al lunedì seguente alla stessa ora. Si era passati al voto e la proposta venne accettata – soltanto Mrs Dooms e Miss Barnes non erano d'accordo.

La poliziotta e la puericultrice se n'erano già andate alla chetichella. I Pitt erano rimasti ai loro posti, non sapendo bene cos'altro ci si aspettasse da loro, e osservavano. Miss Barnes e Mrs Bell discutevano concitate, non del tutto amichevolmente; Fiona e l'impiegata amministrativa prendevano accordi per la riunione successiva.

Mrs Bruka si avvicinò a Mike: "È una situazione insolita: in genere sono i servizi sociali ad affidare l'incarico di una perizia medica e sono loro i responsabili dei costi, non i genitori. Spero che la situazione si risolva bene per Lucy, e grazie per la vostra disponibilità".

Fiona si era offerta di accompagnare fuori i Pitt, l'ingresso principale ormai era chiuso. L'impiegata amministrativa li seguiva e spense le luci lasciando Mrs Bell e Mrs Dooms, sole, nella penombra, a staccare i disegni dalle pareti.

"È andata bene!" esclamò Mike mettendo in moto. Poi disse a Lisa che l'avrebbero lasciata a casa, lui e Jenny avrebbero cenato fuori. Jenny lo guardò sorpresa. "Non ti va un sushi?" le chiese Mike.

Al nuovo sushi bar di West Kensington incontrarono per caso una coppia di amici e presero insieme una birra, mentre aspettavano che i rispettivi tavoli si liberassero. L'amica aveva ricevuto il "save the date" per l'inaugurazione della casa dei Pitt, il giorno del solstizio d'estate, e da lì la conversazione era scivolata sul lento progresso dei lavori.

Soli a tavola, Jenny mangiava di malavoglia e in silenzio. Mike era euforico; commentava la riunione – aveva preso molti appunti – ed era ottimista sul risultato finale. "Ma non abbiamo visto il resoconto di Mrs Dooms e lei non ci ha spiegato perché se l'è portato a casa!" sbottò Jenny.

"Fidati di me. Stanerò quella strega e la farò a pezzi, dammi tempo!"

Mike lavorò fino a tardi per recuperare. Mentre si preparava per andare a letto sentì un pianto soffocato. Scese al piano di sotto, dove dormivano Lisa e le bambine. Rimase in ascolto dietro la porta delle figlie, ma il pianto veniva dalla stanza vicina: era Lisa, che singhiozzava.

Mike si rammentò allora di non aver dato il bacio della buonanotte ad Amy e a Lucy. La sua mano rimase, pesante e ferma, sulla maniglia.

12.

Pat lascia l'ufficio senza permesso
Millbank. Martedì 15 aprile

Mike entrò nella sala d'attesa dello studio Wizens come un uragano. Fece un cenno di saluto a Sharon, intenta a parlare con un cliente, e poi disse alla receptionist in tono autoritario che aveva il taxi fuori che lo aspettava e voleva dire una parola a Steve. Sharon, che aveva sentito, si avvicinò: un nuovo cliente aveva già un appuntamento con Steve, ma avrebbe chiesto all'avvocato di dedicargli cinque minuti.

Mike prese posto vicino all'altro cliente. "C'è sempre da aspettare... Dagli avvocati, ai servizi sociali..." borbottava quello.

"Sono pienamente d'accordo."

"Gli assistenti sociali dovrebbero aiutare le famiglie, invece le spaccano. Distruggono famiglie che si vogliono bene. Una massa di incompetenti, ecco cosa sono!"

"Se me l'avesse detto la settimana scorsa non le avrei creduto!"

L'uomo si alzò di scatto e si mise di fronte a Mike; sbatté i tacchi e fece un inchino militaresco. Poi allungò il braccio: "Li ha capiti perfettamente. Mi permetta di stringerle la mano. Le auguro buona fortuna".

Mike non poté far altro che alzarsi anche lui, e i due si strinsero la mano sotto lo sguardo sorpreso della receptionist. Steve intanto li aveva raggiunti. Chiese all'altro di avere ancora un po' di pazienza e si portò Mike nello studio.

"È andato tutto bene," annunciò Mike, e poi fece un breve riassunto della riunione. Era particolarmente soddisfatto della scelta della psichiatra e del fatto che avrebbe visto Lucy quel pomeriggio stesso. "Ovviamente, la visita è a mie spese." Prima di andare via aggiunse con una smorfia compiaciuta che Mrs Dooms era esattamente come l'aveva immaginata: una femminista di mezza età e isterica.

Era ora di pranzo. Pat aspettava la telefonata di Mrs Oboe: quelle brevi conversazioni le piacevano; cominciava ad abituarsi agli sbalzi di umore della cliente. Ma quel giorno Mrs Oboe l'aveva delusa e aveva rivelato l'altro aspetto del suo carattere, quello descritto nelle deposizioni della scuola di Ali e dell'assistente sociale: irrazionale, insistente e indifferente al benessere del figlio. Aveva dimenticato l'appuntamento del pomeriggio. Pat le aveva ricordato che la lettera che confermava l'appuntamento indicava che doveva andare a West Hampstead e non al Centro medico di zona, dove lei portava Ali abitualmente. Mrs Oboe chiedeva conto anche di questo, e Pat le diede una meticolosa spiegazione su come arrivarci, ma Mrs Oboe non ne voleva sapere. Ripeté che non era stata informata dell'appuntamento e che pretendeva di incontrare la psicologa al Centro medico. Alzava la voce, farfugliava, si mangiava le parole e l'accento nigeriano diventava più marcato. Pat era totalmente confusa.

"Stia zitta!" le ordinò a un certo punto con il tono autoritario di Steve. "Ce la porto io, lì. E sarò da lei alle tre." Pat era stupita dal suo stesso ardire. Non aveva nemmeno chiesto il permesso di accompagnare la cliente. Steve si era preso una mezza giornata libera, così si era rivolta a Sharon, che mangiava un panino mentre spulciava un catalogo di acquisti per corrispondenza.

"Vacci, prenderò io le tue telefonate. Non parlarne con nessuno," le rispose senza alzare gli occhi dalla pagina.

"Ma Steve si seccherà?" insistette Pat, pur sapendo che Sharon l'avrebbe considerata petulante.

L'altra continuava a sfogliare il catalogo: "Dipende dalla priorità che ha dato alla cliente". Posò il dito su un tubino arancione. "Voglio un vestito sexy. Ti piace questo?"

"La settimana scorsa mi aveva detto che Mrs Oboe era la cliente urgente."

"Allora sei a posto."

"Però non mi ha mai detto che potevo uscire dall'ufficio..."

"Che noia!" Sharon sembrava esasperata. Chiuse il catalogo e la squadrò. Il viso di Pat era tutto a macchie rosse. Cambiò tono: "Se è una cliente urgente, allora va bene tutto. Una volta ho passato un'intera mattinata a picchiare sulla porta di una sniffatrice di colla che avrebbe dovuto presentarsi in tribunale. Ma era troppo fatta. Steve l'ha saputo e si è sprecato in complimenti: avevo fatto la cosa giusta. Stai tranquilla," aggiunse, "ora non pensarci più e aiutami a scegliere il vestito. Quest'anno vanno i tubini... Che ne pensi?". E tutte e due si chinarono sul catalogo.

Mrs Oboe viveva in un complesso di palazzoni degli anni venti di proprietà del comune. La geometria degli esterni era scandita da pannelli di gesso bianco, che insieme alle finestre creavano un effetto a scacchiera. Era stato restaurato di recente e nel cortile centrale c'erano grandi vasi traboccanti di fiori.

Pat aspettava nel soggiorno, mentre Mrs Oboe preparava Ali in camera da letto. La stanza era così piccola, e il soffitto così basso, che Pat dovette vincere una sensazione di claustrofobia. Poi a poco a poco la stanza prese vita: i mobili di seconda mano erano stati lucidati con amore, un vaso di fiori di plastica poggiava sul tavolino vicino a una pila di giornali e un mucchietto di lettere trascurate dalla destinataria giaceva, ben spolverato, sulla mensola del camino.

Nel taxi Ali si era raggomitolato fra le braccia della madre e guardava fuori, curioso. Passavano davanti a Buckingham Palace: Mrs Oboe non lo aveva mai portato lì, nonostante abitassero poco distante. "Grande casa," disse il ragazzino.

Stavano per arrivare a destinazione, Pat era pronta a dare a Mrs Oboe il denaro per il taxi del ritorno, ma lei non ne voleva sapere di tornare da sola; più Pat cercava di rassicurarla che avrebbe trovato facilmente un taxi, più si preoccupava. Ali tremava e si mordicchiava l'angolo del giubbotto. Alla fine Pat dovette acconsentire, risentita, ad aspettarli e riportarli a casa.

Mrs Oboe era molto soddisfatta della psicologa. Disse a Pat che le aveva mostrato cosa fare con Ali e che non vedeva l'ora di avere tra le sue mani il video per non dimenticare quanto le era stato insegnato. Durante il viaggio di ritorno in taxi, ormai rilassata, chiedeva a Pat il nome delle strade che percorrevano, come se volesse memorizzarle. In Bond Street disse: "Qui ci venivo con mio marito, prima che Ali nascesse. Non ci sono mai più tornata... è tanto lontano". Pat le spiegò che da casa sua ci sarebbe potuta andare a piedi, ma Mrs Oboe si irrigidì e non volle ascoltarla.

Il cortile del complesso aveva cambiato aspetto: vi bivaccava una banda di ragazzini incappucciati – era palesemente il loro regno. La gente che tornava a casa dal lavoro camminava rasente ai muri per evitarli. Da sopra, una banda rivale urlava oscenità e ne riceveva. Mentre Ali e la madre si avviavano al loro appartamento si sentì gridare: "Spastico!".

"Io ci sono abituata," disse Mrs Oboe, "ma Ali se la prende." E poi aggiunse con amarezza: "E per questo li maledico".

Ron e Pat erano assidui frequentatori di concerti sinfonici. Era suonata l'ultima campana e si dirigevano verso i loro posti nella Royal Festival Hall, ma Pat non pensava alla musica di Mahler. Durante il concerto non riuscì a concentrarsi, il pensiero di Mrs Oboe non le dava tregua, e nell'intervallo parlò a Ron dello strano comportamento della cliente: "Non osa lasciare la zona in cui vive, come se avesse paura di perdersi".

"Forse non sa leggere," azzardò lui.

"Non essere stupido!" gli rispose Pat, come se l'avesse offesa.

Ron le accarezzò la guancia.

13.
Dalla dottoressa Cliff
West Hampstead. Martedì 15 aprile

La dottoressa Cliff aveva lasciato il tribunale turbata; era la prima volta che veniva ripresa da un giudice. Non aveva previsto l'incalzante interrogatorio dell'avvocato dei genitori, un giovane che aveva studiato bene la causa e l'aveva messa in difficoltà. Lei aveva evitato le domande più insidiose e alla fine aveva ribattuto colpo su colpo. Il giudice non aveva gradito e li aveva ammoniti: il tono del dibattito non era appropriato a un'udienza in cui si discuteva il futuro di un bambino fisicamente menomato e afflitto dalla sindrome di Asperger.

Invece di andare direttamente a casa la dottoressa Cliff aveva fatto una passeggiata in Fleet Street per distrarsi, e c'era riuscita. Il quartiere degli avvocati, all'inizio della City, le piaceva molto perché sentiva di avere con loro una grande affinità; avrebbe voluto studiare giurisprudenza e rimpiangeva ancora di aver seguito il consiglio dei genitori adottivi, ambedue medici, e di esser diventata psichiatra. Resistette alla tentazione di fermarsi per il pranzo in uno dei pub frequentati dagli avvocati e prese la via di casa: doveva leggere un articolo sottoposto all'"Autistic Spectrum Review", di cui era consulente, e poi vedere una nuova paziente.

La casa dei Cliff era in una strada che aveva conservato l'antico fascino edoardiano. L'avevano comprata per pochi soldi appena sposati e col passare degli anni il valore era enormemente aumentato. Di recente avevano fatto delle modifiche strutturali, separando il seminterrato dall'abitazione vera e propria sempre mantenendo intatta la facciata. Gli ornamenti decorativi a stucco e le mura di mattoni rossi erano stati ripuliti alla perfezione: il caldo color terracotta contrastava splendidamente con il verde scuro delle finestre e del portico in legno scolpito, e si accordava bene con la pietra di Portland degli scalini d'ingresso.

Entrò nel giardinetto sul davanti e guardò orgogliosa la targhetta d'ottone con il suo nome e una mano con l'indice puntato a indicare gli scalini che conducevano al nuovo studio – tre stanze perfettamente attrezzate da affittare a colleghi per i pazienti privati. Poi notò la bicicletta di Ralph legata all'inferriata e le si strinse il cuore – ci sarebbe stata una discussione, e non si sentiva pronta.

Fino a pochi mesi prima la dottoressa Cliff avrebbe detto che il suo matrimonio era solido, benché non totalmente convenzionale. Erano sposati da pochi anni quando Ralph, un ingegnere meccanico di un certo successo e più giovane di lei, aveva avuto un figlio da un'altra donna. Lo aveva tenuto segreto a tutti, tranne che a lei. Il bambino era cresciuto credendo che Ralph fosse un affezionato padrino a cui di tanto in tanto faceva visita con la madre. Lei aveva tollerato perché convinta che il loro matrimonio avesse una profondità ben maggiore della squallida ed episodica intimità che Ralph andava cercando altrove. Aveva tuttavia deciso fin da allora che non avrebbe avuto figli da lui e si era concentrata sulla carriera.

Il passare del tempo le aveva dato ragione: il matrimonio era sopravvissuto; stavano bene insieme e avevano una vita comoda e gradevole. L'acquiescenza alle frequenti storie di Ralph aveva aumentato il suo potere sul marito, anche perché lei lo aveva molto aiutato nella carriera e lo accompagnava ai congressi internazionali, dove riusciva a dargli lustro: oltre a essere socievole e attraente, parlava due lingue e sapeva curare bene le pubbliche relazioni. Ralph era rimasto l'ancora della sua vita e lei aveva sviluppato un sesto senso nel cogliere i segni dell'infedeltà – lui, come il figlio che non avevano mai avuto, confessava e chiedeva perdono, giurandole eterno amore. Era divenuta la sua madre edipica sostitutiva.

Restava irrisolto soltanto un punto: Ralph si era attaccato al figlio, che ora studiava all'università. Voleva che il ragazzo avesse un tenore di vita adeguato e a lui aveva destinato la parte più cospicua dei loro investimenti. Lei lo considerava uno spreco e un attentato alla loro solidità finanziaria; era un grosso peso e spesso penava al pensiero che Ralph potesse nuovamente diventare padre in uno dei tanti incontri casuali con donne che lui non meno di lei riteneva insignificanti.

Ma l'ultima storia era diversa dalle altre. Per la prima volta l'amante era una sua pari, l'unica donna socia dello studio tecnico di Ralph. Il venerdì successivo lui avrebbe partecipato a un congresso internazionale a Taormina e le aveva assicurato che la collega non sarebbe andata. Lei avrebbe preferito rimanere a Londra, però aveva prenotato un biglietto sul suo stesso volo: l'avrebbe disdetto quando fosse stata certa che sarebbe effettivamente partito da solo. Si era segnata sull'agenda di verificarlo con la segretaria di Ralph, che era sua alleata.

Ralph era in cucina e stava mangiando una scodella di lenticchie; tornava spesso a casa per pranzo: il suo studio era vicino e gli piaceva portare Flag, il loro vecchio cane, a fare una passeggiata.

"Immagino che a Taormina starai all'Excelsior con gli altri," gli disse.

"Non sono sicuro. Forse mi hanno prenotato in un altro albergo." Ralph si era infilato in bocca un'altra cucchiaiata di lenticchie.

"Quale? Dimmi." Lei aveva assunto lo stesso tono dell'avvocato che tanto l'aveva infastidita in tribunale.

"Non ricordo. Forse il Palace... forse il Royal... Tu non vieni, comunque, vero?" Ralph la guardò da sotto in su con durezza.

"Non lo so. Ho prenotato, ma devo ancora dare conferma. Voglio sapere dove alloggerai."

"Non è necessario che tu venga. E poi avevi detto che avevi da lavorare. Non è necessario, davvero."

"Dimmi perché non è più necessario che tua moglie ti accompagni ai convegni internazionali!" Era furiosa. "Voglio sapere se quella donna verrà a Taormina!"

Ralph non rispose.

"Va bene, allora ce la godremo tu e io, la bella stanza con vista prenotata in un albergo discreto ma elegante. Scelto da te o da lei?"

"Non ti voglio."

"Peggio per te. Io vengo. La prossima volta organizzati meglio." E l'aveva lasciato con la sua scodella di lenticchie.

La dottoressa Cliff aveva letto l'articolo e non aveva nulla da fare; aspettava i disegni di Lucy Pitt e guardava distratta la sala d'attesa attraverso un vetro a specchio, che durante le visite teneva coperto con un telo di stoffa a colori vivaci.

La receptionist parlava con una donna di mezza età dal volto paffuto e dai lineamenti minuti; sarebbe stata molto attraente se si fosse curata un po' di più: i capelli ricci e gonfi sembrava non avessero mai conosciuto la spazzola di un parrucchiere e il caftano a disegni floreali mal si intonava con la grossa collana di legno che le penzolava sul seno. Dal loro atteggiamento era evidente che le due non erano d'accordo: la receptionist era nuova e sembrava confusa. L'altra parlava concitata, agitava enfaticamente capo e braccia, senza mai poggiare a terra le borse di plastica rigonfie di rotoli che teneva in mano e che erano diventate quasi un'estensione di lei stessa. La dottoressa Cliff decise di intervenire, c'era qualcosa in quella donna che la incuriosiva.

I disegni di Lucy erano sparpagliati tutto intorno nello studio, sulle seggiole, sul divanetto e sul pavimento. La dottoressa Cliff aveva ascoltato attentamente la descrizione di Mrs Dooms, che di terapia del gioco sembrava saperne parecchio, più di quanto si sarebbe aspettata da una maestra d'asilo. Nonostante fosse prolissa e ripetitiva, il suo parlare aveva un certo fascino. Alla dottoressa Cliff sarebbe piaciuto continuare ad ascoltarla, ma non c'era tempo – aspettava i Pitt – e dovette chiederle di raccogliere i disegni e andarsene. La receptionist le annunciò che i pazienti successivi avevano telefonato: erano leggermente in ritardo.

"Quando arrivano i signori Pitt, falli aspettare."

Mrs Dooms aveva ascoltato; sembrava agitata: "Non posso incontrarli!", e cominciò a raccattare i disegni in fretta e furia, riuscendo soltanto a creare maggior disordine. La dottoressa Cliff la rassicurò che ci avrebbe pensato lei, ma Mrs Dooms insisteva caparbia che era l'unica a poterlo fare per bene. Col risultato che quando arrivarono i Pitt la dottoressa Cliff non poté riceverli nella sua stanza. Chiese alla collega, che aveva affittato uno studio per due ore e avrebbe dovuto già lasciarlo, fra quanto sarebbe andata via, mettendole fretta. Quella congedò i pazienti e se ne andò immediatamente. Poi disse alla receptionist di far uscire Mrs Dooms dalla sua abitazione, attraverso la scala interna.

"Penso saprà già perché le abbiamo portato Lucy," disse Mike. La bambina era tornata nella sala d'aspetto, dove c'era un angolo ben attrezzato con dei giochi. "Il dottor Vita le avrà parlato di noi e del nostro problema con l'asilo, in particolare con una maestra che ce l'ha con mia moglie. Il classico tipo che si sente un paladino dei bambini."

"Mia figlia è sana e normale," precisò Jenny interrompendolo.

"Questo è quanto crediamo noi, sta alla dottoressa Cliff confermarlo, " la corresse Mike, e poi aggiunse: "Quello che è certo è che io non ho mai fatto del male alle mie figlie. E siamo convinti che nessun altro gliene abbia fatto. Vogliamo che lei si senta libera di chiedere a Lucy tutto quello che vuole sulla nostra famiglia, e che parli con la nostra ragazza alla pari e con chiunque altro ritenga opportuno".

La dottoressa Cliff fece un sorrisetto di approvazione.

"Sia ben chiaro," disse Mike alzando leggermente la voce per dare maggior peso a quanto stava per dire, "se desidera chiedere una consulenza ad altri colleghi, i soldi non sono un problema. Quello che importa è arrivare in fondo a questa storia."

Poi Jenny parlò di Lucy e della loro famiglia: di tanto in tanto Mike la interrompeva, ma la dottoressa Cliff non li ascoltava. Sentiva solo le loro voci. *Sia ben chiaro*, aveva detto, *sia ben chiaro*.

14.

Una sinfonia di rossi

Brixton. Mercoledì 16 aprile

"Mike Pitt," disse la voce sul telefono di Steve.

"Mr Booth è in tribunale," rispose Pat. "Sono la sua segretaria, Pat Hall, vuole lasciare un messaggio?"

Pat aprì il file dei Pitt e cominciò a scrivere: *Ieri Mr Pitt è tornato per l'appuntamento con la dottoressa Cliff. I Pitt hanno parlato con lei prima e dopo il colloquio con Lucy. La dottoressa desidera vedere Amy giovedì pomeriggio. Ha fatto un'ottima impressione ai clienti e la sua relazione sarà pronta venerdì mattina.*

"Non sarei così ottimista," disse Steve dopo aver letto l'appunto. "Saranno i prossimi clienti urgenti."

"Perché?" Pat non aveva più motivo di nascondere la propria curiosità. Steve si era congratulato per l'iniziativa presa con Mrs Oboe e adesso lei si sentiva a pieno titolo parte della squadra.

"Ci sono solo due motivi per cui la dottoressa Cliff vuol vedere Amy: o per trovare conferma all'abuso su Lucy, o per scoprire se è stata abusata anche lei. Mike Pitt avrebbe dovuto arrivarci da solo, è uno stupido."

"O un presuntuoso."

"Spero di no, ma se hai ragione tu rimarrà un cliente urgente per sempre. Con i presuntuosi io perdo la calma, dovrai badargli tu."

Mike era di nuovo al telefono: voleva informare Steve che aveva avviato delle indagini private su Mrs Dooms, il rapporto sarebbe arrivato per la fine della settimana. Steve lo mise al corrente della sua preoccupazione riguardo alla dottoressa Cliff, ma Mike non gli diede retta: di avvocati ne conosceva tanti, e sapeva bene che erano tutti pessimisti.

Allo studio Wizens c'era una stanza riservata alla consultazione del materiale video: serviva per lo più ai penalisti. Pat era lì per trascrivere il dvd del colloquio di Ali e sua madre con la psicologa, che aveva ricevuto quella mattina con un corriere. Non aveva mai fatto quel tipo di lavoro e Sharon le aveva suggerito di guardare prima il dvd tutto di seguito per familiarizzare con il contenuto. Non era semplice seguire il colloquio, le parole di Mrs Oboe e di Ali a volte erano incomprensibili. A un certo punto il colloquio sembrava finito – i tre avevano lasciato la stanza –, ma il dvd continuava: Pat aspettava che tornassero, invece era entrata una donna con in mano un cesto di pelle e poi se n'era andata. Era chiaro che la psicologa aveva dimenticato di spegnere la videocamera e dunque quella parte era da ignorare.

La trascrizione del video di Mrs Oboe si era rivelata un compito lungo e complesso, e le donne delle pulizie dovettero ricordare a Pat che era giunta l'ora di chiudere l'ufficio.

Pat prese la scorciatoia per la stazione attraverso Electric Avenue, una dolce e larga curva formata da due schiere compatte di edifici tardo vittoriani di uno straordinario colore corallo scuro, un tempo elegante accesso alla stazione ferroviaria, ormai da decenni inglobata nel mercato. I venditori stavano smontando le bancarelle e spingevano le loro carriole nel centro della strada urlando per farsi largo tra la folla degli ultimi clienti, degli spacciatori e dei venditori di contrabbando che al calar della sera prendevano possesso del mercato. In fondo alla strada, cataste di cassette di frutta vuote e mucchi di verdura marcia aspettavano i camion della nettezza urbana.

Alcuni negozi erano ancora aperti e la merce rimaneva esposta sul davanti. C'era tanta gente che sbrigava le ultime commissioni: l'attività del mercato ferveva ancora. Una voce gutturale si levava in mezzo alla folla davanti al verduraio all'angolo di Atlantic Road. Pat credeva di conoscerla – assomigliava a quella di Mrs Ansell –, poi intravide il suo soprabito blu elettrico. Mrs Ansell additava le verdure che voleva: cipolle rosse, patate dolci, peperoni e pomodori; urlava per essere obbedita e sceglieva ogni singolo ortaggio.

All'addensarsi della folla, Pat l'aveva persa di vista, ma era ricomparsa in prima fila dal fruttivendolo: palpava i manghi per verificare che fossero maturi. Non aveva rispettato il turno e sbraitava contro chi avrebbe voluto rimetterla al suo posto. Finalmente vittoriosa, afferrò i sacchetti che le venivano porti oltre il bancone e se ne andò trascinandosi dietro il carrello colmo di verdura, ma un tacco le si incastrò in una lastra di pietra sconnessa e cadde spargendo il contenuto dei sacchetti sul marciapiede e nel canale di scolo. Una vecchia si fermò a guardare, poi se ne andò silenziosa.

Concentrata e rapida, Mrs Ansell raccoglieva le sue cose a quattro zampe e intanto inveiva contro un giovane che – ne era sicura – aveva calpestato intenzionalmente i suoi spinaci.

Pat si fece avanti per aiutarla mentre una cascata di acqua fetida si abbatteva sul marciapiede e formava una pozzanghera dove erano finiti i pomodori di Mrs Ansell: "Smettila, cretino!" urlò al pescivendolo che continuava a lavare il bancone.

Quanto a Pat, non l'aveva degnata di uno sguardo. Se ne stava andando con le sporte piene quando di nuovo incespicò, questa volta senza cadere.

"Vuole che l'accompagni?" Pat le tolse di mano un sacchetto.

La casa di Mrs Ansell era in una fila a schiera, in mezzo ad altre due con i ponteggi. Sulla casa accanto, un cartello con una scritta rossa: *Il comune crea abitazioni per i cittadini.*

"Mi ritroverò di nuovo circondata da morti di fame," disse Mrs Ansell, lanciando uno sguardo bieco al cartello, mentre cercava le chiavi nella borsa. Pat rimase a bocca aperta alla vista del portachiavi: un'enorme lettera E di brillanti attaccata a una robusta catena d'oro. "È oro zecchino." Compiaciuta, Mrs Ansell lo sollevò per farglielo vedere meglio. "Ventiquattro carati. Le pietre sono zirconi, ma non è da buttare." Era rimasta sul marciapiede: scrutava ogni finestra. Poi cambiò tono e le chiese: "Le dispiace entrare con me? Ho paura".

Mrs Ansell mise il fermo alla porta e si appiattì contro la parete: ascoltava i rumori della casa. Fece qualche passo; sembrava sul punto di svenire. "Mi sento male. Mi aiuti ad andare di sopra."

Distesa sul copriletto di damasco, Mrs Ansell parlava e piangeva sommessamente. Se lo sentiva dentro che quella sera il marito sarebbe venuto a prendersi i vestiti. Per questo era andata a fare la spesa: avrebbe cucinato le sue pietanze preferite e poi avrebbe lasciato le pentole sui fornelli, così, quando sarebbe venuto, avrebbe trovato la cena ancora calda. E forse non se la sarebbe sentita di pestarla. "Lui lo sa che sto morendo di cancro," disse senza nessuna autocommiserazione. Poi tacque.

"La puttana che si è preso non sa neanche cucinare!" La voce di Mrs Ansell aveva ritrovato vigore, lei si era sollevata dai cuscini e aveva cominciato a inveire contro quella donna che lo aveva stregato e trasformato in una belva.

"Deve tornare da Mr Booth per un'ingiunzione!" le disse Pat, con forza.

Mrs Ansell non le rispose; guardava la foto sul comodino. "Io amo il mio uomo," e poi, alzando la voce, rabbiosa, "ma non voglio quella zoccola in casa mia! Glielo deve dire a Mr Booth, che lui mi ammazzerà... allora sì che dovrà marcire in prigione. Io non sarò più qui per vergognarmene."

Mrs Ansell si era stancata ed era ricaduta sui cuscini, il volto girato verso la finestra.

Pat si guardò intorno. La stanza era tutta una sinfonia di rossi: tende, tappeto, carta da parati. Due grandi specchi con massicce cornici dorate erano appesi uno di fronte all'altro creando una moltiplicazione di illusione; sulla parete di fronte al letto, un dipinto raffigurava una donna nuda invitante, sdraiata su un divano. Nonostante gli specchi, la camera sembrava una prigione. Pat non si accorse che ora Mrs Ansell la stava osservando, seduta sul letto.

"Sto meglio, adesso può andare."

15.
Il responso
West Hampstead. Giovedì 17 aprile

La receptionist era andata via e la dottoressa Cliff aspettava i Pitt.

Jenny arrivò con Amy, piena di scuse per il ritardo: Amy partecipava a una recita scolastica e le prove erano andate per le lunghe. In quel momento le raggiunse Mike, direttamente dall'aeroporto. La dottoressa Cliff gli rivolse un sorriso meccanico e si portò Amy nello studio.

I Pitt rimasero soli. Mike gironzolava per la sala d'aspetto con passo lento e pesante, fermandosi davanti agli acquerelli appesi alle pareti. Jenny sfogliava il giornale della sera che lui aveva gettato sul tavolino. "Abbiamo promesso ad Amy una cena take-away," disse. "Cosa le prendiamo?"

Consci della tensione che cresceva dentro di loro e riluttanti ad ammetterla, i Pitt discutevano sulla scelta del take-away. Padre e figlia preferivano il kebab turco, mentre Jenny – sempre attenta alla linea e sospettosa del cibo pronto – era per il sushi organico. Com'era scontato, la scelta cadde su quello che preferiva Amy. Poi i due sprofondarono in una veglia silenziosa.

Amy riapparve per prima: come al solito, era composta e il suo viso non lasciava indovinare come fosse andata. Poi arrivò la dottoressa Cliff. Mike e Jenny si alzarono, pronti a seguirla nello studio, ma lei chiese di aspettare.

Amy intanto aveva aperto la cartella: tirato fuori il foglio con le sue battute per la recita, si era seduta in disparte per ripassarle. I Pitt restarono in piedi.

L'esordio della dottoressa Cliff li gelò entrambi.

"Scusate l'attesa. Ho parlato con il dottor Vita, che è d'accordo con la proposta che sto per farvi.

"È evidente che Lucy è stata abusata. Ha indicato che non si è trattato di penetrazione, ma di toccamenti e forse fellatio. Probabilmente ha visto un'eiaculazione. Mi ha anche detto che l'abusatore è suo padre. Amy mi ha confermato che il padre entra nella loro stanza di notte e che fa il bagno con Lucy il sabato mattina, quando la madre non c'è. Il comportamento e le risposte di Amy alle mie domande indicano che non è stata abusata dal padre: me lo ha detto, e io le credo."

La dottoressa Cliff lasciò ai Pitt il tempo di rispondere. Era come se il tempo si fosse contratto. Non c'era spazio per ribattere. Mike e Jenny sembravano risucchiati lontani l'uno dall'altro e da se stessi.

"Ho considerato tre fattori: primo, le sorelle non hanno alcuna esperienza di separazione dai genitori. Secondo, il dottor Vita è un collega stimato e degno di fiducia: è il vostro medico curante e vi conosce bene. Terzo, l'ufficio dei servizi sociali è chiuso e se dovessi chiamare i servizi di emergenza chiedendo di allontanare le bambine dalla famiglia è probabile che debbano andare in case d'accoglienza inadatte a loro, e che vengano separate. Voglio evitarlo, se posso. Sarebbe un'altra forma di abuso."

Mike non tradiva alcuna emozione. Jenny si era coperta il volto con le mani.

"Il dottor Vita e io preferiremmo che stasera le bambine restassero a casa con la madre. Lei, Mr Pitt, deve darmi la sua parola d'onore che trascorrerà la notte e la giornata di domani altrove, fino a quando i servizi sociali non avranno considerato la mia opinione e avranno deciso cosa fare per proteggere le bambine."

Mike guardava la dottoressa Cliff inebetito. Jenny abbassò le mani lentamente sul collo, chiudendole in una stretta nervosa sempre più forte. "Mrs Pitt, deve promettermi che non permetterà a suo marito di entrare in casa, né di parlare con le bambine, o di vederle, fino a quando i servizi sociali non avranno parlato con lei e avranno deciso cosa è meglio per ognuna delle sue figlie. Non c'è nessuna accusa a suo carico. Sinceramente, spero che le bambine possano rimanere a casa con lei, ma la decisione finale sarà raggiunta dopo un esame dei rischi che lei potrebbe comportare per loro e dopo tutti gli accertamenti del caso..."

"Devo parlare con Justin!" Mike era categorico. La dottoressa Cliff trasalì, sembrò spaventata e si offrì di lasciarli soli per telefonare.

"Che sta succedendo, Justin?" Mike controllava a stento la rabbia.

"Il parere della dottoressa Cliff mi ha scioccato, ma non ho altra scelta che accettarlo," gli disse il dottor Vita, quindi esortò Mike a lasciare casa e a fare come richiesto dalla dottoressa, per evitare il peggio – che le bambine fossero portate via quella notte stessa.

"Faremo come dici," rispose Mike, "ma voglio che la chiami tu per dirle che siamo d'accordo."

Jenny ora teneva le mani in grembo, sul collo si vedevano i segni dei pollici. Mike la guardò come una parte di sé e si sentì quasi mancare: dov'erano arrivati? Ma non si lasciò sopraffare e chiamò Steve: "Mi è stato chiesto di non rientrare a casa, stanotte. Sono accusato di aver abusato Lucy". E la voce gli si ruppe.

"Venga via da lì con Amy e sua moglie, dica ad Amy che stanotte o domani – come preferisce – andrà all'estero, per lavoro, e venga direttamente da me. Sua moglie porterà Amy a casa e poi ci raggiungerà. Non è il momento di preoccuparsi, fare congetture e recriminare. Dobbiamo essere in tribunale domattina. Non ne parli con nessuno, tranne sua moglie." Mike si scarabocchiò sulla mano l'indirizzo di Steve e lo fece vedere a Jenny, ma lei sembrava non capire. Mike le strinse il braccio per avere una risposta.

"A Lucy non è successo niente." La voce di Jenny era ridotta a un soffio.

"Esatto," approvò Mike, con enfasi. Andò nella sala d'aspetto a chiamare la dottoressa Cliff, che ascoltava sorridente Amy che le ripeteva le battute. Mike l'avrebbe strangolata.

Erano di nuovo nello studio. "Prometto di non vedere le mie figlie e di non entrare in casa mia fino a domani sera. Le promesse di mia moglie rispecchiano le mie, come lei ha richiesto." Mike le aveva parlato con voce chiara e piatta. Ambedue si volsero a guardare Jenny. Lei aveva abbassato la testa, le labbra tremanti continuavano a bisbigliare "a Lucy non è successo niente, niente, assolutamente niente," in un mormorio impercettibile.

Mike continuò: "Sia ben chiaro: ce ne andremo di qui con nostra figlia. Io prenderò un taxi e Jenny tornerà in macchina con Amy".

Mike disse ad Amy che aveva vinto: avrebbe comprato del kebab con la mamma, lui doveva andare a una riunione e l'indomani, mentre loro facevano colazione, sarebbe già stato su un aeroplano.

"Iuuhuuh! Andiamo, mamma!" Amy era contenta e prese la mano della madre. Le labbra di Jenny modellarono un sorriso.

Alla Kebab House la ragazza alla cassa stava infilando le vaschette di alluminio nel sacchetto di carta marrone con i manici. "Ho messo il condimento dell'insalata in cima. Stia attenta," raccomandò a Jenny.

I campanelli appesi sopra la porta tintinnarono. La ragazza sollevò lo sguardo ansioso; quando vide che era Mike, gli sorrise. Lui non le fece caso e andò dritto da Jenny, che gli dava le spalle. Le cinse la vita. "Ho detto al tassista di seguirvi, ma poi siamo rimasti bloccati a un semaforo."

"Papà! Allora vieni a casa a mangiare con noi!"

"No, sono venuto a offrirvi la cena, come avevo promesso. Ora andate." Mike diede un frettoloso bacio sulla fronte ad Amy e poi chiese il conto.

Jenny se ne andò con la bambina: stringeva in mano il biglietto che Mike le aveva fatto scivolare nella tasca. Sulla soglia ebbe un momento di esitazione e si voltò, ma lui stava ancora pagando.

Mike aveva riposto il portafogli in tasca ed era rimasto al bancone, come se volesse comprare da mangiare anche per sé. "Desidera qualcosa, signore?" E la ragazza gli porse il menu.

"No, grazie." Lo sguardo gli cadde sulla bruciatura sull'avambraccio di lei, ma senza registrarla.

La ragazza sussurrò che era stato uno schizzo d'olio. "Stavo friggendo, ero distratta. Non è colpa dei miei fratelli." Mike la guardò come se non capisse. I suoi pensieri erano altrove, e riuscì soltanto a dire: "La prossima volta stia più attenta".

Mai, prima di allora, la dottoressa Cliff aveva accusato un uomo di aver abusato la propria figlia. Colleghi ben più esperti avevano descritto simili esperienze come drammatiche e, a volte, spaventose. Nel contesto ospedaliero avrebbe avvertito i servizi sociali per dare supporto ai genitori e predisporre il necessario per proteggere il bambino, e quelli di sicurezza per proteggere se stessa. Ma i Pitt erano nella sala d'aspetto, e lei doveva decidere da sola, e in fretta, che cosa fare con Lucy – c'era anche Amy da riportare a casa.

Aveva chiamato i servizi sociali – la segreteria telefonica avvertiva che l'ufficio era chiuso sino all'indomani – e aveva scartato l'alternativa di chiamare il numero per le emergenze notturne. Poi aveva esaminato freddamente la situazione: i Pitt erano pazienti privati di Justin Vita, sul quale lei contava per aumentare il proprio giro – gli avrebbe chiesto consiglio. Era stata la scelta giusta: avevano subito concordato la miglior linea di condotta.

Si era aspettata un confronto difficile e acrimonioso con Mike Pitt. Non aveva previsto che fosse così rapido e senza intoppi. Né lui né la moglie le avevano posto domande o avevano messo in dubbio il suo responso. Dopo aver parlato con il dottor Vita avevano accettato la sua proposta ed era andato tutto liscio. Il comportamento dei Pitt le aveva confermato che non si sbagliava. Eppure si sentiva svuotata.

Dall'infanzia Melanie Cliff aveva imparato a dividere la sua vita in compartimenti stagni. Quando i Pitt se ne furono andati, si concentrò su Ralph: doveva risolvere il dilemma se partire per Taormina con lui l'indomani. Dopo aver sistemato quella faccenda, avrebbe scritto il parere per il dottor Vita. Eppure non riusciva a smettere di pensare a Mike Pitt: l'aveva trattata con disprezzo, lo stesso che Ralph dimostrava nei suoi riguardi dal martedì precedente. *Sia ben chiaro*, le aveva detto Mike Pitt. E quelle parole ormai lontane non avevano perso la loro potenza.

La dottoressa Cliff aveva paura.

16.

Una colonia di felci

Peckham. Casa di Steve. Giovedì 17 aprile

Il viaggio fino a Peckham era stato allungato dai lavori stradali, ma questo a Mike non era dispiaciuto. Aveva telefonato al Claridge's, dove aveva prenotato una stanza, per avvertirli che sarebbe arrivato tardi e che sua moglie avrebbe portato le sue valigie. Poi aveva avvisato il suo capo, Rudy Halt, che l'indomani non sarebbe andato in ufficio e lo aveva rassicurato sul fatto che aveva già diviso il lavoro fra i membri della sua squadra. Infine aveva chiamato Justin, ma aveva il cellulare staccato.

Il taxi era in un labirinto di strade e stradine, in una zona industriale di Southwark, da tempo abbandonata. Quando l'autista aveva rallentato per leggere i nomi delle vie, Mike si era preoccupato. A un certo punto l'uomo si era arreso e aveva accostato per consultare lo stradario; poi era ripartito veloce e aveva rifatto il giro tornando sulla strada di prima. Si era imbucato in una strada a senso unico che serpeggiava tra gli edifici e diventava sempre più stretta, finché non aveva raggiunto un vicolo cieco che tutto a un tratto si allargava in una piazzetta su cui si apriva la facciata di un deposito dismesso.

Steve aveva fatto strada a Mike su una scala stretta che portava al sottotetto, un enorme open space rettangolare e con pochi mobili ristrutturato di recente. Entrando a sinistra, sotto un lucernario, una colonia di felci formava un'isola verde. Alcune, epifite, crescevano dagli incavi di tronchi disposti in cerchio che fungevano anche da piedistallo per altre specie, invasate. L'Adiantum, dagli steli neri e dal fogliame leggero contrastava con la nervatura scura delle fronde vistose della Asplenium nidus. Un magnifico esemplare di Nephrolepis exaltata, una felce comune, era accostato ad un Adiantum polyphyllum. Le loro fronde – ricurve e dai margini seghettati quelle dell'una, lucide, polpose e linguate quelle dell'altro – si intersecavano. Altre felci cadevano a cascata da cesti appesi al soffitto, alcune dalle fronde piumate, altre con le foglie dure e geometriche come lastre di metallo. La zona salotto era al centro dell'appartamento: tappeto blu, poltrone di pelle bianca e un tavolino di cristallo. Una fila di palme nane in vasi di terracotta formavano un paravento sul lato opposto – le pareti erano spoglie, tranne una, senza finestre. Contro questa, sculture di ebano posate su piedistalli di altezze diverse. L'appartamento di Steve era di un'eleganza particolare.

Mike rifiutò l'offerta di bere qualcosa. Era pronto a immergersi nel lavoro, non così Steve. Sprofondato in poltrona, aveva continuato a sorseggiare la sua birra e lo ascoltava senza prendere appunti. Quando Mike ebbe finito, gli comunicò che voleva sapere dal dottor Vita cosa gli aveva detto la dottoressa Cliff e lo lasciò solo, avrebbe fatto la telefonata dal suo studio.

"Sono contento che abbiano cercato assistenza legale così prontamente," disse Justin Vita. "Prima di tutto, deve sapere che Mike e io siamo amici. Non ricordo nulla, nella storia medica della famiglia e nelle loro vite, che possa coincidere con gli indicatori dell'abuso sessuale. I Pitt sono buoni genitori e le loro figlie gli fanno onore. Lucy è una bambina sana e serena. Eppure, la dottoressa Cliff è sicura della colpevolezza di Mike." Il dottor Vita gli riassunse la conversazione con la dottoressa – più o meno, quello che Steve sapeva già. Stava visitando quando lei e poi Mike lo avevano chiamato e le conversazioni erano state brevi e dritte al punto. "Sul momento non sono entrato nel merito del suo parere, ma devo saperne di più. Leggerò le cartelle mediche e poi la chiamerò. A essere onesto, sono scioccato."

"Gliel'ha detto?"

"No, non era il momento. La dottoressa Cliff voleva discutere con me il modo migliore per comunicare loro le sue conclusioni e i piani per l'immediata protezione di Lucy. Mi ha detto cosa aveva in mente di fare." Il dottor Vita esitò. "In effetti, sono stato io a suggerirle di chiedere a Mike di andar via da casa: se avesse chiamato i servizi sociali, che era quello che aveva in mente, avrebbero portato via Lucy."

"Lei ha una grande capacità di persuasione."

"Era un piano razionale, per una notte sola. Se avessi messo in dubbio la sua competenza, si sarebbe irrigidita. Ho dovuto accettare quello che mi ha detto."

"Ma lei ha dubbi?"

"Mi sono chiesto subito se gli altri specialisti che avevo consigliato sarebbero stati così sicuri fin dall'inizio, senza fare altri accertamenti."

"Se dovesse esserci un'udienza, sarebbe disposto a testimoniare a favore di Mike Pitt?"

"Certo. Non ritengo che Lucy sia stata abusata, e tanto meno da lui."

Mike era rimasto seduto e si guardava intorno. Fece un cenno in direzione delle sculture in fondo: "Sembrano dell'Africa orientale".

"Sono Makonde. Mio padre era diplomatico," disse Steve, e poi aggiunse: "Andiamo a lavorare, il dottor Vita testimonierà per lei".

"È il minimo che possa fare, dopo averci cacciato in questa merda con il suo suggerimento."

"Sua moglie crede nella sua innocenza?"

"Totalmente."

"La vorrebbe a casa?"

"Certo."

"Questo crea delle difficoltà." Steve gli disse che l'opinione della dottoressa Cliff aveva un peso enorme: la sua relazione sarebbe stata pronta l'indomani mattina e i servizi sociali avrebbero sicuramente iniziato i procedimenti per la protezione di Lucy, probabilmente anche di Amy. In assenza di un'opinione discordante di un altro psichiatra, nessun giudice avrebbe messo in dubbio le conclusioni della dottoressa. Se Jenny avesse insistito sulla sua innocenza e nel volerlo a casa, i servizi sociali avrebbero ottenuto una breve misura preventiva con la quale avrebbero potuto affidare Amy e Lucy a una famiglia temporanea: in tal caso, lui e la moglie avrebbero visto le bambine sotto sorveglianza.

"Perché dovrebbero voler togliere le bambine a Jenny?"

"Penseranno che nega, o che è complice, e dunque che in ogni caso non può proteggerle da lei o da qualunque altro abusatore. Dobbiamo prevenire la loro richiesta. Un affidamento delle bambine ai servizi sociali, seppur temporaneo, li metterebbe in una posizione di vantaggio."

Steve spiegò la sua strategia: un'azione preventiva e dunque insolita, che un giudice dell'Alta Corte avrebbe potuto approvare più facilmente dei tre giudici di pace del Tribunale della famiglia. Jenny avrebbe richiesto due provvedimenti d'urgenza contro Mike: uno per l'affidamento delle figlie, l'altro per impedirgli di vivere in casa, un'ingiunzione. Entrambi avrebbero richiesto, di comune accordo, un provvedimento per regolare i diritti di visita di Mike, sotto la sorveglianza di persone di fiducia: Lisa, amici e parenti ad esclusione dei servizi sociali.

Un'azione preventiva e dunque insolita, che un giudice dell'Alta Corte avrebbe potuto approvare più facilmente dei tre giudici di pace del Tribunale della famiglia.

"Se ci riusciamo, le bambine rimarranno a casa e continueranno a vederla. Va bene?"

"Proceda."

"Sua moglie sarà d'accordo?"

"Sì."

Adesso i Pitt dovevano identificare le persone che avrebbero sorvegliato le visite, ottenere il loro consenso e fare in modo che incontrassero Steve quella sera stessa o la mattina seguente, presto, per redigere la loro dichiarazione. Steve doveva anche preparare le dichiarazioni di Jenny e quella di Mike, da ultima. Bisognava che la documentazione fosse pronta e firmata per essere depositata in tribunale l'indomani mattina.

Mike aveva gli occhi iniettati di sangue e la pelle grigia. Aveva ascoltato senza battere ciglio. "Prima di procedere, Mr Booth, voglio sentirle dire che lei non mi crede un abusatore sessuale."

"Se lo asserissi sarei uno stupido e, peggio, sarei anche un cattivo avvocato. Io devo esaminare ogni brandello di prova con mente aperta e dubitarne esattamente come il giudice," rispose Steve. "Prendere o lasciare."

Mike si alzò di scatto, le braccia abbandonate lungo il corpo, i pugni stretti come se volessero stritolare il niente che c'era dentro. Fissava Steve, e senza staccargli gli occhi di dosso fece un paio di passi verso di lui, minaccioso. Poi si fermò e serrò i pugni più forte. Steve non si mosse e sostenne lo sguardo. Mike si girò e cominciò a camminare lungo la parete di fondo. La seguì tutta, indugiando davanti a ognuna delle dieci statue. Scolpite in tronchi di ebano, rappresentavano complessi intrecci di spiriti dalla forma umana e animale – figure sciolte, allungate, i cui arti e i cui lineamenti sembravano liquefatti. Alcune erano semiastratte; osservandole più da vicino erano figure umane distorte, oblunghe e profondamente erotiche.

Mike si volse a cercare Steve. Non lo vedeva più, ma una lampada era accesa, dall'altro lato, dietro le palme.

Steve grattugiava un pezzo di cheddar in una ciotola in cui c'erano già una cucchiaiata di cipolline tritate, una noce di burro e una punta di mostarda. Poi amalgamò il composto e vi aggiunse il resto della sua lattina di birra. Continuò a mescolare delicatamente.

Mike era dietro di lui e guardava. "Ha vinto." Poi aggiunse, secco, come se digrignasse i denti: "Non lo chiederò più. Mai più. Ma deve promettermi che lavorerà per me come una bestia".

Steve si girò, aveva il cucchiaio di legno in mano. "Promesso."

Tutti e due sapevano bene che si trattava di una tregua e non di un accordo.

17.
Il Welsh Rarebit
Peckham. Casa di Steve. Giovedì 17 aprile

Mike era al telefono quando Jenny era arrivata da Steve. Prima di uscire si era rassettata, aveva rinfrescato il trucco e scelto una sciarpa verde che esaltava gli occhi blu e la carnagione chiara. Resse lo sguardo penetrante di Steve senza imbarazzo o fastidio, e più lo guardava, più era perplessa per la scelta di Mike. Steve Booth era ben lungi dall'essere l'avvocato di grido che si era immaginata: indossava una vecchia tuta e un paio di pantofole e il suo aspetto trasandato strideva con l'eleganza minimalista della casa. Era stata lei a rompere il silenzio: gli aveva spiegato che era in ritardo perché era dovuta andare all'albergo di Mike a portare le valigie. Poi aspettò che lui le parlasse.

"Non ho mangiato e ci aspetta una lunga notte. Spero che le piaccia il Welsh Rarebit con le cipolle, sono l'unica variazione che mi sono permesso di fare alla ricetta di Mrs Beaton," le disse. "Ora vado in cucina, suo marito le dirà di cosa abbiamo discusso."

Scoprirono che avevano tutti fame e mangiarono avidamente il Welsh Rarebit – un toast coperto da un impasto a base di cheddar e messo sotto la griglia per formare una crosta croccante – e la frutta. Steve li mise al corrente delle perplessità del dottor Vita e della sua intenzione di discutere con la dottoressa Cliff il suo parere, quella sera stessa. I Pitt dovevano decidere se volevano aspettare l'esito di quel colloquio: il dottor Vita credeva di poter persuadere la dottoressa a cambiare la sua posizione e a condurre altre ricerche, prima di chiamare i servizi sociali.

Mike era incline ad aspettare, secondo lui la dottoressa Cliff aveva chiaramente bisogno di denaro. "Lo studio nuovo le sarà costato una fortuna e il dépliant diceva che è composto da tre stanze, tutte da affittare a ore." Entrambe le volte in cui era stato da lei non aveva visto altri pazienti e la ragazza dietro il banco stava leggendo un romanzo. Justin Vita era una fonte di guadagni, per la dottoressa. Con un certo tatto, forse ce l'avrebbe fatta a riparare il danno che lui stesso aveva causato. La domanda era: ci sarebbe riuscito?

Jenny non era per niente d'accordo. Sin dall'inizio, la dottoressa Cliff aveva dimostrato un'antipatia viscerale nei riguardi di Mike. Ricordava bene che, mentre parlava con lei, lo osservava come se si aspettasse di vederlo soffrire, e di goderne. Jenny voleva procedere con l'azione legale.

"Stai esagerando!" la rimproverò Mike.

"Per niente. Tu pensavi che fossi paranoica sul conto di Mrs Dooms e i fatti hanno dimostrato che avevo ragione."

"Santo cielo, stiamo parlando di una psichiatra, non di una stupida maestra d'asilo!"

"Non credo di poter reggere un altro incontro con lei. Se è vero che è riuscita a strappare quelle orribili accuse alle nostre figlie, deve averle torturate. A meno che non se le sia inventate di sana pianta."

"Non essere sciocca! Pensa al risultato: la fine di questo incubo! Subito!"

Steve li lasciò soli a discutere e andò a preparare il caffè.

Quando tornò, Mike gli disse che avevano deciso per l'azione legale. Justin era un buon amico e un ottimo medico, e ce l'avrebbe messa tutta per riparare al suo madornale errore. Ambedue dubitavano che fosse capace di prendere la dottoressa Cliff dal suo verso, e di lei non si fidavano. Mentre Mike parlava, Steve guardava Jenny: stava a sentirlo come se l'idea di continuare fosse stata di Mike, e lei, da buona moglie, accettasse la sconfitta.

Mike era di nuovo al telefono e Steve parlava con Jenny: le spiegava la procedura e la sua strategia, con abbondanza di dettagli.

Jenny lo ascoltava, attenta. Aveva avuto solo un momento di sconforto, quando lui le aveva detto che il processo sarebbe durato mesi, probabilmente fino a dicembre.

"Prima di registrare la sua dichiarazione, devo farle la domanda che d'ora in poi le faranno tutti quelli coinvolti in questa vicenda, a cominciare dalla tutrice che verrà nominata dal tribunale per tutelare sua figlia durante il procedimento." Steve la guardò. "Crede possibile che Mike si sia comportato in modo non corretto con Lucy?"

Jenny si era allentata la sciarpa e si massaggiava il collo con ambedue le mani: "Lucy sta bene. La sua innocenza non è stata insozzata, né da Mike né da nessun altro". Prese fiato. "Lei ora mi chiederà se è possibile che Mike si sia comportato in questo modo con qualsiasi altro bambino, inclusa Amy. La mia risposta è che, conoscendo Mike bene come lo conosco, anche questo non è possibile."

"Sarebbe d'aiuto ai miei sforzi per tenere le sue figlie con lei, se concedesse quest'ultima possibilità. Che sia *possibile*, non *probabile*." Lo sguardo di Steve era intenso.

"Capisco cosa intende, ma non posso mentire."

"Ci pensi di nuovo, è importante."

Jenny era sbiancata. "Non posso mentire sotto giuramento, anche se dovesse succedere il peggio."

Tacque e scosse la testa, desolata, mentre la sciarpa si scioglieva rivelando una minuta croce d'oro che brillava contro i segni rossi intorno al collo; Jenny se la riannodò e mormorò, come se parlasse a se stessa: "Le mie figlie mi perdoneranno".

Per un attimo, Steve dimenticò la sua professionalità ed ebbe pietà di lei. Poi prese il dittafono: "Mi guardi negli occhi e risponda alle mie domande, poi ascolti quello che registro. Mi fermi, se dico qualcosa di sbagliato".

E cominciò a raccontare la storia di Jenny Pitt, gli occhi incollati ai suoi.

PARTE SECONDA

18.
La grotta delle meraviglie
Highgate. Casa di Miss Wood. Venerdì 18 aprile

Pat aveva aperto la porta d'ingresso dello studio Wizens con la sua chiave; le era stata consegnata quando era diventata parte del personale fisso dello studio. Nella stanza della posta i sacchi erano sul bancone, non ancora aperti. Pat cercò Sharon in cucina, poi in bagno – nessuna traccia. E poi, ricordando che le aveva detto che, per ogni evenienza, nella rubrica c'era il suo numero di casa, corse in ufficio.

Sharon aveva gli auricolari e batteva sulla tastiera, a testa bassa. Steve parlava con una sconosciuta e scribacchiava appunti; aveva alzato lo sguardo quando lei era entrata di slancio, ma come se non l'avesse vista. Nessuno dei due sembrava essersi accorto della sua presenza. Offesa dalla mancanza di cortesia, Pat si sedette e accese il computer – una mail: *Ciao Pat, i Pitt sono nei guai. Saremo in tribunale alle dieci. La moglie chiede la custodia delle figlie.*

Pat voleva saperne di più e cercò di incrociare lo sguardo di Sharon che continuava a battere sulla tastiera. Steve intanto aveva accompagnato la donna alla porta; Pat si aspettava che finalmente le spiegasse l'emergenza dei Pitt, invece era rientrato con due ragazze che parlavano ognuna con un diverso accento straniero. Nel passarle accanto, le posò un nastro sulla scrivania: "Ti dispiace sbobinarlo?".

Steve registrò le dichiarazioni delle ragazze e poi diede i nastri a Pat e a Sharon, uno per ciascuna. Steve continuò a sfornare altre dichiarazioni, facendo ricorso agli appunti: ogni tanto si fermava e dopo una telefonata per accertamenti riprendeva a registrare.

Pat e Sharon lavoravano in sincronia. Prendevano i nastri a turno, quando era il momento, e di tanto in tanto guardavano l'orologio e cercavano di scrivere più veloce. Andavano insieme nella stanza delle fotocopie e fascicolavano dichiarazioni, cronologie, ricorsi in otto fascicoli corredati da indici, mettendo post-it nei punti in cui avrebbero dovuto inserire i documenti non ancora pronti. Si rivolgevano la parola soltanto se necessario.

Alle nove, era tutto pronto. Steve registrava l'ultima dichiarazione mentre la testimone, all'altro capo del filo, ascoltava; poi aveva consegnato il nastro a Sharon. A quel punto si era rivolto a Pat: "Vado dal medico dei Pitt. Sharon sbobinerà questa dichiarazione e poi la manderà per e-mail a Miss Wood, la zia di Jenny Pitt. Dovresti andare a casa sua, a Highgate. Usa il suo computer per eventuali correzioni. Falle firmare tutte le copie e poi portala in taxi alla High Court, vi aspetterò lì. Sharon ti dirà dove ci incontreremo," ed era scappato via prima che lei potesse sollevare obiezioni.

Pat volle sapere perché Steve non l'aveva chiamata a casa la sera prima. Ci avevano pensato, le disse Sharon, ma non erano certi che lei avrebbe gradito venire in ufficio di mattina presto.

"La prossima volta, ricorda che sono anch'io la sua segretaria!" la rimbeccò Pat, altezzosa, prima di uscire per andare a Highgate.

Pat evitava di viaggiare con la sotterranea; aveva sofferto di claustrofobia dopo l'incidente in cui aveva perduto i genitori – era passata, ma non del tutto. Inspirò profondamente, prima di scendere le scale della stazione di Brixton, e nel treno l'aria non le mancò nemmeno un po', tale era la curiosità di leggere i documenti che si era portata.

Una vecchietta arzilla dai lineamenti minuti e con i capelli bianchi raccolti sulla nuca, in uno chignon piatto, aveva spalancato la porta appena Pat aveva suonato. Era pronta per andare in tribunale – tailleur grigio con sciarpa in tinta annodata al collo. Parlava con accento scozzese, anche se a volte strascicava leggermente le parole come un'irlandese. Miss Wood informò subito Pat che aveva già corretto il documento preparato dall'avvocato Booth ma non l'aveva stampato.

"Dovrebbe controllarlo lei. Il mio ultimo resoconto giudiziario risale a più di vent'anni fa. Venga con me." E la condusse sul retro.

La cucina si estendeva per tutta la larghezza della casa ed era stata ingrandita ancora dalla veranda che si protendeva sul giardino scosceso. Sembrava che Miss Wood vivesse in quella stanza e che il resto della casa fosse occupato da altri e Pat pensò che si guadagnasse da vivere affittando camere. Un tavolo lungo divideva la cucina in due: una parte per cucinare, l'altra per dormire; lungo la parete c'era un divano letto ancora in disordine. La veranda era studio e stanza degli hobby: su un banco da falegname, un'anatra di legno aspettava nuove ruote; accanto alla macchina per cucire, una mesta bambola di bachelite, con indosso soltanto un paio di mutande; vicino al computer e appoggiate a un vaso di fiori, tante bamboline di pezza agghindate e vestite di bianco, pronte per la loro casetta.

La vecchietta firmò la dichiarazione e poi esclamò, come se non avesse altro pensiero al mondo: "Ora ci prendiamo un'ultima tazza di tè e poi le mostrerò la mia casa, tanto bastano cinque minuti: le bambine di Jenny la adorano".

Era ora di andare, e Pat si chiese se Miss Wood avesse capito cosa stava succedendo. "Siamo di fretta, magari un'altra volta," le suggerì, ma quella non sentiva ragioni: "Allora non vuole vedere casa mia?" petulò con un tono fra l'incredulo e l'offeso.

Pat non sapeva come risponderle. Da dietro i tetti delle case di fronte emergeva e saliva alto nel cielo un aeroplano che lasciava dietro di sé una candida scia tubolare – un lunghissimo bruco dagli occhi di fuoco. Un altro lo seguiva, e poi un altro ancora, e i tre bruchi volavano in formazione, velocissimi, e poi scomparvero.

"Sono dei caccia," spiegò Miss Wood, sorseggiando il tè. "Li guardavo poco fa mentre parlavo con Mr Booth. Come loro, le piccole vite di Amy e Lucy si innalzano dritte e luminose. Farò di tutto per far sì che rimangano felici insieme ai loro bravi genitori..." Le mancò la voce, e si asciugò una lacrima con il fazzolettino di batista. Poi riprese: "L'udienza di oggi sarà durissima". E guardò Pat, come se volesse essere rincuorata, ma Pat non poteva: non ne sapeva più di lei.

"Suvvia, ci metteremo poco!" esclamò all'improvviso Miss Wood, caparbia. Come promesso, la visita durò esattamente cinque minuti. Pulitissima e zeppa di giocattoli, la casa di Miss Wood aveva un'aria di studiato disordine; per un bambino era una grotta delle meraviglie. Nel salotto, fra le poltrone e il divano, cavalli a dondolo e case di bambole; sugli scaffali, giocattoli meccanici; nella prima camera da letto, pupazzi e bambole; nella seconda, case di bambole; nella terza, scatole di giochi e trenini.

In taxi Miss Wood non stette zitta un momento. Raccontò a Pat che era la maggiore di nove fratelli nati a Glasgow da una famiglia di emigranti irlandesi. Suo padre, falegname, fabbricava giocattoli di legno per i figli e aveva continuato a farlo per i nipotini. "Quando è mancato ne aveva ancora in cantiere, e io ho voluto completare il suo lavoro." Miss Wood aveva poi restaurato i giocattoli rimasti in famiglia, e ne riceveva ancora da fratelli e nipoti – era diventata una vera e propria passione. Un nipote le aveva appena mandato dall'Australia uno scatolone di grossi pezzi di legno intagliati e torniti a incastro esattamente come i pezzi del Lego di plastica, sui quali stava lavorando: il padre di Miss Wood aveva dipinto le facce degli omini di Lego e aveva perfino dato loro capelli e copricapo, usando ritagli di stoffa e fili di lana. "Sembrano pezzi degli scacchi, glieli farò vedere la prossima volta quando saranno pronti: per ora sono al cottage."

Quando scesero dal taxi Miss Wood divenne taciturna, stringeva un rosario fra le mani e lo sgranava.

19.

Zia e nipote

Strand. Royal Courts of Justice. Venerdì 18 aprile

Pat doveva incontrare i Pitt fuori dall'aula dei procedimenti d'urgenza; Steve, che era stato trattenuto dal dottor Vita, li avrebbe raggiunti dopo; gli altri testimoni avrebbero aspettato di essere chiamati nella caffetteria del tribunale.

L'edificio delle Royal Courts of Justice allo Strand era stato progettato nella tarda età vittoriana per incutere rispetto e il senso di sacralità di una giustizia basata sulla certezza e sull'equità. Era la sede dell'Alta Corte e della Corte d'Appello. Il visitatore entrava direttamente nella Grand Hall, una cattedrale neogotica austera e imponente, da cui si accedeva attraverso tre miglia di corridoi alle sue ottantotto aule.

Pat era rimasta sopraffatta dall'immensità della Grand Hall e poi, mentre la attraversava per tutta la sua lunghezza, dalla ricchezza decorativa di colonne, archi, portali, balaustrate, sedili, nella chiara pietra di Portland. Sharon le aveva dato istruzioni precise, ma lei aveva imboccato la scala sbagliata e si era persa nei corridoi, nelle stanze di passaggio, negli atri, sulle scale e scalette. Tutto era maestoso e al tempo stesso sobrio. Miss Wood le trotterellava accanto e la rincuorava: anche lei si era confusa, la prima volta: "Ma poi ci si abitua. Ci si abitua a tutto, tranne che alle ingiustizie!".

Una giovane impiegata nera ebbe pietà di loro e le accompagnò al West Green Building, al di là di un cortile interno. Da un porticato neogotico si accedeva alla sala d'attesa. Gli alti soffitti, le decorazioni in pietra e le porte di legno intagliato la rendevano simile a una cappella. Le aule erano già in funzione e gli utenti si affollavano davanti alle porte. Pat raggiunse quella dei procedimenti d'urgenza e si insinuò tra la folla: i Pitt non c'erano. Allora si diresse al centro dell'atrio, da dove partiva la scalinata che portava al piano superiore: da lì poteva tenere d'occhio la porta dell'aula ed essere vista da lontano, come le aveva spiegato Sharon. Si era fermata sui primi scalini e si sporgeva sul corrimano. Miss Wood l'aveva seguita tranquilla, si era appoggiata vicino a lei e intanto bisbigliava una preghiera.

L'atrio si andava riempiendo a poco a poco ed era come se un ricco arazzo popolato di figure umane si srotolasse sotto gli occhi di Pat.

Gli avvocati aderivano rigorosamente al codice d'abbigliamento richiesto, con un grado variabile di cura e qualità – tutti in nero: chi con abiti di sartoria, chi con vestiti sgualciti; alcuni erano coinvolti in trattative serrate, altri parlavano fitto con i clienti, le teste vicine per non farsi sentire da nessuno. Altri ancora erano chini sui tavoli allineati lungo le pareti e scrivevano di fretta. Diversi avvocati aspettavano clienti e colleghi e avevano poco o niente da fare. C'erano poi quelli che rappresentavano parti del processo che non avevano interesse nella disputa del giorno. Passavano il tempo scambiando frasi di circostanza e spettegolando. Talvolta saliva ed echeggiava nella sala una risata fuori luogo.

Avviliti, ansiosi, rassegnati, rabbiosi, confusi e frastornati, i genitori erano immediatamente riconoscibili. Certi stavano in piedi aspettando gli avvocati, come bimbi smarriti in un supermercato. Altri facevano la guardia alle cartelle dei loro avvocati impelagati in trattative con gli avversari. Pochi avevano un amico con sé.

Pat non dimenticava di sorvegliare l'aula dei procedimenti d'urgenza. Lì la folla in attesa aumentava a dismisura. Di tanto in tanto l'usciere metteva fuori la testa e veniva sommerso dal clamore: gli avvocati cercavano di attirare la sua attenzione, alcuni volevano informazioni sull'udienza in corso, altri pietivano per essere i prossimi, altri ancora insistevano per essere trasferiti in un'altra aula. Pat aveva notato la silhouette di una bella donna, alta e dai capelli biondi, che era appena entrata dalla porta principale: si era guardata intorno e poi era avanzata decisa verso di loro.

"Zia Marjorie!"

E Jenny Pitt buttò le braccia al collo di Miss Wood.

20.

Il bollitore del dottor Vita

La City. Venerdì 18 aprile

Justin Vita aveva gli occhi incollati allo schermo. Era andato presto in studio per redigere la dichiarazione per il tribunale. Aveva buttato giù il paragrafo introduttivo, ma non era andato oltre. A intervalli regolari lo schermo diventava nero, allora premeva un tasto e la pagina ricompariva. E poi di nuovo. Il dottor Vita non sapeva cosa scrivere. Controllava l'ora: doveva far presto, Steve Booth sarebbe venuto alle nove e tre quarti. Andò a farsi un'altra tazza di caffè – lo avrebbe aiutato a chiarirsi le idee, dopo una notte insonne passata a rimuginare sui Pitt – e mentre aspettava che il bollitore si spegnesse ripensava ancora una volta alla sera precedente.

Non aveva fatto domande alla dottoressa Cliff, quando avevano parlato per la prima volta: la priorità era cosa ne sarebbe stato di Lucy quella sera stessa.

Dopo aver riattaccato, era stato preso dallo sgomento: era lui, il medico curante, che avrebbe dovuto rendersi conto dell'abuso, e si sentiva inadeguato. Aveva mancato verso Lucy, gravemente. Si era ricordato che, quando aveva informato Mike della riunione per la Protezione dei bambini, la sua prima reazione era stata di prendere le distanze, e che poi era stato molto sollevato quando il malessere di un paziente gli aveva offerto un pretesto per non andarci e mandare al suo posto la direttrice dello studio. Il seme del dubbio aveva cominciato a radicarsi nelle sue viscere, benché non nella sua mente.

C'era un altro motivo per cui il dottor Vita si sentiva inadeguato: aveva accettato l'amicizia di Mike senza chiedersi il perché di tanta disponibilità nei suoi confronti. Adesso si chiedeva se non fosse anche lui vittima di una ben orchestrata seduzione: un medico bendisposto non avrebbe notato gli indizi dell'abuso e l'avrebbe lasciato sepolto. Dalle profondità della memoria era affiorato il suo primo incontro con Mike: lavorava nello studio di un anziano medico che faceva i check-up ai nuovi assunti della Trolleys; un lavoro facile e ben remunerato. Una mattina Mike lo aveva chiamato: "Per quanti giorni bisogna astenersi dalla cocaina per far sì che il test sia negativo?". E poi aveva aggiunto che il lunedì successivo avrebbe esaminato una nuova recluta: "Una delle più belle menti sul mercato. Da lui, la Trolleys ricaverà soldi a palate". Così era Mike: calcolatore, rapido, efficiente, e di lunga memoria. Quando l'anziano medico era andato in pensione, molti pazienti avevano lasciato lo studio. Ma non i Pitt.

Poi aveva pensato a Mike come padre. Subito dopo la nascita di Lucy, prima ancora che la depressione puerperale si fosse manifestata pienamente, Jenny si era rifiutata di prendere una bambinaia specializzata a tempo pieno come quando era nata Amy. "Ho bisogno di un corso accelerato sui neonati. Ho dimenticato perfino come si cambia un pannolino," gli aveva detto Mike. Era lui che badava a Lucy la notte e nei fine settimana: efficiente, affettuoso e senza mai lamentarsi. Jenny era una madre protettiva e attenta. Come medico e come amico, non accettava che il Mike che lui conosceva da anni avesse abusato Lucy. Aveva riletto le loro cartelle cliniche: Jenny, che da ragazza era stata anoressica, aveva avuto leggere depressioni dopo la nascita delle bambine, e Mike godeva di ottima salute, a parte una recente tendinite. Le figlie avevano i piccoli malanni dell'infanzia. Non c'era indizio di abuso, nemmeno remoto.

Conosceva la dottoressa Cliff sin da quando era un giovane medico e lei una specialista affermata; gli aveva dato consigli preziosi su un paziente che soffriva di autismo. Da allora avevano instaurato un rapporto professionale. Di recente lui le aveva mandato diversi pazienti, che si erano trovati bene con lei – nessuno era un caso di abuso sessuale.

Poi Justin aveva ripensato alle circostanze in cui aveva mandato Lucy dalla dottoressa Cliff. Le aveva chiesto di scrivere un parere entro una settimana. La lettera che le aveva inviato per informarla della situazione di Lucy era stata scritta di getto e lei aveva agito con altrettanta fretta: non aveva richiesto le cartelle cliniche dei Pitt, non aveva parlato con Mrs Dooms, né con Mike e Jenny individualmente. Per di più, non aveva discusso della paziente con lui.

Aveva deciso di chiamare la dottoressa Cliff. Lei gli aveva risposto con voce strascicata, non sembrava in condizioni di capirlo, tanto meno di rispondergli, e aveva accennato vagamente a un fine settimana all'estero col marito. Farfugliava e sembrava sul punto di piangere: aveva capito che lui suggeriva di togliere Amy e Lucy ai genitori e di metterle in due case diverse, e aveva detto, piagnucolando, che le sorelle non dovevano essere separate.

In meno di un'ora era riuscita a ridursi in uno stato di stupore alcolico.

Il cucinino era saturo di vapore; il dottor Vita spense il bollitore e lo lasciò dov'era. Un'illuminazione, nitida – la dottoressa Cliff si era ubriacata perché si era accorta di aver sbagliato tutto. Doveva parlarle, *doveva*, si sentiva schiacciato dal peso di aver suggerito il suo nome a Mike. Prese il cellulare e poi si bloccò.

Quando Steve entrò nello studio, Justin Vita sapeva cosa fare: gli avrebbe detto che era sicuro che Mike non avesse abusato Lucy, e dunque non c'era motivo di allontanarlo da casa sua e dalla famiglia. La dottoressa Cliff aveva sbagliato.

"Scusi l'irruenza: la dichiarazione è pronta?"

Il dottor Vita lo invitò a sedersi: doveva parlargli. "Non è inconsueto che un bambino induca un medico a fraintenderlo," concluse dopo avergli illustrato il suo punto di vista.

"Benissimo, ne avevamo già parlato ieri sera. Lo scriva."

"Non mi sono spiegato. Lucy non è stata abusata. Io non posso sostenere le richieste di Jenny contro Mike. Lasciamo tutto com'è fino alla settimana prossima."

Steve si protese in avanti. "Mi ascolti. Stanotte non ho dormito per questa causa: se non agisco stamane, questo pomeriggio i servizi sociali presenteranno la loro richiesta per togliere Lucy da casa."

Justin lo rassicurò. "Le garantisco che la dottoressa Cliff non ha parlato con i servizi sociali! Sono all'oscuro di tutto!"

"Gliel'ho detto io." Steve era calmissimo, ma sbirciava di continuo l'orologio.

Il dottor Vita era esterrefatto: non si fidava dell'avvocato dei Pitt. "Allora mi permetta di spiegare la situazione ai servizi sociali e al giudice. Come potrebbero mai togliere Lucy ai genitori senza l'avallo dei medici?"

"I Pitt mi hanno informato che è stato proprio lei ad assicurargli che la relazione della dottoressa Cliff sarebbe stata pronta stamane; è proprio per questa ragione che la seconda riunione per la Protezione dei bambini è stata rinviata a lunedì!"

"Le assicuro che non la riceveremo prima di lunedì." E il dottor Vita spiegò a Steve che la dottoressa Cliff era già partita per il fine settimana. "Sarà d'accordo con me che senza la sua testimonianza il tribunale e i servizi sociali non sono in grado di raggiungere alcuna decisione," aggiunse compiaciuto.

"La dottoressa Cliff ha detto ai miei clienti che avrebbe telefonato ai servizi sociali stamane, presumibilmente prima di partire."

"Ne dubito fortemente."

Steve era sul punto di perdere la calma: "Guardi che non sa tutto! I servizi sociali telefoneranno alla dottoressa Cliff, se non l'hanno già fatto. La troveranno, qui o all'estero. E la dottoressa ripeterà quanto ha detto ai miei clienti e a lei!".

Poi si rassegnò ad ascoltare quel che il dottor Vita voleva dirgli, senza il suo supporto la posizione dei Pitt non sarebbe stata sostenibile.

"Lei ha ceduto alle pressioni di Mike Pitt, lui vuole tutto subito, e la fretta non aiuta. Anche io, malauguratamente, ho ceduto. Mi ascolti: aspettiamo fino a lunedì e diamo alla dottoressa Cliff l'opportunità di riconsiderare quello che ha detto. Mi creda, è nell'interesse dei suoi clienti."

Steve sospirò: "Se ci fosse un'alta probabilità che quanto lei mi dice sia vero, allora l'attesa potrebbe essere un rischio calcolato degno di essere preso in considerazione – ne ho anche discusso ieri con i Pitt. Eravamo, e siamo ancora, certi che la dottoressa Cliff non ha cambiato posizione, e che confermerà ai servizi sociali il parere di ieri".

"Non dimentichi che la dottoressa Cliff ieri sera non ha reputato la situazione talmente urgente da chiedere l'intervento dei servizi sociali d'emergenza. Era contenta delle misure cautelari che sono già state prese, e che possono continuare fino a lunedì, e oltre. È importante darle tempo per ulteriori accertamenti, e per un ripensamento..." Il dottor Vita prese il solito tono conciliante da capezzale, che gli riusciva tanto bene. "Lo so che gli avvocati devono pensare al peggio, ma mi permetta di osservare che certe volte andate all'attacco troppo presto."

In quel momento squillò il cellulare di Steve. Sharon lo informava che i servizi sociali avevano parlato con la dottoressa Cliff ed erano già per strada. Lo avrebbero incontrato in aula. Non c'era più niente da fare.

Il dottor Vita era sgomento. Steve gli suggerì di scrivere un breve resoconto sui Pitt, positivo al massimo e con soltanto un accenno alla dottoressa Cliff: un compromesso di cui non poteva andar fiero, dal punto di vista della sua professionalità, ma che considerava un capolavoro di diplomazia.

Il dottor Vita capitolò. Si sarebbero rivisti in tribunale.

Erano entrambi insoddisfatti e diffidenti.

21.

Tutto il marcio del nemico

World's End. Ufficio dei servizi sociali. Venerdì 18 aprile

La squadra di accoglienza era in piena attività. Alcuni assistenti sociali erano alle loro scrivanie – caffè caldo e bottiglia d'acqua a lato –, altri uscivano per far fronte alle prime emergenze della mattinata. Lucretia Barnes li sorvegliava dal suo ufficio, un cubicolo con le pareti di plexiglas in fondo allo stanzone. Leggeva le carte dei Pitt ricevute via fax e teneva d'occhio l'ingresso, ma Fiona McDougall si faceva aspettare.

Aveva in mano la dichiarazione di Lady Annabel Snowball. Nel primo paragrafo declinava le sue qualifiche: giudice di pace, membro del consiglio d'amministrazione di vari istituti e opere di beneficenza. I Pitt erano ricorsi al potere delle classi alte per impressionare il giudice e fare pressione sui servizi sociali. Miss Barnes non lesse oltre.

All'età di nove anni, Lucretia Barnes aveva lasciato la Giamaica per raggiungere la madre a Londra. Soltanto allora aveva conosciuto il patrigno e le due sorellastre più giovani. La madre lavorava come infermiera in ospedale, il patrigno faceva il portiere di notte in un condominio di lusso a Chelsea e durante il giorno badava alle bambine. Non si curava di Lucretia, se non per costringerla a conformarsi ai modi di fare e alle aspirazioni della borghesia bianca per la quale lavorava, che condivideva con entusiasmo. Lucretia era isolata in casa e a scuola, dove gli studenti bianchi la prendevano in giro per il suo accento giamaicano e la sua diversità. Alle superiori aveva incontrato altri studenti caraibici e aveva fatto amicizia con i più ribelli. Spesso saltava le lezioni e fumava erba.

Aveva lasciato la scuola a sedici anni con un giudizio negativo degli insegnanti sulle sue capacità. La situazione a casa era diventata insostenibile, lei si era trovata un lavoretto ed era andata a vivere con un'amica.

Era piena di risorse. Mamma all'età di vent'anni, era ricorsa con successo al sistema assistenziale. Era anche ambiziosa e frequentava la scuola serale. Si iscrisse a un'università che aveva fama di incoraggiare le studentesse nere, pur sapendo che conciliare famiglia e studi sarebbe stato difficile.

Dopo la laurea aveva cominciato a lavorare come assistente sociale, ma trovava anche il tempo per occuparsi di battaglie femministe e minoranze etniche. Aveva rifiutato il coinvolgimento con i partiti politici, cosa della quale si era pentita dopo aver seguito l'affermarsi dei suoi colleghi sulla scena pubblica.

Il padre di suo figlio e non la sua famiglia l'avevano aiutata a badare al bambino, anche se non avevano mai messo su casa insieme. All'inizio perché lei temeva di perdere i sussidi statali riservati alle ragazze madri, e poi perché lui aveva altre donne. Benché si sentisse ingiustamente privata dell'aiuto dei suoi, non aveva interrotto i rapporti. Li chiamava "noci di cocco", ma erano pur sempre la sua famiglia. Una sorella aveva fatto carriera come funzionaria statale, l'altra aveva studiato giurisprudenza ed esercitava la libera professione; ambedue avevano una casa di proprietà e Lucretia voleva dimostrare alla madre che anche lei poteva farcela. Così aveva accettato un'offerta di lavoro presso un comune di periferia, in modo da permutare il suo appartamento con una casa che poi avrebbe potuto acquistare dal comune con un mutuo agevolato. Avrebbe dovuto essere l'inizio della sua ascesa, ma si era rivelato un disastro.

Sradicato dal centro di Londra e lontano dal padre, il figlio non si era inserito bene nella nuova scuola, dove i bambini neri erano una minoranza. In casa girava poco denaro perché c'era il mutuo da pagare e lui era diventato un adolescente ribelle ed esigente: rubava e aveva evitato la prigione per un pelo. Allora Lucretia era diventata severa come era stato il suo patrigno, ma troppo tardi. Il figlio aveva lasciato la scuola e si era trovato un lavoro senza prospettive. Il rapporto tra loro si era gradualmente indebolito.

Lei conduceva una vita solitaria; manteneva i contatti soltanto con organizzazioni di donne e le attività del sindacato. Non le piaceva più avere a che fare con gli utenti, era insoddisfatta – al tempo stesso aveva bisogno dello stipendio per pagare il mutuo. Si era concentrata per ottenere una promozione a livello manageriale, ma non c'era riuscita perché c'erano tante altre assistenti sociali, anche della sua stessa etnia. Non essendo riuscita a fare carriera aveva cercato l'opportunità di promozione altrove. Era diventata la responsabile della squadra di accoglienza di un dipartimento dei servizi sociali noto per il budget insufficiente e la scarsità di personale. Si era ritrovata in prima linea, costantemente sotto pressione. Oberata da responsabilità, doveva ottemperare alle procedure che si appesantivano continuamente e raggiungere gli obiettivi che le venivano imposti. Quando i suoi superiori avevano deciso di completare l'organico con assistenti sociali stranieri, Lucretia si era offerta di andare a esaminare i candidati in Giamaica e negli Stati Uniti. Ma non l'avevano scelta. Era stato un boccone amaro da mandare giù.

Una di quelle nuove reclute, Fiona McDougall, una newyorkese istruita e di buona famiglia, le ricordava le sorellastre e le era stata antipatica dal primo momento.

All'età di quarantaquattro anni, Miss Barnes viveva in periferia e passava i fine settimana da sola giocando a poker su Internet. Dava la colpa delle sue sventure all'establishment bianco e non faceva che rimuginare sulla sua personale visione della realtà politica e sociale. Ai suoi occhi, i Pitt incarnavano tutto il marcio del nemico.

Rintanate nell'ufficio di Miss Barnes, Sandra Pepper e Mrs Bell discutevano il caso dei Pitt. In quel momento Fiona fece il suo ingresso nello stanzone. Indossava un tailleur marrone e tacchi alti, era molto carina. "Vieni qui!" la chiamò Lucretia, e le fece cenno di avvicinarsi.

"Sto andando in tribunale. Sono venuta per vedere se sono arrivate le 'proposte' dei genitori. Ci sono novità?" E Fiona guardò interrogativa le tre donne. Sandra la mise al corrente della situazione, lei ripeté che doveva andare subito in tribunale e non avrebbe potuto occuparsi dei Pitt.

"Non puoi lasciarmi sola proprio ora!" protestò Miss Barnes.

"Ma il giudice ha detto che devo essere al tribunale di Wells Street alle dieci, ed è distante dalla High Court!"

"Il giudice può aspettare. Sei stata dai Pitt?" Il seno di Miss Barnes si alzava e si abbassava affannosamente.

Fiona le ricordò che avevano deciso insieme di rimandare la visita ai Pitt fino a quando non avessero ricevuto la relazione della dottoressa Cliff.

"Hai almeno quella di Mrs Dooms e i disegni? Ci servono!" Miss Barnes guardò Fiona e Mrs Bell con aria di rimprovero.

Fiona non ce li aveva: Mrs Dooms era in malattia e le aveva promesso di farglieli avere in ufficio il lunedì successivo. Mrs Bell scosse la testa. Dubitava delle promesse di Mrs Dooms perché non aveva mantenuto quelle fatte a lei.

"Senza un parere della dottoressa Cliff, scritto o orale, non abbiamo alcuna prova!" fece notare Sandra Pepper, e suggerì che qualcuno chiamasse la dottoressa Cliff. Fiona era d'accordo.

"Pensaci tu," disse Miss Barnes. E le passò il foglio con i numeri di telefono.

Sandra Pepper la fermò, doveva essere Miss Barnes a chiamare, perché così all'udienza avrebbe potuto testimoniare su quanto le sarebbe stato detto.

La dottoressa Cliff era in taxi e stava andando all'aeroporto. La telefonata di Miss Barnes l'aveva irritata e lei le aveva fatto notare che la sera prima aveva cercato di mettersi in contatto con i servizi sociali, ma gli uffici erano chiusi. Si era riproposta di chiamarli quella mattina, forse allora avrebbe avuto risposta. Quando le fu detto che i Pitt erano in tribunale, era rimasta di stucco e aveva dovuto informare Miss Barnes che stava partendo per l'estero col marito, la relazione non sarebbe stata pronta prima di lunedì – il ritardo era dovuto al fatto che aveva incontrato anche Amy. Non aveva alcun dubbio sulla colpevolezza di Mike Pitt nei confronti di Lucy, ma non di Amy. Lui, in ogni caso, aveva accettato di uscire di casa e dunque Lucy sarebbe stata ben protetta fino alla settimana seguente. Non doveva essere separata da Amy e avrebbe potuto vedere il padre a casa, ma sotto sorveglianza.

Miss Barnes riferì alle altre che, da quanto le era stato detto, era chiaro che Lucy doveva essere tolta dalla famiglia e messa al sicuro. Non era sorpresa da quello che la bambina aveva confessato, lei aveva osservato bene i genitori alla riunione.

Fiona suggeriva di aspettare la relazione della dottoressa Cliff: "Se fosse stata veramente preoccupata, avrebbe chiamato i servizi notturni e avrebbe scritto almeno un breve parere. La legge impone ai medici di informarci dei casi di abuso sessuale e lei non lo ha fatto. Sono d'accordo nell'escludere Mr Pitt dalla famiglia ma non nell'allontanare Lucy da casa. Per lei sarebbe la prima separazione dalla madre. Quando faremo i nostri accertamenti si deciderà se è bene togliere Lucy dalla famiglia."

"Di quell'uomo non ci si può fidare: è abituato a ottenere quello che vuole," tagliò corto Miss Barnes, e aggiunse che era un prepotente e che aveva una moglie sottomessa, non in grado di difendere Lucy. "È nostro dovere proteggerla. Io toglierei anche Amy da quella famiglia, ma la dottoressa Cliff dice che non è stata abusata e noi non abbiamo abbastanza elementi per decidere."

Fiona se ne andò e le altre rimasero a discutere il da farsi. Sandra Pepper si sarebbe messa in contatto con Mrs Dooms, Miss Barnes avrebbe ottenuto dai suoi superiori l'autorizzazione per istruire il procedimento di custodia e avrebbe redatto per iscritto il piano dei servizi sociali per Lucy. Bisognava identificare una famiglia affidataria per la bambina, altrimenti il giudice si sarebbe potuto rifiutare di considerare la loro richiesta, e ci voleva tempo. Miss Barnes chiese a Sandra di cercare di ottenere dallo studio Wizens il rinvio dell'udienza al pomeriggio.

Ma Steve, quando gli venne posta la richiesta, disse di no.

22.

La prima udienza dei Pitt

Strand. Royal Courts of Justice. Venerdì 18 aprile

Resta dove sei, Steve arriva subito. L'sms di Sharon era rassicurante.

Poco dopo Steve era entrato nell'atrio, seguito da Mike. Ognuno andava per i fatti suoi, Mike a raggiungere la famiglia e Steve verso l'aula dei procedimenti d'urgenza. Da lontano, Steve sembrava fuori posto alla High Court; teneva lo zaino su una spalla sola e la giacca, sotto quel peso, pendeva disordinata da un lato, il vestito era spiegazzato come se ci avesse dormito. Pat, imbarazzata per lui, trepidava.

Era entrato dritto nell'aula, facendosi largo tra gli astanti; ne era uscito poco dopo seguito dall'usciere: avevano scambiato poche parole e poi l'usciere, una donna, era tornata dentro.

I Pitt parlavano con zia Marjorie. Steve si era appartato con Pat lungo la scala. "Che impressione ti ha fatto Miss Wood?"

"È una su cui puoi contare. È testarda; ha già testimoniato, in passato, ma non mi ha detto il motivo. Casa sua sembra un museo del giocattolo." Pat sentiva che mandando lei, e non Sharon, dalla vecchietta Steve l'aveva messa alla prova, e mentre l'aspettava aveva riflettuto accuratamente sulla risposta da dare a quella domanda: doveva essere breve e concisa.

"Grazie di tutto, puoi tornare in ufficio."

Pat non si aspettava di essere congedata e avvampò. Steve se se accorse e si affrettò ad aggiungere: "A meno che tu non voglia restare".

"Certo che voglio restare! Certo che sì!" Pat fremeva. Steve la osservava, esitante; era sul punto di dirle qualcosa quando sentirono il suo nome echeggiare nell'atrio: l'usciere lo stava chiamando.

Steve tornò con un pezzo di carta: "Dobbiamo andare in un'altra aula. Chiama Sharon," disse a Pat. "Devono raggiungerci tutti lì, subito."

Altre porte, altri corridoi, altre scale. Poi presero una scala stretta che portava in un edificio malandato e per niente imponente. La loro aula era in fondo a un corridoio. Non c'era anima viva. Steve disse ai testimoni, che li avevano raggiunti dalla caffetteria, di aspettare lì: voleva parlare con i Pitt da solo, e li prese in disparte.

"Non c'è tempo da perdere, altrimenti ci prenderanno il posto. Non criticherò la dottoressa Cliff, anzi, ne tesserò le lodi. Capito?"

"Come può?" sibilò Mike.

"Glielo spiego dopo." E Steve fece cenno all'usciere, che si era affacciato dalla porta dell'aula, che era pronto.

"Aspettate qui di essere chiamati!" disse Steve ai testimoni, poi prese Pat per il braccio e se la portò in aula.

L'aula era stata ricavata da un ufficio destinato a un alto funzionario. Ampia, luminosa e senza pretese, ricordava le scuole vittoriane. In fondo, una pedana con due scranni: il giudice sedeva sul più alto; sull'altro un impiegato del tribunale era chino sulla tastiera di un computer.

L'usciere indicò i loro posti. Il primo banco era riservato agli avvocati di rango superiore; Steve era nel secondo, Pat, Mike e Jenny si accomodarono dietro di lui, il quarto banco rimase vuoto: era per i testimoni, nel caso avessero ottenuto il permesso del giudice di rimanere in aula dopo aver testimoniato. L'audizione dei procedimenti di famiglia avveniva a porte chiuse.

Il giudice aspettava che prendessero posto. Poi l'usciere lesse i loro nomi e tornò alla porta d'ingresso.

"Cosa richiede da me, Mr Booth?" La domanda era cortese, il tono severo.

Steve si alzò. Assunse un tono diverso da quello abituale e parlò lento, scandendo le parole; seguiva la mano del giudice e si fermava per fargli completare l'appunto o invitarlo tacitamente a prendere nota di quanto diceva.

Senza alcun riferimento alle vicissitudini dei Pitt, Steve lo informò del procedimento d'urgenza per conto di Jenny e di quanto fatto per informare i servizi sociali: notifica per mail e, alle nove di mattina, copia del fascicolo depositato in tribunale.

"L'ho ricevuto poco fa, e gli ho dato una scorsa," disse il giudice.

"Mi dispiace, M'lord."

"Non si preoccupi, il fascicolo sembra in ordine e lo seguirò passo passo."

"I servizi sociali intendono inoltrare una richiesta di custodia nei confronti di Lucy Pitt, con effetto immediato. Preferisce aspettare che arrivino?"

"Non possiamo perdere tempo. Mi esponga."

Steve cominciò col descrivere i Pitt – una famiglia normale e felice, che non aveva esperienza dei servizi sociali – e richiamò l'attenzione del giudice sulle pagine del fascicolo che andava citando. Poi passò ai fatti delle ultime due settimane.

"I miei clienti sono tuttora increduli su quanto la dottoressa Cliff ha detto loro ieri sera. La loro preoccupazione maggiore è che Lucy resti a casa con la madre e la sorella e che sia protetta. Lucy non ha mai trascorso una notte lontana dalla sorella o da un genitore. Mai." Qui fece una pausa ma il giudice non prese appunti. Allora accelerò: "È per mantenere questa continuità che i Pitt chiedono che le promesse fatte alla dottoressa Cliff siano formalizzate in un ordine del tribunale: Jenny Pitt chiede l'affidamento delle figlie e un procedimento ingiuntivo contro il marito che ama e che considera innocente. Inoltre, Mike e Jenny Pitt chiedono i diritti di visita per il padre, in casa e sotto sorveglianza di persone note alle bambine, fidate e degne della massima considerazione. I miei clienti e i loro testimoni – incluso il loro medico curante, che li ha indirizzati alla dottoressa Cliff e che ha parlato con lei ben tre volte, ieri sera – sono convinti che Lucy sia una bimba sana e contenta, che non dimostra alcun segno di abuso, che ama i genitori e ne è riamata. Ovviamente, è *possibile* che i Pitt, o uno di loro, cambino idea," a quel punto Steve fece una pausa, "dopo aver letto la relazione dettagliata ed esaustiva che la dottoressa Cliff depositerà in tribunale."

"Non è inclusa nell'indice. Presumo che la porteranno i servizi sociali," osservò il giudice.

"La relazione della dottoressa Cliff non c'è. Stamane ha informato Miss Barnes, dei servizi sociali, che sta andando all'estero con il marito per il fine settimana. Al momento è in volo. Chiaramente la dottoressa Cliff considera sufficienti le promesse dei miei clienti e il fatto che le bambine siano ben protette dalla madre. Altrimenti ieri sera avrebbe trovato il tempo di avvertire i servizi sociali e di redigere un breve resoconto dai suoi appunti. Il colloquio con Lucy, da cui è emersa l'accusa di abuso, è avvenuto martedì scorso."

"La bambina è rimasta a casa da allora... nemmeno un breve parere..." osservò il giudice.

"La dottoressa Cliff è una psichiatra infantile conosciuta nel suo campo e rispettata; viene spesso chiamata a testimoniare come perito nei casi che vedono coinvolti bambini." Steve aveva preso immediatamente le difese della dottoressa Cliff.

"Ora ricordo, la conosco. Ha testimoniato dinanzi a me in una causa che riguardava un bambino autistico."

"Esatto. Autismo. La dottoressa Cliff è un'autorità in materia. Immagino che anche questi poveri bambini non siano immuni dall'abuso sessuale."

"Sentirò cosa ha detto la dottoressa Cliff a Miss Barnes. Intanto esponga le proposte per le visite del padre alle figlie."

Steve spiegò che due persone avrebbero presenziato a ogni visita, onde evitare di lasciare Mike solo con una delle figlie: si sarebbero alternate Lisa, le due precedenti ragazze alla pari, Lady Annabel Snowball e Miss Marjorie Wood. Le visite sarebbero state giornaliere: mezz'ora a colazione durante la settimana e sei ore rispettivamente il sabato e la domenica, per un totale di quattordici ore e mezzo alla settimana. Steve chiese poi di chiamare il dottor Vita.

Justin Vita ripeté quanto scritto nella sua dichiarazione: la sera precedente aveva avuto tre conversazioni telefoniche con la dottoressa Cliff e in tutte e tre la dottoressa era stata chiara: secondo lei Amy non era stata abusata e non era a rischio di abuso, mentre Lucy era stata abusata dal padre. Gli aveva ribadito che Amy e Lucy non dovevano assolutamente essere separate. Su questo, lui era d'accordo: Lucy sarebbe stata traumatizzata se fosse stata allontanata da casa e dalla nuova scuola per ritrovarsi fra estranei.

Il dottor Vita non aveva dubbi sul fatto che le bambine dovessero vedere il padre insieme e sotto sorveglianza, e dunque avere gli stessi diritti di visita: altrimenti Lucy si sarebbe sentita ingiustamente vittimizzata.

"Lei conosce bene la famiglia, e da quanto capisco conosce anche la dottoressa Cliff: nutre alcun dubbio su Mr Pitt?" chiese il giudice.

"M'lord, ci ho riflettuto per tutta la notte. Ovviamente leggerò con estrema attenzione quanto scritto dalla dottoressa Cliff, con la quale ho da anni ottimi rapporti professionali. Ma dalle cartelle cliniche e dalla mia conoscenza di Lucy e della famiglia, non ho alcun elemento per dubitare dell'innocenza di Mr Pitt. Sono tuttora convinto che Lucy non sia stata abusata, e spero che la dottoressa Cliff sia disposta a fare ulteriori accertamenti, come intendo consigliarle."

"Crede che Mr Pitt si atterrà a quanto proposto?"

"Curo la famiglia da prima che nascesse Amy e mi sento di dichiarare che Mike e Jenny Pitt sono persone oneste e corrette. Si rendono conto della gravità delle accuse e si atterranno alle decisioni del tribunale."

Era il turno di Miss Wood.

"Dica il suo nome," la invitò Steve, dopo il giuramento.

"Marjorie Catherine Wood," rispose lei, e dopo un attimo di esitazione aggiunse: "Membro dell'Ordine dell'Impero Britannico".

Il giudice rimase impassibile, Pat invece sussultò.

"Lei si è offerta di sorvegliare le visite del fine settimana: dodici ore, inclusa una sessione in piscina. Si sente davvero in grado di farlo?" chiese Steve.

Miss Wood non rispose con il semplice "sì" che Pat si aspettava: "Sono disposta a trasferirmi da Jenny dal venerdì alla domenica, e a sorvegliare anche le visite durante la settimana, se necessario!". Poi, con un luccichio negli occhi, si era rivolta direttamente al giudice: "Posso assicurarle, M'lord, che nonostante la mia età sono più che in grado di sorvegliare l'incontro del sabato in piscina. Riesco ancora a fare dieci vasche, anche se al ritmo di un'ottantenne".

Il viso del giudice si era rilassato e le labbra si erano distese, senza arrivare al sorriso – il modo di sorridere di chi non deve mostrare alcuna emozione. E Steve l'aveva notato.

"Lei è una prozia. Che ruolo ha nella vita di Lucy?"

"Ho sedici nipoti e tanti pronipotini. Jenny è rimasta orfana di padre da bambina e poi della madre, mia sorella. Per me è come una figlia e faccio del mio meglio per essere la 'vicenonna' di Amy e Lucy. Stare con loro è una gioia. Le vicissitudini della vita mi hanno portata a lasciare il convento in cui ero monaca, e ho dedicato la mia vita lavorativa ai bambini, e..."

Miss Wood conosceva l'etichetta del tribunale e si era interrotta: l'usciere bisbigliava qualcosa all'impiegato del banco inferiore. Il giudice e Steve aspettavano: infine, l'impiegato informò il giudice che stavano per arrivare i servizi sociali.

"Non ho altre domande, stia là per favore," disse Steve, secco, a Miss Wood. Poi si rivolse al giudice: "M'lord, il mio prossimo testimone è Mike Pitt, e i servizi sociali dovrebbero essere presenti. Se non ha domande da porre a Miss Wood, proporrei un intervallo per aspettare il loro arrivo".

Ma il giudice non era affatto d'accordo, voleva approfittarne per soddisfare la sua curiosità su Miss Wood. Steve si girò verso Pat, e lei gli sorrise di rimando.

"Così, lei è un membro dell'Ordine dell'Impero Britannico. Con quale motivazione gliel'hanno conferito?"

"M'lord, non so perché abbiano pensato a una persona insignificante come me, davvero non saprei." E Miss Wood raccontò al giudice che lei aveva soltanto fatto il suo dovere, né più, né meno. Molti anni prima aveva denunciato alla polizia gli abusi sessuali perpetrati da un prete – con l'acquiescenza di alcune consorelle – sui bambini della scuola del convento dove lei insegnava. Era stata costretta a lasciare il convento. A quel punto si asciugò vezzosamente una lacrima. "Una decisione sofferta e angosciante, quella di accusare un prete, che è il ministro di Nostro Signore in terra... Ma non me ne sono mai pentita, non sarebbe stato possibile. Da allora, aiuto chi si trova in situazioni simili alla mia." E poi aggiunse, alzando appena la voce: "I bambini vengono prima di tutto. Lucy e Amy meritano di essere protette, come quelle piccole anime della scuola del convento. Non avrei alcuna esitazione ad avvertire i servizi sociali e le autorità al minimo dubbio su Mike, Jenny o chiunque altro".

"Che cos'ha fatto dopo aver lasciato il convento?"

"Non avevo soldi e mi sentivo sperduta nel vasto mondo a cui un tempo avevo rinunciato. Dapprima ho lavorato in un asilo, poi ne ho aperto uno mio, piccino, poi un altro e un altro ancora: alla fine erano otto. Accoglievamo i figli dei ricchi e quelli dei poveri, e abbiamo ottenuto molti certificati di qualità. Forse quell'onorificenza mi è stata conferita per questo: l'ho accettata a nome delle maestre che lavoravano con me."

In quel momento arrivarono i servizi sociali. Il giudice voleva sapere da Miss Barnes cosa le aveva detto la dottoressa Cliff e chiese a Steve se era d'accordo nel rinviare la testimonianza dei Pitt.

"Stavo proprio per suggerirlo, M'lord."

Miss Barnes fece il giuramento sicura. Dopo aver dato le proprie generalità, si rivolse direttamente al giudice, togliendo a Sandra Pepper l'opportunità di porle le domande, come imponevano le regole.

"M'lord, vorrei premettere che i Pitt non sono utenti dei nostri servizi: l'assistente sociale che si occuperà di Lucy non li conosce, e nemmeno io. Li ho incontrati lunedì scorso alla riunione per la Protezione dei bambini, che ha rinviato la decisione se Lucy debba essere inclusa nel Registro dei bambini bisognosi di protezione, in attesa di leggere la relazione della dottoressa Cliff. I Pitt l'hanno scelta, e pagheranno il suo onorario."

Quando ebbe finito il giudice fece cenno a Sandra Pepper, che era rimasta in piedi, chiaramente sulle spine, di riprendere il suo interrogatorio.

"Ha avuto l'opportunità di parlare con la dottoressa Cliff?" chiese Sandra Pepper.

"Le ho telefonato stamattina. Era in taxi, stava partendo per il fine settimana. Mi ha detto che è sicura che Lucy sia stata abusata dal padre: non sembra che ci sia stata penetrazione, e dunque l'abuso non è fisicamente accertabile. I Pitt negano. Mrs Pitt potrebbe sottoporre Lucy a pressioni per farle ritrattare le accuse. Lucy ha quattro anni e a quell'età i bambini sono particolarmente vulnerabili, soprattutto se sono stati abusati. I servizi sociali hanno il dovere di proteggere i bambini abusati e a rischio di abuso, e pertanto Lucy dev'essere allontanata dalla famiglia."

"Lo ha fatto presente alla dottoressa Cliff?"

"Certo! Lei non vuole che Lucy sia separata dalla sorella, e la capisco bene. Sarebbe meglio se Amy e Lucy andassero insieme presso una famiglia affidataria. La dottoressa Cliff sostiene che Amy non è stata abusata, ma non ci sono prove. E noi non siamo ancora in grado di valutare il rischio che corre la bambina: dobbiamo conoscerla e fare degli accertamenti per proteggerla."

"Dove andrà a stare Lucy, stasera?"

"Io o l'assistente sociale andremo a prenderla a casa, dopo che sarà tornata dall'asilo, e le spiegheremo che starà in campagna per un po'. La collaborazione della madre è essenziale: deve dire alla bambina che è lei che lo vuole, e che è per il suo bene. I servizi sociali non reclutano più direttamente le famiglie affidatarie. Adesso ricorriamo a un'agenzia privata che seleziona, addestra e sorveglia famiglie affidatarie di professione, nel Kent. Quella di Lucy non è stata ancora identificata, ma appartiene al gruppo scelto per casi di abuso sessuale. Lucy sarà ben protetta."

Il giudice inarcò le sopracciglia e Sandra Pepper mormorò: "Non ho altre domande, M'lord".

"Allora prima che inizi il controinterrogatorio ne porrò qualche altra io," disse il giudice. Sandra rimase in piedi, pronta a intervenire.

"Miss Barnes, prima che lei venisse ho ascoltato il dottor Vita. Lui mi ha detto che conosce Lucy dalla nascita e che Lucy sarebbe sconvolta se fosse allontanata da casa e dalla nuova scuola per ritrovarsi fra estranei, e che la dottoressa Cliff ha dichiarato che Amy e Lucy *non devono* essere separate. Il dottor Vita è soddisfatto degli accordi presi dalla dottoressa Cliff con i Pitt: che sia il padre ad allontanarsi da casa, e non Lucy. Lei cosa ne pensa?"

"I servizi sociali hanno grande esperienza e conoscono i risultati della ricerca in questo campo. I bambini si adattano facilmente e crescono bene in un ambiente protettivo: dopo il primo impatto, sarà così anche per Lucy. I suoi disegni sono una richiesta di aiuto."

"Mi dica dei contatti tra Lucy e la famiglia."

"Inizialmente, nessuno. Lucy deve avere l'opportunità di conoscere la famiglia affidataria: questo fine settimana la porteranno in giro – ci sono tanti zoo e parchi di divertimento nel Kent – e lei si considererà in vacanza. Poi dovrà adattarsi alla routine della famiglia e sentirsene parte: ci saranno altri bambini, affidati e non. Lucy potrebbe essere destabilizzata dalle telefonate della madre e della sorella – questo è ben dimostrato dalla ricerca. Dopo aver completato l'accertamento preliminare su Jenny Pitt, organizzeremo le visite e le telefonate. Spero che siano settimanali, o almeno due volte al mese, data la distanza. Dovremo anche considerare le esigenze della famiglia affidataria."

"Quando crede che potrà completare gli accertamenti?"

"Non prima di due settimane. Purtroppo, M'lord, abbiamo carenza di personale qualificato; dei Pitt non sappiamo nulla e si tratta di un lavoro lungo, che dev'essere svolto con cura, nell'interesse di Lucy."

"Mi dica delle visite del padre a Lucy."

"L'accertamento sulla madre deve avere la precedenza, e così le sue visite a Lucy. Faremo il possibile per completare al più presto anche quello sul padre. È possibile che Lucy continui a parlare dell'abuso e che non voglia vederlo. I desideri e i sentimenti dei bambini sono i primi da considerare e da rispettare."

A quel punto il giudice si rivolse ai legali: disse che aveva ascoltato abbastanza da Miss Barnes e che era d'accordo con la dottoressa Cliff e il dottor Vita: non c'era bisogno di ascoltare la testimonianza dei Pitt. Per la prossima settimana le sorelle non dovevano essere separate e dunque sarebbero rimaste a casa con la madre. Approvava anche quanto suggerito dai Pitt riguardo ai diritti di visita.

Poi chiese a Miss Barnes: "È disposta ad accettare la solenne promessa di Mr Pitt al tribunale che non tenterà di entrare nella casa di famiglia se non per le visite stabilite?".

"È necessaria un'ingiunzione. Non mi fido dei Pitt."

Il giudice prese nota e si rivolse a Steve.

"Mr Booth, desidera fare delle domande alla testimone su questo punto?"

Steve balzò in piedi, pronto: "Miss Barnes, lei non ha mai parlato con i Pitt, è vero?".

"È vero, ma li ho osservati alla riunione."

"La dottoressa Cliff ha incontrato i Pitt ben due volte e ha accettato la loro promessa. Dunque si è sbagliata?"

"A mio parere, sì."

"E allora mi spieghi perché. Cosa hanno fatto o detto i Pitt, alla riunione, per indurla ad affermare che non si fida di loro?"

"Un'assistente sociale impara a conoscere la gente osservandola...." stava dicendo Miss Barnes, quando Steve sollevò il braccio e la interruppe: "Aspetti un attimo per favore, il mio cliente vuole dirmi qualcosa" e prese in mano l'appunto che Mike gli aveva passato. *Voglio un'ingiunzione che mi vieti di entrare in casa mia.* Steve si girò e mormorò, con malcelata irritazione: "Perché?".

"Glielo dico dopo." Era un ordine.

Steve cambiò registro. "I miei clienti, con grande riluttanza, accettano un'ingiunzione. I Pitt non accettano il suo giudizio su di loro, ma per il bene di Lucy desiderano stabilire un buon rapporto di lavoro con i servizi sociali. Un rapporto di reciproca fiducia e rispetto, basato sulla conoscenza diretta e non su impressioni."

Jenny ottenne l'ordine di custodia, e Mike l'ingiunzione che gli imponeva di lasciare la casa. L'ordine per le visite del padre alle figlie rispecchiava le richieste dei Pitt.

Erano ancora in aula e aspettavano in silenzio la data dell'udienza successiva, che si sarebbe tenuta la settimana seguente. Tutto a un tratto, Steve si alzò:

"Chiedo scusa, M'lord, ho trascurato un'ultima richiesta. È un ordine di minore importanza, ma comunque rilevante: che per il momento le bambine non sappiano degli altri ordini e del procedimento. Nessuno sa esattamente cosa deporrà la dottoressa Cliff, né cosa le è stato detto dalle bambine. Sarebbe un errore se gli assistenti sociali o i Pitt domandassero informazioni alle bambine o ne dessero loro".

Steve aggiunse che i servizi sociali erano i benvenuti in casa Pitt, ma avrebbero dovuto astenersi dalle domande specifiche ad Amy e a Lucy fino a quando le parti e il tribunale non avessero ricevuto ed esaminato quanto scritto dalla dottoressa Cliff.

I servizi sociali concordarono e l'ordine richiesto venne approvato dal giudice.

Quando Steve emerse dall'aula nel corridoio, ora pieno di contendenti e avvocati che aspettavano il loro turno, era pallidissimo. Ai Pitt non disse una parola: cercava i testimoni.

Lady Snowball, Lisa, Miss Wood, Teresa e Nora – le due ex ragazze alla pari dei Pitt che avrebbero sorvegliato le visite – si erano rincantucciate in un angolo, accanto a un termosifone antidiluviano. Erano preoccupate per la lunga attesa. Facendosi largo tra la folla, Steve le raggiunse prima dei Pitt. Le informò dell'esito dell'udienza e disse loro che dopo ogni visita avrebbero dovuto scrivere un accurato resoconto: i servizi sociali, che si erano opposti alla richiesta dei diritti di visita, li avrebbero valutati con occhio critico. In caso di dubbi avrebbero potuto chiamare Pat, che avrebbe riferito a lui.

Steve si guardò intorno: cercava Sandra Pepper e Miss Barnes per prendere accordi per la visita degli assistenti sociali ai Pitt, ma se n'erano già andate senza un saluto.

Inebriato dal successo, Mike invitò tutti a prendere un aperitivo al Savoy. I visi delle ragazze alla pari si illuminarono. Steve rifiutò educatamente. Poi, silenzioso, li guardò andar via, gli occhi fissi su Jenny che li seguiva con le spalle curve.

Pat e Steve erano rimasti soli. Steve sembrava avvilito. Attraversarono un cortile deserto in cui erano parcheggiate le auto del personale del tribunale, una scorciatoia per uscire sulla strada. Non c'era anima viva. Il ticchettio dei tacchi di Pat sull'acciottolato accentuava il silenzio, rompendolo. Bisognava transitare da una cabina a doppia porta incustodita. La prima porta si aprì e si richiuse subito alle loro spalle, cigolando. Pat temette che sarebbero rimasti intrappolati, ma quando Steve arrivò davanti alla seconda porta anche quella si aprì. Si ritrovarono, assordati dai rumori della città, sul marciapiede dello Strand – di fronte a loro la fermata dell'autobus; sull'altro lato le sgargianti insegne dei pub.

"Anche noi abbiamo bisogno di un conforto alcolico." E Steve si portò Pat in uno dei tanti wine bar cresciuti come funghi attorno al tribunale.

"Non sei contento?" gli chiese lei mangiucchiando una manciata di noccioline.

"Sì... ma la prossima udienza sarà molto più difficile."

"Lo conoscevi, il giudice?"

"Ci conosciamo tutti, dopo tanti anni."

"Perché nella dichiarazione di Miss Wood non hai scritto cosa ha fatto per i bambini del convento e della sua onorificenza?" chiese Pat.

"Non ce n'era bisogno. L'avrebbe detto al momento del giuramento, come vuole la prassi, e lo ha fatto. Quanto al suo ruolo nella denuncia dell'abuso al convento, ha avuto maggior effetto sul giudice perché è venuto fuori quando non se lo aspettava."

"E se lei non ne avesse parlato?"

"Ci avrei pensato io a tirarlo fuori. È il mio mestiere." E Steve allungò la mano verso le patatine.

"Cosa pensi di Mike Pitt?"

"Non riesco a capire dove vuole andare a parare." Steve si guardava in giro come se non riuscisse a farsi una ragione della sua parziale impotenza di fronte al cliente. Poi prese il boccale di birra: "Ora finiamo di bere, abbiamo un mucchio di lavoro che ci aspetta in ufficio".

Eccitata dalla sua prima esperienza in tribunale e rilassata dall'alcol, Pat avrebbe voluto raccontare a Sharon tutto quello che era successo, ma lei non sembrava interessata. Le disse che Mrs Oboe si era seccata moltissimo quando le aveva telefonato senza trovarla. Pat aveva completamente dimenticato il loro appuntamento telefonico e se ne dispiacque.

"Non ti preoccupare. Così capirà cosa significa essere piantata. Era tempo che imparasse questa lezione." E poi Sharon aggiunse: "Lo sapevo che sareste finiti al pub. A Steve piace andare a bere dopo una buona giornata in aula".

23.
Al Claridge's
Mayfair. Sabato 19 aprile

Jenny si stava vestendo per raggiungere Mike a teatro. Con i gioielli era molto sobria e per questo li sceglieva con cura. Perse molto tempo e infine optò per un paio di orecchini di topazi che Mike le aveva portato dal Brasile, piccoli ma con una bella luce.

Rifletteva sulla giornata. Apparentemente era stato un sabato come tutti gli altri, Mike aveva fatto colazione con le bambine, contentissime di andare in piscina con zia Marjorie e Lisa. Lei era stata dal parrucchiere e al suo ritorno aveva trovato il pranzo pronto. Quando Mike se n'era andato, alle due, lei e zia Marjorie stavano giocando a carte con le bambine. Prima di uscire le aveva ricordato che si sarebbero visti nel foyer e Amy gli aveva detto: "Divertiti a teatro, ci vediamo domani mattina".

Dal piano di sotto salivano grida e risate: le bambine facevano il bagno. Jenny si guardò intorno: la camera da letto era esattamente come l'aveva sempre desiderata, grande, piena di luce, con una bella vista sul giardino interno, con l'angolo salotto – tappeto spesso e due poltrone – e una Jacuzzi incassata nel pavimento, nascosta da un prezioso paravento giapponese. La testata del letto e i comodini formavano un pezzo unico, e come gli altri mobili erano di acero chiaro e costruiti su misura. Soltanto allora Jenny si accorse che il comodino di Mike era vuoto, si era portato via tutte le sue cose. Rimase a guardarlo, gli orecchini ancora in mano e gli occhi fissi sul ripiano lucido. Mike era andato via senza lasciare traccia.

In quel momento suonò il telefono: era lui, le proponeva di cenare insieme in albergo anziché andare a teatro: "Sarebbe bello, per una volta, stare noi due da soli".

Jenny aveva letto una storia alle bambine e dava loro il bacio della buonanotte.

"Oggi è stata una giornata bellissima," disse Lucy.

"E domani sarà ancora meglio," le fece eco Amy. "Zia Marjorie mi ha promesso di farmi un cappotto per la bambola Cindy."

Jenny aveva un nodo alla gola e uscì rapidamente dalla camera.

Zia Marjorie si era organizzata nella stanza dei giochi e cuciva il cappottino per la bambola di Amy, seduta al tavolo da disegno delle bambine; aveva rimpiazzato carta e matite colorate con pezzi di stoffa, bottoncini e nastri.

Non le sfuggì la tensione sul volto di Jenny: "Sorridi, bimba mia, e divertiti a teatro. Devi essere forte, gli uomini sono più deboli di noi".

Il Claridge's aveva subito un ennesimo restauro all'inizio del secolo e da allora Jenny non vi era ancora entrata. La luce scendeva a fiotti dai lampadari e la hall era tutta un luccichio – lucido il marmo bicolore del pavimento, lucida la vernice dei pannelli di legno, lucido l'oro zecchino degli stucchi sui soffitti, lucida la ringhiera di legno scolpito della scala e lucida la collana delle giovani donne in tailleur nero alla reception – un filo di grosse perle colorate, verde-nero per le brunette e rosa per le bionde. La classe del Claridge's era stata intaccata da un non so che di kitsch, e Jenny si sentì a disagio. Mike l'aspettava nell'ingresso; presero la grandiosa scala interna e salirono in silenzio, e guardinghi, come se cento occhi fossero puntati su di loro. Lui le mostrò la suite che gli era stata assegnata, rifatta su disegno di Stefanidis e bellissima. Jenny si accorse che aveva messo sul comodino una fotografia delle bambine e dovette ricacciare indietro le lacrime. Lui, intanto, preparava gli aperitivi.

Nell'intimità della stanza, si sfioravano senza osare toccarsi. Seduti uno di fronte all'altra, bevevano in silenzio, consapevoli di non essere stati soli dal giovedì precedente.

Mike si fece forza e provò a parlare della riorganizzazione del ménage domestico. Teresa e Nora si sarebbero trasferite da loro l'indomani. La prima come ospite, la seconda per aiutare Lisa, visto che a metà maggio Jenny avrebbe ricominciato a lavorare a tempo pieno. Poi Mike e Jenny presero le rispettive agende per controllare gli impegni serali della settimana: li avrebbero cancellati tutti, nell'eventualità che i servizi sociali o Steve volessero incontrarli.

Un altro silenzio, altri aperitivi.

"Trasferirò a tuo nome le utenze e il mutuo, e rifornirò regolarmente il tuo conto personale: tu non devi fare nulla."

"Mi stai trattando come se stessimo per divorziare!" fece Jenny, e cominciò a piangere. Era inconsolabile. Le lacrime chiedevano spazio. Poi pian piano Jenny arrivò al conforto delle parole e confidò a Mike quello che le pesava sul cuore: odiava avere la casa piena di estranei, più ce n'erano e più si sentiva sola; aveva paura di non saper badare alle bambine, senza di lui, si sentiva una ragazza madre.

Tutto a un tratto si raddrizzò sulla sedia: "Ma tu non sembri dispiaciuto. Sono stata una tale megera con te?".

"Non essere stupida." Mike cambiò rapidamente argomento: era necessario che lasciasse l'albergo al più presto. La Trolleys ospitava al Claridge's i manager ed era per questo che aveva ottenuto un grosso sconto per la suite, ma non voleva che la sua presenza venisse notata dai colleghi in trasferta.

"E dove andrai?" Gli occhi di Jenny si riempirono nuovamente di lacrime.

"Non lo so."

Jenny pareva essersi chetata. Ma durò pochissimo. "Certe volte non ti capisco. Sembra che tu ti diverta a fare tutti questi piani. Perché hai voluto un'ingiunzione? Ho paura che ti troverai un'altra..."

Mike la lasciò piangere. Dopo un po' si alzò e andò nella camera da letto.

"Ti ricordi?" Le porse una trousse di Liberty. "Me l'avevi data i primi tempi che stavamo insieme, se per caso avessi dimenticato i trucchi quando restavi da me a dormire. Ora ci torna utile. Fatti di nuovo bella, forse ce la facciamo per *Tre sorelle*."

Jenny continuava a spostare lo sguardo da lui alla trousse, non sapeva cosa pensare. E Mike: "Questo nuovo taglio di capelli ti sta proprio bene!".

24.

"Tre sorelle"

West End. Sabato 19 aprile

Mentre Pat faceva la doccia, Ron era sgusciato fuori a comprare giornali e cornetti per la colazione. Poi si era dato da fare a preparare la tavola – era il loro rito del sabato.

Pat bevve l'ultima tazza di tè e abbandonò la rivista che aveva sfogliato distrattamente: Ron era immerso nella lettura delle pagine sportive e la luce del mattino illuminava i garofani che le aveva regalato. Pat si alzò, si strinse la cintura della vestaglia e si accarezzò il collo; sentiva la pelle morbida, ancora profumata della crema di cui si era cosparsa – il *suo* rito del sabato, dopo aver fatto l'amore –, ed era soddisfatta. Volse intorno lo sguardo: il modo in cui Ron teneva la casa era stato motivo di contrasto fra loro da quando si erano messi insieme. La cucina era in disordine: i giornali della settimana erano stati cacciati nella cesta della biancheria insieme ai panni sporchi, dal cassetto delle posate usciva una striscia di plastica bianca e arricciata come schiuma. Era lì che Ron, quando lei era arrivata, aveva ficcato in tutta fretta le buste del supermercato. Le scarpe da corsa e la tuta dividevano con le patate il cestello delle verdure. "È una bella giornata," disse Pat, per una volta non infastidita. "Apriamo le finestre e prima di andare a teatro puliamo la cucina per bene."

Sorrideva, e Ron cominciò a darsi da fare di buona lena.

Pat buttava nella pattumiera lattine, bottigliette e cibi scaduti senza mai lanciare sguardi di disapprovazione a Ron, che aveva il compito di lavare le finestre e i pensili. Mentre lavoravano, lei gli parlava della sua giornata alla High Court.

"E come se l'è cavata Steve in tribunale?"

“Bene, naturalmente.” Pat sbuffò. “Fra poco dobbiamo uscire e abbiamo bisogno di un’altra doccia” e gli chiese di alzare il volume della radio. Bbc 3 trasmetteva l’*Evgenij Onegin* di Čajkovskij, il tema di Lenskij, terzo atto.

Erano assidui ma parsimoniosi frequentatori di teatro e Ron aveva comprato dei biglietti scontati per *Le tre sorelle*, nella prima balconata, laterali e senza piena vista sul palcoscenico. A loro piaceva prendere posto molto prima dell’inizio dello spettacolo per leggere il programma con comodità.

Suonò la seconda campana. Ron era irrequieto; voleva dirle qualcosa ma esitava, balbettava. Pat aveva chiuso il programma e lo guardava incoraggiante. Lui cominciò col dirle che Jim, suo figlio, aveva accettato un’offerta di lavoro presso una ditta di Birmingham e gli aveva scritto per ringraziarlo dell’aiuto datogli durante gli anni di università: ora non ne aveva più bisogno. “È un bravo ragazzo, il mio Jim.” Poi Ron riprese a balbettare: “D’ora in poi potremo permetterci posti migliori. Ti piacerebbe?”.

Ma Pat guardava il pubblico della platea, in basso. “Lì c’è il mio capo!” E gli indicò Steve, era con una giovane dai capelli scuri, vestito nero, orecchini e collana di perle.

“Credevo fosse più giovane.”

“Lo è più di quanto sembri.”

“Chi è la donna con lui?”

“Non lo so, ma non è sposato.” In quel momento Steve si piegò verso la donna e le disse qualcosa, lei gli rispose con un ampio sorriso.

“Dev’essere la sua fidanzata.”

“Forse. Io so riconoscere solo le coppie sposate, non si parlano. E alcune, invecchiando, addirittura si somigliano.”

“Ma ci sono anche le persone come noi, che si sentono come se...” Ron aveva lasciato la frase a metà, non sapeva come dirlo. Alzò gli occhi sulla volta del soffitto, anche quella fittamente decorata, come il resto del teatro, di stucchi bianchi e oro, e poi sbottò: “Se fossimo sposati, non credo che ci annoieremmo mai, e tu potresti avere un’ottima pensione...”.

“Non parliamo di morte!” Ma le parole di Pat vennero coperte dall’ultima campana.

“Sarei molto contento se ci sposassimo.” Ron l’aveva detto, finalmente. E non osava guardarla.

Pat gli prese la mano e gliela tenne stretta sul bracciolo. “Mio padre diceva: 'Se va bene, lascialo com'è'," e gli accarezzò le dita teneramente mentre le luci si spegnevano pian piano.

Il sipario si alzava su una scena essenziale. Due tavoli. Sedie sparse. Le quinte laterali erano pareti chiare tagliate dalla sagoma di una porta. Il fondale di luce calda lasciava pensare a un esterno. Pat si sistemò sulla poltrona per vedere meglio e lasciò andare la mano di Ron, che rimase tutta sola sul bracciolo, mentre lei teneva le sue in grembo, intrecciate.

Maša era già in scena e aveva accanto a sé un cesto di mele rosse – unica traccia di colore in tutto quel bianco crema. Invece del solito libro sulle ginocchia, teneva in mano una mela e attaccando la prima battuta cominciava a liberarla dalla buccia.

Nostro padre è morto esattamente un anno fa, in questo stesso giorno... diceva Ol'ga, ma gli occhi degli spettatori erano ipnotizzati dall'evidente tentativo di snudare il frutto in una volta sola – la buccia doveva cadere intera sopra il grembiule chiaro di Maša. L'attrice eseguiva le indicazioni di regia con naturalezza e il pubblico non perdeva una parola, senza riuscire a staccare gli occhi dalla meticolosa operazione.

Pat, come molti altri in sala, stava col fiato sospeso. E se l'attrice avesse fallito?

Durante il primo intervallo Pat e Ron passeggiavano nel foyer.

"Quelli sono i clienti di ieri!" Pat si fermò a guardare due coppie che chiacchieravano vicino a una colonna di finto marmo con capitello dorato. "Sono quelli che ci danno le spalle. Lei la riconosco dai capelli – anche se dev'essere andata dal parrucchiere, ce li ha più corti." Poi la gente che passeggiava le impedì la vista. "Chi avrebbe pensato che, con quello che stanno passando, avessero voglia di andare a teatro! Chissà se Steve li ha visti."

"Può essere un modo di gestire l'infelicità. Nell'estate del mio divorzio non mi sono perso nemmeno un concerto delle Proms," disse Ron, "la musica era come un cibo di compensazione. Mi sentivo solo."

Ma Pat non gli rispose.

Fu con nuovo sgomento che nel secondo atto Pat vide Maša muoversi verso quel sempre presente cesto di mele e ripetere l'operazione mentre ascoltava Tuzenbach che faceva la sua tirata sul senso dell'esistenza. *Gli uccelli migratori, le gru, per esempio, volano e volano, e indipendentemente da quali pensieri, sublimi o meschini, attraversino le loro menti, continueranno a volare senza sapere perché e dove...*

In platea, anche Steve Booth era inchiodato da quel coltello che incideva accurato il frutto e procedeva esatto in una tornitura perfetta.

E il senso dove sta?, chiedeva Maša, e fermava per un attimo la lama – la buccia attorcigliata, rosso sanguigno, contrastava col candore della polpa. Tuzenbach rispondeva: *Il senso... Poniamo: nevica. Il senso dove sta?*

L'attrice sollevava mela e coltello e li contemplava – sembrava il momento in cui sul filo l'acrobata si ferma a tentare l'equilibrio –, e poi tornava a pulire il frutto sciorinando la sua lunga battuta: *L'uomo, io credo, deve essere credente o cercare una fede, altrimenti la vita è vuota, vuota... Vivere e non sapere perché volano le gru, perché nascono i bambini, perché ci sono le stelle in cielo. O sapere perché siamo al mondo, altrimenti è tutta una sciocchezza, un'idiozia...*

Steve era sotto il palcoscenico. Non c'era nessun trucco. L'attrice sbucciava la mela e la pelle non era già incisa e avvoltolata ad arte, come aveva sospettato.

Mancava un ultimo giro di coltello. Veršinin si avvicinava e osservava da vicino le mani di Maša, *Peccato però che la giovinezza se ne sia andata...*

Soltanto allora la pelle cadeva e Maša offriva la mela all'amato.

Immerso nei suoi pensieri, Steve si mise in coda per prendere la giacca della sua accompagnatrice, un avvocato italiano a Londra per studiare la legislazione inglese sui minori. La donna lo aveva tartassato di domande sul sistema legislativo inglese, mentre lui avrebbe solo voluto abbandonarsi a Čechov. Il guardaroba era rintanato in un sottoscala, ma non per questo era dimesso: la cornice sopra il bancone, decorata con putti e volute dorate, sembrava quella di un palcoscenico in miniatura. Steve intravide i Pitt e non poté fare a meno di notare la coincidenza. Rimase pensieroso anche mentre porgeva la giacca alla donna.

"A che pensavi?" gli chiese l'avvocato italiano.

"Alla battuta di Maša, *Io non ho bisogno di niente, è l'ingiustizia che mi agita.*"

Steve aveva accompagnato l'avvocato italiano al taxi e andava a passo svelto verso la fermata dell'autobus. Gli riecheggiavano nella mente le parole di Veršinin: *L'umanità prima di noi era occupata con le guerre, riempiva la propria esistenza con spedizioni, invasioni, vittorie. Oggi questo è superato, ma ha lasciato un gran vuoto dietro di sé, che per il momento non è colmato; l'umanità è alla ricerca di qualcosa e certamente qualcosa troverà*. E si sentì sgomento: quando?

Mentre procedeva lentamente con il resto del pubblico verso le uscite, Mike Pitt dovette almeno in due occasioni fermarsi e salutare persone che conosceva. Jenny, al suo fianco, salutava e approvava i giudizi positivi sullo spettacolo. Lui considerava serate come quella occasioni sociali, ma questa volta era rimasto colpito. Aveva quasi paura di pensare a come l'atmosfera di disfatta l'aveva toccato. Persino il proverbiale *A Mosca, a Mosca* gli risuonava dentro con una nuova imperiosità. Basta, si diceva, basta. E stringeva il braccio di Jenny.

Quando furono in strada lei gli si strinse più vicino. "Dove andiamo?" E per un attimo Mike sentì l'immensità di quella domanda. Persino l'improprietà. E sbiancò.

25.
Le voci delle sirene
Taormina. Domenica 20 aprile

L'hotel era stato costruito nell'Ottocento come residenza privata di un ricco mercante inglese. I giardini terrazzati arrivavano sin quasi alla fine della scogliera che costeggiava una piccola baia. Sul lato opposto, un'altra scogliera priva di vegetazione ne rispecchiava la forma; era un agglomerato di massi di lava, che scomparivano a poco a poco sott'acqua trasformandosi in gradoni da cui due faraglioni neri emergevano e brillavano aspri sotto i raggi di un sole arancione non ancora pronto a tramontare. La leggenda diceva che erano stati scagliati in acqua dal ciclope che viveva nelle viscere del vulcano ed erano diretti contro i greci che lo avevano accecato.

La dottoressa Cliff vagava nel giardino, gli occhi bassi. Ralph l'aveva umiliata sin dal momento in cui si erano incontrati all'imbarco del volo. Era seduto accanto alla sua amante e tutti e due avevano fatto finta di non vederla. Al congresso i numerosi colleghi di Ralph che la conoscevano le avevano dato un benvenuto caloroso. Lei aveva recitato la parte della brava moglie. Lui era stato persino ossequioso, ma quando erano soli non le rivolgeva la parola. Il pomeriggio della domenica era libero e i partecipanti potevano scegliere fra diverse escursioni. Ralph non le disse cosa aveva scelto e lei, troppo orgogliosa per cercare di saperlo dagli altri, aveva deciso di rimanere in albergo.

Una pietruzza le era entrata nel sandalo e si appoggiò contro un albero per togliersela. Guardava l'insenatura nascosta della baia. L'acqua cambiava dal blu, dov'era più profonda, a un turchese lieve e luminoso che poi sbiadiva in verde chiaro. Le onde lambivano dolcemente la piccola striscia di sabbia al centro del semicerchio.

La dottoressa Cliff non aveva requie; aveva raggiunto l'estrema punta del giardino, dove una minuscola piattaforma si lanciava sull'acqua. Da lì la vista si allargava sul golfo. Il mare – calmo, scuro e profondo – sembrava gonfiarsi e innalzarsi oltre l'orizzonte. Invadeva lo spazio del cielo, per una volta reso insignificante dalla sua vastità. Sulla costa, si spingeva all'interno e poi si tirava indietro, formando una successione di piccole baie, ognuna diversa dall'altra per colore – blu scuro, blu chiaro, turchese, smeraldo, verde e limone.

La dottoressa Cliff era appoggiata alla balaustra e guardava giù. Le ombre delle piante che crescevano nelle fessure delle rocce e si protendevano sul mare, e il riflesso scuro della lava, avevano trasformato l'acqua profonda ai piedi della roccia in inchiostro nero. Si alzò in punta di piedi e si sporse: fissava il buio liquido e ascoltava il suono ritmico del mare che batteva sugli scogli, onda su onda, onda su onda. Chiuse gli occhi: le voci delle Sirene la chiamavano, e lei rispondeva sognando di tuffarsi in una morte stupenda. Un fruscio sui capelli – un corvo volava a bassa quota sul mare verso il giardino: nel raggiungere la scogliera non aveva alzato la traiettoria e l'aveva sfiorata. L'uccello si era posato sul ramo basso di un pino. Si guardavano, uno curioso, l'altra implorante. Poi il corvo volò via, divenne un puntino nero nel cielo. E scomparve.

Ralph non avrebbe vinto. Poi, un brivido – la conversazione con il dottor Vita la tormentava quanto il suo matrimonio, e proprio da lì lei avrebbe iniziato la sua ripresa.

"Non mi chieda dove sono, perché non voglio che mi invidi troppo," aveva detto a Justin Vita, "sappia solo che siamo alloggiati in un albergo sulla più bella baia del mondo. Volevo scusarmi per la nostra conversazione di venerdì, senza dubbio le sarò sembrata strana," e gli aveva spiegato che dopo aver visto i Pitt le era venuto un terribile mal di denti. Era quasi svenuta dal dolore e aveva mandato giù un cocktail di analgesici che le aveva rallentato il pensiero e l'eloquio. Ora stava bene, un bravissimo dentista del luogo aveva fatto miracoli. "Temo di averle dato l'impressione di essere ubriaca. Mi dispiace tanto, ma con quel mal di denti non potevo scrivere. Riceverà la mia relazione martedì mattina."

E chiuse la telefonata senza dargli la possibilità di chiederle quali fossero gli analgesici che l'avevano ridotta in quello stato.

26.
Assistenti sociali e avvocati
Fitzroy. Tribunale della famiglia. Lunedì 21 aprile

"Fiona dovrebbe essere qui tra poco. È andata da Jenny Pitt per la prima visita dell'accertamento comprensivo sulla famiglia e sulle capacità genitoriali dei Pitt. Io confermo la mia impressione iniziale: lui la tiene sotto controllo e lei non mostra alcuna emozione. Bastava guardarli in aula! Non ho dubbi che Amy sarà inclusa nel procedimento. Ha bisogno di protezione quanto Lucy, è a rischio, se non altro, di abuso emotivo," diceva Miss Barnes a Sandra Pepper.

Poi si rivolse a Fiona, che le aveva raggiunte. "Raccontaci."

Il primo colloquio con Jenny Pitt era stato positivo. Jenny aveva descritto le figlie con sensibilità e aveva ammesso che gli ultimi giorni erano stati molto pesanti per lei; le visite del fine settimana comunque erano andate bene e le bambine erano contente. "Mi ha detto che Amy e Lucy credono che il padre viva ancora in casa," aveva commentato Fiona

Miss Barnes non ci credeva. "Avranno sicuramente notato che non dorme lì!"

"Anch'io la pensavo così, ma è possibile. La casa è molto grande e le bambine seguono una rigida routine." Fiona spiegò che all'ultimo piano i Pitt avevano quasi un appartamento per loro: camera da letto, bagni e i rispettivi studi. "Le bambine non hanno il permesso di entrare, se non invitate; dormono al piano inferiore e passano quasi tutto il tempo nel seminterrato, dove ci sono la stanza dei giochi e la cucina. Durante la settimana di norma vedono il padre soltanto a colazione, per una mezz'ora, e poi parte del sabato e della domenica. Jenny dice che lui sta molto fuori durante il weekend oppure lavora rintanato nel suo studio."

"A quanto pare, però, il tempo di abusare la figlia l'ha trovato!" esclamò Miss Barnes.

Fiona non le rispose. Jenny, continuò, era molto preoccupata per quello che era successo in casa di Mrs Dooms: Lucy le aveva parlato di nuovo dell'uomo con la barba, e lei voleva le copie dei disegni, e informazioni sul percorso del loro esposto all'asilo. Fiona si era rivolta a Sandra Pepper. Questa la informò che Mrs Bell aveva inoltrato l'esposto al suo diretto superiore, che a sua volta era ricorso ai legali. Se ne occupava un collega e sarebbe stata una cosa lunga perché Mrs Dooms si era rifiutata di incontrarlo e aveva chiesto l'intervento del sindacato. In quanto ai disegni, venerdì dopo l'udienza lei era andata a casa di Mrs Dooms, che le aveva promesso di darglieli. "Non mi ha nemmeno fatto entrare, sono riuscita a farmi dare solo i disegni fatti all'asilo. Dice che gli altri le servono per scrivere la relazione. Mi è sembrata sull'orlo di una crisi isterica."

"I Pitt non devono sapere nulla di tutto questo, capito?" E poi Miss Barnes intimò a Fiona: "Continua, che altro ti ha detto Jenny Pitt?".

"È conscia delle sue responsabilità e delle promesse fatte al giudice, e così anche Lisa, la ragazza alla pari. Secondo me Jenny Pitt, ha le idee ben chiare sul significato dell'abuso sessuale e mi è sembrata capace di proteggere le bambine, che possono rimanere con lei: io non ho alcuna preoccupazione immediata."

"Non vedo come tu possa sostenerlo, a meno che lei non ti abbia detto che ammette l'abuso," intervenne Miss Barnes. "Questa donna è in totale diniego della realtà."

"Prima di dirlo, aspetterei di leggere la relazione della dottoressa Cliff," ribatté Fiona.

"La prossima volta verrò con te, questo è un caso complesso."

E Miss Barnes e Fiona concordarono che avrebbero discusso dei Pitt dopo aver ricevuto la relazione della dottoressa Cliff.

La sala d'attesa del Tribunale della famiglia era strapiena e i contendenti si erano allargati a macchia d'olio nei corridoi e perfino sulle scale. Sandra Pepper aveva intravisto Steve all'altro capo della sala. Quando era una studentessa universitaria aveva lavorato allo studio Wizens durante le vacanze estive ed erano rimasti amici.

"Ce l'hai fatta l'altro giorno, congratulazioni!" gli disse, e lo informò sulla posizione dei servizi sociali. Lei temeva che Mrs

Dooms potesse dimettersi e scomparire portando con sé gli altri disegni di Lucy. "Fammi una cortesia, chiedi al tribunale che le ordini di esibire i disegni mancanti alla prossima udienza."

Steve disse che ci avrebbe pensato, ma per lui era più urgente concordare la scelta dell'esperto che avrebbe dato la sua opinione sui disegni. Lo avrebbero pagato i Pitt e volevano il meglio.

"Allora hanno rifiutato il gratuito patrocinio?"

"Esatto, e per questo motivo: vogliono il meglio."

"Miss Barnes ne sarà contenta!" scherzò Sandra. E risero.

27.

“Questa non è tutta la verità”

Brixton. Studio Wizens. Lunedì 21 aprile

Fin dalla mattina Pat aveva lavorato sul caso dei Pitt: lettere ai servizi sociali per sollecitare una risposta all’esposto contro l’asilo; a Mrs Dooms per richiedere il nome del suo compagno e una spiegazione del ruolo avuto in casa sua con Lucy; a tutti i testimoni per ringraziarli di essere venuti in tribunale, e poi un tabulato per le visite di Mike Pitt da far compilare a ciascuna delle persone che le sorvegliavano. Infine, una lunghissima lettera ai Pitt che descriveva la strategia e la condotta della causa con accluso un preventivo delle spese.

Poi arrivò Mavis Clarke, senza appuntamento. Si era portata dietro un’amica e sembravano due scolarette contrite. La sera del venerdì precedente Mavis aveva chiesto all’amica di badare a Stephanie mentre lei andava per un’oretta al pub. Aveva bevuto e poi accettato una dose di eroina da un amico, cosicché quando era tornata non era in grado di badare alla figlia. L’amica era rimasta fino all’indomani e Stephanie non si era accorta di niente.

“Lo sapevo che l’assistente sociale avrebbe fatto di tutto per farmici ricascare! Il padre di Stephanie è uscito di prigione, ma loro non me l’hanno detto. Una settimana fa si è presentato a casa mia, non mi ha picchiato solo perché i vicini erano sul balcone. Mi ha detto che mi ammazzava, se non gli facevo vedere la bambina. Sono venuta qui per dirlo a Mr Booth e lui non c’era. Poi mi sono sentita triste e sono andata al pub. Lì un amico mi ha offerto una dose con una siringa pulita. Era la prima volta, da quando sono uscita dalla comunità.”

“Avanti, questa non è tutta la verità!” Sharon le parlava con voce dolce. “Avevi un appuntamento con lui, al pub, e volevi essere carina. Per questo ti sei comprata l’anello da Miss Gladys.”

Mavis chinò la testa.

"Mr Booth è in tribunale, glielo dirò. Chiama più tardi, vorrà vederti."

"Io mi sarei fatta prendere dal panico, se fosse stata una mia cliente," disse Pat piena di ammirazione.

"Impareresti anche tu. Era prevedibile che ricominciasse." E Sharon le disse che Mavis aveva trascorso la maggior parte dei suoi diciannove anni sotto la custodia dei servizi sociali – la madre era morta di overdose. A sedici anni, già madre a sua volta, aveva un appartamento suo: ne aveva diritto, appunto perché era sotto la custodia dei servizi. C'era da aspettarselo che il padre di Stephanie approfittasse della situazione: poteva spacciare da casa di Mavis e avere anche un letto gratis, e tutto il resto.

"È sbagliato dare una casa a queste ragazze. Sono isolate, vulnerabili, e non hanno un punto di riferimento." Sharon aveva abbassato lo sguardo. Era il suo modo di esprimere tristezza. Poi alzò gli occhi, erano di nuovo scintillanti. "Su, andiamo al Quality Cafe."

In quel momento suonò il telefono di Pat. Mrs Oboe era offesa con lei perché il venerdì precedente l'aveva piantata in asso. Accettate le scuse, le disse che sarebbe venuta nel pomeriggio per prendere il dvd del colloquio con la psicologa.

Pat aveva dimenticato di farlo copiare e le promise che sarebbe stato pronto l'indomani mattina: voleva occuparsene subito e rinunciò al pranzo con Sharon.

"Il direttore dell'ufficio si è rifiutato di pagare le spese per fare una copia del dvd. Costa soltanto poche sterline!" Arrabbiata e incerta sul da farsi, Pat aspettava con ansia il ritorno di Sharon.

"Dobbiamo stare attenti ai penny e Mrs Oboe riceve il gratuito patrocinio. Steve può dare l'autorizzazione: chiamalo!" E Sharon appoggiò pesantemente i suoi acquisti sulla scrivania.

"Steve è in tribunale, non voglio disturbarlo. Chiederò a Ron di farne una copia... ma cosa dirà Steve?"

"Se non gli costa niente ne sarà ben contento. Guarda, li ho pagati cinque sterline: non sono meravigliosi?" E Sharon sollevò i suoi nuovi sandali dorati.

Pat non ebbe l'opportunità di parlarne con Steve, che era alle prese con Mavis. Era venuta nel pomeriggio, dopo aver preso

Stephanie all'asilo. Stephanie era un'adorabile bimbetta di tre anni con occhi grandi e curiosi. I capelli erano stati raccolti in un ciuffo in cima alla testa, come quello di un ananas. Era sua madre in miniatura. Sharon se l'era portata nella stanza delle fotocopie a scarabocchiare sulla carta usata, per lasciare soli Steve e Mavis.

"Ti conosco da più di due anni," le disse lui, "e ammiro il tuo coraggio."

Non le chiese nulla della sua ricaduta. Semplicemente, ricapitolò la sua vita tra genitori affidatari e case famiglia. Lodò la sua determinazione a offrire a Stephanie il meglio e a tenersi lontana dalla droga. Le parlò del periodo in cui era stata in comunità e aveva avuto la forza di attenersi al rigido programma di disintossicazione, la elogiò per non aver saltato nemmeno una delle visite alla bambina.

"Hai sempre cercato di essere una buona madre. Ma Stephanie merita di più," concluse.

Il volto di Mavis era cambiato mentre lui parlava. Non era più quello di una ragazza, aveva assunto l'espressione senza età della disperazione. "Me la toglieranno?"

"Guardiamo la situazione dal suo punto di vista. I servizi sociali potrebbero dire: 'La mamma di Stephanie ha fatto del suo meglio, ma questo non è abbastanza: Stephanie merita una vita serena. È già stata allontanata dalla madre tre volte perché non riusciva a prendersi cura di lei. Ha visto il padre picchiare la madre. La sua mamma voleva che Stephanie crescesse con il suo papà perché lei il suo non lo ha mai conosciuto, lei ama ancora il papà di Stephanie anche se è violento ed è stato in prigione – le fa pena, perché anche lui ha avuto un'infanzia infelice. Ma Stephanie ha bisogno di stabilità, di amore e di essere ben accudita'." Steve si era fermato. Mavis teneva gli occhi bassi.

"Guardami. Tu non vuoi che Stephanie debba vederti di nuovo pestata da suo padre o gonfia di droga. Non vuoi che passi la vita tra la famiglia affidataria e te. Tu per lei vuoi una vita bella, libera dalla paura, dall'ansia, dall'insicurezza e piena di affetto. È vero?"

Sharon era ritornata con Stephanie e con un vassoio di tè e biscotti. L'aveva posato vicino a Mavis, poi si era accovacciata e aveva continuato a giocare con la bambina. Mavis aveva dato un morso a un biscotto e poi aveva bevuto un po' di tè. Steve aspettò che finisse: "Vai. Torna domani, e poi di' a Sharon cosa pensi di quello che ti ho detto. A proposito: il tuo anello è molto carino".

Mavis guardò l'anello e poi Steve: non gli rivolse il sorriso che lui aveva sperato e se ne andò tenendo Stephanie per mano.

Steve diede un'occhiata alla montagna di cartelle e messaggi sulla scrivania e poi lasciò la stanza. Tornò con l'innaffiatoio e trafficò a lungo con le sue piante.

Pat e Sharon si truccavano nel bagno.

"Steve è stato così comprensivo con Mavis. Avrebbe potuto esserlo almeno un po' anche con Mrs Pitt: in tribunale stava per mettersi a piangere, e lui faceva finta di niente. Fa così perché è ricca?"

Sharon la redarguì. "I clienti privati sono insistenti, pagano in ritardo e sono i primi a lamentarsi, ma qui tutti i clienti vengono trattati nello stesso modo."

A Pat sfuggì uno sbaffo di mascara sulla palpebra. Sharon le porse una velina e poi le spiegò che Mavis era una povera drogata, mentre Mike Pitt era sospettato di abuso. La moglie, per quanto ne sapevano, avrebbe potuto essere al corrente e aver deciso di non vedere. Steve doveva tenere le distanze con quel tipo di clienti. "E così dovresti fare anche tu, se vuoi un consiglio non richiesto."

28.

Gita notturna al cratere
Taormina. Lunedì 21 aprile

La squadra delle giovani hostess del congresso si era data da fare con diligenza. Erano dappertutto, sorridenti e pronte ad aiutare i partecipanti. Sembravano uno stormo di rondini: lucidi capelli neri, uniformi blu scuro da capo a piedi e camicetta di seta bianca. La loro incrollabile volontà di efficienza non era venuta meno neppure al check-in dell'aeroporto. La hostess che aiutava l'impiegata della compagnia aerea nell'assegnazione dei posti fece in modo che nel volo di ritorno i coniugi Cliff fossero seduti vicini.

Torvi e silenziosi, i Cliff si ignoravano. Melanie scriveva al computer, Ralph aveva appoggiato la testa e chiuso gli occhi. Lei lo guardò di sottecchi – dormiva – e poi continuò a scrivere la relazione su Lucy Pitt, ma la sua concentrazione era disturbata dai ricordi delle ultime ventiquattr'ore.

Il dottor Vita l'aveva richiamata domenica pomeriggio, mentre lei era ancora in giardino. Voleva essere franco: aveva creduto veramente che avesse bevuto un po' troppo, e lo aveva attribuito al fatto che non era sicura del parere su Lucy Pitt. La cartella clinica di Lucy non collimava con quello che la bambina le aveva detto e bisognava cercare un'altra spiegazione. La chiamava per suggerirle di discuterne con i Pitt.

Lei aveva fiutato il pericolo: accettare quel suggerimento sarebbe stata una tacita conferma del suo stato di ebbrezza e un'ammissione di incompetenza. Forse avrebbe potuto contare sulla discrezione del dottor Vita, ma i servizi sociali avrebbero spettegolato e la sua reputazione ne sarebbe stata danneggiata. "Sono stata estremamente attenta, e ho anche parlato con Amy. Io credo che quello che mi ha detto Lucy sia vero," gli aveva risposto, e lo aveva ripreso: l'amicizia con i Pitt forse offuscava il suo giudizio professionale. Ciò nonostante lei era dispostissima a incontrarli ancora una volta, se lui credeva che potesse essere loro di aiuto.

Poi si era diretta verso l'albergo, risollevata. La prospettiva di qualche ora da sola era allettante e aveva uno scopo: avrebbe scritto la relazione su Lucy. La receptionist le consegnò un messaggio. Ralph sarebbe rimasto al rifugio Sapienza e la notte sarebbe andato a vedere la lava dell'ultima eruzione dell'Etna. Un affronto, una ribellione, una dichiarazione di guerra. Si sentì male e salì in camera piano piano, come una vecchia, appoggiandosi alla ringhiera.

La vista del letto grande era insopportabile e andò sul terrazzino. Il tramonto stava per cominciare dietro l'Etna: da lassù, lui e quella donna si beffavano di lei, e lei si sentiva decrepita. Guardava e non vedeva. Non riusciva a pensare. Era rimasta così fino a quando non aveva sentito fin nelle ossa l'umidità pungente della notte. Si era buttata sul letto e si era addormentata vestita.

L'alba aveva invaso la stanza, portando sbuffi di aria salmastra. Il primo sole le solleticò le guance svegliandola. Aveva passato una notte irrequieta, girandosi e rigirandosi nel letto, ed era esausta. C'era tanto da fare prima che tornasse Ralph. Aveva sbagliato a rimanere in albergo, quei due dovevano averla presa come una rinuncia.

Fece un lungo bagno, si massaggiò con la crema profumata, si truccò e infine si mise due gocce di colonia dietro le orecchie. Si guardò allo specchio – il suo corpo non aveva perso attrattiva. L'esercizio fisico costante, le iniezioni di botox e l'assiduo uso di creme avevano mantenuto la carne soda e il viso privo di rughe. L'altra era una baldracca e Ralph se ne sarebbe accorto. Con questo pensiero si era messa a fare le valigie, lasciando fuori un cambio di biancheria per lui, mentre aspettava l'ora in cui avrebbe potuto ordinare la colazione.

Ralph aveva bussato prima di entrare – un nefasto presagio di quel che ancora doveva accaderle. Era rimasto in piedi vicino alla porta finestra, aveva l'aria stanca. Senza neanche darle il buongiorno, le aveva raccontato che il pomeriggio prima era andato col gruppo a visitare i nuovi crateri. L'Etna aveva superato le sue aspettative: era una montagna massiccia, non a forma di cono come sembrava da lontano, ma un agglomerato di innumerevoli eruzioni dalle sue tante bocche. Il cratere principale, in alto, era così grande che sembrava un altopiano: "Sopra i duemilacinquecento metri non c'è vegetazione, solo lava, in tutte le forme: rocce, pilastri, colonne, e lingue grandi come fiumi. In basso, le pendici del vulcano scendono in gobbe e colline coperte di alberi, fino alla pianura del Simeto. Abbiamo visto uno dei canali di lava dell'ultima eruzione, aveva bruciato terra e piante e inghiottito intere case. Ma io volevo vedere di più".

Ralph aveva lasciato il gruppo e preso una guida e un autista disposti a portarlo di notte sul cratere. Aveva dovuto firmare un documento con il quale li liberava da qualsiasi responsabilità e poi erano partiti con un fuoristrada. "La jeep attraversava e risaliva i letti di lava. Ci siamo arrampicati sulle vecchie colate, ma nei punti in cui il terreno era più aspro non si riusciva ad andare avanti. I fari erano come occhi di coccodrillo nella notte. Ho avuto quasi paura, ma l'autista conosceva il vulcano come le sue tasche. Solo che cambia continuamente: la lava si spacca e frana a valle in grossi blocchi, senza alcun preavviso. Era un viaggio nell'ignoto, ma ce l'abbiamo fatta. Fiancheggiati da mura di lava, abbiamo percorso quello che a me sembrava l'orlo di un grande canyon. L'autista ha spento i fari – buio pesto e silenzio assoluto. Ma la bestia dentro l'Etna è viva e vegeta. A mano a mano che i miei occhi si adattavano all'oscurità, dalle crepe del letto di lava ai nostri piedi, fitte come una ragnatela e profonde fino alle viscere del pianeta, brillava, rosso brillante con sfumature bluastre, il magma incandescente – magnifico."

"Non hai altro da dirmi?" Lei non si era mossa dalla poltrona in cui si era seduta a fare colazione.

"Sì, c'è dell'altro. Ci sono andato da solo. Non sopporto più di dividere il letto con te. Scegli tu: o dormo nella stanza degli ospiti, o me ne vado."

"Per sempre o finché ti fa comodo?"

"Te l'avevo detto che non eri gradita qui. Sai bene che Flag è quello che mi trattiene. Ora vado a farmi una doccia. "

L'aereo attraversava una zona di turbolenza. La dottoressa Cliff controllò che la cintura di sicurezza del marito fosse ancora allacciata: lui dormiva profondamente, e lei rimase a guardarlo.

La receptionist aveva buone notizie. Quella mattina c'era stato un falso allarme per una bomba a Belgravia Square dove l'APMP, l'Associazione degli psichiatri dei minori periti del tribunale, si trovava per un corso di aggiornamento. Avevano dovuto evacuarli e c'era stato bisogno di altri locali attrezzati con videocamere e lettori dvd. La dottoressa Moss, direttrice dei corsi di formazione, aveva preso in affitto i loro tre studi al prezzo richiesto.

La dottoressa Cliff se ne rallegrò. Aveva completato in aereo la relazione su Lucy e le rimaneva da scrivere soltanto quella su Amy, ci avrebbe messo poco: avrebbe guardato il dvd. Il colloquio con Lucy non lo aveva registrato, perché era una cliente privata e la lettera di Justin Vita non le aveva dato alcun motivo di credere che le preoccupazioni dell'asilo avessero qualche fondamento, ma dopo aver sentito Lucy aveva deciso di registrare il colloquio con Amy, senza dirlo ai genitori.

Il dvd, però, non era più nel suo computer. Lo cercò nei cassetti e fra le sue carte: inutilmente. Fece un'altra ricerca, più attenta; controllò perfino negli schedari. Poi chiese alla receptionist se uno dei medici che aveva usato la sua stanza le avesse dato un dvd, ma lei non ne sapeva niente. L'unica spiegazione era che qualcuno l'avesse preso per sbaglio; maledicendo la propria sfortuna, chiamò Caroline Moss. Era sull'altra linea, la segretaria però le disse che i partecipanti al corso avevano portato con sé i loro dvd per registrare le testimonianze simulate. A ogni buon conto, avrebbe mandato un'e-mail cumulativa a tutti loro chiedendo di controllare il materiale del corso.

La dottoressa Cliff si era dovuta rassegnare a scrivere la relazione sul colloquio con Amy sulla base di quanto ricordava e dei pochi appunti presi. Aveva poi inviato il tutto al dottor Vita chiedendogli cosa ne pensasse. Lui rispondeva sempre tempestivamente, ma non questa volta. La dottoressa Cliff attese inutilmente un riscontro, infine lo chiamò lei, la sera.

Justin Vita la ringraziò per la rapidità e non aggiunse altro.

29.

Un elaborato rituale

Ortigia. Domenica 20 aprile e lunedì 21 aprile

L'aeroplano era atterrato a Heathrow e si dirigeva verso l'area di parcheggio. Mike Pitt raccolse le sue carte, per essere tra i primi passeggeri della business class a scendere.

Venerdì pomeriggio, dopo l'udienza, era tornato in ufficio. Rudy Halt, il suo capo, l'aveva informato che uno dei loro maggiori clienti, Jim Stutz, aveva chiamato da Malta: voleva incontrarlo a Siracusa lunedì mattina. Era interessato all'acquisizione di Wear-and-Go, una catena di negozi di abbigliamento per le giovanissime, le cui azioni erano scese e che, si diceva, aveva problemi manageriali. Erano sorpresi perché l'anno prima Jim aveva venduto la sua attività e, per quanto ne sapevano, si godeva la vita dell'esiliato fiscale veleggiando nel Mediterraneo.

Jenny aveva insistito per accompagnarlo all'aeroporto, dopo il pranzo di domenica. Avevano parlato poco. Di tanto in tanto, Mike le accarezzava il braccio mentre guidava e quando arrivarono avevano tutti e due gli occhi umidi.

Mike era sceso all'Hôtel des Étrangers; aveva lasciato la borsa in camera ed era uscito per sgranchirsi le gambe. Ortigia era un isolotto abitato da millenni e su cui da millenni si costruiva; aveva però mantenuto il disordinato labirinto di stradine medioevali. Mike vagava senza meta e senza prestare attenzione alle facciate dei conventi, alle chiese e agli alteri palazzi di un'antica aristocrazia. Pensava a quello che Jim Stutz gli avrebbe chiesto, e a Wear-and-Go. Percorrendo una stradina si era ritrovato in una spettacolare piazza semiellittica su cui si affacciavano le sedi dei poteri del passato: la cattedrale, gli antichi palazzi del senato e dell'Ordine dei cavalieri di Malta. Ma a Mike interessava soltanto lavorare sul dossier di Wear-and-Go. Si sedette a un tavolino del caffè davanti alla cattedrale e riprese a leggere le sue carte sorseggiando una birra. Era inquieto, già voleva pagare il conto e andarsene.

Un cameriere avanzava verso l'unico altro cliente, una ragazzina seduta non lontano da lui, e sulla mano reggeva un vassoio con una coppa di gelato coperta di panna montata e fragoline, con tre biscotti infilzati nel mezzo. Mike aveva cercato di attirare l'attenzione del cameriere, ma il giovane era concentrato nel servire la cliente e poi aveva raggiunto gli altri camerieri, tutti allineati contro il muro. Mike li guardò e alzò il braccio per farsi notare, ma nessuno rispose al suo cenno. Avevano tutti gli occhi fissi sulla ragazzina. Mike si girò a guardarla: una ragazzina normale, in jeans e camicetta, che mangiava con gusto il suo gelato seguendo un elaborato rituale. Si piegava sulla coppa e vi immergeva il cucchiaino per raggiungere il gelato sotto la panna estraendolo mezzo pieno. Poi vi spingeva sopra delle fragoline, poi un po' di panna. Fatto questo, si raddrizzava e portava il cucchiaino alla bocca. Dopo di che si lasciava andare contro la spalliera e si guardava intorno mentre il gelato le si scioglieva lentamente in bocca. Ognuno di quei movimenti, per quanto minimo, rivelava un corpo acerbo, perfettamente modellato e sensuale. La sua bellezza era semplice e naturale e si svelava soltanto a uno sguardo ravvicinato: la pelle olivastra era liscia, i capelli neri, folti e lucenti, gli occhi ben distanziati e privi di trucco, con palpebre pesanti, frangiate da ciglia lunghe e spesse. Le labbra sembravano disegnate.

Dalla porta del caffè uscì la figura rotonda di Jim: si stava allacciando la cintura e andava a passi veloci al tavolo della ragazzina. Imbarazzato, Mike chinò la testa sulle carte, ma l'occhio attento di Jim lo aveva notato. "Bene! Ci si vede prima del previsto!" E lo invitò al suo tavolo. Non lo presentò alla ragazzina, che continuava a mangiare il gelato come se Mike non ci fosse. Jim gli disse che il suo panfilo era ormeggiato in porto e confermò che si sarebbero incontrati l'indomani a colazione sulla terrazza dell'albergo. Poi si rivolse alla ragazzina e indicò il gelato: "Ti piace?".

Lei gli rispose alzando lo sguardo – un lampo improvviso – e poi abbassando le palpebre, pian piano, inghiottì un'altra cucchiaiata di gelato e si spinse lentamente all'indietro, una mano penzolava dal bracciolo, l'altra appoggiata sul tavolo con il cucchiaino vuoto fra le dita. Guardava la piazza, e li ignorava. I suoi seni sembrarono gonfiarsi, la camicetta tesa come se le fosse stata cucita addosso. Teneva le labbra chiuse; il gelato si scioglieva. Prese un biscotto e ci spinse su un bel po' di panna; la prendeva a poco a poco con la punta della lingua, poi se lo leccava tutto, come fosse un bastoncino di liquirizia, e infine se lo sgranocchiava a piccoli morsi. Quando ebbe finito si rivolse a Jim, i cui occhi non l'avevano mai lasciata, e le sue labbra si schiusero in un tranquillo sorriso di contentezza, rivelando una fessura tra gli incisivi.

Mike aveva fame. Misurava a lunghi passi la terrazza del ristorante in attesa che aprisse. L'albergo, il più alto edificio di quella parte dell'isola, costruito agli inizi del secolo precedente, era stato restaurato e in parte ricostruito. Dal ristorante sul tetto la veduta spaziava su mare e terra.

Una cameriera serviva, svelta, i cocktail. Lui l'aveva rifiutato, e la ragazza aveva scosso la testa: i riccioli della frangia nera con le mèches dorate rimbalzarono sulla fronte abbronzata. "È il cocktail speciale dello chef, mi chiami se cambia idea. E si goda il tramonto, signore, è molto bello da qui."

Il cielo era velato, il mare pallido, l'aria tiepida. Davanti a Mike, Ortigia era una distesa di tetti di coppi ai quali il tempo aveva conferito una sfumatura ocra bruciata. Le tegole nuove accendevano qui e là un rosso brillante che strideva in quel singolare e scomposto mosaico. Vecchie palme malandate, il tronco sottile piegato dal vento, svettavano in mezzo ai tetti come aghi arrugginiti con rimasugli di lana sfilacciata nella cruna. Nell'intrico di pendenze diverse entrava la geometria più morbida del tetto di una chiesa: della facciata barocca, vista da dietro, si riconosceva il contorno del disegno; il timpano era sormontato da una enorme croce ricciolutta di ferro battuto, i cui bracci partivano da un cerchio centrale, come un sole nero e vuoto – sotto, gli alloggi simmetrici delle campane sembravano le orbite cave della facciata.

Il sole era impallidito e moriva in uno squallido tramonto. L'oscurità calava su Ortigia. Mike ora osservava i camerieri che apparecchiavano pigramente. Un vaso con un grande cactus era appoggiato al muro trapezoidale in fondo alla terrazza. Mike si piegò sulla balaustra: a filo del tetto correva la grondaia, che, come il terriccio del vaso, veniva usata come portacenere ed era piena di mozziconi – disgustosa.

Mike si accese un sigaro e rimase davanti al cactus. Le foglie carnose si allargavano a strati una sull'altra attorno allo stelo robusto come petali di una dalia gigante. Un tempo erano state di un verde profondo, e lucide – c'erano ancora tracce di un verde rosato alla base, ma adesso, bruciate dal sole, si erano tinte di un rosso vermiglio perdendo lucentezza. Erano diventate ruvide, butterate da piccole cicatrici lasciate dalla grandine.

Fu allora che i demoni calarono su di lui. Il cactus era adesso un ermafrodita; le foglie carnose, una vulva rossa e sofferente; lo stelo robusto dalla punta circondata da anelli di infiorescenze appassite, un pene pulsante. Immagini, reminiscenze e voci si accavallavano una sull'altra in rapida successione. Gli occhi erano fissi sull'ermafrodita. Quelle foglie carnose di un rosso cupo lo ipnotizzavano, le labbra turgide della ragazza nel caffè: *Ti piace?*

Lo stelo grigio e tubolare, nel dormitorio della scuola: *Così, così!* E poi di nuovo la sequela di *Ti piace? Così, così!*

Via, via!, diceva Mike, il corpo teso e contratto nello sforzo di cacciare fuori quello che lo agitava. Cacciarlo fuori, senza sapere cos'era.

Da lontano scendeva, distorta e cavernosa, la voce della dottoressa Cliff: "Mi ha detto che l'abusatore è suo padre". *Suo padre, suo padre...* echeggiava per tutta l'isola.

"Desidera cenare?" La cameriera con la frangia riccia gli si era avvicinata. Lui la squadrava come se fosse una creatura di un altro pianeta e non rispondeva. Poi, un bruciore alle dita: il sigaro si era consumato ed era diventato un cilindro di cenere.

La colazione del lunedì era stata proficua. Jim aveva progettato l'acquisizione nei più minuti dettagli ed era in gran forma. Stavano prendendo un'ultima tazza di caffè. Jim gli ricordò che quando aveva venduto la sua attività era sinceramente convinto che avrebbe voluto trascorrere il resto della vita con la moglie e i nipoti. Poi era diventato serio.

"Credo che tra me e te ci sia una intesa maggiore che con gli altri alla Trolleys. Dato che ieri per caso ci siamo visti, è bene che tu sappia che quella bambina mi ha dato nuova linfa e ora torno sulla scena per creare un'altra catena di negozi per lei. È importante per il nostro rapporto di lavoro: se dovessi morire, voglio che la Trolleys protegga il suo patrimonio. Sarà la nuova Mrs Stutz, appena avrà l'età. Helen ha dei sospetti," aggiunse, "ma è sulla pista sbagliata. In ogni caso, intendo fare in modo che sia una ricca divorziata: se lo merita, dopo tutti questi anni."

"Stai attento," lo ammonì Mike.

"È tutto sotto controllo. Vive sulla barca, che batte bandiera panamense."

Si era alzato un venticello leggero e Jim guardava il mare. Le imbarcazioni da diporto sembravano minuscole a paragone del suo panfilo. Appallottolò il tovagliolo e lo gettò sul tavolo.

Sotto il sole, Ortigia era una festa per gli occhi. I terrazzini delle antiche lavanderie sotto tetto e i balconi delle case erano bardati dai bucati stesi ad asciugare, e ogni bucato era una sequenza monocroma di panni: ce n'erano di bianchi – lenzuola, asciugamani, tovaglie –, di blu – pantaloni, camicie, magliette –, di neri – gonne, camicette, calze, sottovesti, pezze sbiadite. Di tanto in tanto, una macchia improvvisa di capi piccoli e colorati: la lavata dei bambini.

Ai piedi dell'albergo, la fonte di Aretusa era circondata da turisti e gruppi di studenti. Accanto, le rigogliose cime dei ficus formavano un corpo unico e dall'alto sembravano un'isola di verde galleggiante, dove avevano fatto il nido i piccioni che svolazzavano in basso per raccogliere le briciole lasciate dai turisti attorno alla fontana.

L'acqua sugli scogli di fronte all'albergo era verde smeraldo; al largo si tingeva di azzurro scuro e rimaneva di un unico colore fino all'orizzonte.

Tutto a un tratto uno stormo di rondini sbucò dal nulla, garrendo. Erano centinaia, e si dividevano in stormi più piccoli. Attraversavano il cielo sopra i tetti, all'altezza della terrazza, avanti e indietro, attente a non sconfinare sul mare. Scivolavano verso il basso, le ali lunghe e puntute, e le piume blu scuro brillavano al sole. Scendevano in picchiata e poi risalivano come se danzassero.

Gli ospiti dell'albergo si erano riversati fuori a guardare. Mike li seguì e poi tornò a rimuginare sull'acquisizione di Wear-and-Go. Aveva continuato a pensarci sul taxi e sull'aereo fino a quando non aveva raggiunto Londra, con una sola interruzione: dopo il decollo, il capitano aveva informato i passeggeri che stavano volando vicino al Monte Etna e lui aveva sollevato la testa dal dossier. Come le rondini di Ortigia, l'aereo volava alla stessa quota del cratere. Mike guardò fuori brevemente. Pensò che ad Amy e Lucy sarebbe piaciuto tanto vederlo, poi maledì la dottoressa Cliff.

Che era a bordo del suo stesso aereo, in classe turistica.

30.
I Bambini Gesù di cera
Highgate. Casa di Miss Wood. Lunedì 21 aprile

Jenny era abituata alle frequenti assenze di Mike, ma quella sera non riusciva a dormire, le mancava. Poi si era svegliata col pensiero della visita di Fiona McDougall e non si era più riaddormentata. La mattina era esausta e ne parlò a Mike, quando le telefonò.

Lui ridicolizzò la sua preoccupazione e le disse che la visita dell'assistente sociale era un buon segno: finalmente si erano riscossi dal torpore e cominciavano a darsi da fare per conoscere la famiglia. "Non abbiamo niente da temere." Jenny non gli fece notare che erano esattamente le stesse parole che le aveva detto prima che andassero dalla dottoressa Cliff.

Amy e Lucy uscirono, contente come ogni lunedì di tornare a scuola e totalmente ignare dei cambiamenti; eppure ce n'erano tanti, e visibili, nella loro casa. Così pensava Jenny mentre agitava la mano per salutarle.

La sera prima Nora, che era stata la loro ragazza alla pari due anni prima ed era ora una studentessa universitaria, si era trasferita nella camera degli ospiti: oltre a sorvegliare le visite, avrebbe dato una mano a Lisa con i lavori di casa. Zia Marjorie aveva preso possesso della stanza da pranzo, dove avrebbe trascorso i fine settimana. C'era ampio spazio per il suo letto, perché le sedie non erano ancora arrivate e il tavolo era stato spostato contro la parete. La veranda coperta sul pianerottolo di fronte alla stanza da pranzo – che Jenny sognava di riempire di piante e poltrone di giunco – era diventata la stanza di Teresa, un'altra ex ragazza alla pari che avrebbe vissuto da loro come ospite per presenziare alle visite di Mike durante i fine settimana e per supplire a eventuali assenze delle altre sorveglianti.

A Jenny sembrava che casa sua fosse diventata un ostello per ragazze straniere e donne anziane, e le dava fastidio.

Fiona McDougall arrivò puntuale alle nove e mezzo. Spiegò a Jenny che doveva conoscere la famiglia in profondità, per valutare le capacità genitoriali sue e di Mike. "In pratica, significa conoscervi bene." E poi le spiegò le diverse sezioni dell'accertamento formale: 1. Lo scopo prefisso dell'accertamento; 2. Il punto di vista dei genitori sul problema; 3. La storia della famiglia corredata da una cronologia delle loro vite; 4. L'analisi delle esigenze psicologiche e fisiche di Lucy e della capacità dei suoi genitori di soddisfarle, corredata da una lista dei punti deboli e di forza di ciascun genitore; 5. Gli elementi significativi nell'ambiente familiare; 6. L'analisi comprensiva di tutte le informazioni ottenute.

Mentre Fiona parlava, Jenny si sovvenne di un ricordo d'infanzia: erano in vacanza, in campagna, e il padre l'aveva portata con sé dal macellaio. La porta che dava sul retro del negozio era aperta e un giovane macellaio squartava la carcassa di un maiale sul tavolone di legno. Come un giocoliere, alternava diversi coltelli – lunghi, corti, grossi, sottili – a seconda del compito. Tirava fuori dal ventre le interiora e le buttava in diversi secchielli per terra – fegato, milza, busecchia, ritagli per le salsicce, e infine quello che avrebbe venduto come cibo per cani: pezzi di grasso giallastro, grumi rossi e i polmoni. Poi cercava il punto giusto per separare gli arti, preciso come un chirurgo, e finalmente assestava, uno dopo l'altro, colpi ritmici, battendo con un grosso maglio sulla lama di un coltellaccio dalla lama piatta. Mentre il padre sceglieva le salsicce per il pranzo, la carcassa di maiale diventava costolette, filetti, ariste e carne da ragù. Allo stesso modo la dottoressa Cliff aveva reciso la giugulare dei Pitt e i servizi sociali si apprestavano all'accertamento con l'acquolina in bocca per il banchetto finale.

Fiona aveva notato il suo disagio: "Lo facciamo per aiutarvi," le disse incoraggiante. Poi Jenny dovette mostrarle l'intera casa. Fiona chiese di vedere anche gli studi e i bagni dei Pitt; Jenny sussultò: Mike si divertiva a comprare pennelli di martora, rasoi, vasetti di creme e gel, e poteva averne lasciati alcuni. Anche quelli rischiavano di diventare una prova contro di loro.

Ma nel suo bagno c'era soltanto una saponetta solitaria sul lavandino.

Zia Marjorie era nella sua "stanza": aveva messo le valigie vuote accanto alla porta, pronta per essere accompagnata a casa da Jenny, non appena Fiona se ne fosse andata. La sua attrezzatura da cucito occupava l'intero tavolo da pranzo e Fiona, che amava lavorare con ago e filo, si era messa a chiacchierare con lei, così zia Marjorie le seguì in cucina. Fiona era diretta e rispettosa e Jenny dovette ammettere con riluttanza che le era simpatica. Prima di andar via, Fiona le disse che probabilmente sarebbe tornata con il suo capo. Era bastato questo a mandare Jenny nel panico, e le era ritornata l'angoscia che si era impossessata di lei quando aveva sentito testimoniare Miss Barnes. Ricordava tutto ciò che aveva detto, parola per parola.

Era in quello stato mentale che Jenny riportava zia Marjorie a Highgate e mentre guidava si sfogava con lei.

"Ti ho detto che devi essere forte," le disse la zia.

"Non so come fare," rispose Jenny, ed era proprio così.

Allora per la prima volta la zia le raccontò di quando aveva sospettato che padre Patrick, il cappellano, si comportasse male con i piccini della scuola del convento. Aveva confidato i suoi dubbi alla madre superiora, che l'aveva rimproverata: si sbagliava, aveva dei pensieri impuri. Ne parlò allora con una sorella, che come lei insegnava all'asilo, e ricevette la stessa risposta. A poco a poco, cominciò a notare che le altre sorelle sembravano avercela con lei – una smorfia, una battuta, un'occhiataccia. Non c'era cosa che andasse bene. Le davano sempre compiti nuovi e diversi e lei si sentiva isolata e perseguitata. Le sorelle cominciarono a mormorare sul suo conto e ben presto si ritrovò con l'intero convento contro: dicevano che era infatuata di padre Patrick e che, respinta dal sant'uomo, lo calunniava. "Pregavo Dio tutto il tempo. Gli chiedevo di aiutarmi perché mi sentivo impazzire. Certe volte credevo perfino che le loro accuse fossero vere, ma quando la calunnia toccò anche i Bambini Gesù di cera mi resi conto che ero io ad aver ragione, non loro. Le sorelle si sbagliavano, e di molto."

Jenny non capiva, e zia Marjorie le spiegò che ogni mattina, dopo aver recitato le Lodi, raccoglieva tutti gli avanzi di cera nelle lattine dei lumini che bruciavano dinanzi alle immagini sacre, poi li scioglieva in una pentola e ne ricavava delle pallottole che modellava in tanti piccoli Bambini Gesù, come quelli della mangiatoia del presepe. Prova oggi e prova domani, era riuscita a farli belli come quelli che si vendevano nei negozi. Erano il suo regalo di Natale per i bambini dell'asilo.

Li aveva modellati per anni, e nessuna delle sorelle aveva mai avuto niente da dire. Ora invece insinuavano che le loro faccine fossero tali e quali la faccia di padre Patrick e ciò dimostrava la sua ossessione per il cappellano. C'era persino chi suggeriva di chiamare un sacerdote esorcista. "A quel punto capii, e trovai la forza di accusarlo, e con lui, tutte quelle che sapevano e coprivano le sue malefatte. Da allora ho sempre creduto che la verità prima o poi viene a galla e che bugie e calunnie hanno vita breve."

"Ma quanto dovrò aspettare?" piagnucolava Jenny. "Non so se ne avrò la forza." Si fermò davanti al cancello di una casa privata, e alzò gli occhi, sprofondati nelle orbite, a guardare la zia.

Zia Marjorie si rassettò una ciocca di capelli bianchi che le era sfuggita dallo chignon, poi lasciò scivolare le mani in grembo. Con un sospiro, disse: "Solo Dio sa quanto durerà la tua sofferenza. Devi avere pazienza, e forza".

"Ma io non sono come te!"

"Sciocchezze! Dio ci ama e non permetterà che soffriamo più di quanto possiamo sopportare. Nessuno è nato con la forza, sono i travagli della vita che ce la danno. Una buona mamma acquisisce la forza necessaria secondo le esigenze dei suoi figli." E zia Marjorie, preso il rosario dalla tasca, lo sgranò fino a casa.

La giornata di Jenny non era migliorata. Lisa e Nora si guardavano con diffidenza e avevano messo a dura prova la sua pazienza petulando sul bagno che avrebbero condiviso; gli operai avevano portato due aiutanti, che avevano rovesciato un secchio di vernice sul parquet dell'ingresso; le avevano telefonato dall'ufficio per dirle che un collega era stato sospeso perché sospettato di frode e nel pomeriggio Amy era tornata da scuola con un bernoccolo in testa.

In condizioni normali, Jenny avrebbe considerato ognuno di questi avvenimenti una cosa di poca importanza, ma questa volta si era sentita sul punto di cedere alla disperazione. Eppure, era riuscita a ritrovare la calma e a fare quanto doveva. E lo aveva fatto bisbigliando a se stessa: "A Lucy non è successo niente. Lucy sta bene," ripetendo ogni frase come se fossero le avemarie e i padrenostri del rosario.

31.

"Perché rivangare il passato?"

Brixton. Studio Wizens. Lunedì 21 aprile

Ron apparteneva a quella ampia schiera di maschi che il solo sospetto di malattia trasforma in codardi. Pat lo aveva accompagnato in ospedale, dove la paura si era rivelata infondata: nessun aneurisma, solo qualche fatica digestiva. Nonostante ciò, era ancora sotto choc e aveva chiesto a Pat di andare in pasticceria per un tè di conforto. Lei aveva acconsentito, ma avrebbe preferito essere già in ufficio e sentiva che stava perdendo qualcosa di importante.

La premonizione era risultata corretta: Mrs Ansell era stata aggredita e picchiata ripetutamente dal marito e aveva deciso di ottenere un'ingiunzione contro di lui. Quando Pat era rientrata in ufficio, Mrs Ansell era già andata via – avrebbe visto Steve in tribunale quel pomeriggio.

"C'è rimasta male quando le ho detto che non c'eri," disse Sharon. "Ci ha raccontato che ti ha incontrata al mercato e che sei stata tu a persuaderla ad andare fino in fondo, se lui l'avesse picchiata di nuovo."

"Steve si è seccato?"

"Ma no!"

Pat stava per confessarle di essere stata a casa di Mrs Ansell, ma Mr Coutts aveva portato dei documenti che insisteva per dare personalmente a Steve e Sharon dovette soccorrere la receptionist e spiegare a Mr Coutts che Steve era impegnato con il capo studio e che i documenti li avrebbe presi in consegna lei. Niente da fare. Mr Coutts voleva darglieli di persona e lo avrebbe aspettato. Si era scelto una sedia proprio di fronte alla loro porta e sedeva con le ginocchia e i piedi uniti come un alunno cresciuto che aspetta il rimprovero del preside. Era grassoccio e di mezza età; aveva pelle liscia, doppio mento e lineamenti infantili, quasi da gnomo, che contrastavano con il suo abbigliamento formale – scarpe di cuoio lucido, giacca e cravatta Regimental. Mr Coutts teneva stretti i suoi documenti, gli occhi bassi, senza prestare attenzione a quello che succedeva attorno a lui; ogni tanto, cercando di non farsene accorgere, esplorava l'ufficio con lo sguardo, come per controllare che Steve non vi si fosse intrufolato di soppiatto.

Steve chiuse la porta e invitò Mr Coutts a sedersi, ma lui rifiutò. Rimasero in piedi in mezzo alla stanza.

"La mia innocenza è nelle sue mani, e così il futuro del mio nascituro," disse pomposamente e consegnò a Steve la documentazione del suo processo penale. "Adesso la saluto: stamane ho portato mia moglie all'ospedale, un accenno di contrazioni."

"Mr Coutts è diventato il cliente urgente: è un pedofilo, ed è stato a lungo in prigione," disse Steve a Sharon quando se ne fu andato, e raccontò che il cliente aveva usato tutte le scuse per non dargli l'incartamento del suo processo penale. Adesso che il bambino stava per nascere, era corso da lui: sapeva bene che i servizi sociali sarebbero intervenuti! Steve aveva subito riorganizzato la giornata: un collega l'avrebbe sostituito in tribunale con Mrs Ansell, e lui non avrebbe risposto al cellulare.

Dopo un po' arrivò la telefonata di Mr Coutts: era stato un falso allarme e la moglie era a casa; Steve gli disse di tornare in ufficio, quel pomeriggio, e di portarla.

Ma lui venne da solo. Steve stava per farlo entrare, quando sopraggiunse Mike: aveva chiamato prima e c'era rimasto male quando Pat gli aveva detto che Steve non prendeva telefonate; l'aveva avvertita che in tal caso avrebbe portato lui stesso la relazione della dottoressa Cliff e che Steve doveva leggerla immediatamente. Così gli cacciò la busta nelle mani, con rabbia. "La leggerò stasera, e poi la chiamerò," gli assicurò Steve. Mr Coutts li ascoltava e teneva gli occhi fissi su Mike. "Buona fortuna," gli disse. "Anche a lei," rispose Mike, e se ne andò.

"Lei ha un certificato limitato a cinque ore di gratuito patrocinio, e posso dedicarle soltanto un'ora di lavoro. Ho passato il pomeriggio a leggere il suo incartamento. Mi aspettavo di vedere anche sua moglie. Dov'è?"

"Ha bisogno di riposare." Mr Coutts era a disagio. "Sono stato incastrato dalla polizia, voglio sentire che lei ne è convinto."

Steve parlò con calma. "Lei deve riconoscere di essere stato condannato per aver commesso violenza carnale contro sua nipote dodicenne e di aver ammesso di aver compiuto quel reato più di una volta. Non si è appellato contro la sentenza, dunque è improbabile che sia stato incastrato e poi costretto a confessare."

Mr Coutts non batté ciglio. Gli occhi, puntati su Steve, erano bui.

"Lei mi ha voluto, e non sono stato il primo." C'era uno strano orgoglio in quelle parole.

"Non mi interessa. Siamo qui a discutere del bambino che sta per nascere." E Steve l'aveva informato che, alla nascita, i servizi sociali avrebbero istruito un procedimento per togliergli la potestà genitoriale; poi avrebbero condotto un accertamento e valutato la possibilità di lasciare il bambino alla madre, forse anche a loro due. Senza alcun dubbio avrebbero voluto sapere se c'erano parenti disposti ad allevare il bambino, nel caso in cui nessuno dei due fosse stato considerato idoneo.

"Mi dica almeno se abbiamo una possibilità di vivere insieme, come una famiglia normale."

"Ho bisogno di parlare con sua moglie. È possibile ma improbabile, dato il suo atteggiamento."

Mr Coutts non reagì, e Steve continuò: "Sua moglie sa cosa c'è qui?". Sollevò l'incartamento e poi lo sbatté sulla scrivania.

"Più o meno."

Steve voleva di più da lui, e Mr Coutts lo sapeva. "Vado a prenderla e torno." Il volto roseo era diventato grigio.

Nonostante la gravidanza avanzata, Mrs Coutts aveva un'aria di verginità stantia. Non bella e non più giovane, indossava una camiciola arricciata sotto il seno e pantaloni larghi. Era una donna dignitosa. E impaurita. Raccontò a Steve che lavorava come contabile in una cooperativa. Mr Coutts faceva volontariato da loro e si erano conosciuti lì. Il suo capo lo mandava in banca a depositare gli assegni, tanto si fidava di lui. Era arrossita nel dire che si erano sposati dopo un breve corteggiamento e che era rimasta incinta nel giro di poche settimane.

"Da chi ha saputo del passato di suo marito?"

Era stato l'assistente sociale: la levatrice dell'ospedale aveva avvertito i servizi. "Non so lei come lo abbia saputo..." aggiunse Mrs Coutts sgomenta.

"Cosa sa della condanna?"

"Ne abbiamo parlato. Voglio che sia lei a spiegarmi." E Mrs Coutts fissò gli occhi in quelli di Steve, fiduciosi.

Lui cominciò dalle motivazioni della sentenza. "'Dopo una seduzione particolarmente sofisticata, Mr Coutts ha abusato la nipote dodicenne, in maniera particolarmente sadica: oltre al rapporto sessuale completo, c'è stata penetrazione vaginale con una serie di oggetti appuntiti.'"

Il volto della donna si contrasse e lo sguardo, sempre fisso su Steve, era offuscato; ma lei continuava a tener stretta la mano del marito.

"Quella ragazza ha mentito!" E Mr Coutts prese a dire che allora era un ragazzo di campagna appena ventenne e incensurato. Era andato a cercare lavoro a Chester, e stava dal fratello maggiore. La nipote si era invaghita di lui, e quando lui l'aveva respinta lo aveva calunniato. La polizia lo aveva costretto a confessare un reato che non aveva commesso. L'avvocato si era messo dalla parte della polizia e non aveva tutelato i suoi diritti come avrebbe dovuto. Durante il processo lui aveva continuato a proclamarsi innocente, ma poi aveva ceduto, sotto le pressioni dell'avvocato, per paura di ricevere una condanna più pesante.

"Sono orgoglioso della mia rivincita: nell'avversità di una prigionia ingiusta ho preso un diploma da elettricista. Quando ho lasciato il carcere ho subito iniziato a lavorare, poi mi sono arruolato nell'esercito. Mi sono congedato per motivi di salute, dopo anni di ineccepibile servizio. Ora ricevo l'invalidità e mi dedico al volontariato per i bisognosi. Sono un uomo onesto!" concluse Mr Coutts, e si rivolse alla moglie. "Posso dimostrare che quella mentiva, e chiedo scusa se uso delle parolacce. Aveva dodici anni ma era già una maledetta puttana, ha intessuto una rete di menzogne!" E cercò lo sguardo di lei, ma Mrs Coutts fissava Steve; cercava di capire cosa passava nella mente dell'avvocato, ma lui era impenetrabile. Mr Coutts riprese a parlare, con convinzione. Gli era arrivata voce che per la ragazza le cose si erano messe di male in peggio. Era cresciuta ribelle e imbrogliona, e rubava perfino ai genitori, al punto che, non potendone più, l'avevano buttata fuori di casa. Era diventata una drogata, una ladra e una prostituta! Mr Coutts aveva finito. Aspettava la reazione di Steve.

Ma Steve si era rivolto a Mrs Coutts: "Devo dirle che, più suo marito protesta la sua innocenza, più diminuiscono le possibilità che possa allevare insieme a lei il figlio che porta in grembo". Fece una pausa e si accarezzò il mento. Mrs Coutts aveva recepito.

"Mr Coutts, mi ascolti," Steve si raddrizzò sulla sedia, "negare non la aiuta!" E continuò a parlare lentamente, rivolto a tutti e due:

"I servizi sociali si porranno tre domande, e sta a voi, insieme o separatamente, aiutarli a dare la risposta migliore per vostro figlio". Steve scandiva le domande battendo la penna sul piano della scrivania. "Primo: Mr Coutts è cambiato? E se è cambiato, come e perché? Ed è disposto a sottoporsi a una terapia mirata?" Mentre parlava, Steve guardava Mr Coutts, ma i suoi occhi erano sfuggenti. "Secondo: Mrs Coutts conosce per intero il passato del marito? E in tal caso, cosa ne pensa?" Steve fissò Mrs Coutts. Le guance le erano diventate rosse e sembrava che non ne potesse più. Lui andò avanti, ma la voce adesso era più dolce: "Terzo: a cosa tiene di più Mrs Coutts? Al suo matrimonio o al bene di suo figlio? E se dovesse scegliere il figlio, sarà capace di proteggerlo dal padre?".

"Perché rivangare il passato?" lo interruppe Mr Coutts. "Ho vissuto una vita decente e ho per moglie una donna onesta e ci vogliamo bene!"

"Perché lei è un pedofilo, Mr Coutts. Come gli alcolisti, i pedofili rimangono quello che sono. E come gli alcolisti possono astenersi dal bere, anche per sempre, così un pedofilo può non avere ricadute: ma soltanto se ammette di essere un pedofilo, se accetta un percorso terapeutico, se vi reagisce positivamente e se è conscio della possibilità di ricaduta. Le consiglio di guardare al futuro in questa ottica, è per il bene di suo figlio." Steve gli porse il carteggio. "Dovreste leggere la nota che ho scritto ad ambedue e poi tutte le carte, a una a una, e discuterne, insieme. Sarebbe il primo passo nella direzione giusta. Io sono disposto a rappresentarvi soltanto se accettate il mio consiglio."

Mr Coutts aiutò la moglie ad alzarsi. Lei biascicò un "grazie" a Steve, poi la coppia se ne andò in silenzio.

32.

La relazione della dottoressa Cliff

Lunedì 21 aprile

Ho visto Lucy Pitt per una valutazione clinica su richiesta del suo medico curante dottor Justin Vita e poi, su mia richiesta, ho visto anche la sorella maggiore, Amy Pitt.

Ho avuto l'opportunità di parlare con i genitori di Lucy prima e dopo il nostro colloquio e di incontrare precedentemente Mrs Dooms, la maestra dell'asilo che Lucy frequentava. Mrs Dooms mi aveva informato della sua preoccupazione per il comportamento di Lucy e per i suoi disegni e me ne ha mostrati ventiquattro. Ne ho fotocopiati due e ho restituito gli altri alla maestra, su sua richiesta.

1. Colloquio con Lucy Pitt (45 minuti)

Lucy è una bimba di quattro anni e mezzo, bionda, graziosa e sicura di sé. Ricordava il nome della nuova maestra ai Meadows e mi ha detto che è fiera di essere nella stessa scuola della sorella maggiore, Amy, e che le piace.

Mi ha raccontato del pomeriggio trascorso in casa di Mrs Dooms, circa due settimane fa. Mi ha riferito cosa ha mangiato lì, poi è diventata seria. Mi ha detto che c'era un uomo con la barba, e a quel punto mi è sembrata confusa. Le ho chiesto cosa avesse fatto da Mrs Dooms e mi ha risposto che aveva disegnato e poi regalato i disegni alla maestra. Lucy si è sorpresa quando le ho mostrato uno dei disegni fatti in casa di Mrs Dooms (*il primo disegno*): consiste di una serie di cilindri lunghi e stretti con un rigonfiamento in cima, ed era stato scarabocchiato con un pennarello nero, come se Lucy avesse voluto cancellarlo. Si è rifiutata di spiegarmelo. Poi le ho mostrato un altro disegno fatto in casa della maestra (*il secondo disegno*). Consiste di un altro cilindro simile a quelli del primo disegno ma con dei fili di lana incollati sul rigonfiamento. Il disegno prendeva tutto il foglio e sulla destra c'era un cerchio con una minuscola figura maschile, di spalle, e dunque senza volto. Mrs Dooms lo interpreta come un pene circonciso ed eiaculante. Ho chiesto a Lucy di spiegarmi il secondo disegno, lei si è agitata e non ha voluto dire nulla.

Poi abbiamo parlato di quello che le piace disegnare e Lucy mi ha detto che le piace disegnare persone e mi ha spiegato che disegna gli occhi, la bocca e le gambe. Poi ha aggiunto: "E anche i cucù". A Lucy era chiaro che disegnare quello che lei chiama "i cucù" era qualcosa che non avrebbe dovuto fare.

Avevo disposto su una poltrona le quattro bambole anatomiche che Mrs Dooms aveva usato per giocare con Lucy in casa sua – un maschio barbuto e biondo, una femmina dai capelli scuri e due bambine, ambedue con i capelli castani –, che riflettono la composizione della famiglia di Lucy. In passato, queste bambole venivano usate nella diagnosi di abuso sessuale attraverso il gioco con i bambini che si sospettava ne fossero stati vittime. Questo non avviene più, credo perché operatori inesperti le avevano utilizzate in maniera inappropriata. Avevo deciso di usarle perché Lucy le conosceva già.

Lucy si è diretta verso le bambole senza esitazione e ha preso la bambola padre: l'ha spogliata velocemente e l'ha lasciata in mutande e canottiera, poi le ha tolto anche quelle e non è sembrata sorpresa alla vista dei genitali. Mi ha detto: "È come papà," e ha aggiunto che quando la mamma non è in casa lei fa il bagno con il padre. Le ho chiesto se il padre faceva il bagno anche con Amy e lei mi ha risposto "no", con decisione, e questo mi è stato poi confermato da Amy. Lucy poi mi ha detto che il suo papà era "molto grosso" e mi ha ripetuto che "si divertiva" con lei nella vasca. Dopo di che non ha voluto aggiungere altro e non mi è sembrato il caso di porle altre domande.

Poi Lucy ha preso la bambola più piccola e si è identificata con quella, nonostante mi avesse fatto notare che i suoi capelli erano biondi e non castani, come quelli della bambola. L'ha spogliata e ha osservato i genitali: conosceva la vulva e sapeva anche del processo della nascita e dei parti cesarei. Era a disagio, tuttavia ha continuato a guardare i genitali della bambola e poi mi ha detto che prima quando doveva andare in bagno la accompagnavano i genitori o la ragazza alla pari, ma che adesso non ce n'era più bisogno perché aveva imparato a pulirsi per bene. A quel punto mi ha chiesto di andare in bagno, ma quando le ho proposto di continuare a giocare ha subito accettato. Mi ha detto spontaneamente che il padre sbraita quando lei non obbedisce, e sembrava impaurita. Mi ha detto anche che la mamma invece la mette in castigo, che è una punizione totalmente accettabile.

Lucy poi mi ha raccontato che di notte il padre va a trovarla nella stanza da letto che divide con Amy e quando Amy dorme lui la bacia e le fa il solletico. Senza nessuna sollecitazione da parte mia, ha aggiunto che quando la madre non è in casa il padre entra nella loro camera da letto e le tocca i genitali. Dopo aver fatto questa confessione Lucy ha parlato dettagliatamente delle circostanze dell'abuso: lei dorme al piano di sotto del letto a castello, il padre la bacia e a lei non piace sentire la sua barba sul volto. Mi ha detto che il padre le toglie i pantaloni del pigiama e la solletica, e ha accennato a una crema lubrificante. Le ho chiesto come si sentiva dopo: Lucy mi ha risposto: "Bene". Lucy mi ha detto che non ne aveva mai parlato con la madre. Poi ha ripreso a giocare con le bambole, padre e figlia, e ha simulato baci e sesso orale freneticamente, esattamente come mi era stato descritto da Mrs Dooms.

A quel punto ho mostrato di nuovo a Lucy i due disegni. Questa volta era disposta a parlarne. Il primo era quello del cottage della zia, Miss Marjorie Wood, ma non ha voluto spiegarlo.

Poi ha osservato il secondo disegno. Mi ha detto che il cerchio sulla destra con una figura maschile senza volto era il suo papà che guardava dalla finestra. Le ho chiesto di raccontarmi cosa aveva fatto al cottage della zia e lei mi ha detto che aveva giocato in giardino con Amy, mi ha dato l'impressione di essersi divertita. Poi si è incupita e mi ha raccontato che un giorno pioveva ed era rimasta sola col padre al cottage, e lui l'aveva portata in soffitta, che lei chiama "l'ospedale delle bambole". Lucy sembrava pensierosa, poi ha aggiunto che il lungo cilindro del secondo disegno rappresenta il suo papà. Dopo di che non ha voluto aggiungere altro, dicendomi che era un segreto tra lei e il padre. Lucy mi ha detto che ha altri segreti con lui, ma a quel punto era stanca e ho deciso di non chiederle altro.

2. Colloquio con Amy Pitt (40 minuti)

Amy è una bambina seria e riservata, di sette anni e mezzo. Ha risposto accuratamente alle mie domande e l'ho trovata sincera.

Era molto contenta di avere la sorellina nella sua stessa scuola e mi ha parlato di lei con affetto. Mi ha raccontato che Lucy disegna molto, ma io non le ho mostrato i suoi disegni.

Amy mi ha confermato la routine notturna del padre: entra nella loro stanza per il bacio della buonanotte e vi rimane, seduto sul letto di Lucy. Hanno un letto a castello e lei dorme su quello più alto, dunque non può vedere cosa succede nel letto di Lucy. Mi ha detto che Lucy ha il sonno leggero, mentre lei lo ha pesante. E anche che quando ha l'influenza o il raffreddore dorme male, e che ricorda con chiarezza che, in quelle occasioni, ha notato che il padre rimane nella loro camera dopo il bacio della buonanotte e si siede sul letto di Lucy. Amy è sicura che il padre non legge la storia della buonanotte a Lucy: mi ha detto che una volta era rimasto seduto a lungo sul suo letto e poi aveva cercato per terra qualcosa che gli era caduto. Amy ha suggerito che potesse essere un tappo, o un coperchio. In quelle occasioni, quando il padre va via Lucy piange finché non si addormenta e qualche volta chiama la mamma.

Amy mi ha detto che lei e Lucy non hanno mai fatto il bagno con il padre o con la madre nella casa in cui vivevano prima, e che non ha mai visto i genitori insieme nella vasca da bagno. Da quando hanno traslocato lei e Lucy hanno iniziato a fare il bagno serale nella Jacuzzi dei genitori, che è nella camera da letto principale. Lei non ha mai fatto il bagno col padre nella Jacuzzi, ma Lucy sì. Ogni sabato mattina, quando la madre e la ragazza alla pari sono fuori casa, il padre manda Amy a giocare nella sua stanza e fa il bagno nella Jacuzzi con Lucy.

Amy mi ha confermato che Lucy ha dei segreti con il padre. Lei non ricorda di averne mai avuti.

Amy ricorda il fine settimana in casa della zia durante le vacanze di Pasqua, quando Lucy e il padre erano rimasti soli nel cottage. Mi ha detto che era uscita con la madre e la zia, e che quando erano ritornate il padre e Lucy erano in cucina: Lucy disegnava. Amy non ricorda cosa stesse disegnando, ma non ha dubbi che né Lucy né il padre le avevano detto di essere stati in soffitta. Amy mi ha detto che quel giorno c'era stato un bisticcio fra i genitori perché il padre, che non ha il permesso di fumare in casa o davanti alle figlie, aveva proposto di andare a fare commissioni e la madre lo aveva accusato di voler uscire solo per fumare una sigaretta.

Amy sa bene dove un bambino può essere toccato e dove no. Mi ha detto che nessuno l'ha mai toccata nei genitali, e quando le ho chiesto di Lucy ha esitato e poi mi ha detto che non lo sa.

3. Conclusione

Lucy dà l'impressione di essere una bambina sana e felice. Il dilemma in questi casi è capire qual è la soluzione meno dannosa per il minore. Sconvolgere la vita familiare di Lucy sarebbe giustificato soltanto se il pericolo di continuare a vivere in famiglia fosse maggiore del pericolo di smembrare la famiglia stessa. È una scelta atroce. Tuttavia, la ricerca scientifica indica chiaramente che lasciare un bambino in una situazione familiare anormale che potrebbe portare all'abuso sessuale è così distruttivo per il suo sviluppo psicosessuale e psicologico che la protezione del bambino dev'essere la priorità.

È meno traumatico inserire la bambina in una famiglia affidataria in cui non ci sia rischio di abuso sessuale anziché lasciarla nella sua famiglia ma con un genitore che è un possibile abusatore e che rifiuta qualsiasi intervento terapeutico. L'intervento terapeutico può avvenire soltanto quando il genitore accetta la responsabilità dell'abuso e Mr Pitt si è rifiutato di accettare questa responsabilità. La madre di Lucy è sulla stessa posizione. Il giudice che dovrà decidere sul futuro di Lucy ha il compito di considerare se è meglio che la bambina vada a vivere con una famiglia affidataria o adottiva, o se può essere protetta dalla madre nel caso in cui il padre sia d'accordo a lasciare la famiglia.

Nota

Ho visto in tutto ventiquattro disegni di Lucy. A mio parere dovrebbero essere esaminati da un arteterapista che abbia esperienza nell'interpretazione dei disegni dei bambini. Io non ho tale esperienza, ma a mio parere l'interpretazione di Mrs Dooms del secondo disegno non dovrebbe essere esclusa a priori.

33.
"Come hai potuto?"
Peckham. Casa di Steve. Lunedì 21 aprile

Steve era di malumore e non aveva seguito il giornale radio mentre asciugava e metteva a posto le stoviglie della cena: non aveva alcuna voglia di incontrare i Pitt, che erano già in ritardo. La relazione della dottoressa Cliff era schiacciante, e per di più in quanto ammesso da Lucy e confermato da Amy c'erano chiari presupposti di incesto: segreti, visite notturne del padre, il bagno insieme e l'esclusione della sorella.

I Pitt erano sul piede di guerra: avevano già preparato la loro scaletta per l'incontro e il modo in cui si rivolgevano a Steve era quello di chi dà ordini.

"Abbiamo redatto la lista di tutte le accuse e abbiamo scritto accanto a ognuna i nostri commenti," esordì Mike, e gli diede una pagina scritta ordinatamente al computer. "Esamineremo ogni accusa e poi decideremo la strategia e la tattica."

"Prima di scendere nei particolari delle accuse, deve conoscere il contesto dell'episodio del bagno," lo interruppe Jenny. Lui la lasciò fare: non era più in controllo. Jenny spiegò che la famiglia si era trasferita nella nuova casa nel novembre dell'anno precedente e che i lavori di ristrutturazione erano stati fatti mentre loro già vi abitavano. Gli operai avevano cominciato dall'ultimo piano, che era riservato a lei e Mike, e poi gradualmente erano passati ai piani inferiori. Nel mese di febbraio lavoravano al terzo piano, dove dormivano le bambine e Lisa. Il loro bagno era rimasto fuori uso tre settimane e le bambine avevano usato la vasca dei genitori, una Jacuzzi incassata nel pavimento della camera da letto. Mike badava alle figlie ogni sabato mattina, quando lei usciva. Lisa rimaneva in casa, ma non lavorava: dormiva fino a tardi o stava in camera sua, e poi usciva dopo pranzo. In quel periodo Mike soffriva di tendinite al braccio destro.

Mike aggiunse che facendo jogging il dolore gli aumentava e per un breve periodo, prima che le medicine facessero effetto, il sabato mattina, dopo la corsa, si era aiutato con un bagno caldo. Le bambine rimanevano con lui in camera da letto, ma non lo avevano mai visto completamente nudo: si teneva addosso gli slip. Amy e Lucy giocavano mentre lui stava in acqua; talvolta si sedevano sul bordo della vasca e avevano il permesso di mettere i piedi nelle bolle. Soltanto una volta aveva consentito a Lucy di fare il bagno con lui. Lei era completamente svestita, ed era certo che non si erano toccati, sott'acqua – la Jacuzzi era molto grande. Quella volta Amy gli aveva chiesto se poteva andare in camera sua e di Lucy a completare il suo nuovo puzzle, e lui aveva detto di sì.

"Amy ha ricevuto un puzzle per Natale," intervenne Jenny, "e ci teneva molto a completarlo. La stanza dei giochi non era pronta e i giocattoli delle bambine erano nella loro camera da letto, per grande che fosse, non c'era abbastanza spazio per tutte e due. Lucy è dispettosa e metteva in disordine i pezzi che Amy aveva già accuratamente selezionato e messo da parte. Ad Amy non doveva essere parso vero avere l'opportunità di fare il suo puzzle nella certezza di non essere disturbata da Lucy!"

"Lei è stato circonciso?" la interruppe Steve rivolgendosi a Mike.

Sorpreso, rispose di sì.

"Lucy dunque avrebbe potuto vederla nudo, qualche volta?"

"Assolutamente no, nella Jacuzzi tenevo apposta gli slip," rispose Mike irritato.

Jenny lo corresse: "Avrebbe *potuto* vederti". E gli aveva ricordato che quando faceva caldo lui dormiva nudo; durante la loro ultima vacanza al mare, la notte Lucy si svegliava spesso per gli incubi e lei se la portava nel loro letto. Quando si addormentava, la riportava nella stanza accanto, che divideva con Amy. "Tu hai il sonno profondo e non te ne saresti accorto, ma avrebbe potuto vederti nudo..."

Jenny rimase pensierosa, ma subito tornò alla loro scaletta: gli incubi di Lucy. "Lucy non piange mai di notte, mai. Si sveglia solo se ha avuto un incubo, e mi chiama; qualche volta strilla, ma non piange." Quando Jenny era a casa non era mai capitato, e non le era stato riferito da nessuna delle ragazze alla pari, nemmeno una volta. "Escludo che Amy abbia detto alla dottoressa Cliff che Lucy piange prima di addormentarsi, o che Mike rimane nella loro stanza da letto dopo il bacio della buonanotte, o che fuma sigarette. Non è vero! Amy è precisa e non dice bugie, se lo sarà inventato la dottoressa!"

Mike era passato all'altra accusa: che lui sgridava Lucy. "Devo ammettere di aver alzato la voce con le bambine, e particolarmente con Lucy, soprattutto da quando siamo nella nuova casa." Lucy era curiosa e non perdeva occasione per toccare gli attrezzi degli operai e tutte le cose che lasciavano sparpagliate per casa – legname, vernici, utensili –, avrebbe potuto farsi male. Ma Mike escludeva che Lucy avesse paura di lui, e Jenny era d'accordo: le bambine obbedivano al padre e alla madre, anche se tendenzialmente Lucy era una bimba intraprendente e ribelle.

Poi Mike parlò del rituale bacio della buonanotte. La sera tornava a casa tardi e andava subito in camera a cambiarsi; salendo faceva sempre una capatina nella stanza delle bambine per dare loro un bacio. Spesso Jenny era con lui e quasi sempre le bambine erano già addormentate. Qualche volta Lucy si svegliava o era in dormiveglia. Allora lui si sedeva sul letto e le parlava, o le accarezzava le guance come faceva quando era piccina, per farla dormire. Era questione di attimi.

"Ho una spiegazione per l'accusa specifica dell'abuso a Lucy con la crema lubrificante," disse Jenny. "Nel febbraio scorso sono andata a Parigi e ho dormito fuori una notte, si festeggiava l'addio al nubilato di un'amica. Lucy aveva avuto un'infezione e aveva preso le medicine prescritte dal dottor Vita. Oltre agli antibiotici, il dottor Vita aveva prescritto che le mettessimo la cremina Sudacrem, se aveva bruciore. Racconta come sono andate le cose!" E Jenny invitò Mike a parlare. Mike aveva letto una storia alle bambine e aveva rimboccato le coperte ad Amy; poi si era seduto sul letto di Lucy per metterle la crema, e l'aveva lasciata ben rincantucciata sotto le coperte. Mentre lavorava al piano di sopra aveva sentito dei gemiti: Lucy che si lamentava. "Papà, papà, brucia! Metti ancora crema!"

"A proposito," lo interruppe Jenny, "le mie bambine dormono sempre in camicia da notte. Non possono aver parlato di pigiami perché non ne possiedono."

Mike aspettò pazientemente che Jenny finisse il racconto, poi disse: "Amy aveva ragione quando ha detto che cercavo qualcosa sul pavimento: avevo messo dell'altra crema a Lucy e al buio non trovavo il tappo del tubetto, che era caduto per terra. Probabilmente mentre lo cercavo l'ho svegliata".

"Amy poteva essere già sveglia. Ha avuto l'influenza, quest'inverno, e faticava a dormire!" si intromise Jenny. "Controllerò con Justin, quando gli chiederò anche la data esatta della ricetta della crema per Lucy. Quell'episodio potrebbe coincidere con le accuse di Mrs Dooms contro di me – 'Mamma mi ha tagliato lì sotto'." E aggiunse: "Mi chiedo perché Mrs Dooms abbia omesso di parlarne alla dottoressa Cliff".

"Te lo dico io perché: Mrs Dooms si era messa in testa di colpire uno dei due e quando ha capito che io ero un bersaglio più facile ti ha lasciata andare," rispose Mike. "Comunque, passiamo ai disegni."

"Il primo a me sembra il disegno dei comignoli del cottage di zia Marjorie. Dobbiamo fotografarli, e poi sarà chiaro!" esclamò Jenny. "Del secondo non so che dire, a me non sembra un pene!"

"In quanto al secondo..."

Ancora una volta, Mike fu interrotto da Jenny. Voleva che Steve fosse messo al corrente che, da quando erano arrivati gli operai, stavano attraversando un periodo difficile: la casa era in gran disordine, le spese crescevano a dismisura e per seguire i lavori lei aveva dovuto chiedere il part-time. Litigavano per un nonnulla, e forse lei era stata troppo insistente. "Non avrei dovuto, perché Mike aveva già tanti pensieri al lavoro."

Mike l'aveva ascoltata con disagio e a quel punto intervenne: "Altro che 'pensieri'! È stata la fusione più importante degli ultimi due anni, e non è ancora finita: lavoravamo giorno e notte in quel periodo!".

Jenny aggiunse che non voleva che Mike fumasse in casa – il sigaro, non le sigarette – e in quel periodo lui fumava di nascosto nelle stanze in cui lavoravano gli operai e nel cortile interno. Jenny aveva insistito perché smettesse e gli aveva fatto prescrivere dei cerotti dal dottor Vita: "Forse ho scelto il momento sbagliato anche per questo".

Mike voleva passare al secondo disegno. Avevano trascorso le vacanze di Pasqua al cottage di zia Marjorie e un pomeriggio lui era rimasto solo con Lucy. Aveva pensieri di lavoro e voleva fumare: il sigaro gli schiariva le idee. Ma pioveva, e non poteva portare Lucy fuori. Allora aveva pensato di portarla in soffitta, nell'"ospedale delle bambole": lì avrebbe potuto fumare lasciando aperta la finestrella e l'odore del fumo non sarebbe sceso di sotto. Aveva detto a Lucy che la loro spedizione in soffitta era un segreto, altrimenti Jenny avrebbe capito perché l'aveva portata lì. Ricordava vagamente di aver dato a Lucy uno o due giocattoli fra i tanti che c'erano... ma francamente pensava più al sigaro che a tenere occupata la bambina. "Ho pensato al piccolo uomo o al pene che ha disegnato... probabilmente ha disegnato uno dei giocattoli che c'erano in soffitta."

"Lucy non ha mai disegnato cose del genere, o i cucù. Sono sicura che ha fatto quel disegno sotto le direttive di Mrs Dooms. Sicurissima! Magari le ha messo davanti un vibratore!" Jenny era categorica, e poi aveva detto a Mike, come se fosse un ordine: "Adesso racconta dei vostri segreti!".

"Ma la figurina in alto a destra potrei essere io che sto affacciato fuori..." disse Mike. Jenny lo guardava con aria di rimprovero e lui spiegò che gli piaceva giocare ad avere segreti con Lucy. Era cominciato tutto con la cucina. Jenny non permetteva che lui mettesse alcol nel cibo per le bambine, né che Amy e Lucy mangiassero dolci fuori dai pasti, così quando lui preparava l'arrosto della domenica e aggiungeva un cucchiaio di sherry alla salsa, o del vino allo spezzatino di manzo, o dava un cucchiaino di mostarda di mele alle bambine, questi diventavano segreti. Aveva segreti anche quando comprava regali per Jenny o per Amy, o quando organizzava di portarle fuori tutte e tre. "Con Amy non ce n'è mai stato bisogno: lei è saggia e parla poco!" disse Mike. Jenny ribadì quanto detto da Mike, poi passò al colloquio con Amy.

Lei non credeva che Amy avesse detto quanto riferito dalla dottoressa Cliff sulle visite notturne di Mike e su tutto ciò che avveniva in camera da letto. Era convinta che la dottoressa Cliff avesse messo in bocca ad Amy quello che avrebbe voluto sentirle dire, punto e basta. "Ma se la dottoressa Cliff ha sbagliato nel riferire quanto le ha detto Amy, deve aver fatto altrettanto con Lucy, che non parla con la stessa chiarezza della sorella ed è bravissima a inventare storie di sana pianta... figuriamoci se qualcuno la incoraggia con uno spunto!"

Mezzanotte era già passata e Steve era stanco. "Basta così. Controlleremo con il dottor Vita e discuteremo la vostra risposta dopo aver visto i dvd dei colloqui: con quelli ci toglieremo qualsiasi dubbio e risponderemo formalmente alla relazione." Mike non sapeva che fossero stati registrati: nessuno aveva chiesto il suo permesso! Ma Steve gli aveva assicurato che era la prassi.

Jenny non li aveva ascoltati: piegata in avanti, leggeva la relazione della dottoressa Cliff, tutta assorta, e guardava le pagine a una a una. "Ma cosa intende dire la dottoressa Cliff nelle sue conclusioni? Che ogni uomo è un potenziale abusatore sessuale?"

Mike le strappò le carte dalle mani. "Fammi vedere!"

Jenny gli indicò la frase a cui si riferiva.

"Non me n'ero accorto," borbottò lui.

"Come hai potuto?"

"Sostiene davvero che Lucy dovrebbe essermi tolta se mi rifiuto di accettare la responsabilità di essere un potenziale abusatore?" Mike voleva saperlo da Steve.

Fino a quel momento i Pitt non avevano mostrato alcuna emozione, ora emergevano le tensioni sotterranee. Steve spiegò che quei commenti erano quanto c'era da aspettarsi da una relazione per il tribunale, alludevano alla ricerca scientifica e non c'era da preoccuparsi fino al momento del giudizio. Lui avrebbe procurato un'altra ricerca che metteva in dubbio quell'affermazione. "Questi procedimenti hanno vari stadi. Ora dobbiamo concentrarci sull'acquisizione delle prove. Ci sarà un'udienza per l'accertamento dei fatti, cioè per accertare se l'abuso è avvenuto. Poi, a distanza di mesi, avremo l'udienza finale, nella quale si deciderà il futuro delle vostre figlie. La dottoressa Cliff crede che Lucy sia stata abusata dal padre. Voi mi avete detto abbastanza per rendere necessaria l'opinione di un altro psichiatra infantile."

"Far vedere Lucy da un altro psichiatra? Non permetterò mai e poi mai che le mie bambine siano sottoposte a un secondo colloquio! Quello con Lucy è stato un vero e proprio abuso, non le è stato permesso nemmeno di andare in bagno!" Jenny era irremovibile.

Mike la guardò di traverso ma non aprì bocca, e intanto rifletteva.

Soltanto dopo un po' Mike chiese a Steve cosa pensasse della relazione della dottoressa Cliff.

"La accusa senza mezzi termini. Ma se la si legge accuratamente, sono evidenti anche contraddizioni e vuoti. Dobbiamo vedere i disegni e le videoregistrazioni. Nel frattempo, lei dovrà stare fuori casa per diversi mesi."

Gli occhi di Jenny si erano riempiti di lacrime: "Avevamo detto che le avremmo portate a Eurodisney, e anche in Cina! Le bambine ci resteranno malissimo e vorranno una spiegazione, se Mike non viene con noi".

Mike non le diede conto. "Dobbiamo andare," disse poi a Steve. "Discutiamo la strategia; prima di tutto, lei si farà consegnare i disegni e li manderà a un esperto. Poi individuerà degli psichiatri infantili per una seconda opinione, e, terzo, dobbiamo organizzare le visite durante le vacanze. Dovunque, e senza badare ai costi dei sorveglianti: si faranno una vacanza gratis!" E ruppe in una risatina sprezzante.

"Va bene. Quanto alla tattica, quella dovrei deciderla io: è il mio mestiere," disse Steve.

Adesso teneva la porta aperta per farli passare. "Anche lei crede che a Lucy non sia successo niente, vero?" Jenny si era trattenuta sulla soglia, la voce normale ma gli occhi pietenti.

"Andiamo, non fare la stupida!" E Mike le aveva afferrato il braccio e l'aveva spinta fuori dalla porta.

Erano in macchina.

"Mi hai fatto male!"

Mike non le aveva nemmeno chiesto scusa. "Devi imparare che gli avvocati non sono pagati per credere ai loro clienti. Steve Booth deve sputare sangue per noi, e lo farà." Si concentrò sulla marcia indietro. Jenny era pronta a fare una scenata, ma le bastò guardarlo per trattenersi: Mike aveva la fronte coperta di sudore e il volto contratto in una maschera di dolore.

Sfrecciarono via, le lacrime trattenute rotolavano giù per le guance di Jenny.

Erano su Westminster Bridge. Pioveva forte. Folate di vento spazzavano il Tamigi e sferzavano la macchina come una frusta invisibile. Jenny cercava di soffocare i singhiozzi. Mike costeggiava il Parlamento e poi aveva svoltato a destra, in Great College Street. Parcheggiò lasciando i tergicristalli accesi. Aveva passato il braccio dietro la vita di Jenny e l'aveva tirata a sé bruscamente, senza guardarla, gli occhi fissi davanti, sulla casa in fondo alla strada – sembrava un vicolo cieco. Rimasero così, come figure di cera. Tra le lacrime, Jenny sussurrava: "A Lucy non è successo niente, niente. A Lucy non è successo niente".

La pioggia era diventata rada e sottile, e poi aveva smesso di cadere.

"Qualcosa non va, signora?" Due poliziotti bussavano discretamente al finestrino.

"Nulla, grazie," rispose Mike, secco, e quelli si allontanarono. Jenny si raddrizzò e lui accese il motore.

Mike aveva posteggiato nella zona per i residenti e aveva chiuso la macchina. Si mise la chiave in tasca, poi tirò fuori quelle di casa e aprì la porta. Fece per entrare, ma si bloccò. "È meglio se le mie chiavi le tieni tu." E le gettò nelle mani di Jenny.

Era una serata fredda, ma non pioveva più. Mike andava a grandi passi verso Mayfair. Aveva raggiunto Park Lane. Club e ristoranti erano chiusi da tempo e i marciapiedi erano deserti. Il traffico della notte procedeva tranquillo: i fari dei taxi, delle limousine e degli autobus notturni riverberavano lividi sull'asfalto bagnato. Il silenzio di Londra era rotto soltanto dallo stridere degli pneumatici ai semafori e dal sordo ronzio dei motori.

Il vento era ritornato con nuovo vigore. Le cime degli alberi di Hyde Park frusciavano e si piegavano sotto le raffiche. Tutto a un tratto si formò un mulinello; attraversava il prato, sollevava e spingeva rametti, sacchi di carta, bottiglie di plastica. Una lattina vuota rimbalzava sul selciato di un sentiero parallelo al marciapiede e, cadendo, rimbombava come la cassa di uno strumento musicale. Poi il vento l'aveva costretta in un frenetico rotolio che accompagnava il passo di Mike. Quel cupo acciottolio nel silenzio della notte suonava come un rauco avvertimento di calamità. Mike accelerò per liberarsi da quel baccano, ma la lattina rotolava, saltellava, rintronava. Venne colpito da una nuova raffica e si abbottonò la giacca e rialzò il bavero. Poi si lanciò in una corsa a testa bassa e così attraversò Park Lane. Non si accorse che una macchina aveva sterzato per evitarlo e continuò fino a Grosvenor Square. Da lì prese a camminare, sotto gli occhi delle guardie dell'ambasciata americana.

"Piove ancora," commentò la receptionist del Claridge's, e Mike si asciugò le guance col dorso della mano.

34.
Il nonno di Mavis Clarke
Brixton. Studio Wizens. Martedì 22 aprile

Quando aveva iniziato a lavorare per Steve, Pat non riusciva a comprendere la sua insistenza nel lasciare aperta la porta sulla sala d'aspetto; poi aveva capito e si era adattata di buon grado al rumore che proveniva da lì, paragonandolo alla musica pop che rimbombava tutto il giorno nei saloni dei parrucchieri. Lo trattava come musica di sottofondo, ma non sempre riusciva a ignorare quanto avveniva nella reception.

Quel martedì aveva captato la voce rauca di Mrs Ansell che chiedeva ripetutamente di vedere Steve. Sharon si alzò per riceverla.

"È questo il modo di trattare i clienti privati?" Senza dire buongiorno, Mrs Ansell aveva marciato nell'ufficio seguita da una giovane donna e si era lanciata in una tirata contro Steve, che il giorno prima non l'aveva rappresentata in tribunale. Non le interessava che il suo collega avesse ottenuto per lei tutto ciò che voleva. Lei, Mrs Ansell, non era abituata a essere piantata dal suo avvocato; ne aveva avuti tanti, e tutti l'avevano sempre trattata con gran rispetto. Era un fiume in piena, e ora pretendeva che Steve si tenesse in ufficio la roba del marito, fino a quando non si fosse degnato di andarsela a prendere. Tanto da lei non avrebbe avuto altro, aveva già cambiato testamento e senza dirgli niente aveva fatto togliere il suo nome dall'atto di proprietà dell'abitazione coniugale.

A quel punto Steve l'aveva fermata. "Aspetti. Prima di tutto, chieda scusa per essere entrata nel mio ufficio senza presentare la sua accompagnatrice. È una scortesia nei riguardi miei e delle mie colleghe." E con un gesto del braccio indicò Sharon e Pat. Di malavoglia, Mrs Ansell presentò la figlia: spiegò a Steve che si erano allontanate a causa del marito, ma ora erano di nuovo unite e tutto ciò che possedeva sarebbe andato a lei. "Non può cambiare l'intestazione della casa senza darne notifica formale all'altro proprietario, che è suo marito," la ammonì Steve. "A me non interessa, perché avrà i suoi legali, ma è mio dovere dirglielo."

Mrs Ansell sghignazzò. "Quell'avvocato non fa tante domande, è per questo che sono andata da lui. Ero stata io a mettere la firma di mio marito sull'atto di acquisto e farò così anche ora."

"Non dica altro," la interruppe Steve. "Deve trovare lei il modo per far prendere le sue cose a suo marito, non conti su di noi. Il mio collega potrebbe essere in tribunale anche venerdì, se io non posso. Sharon le farà sapere." E si alzò per farle capire che doveva andarsene – aveva appena visto Mavis Clarke entrare nella sala d'aspetto insieme a un uomo molto più anziano.

"Mio nonno baderà a Stephanie," disse Mavis, e poi presentò timidamente John Turle, un uomo minuscolo che indossava una camicia troppo larga infilata nei jeans e un voluminoso berretto rasta che lo faceva sembrare un grosso fungo. Mr Turle annuiva. "Non mi avevi detto che avevi una famiglia!" esclamò Sharon, e si alzò per squadrarli, alla ricerca di una somiglianza.

Mavis ridacchiava. "È stata una sorpresa anche per me. Vai, diglielo, nonno."

Mr Turle aveva perso i contatti con la figlia maggiore, la madre di Mavis, quando la nipotina aveva l'età di Stephanie. "Ieri sono andato al Quality Cafe e ho visto quella bambina, era una copia sputata della mia Mavis: stessa faccia monella, stessi occhioni. Le ho chiesto come si chiamava e lei mi ha detto: 'Stephanie'. 'Stephanie come?' le ho chiesto io. 'Clarke. Stephanie Clarke,' ha detto sua madre. Proprio così: davanti a me c'era Mavis, la mia prima nipotina!"

Steve voleva saperne di più, e Mr Turle gli raccontò la sua vita. Aveva sprecato la gioventù tra droga e furti, e a trentotto anni era stato in prigione quattro anni: "Quando sono uscito ero un uomo diverso: volevo vivere del mio lavoro e basta. Ho avuto due vite. Una prima e l'altra dopo la prigione". Si era sposato e aveva avuto quattro bambini. Nella vita "di prima" aveva avuto tante donne che gli avevano dato in tutto nove figli. Non aveva più visto la nonna di Mavis e la loro figlia. Mentre era in prigione aveva saputo che gli assistenti sociali si prendevano cura di Mavis, e poi che la madre era morta di overdose: allora aveva dato per scontato che la bambina fosse stata data in adozione.

"Il nonno mi ha portato a casa sua, ho conosciuto sua moglie e i bambini. Stephanie va d'accordissimo con Wayne, il più piccolo. Poi sono venute due sorelle di mia madre a conoscerci, ed erano molto gentili. Sarà bello per Stephanie andare a vivere col nonno. Crede che gli assistenti sociali saranno d'accordo?" E Mavis guardò Steve.

"Ieri sera mia moglie e io abbiamo parlato a lungo di Stephanie: possiamo prenderla questa piccina, un bambino in più non fa differenza per noi," disse Mr Turle, e aggiunse che sapeva della causa in corso, e che sua moglie – che era stata una madre affidataria – era pronta a prendersi la responsabilità di badare a Stephanie, per sempre.

Non c'era tempo da perdere. Era un tentativo in extremis perché l'udienza finale era stata fissata per il lunedì successivo. Steve doveva parlarne con i servizi sociali e chiese a Mavis e al nonno di aspettare nella sala d'attesa.

"Bingo!" esclamò Sharon.

"Non cantare vittoria troppo presto. Gli altri potrebbero non essere d'accordo," la ammonì Steve, e così dicendo se ne uscì.

"Dov'è andato?" Pat si era aspettata che si buttasse nel lavoro.

"Non preoccuparti, sta pensando. Tu continua con i Pitt. Io finirò quel che devo fare e poi lavoreremo insieme per Mavis." Sharon aveva un sorriso che le andava da un orecchio all'altro.

Steve ritornò con una caraffa piena d'acqua e si mise a innaffiare le piante, soffermandosi su ogni vaso. Poi chiamò l'avvocato di Stephanie, quindi quello dei servizi sociali. Ricevette da ambedue un secco rifiuto di rinviare l'udienza finale: la famiglia adottiva di Stephanie era pronta e non aspettava altro che il consenso del tribunale. Nessuno, inclusa Mavis, sapeva niente su questo bisnonno di Stephanie.

"C'è tanto lavoro da fare," disse Steve a Mavis e a Mr Turle: avrebbe dovuto persuadere il giudice a imporre ai servizi sociali di fare i debiti accertamenti su Mr e Mrs Turle, e bisognava preparare le loro deposizioni e quelle di altri membri della famiglia. Quanto a lui, era disposto ad andare subito da Mrs Turle.

Pat e Sharon si aspettavano di ricevere da Steve una quantità di nastri che le avrebbero tenute in ufficio fino a tardi. Avevano deciso di finire il loro lavoro il prima possibile e di anticipare il pranzo: avrebbero preso fish and chips al Quality Cafe; i panini che si erano portate da casa li avrebbero riservati per la serata. Lavoravano di buona lena, tutte e due avevano un debole per Mavis.

Pat venne più volte interrotta. Jenny Pitt si lamentava delle ragazze alla pari: avevano bisticciato su cosa scrivere, e come scriverlo, nei moduli preparati da Steve per i resoconti delle visite di Mike. Jenny non ne poteva più di tutte e tre, e voleva che Pat andasse lì a spiegare cosa dovevano fare. Poi aveva telefonato Mrs Oboe, apparentemente per verificare l'orario dell'appuntamento con l'insegnante di sostegno di Ali. In realtà, Mrs Oboe aveva una vita solitaria e per lei le loro conversazioni giornaliere erano più una chiacchierata fra amiche che un dovere. Quella mattina era stata al mercato e si lamentava di un verduraio che aveva cercato di venderle dei pomodori marci. Sharon, che aspettava Pat per andare al Quality Cafe, le aveva scritto una mail: *Mandala al diavolo!*

Per fortuna Mrs Oboe era di buon umore e non si offese quando Pat le disse che c'era qualcuno in attesa sull'altra linea.

Pat e Sharon se la presero comoda a pranzo. "Da come li guardavi, tu non credevi che Mr Turle fosse il nonno di Mavis. Perché?" chiese Pat.

"È successo un'altra volta, con un altro cliente." Sharon spremette sul piatto una più che generosa dose di ketchup, poi cominciò a intingervi le patatine a una a una e mentre le sgranocchiava raccontava: una cliente, dopo un'udienza disastrosa, era andata in un bar di fronte alla High Court e lì era scoppiata a piangere. Un giovane che si era spacciato per un libraio di Chancery Lane le si era accostato per confortarla e si erano messi a parlare. Lui le aveva proposto di indicarlo come padre del suo bimbo; avevano perso i contatti, ma adesso era pronto ad accollarsi le sue responsabilità. Era un ragazzo dall'aria molto per bene e aveva messo nel sacco perfino Steve, che aveva creduto di notare una forte somiglianza con il figlio. Ma qualche settimana dopo il giovane era scomparso e la cliente era stata costretta a dire la verità.

Sharon aveva pensato che Mr Turle avrebbe potuto essere un altro di questi buoni samaritani, o un grullo che si era fatto gabbare da Mavis ed era convinto di aver ritrovato la nipotina perduta. Ma ora era sicura che fosse davvero il nonno, anche se sospendeva il giudizio riguardo alla sua sanità mentale nell'offrire di accollarsi Stephanie. Tamburellò con le unghie finte sul tavolo e disse: "Lo smalto si sta scrostando. Che sia davvero il nonno oppure no, con gli straordinari mi farò le unghie nuove".

35.
"Un dolore insopportabile"
Kensington. Casa Pitt. Martedì 22 aprile

Steve aveva telefonato nel pomeriggio. La visita ai Turle aveva dato risultati positivi e lui sarebbe rimasto ancora da loro; nel frattempo, Sharon aveva una lista di cose da fare prima che lui tornasse con i nastri: doveva farsi autorizzare le ore extra dal Legal Aid e trovare un assistente sociale indipendente disposto a fare un accertamento sulla idoneità della famiglia Turle entro una settimana.

"Avresti potuto chiamarmi prima! Le linee del Legal Aid saranno tutte occupate e ci vuole un'eternità per trovare un perito disponibile! Per non parlare di uno che fornisca una perizia d'urgenza," si lamentò Sharon, e passò il ricevitore a Pat.

"I servizi sociali istituiranno un procedimento per assumere la custodia di Amy e Lucy," le disse Steve. Ne aveva già informato Mike, ma non Jenny: lo avrebbe fatto dopo. Non appena Pat gli ebbe riferito della richiesta d'aiuto di Jenny, lui le chiese di andare immediatamente dalla cliente e di mettere in riga le ragazze alla pari. Pat ne fu contenta: nelle dichiarazioni dei Pitt c'era una descrizione della casa e lei era curiosa di vederla. Poi Steve aggiunse, come se gli fosse venuto in mente in quel momento, che avrebbe potuto anche farsi rilasciare una seconda dichiarazione da Jenny per aggiornare quella precedente.

"Sono qui solo da tre settimane, non l'ho mai fatto! Sono una segretaria, non un avvocato!" A Pat sembrava un compito oltre le sue capacità.

"Ne hai battuti abbastanza di questi documenti e dovresti sapere a memoria cosa bisogna scriverci," la interruppe Steve seccamente. "Devi soltanto fare un aggiornamento di quello che è successo negli ultimi giorni! Poi controllo io." E riattaccò.

La pelle di Pat si era coperta di macchie rosse e le girava la testa. Se la prese fra le mani e appoggiò i gomiti alle ginocchia. Sharon le aveva offerto dell'acqua, lei la bevve d'un fiato e poi le riferì la richiesta di Steve.

"Avresti dovuto mandarlo a farsi benedire!" E Sharon tornò alla sua scrivania. Ma continuava a tenerla d'occhio mentre faceva telefonate alla ricerca del perito per i Turle.

Quando Pat la vide prendersi una pausa le spiegò che era tutta colpa sua, non di Steve: "Tu l'avresti fatto a occhi chiusi, è che io non sono capace".

"Tutti possono affrontare nuove sfide e riuscire: ci vuole soltanto un pizzico di coraggio. Avanti, dimmi perché io posso farcela e tu no!" C'erano rabbia e aggressività nella voce di Sharon, che, protesa sulla scrivania, le chiedeva, in tono tagliente: "Dimmi, sono meglio di te?". E aspettava.

Pat era paonazza. Le raccontò che all'ultimo anno di scuola gli esami le erano andati male e da allora aveva sempre avuto paura di non farcela. Gli insegnanti l'avevano incoraggiata a ripeterli, perché sapevano che avrebbe voluto andare all'università e pensavano che ne avesse le capacità. Ma le era mancato il coraggio e aveva preso un diploma di segretaria. Ma anche così, la responsabilità del ruolo la sconvolgeva e per questo aveva scelto di appoggiarsi a un'agenzia di lavoro interinale.

"È uno spreco di talento. Chi è bravo a fare il suo lavoro non deve mai smettere di imparare e migliorarsi. Non ci si può più fermare, al giorno d'oggi, bisogna aggiornarsi continuamente." Sharon sembrava davvero triste, e non soltanto per Pat.

Adesso toccava a Pat confortarla. "Io non voglio responsabilità e non mi piace fare errori. Non ho talento, ma la mia vita non è sprecata. Sono contenta lo stesso."

"Non accetto questo modo di parlare, né da un nero né da un bianco. A furia di dirlo poi diventa vero. Ci sono troppe persone che ancora la pensano così." Sharon piantò gli occhi in quelli di Pat e le disse che almeno avrebbe dovuto avere il coraggio di dire a Steve che non voleva farlo. Pat era avvampata di nuovo e le era calata un'ombra nello sguardo. Sharon ebbe paura di aver detto troppo e andò a preparare un caffè per tutte e due.

Quando tornò, Pat aveva la borsa a tracolla. Mandò giù il caffè e se ne uscì senza dirle cosa aveva deciso.

Pat si era fatta coraggio per affrontare il viaggio in metropolitana ed era scesa alla fermata di Gloucester Road. Il marciapiede era affollatissimo di turisti e la strada bloccata dal traffico: c'era un rumore assordante, che a poco a poco si affievolì e infine scomparve, man mano che ci si addentrava nella zona residenziale. Lì, le strade erano tranquille, i marciapiedi deserti e i rari taxi andavano piano tra le file di macchine parcheggiate su ambo i lati. La casa dei Pitt era l'ultima alla fine di una schiera di edifici che fronteggiavano una piazza, la più grande e imponente. La facciata stuccata di bianco brillava sotto il sole. Pat non era mai entrata in una casa del genere ed ebbe un momento di esitazione prima di suonare il campanello.

Jenny la condusse in cucina. La porta scorrevole che dava sulla stanza dei giochi era aperta e si intravedevano i giocattoli delle bambine, allineati contro una parete coperta dei loro disegni. La casa dei Pitt era molto diversa da come Pat l'aveva immaginata: la cucina era grande e minimalista, modernissima. Nel centro c'era un lungo tavolo di marmo, ricavato da un unico blocco: il ripiano sembrava appoggiato su un nastro ondulato, che dava un'impressione di straordinaria leggerezza; attorno c'erano delle sedie di plastica bianca – evidentemente di design. Tutto il resto, pareti e pensili, era giallo.

Le tre ragazze l'aspettavano, annoiate. Pat si sentiva come un attore sul set del rifacimento di un vecchio film, in cui lei aveva un ruolo minore. Poi si riscosse e cominciò a lavorare. Si era portata come esempio i resoconti scritti per un altro cliente e li mostrò alle ragazze. Poi lesse quanto scritto da ognuna: Nora era arrogante e voleva far vedere alle altre che aveva una maggior conoscenza della lingua; Lisa era semplicemente pigra e i suoi appunti erano frettolosi e brevi; Teresa aveva tutta l'aria di una bionda svampita e si comportava come tale – o era poco intelligente, o era un'abilissima scansafatiche. Pat lesse con cura gli appunti di Nora e li corresse abbondantemente. Poi disse a Lisa che doveva essere più attenta e le mostrò come andavano scritte le note di una visita. Infine, fece capire a Teresa che avrebbe dovuto considerarsi più che fortunata a vivere in una delle zone più prestigiose di Londra, dove giovani uomini facoltosi hanno i loro appartamentini, e l'avvisò che doveva darsi da fare se voleva rimanere ospite dei Pitt più a lungo.

Quel poco di sicurezza che Pat aveva acquisito con le ragazze svanì mentre seguiva docilmente Jenny verso lo studio.

Le librerie erano dello stesso legno chiaro del parquet a losanghe, come anche le sedie e la scrivania. Pat si sedette al computer cercando di non guardare Jenny – aspettava che parlasse. Non era chiaro chi delle due avesse più paura dell'altra. Alla fine era stata Jenny a rompere il silenzio: "Farò finta di essere al lavoro e di cercare di ottenere un contratto in esclusiva per due lampade uniche: Amy e Lucy. Devo convincere la fabbrica a darle a me, e non al mio concorrente". E cominciò a parlare delle visite del fine settimana, del suo amore per le figlie e del loro amore per lei. Pat intanto scriveva. Talvolta Jenny si correggeva, altre volte finiva una frase e poi stava zitta. Pat aspettava e guardava fuori dalla finestra aperta le cime dei sicomori nel giardino sul retro. Poi Jenny andava a sedersi vicino a lei e rileggevano insieme. Pat aveva ripreso sicurezza e indicava a Jenny dove bisognava aggiungere qualcosa.

La dichiarazione era pronta ed era stata firmata, ma Jenny la teneva ancora in mano come se non volesse lasciarla andare. Non staccava gli occhi dalla sua firma sull'ultima pagina e sembrava a disagio. "Mi è difficile parlare dei miei sentimenti, anche con Mike." Tacque. Pat aspettava, tranquilla. Il mormorio del vento fra i rami degli alberi rendeva il silenzio più pesante. "Sono sicura che Amy e Lucy vivranno con me fino a quando non andranno all'università," disse Jenny all'improvviso, e dopo una pausa: "Ma non sono così certa di Mike". Si fermò di nuovo. "È un dolore insopportabile." E allora appoggiò la dichiarazione sulla scrivania.

Pat farfugliò qualcosa sui commenti dei Pitt alla relazione della dottoressa Cliff, ma Jenny la interruppe: "Non è questo. L'innocenza di Mike sarà dimostrata perché le mie figlie sono sane. Io ho paura che durante questi mesi di separazione possa innamorarsi di un'altra, più giovane e attraente. Sono diventata una moglie lamentosa". E bisbigliò: "Io amo mio marito". Nonostante il pallore Jenny era molto bella, ma le labbra erano raggrinzite e gli occhi disperatamente tristi.

"Non lo farà!" Pat, sorpresa dalla propria reazione, avvampò di nuovo, ma andò avanti. "Lei è una splendida moglie e madre. Steve mi ha detto che senza di lei suo marito non reggerebbe questa tensione."

Jenny la guardava incredula.

"Lui ha bisogno di lei." E Pat prese la borsa, pronta ad andarsene.

Uscirono dallo studio. Una lieve aria di trascuratezza era scesa sulla casa: le corolle delle piante di crisantemi piazzate sotto la finestra di ogni pianerottolo erano reclinate e le porte chiuse, come se le stanze fossero state affittate. Mentre si avvicinavano al pianterreno, dal salotto arrivavano sordi, ritmici colpi di martello che accompagnavano i loro passi – la casa dei Pitt gemeva perché i suoi padroni avevano smesso di amarla.

36.

"Cosa è successo?"

Embankment. Obelisco di Cleopatra. Martedì 22 aprile

I comunicati stampa erano stati mandati: la fusione alla quale Mike e la sua squadra lavoravano dall'inizio dell'anno era stata conclusa. Alla Trolleys si festeggiava, era un'ulteriore conferma della sua posizione tra le maggiori banche d'affari del mondo. Secondo consuetudine, era una celebrazione austera: champagne d'annata e soltanto tartine, pochi invitati.

C'era anche il gruppo di avvocati di Beagles, compreso Chris Pottis. Lui non aveva niente a che fare con la fusione, ma era lì per accalappiare nuovi clienti tra il personale della Trolleys. Mike era con la sua squadra – ragazzi di varie nazionalità, tutti più giovani e più alti di lui – e rideva. La sua barbetta nera era stata regolata di fresco e gli occhi stretti brillavano; si erano incupiti soltanto quando aveva intravisto Chris – gli aveva fatto un cenno, e quello era stato il loro unico contatto in tutta la serata: non gli piaceva più, gli ricordava i suoi problemi in un momento del tutto inappropriato.

Rudy Halt prese Mike in disparte. "Questo successo è in gran parte merito tuo. Domani vorrei scambiare due parole in privato." Poi gli chiese: "A proposito, come va il tuo problema familiare?".

"Va. Poi ti dico."

In quel momento, due colleghi si accostarono a Rudy e Mike si allontanò. Il cellulare vibrava, infilò la mano in tasca e lo spense.

Era ora di andare. Mike non si era accodato alla sua squadra: andavano a cena insieme e poi in un club privato – alcol, cocaina e forse donne. L'eccitazione di aver portato a buon fine mesi di lavoro gli aveva lasciato dentro un vuoto che sapeva di tristezza, e camminava abbattuto lungo l'Embankment. A trentasette anni, era già vecchio per il suo lavoro. Dietro di lui, uomini e donne più giovani avevano più energia e voglia di arrivare. Si ricordò che il cellulare era ancora spento e decise di aspettare fino a quando non avesse raggiunto l'Obelisco di Cleopatra, il suo posto preferito per fumare il sigaro in pace.

La base dell'obelisco è ingannevole. Dà l'impressione di essere una larga piattaforma sospesa sul Tamigi, invece dai lati della colonna due larghe scalinate simmetriche scendono su una terrazza con due approdi dal fiume da cui i turisti vittoriani raggiungevano l'obelisco. Protetta dalla vista dei passanti, la terrazza era quasi sempre vuota – un gioiello segreto nel centro di Londra.

Mike aveva tirato fuori un sigaro dall'astuccio di pelle e si riparava dal vento per accenderlo. I messaggi nella segreteria del cellulare erano tanti: congratulazioni e le prime reazioni della stampa e della concorrenza delusa. L'ultimo, breve e fatale, di Steve: quel venerdì i servizi sociali avrebbero chiesto al giudice che Amy e Lucy venissero allontanate dalla famiglia. Jenny non lo sapeva ancora. Frenetico, Mike richiamò Steve: non rispondeva. Non c'era nessun altro a cui poteva rivolgersi, chiedere spiegazioni.

"Perché toglierle alla madre?" gridò al fiume.

E quello gli rispose. Come la quinta di un palcoscenico, la South Bank si ritirava lentamente e il Tamigi si allargava placido. Mike guardava ipnotizzato. Il Sud di Londra era diventato una linea sottile all'orizzonte e poi era scomparso del tutto. Il fiume era un oceano. Il venticello si era tramutato in raffiche. Le acque si erano gonfiate in cavalloni spumeggianti, avevano inghiottito gli approdi e ora volevano lui.

"Perché toglierle alla madre?" gridava. E, infuriati, i cavalloni si avvicinavano e lo avvolgevano in un liquido abbraccio cercando di strapparlo da terra.

Mike si era rifugiato in cima alla scala. Le corsie dell'Embankment sembravano solide, le macchine incolonnate, i motori rombanti e pronti a saltare in avanti, nere scie di carbonio sbuffanti dai tubi di scappamento. Mike non riusciva a respirare.

"Perché toglierle alla madre?" gridò ancora.

Le macchine avevano preso velocità, sbandavano e montavano sul marciapiede per colpirlo. Mike si rivolse all'obelisco: i geroglifici dei rettangoli sui due lati sembravano orride facce di ciclopi con l'occhio centrale strappato dall'orbita e lunghi nasi carnosi che finivano in una bocca sottile e ghignante.

"Perché toglierle alla madre?" gridò loro. Allora si scatenò l'attacco: dal Tamigi impazzito si sollevavano colonne d'acqua che come tentacoli lo avviluppavano cercando di risucchiarlo. Mike si arrampicava sull'obelisco conficcandovi le unghie e puntandosi coi piedi sui geroglifici. Intanto le automobili – i motori rombanti – prendevano la rincorsa per scalare l'obelisco e colpirlo. Mike non osò più guardare.

Aveva buttato per terra il mozzicone e continuava lungo il fiume a passo veloce, come se qualcuno lo inseguisse. Aveva sete, fame: l'effetto dello champagne. Ordinò due hot dog da un ambulante a Westminster Bridge e mentre aspettava bevve due lattine di Sprite. Se ne cacciò uno in bocca, la senape gialla e il ketchup che gli gocciolavano sulla camicia rosa.

Attraversò Parliament Square e giunse a Green Park. Si fermò sul ponte: aveva ancora fame. Nella morsa della sua mano, l'altro hot dog era diventato una poltiglia di carta, mollica e carne pressata. Gli diede un morso – era disgustoso; lo sputò e gettò il resto per terra. I piccioni accorsero in massa. Più Mike dava calci, più si ostinavano. Era riuscito a colpirne uno sotto il gozzo e quello, stridulo, agitava le ali e cercava di riprendere il volo. Andò a sbattere contro la ringhiera, poi si fermò barcollante.

Mike si asciugò la bocca con il dorso della mano e riprese il cammino verso il Claridge's. Chiamò Steve, ma continuava a non rispondere. Voleva sentire la voce di Jenny, ma non rispondeva nemmeno lei e le mandò un sms: *Ho bisogno di te.*

Le notizie di Borsa alla tv non lo interessavano. Mike pensava alle figlie e si disperava. Si era fatto una doccia per togliersi il puzzo di senape e ketchup, ma non si era rivestito. Si era rimesso a guardare la tv, perso nei suoi pensieri neri.

Quando Jenny era arrivata e l'aveva visto in accappatoio, si sovvenne che, prima di sposarsi, lui faceva sempre la doccia mentre la aspettava nel suo appartamento. E come allora, aveva cominciato a spogliarsi.

Non avevano parlato né dormito. Nella penombra dell'alba lo sguardo acuto di Jenny distinse le macchie di cioccolato sulle lenzuola stropicciate; nei momenti di pausa avevano saccheggiato il minibar divorando tutto quello che c'era: patatine, noccioline, marzapane e cioccolatini.

"Lo so," diceva a Mike e continuava ad accarezzargli la fronte.
"Cosa sai? Della fusione?"
"Anche questo. So che vogliono toglierci le nostre figlie – ma noi non lo permetteremo."
"Chi te l'ha detto?"
"Nessuno. L'ho capito subito, quando mi hai chiamato."
"E come ti senti?"
Jenny si era sollevata: il braccio di Mike seguiva i suoi movimenti, la stretta sull'interno della coscia non si allentava. "Se tu non mi abbandoni, io resisto."

Mike guardava Jenny rivestirsi di fretta: voleva tornare a casa prima che le bambine si svegliassero. Anche lui avrebbe dovuto alzarsi e prepararsi per il jogging, ma una volta solo si rigirava nel letto senza potersi staccare, come se vi fosse incollato.
"Mi ha detto che l'abusatore è suo padre," aveva detto la dottoressa Cliff, e i demoni sbucavano da sotto il letto e gli svolazzavano intorno ripetendo: *L'abusatore è suo padre. Il padre!* Poi la voce di Lucy: *Papà, brucia, mettine di più! Mettine di più, qui!* La mano della bambina lo aveva guidato. *Qui, qui!* E i demoni le facevano eco.
"Cosa è successo?" gridò. "Cosa è successo?"

37.

Leggere e poi distruggere

Peckham. Casa di Steve. Martedì 22 aprile

Mike aveva insistito perché il rapporto dell'agenzia di investigazioni su Mrs Dooms fosse consegnato a casa di Steve e non in ufficio. Steve aveva accondisceso a quella che considerava un'imposizione capricciosa perché gli dava l'opportunità di leggerlo senza interruzioni. Il documento aveva un'appendice che conteneva copie di estratti conto, informazioni confidenziali della polizia e dei datori di lavoro, documenti fiscali e certificati medici, tutti ottenuti illegalmente.

Steve dovette essere d'accordo con l'avvertenza di Mike: *Leggere e poi distruggere*. Dopo aver preso molti appunti, aveva strappato le pagine e le aveva ficcate nel secchio del concime sul terrazzino, poi per maggior sicurezza ci aveva versato sopra un'intera caffettiera di caffè rancido.

Linda Green nasce all'inizio degli anni sessanta. Dopo il divorzio dei genitori vive con la madre fino a quando consegue il diploma di maestra giardiniera. Il suo college la descrive come una ragazza di forte personalità che sa come prendere i bambini. Il primo lavoro è con una famiglia saudita. Lo lascia dopo un anno, profondamente convinta che i genitori ricchi trascurino i figli. Viaggia in India per alcuni mesi e vive in un ashram, poi torna in Inghilterra. Lì ha una serie di lavori a termine come bambinaia, continuando a ricevere i sussidi di disoccupazione; nel tempo libero fa volontariato nelle case rifugio per donne maltrattate e vittime di stupro. Ben presto, stanca di badare ai figli di donne di successo e benestanti, decide di trovare lavoro in una delle case rifugio. Ma questi lavori durano poco: o alle case rifugio vengono revocati i fondi; oppure la licenziano a causa del suo eccessivo coinvolgimento con i clienti e i loro bambini. Più di una volta lascia le case rifugio volontariamente per dedicarsi alla sua altra passione, la New Age: è una druida e una "strega bianca", e poi diviene socia della Crop Circle Society. Tra giugno e agosto si trasferisce nella West Country per tenere d'occhio i campi di grano dove è attesa l'apparizione dei cerchi e visita quelli dove sono già stati scoperti.

All'età di ventisei anni ha il suo unico figlio, una bambina: durante la gravidanza sposa John Dooms, un americano che vuol diventare cittadino britannico. È un matrimonio di convenienza, ma l'uomo si affeziona alla bambina (ormai adulta, che attualmente vive in California con la famiglia di lui). Mrs Dooms riesce a conciliare il lavoro e la maternità. Vive di poco e lavora a metà tempo nelle case rifugio delle donne. È probabile che John Dooms le passi un mensile. A un certo punto il suo stile di vita poco convenzionale allarma la scuola della figlia, perché durante la stagione dei cerchi – giugno e luglio – ritira la bambina. Mrs Dooms allora decide di educarla in casa e vi riesce bene fino a quando la bambina deve andare alla scuola secondaria. In quel periodo inizia a interessarsi di arteterapia e trova lavoro presso un'opera pia che include l'arteterapia nei suoi programmi per aiutare le famiglie disagiate. Vi rimane sedici mesi, il periodo di lavoro più lungo della sua vita.

Mrs Dooms da tempo ha un compagno, un latinoamericano che sostiene di aver lavorato come arteterapista negli Stati Uniti. Anche lui è socio della Crop Circle Society e ha cambiato nome assumendo quello del marito di Mrs Dooms. I motivi di questa decisione non sono chiari. Sembra che abbia familiarità con lo spionaggio e abbiamo incontrato difficoltà nell'ottenere informazioni su di lui. Il compagno di Mrs Dooms è descritto come un uomo gradevole, un attivista del movimento Outing Perverts, che identifica i pedofili usciti di prigione che cercano di reintegrarsi nella comunità e li caccia dalla zona in cui vivono. Offre consulenze ad associazioni di residenti che si oppongono all'assegnazione di un alloggio ai pedofili e insegna ai gruppi di vigilanti come riconoscere l'abuso sessuale attraverso il gioco dei bambini e i loro disegni. Pur vivendo ufficialmente nell'appartamento di Mrs Dooms, ha un letto in un ostello di senzatetto dove sbriga piccoli lavori, perché da lì ha la possibilità di stanare abusatori sessuali; si mantiene vendendo nei mercati golf di lana fatti da lui e Mrs Dooms.

Mrs Dooms organizza gruppi di lavoro a maglia tra le donne delle case rifugio dove faceva volontariato e poi vende i loro prodotti nella bancarella del suo compagno. È molto amata fra queste donne e non c'è alcun sospetto di sfruttamento da parte sua. Non abbiamo richiesto referenze ai datori di lavoro privati di Mrs Dooms perché ha smesso di fare la bambinaia da più di vent'anni. Le Onlus e le associazioni di volontariato per le quali ha lavorato da allora sono divise fra quelle che la considerano affidabile, sollecita e volenterosa – seppur troppo coinvolta – e quelle che invece la giudicano un'impicciona prepotente, a seconda se Mrs Dooms ha lasciato il lavoro di sua volontà o è stata licenziata.
Il settembre scorso Mrs Dooms è diventata una maestra a tempo pieno della Sunshine Nursery. Ha abbandonato la medicina ortodossa per i metodi di guarigione della tradizione indiana, ma ha ricevuto di recente un certificato dal suo medico di base per esaurimento nervoso. Sul conto in banca risulta un piccolo scoperto e non ha risparmi.

Steve pensò di aver inquadrato Mrs Dooms: era una donna anticonformista, ossessiva, devota ai bambini e alle donne vittime di violenze o altri abusi, che non si faceva i fatti suoi. Poteva fare danni, intenzionalmente o meno.

Continuò a occuparsi delle felci e nel frattempo pensava all'udienza dei Pitt. I suoi clienti volevano che le figlie rimanessero a casa con Jenny, esattamente ciò che voleva la dottoressa Cliff. E volevano che Mike vedesse di più le figlie; forse lei sarebbe stata d'accordo. Per ottenere queste cose, occorreva che la dottoressa fosse dalla loro parte.

Ma i Pitt volevano anche mettere in discussione i metodi del colloquio con le bambine e il contenuto della relazione. In questo caso se la sarebbero messa contro e la dottoressa avrebbe offerto il suo supporto ai servizi sociali, che erano decisi a togliere le figlie alla madre. I Pitt, infine, volevano accelerare i tempi del processo – ma il ritardo giocava a loro favore purché le bambine rimanessero a casa.

La tattica da seguire si delineò con chiarezza nella mente di Steve: fino all'ultimo i Pitt non dovevano rispondere alla relazione della dottoressa Cliff. Lui avrebbe richiesto al tribunale che le bambine rimanessero a casa fino all'udienza finale, e se il giudice era dalla loro parte avrebbe cercato di ottenere più diritti di visita per Mike.

Avrebbe dato l'impressione di voler accelerare i tempi del processo e messo sotto pressione Mrs Dooms perché consegnasse i disegni di Lucy, ma non avrebbe preso alcuna misura contro di lei se non li avesse consegnati. Mrs Dooms avrebbe fatto di tutto per non darli, era evidente che i disegni e il gioco con le bambole erano stati pilotati dal suo compagno. E un uomo che assume l'identità di un altro non sarebbe mai stato un testimone volontario.

Steve non voleva che i Pitt testimoniassero. Jenny sarebbe apparsa fredda, e Mike prepotente. Lui non aveva ancora un'opinione su Mike Pitt, ma c'era qualcosa che gli faceva pensare che avrebbe potuto abusare Lucy e avrebbe dovuto avere un faccia a faccia con lui sul suo passato – un compito sempre sgradevole.

C'era un altro personaggio importante, il dottor Vita: lui sì che avrebbe dovuto testimoniare. Steve innaffiò l'ultima felce e poi lo chiamò.

Il dottor Vita rimpiangeva amaramente di aver suggerito il nome della dottoressa Cliff. "Non ho neanche voluto discutere la sua relazione con lei, nonostante me ne abbia dato l'opportunità," disse a Steve. "Lucy e Amy non sono come lei le descrive. Mi aveva fatto capire di avere maggior esperienza in questo settore: è una donna che fa troppo, e male. Pazienti privati, la carriera di perito legale e adesso anche gli studi che cerca di affittare e che devono esserle costati una fortuna. Avrebbe dovuto limitarsi a fare quello in cui eccelle: occuparsi di bambini autistici. Non le manderei un altro paziente."

"Nemmeno un bambino autistico?"

"Guardi, ho proprio un paziente che forse soffre di autismo. Lo manderò da un altro specialista."

"Se lei pensa che la dottoressa Cliff sia il miglior medico per quel bambino, io le sarei grato se glielo mandasse," commentò Steve.

"Lei mi sorprende."

"L'importante è che lei mantenga un buon rapporto con la dottoressa Cliff e che per il momento i Pitt non la critichino apertamente: potrebbe appoggiare la proposta di lasciare le figlie con la madre."

"Ci penserò."

Steve continuò a innaffiare le piante, immerso nei suoi pensieri sulla psichiatra. Non sapeva come attaccarla, nel controinterrogatorio, e borbottava: "Ambiziosa, insicura, forse problemi finanziari," e pian piano Melanie Cliff prendeva forma.

Sandra Pepper chiamò Steve per dirgli che i servizi sociali non avevano trovato una famiglia affidataria per tutte e due le bambine. Proponevano di togliere prima Lucy e poi Amy, quando la famiglia affidataria di Lucy avrebbe avuto un posto anche per lei. Sandra aggiunse che era sicura che si sarebbero incontrati quella sera: la dottoressa Cliff avrebbe parlato alla conferenza di chiusura del corso di addestramento dei periti medici, organizzata dall'APMP, l'Associazione degli psichiatri dei minori periti del tribunale.

Steve aveva dimenticato l'invito e sperava di lavorare sulla causa di Mavis Clarke, ma dovette rassegnarsi a farlo a notte tarda.

38.
Ospite d'onore
Belgravia. Martedì 22 aprile

L'intervento della dottoressa Cliff ebbe una buona accoglienza. Aveva parlato bene, e con autorevolezza, dell'effetto dei procedimenti legali sui bambini disabili e dei problemi che incontravano nelle nuove famiglie. Poi rispose alle domande del pubblico.

Steve aveva preso appunti e chiese al collega accanto a lui di porre alla dottoressa la domanda che aveva preparato, così che lui potesse continuare a scrivere: "Due sorelle allontanate dai familiari per la prima volta, in una situazione di emergenza – abuso sessuale di una delle sorelle –, sono accolte da famiglie affidatarie diverse. Qual è l'effetto dell'allontanamento e della separazione dalla sorella, per ciascuna di loro?".

"Le sorelle devono rimanere insieme," rispose la dottoressa Cliff, e spiegò che nei casi di abuso sessuale da parte di un genitore era probabile che i bambini non tornassero più a casa. In futuro, ognuno di loro non avrebbe avuto che l'altro e non bisognava spezzare il legame. "L'opzione da preferire è tenerle a casa, se è possibile, ma ben protette."

La domanda successiva riguardava il caso di un bambino autistico che aveva subito abuso fisico dal padre: l'uomo era stato allontanato da casa. "Sarebbe preferibile che il padre veda il figlio a casa, come desiderano la madre e il bambino stesso? Oppure le visite dovrebbero essere permesse soltanto in un luogo neutro?"

"I bambini disabili non sono diversi dagli altri: e il bambino abusato desidera vedere il genitore violento. È più naturale e meno traumatico che i diritti di visita vengano esercitati nell'ambiente familiare, purché ci sia un sistema di sorveglianza. Un'improvvisa perdita dei contatti con un genitore può causare sensi di colpa nel bambino che ha rivelato l'abuso. I bambini abusati spesso amano il genitore abusante."

Com'era consuetudine, la dottoressa Cliff era l'ospite d'onore alla cena organizzata dalla dottoressa Sara Todd, presidente dell'APMP. Conosceva la maggior parte dei membri del comitato direttivo, ma non tutti. Si sentiva diversa da loro, soprattutto perché le donne erano più giovani di lei, e si chiedeva se non avesse intrapreso troppo tardi la carriera di perito del tribunale.

Sara Todd le spiegava che lo scopo del corso era istruire altri psichiatri infantili e incoraggiarli a intraprendere l'attività forense nelle cause dei minori, soprattutto i giovani che non erano ancora professori. La richiesta era in continuo aumento, motivo per cui quelli fra loro che erano direttori di cliniche, come lei, erano oberati di lavoro e dovevano rifiutare molti incarichi – lei stessa si ritrovava a scrivere le relazioni di notte e durante il fine settimana. "I casi sono appassionanti; testimoniare è oneroso ma gratificante e rappresenta un cambiamento rispetto alla routine del lavoro ospedaliero."

"Dovresti anche mettere in guardia Melanie che scrivere di notte è faticosissimo: io ogni tanto penso di smettere, ma le parcelle sovvenzionano cene nei migliori ristoranti e le rette della scuola dei figli," disse Roger Watts, che sedeva alla sinistra della dottoressa Cliff. Lo conosceva di vista, ma sapeva che era al suo terzo matrimonio e che aveva le mani bucate. Sara Todd non era d'accordo: "Non la porrei in questi termini. Tutti noi sentiamo il dovere di mettere a disposizione del tribunale la nostra competenza. Pensa a tutti quei bambini che altrimenti rimarrebbero in situazioni di abuso familiare!".

"Quanti dei vostri casi sono di abuso sessuale?" chiese la dottoressa Cliff.

"Tanti," rispose Roger Watts, "e tanti altri non vengono mai a galla. L'anno scorso sono stato il primo a ottenere una confessione di abuso sessuale da parte di un minore, per ben quattro volte," si vantò.

"Io sono al sesto in quattro mesi," disse tutta soddisfatta Arietta Jones. Era una nuova stella che di recente era stata nominata consulente del ministro della Sanità.

Sara Todd le lanciò un'occhiataccia e borbottò "Brava," poi raccontò a Melanie Cliff che la maggior parte dei casi non erano di abuso sessuale ma di maltrattamenti: si trattava di figli di ragazze madri incapaci di badare loro per problemi di alcolismo, droga o malattia mentale. "Molti di questi bambini sono anche disabili," le disse, "e tu potresti aiutarli."

"In trent'anni di esperienza forense posso contare sulle dita di una mano i casi di abuso sessuale in cui il giudice non ha accettato la mia valutazione clinica," disse Mary Little, un'anziana psichiatra che aveva seguito la conversazione a sprazzi perché il suo apparecchio acustico non funzionava bene.

"Quella non ha scritto un lavoro scientifico decente in tutta la sua carriera!" bisbigliò Roger Watts. "Eppure in aula è convincente e alcuni giudici continuano a pendere dalle sue labbra. Una volta ho dovuto dare un'opinione contraria a una sua valutazione, e ho avuto ragione. Quando il giudice le ha chiesto di spiegargli come fosse giunta a quella diagnosi errata, gli ha detto: 'M'lord, penso che sto diventando vecchia!' e lui, nel giudizio, non ha minimamente accennato alla sua incompetenza! Anzi, l'ha encomiata per la solerzia nel fornire la perizia entro i termini! Mary ha superato di gran lunga la data di scadenza: abbiamo bisogno di sangue nuovo, come il tuo!"

Melanie Cliff rabbrividì: l'uomo aveva l'alito pesante e mentre parlava le teneva gli occhi fissi sulla scollatura. La conversazione si spostò sui magistrati: si spettegolava sui giudici di nuova nomina e Sara Todd confermò che i periti legali godevano del loro rispetto.

"I miei aiuti avevano mostrato interesse, ma si sono scoraggiati davanti alla quantità di articoli apparsi sulla stampa che ci accusano di aver caldeggiato erroneamente l'allontanamento di minori da genitori che poi, in appello, li hanno riavuti!" obiettò Arietta Jones, e aggiunse che sapeva da fonti attendibili che i nuovi giudici erano critici nei riguardi dei periti e permettevano agli avvocati di condurre interrogatori aggressivi. "È giusto che i nostri aiuti lo sappiano."

"Non ho visto né sentito nulla di tutto ciò," la contraddisse Roger Watts. "Se un giudice osasse comportarsi così con me, gli ricorderei che io sono lì per il minore!"

"La cara Arietta esagera..." disse Sara Todd in tono paternalistico.

Ma Arietta Jones non la ascoltava, stava parlando con il suo vicino di sinistra, e Sara Todd continuò a ripetere che nemmeno lei aveva mai avuto esperienza di un trattamento che fosse men che rispettoso e ossequioso, da parte del giudice come degli avvocati. Gli aiuti comunque dovevano sapere che le critiche non avrebbero varcato la soglia dell'aula: i procedimenti sui bambini si tenevano a porte chiuse e parlarne con altri, a qualunque livello, era reato.

La vicepresidente del gruppo era la dottoressa Caroline Moss, una donna di mezza età e senza pretese. Eppure, era la direttrice del programma educativo dell'APMP e aveva fama di essere un formidabile capodipartimento in un ospedale del Nord, riconosciuto come leader di eccellenza clinica. Quattro dei suoi aiuti avevano partecipato al corso per diventare periti del tribunale e non avevano alcun timore di essere criticati in aula. "Chi lavora con diligenza non ha niente da temere: è questo il messaggio che dobbiamo trasmettere alle nuove leve."

Sara Todd annuì, ma il lampo che le passò nello sguardo rivelò che aveva preso quelle parole come una critica. "Con la tua reputazione, non avrai difficoltà al Tribunale della famiglia," disse a Melanie Cliff.

L'anziano professor Melville-Smith durante il pranzo era rimasto silenzioso. Quando ebbe finito posò la forchetta e dichiarò, puntando gli occhi sulla dottoressa Cliff: "Il perito ha un ruolo di notevole potere nel contesto forense, molto più che in ospedale".

"Dobbiamo pranzare insieme al più presto," le sussurrò Sara Todd. "Mi piacerebbe se entrassi a far parte della nostra associazione." Non sapeva che Melanie Cliff non aveva bisogno di altro incoraggiamento. Le parole del professor Melville-Smith avevano suggellato la sua determinazione a diventare un perito legale.

Aneddoti autocelebrativi si rincorrevano intanto intorno al tavolo, Melanie Cliff ascoltava e non mancava di esprimere ammirazione davanti ai successi dei colleghi al momento giusto, ma non era attenta. "Ti stai annoiando, ad ascoltare i vaneggiamenti egotici dei nostri colleghi?" le sussurrò Roger Watts.

"Per niente! Pensavo che ho visto una bambina come cliente privata e mi ha confessato l'abuso sessuale del padre. Non ho registrato il colloquio e mi chiedevo se non dovrei registrarli sempre, i colloqui con i bambini. Come routine, con o senza il permesso dei genitori."

"Hai fatto bene a non farlo: avresti potuto trovarti in serie difficoltà con i genitori. A meno che il procedimento legale non sia già in corso, non abbiamo alcun dovere di condurre un'audizione protetta! I vecchi metodi funzionano sempre molto bene!"

Lei si girò verso di lui e gli fece un sorriso dolcissimo: in cambio ricevette una potente folata del suo alito rancido, ma questa volta non gliene importò.

La dottoressa Cliff tornò a casa di ottimo umore: era stata ammirata dai colleghi e Sara Todd l'aveva presa sotto la sua ala. Era sicura che la sua nuova carriera – inaugurata dai Pitt – sarebbe stata finanziariamente e professionalmente soddisfacente.

La buona fortuna continuò. L'indomani il dottor Vita le chiese di vedere un paziente e ciò le tolse un peso, evidentemente, non le portava rancore.

Invitò Sara Todd a pranzo, poi si diede da fare con la sua rete di conoscenze per affittare gli studi e finalmente si prenotò un biglietto per vedere *Re Lear* al Globe Theatre, senza alcuna preoccupazione o senso di colpa nei riguardi di Ralph. Da quando erano tornati da Taormina lui dormiva nella stanza degli ospiti e avevano vite separate. Era solo il cane a tenerli uniti.

39.
La ricetta del dolce di lime
Brixton. Studio Wizens. Mercoledì 23 aprile

Pat voleva ringraziare Sharon per l'incoraggiamento del giorno prima e le aveva portato un dolce di lime fatto secondo la ricetta di sua nonna.

Sharon non se l'aspettava. Anzi le disse che le dispiaceva essere stata brusca, ma non voleva sentirla parlare come tanti immigrati e i loro figli, che dicevano che non valeva la pena competere con i bianchi, che tanto non ce l'avrebbero fatta, che tutto era contro di loro. "Ma del resto anch'io sono una vigliacca: avrei voluto studiare letteratura inglese e insegnare all'università, ma allora pensavo che una ragazza nera di una scuola rionale non ce l'avrebbe fatta."

Sharon amava Shakespeare e recitava in una filodrammatica: ora lo faceva raramente, lo zio George stava male e dopo il lavoro andava a trovarlo. "Ma io non mi trascuro! Non perdo una rappresentazione al Globe!" E sorrise a Pat, ammiccando.

Sharon chiese a Pat la ricetta del dolce di lime. Lusingata, lei le spiegò che era scritta tutta a cucchiai e tazze e le scappò di bocca che sua nonna, nonostante fosse analfabeta, era una gran cuoca. Poi si morse il labbro e prese le forbici per tagliare i lacci dei pacchi della posta.

Steve era in tribunale: rappresentava Kahin Sivan, una nuova cliente-bambina, una ragazzina curda che la famiglia maltrattava e sfruttava. Prima di andare in tribunale assaggiò il dolce anche lui e disse che gli ricordava le paste da tè delle sue vacanze d'infanzia a Zanzibar. Pat avrebbe voluto sapere di più della sua vita in Africa, ma lui non disse altro.

Mavis Clarke venne per la solita visita mattutina: l'assistente sociale le aveva fatto molte domande sul nonno e le aveva detto che aveva pensato fosse un impostore, ma, dopo aver letto la dichiarazione di Mr Turle, si era resa conto di essersi sbagliata. Mavis era tuttora preoccupata: la sera prima il nonno aveva avuto una riunione con le figlie per vedere se riuscivano a racimolare i soldi per il perito di parte; c'era bisogno di una valutazione sua e della moglie e Steve gli aveva detto che forse il Legal Aid non gliel'avrebbe accordata. Sharon la rassicurò: l'importante era che lei stesse lontana dalla droga ed evitasse di incontrare il padre di Stephanie. Steve avrebbe ottenuto un ordine del tribunale e tutto si sarebbe risolto.

"Steve dovrà lottare per averlo," disse a Pat quando Mavis se ne fu andata. "È tutta una questione di soldi. Il tuo Mr Pitt ne ha a palate: quando Steve chiede un anticipo per le spese, l'assegno arriva l'indomani. Sono sicura che Steve vincerà la causa per lui, colpevole o innocente che sia." E Sharon fece una smorfia.

"Tu pensi che l'abbia fatto?"

"Potrebbe," rispose Sharon, "non ho tempo di pensarci. Io mi preoccupo per Mavis: è lei la mia cliente urgente."

In quel momento arrivò Mrs Oboe. Indossava uno dei suoi vestiti da tribunale, un elegante tailleur grigio con una giacca stretta in vita che esaltava le sue curve. Rifiutò di sedersi, voleva parlare con Steve e basta e non era disposta a dire a Pat nemmeno perché fosse venuta. Lei la avvertì che Steve sarebbe tornato nel tardo pomeriggio e soltanto allora Mrs Oboe le diede una busta, ingiungendole di aprirla. Pat esitava. "Mi hanno vietato di entrare a scuola di Ali," le disse Mrs Oboe risentita, "non posso neanche aiutarlo a togliersi il giubbotto."

"Come mai?"

"Leggi," insistette la cliente.

"Ma lei non l'ha letta?"

"Tu leggi."

Pat lesse ad alta voce la lettera del preside della scuola di Ali, e Mrs Oboe, in piedi di fronte a lei, ascoltava a occhi chiusi, la fronte aggrottata e le labbra risucchiate in dentro; il suo bel viso si era deformato in un doccione medioevale. Il preside la ammoniva che non avrebbe tollerato che mancasse nuovamente di rispetto all'insegnante di sostegno di Ali. Il giorno prima, all'appuntamento per discutere come aiutare Ali a scrivere, Mrs Oboe aveva dato uno spintone all'insegnante mentre le mostrava come il ragazzino avrebbe dovuto tenere la matita e l'aveva fatto cadere; poi l'aveva accusato di averla toccata in modo offensivo mentre lui non aveva fatto altro che guidarle la mano per aiutarla ad assumere la posizione richiesta. Ali soffriva di dyspraxia, ed era importante che lei collaborasse con la scuola. Mrs Oboe era diffidata dal mettere nuovamente piede nell'istituto e i servizi sociali erano stati informati del suo atto di aggressione gratuita contro un insegnante coscienzioso.

"Perché l'ha spinto?"

"Mi ha toccato."

"Sulla mano?"

"Ti dico che mi ha toccato. È stato maleducato. Devo parlare con Steve, chiamalo," disse Mrs Oboe tutto d'un fiato. E poi tacque, torva.

Pat ci pensò su. "È venuta qui per evitare una visita domiciliare dei servizi sociali?"

"Sì," ammise Mrs Oboe, e poi sembrò rilassarsi. Credeva che i servizi sociali volessero portarle via Ali ed era venuta per parlare con Steve e chiedergli di andare subito in tribunale e fermarli.

Pat cercò di spiegarle che quel poveretto le aveva toccato la mano per un buon motivo e la incoraggiò a leggere di nuovo la lettera con cura e a darle una spiegazione migliore dell'accaduto.

"Leggimela tu!" Nella voce di Mrs Oboe c'era una vena di disperata frustrazione: aveva girato la testa e guardava fuori dalla finestra.

Soltanto allora Pat notò la borsa di Gucci che pendeva dal braccio di Mrs Oboe e non riuscì più a distogliere lo sguardo. Anche Sharon aveva gli occhi fissi sulla borsa: nella tasca esterna erano infilate due vecchie copie dell'"Evening Standard". Pat arricciò il naso e Sharon abbassò le palpebre.

"Ieri ho fatto un dolce. Sharon ne ha presa una fetta, e anche Mr Booth – hanno detto che è buono. Vuole assaggiarlo?" La voce di Pat era suadente.

"Non ho fame." Mrs Oboe non girò la testa, anzi, sollevò il mento. Aveva un profilo delicato come quello di una bambina, la fronte bombata, il naso piccolo e all'insù, labbra grosse e lucide e collo sottile.

Pat parlava e lei l'ascoltava, ma senza guardarla. "Era il dolce speciale di mia nonna, non sapeva leggere né scrivere. Stavo proprio dicendo a Sharon che tagliava le frange delle tovaglie per ricordare ogni ricetta, ogni tovaglia era un dolce. Era brava, molto intelligente, però non sapeva leggere. Si chiama dislessia il disturbo di cui soffriva, e oggigiorno si può curare: se fosse viva, mia nonna non avrebbe più bisogno di tagliare le frange delle tovaglie."

"Lo so che cos'è, pensano che ce l'abbia anche Ali. Oltre alla dyspraxia."

"Mrs Oboe, lei è una brava cuoca?" chiese Sharon.

"Sì, del cibo che piace a noi." Poi Mrs Oboe diede uno sguardo di fuoco a Pat. "E anche del vostro."

"E i dolci li fa?"

"No."

"Allora è come mia nonna: è intelligente ma non sa leggere."

Mrs Oboe tornò a guardare fuori dalla finestra.

"Le toglieranno Ali, se non spiega che non sa leggere e per questo non può aiutarlo a scrivere. Ma potrebbe imparare con l'aiuto di uno psicologo... la signora che l'ha vista con Ali l'altra settimana è una psicologa."

"Quando posso vederla?" chiese Mrs Oboe senza voltarsi.

"Chiederemo. Ma prima deve ammettere che non sa leggere."

Silenzio.

"Non è una vergogna. Ha cercato di far credere a tutti che sa leggere, ed è per questo che si porta il giornale ovunque. Quell'insegnante non voleva offenderla, ma lei aveva paura che scoprisse il suo segreto, e allora l'ha spinto... vero?"

"Mio marito smise di amarmi quando scoprì che ero ignorante," disse Mrs Oboe con una voce triste e piatta. "E adesso i servizi sociali mi toglieranno Ali."

"Stupidaggini, non lo permetteremo mai!" Sharon aveva alzato la voce.

Allora Mrs Oboe si sedette e raccontò la sua storia: aveva diciannove anni quando un potente capotribù, molto più anziano di lei, la vide e la prese in moglie. "Ero molto carina, allora," spiegò, senza alcuna vanità. "Per questo mi volle."

Aveva imparato a nascondere l'analfabetismo, tanto che per un pezzo lui non se n'era accorto. Poi il marito aveva messo su una compagnia di import-export e se la portava dietro nei suoi viaggi. Erano tempi felici, e lui la copriva di regali. Un cugino del marito gli aveva fatto ottenere una casa popolare a Londra e trascorrevano molto tempo in Inghilterra. Ali era nato a Londra: era stato un parto difficile e il bambino aveva avuto dei problemi respiratori. I medici li informarono che avrebbe potuto avere degli handicap e il marito diede la colpa a lei: a quell'epoca sospettava già che avesse qualcosa che non andava, nonostante Mrs Oboe avesse imparato a girare nel loro quartiere e con la metropolitana. La chiamava ignorante, e poi cominciò a interessarsi ad altre donne: finché decise di rimandarla con Ali in Nigeria. Ma Ali aveva bisogno di cure mediche che in Nigeria non avrebbe potuto ricevere, così lei si rifiutò di andare via. Il marito l'abbandonò e si prese un'altra moglie. All'inizio, un parente di Mrs Oboe si trasferì in casa sua e la aiutava leggendole le lettere: lei riusciva a rispettare gli appuntamenti con i medici e le riunioni con l'asilo e i servizi sociali. Ma il parente, che era andato a vivere a Coventry e i primi tempi veniva regolarmente per aiutarla a pagare i conti e leggerle la posta, da un anno si faceva vedere raramente. Quando apriva le sue lettere lei aveva già perso l'appuntamento. Da lì erano nati i problemi.

"Vuole che chieda all'avvocato di parlare con l'assistente sociale per spiegarle la situazione?" chiese Pat, e Mrs Oboe fece di sì con la testa.

40.

Una visita inaspettata

Brixton. Studio Wizens. Giovedì 24 aprile

I colleghi di Mike l'accolsero con ottime notizie: la stampa aveva dato ampio spazio alla fusione e anche lui era di buon umore. In più, aveva un'idea chiara di quanto Rudy voleva dirgli.

"Ce ne siamo andati da Hedwich alle tre, ma a guardarti si direbbe che anche tu hai festeggiato sino alle ore piccole..." gli aveva detto qualcuno. Il volto di Mike tradiva la nottata di sesso consolatorio.

"Esatto," aveva risposto lui, e gli aveva voltato le spalle.

Rudy cominciò col dire a Mike che nella City tirava una brutta aria e la recessione avrebbe mietuto molte vittime. La Trolleys pianificava licenziamenti. La strategia a lungo termine consisteva nel mantenere pochi tra i migliori, pronti a carpire l'occasione e a fare guadagni. Poi Rudy guardò Mike: probabilmente aveva già ricevuto offerte dai concorrenti dopo il successo della fusione, ma voleva che sapesse che il direttivo lo aveva autorizzato a fargli una proposta inconsueta. Si rendevano conto che la prospettiva di una promozione o del bonus alla fine dell'anno non era abbastanza per trattenerlo, così gli offrivano un contratto di due anni con una forte penale se Mike lo avesse rescisso, ma con un immediato e notevole pagamento in contanti che sarebbe stato giustificato come un bonus anticipato. Era più di quanto Mike si aspettasse: discussero le clausole del contratto e raggiunsero un accordo rapidamente. "Sapevo che non avremmo perso tempo," concluse Rudy. "Ma non è stato semplice convincere gli altri: quella che ti offriamo è una somma enorme e non vogliamo creare un precedente." E si strinsero la mano per suggellare l'accordo.

Rudy gli chiese dei suoi problemi familiari. Mike gli diede un conciso e realistico resoconto: la posta in gioco era il futuro delle figlie. Avrebbe voluto non aggiungere altro, ma Rudy era curioso. Lo ascoltò e poi gli disse che il suo fratello minore aveva avuto un'esperienza simile quando aveva divorziato. La cognata lo aveva accusato di abuso sessuale nei riguardi della figlia. "Certe accuse non possono essere dimostrate né smentite." E gli raccontò che erano stati chiamati a testimoniare due psichiatri infantili. "Mio fratello ha ottenuto dal giudice il diritto di visita, ma non ha mai potuto esercitarlo perché la ex moglie gli ha messo contro la bambina. Non la vede da due anni. Tu sei più fortunato di lui, tua moglie è dalla tua parte."

Mike ebbe un raro momento di emozione. "Forse io sono più fortunato di tuo fratello, ma certo non le bambine." E poi aggiunse: "È buffo, ma se avessi una moglie meno leale avrei la garanzia che le bambine rimarrebbero per sempre con lei". E spiegò a Rudy cos'era successo.

"Facciamo così," disse Rudy. "Io ti do il mio sostegno incondizionato, a meno che non risulti che tu hai commesso un reato... che è una possibilità quanto mai remota. E questa conversazione rimane tra noi. Prenditi il tempo che ti serve e fammi sapere se non ce la fai col lavoro."

"Il lavoro è la mia droga: quando lavoro dimentico. La Trolleys avrà da me più di prima."

"Non avevo dubbi."

Jenny chiamò Mike all'ora di pranzo: lo irritò, prima chiedendogli come stava e poi ancora di più con le sue chiacchiere. Miss Barnes e Fiona le avevano fatto visita quella mattina e avevano detto che volevano un colloquio con lui quanto prima. Jenny credeva che la visita fosse andata bene. Aveva spiegato loro che non sarebbero andati alla riunione.

"La decisione non è in discussione," concluse Jenny. "Lucy verrà iscritta nel registro, e anche Amy." E avrebbe detto di più se Mike non l'avesse interrotta suggerendo di vedersi a cena dopo il suo incontro con Steve.

L'appuntamento allo studio Wizens era per le sei meno venti, quando l'ufficio era chiuso. Steve aspettava Mike Pitt con impazienza: per ben due volte aveva spostato l'orario dicendogli, per tutta spiegazione: "Il mio stipendio paga la sua parcella". E adesso Steve avrebbe dovuto passare la notte lavorando per l'udienza dell'indomani. Seduti uno di fronte all'altro, erano come due lottatori che si studiano a vicenda prima di passare all'attacco. Steve era sprofondato nella poltroncina girevole e sembrava stanchissimo: la cravatta era allentata, la camicia fuori dai pantaloni, e da tempo la giacca reclamava a gran voce un passaggio in lavanderia. La scrivania era disordinata, come lui. Le carte di Mavis Clarke erano sparpagliate ovunque e su quelle pericolava, aperta, la cartella dei Pitt.

Mike, impettito, era pronto a prendere appunti sul Blackberry. Era molto curato, e il suo abito era di sartoria. Le scarpe avevano un rialzo interno ben mimetizzato, perché aveva le gambe corte rispetto al busto. Se fosse stato più alto sarebbe stato un bell'uomo, ma nel complesso risultava comunque attraente, con un corpo muscoloso che sprigionava energia.

"Ho parlato con sua moglie: ha retto bene lo choc," aveva esordito Steve.

"Jenny sta bene. Mi ha riportato che ancora una volta lei non intende dir nulla contro la dottoressa Cliff, voglio sapere perché." Mike era andato direttamente al punto.

"Glielo spiego dopo." Steve si rizzò sulla poltrona e fissò gli occhi chiari in quelli di Mike. "Prima di tutto parliamo di lei. Su Jenny Pitt mi sono fatto un'idea, da quanto mi hanno detto prima lei stessa e poi Miss Wood. Adesso ho bisogno di conoscere Mike Pitt. Quando sosterrà il controinterrogatorio, devo essere in grado di anticipare le sue reazioni per poterle eventualmente venire in soccorso con le mie domande."

Mike era sicuro che avrebbe retto bene e non volle rispondergli. "Ho preparato una lista delle visite che desidero poter fare."

"La leggeremo più tardi, al momento devo farle delle domande personali." La voce di Steve era severa, poi si ammorbidì. "Devo, mi dispiace."

"Cosa vuol sapere?"

"Tutto su di lei. Dall'infanzia."

"Si sta comportando come un investigatore."

"Precisamente. È un compito ingrato, che tuttavia mi spetta."

Mike capì. "Proceda."

"Come si sente?"

"Onestamente, distrutto. Ma di giorno e al lavoro reggo bene."

"Mi dica della sua famiglia."

Mike voleva farla finita il prima possibile. Non più reticente, fu veloce e andò subito al sodo, come se stesse leggendo la relazione di un analista su una società pubblica. Suo padre era morto da anni, la madre soffriva di artrosi e non si muoveva dalla casa di Glasgow. Aveva un fratello maggiore che insegnava chimica all'Università di Città del Capo e una sorella minore che viveva a Santa Fé, sposata con un americano.

"Collegio, università, lavoro, poi matrimonio e le bambine. Questo è tutto." E fece un cenno con le mani. Poi le serrò e se le mise in grembo, compunto.

"La sua famiglia lo sa?" chiese Steve.

Mike rispose che lui e Jenny non ne avevano parlato con nessuno, tranne che con zia Marjorie.

"Mi dica di suo fratello."

C'erano cinque anni di differenza tra loro e non erano mai stati vicini. Il fratello aveva scelto di vivere all'estero per stare lontano dalla madre. "E lo stesso mia sorella: è andata all'estero appena ne ha avuta la possibilità," aggiunse Mike per prevenire la domanda successiva.

"Ma lei ha scelto di rimanere. Perché?"

"Certo non per stare vicino ai miei genitori. Il lavoro mi piace e Jenny non vuole lasciare Londra."

Le lunghe ombre del tardo pomeriggio invadevano la stanza attraverso le liste verticali di plastica bianca che schermavano le finestre, ripetendo sul pavimento il gioco di strisce alternate. Nel silenzio, si sentiva il respiro leggero di Steve, regolare, protettivo, rassicurante. Mike disse che sua madre non si interessava dei figli minori e poi si fermò, sorpreso: non ne aveva mai parlato con estranei. Si passò una mano sul ginocchio e aggiunse: "Idolatrava il maggiore". Poi fece un'altra pausa. "Per sua sfortuna..." E raccontò a Steve che il fratello, destinato a ereditare la distilleria di whisky della famiglia materna, se n'era più o meno scappato in Africa. "Mia madre è una donna dura, egoista. Continua a dirigere l'azienda con successo e a noi figli non ha dato un penny."

"E suo padre?"

"Apparteneva all'aristocrazia non più benestante della provincia, era un uomo gentile, distante, non cattivo. Era appassionato di corse di cavalli."

"Mi dica del collegio." E Steve guardò Mike, che si irrigidì piegando le braccia e poi le lasciò andare. Quando rispose disse ben poco.

"C'è stato abuso sessuale nella sua famiglia?"

"Neanche per sogno."

"Che materie ha approfondito alla scuola superiore?"

Mike non capiva lo scopo della domanda. Nella sua deposizione c'era scritto che era laureato in matematica, era ovvio che avesse studiato materie scientifiche. Ma Steve aveva posato la penna sul tavolo e aspettava la risposta.

"Fisica, chimica e matematica."

"Mi dica della sua vita sessuale."

"Sono fedele a Jenny, come lei lo è a me."

Steve aggrottò le sopracciglia.

Mike si agitò sulla sedia. "Che intende dire con 'vita sessuale'? È la vita normale di una coppia sposata. Farebbe meglio a chiederlo a Jenny."

"Voglio saperlo da lei."

Mike gli gettò uno sguardo torvo, e Steve cambiò argomento. "Quando è stato circonciso?"

"Alla nascita, come mio fratello."

"E i suoi compagni di scuola cosa dicevano?"

"Devo pagarla per sentirmi fare queste domande deficienti? Lei nemmeno scrive le risposte!"

Steve non reagì. Poi Mike sospirò: "Eravamo pochi così," e sembrò stanco.

Era giunto il momento. Steve doveva correre il rischio di azzardare come una certezza una domanda di cui non conosceva la risposta.

"Credo che ci sia stato abuso sessuale nel suo passato, probabilmente a scuola."

Un momento di silenzio, poi la risposta, chiara, senza alcuna emozione. "Un ragazzo più grande mi costrinse a masturbarlo." Mike fece un cenno con la mano: "Il vecchio sistema di tiranneggiare i più piccoli non era ancora scomparso in certi collegi".

Steve stava fermo e zitto – nemmeno un guizzo delle pupille. Non prendeva appunti, e quel silenzio implacabile costrinse Mike a parlare e a dire cose mai dette prima. Penosamente vividi, emersero allora ricordi sepolti. Tutti.

Steve passò a discutere le visite di Mike alle figlie. "Cosa risponderebbe se le bambine le chiedessero perché non dorme a casa?"

Mike era esausto, ma diede un profondo respiro e si riprese. "Mi dica lei," ribatté in tono di sfida.

"No, vorrei che fosse lei a dirmelo."

"Che papà e mamma pensano che sia meglio per loro vivere con la mamma."

"Direbbe alle bambine che vi siete separati?"

"Può darsi. Probabilmente direi che la mamma vuole separarsi e che siamo rimasti amici."

"Questo va bene. Jenny sarebbe d'accordo?"

"Forse. Mi sembra che cominci a pensare di più con la sua testa."

Poi discussero le tattiche per l'udienza dell'indomani e Mike dovette di nuovo accettare la strategia proposta da Steve: la dottoressa Cliff non sarebbe stata attaccata.

La sala d'aspetto era vuota, illuminata soltanto da una lampadina fioca. Dalle stanze sul retro arrivava il ronzio dell'aspirapolvere attutito dalla distanza. Mike notò una strana forma in fondo alla fila di sedie, forse un mucchio di roba da lavare. Ma mentre si dirigeva verso la porta si rese conto che era una piccola figura femminile con le gambe rannicchiate al petto e coperte da un'ampia gonna a pieghe, la testa appoggiata sulle ginocchia, i lunghi capelli sciolti sulle spalle che le spiovevano sul viso come un ventaglio di piume di struzzo. Mike chiuse la porta e fece un sospiro di sollievo. C'era gente strana in quell'ufficio.

Mr Coutts stava andando allo studio Wizens. Quando incrociò Mike lo fermò e gli chiese se Mr Booth riceveva ancora. "L'ho appena lasciato," disse Mike. "Spero che la sua causa stia andando come lei desidera," disse Mr Coutts.

Mike ringraziò e Mr Coutts si girò a guardarlo fino a quando ebbe raggiunto la strada principale. Poi suonò il campanello, ma nessuno venne ad aprirgli. Lasciò cadere la busta nella fessura della posta e se ne andò, lamentandosi della sua sfortuna.

"Non sapevo che fossi qui," disse Steve piegandosi su Kahin. "Chi ti ha fatto entrare?"

La ragazza si scostò i capelli dal viso e poi si raddrizzò sulla sedia lasciando andare le ginocchia.

"Le donne delle pulizie mi hanno detto che lei era qui e ho aspettato. Mi dispiace se ho sbagliato," si scusò con un tremolio nella voce.

"No, per niente. Aspetta un attimo, torno subito." E Steve scomparve nelle stanze sul retro. Ritornò poco dopo con due donne delle pulizie, che accesero tutte le luci e presero a lustrare energicamente il bancone della reception. Steve si sedette vicino a Kahin: "Che è successo?".

La ragazza non cambiò espressione, le labbra si schiudevano appena. "Non posso rimanere dalla madre affidataria. Ci sono uomini per casa e ho paura di loro."

"È una donna che vive sola, come avevi chiesto. Saranno parenti o amici. Te li ha presentati?"

Lei scosse la testa. "Io sto nella mia stanza e faccio i compiti, ma sento le loro voci e ne ho incontrato uno mentre andavo in bagno. Poi sono corsa qui. Nessuno sa che sono venuta."

"Questi uomini non ti faranno nessun male."

"Non posso restare lì. Mi creda, signore: ho paura. Non posso stare in una casa dove c'è un uomo."

"Ascoltami: tu volevi continuare ad andare alla stessa scuola ed è per questo che hanno trovato questa famiglia affidataria, altrimenti i servizi sociali te ne avrebbero offerta un'altra lontano dalla tua scuola. Gli esami inizieranno il mese prossimo e mercoledì in tribunale mi hai detto che per te la scuola era la priorità." Steve parlava rapidamente ma in tono dolce e i suoi occhi guizzavano da Kahin alle donne delle pulizie.

"Può trovarmi un'altra famiglia? Oppure potrei avere una stanza tutta per me anche in un ostello: so cucinare e pulire, posso vivere sola."

"Sei troppo giovane. Prima dei sedici anni non è possibile."

"Allora, signore, resterò lì fino al mio compleanno." E si alzò per andarsene. Sembrava una vecchietta senza rughe: gli occhi stanchi erano circondati da cerchi scuri e l'uniforme scolastica le pendeva dalle spalle spioventi come se fosse stata appesa a una stampella.

"Aspetta," disse Steve. "Ce li hai i soldi per l'autobus?"

"Sì. Me li ha dati l'assistente sociale, ma sono venuta a piedi."

Steve chiuse la porta dietro a Kahin e prese la busta da terra. C'era scritto: "Urgente, per Mr Booth". La aprì e scorse le pagine per vedere chi gliel'avesse mandata. Poi, senza leggerla, la posò nella vaschetta della corrispondenza in arrivo.

"Il bancone è bello lucido, venga a guardare!" La più anziana delle donne delle pulizie chiamò Steve e poi aggiunse seccata: "Il direttore non si è mai lamentato di noi. Ora possiamo tornare a fare quello che stavamo facendo prima che lei ci chiamasse?". L'altra si era raddrizzata e lo guardava accigliata, i pugni sui fianchi.

"Perfetto. Grazie." Steve spense le luci e se ne andò.

Mike prese un taxi. Si sentiva meglio dopo aver parlato con Steve. Era un uomo di cui cominciava a fidarsi, nonostante gli piacesse sempre meno. Aveva fame. Da giorni mangiava al ristorante o al pub e desiderava il cibo di casa. Nei lunghi mesi delle trattative per la fusione spesso rincasava di notte, quando Jenny dormiva, e si fermava a comprare del kebab al take-away turco. Vi entrò e ordinò döner kebab, peperoni ripieni e riso. Al momento di pagare si accorse che alla cassa non c'era la solita ragazza ma uno dei fratelli.
"Come va la bruciatura di sua sorella?"
"Bene, è passata. Sta studiando per gli esami."

Jenny lo aspettava in albergo. Mike le disse lo stretto indispensabile sul colloquio con Steve e mangiarono in fretta il cibo che lui aveva comprato – volevano stilare insieme la lista delle visite da proporre al tribunale. Mike aveva insistito per aggiungerne altre, in occasione delle attività organizzate dai Meadows, e Jenny commentò che le bambine sarebbero state molto sorprese nel vederlo a scuola così spesso; di solito non ci andava mai. "E falle sorprendere!" rispose Mike. "Voglio vederle, le mie figlie."

Era notte. Mike era stanchissimo. Aveva letto e riletto le accuse di Lucy. Le pagine gli scivolavano di mano, sul lenzuolo, ma lui le stringeva ciancicandole. Le accuse di Lucy. Contro il padre. Lui, Mike Pitt non riusciva a rendersene conto. Lui non aveva fatto nulla di male a Lucy, anzi l'aveva accontentata. Allora i demoni tornarono a visitarlo.
Brucia! Mettine di più, di più, di più!, strillava Lucy, e il suo visino si trasformava nel volto abbronzato di Jim Stutz, che diveniva la faccia contorta di uno gnomo, il naso aquilino si allungava in una proboscide rugosa. *Ti piace? Ti piace? Ti piace?* Poi la proboscide si ritrasse e tornò naso, lo gnomo divenne Jim e poi Lucy. *Così, così! Di più, di più! Papà, papà! Lì sotto! Brucia, brucia!*

41.
Materiale strettamente confidenziale
West Hampstead. Giovedì 24 aprile

La dottoressa Cliff avrebbe fatto volentieri a meno di ricevere una seconda lettera dallo studio Wizens nella stessa settimana. Era un altro richiamo per i dvd dei colloqui di Lucy e Amy. Doveva fare qualcosa e c'era di più: alla lettera dello studio Wizens era allegata una nota con le risposte che aveva dato al pubblico alla conferenza dell'APMP. Steve Booth la informava che Sandra Pepper, l'avvocato dei servizi sociali, anch'essa presente alla conferenza, ne confermava l'esattezza e che il dottor Vita aveva a sua volta asserito che coincideva con quanto lei gli aveva detto il giovedì precedente. Steve Booth chiedeva la sua conferma per evitare di chiamare il dottor Vita a testimoniare circa le tre conversazioni telefoniche avute con lei il giorno del colloquio con Amy.

La dottoressa Cliff rabbrividì. Poi si calmò. Il dottor Vita le aveva mandato un nuovo paziente. In ogni caso, lei non voleva che lui testimoniasse, e confermò per e-mail l'accuratezza della sua nota, senza fare alcun riferimento ai dvd.

Poi chiamò la segretaria della dottoressa Moss, che le assicurò di aver ricevuto una risposta negativa da uno dei medici e di aver mandato su richiesta della dottoressa Moss, un'altra e-mail cumulativa spiegando che quel materiale era strettamente confidenziale. La dottoressa Cliff era furiosa. Caroline Moss aveva voluto mortificarla con la sua sollecitudine.

Decise di fare un'ultima ricerca minuziosa nello studio: il dvd non c'era, in compenso trovò le due copie dei disegni di Lucy. Pochi minuti dopo le arrivò una e-mail da Steve Booth. I Pitt non potevano più considerarla il loro perito, da quel momento in poi avrebbe dovuto contare sui servizi sociali per il pagamento del suo onorario. Mr Pitt avrebbe saldato la parcella per la relazione e null'altro. La dottoressa Cliff ritrovava la propria carica quando era con le spalle al muro ed ebbe un'illuminazione: avrebbe testimoniato in modo tale da precludere a Mr Booth il piacere di metterla in difficoltà sul dvd.

42.
"Chi paga le bollette?"
Kensington. Casa Pitt. Giovedì 24 aprile

Jenny aprì la porta aspettandosi di vedere Miss Barnes e Fiona McDougall.

"Buongiorno! Domani ho la lezione di storia all'università della terza età e ho pensato di portare la mia borsa oggi," disse zia Marjorie infilandosi in casa.

Jenny era scontenta. Quando aveva trovato il suo primo lavoro ed era andata a vivere da sola aveva dovuto far capire a zia Marjorie che non era il caso che si presentasse senza preavviso a casa sua per portarle pietanze cucinate e provviste; ora temeva che la zia potesse regredire all'antica invadenza, per quanto affettuosa e benintenzionata fosse. Le ricordò che aspettava le assistenti sociali, ma la zia, imperterrita, rispose che avrebbe preso una tazza di tè e poi se ne sarebbe andata. Poi aggiunse casualmente che Jenny avrebbe potuto dire alle assistenti sociali che lei era in casa, se mai avessero voluto conoscerla.

La prima domanda di Miss Barnes fu sulla riunione della Protezione dei bambini di quella sera: i Pitt non avevano risposto all'invito. Jenny sembrò disorientata, balbettò che avevano un appuntamento con l'avvocato e avevano pensato che la loro priorità fosse quella. "Lei sa cosa pensiamo," aggiunse fissandola negli occhi, dura. Poi la informò che zia Marjorie era di sopra. Miss Barnes ci pensò su e poi disse che avrebbe gradito conoscerla.

Dopo aver preso il tè con la zia, Miss Barnes era passata al dunque e chiese di condurre il colloquio con Jenny nella stanza dei giochi. I suoi occhi irrequieti guizzavano dal cortile interno alla cucina, annotando mentalmente ogni dettaglio. Quando guardava Jenny, osservava vestiti e gioielli come se volesse stimarne il costo. Ripeté le domande che già Fiona le aveva posto, ma con maggior profondità, e le chiese dei suoi rapporti con il marito, della loro vita sociale e dei rispettivi lavori; infine, della relazione della dottoressa Cliff. Su questo punto, Jenny seguì la linea suggerita da Steve: era convinta che Lucy non fosse stata abusata sessualmente dal padre e si riservava di fare i suoi commenti quando avrebbe visto i dvd dei colloqui della dottoressa con le bambine. Tuttavia, non si trattenne dal sottolineare che raramente Lucy aveva incubi e che di notte non piangeva mai. Miss Barnes la martellò di domande sull'organizzazione domestica: non nominò mai Mike esplicitamente.

"Si è fatta dare le chiavi di casa?"

"Me le ha date lui, spontaneamente."

"Chi paga le bollette?"

"Io. È stata fatta la voltura a mio nome. E pago anche il mutuo e le rette della scuola."

"Cosa avete detto ai Meadows?"

"Il preside sa, e così anche le maestre delle bambine," disse Jenny. E poi chiese: "Lei ha informato il preside che intende togliere le mie figlie dalla scuola?" e per la seconda volta la guardò dura negli occhi.

Miss Barnes sembrò sorpresa: "Lo faremo, più in là". Poi riprese a farle domande.

"E cosa succede della posta di suo marito?"

"Deve continuare ad arrivare qui fino a quando non troverà un altro alloggio."

"Lei lo vede, al di fuori delle visite alle bambine?"

"Abbiamo appuntamenti con il nostro avvocato e dobbiamo discutere varie questioni sulla casa e la famiglia. Ci vediamo di sera."

"Cosa dicono le bambine, ora che il padre non vive in casa?"

"Non hanno chiesto nulla. Credevo che tutti noi avessimo il divieto di parlargliene."

Miss Barnes era soddisfatta della visita; era evidente che, sin da quando Mrs Dooms si era portata Lucy a casa, Mike Pitt aveva capito che l'abuso poteva venire a galla e, nell'eventualità, aveva predisposto gli aspetti pratici della finta separazione da Jenny. "Giurerei che le dà molto più di quanto le serve per pagare le bollette," disse a Fiona, "è il prezzo della sua connivenza." Jenny Pitt aveva fatto del suo meglio per farle credere che il marito non era più parte della sua vita. “Ma non mi ha preso in giro.”

“Jenny non ha detto che Mike non è più parte della sua vita: a me ha detto che lo ama ancora,” aveva ribattuto Fiona.

“Li amano, li amano, questi uomini che le abusano... questo è il problema. Sono incapaci di proteggere i figli! Lui abuserà di nuovo Lucy, non ha importanza quante sorveglianti si mettano in casa! Te lo dico io: prima o poi si intrufolerà in casa di notte, e avrà una giustificazione bella e pronta! Hai notato che è stato lui a darle le chiavi di casa? E che lei non aveva pensato di cambiare le serrature? Lui ha avuto tutto il tempo di farsi le copie delle chiavi prima di dargliele.”

La riunione per la Protezione dei bambini durò mezz’ora soltanto. Come previsto, Lucy e Amy furono iscritte all’unanimità nel registro dei bambini bisognosi di protezione. Poi arrivò Sandra Pepper per discutere il caso Pitt con Samantha Harvey, Mrs Bell e Miss Barnes.

La dottoressa Cliff si sarebbe opposta all’intenzione dei servizi sociali di allontanare Lucy dalla famiglia e avrebbe insistito che le sorelle non dovevano essere separate, comunicò Sandra. Miss Barnes le ricordò che erano i servizi sociali, e non la dottoressa Cliff, a decidere tempi e modi delle misure protettive per i minori sotto la loro protezione. “Se Lucy verrà di nuovo abusata, è la mia testa che va nel capestro, non quella della Cliff!”

Poi si discusse di Mrs Dooms. Il venerdì precedente Mrs Bell era andata a casa sua e la maestra le aveva promesso di farle avere per il lunedì successivo tutti i disegni e la relazione. Invece, le era arrivato un certificato medico. “Non so proprio cosa fare con Mrs Dooms,” disse.

“Ci penso io!” esclamò Miss Barnes. “Le dica che domattina andrò a casa sua con un taxi: se si rifiuta di accompagnarmi all’udienza, me ne tornerò almeno con i disegni. Ma quella donna vuol bene a Lucy e verrà!”

Nel frattempo Fiona parlava con Samantha. “Non mi sembravi convinta della decisione.”

“La dottoressa Cliff ha visto quello di cui io non mi ero accorta. Mi sento inadeguata, perché avrei dovuto notarlo. Tu cosa pensi di Jenny Pitt?”

"È una donna molto controllata. Il punto è: è autocontrollo o è manovrata dal marito? Io lui non l'ho ancora conosciuto."

"Io sì, quando Lucy era neonata. Non è un uomo gradevole, ma dimostrava di essere un buon padre. Non sono d'accordo sulla vostra proposta di separare le sorelle."

"Neanch'io. Ma è la posizione del mio dipartimento e devo accettarla. Per fortuna, alla fine di maggio me ne vado. Non mi hanno ancora trovato un sostituto. Dei Pitt si occuperà personalmente Lucretia Barnes."

43.
La seconda udienza dei Pitt
Strand. Royal Courts of Justice. Venerdì 25 aprile

L'appuntamento con i Pitt e le tre ragazze alla pari era stato fissato per le dieci meno un quarto nella caffetteria del tribunale. Steve li aveva individuati subito: erano seduti in silenzio, mentre agli altri tavolini, coperti di cartelle, borse, computer, tazze di caffè e brioche, era tutto un brusio – avvocati e clienti parlavano concitati in attesa delle loro udienze. Alle dieci e mezzo in punto le sedute sarebbero cominciate e la caffetteria si sarebbe svuotata.

"Brutte notizie," annunciò Steve. "L'udienza è a rischio: la lista è completa e ci inseriranno nel primo spazio a disposizione, nell'aula assegnata a noi o in un'altra; altrimenti, l'udienza sarà rinviata. Ci tocca aspettare davanti alla nostra aula e sperare che una delle udienze in lista sia più breve del previsto: potremmo essere chiamati all'ultimo momento."

Mentre erano in cammino incontrarono Sandra Pepper e Fiona. I due avvocati facevano strada per i corridoi dal soffitto a volta, scanditi da archi di pietra scolpita e pesanti porte di legno. Fiona li seguiva, ma si teneva a distanza dai Pitt – in tribunale, assistenti sociali e clienti si comportano come estranei. Mike aveva gli occhi infossati e Jenny si mordeva le labbra. Le ragazze alla pari si guardavano intorno curiose, ma nemmeno loro parlavano.

Steve andava avanti e indietro dai clienti all'ingresso dell'aula. Quando l'usciere ebbe fatto entrare i primi della lista si appartò in un angolo e di tanto in tanto guardava i Pitt e le ragazze, pensieroso, come se avesse un problema da risolvere. Mike lo fissava e non capiva. A un tratto Steve si diresse a passo sostenuto verso di loro e si portò via Lisa. Mike accennò a seguirli, ma Steve lo fermò: voleva parlare con la ragazza da solo.

Dalla sera prima Steve si arrovellava su come introdurre nel controinterrogatorio di Mrs Dooms quanto aveva appreso dall'agenzia di investigazioni, e soltanto allora gli era balenato quello che era ovvio: Lisa avrebbe potuto essere al corrente delle attività della donna. Era effettivamente così, ma la testimonianza della ragazza non era sufficiente: bisognava avere la conferma dalle case rifugio in cui Mrs Dooms faceva volontariato e organizzava gruppi di donne che lavoravano a maglia i golf che poi il suo compagno vendeva al mercato.

Quel venerdì il cliente urgente di Pat era Mrs Oboe: l'accertamento delle sue difficoltà di apprendimento era essenziale e urgente, ma costava centinaia di sterline, e il Legal Aid si era rifiutato di autorizzare la spesa. Pat doveva rivolgersi alla Sanità, al Provveditorato agli Studi e a collegi d'istruzione per adulti. Steve la chiamò e le disse di interrompere quel lavoro per indagare sulle attività di Mrs Dooms presso le case rifugio per donne maltrattate.

Pat se la cavò prima del previsto, e con ottimi risultati: il personale delle case rifugio, immaginando che volesse rintracciare Mrs Dooms per aiutare una cliente maltrattata, era stato molto disponibile e aveva rasentato l'indiscrezione – Steve ora aveva la prova che il lavoro del compagno di Mrs Dooms non aveva nulla a che fare con l'arteterapia.

Ignaro di tutto ciò, e risentito per l'atteggiamento di Steve, Mike non lo perdeva d'occhio: era un turbine di attività – parlava con Lisa, poi al telefono, poi ancora con Lisa, e scriveva come un forsennato; aveva strappato delle pagine dal blocco per gli appunti blu, quello in cui gli avvocati scrivono il verbale, le riempiva con cura e poi leggeva a Lisa quanto aveva scritto.

Quando ritornarono Steve non fornì spiegazioni ma chiese a Mike di fotocopiare la dichiarazione che aveva appena preparato per Lisa. Lui obbedì – capiva che non era il momento di fare domande. Da quel momento i Pitt vennero usati come ragazzi di studio. Quando Jenny – e non una delle ragazze alla pari – fu mandata fuori a comprare da bere per tutti, Mike, indignato, suggerì a Steve che sarebbe stato opportuno chiamare Pat per farsi aiutare. Ricevette un secco no: "Pat ha altro da fare: lei è uno dei tanti clienti", e lo avvertì che l'udienza avrebbe potuto essere rinviata al pomeriggio perché mancavano Miss Barnes e Mrs Dooms. Proprio in quel momento le due donne entrarono nell'atrio. Sandra Pepper e Steve si appartarono per prendere accordi, poi si avvicinarono all'aula. Poco dopo l'usciere urlò il loro nome e tutti si precipitarono dentro.

Il giudice non sapeva nulla della causa. Steve fece un rapido riassunto. L'argomento del giorno era l'immediato futuro di Amy e Lucy Pitt che gli assistenti sociali volevano toglierle alla famiglia: Lucy subito, Amy entro qualche settimana, quando si fosse liberato un posto presso la famiglia affidataria. I Pitt volevano mantenere lo status quo, con visite più frequenti. Della relazione della dottoressa Cliff Steve disse che i Pitt e il loro medico – era stato lui a indirizzarli presso di lei – ne contestavano i contenuti. Erano convinti che si fosse sbagliata sul conto di Lucy, o che Lucy le avesse detto delle bugie dopo essere stata manovrata da Mrs Dooms, la maestra dell'asilo. I suoi clienti non avevano ancora visto i dvd dei colloqui e non avevano dunque fatto commenti sulla relazione della dottoressa, ma erano pronti a testimoniare, se necessario.

Quindi Sandra Pepper presentò la posizione dei servizi sociali e i loro progetti per le bambine: il suo primo testimone era Mrs Dooms, poi sarebbe arrivata la dottoressa Cliff, che era per strada.

Linda Dooms parlò in modo persuasivo e partecipe di Lucy, una bimba triste, isolata, trascurata dalla madre e che ritrovava se stessa soltanto quando aveva una matita in mano. La madre di Lucy mandava la ragazza alla pari al posto suo alla sessione "genitori e figli" del martedì pomeriggio, ma la ragazza preferiva chiacchierare con le mamme invece di occuparsi della bambina. Mrs Dooms spiegò che si era portata Lucy a casa perché era disperata: i servizi sociali non avevano risposto alle segnalazioni dell'asilo e qualcuno doveva pur aiutarla. Il modo in cui Lucy aveva usato le bambole era stato sconvolgente; la bambina aveva rivelato l'abuso attraverso i disegni soltanto dopo essere stata rassicurata da lei che li avrebbe tenuti con sé e non avrebbe dovuto portarli a casa. Mrs Dooms asserì che Lucy era terrorizzata dal padre.

Steve cominciò il controinterrogatorio.

"Quand'è che ha cominciato a preoccuparsi per Lucy?"

"Lo ricordo bene: lunedì 14 gennaio, quando sua madre la portò all'asilo per la prima volta. Mrs Pitt era tutta agghindata e sembrava assente, come se non avesse tempo per la figlia e volesse solo lasciarla e andarsene. Il comportamento di Lucy – entrò subito in classe e non sembrava dispiaciuta di lasciare la mamma – mi fece capire che la madre le incuteva timore."

"Ha visto spesso Mrs Pitt?"

"No. Venne i primi due martedì pomeriggio alla sessione 'genitori e figli', ma mostrava di non voler avere a che fare con le altre mamme e non è più tornata, mandava la ragazza alla pari al suo posto."

"Mi descriva com'era Lucy a febbraio."

"Una bimba infelice. Mi disse che aveva male quando faceva pipì e che la mamma l'aveva tagliata lì sotto con le forbici, ma io credo di aver frainteso: parlava dell'abuso del padre. Dev'essere così, a giudicare da quello che ha scoperto la dottoressa Cliff, vero?"

"Lei ha letto la relazione della dottoressa Cliff?"

"No, ma la dottoressa mi ha detto che il padre ha abusato sessualmente la bambina. È stato quando sono tornata da lei per riprendermi i disegni che le avevo prestato."

"Perché è andata a riprenderli lei, e non i servizi sociali?"

"Mi servivano per scrivere la relazione. Quei disegni hanno bisogno di essere spiegati. Poi i servizi sociali ne faranno delle copie per questa causa."

"Ma lei la relazione non l'ha ancora scritta, nonostante vari solleciti. Perché?"

"Sono stata perseguitata; mi sono persino ammalata. Ora ho i nervi a pezzi e sono esaurita, tutta colpa di Mr Pitt: alla riunione della Protezione dei bambini mi ha insultato. Lo so che sta cercando di farmi perdere il lavoro e che ha fatto un esposto formale contro di me. I suoi avvocati mi tempestano di lettere. Mrs Bell mi tormenta, vuole che torni a lavorare e che parli con i suoi superiori; mi sono ritrovata sulla porta di casa persino l'avvocato dei servizi sociali." Mrs Dooms si asciugò le lacrime.

"E allora non è colpa soltanto dei Pitt. Lei ha appena detto che anche i suoi colleghi e i suoi datori di lavoro la perseguitano, non è così?"

"Sono sobillati dai Pitt. La gente fa domande su di me nei mercati. I Pitt stanno indagando sulla mia vita privata."

"Allora mi sta dicendo che lei è perseguitata da Mrs Bell, dall'avvocato dei servizi sociali e dai Pitt. E il suo compagno, è perseguitato anche lui?"

"Sì. Tanto che ha dovuto andarsene di casa."

"Sostiene seriamente che il suo compagno ha dovuto andarsene di casa per il comportamento dei servizi sociali e dei Pitt?"

"Sì."

"È possibile che quello che lei chiama 'persecuzione' da parte di Mrs Bell e dei servizi sociali sia dovuto al fatto che hanno bisogno dei disegni di Lucy, così che possano essere accolti come prove?"

"Può darsi. I disegni li avranno, ma per ora mi servono per scrivere la relazione."

"Dove sono questi disegni?"

"In un posto sicuro. Quando starò meglio li andrò a prendere e scriverò la relazione, dopo di che i servizi sociali potranno averli tutti."

"Perché quei disegni hanno bisogno di un posto che sia più protetto dell'ufficio dei servizi sociali?"

"Ho bisogno di proteggere altri, gente che è innocente!"

"Come...?"

"Il mio compagno!"

"L'uomo che era presente quando lei si è portata Lucy a casa?"

"Sì."

"Mi dica come si chiama il suo compagno."

"No. Ha già passato abbastanza guai per avermi aiutato con Lucy."

"È lui l'uomo con la barba che la accompagnò quando riportò Lucy dalla madre dopo essersela portata nel suo appartamento?"

"Sì."

"Come si guadagna da vivere il suo compagno?"

"Non glielo dico. Ha diritto alla sua vita privata."

"Ma lei lo ha fatto entrare nella vita di Lucy, perché era presente mentre lei giocava con Lucy nel suo appartamento. *Deve* rispondere. È un maestro di scuola?"

"No."

"Un arteterapista?"

"Non sono affari che la riguardano."

"È un arteterapista? Ho bisogno di una risposta."

Mrs Dooms non rispose, nell'aula era calato un silenzio assoluto. Mrs Dooms divenne tutta rossa e sembrò sul punto di scoppiare in lacrime, poi riprese il controllo e Steve continuò:

"Ho bisogno di una risposta per due motivi: il primo, per sapere se l'ha incoraggiata a portarsi a casa Lucy senza il permesso dei genitori. E il secondo per spiegarci il suo ruolo in questa vicenda e anche il motivo per cui l'ha aiutata e le sue qualifiche. Ci pensi. Continua a rifiutarsi di dire il suo nome?".

A quel punto Mrs Dooms scoppiò in lacrime, poi bevve l'acqua che l'usciere le offriva.

Il giudice chiese a Steve se era necessario condurre il controinterrogatorio in quel modo. Steve rispose di sì. Sandra Pepper si alzò in piedi e gli diede manforte: tutti loro avevano bisogno di sapere chi fosse il compagno di Mrs Dooms e il ruolo che aveva avuto quando Lucy era stata in casa sua.

Mike tirò un sospiro di sollievo. Ora Steve si sarebbe scatenato su Mrs Dooms. Ma non fu così. Steve riprese il controinterrogatorio partendo da un altro argomento, con voce morbida:

"Mrs Dooms, lei ha già parlato al giudice della sua dedizione ai bambini. Ora ci parli del suo lavoro".

"Lavoro con i bambini da più di trent'anni: prima come bambinaia, poi nelle case rifugio per donne maltrattate e negli asili."

"E dunque dovrebbe sapere bene che le maestre non hanno il diritto di portarsi a casa i bambini senza il permesso dei genitori. Vero?"

"Dovevo proteggere Lucy. L'illegalità è moralmente giusta, in certi casi."

"Ci dica quali sarebbero, questi casi in cui è giusto disobbedire alla legge."

"Per nascondere in un posto sicuro una donna che fugge con i figli da un bruto che vorrebbe portarla in Arabia Saudita, per esempio. Per proteggere una donna da un uomo violento, e un bambino da un uomo che lo ha abusato e che con le sue menzogne riesce a ottenere il diritto di visita. Per dare la possibilità a una bambina come Lucy di rivelare l'abuso del padre."

Mike pensava che Steve avrebbe stretto la morsa, prendendo spunto dall'ultima frase, ma Steve cambiò di nuovo argomento e parlò con voce ancora più carezzevole.

"In quante case rifugio ha lavorato?"

"Tante. Decine."

"Perché tante?"

"Poi me ne sono andata, avevo altro da fare."

"È stata mai licenziata da una di queste case rifugio?"

"E questo che c'entra con Lucy? Certe volte volevano che andassi via perché aiutavo troppo le donne contro gli uomini violenti e i bambini contro gli abusatori, ma non sono mai stata licenziata per incompetenza o per aver fatto del male ai bambini. Sono una brava maestra."

"Allora ha cercato di aiutare Lucy portandosela a casa."

"Certo. E avevo ragione. È stata abusata dal padre. Nessuno mi ha ringraziato per aver fatto venire fuori l'abuso e averla protetta."

"Lei dunque ha lavorato spesso per periodi brevi. Perché ha preso un lavoro stabile alla Sunshine Nursery?"

"Mrs Bell non lo sa, ma avevo intenzione di andarmene a giugno."

"E cosa l'avrebbe spinta a lasciare un posto fisso dopo soli nove mesi?"

"Ho altro da fare."

"Altri bambini abusati dalle madri o dai padri da aiutare?"

"No. I miei altri interessi non hanno niente a che fare con i bambini."

"E quali sono i suoi interessi?"

"Sono un membro della Crop Circle Society."

Intervenne il giudice: "Non so quasi nulla della Crop Circle Society. Me ne parli un po'".

"È un'associazione scientifica di tutto rispetto. Vegliamo sui crinali della colline perché i cerchi appaiono d'improvviso, tra le messi. Sono creati dalla forza dell'Universo o da Madre Terra, non si sa. Vederli è un'esperienza spirituale. Sono enormi, con formazioni straordinarie e intricate. Ci sono anche simboli celtici e persino biblici. Certi spuntano regolarmente negli stessi luoghi, per lo più nel West Country."

Steve riprese il controinterrogatorio.

"E il suo compagno è anche lui membro della Crop Circle Society?"

"Cosa c'entra questo con Lucy?"

"C'entra. Perché abbiamo bisogno di conoscere l'uomo che l'ha aiutata a organizzare il gioco di Lucy in casa sua, e che presumibilmente le ha dato le bambole anatomiche; è stato lui, vero?"

"Sì. Voleva aiutare Lucy. È più esperto di me in questo settore, e sa cosa fare e cosa dire ai bambini."

"Ma lei, Mrs Dooms, ha trent'anni di esperienza con i bambini. Non aveva bisogno del suo aiuto. Cos'è che lui sa e lei ancora no?"

"Io lavoro come maestra d'asilo, e lui come arteterapista."

"Allora nel colloquio con Lucy l'ha aiutata un arteterapista. Ma lei non ha intenzione di dirci il suo nome. Quest'uomo non vuole testimoniare per Lucy perché teme qualcosa, vero?"

"No. Sarebbe stato disposto, ma ora non può. È perseguitato dai Pitt."

"E anche dai servizi sociali?"

"Certo."

"I miei clienti diranno che è stato il suo compagno a organizzare il gioco suo e di Lucy con le bambole anatomiche, e che è stato lui a guidarla quando ha spinto Lucy a fare dei disegni che secondo una certa interpretazione potrebbero avere una componente sessuale. Forse era proprio lui che le diceva come muovere la mano e la matita. I miei clienti credono che nello studio della dottoressa Cliff Lucy abbia ripetuto il tipo di gioco che si era svolto in casa sua e la dottoressa Cliff, ignara, è giunta alla conclusione sbagliata: che Lucy è stata abusata dal padre. Non è così?"

"No! Si sbaglia! La dottoressa Cliff sapeva tutto di quello che è successo in casa mia, dei giochi e dei disegni. Ho passato un pomeriggio con lei e le ho spiegato tutto, proprio tutto! Mi ha capito benissimo."

Steve fece una pausa e prese un appunto su quest'ultima risposta. Poi alzò la voce e parlò in tono severo:

"C'è qualcosa che vorrebbe correggere nelle risposte che mi ha dato fin qui?".

"No."

"Ci pensi, Mrs Dooms."

"Ho detto tutta la verità."

"E allora mi permetta di dirle che il suo compagno non lavora come arteterapista. È così?"

"Si sbaglia."

"Non è vero che lui è un arteterapista. Ci pensi, Mrs Dooms. Vuol dirci il suo nome, così possiamo chiamarlo e farci dire da lui qual è il suo vero lavoro e quali sono le sue qualifiche?"

"No. Ha diritto al rispetto della sua vita privata. È un arteterapista."

"Potrebbe essere stato una specie di arteterapista in passato, ma ora non si guadagna da vivere così. A lei piace parlare, Mrs Dooms, ed era lei che distraeva Lisa il martedì pomeriggio, non le altre madri. E la distraeva per saperne di più sulla famiglia Pitt..."

"E il fatto che parlassi con Lisa cosa ha a che vedere con il mio compagno? *Dovevo* sapere qualcosa sulla famiglia della povera Lucy!"

"Mi faccia andare avanti. Lei ha detto a Lisa che era ancora impegnata come volontaria nelle case rifugio e che organizzava gruppi di donne che lavoravano a maglia dei golf che poi il suo compagno vendeva al mercato. Ha cercato di venderne uno anche a Lisa. I responsabili delle case rifugio sanno bene che lei organizza questi gruppi e li incoraggiano, perché danno l'opportunità a quelle poverette di guadagnare del denaro. Non c'è niente di male in questo, come non c'è niente di male nel lavoro del suo compagno: cioè vendere golf lavorati a maglia nei mercatini. Il male è che lui si è spacciato per arteterapista senza esserlo e che, allo scopo di creare false prove di abuso sessuale, ha orchestrato il suo gioco con Lucy. È vero?"

"Mr Pitt ha abusato Lucy. Noi siamo innocenti e siamo perseguitati da tutti voi." E Mrs Dooms cominciò a singhiozzare. Il giudice guardò severamente Steve.

"Non ho altre domande, grazie Mrs Dooms."

Steve si sedette e il giudice diede cinque minuti di pausa.

Sandra Pepper chiamò a testimoniare la dottoressa Cliff. Questa confermò la veridicità della sua relazione e poi aggiunse d'un fiato che aveva letto le proposte dei servizi sociali per le bambine e non era d'accordo. Si girò verso il giudice e parlò con lui direttamente, evitando di guardare Sandra. Separare le due sorelle sarebbe stato traumatico. Si domandava a che scopo i servizi sociali volessero allontanarle dalla loro casa e dalla loro scuola: le bimbe erano già protette dagli ordini emanati dall'altro giudice e, per quanto ne sapeva, il padre non aveva contravvenuto a quelle disposizioni né aveva tentato di farlo. A quel punto Sandra Pepper non le chiese altro.

Steve iniziò il controinterrogatorio lentamente. Faceva delle pause per osservare il comportamento e le reazioni della dottoressa Cliff.

"Prima di tutto, vorrei porle delle domande su quanto è successo prima di giovedì della scorsa settimana."

La postura della dottoressa Cliff si rilassò.

"Prima del suo incontro con Lucy Pitt, tutto ciò che lei sapeva era quanto le era stato detto e scritto dal dottor Vita e quello che Mrs Dooms le ha raccontato e mostrato. Non era granché, è d'accordo?"

"Sì. Però avevo anche parlato brevemente con i genitori di Lucy."

"Quando ha concluso che Lucy era stata abusata?"

"Dopo il mio colloquio con la bambina. Lucy non ha lasciato adito a dubbi."

"Questo è stato martedì 15 aprile. Lei non ne ha parlato con nessuno fino al giovedì successivo, il 17 aprile. Perché?"

"Volevo controllare quanto detto da Lucy con sua sorella. Pensavo che Lucy non avrebbe sofferto abuso durante quei due giorni." E la dottoressa si raddrizzò, pronta a difendersi.

"Perché?"

"Chi abusa non abusa quotidianamente. Pensavo che Mr Pitt

non avrebbe osato abusare Lucy in quel breve periodo, quando ancora non sapeva cosa lei mi avesse detto. Se avessi informato i servizi sociali, avrebbero potuto togliere Lucy dalla famiglia immediatamente, il che a mio parere sarebbe stato disastroso per lei."

"Anche il giovedì successivo lei ha deciso di non informare i servizi sociali e di accettare invece le promesse dei Pitt. Perché?"

"È stata una decisione difficile. Volevo evitare che Lucy fosse tolta da casa quella notte, e sapevo che il dottor Vita conosceva bene l'intera famiglia, ne abbiamo parlato. Mi sono fidata delle promesse di Mr Pitt e di quelle di sua moglie."

"E per quanto ne sa le hanno mantenute?"

"Sì."

"Non le chiederò nulla sulla sua relazione o su quanto ha discusso con i miei clienti quel giovedì, e col dottor Vita nelle tre conversazioni telefoniche di quel giorno." Steve fece una pausa e la dottoressa Cliff, visibilmente rilassata, fece un mezzo sorriso. "Mi concentrerò su quello che dobbiamo discutere oggi: l'allontanamento delle bambine – prima Lucy e poi Amy – dai familiari e i diritti di visita del padre. La mia prima domanda è sulle visite sorvegliate. Durante le vacanze le bambine andranno al cottage della loro prozia, Miss Marjorie Wood: lei avrebbe nulla in contrario se Mr Pitt continuasse a vedere le figlie alle stesse condizioni anche lì? E se le visite fossero più lunghe?"

"Le bambine ora come ora sono ben protette, e continuerebbero a esserlo anche se le visite del padre sotto sorveglianza fossero più lunghe."

"E questo vale anche per Amy?"

"Amy non è stata abusata."

"Allora Amy potrebbe vivere con i genitori per sempre?"

"Non al momento. E probabilmente mai, se ambedue i genitori negano l'abuso di Lucy. Amy potrebbe essere a rischio. Ma è prematuro avere un'opinione definitiva. Bisogna valutare tutte le prove e tutti gli accertamenti. I servizi sociali dovrebbero fare anche un accertamento del rischio che ciascun genitore rappresenta per Amy."

Mike si girò verso Jenny: fissava la dottoressa Cliff e, come durante la testimonianza di Mrs Dooms, mormorava piano piano la sua litania: "A Lucy non è successo niente".

"Un'ultima domanda. I disegni di Lucy devono essere esaminati da un esperto, è vero?"

"Assolutamente sì. Sono prove fondamentali e completano la

mia relazione. Riconsidererò la mia opinione dopo aver appreso quanto ha da dire l'esperto, come faccio sempre."

Era quasi ora di pranzo e il giudice dichiarò di aver sentito abbastanza. Era totalmente d'accordo con il ragionamento della dottoressa Cliff: separare le sorelle era senza dubbio la scelta peggiore e dunque chiese a Sandra Pepper di consultarsi con i suoi clienti. Miss Barnes dovette cedere. Il giudice stabilì che Amy e Lucy sarebbero rimaste a casa con la madre e non cambiò le disposizioni precedenti sui rapporti fra i Pitt, cioè la custodia alla madre e l'ingiunzione contro il padre.

Riguardo ai diritti di visita, il giudice disse che potevano essere estesi, se i servizi sociali erano d'accordo, e che altri supervisori avrebbero potuto sostituire i cinque già nominati – anche questo con il consenso dei servizi sociali. In caso di disaccordo, avrebbe deciso il tribunale.

"Perché ha fatto quelle domande su Amy alla dottoressa Cliff?" Mike riusciva appena a contenere la sua ira.

"Per capire come è fatta. E ho verificato che non cambierà una virgola di quanto ha scritto," rispose Steve senza far caso al tono di Mike. Poi si girò verso Jenny, che era accanto al marito e non mostrava alcuna emozione: "A questo punto è inevitabile richiedere l'opinione di un altro psichiatra infantile".

Jenny si oscurò e sembrò barcollare sui tacchi alti.

"Non si preoccupi, ne parleremo dopo, quando avremo visto i dvd," e Steve aggiunse che aveva un'altra udienza nel pomeriggio, e doveva andare via.

"Aspetti! Dobbiamo discutere i diritti di visita. Non ci siamo messi d'accordo durante l'udienza, come avrei voluto io!" Mike ribolliva.

"Dopo," rispose Steve, e lo squadrò. "Dovreste considerarvi fortunati per quanto abbiamo ottenuto oggi."

44.

"Se l'è voluta..."

Wandsworth. Tribunale della famiglia. Venerdì 25 aprile

Steve doveva rappresentare Mrs Ansell al tribunale di Wandsworth. L'udienza era nel pomeriggio e lui saltò il pranzo e prese un taxi. Durante il breve tragitto scorse la documentazione e dimenticò subito i Pitt.

Aveva dato appuntamento alla cliente dal giornalaio di fronte al tribunale per evitare che venisse in contatto con Mr Ansell, che aveva ricevuto la notifica dell'ingiunzione ma non si era preso un avvocato.

Mrs Ansell era con la figlia, che a differenza della madre era priva di trucco e vestita semplicemente. Aveva subito detto a Steve che aveva preso un pomeriggio di permesso dal lavoro e che doveva uscire dal tribunale in tempo per prendere i bambini a scuola.

Mentre parlavano, Mrs Ansell fremeva.

Mr Ansell era appoggiato contro una parete della sala d'aspetto e guardava vago la gente che gli passava davanti. Steve lo riconobbe dalla fotografia che aveva dato all'ufficiale giudiziario: un giovane aitante con lineamenti forti, carnagione scura e lucida. Indossava un elegante abito blu e una camicia bianca con il colletto aperto, attraverso cui si intravedeva una grossa catena d'oro.

Steve gli chiese se aveva un avvocato.

"No. Mi hanno dato queste carte..." rispose Mr Ansell con un accento marcatamente giamaicano, e sventolò i documenti che gli erano stati notificati senza guardarlo. Steve suggerì di rinviare l'udienza fino a quando non avesse un avvocato e Mr Ansell borbottò, sempre senza guardarlo: "Voglio farla finita oggi stesso. Non ho tempo per queste sciocchezze". Allora Steve dovette spiegargli senza mezzi termini che aveva bisogno di un rappresentante legale perché, se non avesse obbedito all'ingiunzione, sarebbe potuto finire in prigione.

"E va bene," acconsentì Mr Ansell.

Steve parlava con la cliente, ma lo seguiva con la coda dell'occhio. Mr Ansell andava da un lato all'altro della sala, e aveva assunto l'atteggiamento spavaldo degli uomini che sanno di essere attraenti e vogliono che si noti. L'usciere, una giovane nera con le labbra rosse e una maglietta molto scollata, ogni qual volta lui le dava le spalle seguiva il suo incedere senza nascondere una specie di incantamento.

L'udienza fu veloce. Steve chiese un'estensione dell'ingiunzione temporanea fino al venerdì successivo, per dare la possibilità a Mr Ansell di prendere un avvocato.

Il giudice volle sentire dal convenuto prima di decidere.

Mr Ansell era andato sul podio con fare dinoccolato; aspettava che gli fosse porta la Bibbia per il giuramento e si guardava intorno. Era come se quella non fosse una causa nella quale era coinvolto, e lui facesse parte di un gruppo di giovani disoccupati che lo stato assistenziale cerca di avviare a un mestiere e che vengono portati in giro perché si facciano un'idea dei vari posti di lavoro.

"Ammette di aver aggredito la mia cliente come è descritto nella sua deposizione?" chiese Steve.

"Be', sì, ma c'era un motivo," rispose Mr Ansell senza degnare di uno sguardo né lui, né il giudice.

"Lei ha aggredito sua moglie, nel modo descritto nella deposizione di Mrs Ansell?" chiese il giudice severamente.

Mr Ansell puntò gli occhi sull'usciere, la ragazza che lo aveva notato prima, e che si era trattenuta in aula, accanto alla porta d'ingresso.

"Se l'è voluta..." rispose senza girarsi verso il giudice. E poi aggiunse: "Lei lo sa che se l'è voluta". L'usciere lo ascoltava e a quel punto sbatté le palpebre.

Il giudice dichiarò che era disposto a estendere l'ingiunzione per sette giorni e poi esortò Mr Ansell a prendersi un avvocato. Lui non guardava più l'usciere, si era girato a osservare lo stemma dorato della giustizia sulla parete alle spalle del giudice.

"E che ne sarà dei miei vestiti? Se li è tenuti lei!" esclamò tutto a un tratto, e soltanto allora abbassò lo sguardo sul giudice, che gli consigliò di discuterne fuori dall'aula con l'avvocato di Mrs Ansell.

L'udienza era terminata. Steve si girò verso Mrs Ansell, ma anche lei se n'era già andata, senza far rumore. Steve raccolse le sue carte e uscì. Mr Ansell rimase in aula, sembrava affascinato dal leone e dall'unicorno dell'emblema della giustizia.

In piedi, accanto alla grande finestra dai vetri opachi, Mrs Ansell aspettava. Sembrava totalmente diversa da come era apparsa fino ad allora, e seducente. Si era sbarazzata del soprabito nero, liberando un vestito di raso rosso con lo spacco; la gamba destra era piegata e il piede, calzato in un sandalo d'argento dal tacco a spillo, poggiava contro la parete; il busto era girato verso la finestra, come se volesse guardare fuori, la mano destra sotto il mento, con le dita dalle unghie laccate che coprivano perfettamente la cicatrice.

Seduta non lontano da lei, con in grembo la borsa e il soprabito della madre, la figlia era visibilmente imbarazzata.

Steve temeva che Mr Ansell se ne andasse senza prendere accordi per ritirare la sua roba ed era rimasto vicino alla porta dell'aula per intercettarlo.

Finalmente uscì, caracollando. Ignorò Steve e si guardò intorno. Poi si fermò. Mrs Ansell aveva girato la testa verso di lui, come se lo sapesse, e i loro occhi si incollarono, quelli di lei predatori e quelli di lui sprezzantemente indifferenti. Mrs Ansell lasciò scivolare la mano rivelando, pian piano, la ferita che la deturpava; poi la mano continuò, rasente, sul seno e scivolando ancora più in giù, carezzando la seta, fino a quando, dopo aver indugiato sull'anca, si fermò sul ginocchio.

Un folto gruppo di contendenti si era frapposto tra loro impedendo la visuale a Steve; quando entrarono in aula, Mr Ansell era già sul pianerottolo della scala. Mrs Ansell non si era mossa. Rimaneva lì, languida, il volto di nuovo girato verso la finestra.

Steve ebbe una strana sensazione di déjà-vu. Mrs Ansell gli ricordava Mike Pitt: come lui, era lei che controllava. Il marito, come Jenny Pitt aveva fatto con Mike, le aveva permesso di assumere il ruolo dominante e poi si era ribellato con violenza. Steve non sapeva come avrebbe reagito Jenny quando si sarebbe ribellata, ma non aveva dubbi che quel momento sarebbe arrivato.

45.
Sharon si preoccupa
Brixton. Studio Wizens. Venerdì 25 aprile

Durante l'ora di pranzo Pat e Sharon erano rimaste in ufficio aspettando la telefonata di Steve alla fine dell'udienza dei Pitt. Lui era sicuro che ce l'avrebbe fatta a rappresentare Mrs Ansell all'udienza pomeridiana alla County Court di Wandsworth, ma se non fosse stato possibile avrebbero dovuto avvertire il sostituto.

Il responsabile amministrativo dello studio Wizens entrò nella stanza: voleva Steve. Le donne delle pulizie si erano lamentate di lui: la sera prima le aveva rimproverate perché non avevano spolverato bene il bancone della sala d'aspetto e aveva ingiunto loro di pulirlo di nuovo, non le aveva nemmeno ringraziate per aver fatto entrare la sua cliente, una ragazzina che si era presentata in ufficio mentre lui era impegnato in un altro colloquio.

Quando se ne fu andato Sharon scosse la testa, sembrava angosciata. Pat cercò di rassicurarla e le disse che in tanti degli studi legali in cui aveva lavorato era capitato lo stesso – gli avvocati lavoravano fino a tardi, erano stressati e se la prendevano con quelli delle pulizie, che erano ben noti per la loro mancanza di accuratezza.

"Non è questo che mi preoccupa, pensavo a quella cliente: spero proprio che non sia chi immagino io – Kahin. Steve dovrebbe smetterla di vedere i clienti dopo l'orario di chiusura." E Sharon scosse di nuovo la testa.

"Ma tu per i Pitt non l'hai mai detto, e lui li vede sempre di sera."

"È diverso. I bambini che sono stati abusati accusano anche altri adulti innocenti. Kahin, per esempio, potrebbe accusare Steve di essersi comportato male: è un uomo," rispose Sharon impaziente, e continuò a mangiare il suo roti.

"Ma Kahin è stata maltrattata, non c'è nessun abuso sessuale!"

"Dev'esserci di più: una ragazzina che viene picchiata non chiede di lasciare la famiglia, altrimenti ci ritroveremmo qui la metà dei figli degli immigrati. Le botte a volte sono necessarie."

Sharon fece finta di non accorgersi dello sguardo di disapprovazione di Pat. Finì di mangiare e poi si leccò le dita, ma era ancora di malumore. Pat andò a prendere il caffè. Quando tornò, c'era un'altra lamentela contro Steve. Questa volta era l'avvocato che avrebbe dovuto sostituirlo all'udienza di Mrs Ansell. Voleva sapere se Steve aveva chiamato e se ne andò seccato quando gli fu detto di no e che il suo cellulare era spento.

"Steve è troppo coinvolto con i Pitt. E si sta mettendo nei guai con il personale e con i colleghi, se ne pentirà," commentò Sharon. Anche Pat aveva qualcosa di cui lamentarsi. Steve le aveva fatto perdere tempo con quelle telefonate alle case rifugio, che non erano necessarie perché Mrs Bell, nella sua dichiarazione, aveva già detto che Mrs Dooms vi aveva lavorato.

"I clienti privati a volte ci fanno fare lavoro non necessario. Tanto pagano," disse Sharon. "Se Mrs Oboe avesse un centesimo del denaro dei Pitt, a quest'ora sarebbe già stata visitata dal suo psicologo." Poi si illuminò tutta. "Le hai chiesto se può pagare?"

"Ma che dici! Mrs Oboe vive di sussidi, non ha un penny!" protestò Pat.

"A volte i clienti hanno dei risparmi. Non ce lo dicono perché altrimenti perderebbero il gratuito patrocinio. Dovresti vedere cosa succede d'estate e per Natale! Se ne partono, e a volte dobbiamo rinviare le udienze per i loro comodi. Avresti dovuto chiederglielo." E poi Sharon aggiunse: "I veri poveri sono quelli come noi: salariati, mal pagati e oberati di lavoro". E prese uno dei cioccolatini che Pat le offriva, regalo di Ron. "Mentre parlavamo di Kahin pensavo a mio zio George."

"Come mai?" Pat non vedeva il nesso: lo zio di Sharon era un vecchietto diabetico e senza figli.

Sharon prese un altro cioccolatino e le raccontò dello zio. Quando i suoi genitori erano emigrati in Inghilterra l'avevano lasciata in Giamaica con la nonna e lo zio George. Lei l'aveva presa malissimo, sarebbe voluta andare con loro. Divenne una ribelle. Lo zio la costringeva a fare i compiti e la teneva lontana dalle cattive amicizie. Sharon si perse nei suoi pensieri, poi riprese: "Era molto severo. Quando disobbedivo mi picchiava forte: ma sempre per un buon motivo. Me le sento ancora, le sue cinghiate sulla schiena".

"Che orrore! Davvero te le dava con la cinghia?"

"Tu non capisci. Io gli voglio più bene che a mio padre. Quando venne a Londra, dopo la morte della nonna – io ero qui già da cinque anni –, sarei voluta andare a vivere con lui, ma mia madre non ne volle sapere: dovevo rimanere a casa a badare alle sorelline. Sono sicura che se ci fossi andata mi avrebbe mandata all'università." E Sharon sospirò.

"Come ti sentivi quando ti picchiava?"

"Mi faceva rabbia, ma aveva ragione. Nemmeno a lui piaceva, ma dopo una delle sue cinghiate non osavo più marinare la scuola o uscire la sera, almeno per qualche settimana! Gli adolescenti di qui non avrebbero tanti problemi con la polizia o con le gravidanze, se avessero a casa qualcuno che gli vuole abbastanza bene da dargli una cinghiata al momento buono." Poi aggiunse: "Non è niente di nuovo. Gli studenti vengono bacchettati nelle vostre scuole, no?".

"Non più. Ci sono altri castighi," disse Pat con convinzione.

"Rimane il fatto che una buona cinghiata funziona meglio di qualsiasi altro metodo," tagliò corto Sharon.

46.
Gli sfoghi di Mike
Brixton. Studio Wizens. Lunedì 28 aprile

Steve fece una rapida apparizione in ufficio per prendere lo zaino: quella mattina era in udienza. Sharon gli porse il messaggio dell'avvocato dei servizi sociali di Kahin, lui lo posò sulla scrivania senza leggerlo e poi la guardò.

"Non potevo non riceverla. Giovedì sera Kahin è venuta in ufficio a piedi da Battersea, sono più di tre miglia."

"Lo so. Le donne delle pulizie si sono lamentate di te."

"Anche loro ce l'hanno con me..." La voce di Steve era avvilita.

Sharon gli mise una mano sulla spalla e bisbigliò: "Non ti preoccupare, andrà tutto bene. Andrà tutto bene," ripeté, e Steve accennò un sorriso. Sembrava rimpicciolito, mentre Sharon aveva assunto un atteggiamento materno. Pat si sentiva esclusa dal loro rapporto, e le faceva male.

La receptionist annunciò un nuovo cliente, un caso di paternità. Lo studio Wizens aveva un ingresso sulla strada appunto per incoraggiare nuovi clienti ed era orgoglioso del sistema di accoglienza che garantiva un colloquio preliminare entro mezz'ora. Steve sembrava confuso, non poteva far tardi in tribunale: Sharon gli venne in aiuto offrendosi di vedere il cliente al posto suo.

"Non sapevo che facessi pure i colloqui con i nuovi clienti," disse Pat.

"Li faccio, ma non spesso. Altrimenti Steve ne approfitterebbe. È bravissimo a scaricare sulle nostre spalle le sue responsabilità, ma questa volta ha bisogno di tutto l'aiuto possibile," disse Sharon, e non aggiunse altro.

Il nuovo cliente, Mr Abel, era un giovane con i capelli rossi: sembrava confuso, e dalle sue risposte Sharon capì subito che non era molto intelligente. Tuttavia, ogni tanto nei suoi occhi si accendeva un bagliore. Lavorava in un negozio di Oxfam e quindici anni prima si era innamorato di una cliente, una rifugiata moldava che ballava la lap dance in un locale notturno. Il matrimonio era durato poco, nessuno dei due aveva pensato a divorziare e avevano perso i contatti. Lui adesso stava con una ragazza inglese ed era rimasto costernato quando aveva ricevuto notifica del procedimento istruito dagli assistenti sociali per togliere alla madre, tuttora sua moglie, un neonato che si presumeva fosse suo figlio. Era andato in tribunale da solo per spiegare la situazione e la moglie aveva confermato che il bambino non era suo. Il giudice però gli aveva detto che doveva farsi rappresentare da un avvocato e che aveva diritto al gratuito patrocinio. Sharon gli assicurò che Steve avrebbe ottenuto facilmente un ordine per il test del Dna che avrebbe escluso la sua paternità e che dunque non c'era nulla di cui preoccuparsi.

Pat avrebbe voluto saperne di più di Mr Abel, ma aveva dovuto rispondere a Mike Pitt, che chiamava dal taxi; stava andando in aeroporto ed era di buon umore e ciarliero. Aveva iniziato col dirle scherzosamente che venerdì avevano sentito la sua mancanza in tribunale; poi chiese conto del motivo per cui le sue visite dovevano essere sorvegliate da due persone, soprattutto quando si trattava di gente come Lady Snowball e Miss Wood. Pat gli ricordò che ogni cambiamento doveva essere approvato dal tribunale e suggerì che ne parlasse con Steve. Ma Mike aveva altro da dirle: "Ieri mi sono sentito a disagio mentre cucinavo il pranzo della domenica con le bambine e due adulti in mezzo ai piedi. Sia ben chiaro, sono costretto a subire e quindi subisco, ma la domenica è sempre stato il giorno riservato alla famiglia".

"Deve sopportarlo, per il momento."

"Sì. Mi mancano i miei, odio stare in albergo."

"Anche lei manca a sua moglie."

"Grazie, mi sento meglio. Mi butterò nel lavoro." E poi aggiunse: "Sa che le dico? Cambio volo e torno stanotte: non voglio perdermi la colazione con le bambine. A Mr Booth non oserei dirlo, ma mi sento proprio solo".

Da allora Mike prese a telefonare spesso a Pat, apparentemente per controllare il progresso della causa o lasciare messaggi a Steve, ma in realtà perché parlare con lei lo faceva sentire meglio.

Pat aveva ripreso la ricerca di uno psicologo per Mrs Oboe: un compito arduo e lungo, nel quale però non era sola perché anche l'assistente sociale di Ali se l'era preso a cuore. Fin dall'inizio della causa l'assistente sociale si era messa in contatto diretto con loro, il che, le aveva spiegato Sharon, era contrario alle regole di deontologia professionale – tutte le comunicazioni dovevano avvenire tramite i rispettivi legali. Ma Steve c'era passato sopra, si sapeva che aveva un debole per Mrs Oboe. L'assistente sociale era d'accordo con Steve: l'analfabetismo di Mrs Oboe era senza alcun dubbio un problema di apprendimento, il che spiegava l'incapacità di rispettare gli appuntamenti e gli accessi d'ira. Ali e la madre meritavano di essere aiutati e l'assistente sociale aveva cercato di persuadere la scuola e il tutore del ragazzino a chiedere un rinvio dell'udienza finale per ottenere una diagnosi sul problema di Mrs Oboe. Ma entrambi avevano rifiutato: le esigenze di Ali erano impellenti e il collegio differenziale che gli aveva offerto un posto aveva una lunga lista d'attesa, gli sarebbe subentrato qualcun altro.

Un accertamento privato era da escludere, dati i costi, e Pat poteva soltanto ricorrere a uno psicologo alle dipendenze del Provveditorato agli Studi, comunale o nazionale. Dopo una serie di telefonate, le era stato detto che Mrs Oboe era al di fuori delle loro competenze perché non era più in età scolare e non era nemmeno iscritta a un corso di istruzione a tempo pieno.

Pat si mise in contatto con collegi che organizzavano corsi di alfabetizzazione per adulti e per studenti con difficoltà di apprendimento. Fu mandata a destra e a manca e parlò con una quantità di addetti alle ammissioni, direttori di corsi e insegnanti. La ascoltarono con partecipazione e promisero che si sarebbero informati, ma alla fine Pat aveva ricevuto da tutti la stessa risposta: Mrs Oboe sarebbe stata considerata per l'ammissione soltanto se avesse fornito una diagnosi. Per di più, la normativa dei provveditorati era cambiata: i corsi di alfabetizzazione erano gratuiti soltanto per gli studenti a tempo pieno e Mrs Oboe doveva badare ad Ali.

Anche il medico di Mrs Oboe era stato molto comprensivo: aveva promesso a Pat che si sarebbe dato da fare. Quella mattina, tuttavia, le aveva dato la brutta notizia che non poteva mandare un adulto da uno psicologo dell'apprendimento a spese della Sanità; il suo budget contemplava quella eventualità soltanto per i minori. In mancanza di meglio, offriva a Mrs Oboe un appuntamento per la fine della settimana seguente per discutere i suoi problemi; quando Pat gli fece presente che l'udienza era fissata proprio per quella settimana, rispose che non poteva fare più di così perché aveva una lista d'attesa di pazienti lunghissima. In ogni caso, era disposto a scrivere una relazione positiva per il tribunale. Poi aveva suggerito di chiedere ai servizi sociali di pagare le spese dello psicologo – Pat ci aveva già provato – e infine aveva concluso: "È proprio sfortunata, poveretta!".

A quel punto, Pat si era rivolta di nuovo all'assistente sociale di Ali; lei le riferì che i servizi sociali avevano confermato il loro rifiuto di pagare lo psicologo per Mrs Oboe. L'assistente sociale però non intendeva arrendersi: suggerì che Steve inoltrasse la richiesta a un Fondo creato da un giudice che elargiva aiuti finanziari a famiglie coinvolte in procedimenti di tutela. Lei l'avrebbe sostenuta, anche se c'era un problema: le procedure erano lunghe e il suo capo non era disposto nemmeno a rinviare l'udienza finale. Sempre più frustrata, e come estremo tentativo, Pat si rivolse alle Onlus, alle associazioni di volontariato e persino alle opere pie elencate nel manuale dell'ufficio. Erano tutte pronte a darle liste di psicologi che lavoravano privatamente, ma nessuna di loro era disposta a pagare.

Solo per un attimo Pat si illuse di avercela fatta, quando un'opera pia le disse che in casi eccezionali pagavano la visita dello specialista. Vollero sapere di più su Mrs Oboe e Pat parlò di lei. Disse che a suo giudizio era decisamente intelligente, e così Mrs Oboe venne esclusa: gli assistiti dovevano essere individui con un quoziente d'intelligenza basso, o variamente disabili, o con una malattia mentale. Pat disperava, e si rivolse a Sharon: che altro avrebbe potuto fare?

"Purtroppo niente," rispose Sharon. "Mrs Oboe deve trovare i soldi per pagare lo psicologo, altrimenti rimane com'è. È un mondo sbagliato."

Mrs Oboe telefonò a metà mattinata, in anticipo sul solito orario. Era stata messa al corrente delle difficoltà incontrate e dei loro sforzi, ma sembrava averla presa bene ed era ancora fiduciosa. Quel giorno però era agitata. Aveva cominciato a raccontare a Pat che nel corso degli anni il marito le aveva regalato dei bei gioielli, che lei aveva conservato con l'idea, prima o poi, di venderli per comprare una casa ad Ali. Ora proponeva di venderli per pagarsi la visita. Chiedeva consiglio su come farlo, per evitare di essere imbrogliata. Sharon suggerì che li valutasse Miss Gladys e organizzò il tutto.

Mrs Oboe non perse tempo: arrivò e si sedette tenendosi stretta la borsa, non permise a Pat e a Sharon di dare nemmeno una sbirciata.

Miss Gladys le raggiunse quasi subito: era a casa quando aveva ricevuto la telefonata di Sharon e non aveva avuto il tempo di cambiarsi. Indossava una maglietta e un paio di fuseaux che le fasciavano le ampie cosce. I capelli lanuginosi erano in disordine e lei appariva per quello che era: una nonna affaccendata che non aveva tempo né denaro per sé. Mrs Oboe aprì la borsa di Gucci e tirò fuori i gioielli: li aveva tenuti negli astucci foderati di seta e sembravano usciti dal negozio del gioielliere. Miss Gladys sollevava ogni pezzo e lo esaminava lentamente sotto lo sguardo sospettoso della proprietaria. Pat e Sharon facevano finta di scrivere al computer, ma lanciavano sguardi di sottecchi.

Miss Gladys si rivolse direttamente a Mrs Oboe: se erano veri valevano moltissimo, ma lei credeva che fossero soltanto placcati in oro. Si offrì di portarli da un gioielliere di sua fiducia, in Brixton High Road, e la invitò ad accompagnarla. Dopo un'esitazione Mrs Oboe disse che preferiva aspettarla lì.

"Tornerò presto. Il lunedì ci sono pochi clienti. Se sono d'oro dovrebbero essere venduti a un'asta: se sono falsi non voglio trattarli io, per evitare che lei si senta imbrogliata da me. Deve pensarci lei a venderli." E Miss Gladys se ne andò portandosi via i tesori di Mrs Oboe.

Tornò con notizie sconfortanti: il gioielliere aveva confermato che erano falsi, di ottima qualità ma pur sempre falsi. Poi se ne scappò per andare a prendere il più piccolo dei nipoti, che aveva lasciato da una vicina.

I clienti di Steve sapevano che le due sedie accanto alla finestra erano lì per permettere loro di appartarsi mentre aspettavano che Steve raccattasse le carte prima di andare in tribunale, o per leggere i documenti, o semplicemente per riprendersi dopo un colloquio particolarmente difficile. Mrs Oboe si era seduta su una di quelle sedie, silenziosa. Prendeva un astuccio alla volta, lo apriva, guardava, lo richiudeva, poi se lo rigirava tra le mani. Ogni gioiello suscitava ricordi e occhi lucidi. Mrs Oboe rammentava l'occasione in cui il marito glielo aveva regalato. E ogni volta mormorava: "Allora non mi ha mai amato" e rimetteva l'astuccio nella borsa.

47.
"Questo non molla"
Brixton. Studio Wizens. Giovedì 1 maggio

Steve aveva avuto due giornate pesanti. Rappresentava all'udienza finale due clienti sniffatori di colla a cui erano stati tolti già da un anno una bimba di tre anni e un bimbo di otto. I vari tentativi di disintossicazione erano falliti, e Steve era certo che avrebbero perso i figli, che ora vivevano in una casa famiglia dove i genitori andavano a trovarli spesso. Il disaccordo fra i servizi sociali e il tutore era sulla collocazione definitiva dei bambini e il diritto di visita dei genitori.

Quando Steve era sotto pressione, Sharon diventava protettiva. Gli nascondeva le piccole seccature dell'ufficio e si comportava come una segretaria sollecita e servizievole. Quel giovedì mattina attendeva con ansia la sua telefonata per sapere cosa aveva deciso il giudice. La causa era andata peggio di quanto Steve si fosse aspettato. La bimba sarebbe stata adottata e il bambino, che aveva problemi comportamentali, sarebbe stato affidato a un'altra coppia. I genitori avevano ottenuto soltanto un'ultima visita per dire addio ai figli.

Era la prima volta che Steve perdeva una causa da quando Pat aveva iniziato a lavorare allo studio Wizens.

"Gli sniffatori sono quelli che fanno più fatica a disintossicarsi. La colla costa poco, è legale e si trova dovunque," le disse Sharon. E poi posò in cima alla catasta di cartelle sulla scrivania di Steve quella di Mr Coutts. Era il suo primo appuntamento del pomeriggio. "Questo non molla," borbottò.

Steve tornò di pessimo umore, che peggiorò nel leggere di nuovo la lettera di Mr Coutts a cui erano stati allegati alcuni trafiletti sul suicidio della nipote, che secondo lui erano la prova incontrovertibile della colpevolezza della ragazza – si era uccisa sopraffatta dal rimorso per averlo ingiustamente accusato di abuso sessuale. Mr Coutts informava Steve che la moglie aveva dato alla luce una bimba prematura; influenzata dai servizi sociali, aveva ottenuto un'ingiunzione nei suoi confronti. Lui era ormai senza casa e non gli era permesso avvicinarsi a moglie e figlia. Tuttavia, la moglie era riuscita a mandargli un messaggio segreto in cui gli diceva che lo amava e che voleva che Steve lo rappresentasse nel procedimento legale istruito dai servizi sociali nei confronti della bambina.

Mr Coutts indossava come sempre giacca e cravatta, ma la camicia era spiegazzata, i bordi dei polsi erano grigi e le scarpe impolverate. Emanava la puzza sottile di un corpo non lavato da tempo. Informò subito Steve che la bambina aveva l'ittero ed era stata trattenuta in ospedale con la madre. Lui vagava da un ostello all'altro, perché appena sapevano del suo passato lo mandavano via.

Ciò nonostante, era più fiducioso di prima. Era sicuro che Steve lo avrebbe ripreso come cliente perché la sua innocenza era stata ampiamente dimostrata dalla morte della nipote. Gli disse che negli ultimi giorni aveva sofferto molto, ma che le cose ora andavano meglio. Un buon samaritano si era offerto di affittargli una stanza in casa sua, a Chelsea, e poi, aggiunse assumendo un tono messianico, era più che mai determinato a lottare per la sua famiglia. Steve gli fece notare che il suicidio non dimostrava null'altro che la giovane donna era profondamente infelice: questo probabilmente era dovuto all'abuso sofferto, dunque la sua posizione non era affatto cambiata. Lui non poteva rappresentarlo.

"Non le ho fatto nulla che si possa chiamare abuso!" abbaiò Mr Coutts. "Se abuso c'è stato, è stata lei ad abusare me."

Steve si limitò a ribadire che non poteva difenderlo. Mr Coutts cambiò tattica e suggerì che difendesse la moglie. Steve spiegò che era impossibile: si sarebbe creato un conflitto di interessi.

Mr Coutts prese allora un tono connivente e quasi gioviale: "Le assicuro che non appena ci saremo liberati dei servizi sociali io tornerò a casa. Non c'è alcun conflitto di interessi tra di noi". E aggiunse ammiccando: "Lei mi rivuole".

"Se quello che dice è vero, allora avete mentito ambedue ai servizi sociali e al giudice. E io non sosterrò una menzogna." L'irrigidirsi di Steve produsse un nuovo e ancor più repentino cambiamento. Dal tono leggero, Mr Coutts passò alla minaccia, alla sfida:

“Gente che conosce il diritto mi ha detto che le comunicazioni tra cliente e avvocato sono confidenziali e l’avvocato deve tenerle per sé. È suo dovere assistermi. Lei sta mettendo a rischio la sua idoneità professionale”.

Mentre Mr Coutts parlava Sharon si alzò di scatto per andare a fare fotocopie. Pat, invece, era rimasta ad ascoltare attonita. Aveva preso già due telefonate di Mike Pitt, che chiamò per la terza volta proprio mentre Steve era sul punto di perdere la calma. “Posso fare una domanda?” l’interruppe Pat. “È la terza volta che chiama Mr Pitt: vuol sapere se va bene pranzare alla Giraffe domenica, anziché a casa.”

“Digli che va bene,” fece Steve, grato per l’interruzione, e continuò: “Mr Coutts, non abbiamo altro da dirci. Deve trovarsi un altro legale”. E si alzò.

Mr Coutts lo fissò sprezzante. Scattò in piedi con fare militaresco: più alto e corpulento di Steve, lo sovrastava. Gli puntò l’indice contro: “Lei ama farsi chiamare ‘avvocato dei minori’, ma dei minori non capisce niente. Quelli come me, che capiscono la loro vera natura, e che li amano, sono perseguitati solo perché danno loro il piacere che chiedono. Se lo ricordi: lo vogliono, e gli piace”.

Sharon era di ritorno: si era resa conto della situazione e non aveva chiuso la porta. Steve sgusciò da dietro la scrivania tenendo la porta aperta per farlo andare via.

Mr Coutts ritrasse il dito minaccioso, infilò la mano in tasca e si piegò per sfidare il suo interlocutore in una specie di faccia a faccia: “Per l’ultima volta, glielo ripeto: quella puttana lo voleva e, maledizione!, le è piaciuto”.

L’aveva detto come se l’oltraggio lo salvasse di più e meglio dello squallido servizio di un avvocato. Staccò a fatica la faccia da quella di Steve e si allontanò mantenendo accesa la luce acre della sfida.

Pat sentì il sollievo della stanza che si svuotava.

48.

Sharon continua a preoccuparsi

Brixton. Studio Wizens. Giovedì 1 maggio

"Ho bisogno di aria fresca, vado a fare due passi," disse Steve dopo aver chiuso la porta dietro a Mr Coutts.

Mr Coutts si era dichiarato colpevole proprio mentre cercava di convincere Steve del contrario. Pat ora si spiegava il malumore di Steve con l'attesa di quel colloquio, non – come lei aveva creduto – con la sconfitta in tribunale.

"Figurati se era per quello!" rispose Sharon, secca. "Da Steve arrivano certi clienti senza speranza e lui li prende! È preoccupato da quando ha visto Kahin in ufficio, la settimana scorsa!"

E accorgendosi che Pat non capiva, riepilogò i fatti: il giovedì precedente Kahin era scappata di casa e si era presentata in ufficio dopo l'orario di chiusura; le donne delle pulizie l'avevano fatta entrare e lei si era seduta ad aspettare. Steve si era accorto di lei soltanto quando aveva accompagnato Mike Pitt alla porta e aveva immediatamente chiamato le donne delle pulizie come testimoni.

"Testimoni di che?"

Sharon le spiegò che, nonostante i controlli, era capitato che certi pedofili riuscissero a infiltrarsi tra coloro che lavoravano con i minori. Giustamente, la stampa aveva dato ampio risalto ai casi di abuso in cui erano coinvolti servizi sociali, famiglie affidatarie e insegnanti; avvocati e tutori avevano goduto di minor pubblicità, ma alcuni erano stati indagati e condannati. Un tutore accusato di far parte di un giro di pedofili si era suicidato. Ogni categoria professionale che prevedesse un costante contatto con bambini vulnerabili aveva stabilito norme ben dettagliate sul comportamento da tenere con loro: gli assistenti sociali, per esempio, non potevano toccare i clienti – mai un bacio di saluto, una carezza, neppure una mano sulla spalla a un bambino in lacrime – e gli avvocati dei minori dovevano stare attentissimi quando vedevano un cliente da soli. Sharon conosceva un penalista molto rispettato che, impietosito dalla miseria dei figli dei suoi clienti, se li portava a teatro e al cinema. Poi una di questi bambini, da adulta, rivelò che l'avvocato a teatro la toccava, e si era spinto anche oltre. Un'altra ragazza se ne uscì con un'accusa simile e l'avvocato venne arrestato e processato. Era stato assolto per insufficienza di prove, ma quell'episodio era servito da lezione a tutti gli altri legali. Gli uomini dovevano stare più attenti delle donne, e Steve avrebbe dovuto saperlo meglio di chiunque altro.

"Ma c'erano le donne delle pulizie!"

"Loro non ne sapevano niente e scommetto che non li hanno degnati di uno sguardo, saranno state furibonde per il rimprovero!" Poi Sharon raccontò che due anni prima lo stesso dipartimento di servizi sociali che si occupava di Kahin aveva sollevato gravi dubbi sul comportamento di Steve con una cliente.

Era una ragazzina di dodici anni finita sotto la custodia dei servizi sociali perché scappava di casa. Alloggiava presso una famiglia affidataria, non lontano dalla piscina dove Steve andava ogni sabato. Anche la ragazzina la frequentava, e un giorno, mentre nuotavano, lo aveva riconosciuto e gli si era affiancata. Quando era uscito dall'acqua lo aveva seguito, e lui le aveva comprato una Coca-Cola. Il sabato seguente lei era di nuovo in piscina, con altri bambini; si erano scambiati soltanto un saluto. Steve l'aveva rivista all'uscita del centro sportivo. Era sola, accanto alla porta, e gli aveva detto che aspettava che spiovesse e che aveva paura di arrivare tardi a casa. Incautamente, le aveva offerto di accompagnarla in macchina, e lei aveva accettato. Poi si era presentato al padre affidatario, aveva spiegato cosa era successo e se n'era andato.

La ragazzina aveva raccontato che Steve l'aspettava ogni sabato alla piscina e le offriva da bere e poi, anziché nuotare, le ronzava attorno e non le consentiva di stare con i suoi amici. Lo accusò di aver tentato di palparla sott'acqua, più volte, spiegando che non aveva avuto il coraggio di dirgli di lasciarla in pace – aveva paura di lui – e che quando Steve aveva insistito per darle un passaggio non se l'era sentita di rifiutare. Aggiunse che in macchina era stata a disagio. Lui aveva insistito per allacciarle la cintura di sicurezza, le parlava incessantemente e le faceva domande, e perfino il modo in cui la guardava l'aveva turbata.

Il padre affidatario aveva riferito tutto ai servizi sociali, che immediatamente avevano istruito un'inchiesta interna. Il loro avvocato aveva richiesto a Steve un resoconto dettagliato degli incontri con la bambina e una spiegazione del suo comportamento e delle accuse; aveva addirittura lasciato intendere che avrebbe potuto denunciarlo all'ordine degli avvocati, e insisteva perché rinunciasse all'incarico. Il tutore della ragazzina era d'accordo con i servizi sociali: Steve non avrebbe dovuto più rappresentarla.

Steve aveva negato ogni responsabilità. Si era rifiutato di abbandonare la cliente: sosteneva che i servizi sociali avrebbero dovuto cercare di capire il motivo per cui raccontava quelle bugie, e li aveva avvertiti che prima o poi avrebbe rivolto accuse dello stesso genere ad altri uomini. Ma era molto preoccupato, e così anche il suo capo studio.

Poche settimane dopo, la ragazzina aveva accusato il genitore affidatario di gironzolare nel corridoio quando lei andava a fare il bagno e di averle lanciato sguardi lascivi. I servizi sociali dovettero trasferirla presso un'altra famiglia, e lì il bersaglio delle sue accuse fu il figlio della madre affidataria. Poi era finita in una comunità. Steve continuava a sostenere che quelle accuse erano un grido di aiuto e si era dato da fare per accelerare la valutazione clinica da parte della psichiatra infantile, ma c'era una lunga lista d'attesa. Alla fine, la ragazzina rivelò alla psichiatra che il patrigno l'abusava, ed era quello il motivo per cui scappava da casa; poi ammise di aver mentito su Steve e su tutti gli altri.

"Steve è stato scagionato, ma dovrebbe andarci più cauto. Nel caso di Kahin, le ha semplicemente dato il suo biglietto da visita, che è normale e giusto, ma qualcuno potrebbe dedurne che era un tacito invito a incontrarlo da solo in ufficio, quando non c'era nessuno." Pat la ascoltava sbalordita, e Sharon continuò: "La calunnia lascia sempre una traccia, e nel mondo della protezione dei minori si spettegola molto". E guardò in basso.

"Ma Kahin ha detto qualcosa contro Steve?"

"Non che io sappia, ma lui si tiene tutto dentro e diventa apprensivo. I messaggi dell'avvocato li ho presi io, chiede soltanto di parlargli – solo che lui non ha il coraggio di richiamarlo. Spero che lo faccia ora: forse gli è più facile quando noi non ci siamo."

49.
I buoni propositi del Lunedì di Pasqua
Highgate. Casa di Miss Wood. Venerdì 2 maggio

La dottoressa Cliff era diretta al St Stephen's Hospital, dove aveva svolto la maggior parte della sua attività professionale: non provava alcun senso di perdita né di tristezza all'idea di lasciarlo. Non avrebbe sentito la mancanza dei pazienti – ne aveva già altri, privati – e neppure della ricerca – avrebbe continuato a farla attraverso il dipartimento –, tanto meno dei colleghi, che non avevano appoggiato la sua richiesta di promozione a capodipartimento e si erano subito schierati dalla parte del nuovo capo, un professore tedesco. Avrebbe dovuto sopportarne un'ultima volta l'umorismo teutonico, e poi basta.

Era stata lieta di apprendere, arrivando, che il professore era dovuto andare a Berlino e che sarebbe stato il suo vice a tenere il discorso alla festa d'addio, che si preannunciava breve e gradevole: era stata lei a suggerire che si facesse all'ora di pranzo e non a fine giornata, quando sarebbe proseguita in un pub o in un ristorante. Tutto era andato come previsto: la dottoressa Cliff si era molto rallegrata dei cartoncini di auguri scritti dai genitori dei pazienti e aveva finto di ridere alle battute spiritose scritte dai colleghi e dal personale sull'enorme biglietto d'auguri che le era stato presentato ufficialmente insieme ai regali – un'agenda che si era scelta da Asprey e un gran mazzo di rose. Alla fine aveva tenuto un discorso di ringraziamento in cui non aveva dimenticato nessuno e per il resto del tempo aveva sorseggiato vino e chiacchierato allegramente con tutti. Era tornata a casa in taxi, con un piacevole senso di liberazione e di benessere che evaporò immediatamente alla vista della bicicletta del marito legata all'inferriata.

Ralph viveva fuori casa, anche se aveva tenuto per sé la stanza degli ospiti, dove aveva trasferito la sua roba. Tornava però ogni giorno all'ora di pranzo e nei fine settimana, per portare fuori Flag. Adesso erano le due passate e avrebbe dovuto essere al lavoro: era chiaro che la stava aspettando. La dottoressa Cliff temette che se ne uscisse con una richiesta di divorzio. Esitò cercando di decidere se entrare subito in casa e affrontarlo, o andare via, poi scelse di non rovinarsi la giornata e prese la scaletta che la portava diretta al suo studio.

Quel giorno nessuna delle stanze era stata affittata e la receptionist, che era pagata a ore, se n'era andata lasciandole la posta sulla scrivania. La dottoressa Cliff la aprì e l'assegno dello studio Wizens scivolò fuori dalla busta: un pagamento più che gradito. Poi lesse la lettera che lo accompagnava e impallidì. L'avvocato dei Pitt enumerava tutti i solleciti fatti anche telefonicamente per i dvd di Lucy e Amy e dichiarava che il suo silenzio era totalmente inaccettabile. Se non avesse fornito una spiegazione soddisfacente per il ritardo, l'avrebbero citata in tribunale. A quel punto, la dottoressa Cliff alzò il telefono e chiamò Caroline Moss: "Mi spiace disturbarti, ma sono passati dieci giorni e ho bisogno urgentemente di quel dvd".

Caroline Moss aveva mostrato una genuina sorpresa: il dvd era effettivamente andato a finire nel materiale di uno dei partecipanti al corso e il giovedì della settimana passata lei stessa glielo aveva mandato tramite corriere, non era possibile che si fosse perduto. Poi le chiese se avesse domandato ai colleghi dell'ospedale. "Ma io mi aspettavo di riceverlo qui, da dove è stato preso!" si stizzì la dottoressa Cliff.

"Se me lo avessi chiesto lo avremmo fatto, ma abbiamo seguito la prassi e lo abbiamo mandato in ospedale. Hai controllato tra la tua posta?" ripeté Caroline Moss per la seconda volta.

"Vengo proprio da lì."

"Dev'essere arrivato venerdì o sabato scorso, i nostri corrieri sono affidabilissimi. Ti farò avere la ricevuta, se ne hai bisogno. Fammi sapere, quando lo trovi." Poi aggiunse: "Sara Todd mi ha detto che hai accettato di sostituirmi alla tavola rotonda con gli avvocati. Grazie, e scusa del breve preavviso, devo andare a una messa di trigesimo".

La dottoressa Cliff chiamò l'ospedale. La direttrice amministrativa era tenace ed efficiente. Le confermò che la sua posta le era stata tutta reindirizzata a casa ed era sicura che non ci fosse alcun pacco ricevuto tramite corriere; in ogni caso avrebbe fatto delle ricerche e le avrebbe fatto sapere lunedì. "È stato bello rivederti! Eri splendida, la vita da pensionata ti si confà."

La dottoressa Cliff non aveva scelta: doveva fare qualcosa e si affrettò a rispondere. Aprì l'e-mail e si scusò per il ritardo dovuto a un problema con l'APMP. Il dvd era stato preso per sbaglio da uno dei loro medici, ora l'avevano rintracciato e la dottoressa Moss le aveva appena confermato di averglielo inviato; non appena ricevuto, lo avrebbe duplicato e mandato alle parti. Poi rilesse l'e-mail e ne fu soddisfatta: metteva in difficoltà Caroline Moss. Premette "invia" e andò a prendere un vaso per sistemarvi le rose.

Trovò subito un'altra e-mail: *Il dvd di Lucy dov'è? Anche questo è andato perso?*

"*Il colloquio non è stato registrato. Non si trattava di una visita clinica allo scopo di ottenere elementi probatori. Lucy era una cliente privata e non c'era vero sospetto di abuso sessuale. Le manderò per posta le fotocopie dei due disegni a cui faccio riferimento nella relazione, se possono esserle di aiuto, insieme alla ricevuta di pagamento.*"

La dottoressa Cliff uscì per impostare la lettera; i mandorli lungo la strada erano in piena fioritura e i giardini delle case erano rigogliosi di fiori e cespugli. Respirò a pieni polmoni l'aria profumata della primavera e si sentì meglio. Tornando, notò che la bicicletta di Ralph non c'era più: poteva riprendere possesso della casa.

Sul tavolo c'era un vaso di cristallo bianco e blu colmo di peonie rosa appena sbocciate, i suoi fiori preferiti. Accanto, un biglietto: "Ti avevo aspettato. Tanti auguri per la tua nuova vita da pensionata".

Rimase di stucco. Poi seguì la sua routine e andò in camera per cambiarsi. La porta del salotto era socchiusa e la luce del pomeriggio entrava a fiotti: era arredato con mobili che lei e Ralph avevano comprato insieme nel corso degli anni; gli intarsi dorati del Canterbury, lucidato a cera, spiccavano sotto i raggi del sole contro il verde e il rosa dell'intricato disegno del tappeto orientale. Esitò prima di entrare, poi vide la bottiglia del whisky sul vassoio.

"Senta il profumo dei garofanini rossi. Vengono direttamente dai giardini di un monastero vicino ad Aleppo. La nostra fede lì è forte e i musulmani la rispettano," disse Miss Wood con un sorriso invitante. Era un glorioso pomeriggio di maggio, i lillà e i ciliegi in fiore lungo lo steccato formavano un perfetto sfondo per le aiuole piene di *impatiens* multicolori.

"Dovremmo parlare degli appunti sulle visite di Mr Pitt," le ricordò Pat, e non per la prima volta. Steve era stato messo sotto pressione da Mike perché richiedesse al tribunale di prolungare le visite e cambiare il sistema di sorveglianza – i servizi sociali non ne volevano sapere. Le note di Miss Wood dovevano essere depositate in tribunale e Pat era lì per insegnarle con tatto a scriverle nel modo appropriato. Ma la vecchietta non le aveva dato la possibilità di dire una parola e aveva evitato con cura ogni riferimento allo scopo del loro incontro.

"Certo! Faremo in un baleno," aveva detto stavolta Miss Wood, e poi le aveva raccontato che tanti anni prima aveva scritto un libriccino sulla sua infanzia nelle case popolari di Glasgow, da vendere alla fiera del convento. Una delle sorelle aveva dovuto correggere il testo perché si dilungava troppo in particolari. "Le manderò quello che scrivo e lei lo correggerà, accorciandolo. Come fece ai tempi la buona sorella Mary Magdalene! Se ho omesso qualcosa metta un asterisco e poi aggiungerò il necessario. Così le mie note saranno perfette! Crede che l'avvocato Booth lo permetterà?"

Era l'ora del tè. Miss Wood aveva deciso di imbandirlo nel giardino, in onore dell'ospite. Era fastidiosa su tutto: aveva perso tempo per trovare il posto da cui Pat avesse la visuale migliore sulla magnolia, e poi nel preparare il vassoio con le tazze "buone" e la guantiera dei dolci.

Mentre sorseggiavano il tè Miss Wood parlava di Jenny. Era molto dimagrita ed era tutta ossa, proprio come quando aveva cominciato a lavorare. "Avevo perfino temuto che fosse anoressica, come tante altre giovani, ma non appena incontrò Mike divenne un fiore: durante il corteggiamento lui la portava a cena fuori ogni sera!" Miss Wood descriveva Jenny come una che voleva fare tutto da sola, che doveva programmare la sua vita e quella dei suoi cari e che dunque si trovava a disagio con estranei in casa: era stressata e aveva bisogno dei suoi momenti di solitudine. Poi guardò Pat: "Jenny mi dice che le fa bene parlare con lei. La incoraggi a fare una colazione come si deve, la mattina – è il pasto più importante della giornata, è d'accordo?".

Pat era pronta ad andare, ma era stata trattenuta ancora una volta. Adesso Miss Wood voleva farle vedere i suoi omini di Lego. "Non ho dimenticato che glielo avevo promesso, e li ho portati dal cottage apposta, anche perché sono indietro nel lavoro e devo restaurarli entro il 30 di giugno."

"Ha una scadenza?"

"Certamente, mia cara, come tutti. La gente fa meglio e di più se ha scadenze. Io me le fisso ogni Lunedì di Pasqua, quando la natura si risveglia e abbiamo nuove energie. È il miglior momento dell'anno. Le mie scadenze sono come i buoni propositi per l'anno nuovo, anzi, meglio. Non riesco a capire perché gli altri insistano a fare i buoni propositi nei mesi invernali, quando tutto è scuro e fa freddo. Poi non li mantengono, si sentono in colpa e si deprimono. I buoni propositi per l'anno nuovo sono una pessima idea! Io sono più che contenta delle mie scadenze pasquali."

Erano nella veranda. Le faccine rosa, gli occhi e le bocche – due puntini e una mezzaluna sorridente – dei Lego fatti a mano dal padre di Miss Wood erano stati ridipinti seguendo le originarie tracce sbiadite, di sotto avevano le forme a incastro del Lego autentico, quello di plastica. "Ho difficoltà con i capelli. Mio padre aveva incollato sulle teste dei fili di lana, e poi mia madre aveva dato a ciascuno una pettinatura differente. Io ci incollerò della lana di colori diversi, poi metterò un portauovo sulla testa di ognuno e taglierò quello che sporge. Non sono brava com'era la mia cara madre, ma mi diverto moltissimo." Miss Wood fece una risatina e poi tornò seria. Era preoccupata anche per Mike. Il peso delle accuse era devastante, ma lui non ne parlava mai. Jenny reagiva meglio, in fondo era più forte, e aveva il suo aiuto, che apprezzava anche se a volte lei sentiva di esserle di intralcio.

"Jenny dovrebbe dare al marito tanto affetto e tanta tenerezza, ma non lo fa abbastanza. Mike ha meno risorse perché è stato un bambino trascurato." E Miss Wood spiegò che i Pitt erano una delle famiglie più in vista di Glasgow: i genitori di Mike erano molto impegnati con la distilleria e con le cariche che rivestivano all'interno dell'amministrazione cittadina, e avevano messo i figli in collegio sin dalla più tenera età. "Noi eravamo una famiglia modesta," e Miss Wood calcò sull'ultima parola. "Ma anche affettuosa e unita."

50.

Un investimento immobiliare
Chelsea. Venerdì 2 maggio

L'aereo era atterrato a Heathrow e si dirigeva verso l'area di parcheggio. Mike guardava fuori dal finestrino, impaziente. Altri aeroplani avanzavano sulle piste, lentissimi, come mostruose lucertole volanti in attesa di attaccarsi ai finger.

Mike stringeva il Blackberry, il dito fremente pronto ad accenderlo. Aveva preso un grosso rischio investendo il suo bonus nelle azioni di una banca d'affari che stava per fallire, comprate a un prezzo stracciato. Le azioni erano salite vertiginosamente – si parlava di un'offerta pubblica d'acquisto. L'agente di cambio lo aveva esortato a vendere ed erano stati al telefono fino a quando la hostess gli aveva chiesto per la seconda volta di spegnerlo. Mike gli aveva detto di aspettare finché non fosse atterrato a Londra per poi discuterne con comodo, ma si era subito pentito della decisione. Durante il volo non aveva pensato ad altro.

Invece il ritardo era stato provvidenziale: la City si era riempita di voci che un'altra banca era interessata a lanciare una contro offerta e il prezzo delle azioni era ulteriormente lievitato. Mike diede ordine di vendere tutto. Poi sentì una scarica di adrenalina e marciò per i corridoi di Heathrow facendo telefonate e mandando e-mail come un forsennato. In ultimo chiamò Jenny: sarebbe andato a prenderla al lavoro, aveva una sorpresa per lei.

"È questa la sorpresa di cui parlavi?" chiese Jenny. Mike le aveva messo fra le mani una scatola di cioccolatini belgi, non più grande di quelle che le portava solitamente da Bruxelles. Lui fece cenno di no e poi le ricordò che l'anno prima, quando cercavano casa, ne avevano vista una, non lontano dalla loro, che era piaciuta a tutti e due ma che poi avevano scartato perché si erano innamorati di quella sulla piazza. Era molto bella, e aveva un giardino con una splendida macchia di rododendri rossi. I proprietari americani dovevano tornare a New York e avevano abbassato il prezzo sperando in una vendita veloce. Mike non ebbe tempo di dire altro: il taxi era arrivato e l'agente immobiliare li aspettava sul marciapiede.

I proprietari li seguivano a distanza mentre l'agente mostrava loro la casa. Mike decise di trarre vantaggio dall'irritante presenza dei due – cominciò a ispezionare gli armadi, a controllare le finestre e a misurare con i passi le stanze più piccole senza alcuna espressione e senza dire una parola, ma sollevando le sopracciglia a ogni imperfezione. La donna diceva a Jenny che le avrebbe lasciato le tende e passava la mano sul broccato con tristezza. Jenny pensava che avevano molto in comune: tutte e due stavano per lasciare la casa che avevano creato con tanto amore.

Soltanto quando arrivarono all'attico Mike e Jenny furono lasciati soli. "Ti piace ancora?" le chiese lui.

"Potremmo viverci. Non mi dispiace cambiare, se è per il bene delle bambine e per pagare le spese degli avvocati."

"Che dici? Voi resterete dove siete! Odio l'albergo, ho bisogno di una casa mia fino a quando questi guai non saranno finiti." E Mike le disse della vendita delle azioni: potevano permettersi di mantenere due case e se fosse riuscito a comprarla per la cifra che aveva in mente, quando quell'incubo sarebbe finito l'avrebbe sicuramente venduta con profitto. Jenny era d'accordo, e Mike chiamò l'agente; gli disse che aveva i contanti per chiudere l'acquisto in una settimana, ma a un prezzo molto più basso. L'agente cercava di trattare ed era restio a trasmettere l'offerta ai proprietari. "Abbiamo altre case da vedere. Faccia l'offerta ora e, sia ben chiaro, io non cambierò la mia," lo ammonì Mike.

Erano ancora nell'attico e aspettavano la risposta.

"Allora vuoi vivere qui," disse Jenny.

"È a cinque minuti da casa ed è un affare."

"Avrai una casa con quattro camere da letto tutta per te."

"E con ciò? È un investimento."

Jenny si tolse il braccio di Mike dalla vita e si mise di fronte a lui. "Una casa ha bisogno di una donna."

"Giusto. Io la donna ce l'ho."

"Ma c'è casa nostra, e le bambine... Io sono di nuovo al lavoro... Quando troverò il tempo di venire qui?"

"Come facevamo una volta. La sera e la notte. Ci trasferivamo da un appartamento all'altro, ricordi? L'unica differenza è che io non potrò venire da te."

Jenny non era convinta. "Vedremo quando si saprà in giro che tu vivi da solo. La City è piena di donne in agguato. Troverai un'altra..."

"Un padre accusato di incesto e pedofilia non è esattamente quel che si dice 'un buon partito'!" sbottò.

Jenny sembrò ingobbirsi, la donna gelosa lasciò il posto a una madre fragile che, messa alle strette, recitava puntuale la solita litania: "A Lucy non è successo niente, Lucy sta bene... A Lucy non è successo niente".

Bussò l'agente immobiliare: i proprietari erano pronti a incontrarli.

Mike non riusciva a dormire: dopo aver accompagnato Jenny a casa si era fatto portare direttamente in ufficio, dove era rimasto fino a tardi. Ora si sentiva in colpa per essere stato brusco con lei e cominciava ad aver paura di essersi scoperto finanziariamente.

E proprio allora erano tornati i suoi demoni. Venivano da una strana lontananza e lui li riceveva senza opporre resistenza. Stava lì a occhi sbarrati in attesa. Sapeva che erano loro. Ma Mike non sapeva più chi fosse lui veramente. Provava a non sentire, a non vedere, ma se chiudeva gli occhi le luci gli guizzavano sotto le palpebre, *Metti più crema! Di più, di più!*, echeggiava la voce di Lucy. E poi gli apparve il suo visino, che si allargava e diventava quello di Jenny. *Di più, di più, di più!* Lucy-Jenny urlava e lui venne inghiottito in un vortice di turgide foglie di cactus.

51.

Steve e i suoi clienti

Brixton. Studio Wizens. Venerdì 2 maggio

Steve era stato in tribunale ogni giorno di quella settimana. L'ultima udienza, venerdì mattina, era quella di Mrs Ansell. Il giovane avvocato che rappresentava il marito aveva dichiarato al giudice che Mr Ansell era mortificato e accettava pienamente la responsabilità delle sue azioni. Non avendo alcun precedente penale, offriva la solenne promessa di non ripetere l'aggressione. In tal caso non sarebbe stato necessario che l'ingiunzione continuasse. Steve aveva obiettato, e il giudice aveva acconsentito a tutte le sue richieste. Non soltanto Mr Ansell aveva perduto il diritto di risiedere nell'abitazione coniugale, ma gli era anche vietato avvicinarsi a meno di trecento metri dalla casa stessa, pena l'arresto.

Steve non poteva prendersi il merito di quel notevole successo. Era dovuto interamente al medico di Mrs Ansell, che nella sua relazione aveva dichiarato che la cliente era malata di cancro da quattro anni e, nonostante vari interventi e la chemioterapia, aveva una prognosi infausta: qualsiasi tensione o preoccupazione le avrebbe accorciato ulteriormente la vita.

Mr Ansell aveva lasciato l'aula senza nemmeno salutare il suo legale, e Mrs Ansell, anziché essere grata a Steve, lo aveva rimproverato per aver reso nota al tribunale la relazione del medico: lei aveva davanti a sé più anni di vita di quanto pensasse quel cretino!

E anche Mrs Ansell se n'era andata senza una parola di ringraziamento.

La scrivania di Steve era ingombra di pile di cartelle, divise a seconda dell'urgenza: su ogni cartella c'era una nota di quello che Sharon o Pat avevano fatto e di cosa doveva fare lui. Nonostante gli sforzi delle segretarie, la lista era lunga: Steve cominciò con le telefonate e ne fece decine.

La cliente più urgente era Mrs Oboe: bisognava ottenere un altro rinvio dell'udienza finale – era l'ultima opportunità per trovare uno psicologo. Poi Steve guardò la cartella dei Pitt: su segnalazione di Mike aveva scelto come perito il professor Duncan, un anziano docente di psicologia dell'Università di Miami che si era costruito una brillante carriera come esperto di arteterapia. Occorreva ottenere il consenso del tutore di Lucy, che non era stato ancora nominato, nonché quello dei servizi sociali, e poi chiedere l'autorizzazione al giudice. Steve telefonò all'agenzia responsabile dei tutori: i Pitt avrebbero dovuto aspettare, c'era una lunga lista di attesa.

Steve aveva insistito per parlare direttamente col direttore e alla fine c'era riuscito. Questi si lamentò che il suo organico non era completo; i pochi tutori erano sommersi di lavoro, e gli fece notare che il caso delle bambine Pitt non era urgente perché erano a casa loro e ben accudite. Steve non era per niente d'accordo: il professor Duncan era uno dei migliori specialisti del mondo e non era certo che in un secondo tempo sarebbe stato ancora libero, il suo onorario l'avrebbero pagato i Pitt e dunque il tutore avrebbe avuto a disposizione un altro esperto senza ulteriore aggravio della spesa pubblica. Ma il direttore era irremovibile: bisognava aspettare. Allora Steve lo minacciò: i suoi clienti lo avrebbero denunciato; era un rifiuto irragionevole e contro la giustizia naturale. Inoltre, quel tergiversare avrebbe allungato il procedimento e dunque ledeva il diritto dei Pitt a riprendere la vita familiare. Alla fine il direttore cedette, e lo autorizzò a informare il tribunale che lui non aveva nulla in contrario alla nomina del professor Duncan come perito di parte dei Pitt. A questo punto Steve decise di giocarsi un'altra carta e, nonostante non avesse il consenso di Jenny, chiese che come secondo perito psichiatrico fosse approvata la dottoressa Caroline Moss. Il direttore la conosceva e fu subito d'accordo.

"Bingo!" esclamò Sharon, e finalmente fece il primo mezzo sorriso della giornata.

"Scrivi quaranta minuti di conversazione: ho controllato io," intervenne Pat: sapeva che Steve non amava calcolare il tempo, che doveva tuttavia essere giustificato nella parcella definitiva.

"Devi averlo steso con la tua parlantina," aggiunse Sharon, ma Steve non la ascoltava. Era al telefono con Mike Pitt e sembrava preoccupato: Jenny si era irrigidita sulla sua posizione, non voleva che Lucy venisse vista da un altro psichiatra. Dopo aver messo giù,

Steve si rivolse a Pat: "Potresti cercare di convincerla prima che io sia costretto ad andarci pesante?".

"Cercherò. Forse Mike la irrita..." Ma Pat fu interrotta da una telefonata dell'assistente sociale di Ali. Erano state spesso in contatto, nel fallito tentativo di trovare i fondi per lo psicologo, ma l'assistente sociale in quel momento voleva parlare soltanto con Steve. La conversazione andò per le lunghe e lui finì col darle un appuntamento in ufficio.

Sharon ascoltava, attenta. Quando lui ebbe riattaccato, smise di scrivere e gli chiese: "Che succede?".

"È un incontro necessario," rispose Steve. Sharon scosse la testa.

"Potete spiegarmi cosa sta succedendo?" chiese Pat.

Steve le disse che l'assistente sociale desiderava incontrarlo senza la presenza del suo legale, come avrebbe dovuto fare in conformità alla prassi nel contesto forense. Ma i casi dei bambini erano diversi: bisognava collaborare, anziché comportarsi da avversari, e in passato, quando era necessario, avvocati e assistenti sociali comunicavano tra loro. Ora gli assistenti sociali erano sulla difensiva e avevano un divieto assoluto sulle comunicazioni dirette con i legali delle controparti, per paura che quelli facessero loro pressioni o ottenessero informazioni su questioni da tenere celate. "Questa donna è una perla rara, e per di più segue Ali da ben due anni. Il permesso di lavoro non le è stato rinnovato e sta per tornare nel suo paese. Ali non avrà un altro assistente sociale perché non c'è chi la rimpiazzi. Ieri è andata a far visita a Mrs Oboe e l'ha trovata di nuovo irrazionale e ostile; l'appartamento era in disordine, con tutto il contenuto dei pensili della cucina sul tavolo. Teme che possa cadere in depressione e vuole incontrarla con me per capire cosa è successo e cercare di creare una rete di sostegno a madre e figlio, quando lei lascerà il posto. L'alternativa – un incontro formale con i rispettivi legali e la tutrice – allungherebbe i tempi, e poi tutta quella gente farebbe andare nel panico Mrs Oboe. Mi preoccuperò delle rimostranze del loro avvocato quando le farà!" E Steve si girò a guardare Sharon. Lei continuava a scuotere la testa, ma non disse nulla.

Nel frattempo era arrivata la lettera della dottoressa Cliff, con i due disegni di Lucy. Li esaminarono insieme, e alla fine furono d'accordo: avrebbero anche potuto rappresentare dei peni.

"Ma se qualcuno me lo chiedesse," bisbigliò Sharon, "non direi mai che potrebbe essere quello di Mr Pitt." E fece una risatina.

Sandra Pepper e gli assistenti sociali discutevano la loro risposta formale alla richiesta di Steve di prolungare le visite di Mike e di avere un solo sorvegliante. Fiona avrebbe lavorato soltanto per altre due settimane, e aveva delle perplessità: Teresa non si trovava bene con le altre ragazze, e nemmeno con i Pitt, tanto che pensava di lasciarli. Le aveva detto che durante le visite di sabato e domenica Mike era nervoso con moglie e bambine, e ancor di più con lei e l'atmosfera era spesso tesa. Jenny di recente si comportava in modo strano, tirava fuori roba dai cassetti e dagli armadi come se stesse facendo un inventario o temesse che qualcuno le avesse rubato qualcosa; spesso usciva dopo cena, senza dire dove andava. "Secondo me comincia a rendersi conto di quello che è successo, e cerca di distrarsi, vedrà le amiche... o qualcuno... Il marito dovrebbe avere visite più brevi, magari altrove, fuori."

"La scuola cosa dice?" chiese Miss Barnes, e Fiona le riferì che secondo la scuola e il medico curante andava tutto bene.

"Non mi sorprende, li pagano!" esclamò Miss Barnes.

In quel momento Steve chiamò Sandra: il direttore dei tutori era d'accordo sui due periti suggeriti dai Pitt. Miss Barnes scosse la testa: "I Pitt non imparano dall'esperienza: anche quei periti daranno ragione alla dottoressa Cliff. Intanto, noi non acconsentiamo alle loro richieste. D'ora in poi mi occuperò io della famiglia fin quando non arriverà un altro assistente sociale. Devo avere al più presto un faccia a faccia con Mike Pitt, ha già rifiutato due appuntamenti per impegni di lavoro!".

52.
Un'orchidea per Jenny
Kensington. Casa Pitt. Sabato 3 maggio

Il sabato Lisa e zia Marjorie sorvegliavano la colazione e la lezione di nuoto. Alle undici, Annabel Snowball avrebbe preso il posto di Lisa e sarebbero andati alla Giraffe, il ristorante per bambini sulla terrazza della Royal Festival Hall.

Jenny aveva deciso di trascorrere la mattinata a casa. Gli operai se n'erano andati definitivamente e durante la settimana lei aveva messo da parte dei campioni di moquette per il salotto: aveva pregustato a lungo il piacere della scelta, ma ora le sembrava un compito doloroso. Era sempre più angosciata all'idea che Mike andasse a vivere in una casa sua: le sembrava l'inizio di un allontanamento fra loro. In più, lui l'aveva caricata di tutte le incombenze di ordine pratico, dalle pulizie al corredo della nuova casa. Gli ex proprietari avevano lasciato moquette, tende e sufficiente mobilia per viverci in modo spartano, ma bisognava provvedere a bicchieri, posate, piatti, pentole, lenzuola, tovaglie, asciugamani e a tutte le piccole cose che servono per attrezzare una casa.

Jenny prese la stilografica e cominciò a compilare le sue liste: completò quella della biancheria e poi non riuscì più a scrivere. Ogni voce era come un chiodo piantato nel coperchio della bara del suo matrimonio. Stava scegliendo le lenzuola quando l'aveva chiamata Annabel: si era presa una storta a una caviglia e il medico le aveva prescritto riposo. A Jenny sembrò che le crollasse il mondo addosso e si accasciò su una pila di asciugamani, con la testa fra le mani. Lacrime silenziose cadevano sul foglio chiazzandolo e spandendo l'inchiostro. Dall'ingresso arrivarono i gridolini di gioia di Lucy, e lei si riscosse e corse in bagno a rifarsi il trucco.

Poi un silenzio pesante. Jenny si chiese che altro potesse essere successo e fece le scale di corsa per scendere nella stanza dei giochi. Lucy era accoccolata fra le braccia del padre, con Amy seduta vicino: leggevano il giornalino che avevano comprato Zia Marjorie stava insegnando a Lisa a lavorare all'uncinetto.

"Ciao, mamma." Lucy aveva alzato gli occhi e poi li aveva subito abbassati sul giornalino.

"Ciao, mamma," aveva detto Amy. Jenny aveva captato un bagliore nei suoi occhi e guardò Lucy: il corpo era fermo, ma le gambe tremavano di agitazione trattenuta.

"Abbiamo comprato dei Chelsea Buns, ci faresti una spremuta?" aveva chiesto Mike, senza sollevare lo sguardo, e strizzò la mano fremente di Lucy.

Jenny capì e andò ad aprire la porta della cucina. Sul tavolo di marmo troneggiava una grande orchidea. Dalla massa di foglie lucide si alzavano lunghi steli appesantiti da bianchi fiori penduli.

"È una sorpresa per te! Io e Amy abbiamo scelto la tua orchidea e papà l'ha pagata!" Lucy era corsa dalla madre mentre gli altri le seguivano in cucina fu tutto un vocio, mentre le bambine descrivevano la visita dal fioraio e le altre orchidee tra cui avevano scelto la più bella.

Zia Marjorie si era accorta del pallore di Jenny sotto il trucco fresco. "Che è successo?" le bisbigliò. E poi ascoltò la cattiva notizia. "Stai con le tue figlie, non preoccuparti di niente. Parlerò io con Lisa e risolverò tutto." E li lasciò a discutere su dove mettere la pianta.

"Dovrebbe andare in salotto, ma c'è ancora puzza di pittura," disse Amy dopo averci pensato su.

"Nell'ingresso, allora."

Amy non era d'accordo: "È troppo grande, passando potremmo strofinarci le foglie lunghe e la signora del negozio ci ha raccomandato di non toccarle mai". Lucy, per una volta, aveva ceduto di fronte all'autorità della sorella maggiore.

"Allora deve andare in camera di mamma e papà, vicino alla Jacuzzi. È una pianta tropicale e le piacciono gli spruzzi d'acqua," disse, ansiosa di mostrare agli altri le conoscenze botaniche appena acquisite.

"No, è la pianta di mamma e dovrebbe andare nel suo studio," sentenziò Amy, tutta seria.

Zia Marjorie intervenne con autorevolezza: "Io la metterei su un piedistallo sul pianerottolo dell'ultimo piano, lì c'è tanta luce".

"Ma noi non l'abbiamo preso il piedistallo! Però c'era, al negozio," le fece notare Amy.

"Allora chiederemo a papà di andare a comprarlo, sarà il mio regalo per la mamma," disse la zia e poi, rivolta a Mike: "Mi faresti questa cortesia?".

Jenny le diede subito manforte: "È vero, ha proprio bisogno di un piedistallo. Andresti a prenderlo, Mike? La mia orchidea farà una gran bella figura sotto la finestra".

Bevvero insieme la spremuta d'arancia e finirono i Chelsea Buns mentre Lisa era sulle spine perché era arrivato il momento di uscire. Annabel non era arrivata e Mike guardò l'ora: le undici. Allora zia Marjorie lo prese in disparte: "Annabel si è fatta male, Lisa ci raggiungerà all'una e mangeremo insieme alla Giraffe. Quando Lisa esce vai via anche tu, e compra quello che devi. Jenny e io porteremo le bambine alla Royal Festival Hall e ci incontreremo lì".

Amy li osservava curiosa e cercava di capire cosa stavano facendo: zia Marjorie aveva aperto in fretta il portafogli e aveva ficcato delle banconote nelle mani del padre, sotto lo sguardo perplesso di lui e quello ansioso della madre. Poi la zia si era rivolta a lei e a Lucy e aveva detto, allegra: "È una bellissima giornata. Perché non andiamo direttamente alla South Bank? Potrete giocare nella fontana di cui mi avete tanto parlato, mentre papà va a comprare il regalo per la mamma, poi ci raggiungerà alla Giraffe!".

"Iuuhuh!" fece Amy.

"Iuuhuh!" le fece eco Lucy.

"Ora andate di sopra e mettete ad asciugare i costumi, controllerò che abbiate fatto per bene. Poi potremo andar fuori." E zia e nipotine lasciarono Mike e Jenny soli in cucina.

"Perché non mi hai chiamato per dirmi di Annabel?"

"Perché eri in piscina."

"Avresti potuto mandarmi un sms, l'avrei letto dopo. Perderò due ore."

"Che perdita!" scattò Jenny. "Quando io tornavo a casa presto il sabato mattina tu me le mollavi subito per fare le tue cose: ti lamentavi di non avere tempo per le commissioni; oggi le puoi fare, e con comodo!"

"Non essere stupida, ora è diverso!" Mike aveva alzato la voce e stava per dire di più, poi si accorse che Jenny aveva gli occhi rossi e tacque.

Lisa apparve sulle scale; chiedeva a Mike di darle un passaggio alla stazione – il suo modo per dirgli di sbrigarsi.

Mike la guardò perplesso e poi cercò Jenny, ma lei gli aveva voltato le spalle ed era intenta a caricare la lavastoviglie.

Mike comprò il piedistallo per l'orchidea. Stava per portarselo a casa quando si ricordò che non aveva le chiavi e dovette chiedere al fioraio di consegnarlo nel pomeriggio. Mancava più di un'ora all'una e, risentito per i commenti di Jenny, non era dell'umore per fare commissioni. Comprò il "Financial Times" ma si rese conto di non avere dove leggerlo. Non voleva tornare in albergo, e doveva trovare un posto per sedersi. Pensò a un caffè, ma quelli vicini erano pieni e in ogni caso non aveva sete né fame. Decise di rinunciare, sarebbe andato al ristorante a piedi.

Il marciapiede era affollato, turisti e acquirenti del sabato si fermavano a guardare le vetrine e chiacchieravano intralciando il passaggio. Mike fu assalito dalle richieste di indicazioni; non ne poté più e prese le strade secondarie per raggiungere Chelsea Embankment attraverso la zona residenziale. Ritrovò la calma sonnolenta dei giorni della sua infanzia, quando il padre portava la famiglia a far visita ai parenti londinesi. Camminava lungo strade costeggiate da cottage a schiera, un tempo abitazioni di modesti artigiani, prendeva stradine e poi sbucava in piazze con giardini circondati da case imponenti, anch'esse a schiera ma costruite in epoca vittoriana per l'affluente borghesia. I residenti di Kensington e Chelsea erano cambiati. L'alta borghesia inglese e i francesi erano in ritirata e americani e altri europei vi si erano trasferiti in massa, amalgamandosi bene: i ricchi hanno molto in comune. Le case non avevano perduto la loro inglesità. Le facciate di stucco dipinto in bianco o panna erano lucide e prive di crepe o screpolature. Le porte d'ingresso erano dipinte negli scuri colori tradizionali – nero, blu, verde o amaranto. Le fioriere sotto le finestre e sui balconi erano, come un tempo, zeppe di piante disposte secondo una geometria simmetrica tradizionale, priva di immaginazione. Avanzando a zigzag verso il fiume, Mike incrociava bambinaie che spingevano carrozzine, domestici stranieri che portavano a passeggio i cani dei padroni, ma nessun giovane – erano andati in campagna per il fine settimana o erano in centro a fare compere.

Mike si ritrovò in una piazza di case bianche non dissimili dalla sua. Nel giardino al centro, alberi alti e rigogliosi, come quelli di fronte a casa sua, punteggiati di gemme verde chiaro. Ebbe un moto di collera: aveva sempre desiderato allevare le sue figlie a Londra, e nella parte più bella; il suo sogno, appena realizzato, stava andando in frantumi. Tutto per colpa di una maestra d'asilo e una psichiatra. Mike strinse i pugni e accelerò il passo. Raggiunto il fiume, lo seguì fino a Charing Cross a passo di marcia e arrivò in anticipo.

Vagava nel labirinto del mercato coperto all'interno della stazione ferroviaria per perdere tempo. Le bancarelle di souvenir, gioiellini etnici e abbigliamento lo sdegnavano, e imboccò i passaggi coperti che portavano verso l'Hungerford Foot Bridge. Era ancora un po' in anticipo e si era fermato sul ponte non lontano dalla scalinata che portava sulla terrazza della South Bank, in un punto da cui poteva tenere d'occhio il ristorante e la fontana, e anche nascondersi dietro la chioma di un giovane platano, se una delle figlie lo avesse notato.

"Buongiorno." Mr Coutts gli si era avvicinato in silenzio.

"Buongiorno," rispose sgarbatamente Mike, e fissò lo sguardo sul fiume. Il flusso di gente che camminava verso la South Bank era aumentato. Non lontano da lui, una famiglia scattava fotografie. Le urla slave dei giovani lo irritavano e li guardava con disapprovazione, ma venne mal interpretato e il padre gli chiese di fare una foto di gruppo. Poi gliene chiesero altre e Mike li accontentò. L'uomo gli porse la mano: "L'ho già vista da qualche parte... io lavoro per la Central European Investment Bank," e gli diede il biglietto da visita. "Lei non ha un biglietto?"

"No, mi dispiace."

"Come si chiama?"

"Mike Pitt. Lavoro alla Trolleys."

"Ci rivedremo, chissà. Grazie e buona giornata." E si affrettò a raggiungere gli altri che erano andati avanti.

"È un bello spettacolo, una famiglia felice. Mia moglie non mi permette di vedere la mia prima figlia, una neonata alla mia tarda età. Eppure credevo che fosse una brava donna!" disse Mr Coutts, che era a pochi metri da Mike, non più appoggiato alla ringhiera e con un binocolo in mano. Aspettava solo un cenno per avvicinarsi.

"Mi dispiace," farfugliò Mike.

"È un'ingiustizia!" affermò Mr Coutts, e attendeva una risposta.

Mike annuì vagamente e poi si girò verso la South Bank. Jenny e zia Marjorie erano sulla terrazza davanti alla Queen Elizabeth Hall.

Il disegno della fontana di Jeppe Hein è semplice e ingegnoso, una piattaforma di gomma, sopraelevata e divisa in quattro rettangoli dai cui bordi zampillano getti d'acqua con pressione diversa, secondo una sequenza non facilmente prevedibile – spruzzi improvvisi si levano su uno o più lati di ogni rettangolo e formano un'alta parete d'acqua, mentre quelli degli altri lati si smorzano in getti più deboli e poi si esauriscono, o si rialzano con rinnovato vigore, mentre la parete di acqua mantiene la pressione, o si abbassa gradualmente.

Mike non aveva mai fatto caso alla fontana: era Jenny che vi portava le figlie. Era gremita di bambini che si divertivano come pazzi, chi vestito di tutto punto e chi in mutande. Alcuni erano circondati da pareti d'acqua più alte di loro e stavano immobili, uno accanto all'altro, i visini tesi dall'eccitazione. Altri saltavano da un rettangolo all'altro con grande destrezza, senza farsi sorprendere dagli spruzzi improvvisi, mentre altri ancora venivano presi in pieno e inzuppati. I più spavaldi, bagnati da capo a piedi, si divertivano a passare attraverso le cortine d'acqua.

Mike non riusciva a individuare le figlie, nonostante fosse totalmente concentrato.

Mr Coutts guardava la fontana con la stessa intensità. "Una volta, ho lavorato in un parco giochi. Che godimento vedere i bambini giocare felici. Sono così belli!"

Mike non lo ascoltava: aveva appena visto Lisa venire dal National Film Theatre e si era spostato di qualche passo; calcolava il momento giusto per andare e incontrarla davanti alla fontana.

"Rimarrò a guardare un altro po'. Io vengo spesso qui, è un ottimo posto. Arrivederla signore, e buona fortuna."

La voce melliflua di quell'uomo aveva un tono sgradevole e Mike se ne andò, senza nemmeno curarsi di salutarlo. Mr Coutts l'aveva seguito con lo sguardo; poi aveva sollevato il binocolo e l'aveva puntato su di lui. Mike si era appostato dietro il bar sulla terrazza, rasente il muro per evitare di farsi vedere, aspettando che Lisa salisse dalle scale; ogni tanto sporgeva la testa per guardare le figlie. Lucy si era inzuppata saltando incauta su una parete d'acqua che saliva e Jenny l'aveva fatta scendere: adesso la stava asciugando. Amy saltellava avanti e indietro in mezzo alle pareti d'acqua che si alzavano e si abbassavano.

In quel momento apparve Lisa. Mike partì spedito verso la fontana e si fermò davanti alla piattaforma.

"Ciao, papà!" gridò Amy, e gli fece un cenno con la mano, sorridente e ammiccante. Poi si lanciò in un salto azzardato e più in alto degli altri per far bella figura davanti al padre.

A ogni salto si sollevava i lembi della gonna con un gesto aggraziato – il corpo flessuoso e femminile si stava già trasformando in quello di una preadolescente. Mr Coutts aveva seguito lo sguardo di Mike e da lì puntò il binocolo su Amy.

"Ah, delinquente..." mormorò e si passò la lingua sulle labbra arse.

53.
Il Wig Bazaar
Brixton. Lunedì 5 maggio

Era una strana primavera: giornate di acquazzoni e vento sferzante – quasi tropicali – si alternavano a periodi di calore e siccità.

Steve era in tribunale e Pat sperava di avere una giornata tranquilla. Voleva sbrigare il lavoro non urgente che, dopo essere stato messo da parte, risaliva a galla. Il calore che entrava dalla vetrata era asfissiante e lei aveva preparato una brocca di limonata: portava da casa dei cubetti surgelati di succo di limone zuccherato ormai popolari fra colleghi e clienti. Aveva appena versato due bicchieri, uno per sé e l'altro per Sharon, quando suonò il telefono.

Era Jenny Pitt, stava andando al lavoro. "Domenica è stato uno strazio. Annabel si è fatta male e abbiamo dovuto chiedere a Teresa di sostituirla. Le avevo dato il sabato libero e quando l'ho chiamata mi ha detto che era in Cornovaglia: pensava che non ci sarebbe stato bisogno di lei. Ho dovuto ricordarle che aveva vitto e alloggio gratis appunto per far fronte alle emergenze del fine settimana. È venuta, ma il suo malumore ha rovinato la giornata a tutti. Mike ha dovuto sopportare i suoi capricci e la sera se l'è presa con me." Jenny interruppe la conversazione bruscamente: le si era avvicinato un collega.

Poco dopo richiamò: "Mi dispiace per le mie lamentele, ma Mike nemmeno mi ascolta. Il lavoro è diventato il mio conforto, fuori da quell'inferno di casa".

Subito dopo telefonò Mike. La visita di domenica era stata un disastro: Teresa era in ritardo e Lisa si era offerta di rimanere a casa soltanto per la colazione; quando era andata via se n'era dovuto andare anche lui, dicendo alle bambine che andava a comprare i giornali della domenica. Amy voleva accompagnarlo e non riusciva a capire perché lui non la volesse. Lui aveva dovuto aspettare fuori casa fino a quando non era arrivata Teresa, con gli occhi cisposi e tutta arrabbiata; poi era riuscita a bisticciare con le bambine e si era comportata male con tutti gli altri. Zia Marjorie cercava di placare gli animi ma aveva esasperato Jenny insistendo per dire la sua nella scelta degli oggetti per la nuova casa. Mike non ne poteva più di avere due persone attorno: già una era di troppo e voleva che Steve si affrettasse a fissare l'udienza per cambiare il sistema di sorveglianza.

Il telefono squillò di nuovo appena Pat mise giù il ricevitore. Mrs Oboe non si arrendeva facilmente: le annunciò giubilante di aver dimenticato che, quando si erano trasferiti nell'appartamento, il marito aveva perso un orologio di valore. Ne aveva dato la colpa a lei perché era pieno di scatole e valigie che lei non aveva messo in ordine come lui si sarebbe aspettato: in realtà, il marito non accettava che lei si occupasse di Ali – era stato allora che per la prima volta le aveva dato uno schiaffo. Poi si era persuaso che l'orologio gli era scivolato dal polso in un famoso negozio di scarpe in Jermyn Street e che il ladro fosse il commesso che gli stava prendendo le misure. Un amico gli aveva raccontato che a un potente generale nigeriano era successa la stessa cosa in quel negozio e lui si era sentito lusingato di essere accomunato a quell'uomo ricco e importante.

Giorni dopo Mrs Oboe aveva trovato l'orologio in uno scatolone pieno di asciugamani, e non aveva osato dirglielo per paura di essere picchiata di nuovo: l'aveva messo via in un posto in cui lui non l'avrebbe mai trovato, ma aveva dimenticato dove. Negli ultimi giorni aveva rivoltato la casa per scovarlo, e finalmente c'era riuscita: era in una grossa scatola di zinco colma di grani di pepe nero. Mrs Oboe voleva che Miss Gladys lo valutasse. Quello era proprio il giorno di mercato di Miss Gladys e Pat le suggerì di portarlo in ufficio immediatamente.

Venditori e acquirenti si riprendevano lentamente dalle fatiche del fine settimana e il lunedì mattina il mercato era semivuoto: molte bancarelle non erano nemmeno montate. I verdurai cercavano di liberarsi degli stanchi rimasugli di frutta e verdura; chi li esponeva in vassoietti di plastica avvolti nel cellophane mettendo in vista la roba più presentabile, chi creava piccole piramidi di mele, pomodori, limoni, zucchine, carote. Li offrivano a un prezzo ribassato, ma nemmeno così riuscivano a disfarsene, e i pochi acquirenti che si incrociavano avevano le sporte mezze vuote.

C'era un'aria mesta, nel mercato di Brixton, ma Pat e Mrs Oboe non la notavano e camminavano a passo spedito verso la strada che costeggia la ferrovia, dove si trovava la bancarella di Miss Gladys, un modesto tavolino schiacciato tra due grandi banchi di abiti smessi. Cappotti, pellicce e giacconi pendevano in un'imponente esposizione dall'intelaiatura di ferro e formavano due spesse pareti ai suoi lati. Lei era lì che mangiava riso e fagioli da una ciotola di plastica, ma appena le avvistò interruppe il pranzo. Si accorse subito che Mrs Oboe indossava un paio di orecchini e le fece i complimenti. Mrs Oboe si schermì. "Sto imparando a indossare i miei gioielli: ora che so che non sono veri me li godo."

Miss Gladys osservò attentamente l'orologio e poi glielo restituì. "Questo è un Rolex autentico: vale migliaia di sterline. Dev'essere venduto all'asta, nel West End. Se lo infili nel reggiseno, i ladri qui hanno occhi di falco." Lei aveva scelto quel cantuccio perché sperava che i vestiti ai lati la proteggessero dai furti. Poi spinse velocemente Mrs Oboe attraverso la parete di cappotti alla sua destra, dove la fila degli appendiabiti creava una zona adibita a spogliatoio. Pat era rimasta a sorvegliare la mercanzia e, seduta sullo sgabello, pregava che nessuno di quelli che si fermavano a guardare decidesse di comprare qualcosa – Miss Gladys non metteva mai l'etichetta del prezzo sui suoi gioielli.

Dopo quella che le era sembrata un'eternità, le due donne riemersero dai cappotti, soddisfatte.

Era ora di pranzo e Pat e Mrs Oboe chiacchieravano gradevolmente mentre passeggiavano attraverso le gallerie del mercato coperto. Mrs Oboe portò Pat nella zona nigeriana, sul retro. L'ultima galleria era in stato d'abbandono. Botteghe chiuse da tempo o parzialmente in uso erano bloccate da montagne di scatole di cartone, ceste sfondate e avanzi di pesce e verdure marce. Il fetore riempiva l'aria e il tutto era in stridente contrasto con le bianche vetrate dei tetti a volta, le arcate eleganti e le snelle colonne di ghisa che il comune aveva ridipinto di recente nei colori originali: bianco e azzurro. Le altre gallerie che si diramavano da quella erano in uso, ognuna dedicata a un tipo di commercio – tessili, verdure, drogheria. Lì tutte le botteghe erano gestite da donne. Mrs Oboe e Pat presero la galleria delle verdure e del pesce essiccato. Semi, ortaggi e legumi di ogni tipo e dalle forme bizzarre, montagne di verdure mosce, grandi foglie carnose tagliate a striscioline, tuberi e cetrioli bitorzoluti e allungati. E ogni varietà di pesce secco: piccoli barracuda affumicati a forma di anello, la coda infilata nella bocca; lunghi pesci grigi dalle teste enormi; filetti e fette di pesce rosso essiccato; pesci con la testa immensa e il corpo lungo come anguille, e altri pressati ed essiccati con le teste intere dalle cui bocche fuoriusciva, come un ventaglio rotondo merlettato, la dentatura completa. E poi, a terra, cassette di pesciolini e frattaglie di ogni genere.

Mrs Oboe si era fermata davanti a un verduraio che esponeva una cesta di lumache giganti, ognuna grande come un melone: le conchiglie erano sigillate e sembravano morte. Disse a Pat che erano una vera squisitezza e ne comprò una; l'avrebbe messa a bagno con un po' d'acqua fredda e sale per spurgarla. Poi l'avrebbe gettata in una pentola di acqua bollente, e una volta lessata l'avrebbe tagliata a pezzetti per farne un curry.

Procedevano verso la galleria dei tessuti e dei vestiti africani. Era una festa per gli occhi: in alto, sulla facciata, erano appesi tagli di tessuti variopinti per gli abiti tradizionali; nelle vetrine erano esposti turbanti luccicanti, cappelli con fiocchi favolosi e copricapi decorati come alberi di Natale, il tutto con accostamenti cromatici azzardati e straordinariamente raffinati; sul davanti, scatoloni di cartone pieni di rotoli di broccato, cotone stampato, rasatello e scatole più piccole stipate di scampoli. Avevano raggiunto il centro del mercato; l'incrocio delle gallerie principali era ottagonale e vi si affacciavano quattro negozi: un macellaio caraibico, due verdurai e il Wig Bazaar. Sulla porta di quest'ultimo c'era uno scaffale con cinque teste, ognuna con una vistosa parrucca di colore diverso: nero, giallo, arancio, verde e marrone – ai lati, su grossi ganci erano appesi mazzi di toupet, parrucche ed extension. All'interno e nelle due vetrine, una quantità di parrucche acconciate con delirante fantasia, ricci voluminosi, cotonature troneggianti, sculture a creste d'elmo, a cascata, a volute cangianti – alcune multicolori, ma per la maggior parte nere.

Mrs Oboe stava dicendo che se dopo aver pagato lo psicologo le fosse avanzato abbastanza denaro se ne sarebbe comprata una, ma Pat la ascoltava distrattamente: all'interno c'era Mrs Ansell, di spalle, seduta su uno sgabello vicino al bancone. Si stava provando una parrucca. La commessa aveva sollevato uno specchio rotondo, così che lei potesse vedersi, e ridevano. Poi prese un'altra parrucca e gliela mostrò, quindi le tolse velocemente quella che aveva in testa e gliela cambiò. Pat sussultò – Mrs Ansell aveva il cranio lucido e radi ciuffi di capelli ricci sul collo. La commessa sollevò di nuovo lo specchio; nel frattempo Mrs Ansell aveva cambiato posizione e riflessa nello specchio c'era l'immagine di Pat – il suo volto si indurì e Mrs Ansell strappò lo specchio dalle mani della commessa, così che Pat non vedesse.

Steve e Sharon lavoravano sodo e non erano interessati alle vicende di Mrs Oboe. Pat si sedette a scrivere il resoconto della mattinata e dopo continuò a lavorare silenziosa. Poi chiese a Sharon com'era andata l'udienza di Mavis.

"Il giudice ha ordinato ai servizi sociali di fare un accertamento sulle capacità genitoriali di Mr e Mrs Turle."

"Ho visto Mrs Ansell al mercato," disse allora Pat, "e l'orologio di Mrs Oboe è di valore."

"Bene," le disse Sharon, e non fece domande. Era in preda all'ansia: aveva lasciato sulla scrivania di Steve due messaggi urgenti da parte dell'avvocato di Kahin e anche quella volta lui non l'aveva richiamato.

54.
I demoni di Mike
Green Park. Martedì 6 maggio

Mike chiamò Steve nel tardo pomeriggio: era di ottimo umore e gli raccontò soddisfatto dell'acquisto della casa. Gli eventuali profitti di una futura vendita sarebbero stati esenti da tasse perché, dal momento che l'ingiunzione del tribunale non gli permetteva di entrare nella casa che aveva comprato con Jenny, quella era la sua sola residenza.

Steve lo informò che la dottoressa Cliff non aveva registrato il colloquio con Lucy: la sua relazione rimaneva il solo capo d'accusa, inattaccabile – in assenza di una perizia contraria – se non nel controinterrogatorio.

"Quando l'ha saputo?"

"Alla fine della settimana scorsa."

"E me lo dice soltanto adesso?"

"Non ne ho avuto il tempo. Tanto non c'è niente da fare."

"In futuro vorrei essere informato prontamente di qualsiasi sviluppo."

"Ne terrò conto, ma non posso prometterlo: sarei al telefono costantemente, con tutti i clienti. Li informo subito quando è necessario, altrimenti no," ribatté Steve, e poi aggiunse, conciliante: "Il dvd di Amy potrebbe aiutare," e suggerì nuovamente che chiamassero in causa la dottoressa Moss. "Pensa che ora sua moglie si convincerà a far vedere Lucy da un altro medico?"

"È meglio se glielo chiede lei."

Discussero rapidamente delle altre novità. Mrs Dooms aveva dato le dimissioni dall'asilo e aveva lasciato il suo appartamento senza fornire un nuovo recapito, portandosi via un gran numero di disegni di Lucy – probabilmente quelli fatti a casa sua sotto la guida del suo compagno. Entrambi concordavano sul fatto che non li avrebbero più recuperati, e Steve assicurò a Mike che avrebbe mandato quelli rimasti al professor Duncan, non appena ottenuto il consenso dei servizi sociali e il beneplacito del tribunale sul suo incarico.

"Perché?" chiese Mike. "Non capisco cosa c'entrano il giudice e le controparti. Sono io che pago, e quest'uomo non ha bisogno di incontrare mia figlia, vedrà soltanto dei pezzi di carta."

"Perché così vuole la procedura."

"Ma è illogico! I disegni dovrebbero essere disponibili a qualsiasi esperto scelto dalle parti."

"La procedura tende a controllare i costi e il volume delle prove."

"I costi non c'entrano, pago io! Tutto questo non fa che ledere il mio diritto di scegliere i migliori!"

"Nessuno di noi può cambiare la legge e le procedure. Il suo caso è uno dei tanti per i quali non è ancora stato nominato un tutore: ce ne sono pochi. Spreca il suo denaro e il mio tempo, con queste lamentele: cerchi di essere pratico. Lei vuole vedere di più le sue figlie e avere soltanto una persona presente. Sarebbe meglio concentrarsi su questo; fisserò una data per l'udienza," disse Steve.

"In tal caso, le dirò esattamente cosa voglio che chieda. Parlerò lentamente, a scanso di equivoci. Prima di tutto, la scuola: voglio essere libero di andare a scuola ogni qual volta i genitori sono invitati – recite, giornata degli sport e qualsiasi altra occasione in cui la famiglia sia chiamata a partecipare. Poi, le visite: voglio trascorrere dei fine settimana nel cottage di zia Marjorie; dormirò in albergo, ma voglio poter stare con le mie figlie durante il giorno e mi porterò dietro le ragazze alla pari. Terzo, l'inaugurazione della casa: Jenny aveva già scelto il 21 giugno e ha mandato a decine di persone il 'save the date'; voglio poter entrare in casa quella sera, tanto le bambine dormiranno da zia Marjorie. Quarto, le vacanze estive: avevamo promesso ad Amy e Lucy di portarle a Eurodisney e poi pensavamo di andare in Cina, negli alberghi ci sono sconti fantastici. Inviteremo Annabel Snowball: non è ricca, e sarà felice di avere una vacanza gratis. Sarà l'unica sorvegliante, ma sono certo che ad agosto il giudice avrà capito che non sono un abusatore sessuale."

"È impossibile. Assolutamente impossibile. Non ci riuscirò mai. Lei è sospettato di abuso e resterà tale fino all'udienza per l'accertamento dei fatti, e probabilmente anche oltre."

"Io la pago per fare esattamente come le dico."

“Lei mi paga per la mia opinione. Se non le sta bene, vada pure da un altro avvocato.” Steve non era dell’umore per tollerare altre sciocchezze.

Mike cambiò tono. “Potremmo rinegoziare il suo onorario. Sono disposto a raddoppiarlo.”

“Lei mi offende.”

Silenzio. “Le chiedo scusa. Spero che lei si renda conto che sono un uomo disperato.”

“Ora le dirò io le mie condizioni. Francamente, il suo atteggiamento non mi piace e non sono disposto a tollerare un’altra conversazione di questo tipo. Da questo momento in avanti, lei parlerà con la mia segretaria di tutto ciò che ha a che fare con le visite e le questioni collaterali. Le metterò per iscritto cosa può chiedere riguardo alle visite, e questo è quanto.”

Steve sbatté il pugno sulla scrivania e la pila di carte sul bordo si sparpagliò sul pavimento. Si mise carponi per raccoglierle, sotto lo sguardo di Sharon e Pat.

Poi disse a Pat: “Ti dispiace, d’ora in poi, prendere tu le chiamate di Mike Pitt?”.

“Per niente. Lo faccio già. Mi chiama quasi ogni giorno per sapere cosa succede.”

“Se si comporta in maniera anche soltanto vagamente sgarbata dimmelo immediatamente e me ne libererò.”

Mike era furioso. Era abituato a discutere con gli avvocati, ma alla fine piegavano la testa. Sempre. Era uscito dal lavoro prima del solito e aveva deciso di andare in albergo a piedi per calmarsi.

Rimuginava pensieri diversi – la casa nuova, l’acquisizione di Jim Stutz – che poi convergevano ineluttabilmente sulla ragazzina di Siracusa. Mike era molto aperto sulle questioni sessuali, purché le parti fossero consenzienti e in parità assoluta: quella era una regola ferrea. Avrebbe giurato che per Jim fosse lo stesso. Eppure quella ragazzina non gli scompariva dagli occhi. Da quando aveva preso moglie, Mike aveva goduto di una vita sessuale regolare e soddisfacente, a cui normalmente non pensava durante la giornata lavorativa. L’accusa di abuso l’aveva costretto non soltanto a lasciare casa e alterare i tempi e le modalità dell’intimità coniugale, ma anche a considerare il sesso in tutti i suoi aspetti, con il risultato di aumentare il suo desiderio. E il ricordo della ragazzina lo eccitava sempre di più. Allora Mike chiamò Jenny.

"Brutte notizie sul dvd. Il colloquio con Lucy non è stato registrato."
"Ah. Ci sono novità su quello di Amy?"
"Se l'erano perso, ma spunterà fuori. Ci vediamo?"
"Non lo so, chiamami più tardi. Voglio andare dalle bambine, sono nella vasca."
Mike ci rimase male. "Bene, se è quello che ti interessa di più, vai pure a fare il bagno alle bambine."
"Precisamente," gli rispose Jenny. "Questo è quello che interessa di più a tutte le madri che lavorano: vedere le figlie, quando tornano a casa, e stare con loro."

Mike era stato umiliato due volte, dal suo avvocato e da sua moglie. Cercò il conforto del cibo, e si gettò sulle noccioline e i salatini del minibar, poi si versò da bere. Ancora eccitato, mandò un sms a Jenny invitandola a cena in albergo.
Lei lo richiamò immediatamente: "Ho già mangiato gli avanzi delle bambine".
"Vorrei vederti."
"Domani sera."
"Steve vuole che discutiamo dell'altro psichiatra infantile."
"È inutile. Dovrai passare sul mio cadavere."
"Ascolta. Potrebbe essere determinante. Sono inchiodato dalla relazione della dottoressa Cliff."
"Stupidaggini. Quella ha capito male le cose che le ha detto Lucy."
"Esatto. Ma dev'essere un altro psichiatra a dirlo, non tu! Sei un'egoista, non capisci che così rimango nella merda?"
"Lucy sta bene. Diventerà chiaro a tutti. È solo questione di tempo."
"Sì, tempo! E intanto devo stare lontano da casa mia e vivo come un rifugiato!"
"Bella vita da rifugiato, in una casa a Kensington tutta per te!"
"Vorrei vederti."
"Sto andando a letto, sono stanca. Ci vediamo domani mattina."

Mike non voleva mangiare al Claridge's. Si comprò due panini nella galleria dietro Berkeley Square e poi proseguì verso Green Park a passo di marcia. I pendolari se n'erano andati da tempo. All'imbrunire il parco era la meta di coppie di innamorati, ubriaconi e di quelli che amavano passeggiare da soli nei viali semideserti. Mike non rallentò finché raggiunse la rotonda centrale.

Tutto era verde nel parco: la distesa di prati, il fogliame degli immensi platani e i rari cespugli, con un'eccezione: una macchia rotonda e amaranto si vedeva a distanza e spiccava contro il verde. Mike lasciò il sentiero e marciò in quella direzione. Era un tozzo ciliegio dal tronco obliquo, sembrava un palloncino che ondeggiava sull'erba sotto i rami protettivi di alberi ben più imponenti: la folta chioma tondeggiante e in piena fioritura era avvolta in una nube di insetti ronzanti, inebriati dal polline.

Mike continuò verso Hyde Park Corner, dove il prato saliva in un accenno di collina. Qua e là, tra l'erba, spuntavano gli steli degli asfodeli dalle teste avvizzite. Lì il parco sembrava veramente vuoto, ma Mike non era solo: sparpagliate in mezzo all'erba e in piena vista, coppiette silenziose si abbracciavano e si scambiavano tenerezze – non un gemito, non una risata, come se il suono della voce potesse distruggere l'illusione dell'intimità. Eppure, avevano evitato le zone protette anche per il brivido di poter essere visti. Mike lanciava sguardi obliqui a ogni coppia che scopriva e si eccitava sempre più. Una di quelle sembrava essere andata oltre.

Come gli occhi di un cacciatore, quelli di Mike scrutavano il territorio all'avida ricerca del piacere altrui. Più vedeva, più ne voleva. Salì sul fianco della collinetta; a distanza dava l'idea di essere una piega del prato, ma in cima c'era una piatta radura circondata da una cerchia di grandi platani. I tronchi erano larghi alla base e bitorzoluti, come se vi fosse stata iniettata una densa resina che, scivolando sotto la corteccia, si solidificava in goccioloni.

Mike era solo al centro della radura. Il cielo sopra le chiome degli alberi era pallido. A occidente, dove il sole era appena tramontato, si affollavano nuvolette soffici e candide dai bordi sfumati di rosa. Mike sentiva il peso del desiderio. Più si muoveva più aumentava, senza governo. Cercò rifugio sotto un platano e dovette toccarsi. Dovette farlo. E ne seguì un sollievo doloroso. Si piegò su se stesso, scivolando con la schiena contro il tronco.

Poi, nella sua stanza, si collegò in rete e guardò fino a quando non ne poté più.

I demoni lo raggiunsero per il loro appuntamento notturno, e lui li riconobbe.

PARTE TERZA

55.

"Faccia quel che è meglio per lei"

Brixton. Studio Wizens. Giovedì 8 maggio

La giornata di Pat era cominciata con la telefonata di Jenny; aveva informato Miss Barnes che aveva ottenuto di lavorare quattro giorni la settimana e che si era lasciata il giovedì libero, in modo da essere disponibile per eventuali appuntamenti con loro. Si sarebbe aspettata che le visite venissero organizzate di conseguenza, ma quella mattina Miss Barnes le aveva annunciato che sarebbe andata da lei venerdì. Quando Jenny le aveva fatto notare che lavorava, si era limitata a commentare che la maggior parte delle madri preferivano prendersi il venerdì libero per avere tre giorni consecutivi con i figli.

"Hanno sempre qualcosa da ridire su di me! Non ne combino una giusta, secondo loro!"

"Non se ne preoccupi troppo, faccia quello che è meglio per lei e la sua famiglia."

"Anche a Mike non va mai bene niente di quello che faccio. Non capisce che ho tanto da fare: vuole che sia sempre al suo servizio. È un egoista! E poi dice che l'egoista sono io..."

"È sotto stress. Come vanno le visite?"

"Bene, per le bambine. Lui è scortese con le ragazze alla pari e fa capire che odia averle intorno. Vorrebbe prolungare le visite ma io, al momento, penso che sarebbe meglio se fossero più brevi. Le bambine non se ne accorgerebbero: prima di questi guai non lo vedevano così tanto!"

"Gliene ha parlato?"

"No, non ancora. Finiremmo per litigare; meno lo vedo, meglio è. A volte mi chiedo se non saremmo piu tranquilli da separati! Lo sapeva che si è comprato una casa e ci si trasferirà domenica?"

Pat disse di sì, Steve le aveva detto che l'aveva comprata come investimento.

"Chissà se è vero. Mi sembra di non conoscere più mio marito."

Poi telefonò Mike. Voleva sapere se il dvd di Amy era stato trovato; sperava che, dopo averlo visto, Jenny si convincesse a chiamare un altro psichiatra: "È diventata irragionevole e maledettamente egoista".

La giornata proseguì con innumerevoli telefonate e visite a sorpresa da parte dei clienti. La prima era stata Mrs Ansell. Il suo caso era chiuso, e quando era spuntata in ufficio aveva ignorato Pat per andare dritta da Sharon, agitando la parcella appena ricevuta. Si aspettavano che contestasse il conto, invece l'aveva saldato impassibile e se n'era andata senza nemmeno un grazie.

Poi era venuta Mavis. I risultati dei test antidroga sui capelli rivelavano che non ne aveva più fatto uso e i servizi sociali erano molto favorevoli alla famiglia del nonno, eppure lei non sembrava contenta. Aveva rifiutato la limonata che le avevano offerto, ma non voleva andarsene. Si era seduta accanto alla finestra e osservava desolata ora la scrivana vuota di Steve, ora Pat e Sharon che continuavano a lavorare. Poi si era arrotolata le maniche e aveva mostrato le braccia a Sharon: erano coperte da lunghi lividi blu. Raccontò che la sera prima il padre di Stephanie si era introdotto a forza in casa; lei non si era opposta per non svegliare la bambina e lui l'aveva aggredita. Stephanie si era svegliata e l'aveva chiamata; le aveva permesso di andare a tranquillizzarla e poi l'aveva pestata di nuovo.

Mavis era preoccupata. "La madre affidataria di Stephanie è tornata dalle vacanze e i servizi sociali hanno detto che se lui mette piede in casa un'altra volta mi toglieranno la bambina per darla di nuovo a lei. Lo so che me la toglieranno... lo so, lo so!"

Sharon era andata dritta al punto: "Ti ha dato della droga?".

"No."

"E allora hai fatto sesso con lui?"

"Non avevo scelta..." E Mavis scoppiò in lacrime.

"Devi dirlo ai servizi sociali. Stephanie potrebbe averne già parlato all'asilo: avrà avuto una nottataccia. Magari ha anche visto qualcosa."

Mavis la guardava sgomenta.

"Ora vai. Steve ti chiamerà. Nel frattempo niente droga, capito? E prenditi cura di te."

Steve telefonò dal tribunale. Aveva incontrato l'ex capo della dottoressa Cliff e aveva appurato che la dottoressa aveva ricevuto il dvd di Amy il giorno prima. Steve voleva che Pat se lo facesse consegnare per trascriverlo senza perdere tempo. Se la dottoressa Cliff avesse rifiutato, Pat avrebbe dovuto dirle che lui l'avrebbe citata in tribunale per ottenere il dvd.

Pat fantasticava sui personaggi delle sue cause e si era spesso chiesta se la voce della dottoressa rispecchiasse la donna che si era immaginata: pomposa e piena di sussiego. Fu invece con una vocina morbida dal leggero accento da public school che la dottoressa Cliff la informò che avrebbe fatto fare le copie del dvd, che poi avrebbe inviato alle parti. Pat si offrì di farlo per lei e di trascrivere il colloquio.

"È sicura? Non dovrebbero occuparsene i servizi sociali?"

"Se vuole. Ma i servizi sociali hanno procedure complesse per tutto e prenderanno tempo. Io sono disposta a mandare un corriere al suo studio oggi stesso; le farò avere la trascrizione entro due giorni al massimo, così che lei possa controllarla: risparmierebbe tempo e seccature." E poi aggiunse: "L'avvocato Booth è in tribunale, e ha già pronta una richiesta formale per quel dvd se non lo avrà immediatamente".

56.

L'appartamento di Ron

Westminster. Venerdì 9 maggio

Ron era un fanatico di computer e passava molto del suo tempo libero in una stanzetta che aveva trasformato in ufficio e laboratorio. Era capace di smontare e rimettere insieme i pezzi di un computer e sperava di andare in pensione al più presto per tentare una nuova carriera come consulente di informatica.

Sempre disponibile alle richieste di Pat, era tornato a casa all'ora di pranzo per preparare l'attrezzatura che le avrebbe permesso di trascrivere il dvd. Quasi si commosse quando vide sul tavolo della cucina un take-away del Curry Cabin.

Pat era già seduta al computer, e Ron stava per andare via. Aveva messo dentro la testa e si era fermato un attimo a guardare il video.

"Ma io questa la conosco!" esclamò. Pat non lo ascoltava: era intenta a seguire la registrazione. Ron le diede uno sguardo affettuoso e dovette trattenersi dal carezzarle i capelli, che sotto la luce si accendevano di riflessi ramati. Se ne tornò al ministero.

"Sei contenta che Lucy è ai Meadows?"

"Sì, va all'asilo. Le piace moltissimo."

"Vorrei chiederti qualcosa su Lucy. Chiacchiera tanto, vero?"

"Sì. Parla anche quando dorme."

"Come lo sai?"

"Me l'hanno detto papà e mamma. Io dormo tutta la notte nel letto di sopra."

"E papà e mamma entrano nella vostra stanza di notte?"

"Papà viene a darci il bacio della buonanotte quando torna a casa, non lo so se la mamma viene con lui, perché quasi sempre io dormo già."

"Ti ricordi quando il tuo papà viene nella tua stanza di notte?"

"Soltanto quando ho il raffreddore o l'influenza, perché allora non dormo bene."

"E cosa fa?"

"Ci dà il bacio della buonanotte. E basta."

"Ma resta a parlare con Lucy, qualche volta?"

"Qualche volta, se non riesce a dormire. Qualche volta Lucy ha gli incubi."

"Sai cosa fanno papà e Lucy, quando lui rimane a parlare con lei?"

"Non lo so. Parlano. Non posso vederli perché io sono sotto le coperte e poi mi addormento. Papà potrebbe parlare con Lucy. Sono sicura che non le legge un libro, perché la luce è spenta."

"Che fa papà?"

"Non lo so. Una volta cercava qualcosa per terra."

"Cosa?"

"Non so, un tappo forse."

"Ti ricordi cosa fa Lucy, dopo che papà se ne va?"

"Presumo che si addormenti."

"E non piange mai?"

"E perché dovrebbe piangere?"

"Credevo che mi avessi detto che ha gli incubi."

"Scusi? Non capisco."

[*Amy sembra non capire e ha l'aria confusa*]

"I bambini piangono quando hanno gli incubi."

"Lei no. Quando ha gli incubi, Lucy chiama la mamma e mi sveglia." [*Amy ha uno sguardo determinato*]

"Potrebbe anche piangere e potrebbe anche parlottare finché non si addormenta."

"Non lo so. Potrebbe, sì. Ma io non l'ho mai sentita fare queste cose."

"Lucy mi ha detto che vivete in una casa nuova e che per tanto tempo non avete potuto usare il vostro bagno."

"Ci lavavamo nella doccia di Lisa."

"E dunque il bagno non ve lo facevate?"

"Lo facevamo ogni sera nella Jacuzzi di papà e mamma. È nella loro camera da letto, dietro un paravento. È molto bella e grande. Ma ora noi abbiamo il nostro bagno."

"Usate ancora la Jacuzzi?"

"Ogni tanto. Mamma ci permette di usarla per le occasioni speciali. Si infila nell'acqua con noi e ci divertiamo."

"E papà? Anche lui vi fa fare il bagno nella Jacuzzi?"

"Non ora. Ma in un certo modo sì, tempo fa. Ora glielo spiego: allora, il sabato mattina papà faceva la Jacuzzi quando tornava dal jogging. Mamma era fuori e noi ci entravamo con lui: significa che io mettevo i piedi nell'acqua, vicino a una bocchetta. Sono troppo grande per entrarci. Lucy si sedeva con me, vicino a un'altra bocchetta."

"Papà entrava nell'acqua con te e Lucy, come faceva mamma?"

"No, papà è molto grande. Lui è entrato nella vasca con Lucy una volta, ma non con me. Gliel'ho già detto che non c'è spazio per tutti e tre."

"Hai mai visto i tuoi genitori fare il bagno insieme?"

"Loro non fanno il bagno insieme davanti a noi. Non lo so se lo fanno quando noi non ci siamo."

"Ti piaceva fare il bagno con papà, quando eri più piccola?"

"Non l'ho mai fatto. Non ho neanche fatto la Jacuzzi con lui, perché è troppo grande."

"Tu cosa fai quando Lucy e papà sono nella Jacuzzi?"

"Ho fatto tante belle cose, quella volta che Lucy ha fatto il bagno con papà. Ho giocato, ho letto, ho guardato dalla finestra."

"Resti nella stessa stanza o li lasci soli nella Jacuzzi?"

"Dopo un po' ho chiesto a papà se potevo andare a giocare nella mia stanza. Qualche volta Lucy mi scombina il puzzle e non mi lascia giocare da sola. E lui mi ha detto sì. Ora Lucy non fa la Jacuzzi con papà perché non la fa nemmeno lui. Ora sta meglio."

"Dov'è la tua mamma il sabato mattina?"

"Va a fare le commissioni o va dal parrucchiere."

"E Lisa dov'è?"

"Nella sua stanza. Poi mangia ed esce."

"Lucy mi ha detto che ha dei segreti con papà. Lo sapevi?"

"Sì, è il loro gioco."

"Facevate lo stesso gioco, quando tu avevi la sua età?"

"No. Io ero tranquilla. Lucy invece parla tanto. Per esempio, se papà compra un regalo per mamma Lucy corre subito a dirglielo. Se è un segreto, potrebbe non dirlo alla mamma."

"Sai niente del loro segreto nella soffitta del cottage di zia Marjorie?"

"Che segreto? Lì c'è l'ospedale delle bambole. Zia Marjorie tiene lì i giocattoli rotti, è molto brava ad aggiustarli."

"Ti ricordi che una volta sei uscita con mamma e zia Marjorie e avete lasciato Lucy e papà al cottage?"

“Sì. Siamo andate a far visita a una signora che poi è morta. Era tanto triste...”

“Lucy te l’aveva detto che è stata in soffitta?”

“Non me lo ricordo. Quando siamo tornate stava disegnando in cucina.”

“Ti ricordi cosa stava disegnando?”

“No, però è molto brava a disegnare.”

“E cosa ha fatto papà quando siete tornate?”

“Voleva andare ai negozi e mamma si è seccata. Vede, il mio papà fuma i sigari e non ha il permesso di fumare in casa o davanti a noi. Non dovrebbe fumare per niente, veramente. Ogni tanto fuma il sigaro in cortile e noi lo vediamo dalla finestra. Quella volta papà aveva chiesto a mamma se voleva che le comprasse qualcosa nei negozi, e mamma gli aveva detto che lui non aveva niente da comprare e poi gli aveva detto anche che lui se ne usciva sotto la pioggia proprio per fumare.”

“Li hai visti i disegni che ha fatto Lucy quel giorno?”

“Sono sicura di sì. Io vedo tutti i suoi disegni e lei vede tutti i miei. Lucy è molto brava a disegnare, ma ogni tanto è una pasticciona.”

“Ti dice niente dei suoi disegni?”

“Sì, le sue storie.”

“Belle o tristi?”

“Storie allegre. Lucy è allegra, ma ogni tanto fa troppa confusione.”

“Conosci la differenza tra il modo di toccare buono e quello cattivo?”

“Sì.”

“E chi te l’ha insegnata?”

“Mamma e la mia maestra.”

“Parliamo del modo di toccare buono. Se papà ti accarezza la testa è buono o cattivo?”

“Buono.”

“Ma qualche volta tu potresti... potrebbe essere stato un modo di toccare cattivo? Vuoi farmi vedere come ti toccherebbe in un modo cattivo?”

“No. Non saprei...”

“E qualcun altro ti ha mai toccato in un modo cattivo?”

“Mai.”

“E quando papà ti tocca qui [*indica le parti intime di Amy*] e ti fa un po’ male sul davanti del cucù, ti tocca dal di dentro o dal di fuori del cucù?”

"Dal di fuori."

"E cosa farebbe più male, se ti toccasse dal di fuori o dal di dentro?"

"Dal di dentro."

"E se andasse un poco più dentro, cosa farebbe più male? Ricomincio: che cosa farebbe più male, se andasse dentro un poco o se andasse dentro tanto?"

"Un poco."

"Un poco... E tu gli diresti di fermarsi, se ti facesse male, gli diresti 'Papà, fermati, non mi piace questo modo di toccarmi'?"

"Sì."

"E lui si fermerebbe o continuerebbe?"

"Si fermerebbe."

"E cosa direbbe dopo che tu gli hai detto 'Basta, per favore'?"

"Lui direbbe: 'Va bene'."

"E ti direbbe: 'Puoi dirlo a mamma' o 'Non puoi dirlo a mamma'?"

"Mi direbbe 'Puoi dirlo a mamma'. E potrebbe dire: 'Non puoi dirlo a mamma'."

"Ti toccherebbe in altri posti dove non ti piace, posti che secondo te non si devono toccare?"

"Qui. [*Amy si indica le parti intime*] E qui [*Amy si indica il sedere*]."

"E ti toccherebbe con la mano aperta o con un dito?"

"Solo con la mano aperta."

"Solo con la mano aperta... E ti toccherebbe fuori o dentro?"

"Fuori."

"Perché tu lo sai cosa sente uno che ha qualcuno che lo tocca dentro, è vero? E il tuo papà ti ha toccato dentro..."

"No."

"No? Bene. Se uno facesse domande come queste a Lucy, pensi che potrebbe dire una bugia? Tu sai che bugie potrebbe inventare?"

"No."

"Nemmeno io sono sicura su che bugia potrebbe inventare. Sapresti indovinare che bugie potrebbe inventare Lucy?"

"Non sono sicura, veramente."

"Pensi che sia qualcosa sul toccare?"

"Potrebbe essere qualcosa sul toccare."

"E che tipo di toccare sarebbe stato? Che tipo di toccare sarebbe stato?"

"Sarebbe stato in questa parte." [*E Amy si indica le parti intime*]

"Mmm mmm [*appena udibile*]. Hai detto che Lucy potrebbe parlare di qualche tipo di toccare? Che tipo di toccare?"

"Qui e lì." [*Amy si indica le parti intime e il sedere*]

"Lo stesso tipo di toccare che non ti è piaciuto?"

"Sì."

"Pensi che il tipo di toccare di Lucy fosse in qualche altra parte del corpo dei grandi?"

"No. Non lo penso."

"Era soltanto un toccare con la mano o con qualche altra parte?"

"La mano. Solo la mano."

"Sì. Bene. Se Lucy avesse detto che era un'altra parte del corpo, che parte del corpo pensi avrebbe detto?"

"Forse le gambe? O forse... Non sono sicura."

"Non sei sicura. Bene. Sei stata bravissima. Ti ricordi che abbiamo parlato della bocca? [*Amy la guarda sorpresa e la dottoressa Cliff continua*] Il dentro della bocca. Qualcuno ti ha mai toccato dentro la bocca?"

"Il mio dentista."

"Il tuo dentista... Bene, ma il tuo dentista ha il permesso di farlo. I dottori hanno il permesso di toccarti dentro le parti intime, lì sotto. C'è qualcuno che ha cercato di mettere dentro la tua bocca qualcosa o ti ha toccato dentro la bocca?"

"Be'. Ogni tanto la mamma mi dà le vitamine, o qualcos'altro."

"Se qualcuno ti toccasse dentro la bocca, con che cosa pensi che ti toccherebbe?"

"Un cucchiaio."

"E se qualcuno volesse toccarti con una parte del corpo, con che parte del corpo ti toccherebbe?"

"Con queste due dita." [*E Amy indica l'indice e il pollice*]

"Dita. Giusto. E se fosse un'altra parte del corpo, che parte del corpo sarebbe?"

"Non sono sicura."

Ron era tornato dal lavoro. Entrò piano piano nella stanza e posò le mani sulle spalle di Pat. Lei gli sorrise e interruppe il dvd. "Sei arrivato al momento giusto: pensavo di fare una pausa. Steve lo vuole stasera; ti dispiace se rimango fino a quando lo finisco?"

"Ma certo! Posso vederlo anch'io?" chiese poi Ron esitante.

Pat era stanca e cominciava a perdere le battute. Si misero a lavorare insieme, Ron le ripeteva le parole che le erano sfuggite e così il lavoro procedeva rapidamente.

"Bene. Ora giocheremo con queste bambole." [*La dottoressa Cliff prende una bambola anatomica e la fa vedere ad Amy*]

"E quando papà ti ha toccato qui e lì e a te questo non era piaciuto, quanti anni avevi? Perché tu ora sei una bimba grande, hai quasi nove anni... o sono dieci?"

"Io ho quasi otto anni."

"Quasi otto anni... Credevo fossi più grande. Uh! E sei stata così brava... Perciò avevi quasi otto anni quando papà ti ha toccato lì."

"Non mi ha toccato lì." [*Amy sembra offesa*]

"Non ti ha toccato... Credevo tu avessi detto che ti ha toccato lì qualche volta e che a te non è piaciuto. Che avevi pensato che era un modo di toccare cattivo."

"Soltanto se qualcuno mi avesse toccato lì avrei pensato che era un modo di toccare cattivo."

"Se qualcuno ti avesse toccato lì, tu avresti pensato che era un modo di toccare cattivo..."

"Sì."

"Sei sicura di questo?"

"Sì."

"E se qualcuno ti avesse toccato lì, quanti anni avresti avuto quando quello ti ha toccato?"

"Forse è stato quando ho avuto il problema... O forse quando ero un bebè."

"Quanti anni avevi quando hai avuto il problema?"

"Sei."

"E che problema era?"

"Be', vede, una volta sono andata in bagno e dentro di me è successo qualcosa, è venuto fuori sangue, così il giorno dopo sono dovuta andare dal dottore."

"Ti ricordi quanti anni avevi allora?"

"Ho detto che avevo sei anni."

"Eri più grande dell'età che Lucy ha ora?"

"Sì. Lei ha quattro anni."

"Credevo che Lucy fosse più grande."

"Lucy è grande. Qualcuno pensava che avesse otto anni!"

"Sono un po' confusa... Credevo che tu mi avessi detto, a un certo punto, che qualche volta il tuo papà ti ha toccato in un modo buono e qualche altra volta tu hai avuto male sul davanti."

"Mmm..."

"E questo è perché il tuo papà ti ha strofinato un poco troppo e tu gli hai detto di fermarsi."

"Lui non fa così. Lei ha detto: '*Se* lui ti avesse toccato lì'."

“Che bimba intelligente, l’ha capito: *se* è molto diverso da *quando*,” disse Ron, e Pat lo guardò con ammirazione. Lei, tutta presa dallo scrivere, non ci aveva fatto caso.

“Oh, sì. Hai ragione. Questo è il modo in cui farebbe male, lì. E se papà lo facesse, dove lo farebbe? In salotto o in camera da letto?”
“Non sono sicura. Forse in camera da letto, forse...”
“Era in camera da letto. Sarebbe nella tua camera da letto o in quella di papà?”
“Nella mia camera da letto.”
“Nella tua camera da letto?”
“Perché qualche volta lui ci legge una storia e qualche volta potrebbe massaggiarci la schiena nel darci il bacio della buonanotte, oppure no.”
“E qualche volta è un toccare in modo buono e qualche volta potrebbe essere cattivo.”
“Qualche volta un poco cattivo e qualche volta non cattivo.”
“E se qualche volta è un poco cattivo, dove ti toccherebbe che è un poco cattivo?”
“Io sarei sdraiata così. [*E Amy mostra il suo fondoschiena contro la sedia*] E lui farebbe così.” [*Fa il gesto di massaggiare*]

“È proprio un massaggio alla schiena. Io lo facevo a Jim, quando era piccolo,” commentò Ron.
Pat si girò: “Aspetta, c’è di più...”.

“È che fa proprio male, lì.”
“Fa molto male lì. E tu dici a papà: ‘Fermati, fermati’.”
“Mmm.”
“È un po’ brutto?”
“Non mi dà fastidio, qualche volta.”
“Non ti dà fastidio... E quando papà ti strofina lì ed è un poco cattivo, qualche volta, ti strofina anche in qualche altro posto?”
“No.”
“Ti strofina sul davanti, qualche volta, e tu dici che non ti piace?”
“No.”
“Vestiamo le bambole?”
“Sì.”
“Quale bambola vestiamo per prima?”

"Il papà." [*Vestono le bambole*]

"Sei molto brava a vestire la bambole. Quando ti vesti, ti vesti nello stesso modo?"

"Sì, tranne che io non posso mettermi a testa in giù per vestirmi." [*La dottoressa Cliff fa una risatina*]

"Sei stata molto brava e lo dirò alla tua mamma e al tuo papà. Un'ultima domanda: sai se qualcuno ha toccato Lucy in un modo cattivo?"

"Io non l'ho mai visto. Se l'avessi visto lo avrei detto a mamma o a papà. Questo è quello che si deve fare. Lei lo ha chiesto a Lucy?"

57.

"Penso solo che tu sia insopportabile"

Chelsea. Domenica 11 maggio

Da quando Mike stava al Claridge's non aveva fatto altro che desiderare di andarsene, eppure non era contento di trasferirsi nella casa nuova. Di prima mattina aveva portato le valigie e le aveva lasciate nell'ingresso, per poi coprire la breve distanza fra le due case facendo jogging.

Avevano stabilito una nuova routine della domenica: Mike e le bambine cucinavano il pranzo e Jenny si dava da fare, in casa, in modo che Amy e Lucy fossero tutte per Mike. Quel giorno però Jenny non li lasciava in pace: entrava e usciva dalla cucina e controllava cosa c'era nei pensili; si accertava di non aver dimenticato qualcosa da portare nella casa nuova, ma in realtà non voleva lasciarli soli. Mike l'aveva sorpresa più di una volta, dritta accanto alla porta e zitta, a osservarli: era come se avesse un brutto presentimento, e questo suo atteggiamento lo destabilizzava – lui intanto paragonava la loro bella cucina a quella dell'altra casa e rimpiangeva di averla comprata.

Zia Marjorie aveva promesso di portare le bambine al cinema per permettere ai genitori di sistemare la casa nuova. Appena furono uscite Jenny corse a finire le valigie da portare da Mike.

Lui la aspettava. Svuotarono il bagagliaio della Land Rover di fretta e in silenzio, guardandosi attorno come fossero squatter: non volevano essere notati dai vicini.

Poi Mike le fece strada in cucina. Un cesto di vimini troneggiava sul tavolo. "L'ho preso da Harrods. Fortnum non l'avrebbe mandato in tempo." E poi aggiunse guardando Jenny: "Ti ricordi quando siamo entrati nella nostra casa con le bambine?".

Era stata l'ultima volta in cui lei si era sentita completamente felice. Avevano dimenticato di fare la richiesta al comune per il permesso di parcheggio ed erano stati costretti a lasciare la macchina in una traversa, nel parcheggio a pagamento. Tenendosi per mano – le bambine in mezzo a lei e Mike – avevano camminato baldanzosi, come se il marciapiede appartenesse soltanto a loro. Amy e Lucy, non riuscendo a contenere l'eccitazione, avevano saltellato per tutta la strada cantando canzoncine. Quando erano spuntati sulla piazza Mike aveva lasciato andare la mano di Amy ed era corso avanti ad aprire la porta di casa. "Scendiamo," aveva detto, e in cucina c'era un enorme cesto di Fortnum & Mason con tutto il necessario per un delizioso tè.

Mike e Jenny stavano sistemando la stanza da letto. Avevano comprato dagli ex proprietari i mobili della cucina e delle camere dei bambini, il divano e le poltrone del salotto; le altre stanze erano vuote. Arredarono la camera di Mike e poi portarono nel soggiorno tutto ciò che era di più: tavolini da bambini, sedie, scaffali. Poi passarono alla cucina e cominciarono a svuotare le scatole e i pacchi che Jenny aveva portato. Il cesto di Harrods, avvolto nel cellophane e stretto da un grosso fiocco di seta, era circondato da pentole, padelle, piatti, bicchieri, flaconi di detersivi, strofinacci e pezze per spolverare.

Nel bel mezzo del riordino suonò il telefono di Mike: era Jim Stutz, e lui si spostò in salotto. Jenny lo aspettò e iniziò a disporre le stoviglie. Di tanto in tanto sentiva la sua sonora risata – la pseudorisata "Ah, ah-ah" che punteggia le conversazioni della buona società inglese. Cominciò a piangere, si sentiva umiliata, come una moglie messa da parte e costretta ad ammobiliare l'appartamento del marito disamorato, che ride al telefono con la nuova amante. Jenny scacciava dalla mente il motivo per cui Mike era stato costretto a vivere da solo. Era già tardi e lui era ancora al telefono. Doveva andar via per riaccompagnare zia Marjorie; gli fece un cenno di saluto e gli disse che sarebbe tornata dopo cena.

Jim continuava a parlare e Mike si guardava intorno. Il salotto era squallido. I suoi occhi si fermarono sulla parete sopra il camino: come tutte le altre era nuda, era rimasto solo l'alone di uno specchio che era stato portato via. Mike fissava quella forma rettangolare che sfigurava il muro, e tutto a un tratto gli sembrò che quella casa gli fosse ostile. L'anno precedente, quando l'avevano vista per la prima volta, era sembrata accogliente ma tutte quelle belle sensazioni erano svanite; la sua nuova casa gli offriva soltanto tristezza.

"Sei ancora lì, Mike? Non ti sento."

Jenny era tornata dopo che le bambine si erano addormentate e avevano ripreso a sistemare la cucina.

A un certo punto ebbero fame e aprirono il cesto di Harrods. Presero champagne, pâté, olive e biscotti. Jenny bevve troppo e questo le diede il coraggio di parlare. Le visite non andavano bene: Mike era scortese con le ragazze alla pari e le bambine erano irrequiete, cucinare con lui ogni domenica era diventato un obbligo. Non era più un piacere, per loro, e lui non se ne rendeva conto.

"Ma non ho altro da fare! Non ho il permesso di portarle fuori. Il problema è che mi disturba essere guardato a vista dalle maledette sorveglianti!"

"Non è questo. È che ti sei impuntato sulla cucina! Potresti giocare con loro, fare un puzzle, leggere un libro, andare in giardino, vedere un dvd... e perfino lasciarle sole, per un po'. Farebbe bene a loro e a te. Ogni tanto a casa ti assenti; lo fai, quando ti conviene, e non te ne rendi nemmeno conto! Stamattina, per esempio, hai perso un mucchio di tempo per i fatti tuoi a guardare la posta."

"E meno male che l'ho fatto. C'erano lettere e conti da pagare."

Jenny non gli dava retta e continuava: le visite erano troppo lunghe e le bambine non potevano andare in casa delle amiche, soprattutto Lucy, che all'asilo cominciava a fare nuove amicizie e riceveva i primi inviti. Jenny ne aveva parlato con Fiona, che aveva capito perfettamente la sua preoccupazione.

"Hai parlato di *questo* con l'assistente sociale?!" Mike era furioso.

"Dovevo. Hanno il diritto di farmi queste domande. Che importa, comunque? Lei era d'accordo con me."

"Certo. È quello che vogliono sentirsi dire! Io voglio vedere di più le mie figlie, e tu ti metti dalla loro parte."

"Cosa vuoi dire?"

"Voglio dire che ce l'hai con me. E so anche da quando: tu sei cambiata da quando ho messo piede in questa casa. Sai perfettamente perché l'abbiamo comprata."

"Perché non ti piaceva stare in albergo." Jenny inghiottì l'ultimo sorso di champagne e aggiunse: "Non posso esserne felice. Tu sei a casa tua e io vivo con tre ragazze straniere e zia Marjorie, il fine settimana, e non si sa quanto durerà".

“Sembri pronta a mollarmi e a estromettermi dalla vita delle mie figlie,” disse Mike. “Le bambine se ne sono accorte. Oggi Lucy mi ha chiesto di comprarti un regalo e poi mi ha detto: ‘Così mamma sarà più gentile con te’.”

Jenny non rispose e tutti e due continuarono a divorare quello che era rimasto. Si scolarono l’intera bottiglia di champagne. Mike cercò di accarezzare il braccio di Jenny, ma lei lo tirò indietro.

“Tu pensi che io sia un pervertito.”

“Ti sbagli, penso solo che tu sia insopportabile.”

Quando Jenny se ne fu andata, Mike si accorse dei piatti sporchi nel lavello.

58.
Il foglio giallo di Mrs Oboe
Brixton. Studio Wizens. Mercoledì 14 maggio

Steve era in tribunale e non c'era stata nessuna chiamata d'emergenza, vera o presunta, da parte dei clienti. Pat e Sharon si occupavano dell'amministrazione. Sharon canterellava sommessa mentre compilava gli stampati del tempo impiegato sui casi conclusi – sulla base del quale il ragioniere avrebbe poi preparato le parcelle – e Pat metteva in ordine cronologico la corrispondenza di un fascicolo che Steve aveva tirato fuori durante una causa e non aveva più rimesso a posto. Pat era preoccupata per i Pitt.

Dall'inizio della settimana la chiamavano ogni giorno e sembravano entrambi depressi. Lei non sapeva cosa fare e quando Steve era tornato gli aveva chiesto consiglio. Mike, in particolare, la metteva a disagio. Da quando aveva saputo che non c'era un dvd del colloquio con Lucy sembrava ossessionato: non faceva altro che leggere e rileggere la relazione della dottoressa Cliff e il trascritto del colloquio con Amy e si disperava. Le ripeteva le frasi che lo turbavano di più e sosteneva che parlare con lei lo aiutava a ritrovare la normalità in ufficio e con la famiglia. Mike sembrava paranoico: Steve ce l'aveva con lui, i nuovi vicini lo spiavano da dietro le tende e Jenny non lo amava più.

Steve aveva soltanto sbirciato gli appunti di Pat, ed era allarmato da quanto gli aveva riferito. Le disse che le cose andavano bene, per i Pitt, e che il lunedì successivo, il 19, ci sarebbe stata l'udienza per aumentare le visite, che, a quanto risultava dai resoconti, erano un gran successo. Lui avrebbe fatto notare al giudice che il testo del colloquio con Amy dimostrava che la dottoressa Cliff aveva travisato alcune delle risposte cruciali, ed era sicuro che i servizi sociali se ne fossero già resi conto; il dottor Vita aveva confermato per iscritto che Lucy aveva avuto un'infezione alle vie urinarie nel febbraio precedente e che le aveva prescritto una crema; la scuola era più che soddisfatta delle bambine, e inoltre le sue pressioni sul direttore dei tutori avevano ottenuto un altro insperato successo: le bambine ora avevano una tutrice, Mrs Fox. Perfino l'assenza di una registrazione del colloquio con Lucy poteva rivelarsi un vantaggio, soprattutto se la bambina avesse detto certe verità. "I Pitt dovrebbero essere contenti," commentò.

"Ne parli come se fossero marionette, ma sono persone! Hanno bisogno di parlarti, di essere rassicurati da te, non dalla tua segretaria!"

Steve si massaggiò il mento. "Vuoi che prenda io le loro telefonate?"

"No, continuerò io come prima, ma tu devi leggere quello che scrivo e insegnarmi come rispondere a Mike quando parla delle accuse."

"Ascolta e non dire nulla. Gli abusatori sessuali hanno l'impulso irrefrenabile di convincere gli altri della loro innocenza."

"Ma lui non è un abusatore! Non è stato dimostrato."

"E non lo sarà mai. Il pediatra è stato chiarissimo: non c'è stata penetrazione e la parola di una bambina di quattro anni non basta. Mike non sarà incriminato e neanche processato per un reato. Il che non toglie che in un procedimento civile, come il nostro, il giudice possa decidere che lo abbia commesso," rispose Steve, e aveva lo sguardo duro. Poi si ricompose. "Jenny mi preoccupa di più. Vorrei che tu la convincessi ad accettare la dottoressa Moss, puoi farcela. Ci sei riuscita con Mrs Oboe, che è un osso ben più duro!"

Pat e Sharon si truccavano prima di uscire: Pat andava a pranzo con un'amica, Sharon con uno che le piaceva.

"Scusami, ma non credo che un tipo come Mike Pitt possa davvero aver abusato la figlia," disse Pat, mentre si ripassava il mascara sulle ciglia.

"Non lo sappiamo."

"Ma stando ai resoconti delle visite è un bravo padre, e con le bambine si comporta bene."

"Questo non basta," ribatté Sharon. E le raccontò che nel condominio in cui abitava sua madre viveva un giovane che sembrava un angelo, tanto era buono e gentile. Aiutava soprattutto le ragazze madri; faceva per loro tanti lavoretti e non c'era cosa che non sapesse aggiustare. In questa maniera aveva ottenuto libero accesso nelle loro case e si era guadagnato la fiducia dei bambini.

"Ha perfino riparato la lavatrice di mia madre. Sapeva che i figli di mia sorella sono spesso a casa con lei. Quando poi si è scoperto il fatto e mia madre me lo ha detto, le ho fatto giurare di non fargli mettere mai più piede in casa!" esclamò Sharon, fiera. Fece una pausa per rifarsi una treccina che le si era sciolta. Quell'uomo aveva abusato un bambinetto, e la madre l'aveva denunciato. Il processo era andato male, e l'accusa dovette essere ritrattata: non c'erano prove tangibili e il bambino era traumatizzato e non avrebbe retto un controinterrogatorio. "Adesso quel pervertito è a piede libero, ma non osa più fare gentilezze alle madri del palazzo: le fa nel condominio vicino, quello in cui vive zio George. Lo vedo ogni sabato a bighellonare dove giocano i bambini. E come li guarda!"

Sharon si era accalorata: "Mi rivolta lo stomaco dover lavorare per i clienti pedofili! Ma è parte del nostro lavoro, te ne accorgerai con i Pitt. Io penso allo stipendio e vado avanti. Con lo straordinario del mese scorso mi sono pagata l'abito per il matrimonio di mia cugina, e con quello di questo mese mi comprerò gli accessori in tinta!". Ebbe un'esitazione, poi aggiunse con un tremito nella voce: "Una delle mie nipotine è stata abusata da uno zio...".

Mrs Oboe era seduta accanto a Steve: aspettavano l'assistente sociale di Ali. Era riuscita velocemente a vendere l'orologio del marito: ne aveva ricavato una bella somma e aveva insistito per essere esaminata dalla stessa psicologa che aveva visto Ali. La diagnosi era attesa in quei giorni.

Mrs Oboe parlò per prima: chiese scusa all'assistente sociale e le spiegò che quando era venuta a casa sua aveva appena buttato per aria la cucina per cercare l'orologio del marito. Si vergognava di farla entrare e aveva cercato di mandarla via: "La mia lingua è cattiva, quando mi sento nei guai".

Quando le fu detto che l'assistente sociale se ne sarebbe andata, Mrs Oboe non sembrò preoccupata. "Posso sempre chiamare Pat," disse. E Steve la rassicurò che anche dopo la conclusione del caso Pat sarebbe rimasta sua amica. Poi discussero il futuro: mentre si aspettava il nuovo assistente sociale di Ali, l'insegnante di sostegno – che aveva accettato le scuse di Mrs Oboe e con il quale ora andava d'accordo – sarebbe stato il suo punto di riferimento.

L'assistente sociale suggerì anche che Mrs Oboe si unisse a un gruppo di supporto per genitori, e lei, incuriosita, chiese informazioni – era assertiva e speranzosa. Poi passarono alla scuola secondaria di Ali e Mrs Oboe accennò al fatto che anche lei avrebbe potuto frequentare un college. Alla fine parlarono del ritorno in Israele dell'assistente sociale e Mrs Oboe sorprese tutti dicendo di esservi stata più volte con il marito, che aveva dei fornitori israeliani.

Dopo che se ne furono andati, Pat chiese a Steve cosa mai avrebbe potuto fare con Mrs Oboe quando il caso sarebbe stato chiuso.

"Ascolta quello che ti dice. Se c'è qualcosa che sembra pertinente al nostro lavoro, dimmelo. Altrimenti non prendere appunti. Spesso i clienti continuano a chiamarci anche dopo l'ultima udienza, ma con il passare del tempo smettono e ci dimenticano. È come svezzare un bambino – meglio farlo gradualmente." In quel momento, la relazione della psicologa apparve fra le e-mail di Pat, e lei chiamò subito Mrs Oboe: era al mercato, ma non voleva tornare indietro e insistette per fissare un appuntamento nel pomeriggio.

Quando Mrs Oboe entrò nell'ufficio, Pat e Sharon rimasero a bocca aperta. Si era rifatta il trucco e indossava un sontuoso completo nigeriano – abito e copricapo di broccato giallo e nero –, al collo una grossa collana dorata e vistosi orecchini. Era regale. Prima di venire aveva chiamato: voleva che fosse Pat, e non Steve, a leggerle la relazione. Pat ne era rimasta sorpresa perché era così che facevano di solito, ma lo scopo di quella richiesta divenne chiaro quando Mrs Oboe spostò la sedia vicino alla sua e trasse dalla borsa un foglio giallo di plastica trasparente, chiedendole di sovrapporlo alla pagina ogni qual volta vi fosse scritto il suo nome. Mrs Oboe voleva farle vedere cosa le aveva insegnato la psicologa – quel foglio giallo faceva risaltare meglio le parole e lei ora riusciva a riconoscere il proprio nome. Mrs Oboe aggiunse che c'erano altri strumenti, ma era conscia che non avrebbe imparato velocemente a leggere e non sembrò dispiaciuta quando Pat le lesse la diagnosi: grave dislessia.

Mentre aspettavano Steve bevvero la limonata.

"Ha figli?" chiese Mrs Oboe.

"No."

"È stata in collegio?"

"Io no, ma mio padre sì. Mio nonno era nell'esercito e vivevano all'estero."

"E ci stava bene, in collegio?"

"Sì, gli piacevano gli sport."

"Era il figlio della nonna che non sapeva leggere?"

Mrs Oboe aveva preso l'iniziativa perfino con Steve: voleva sapere in tutta onestà cosa avrebbe potuto fare Ali da adulto. Steve era in difficoltà, il ragazzino era gravemente disabile e per di più lui non l'aveva mai visto: Ali non era suo cliente e aveva già un avvocato.

"Ha molti problemi e non si muove facilmente. Troverà un'occupazione, ma avrà bisogno di sostegno. All'inizio lo aiuteranno la scuola e i servizi sociali."

"Ali ha me: ci sarò io ad aiutarlo." E poi Mrs Oboe aggiunse: "Il tutore dice che per lui è meglio il collegio differenziale. Il padre di Pat c'è stato in collegio: anche il suo?".

"Lui no, ci sono stato io."

"Anche suo padre era nell'esercito, allora?"

"No, lavorava all'estero per il governo."

Mrs Oboe guardò Steve e sembrava pensierosa. Poi gli sparò la domanda: "Lei si secca se cambio idea e le dico che anch'io voglio che vada a quella scuola?".

"Per niente. È lei che deve decidere. Potrebbe essere una buona cosa."

Mrs Oboe disse che non voleva che Ali dovesse contare soltanto sull'assistenza dei servizi sociali. Gli avrebbe dato lei tutto l'aiuto di cui aveva bisogno, ma per farlo doveva imparare a leggere e a scrivere. E mentre lui era in quella scuola, lei avrebbe studiato a tempo pieno.

"Ali capirà che non voglio liberarmi di lui, ma che lo faccio per il suo bene."

Steve le chiese se preferiva pensarci su prima che lui lo comunicasse alle parti.

"No. Lo faccia, ora." Mrs Oboe si alzò e tirò fuori una banconota, poi la porse a Steve con fare solenne. "Per la sua birra." Steve accettò e la ringraziò. Poi le ricordò che si sarebbero rivisti perché ci sarebbe stata un'altra udienza per informare il giudice della sua decisione e permettere ai servizi sociali di ritirare il loro procedimento.

"Io non voglio più andarci in tribunale. Glielo dica lei."

Mrs Oboe strinse la mano a Sharon, poi a Steve. Quando arrivò il turno di Pat le trattenne la mano fra le sue un po' di più e le disse: "Non si preoccupi, le farò sapere come se la cava Ali".

59.
Un portachiavi di diamanti
Brixton. The Green Man. Venerdì 16 maggio

Steve decise di incontrare i Pitt da solo nella stanza delle riunioni, che era anche la biblioteca dello studio Wizens. Le pareti erano interamente occupate da librerie e il resto del mobilio consisteva in un lungo tavolo coperto da una cerata, poltroncine e diverse sedie pieghevoli, accatastate contro una libreria. Mike e Jenny si sedettero distanti l'uno dall'altra e ascoltarono Steve che ricapitolava la situazione. Ogni tanto Mike dava uno sguardo alla stanza, ben diversa dalle eleganti sale riunioni a cui era abituato, e si chiedeva perché mai fosse andato a finire da quegli avvocati morti di fame. Steve spiegò poi cos'altro restava da fare e diede loro qualche dritta su come comportarsi con Mrs Fox. I Pitt contribuivano alla conversazione senza mai rivolgersi la parola e, nonostante più di una volta Steve li avesse messi nelle condizioni per parlargli del loro allontanamento, avevano evitato qualunque riferimento personale.

L'incontro fu breve e finì prima dell'ora di pranzo. I Pitt incrociarono Pat nella reception e Jenny la invitò a mangiare un boccone insieme. Sembrò delusa quando Mike insistette per accompagnarle, ma non fece obiezioni e andarono tutti e tre al Green Man, un pub-ristorante in Atlantic Road.

I brixtoniani, bianchi e neri, vivono in armonia, ma nei pub le due comunità preferiscono stare separate: ognuna si appropria o della zona bar o di quella saloon. Mike portò Jenny e Pat nel saloon, più comodo, che era frequentato dai giamaicani, ma nessuno fece caso a loro.

Al telefono marito e moglie parlavano liberamente di sé con

Pat, ora che ce l'avevano di fronte sembravano imbarazzati e avevano poco da dire. Pat ruppe il ghiaccio e si informò sull'incontro con Steve. Jenny le disse subito che avrebbero chiesto di prolungare le visite: "Mike sa che avere in casa le ragazze alla pari e zia Marjorie aumenta le pressioni su di me, ma Amy e Lucy vogliono bene al loro papà".

Mike riferì che Steve gli aveva assicurato che avrebbe sottoposto la dottoressa Cliff a un controinterrogatorio approfondito – lui gli aveva dato pagine di note sul testo del colloquio con Amy e Steve avrebbe saputo come usarle. "Sono fiero di Amy. Ha soltanto otto anni, ma ha respinto ogni singola insinuazione contro di me; avrebbe potuto lasciarsi intrappolare, invece non c'è cascata. Lucy è più piccola ed è imprecisa, Dio solo sa cosa le ha fatto dire quella donna."

"È per questo che non voglio che sia visitata dalla dottoressa Moss," intervenne Jenny. "Te l'ho già detto, sarebbe un altro abuso."

Ma Mike non le rispose; aveva dimenticato di dire a Steve di chiedere alla dottoressa Cliff perché avesse usato le bambole anatomiche anche con Amy e raccomandò a Pat di ricordarglielo. Poi si lamentò di nuovo che Steve non lo teneva informato regolarmente. "Se non fosse per lei, non sapremmo mai cosa succede." Pat obiettò che Steve aveva tanti clienti, e il ruolo della sua segretaria era appunto quello di tenerli informati: lui poi leggeva i suoi appunti.

"Spero che non metta per iscritto anche le mie lamentele, quando le dico che mi sento solo e che sento la mancanza di mia moglie e delle mie figlie." E Mike fissò Pat, ma lei si era distratta a guardare i tre uomini seduti al tavolino accanto, due anziani e un giovane: erano lì da un bel po', a giudicare dal numero di boccali vuoti che avevano davanti, e ridacchiavano.

Allora Mike riprese a lamentarsi di Steve: all'inizio aveva apprezzato la sua rapidità, ora invece se la prendeva comoda.

"Tu ti lamenti di tutti: il professor Duncan non risponde alle tue e-mail, io non faccio quello che vuoi, le ragazze alla pari sono lente... Se ci lasciassi fare a modo nostro, saremmo tutti più efficienti. E sereni," intervenne Jenny.

"Di' la verità a Pat: nemmeno tu rispondi alle mie telefonate." E Mike si girò verso Pat: "Perfino mia moglie non ha tempo per me".

Jenny si arrabbiò ed era sul punto di rispondergli per le rime, ma il telefono di Mike squillò e lui uscì dal pub.

Pat approfittò dell'opportunità di essere sola con Jenny per parlarle della dottoressa Moss. "Dovrebbe permetterle di vedere Lucy. Se le cose si mettessero male e succedesse il peggio, Lucy non la perdonerebbe mai."

"Che significa 'il peggio'?"

"Ho battuto io la lettera in cui Steve le dice che se il giudice crede alla dottoressa Cliff – e non c'è un altro psichiatra che possa contraddirla, e lei continua a insistere che Mike è innocente e non abuserebbe mai un bambino – i servizi sociali potrebbero davvero toglierle Amy e Lucy e farle adottare: Steve farà del suo meglio, ma se non dovesse riuscirci lei sarebbe capace di vivere con questo peso?"

"Credevo che Steve avesse la fama di vincere tutte le cause," rispose Jenny con aria di sufficienza: aveva assunto il tono di Mike, che non le si addiceva.

"Che stupidaggine!" scattò Pat. "Glielo chieda. Le dirà che la settimana scorsa ha perso una causa per due genitori come voi." E diede un morso al suo panino al formaggio. Quando Mike tornò al tavolo, Pat si rivolse a lui e di proposito ignorò Jenny, che, isolata, si mangiava le foglie di lattuga piano piano, gli occhi fissi sul piatto.

I tre accanto a loro stavano per andare. Il giovane si alzò e rovesciò sul tavolo il contenuto della tasca: raccoglieva le monete per dare la sua quota agli altri. In mezzo agli spicci, luccicava un portachiavi di brillanti. "Chiedo scusa," disse Pat. E si alzò di fretta per andare in bagno. Passando guardò fra i boccali e riconobbe il portachiavi di Mrs Ansell con la lettera E.

Quando ritornò, Jenny era scivolata sulla sedia e Mike appoggiava il braccio sulla spalliera. Non si toccavano, ma l'aggressività era sparita.

"Dica a Steve che sono d'accordo sulla dottoressa Moss," le disse Jenny.

"Lei è riuscita dove io ho fallito." E Mike guardò Pat: le sue pupille sembravano punte di spillo.

La dottoressa Cliff faceva uno spuntino mentre guardava il dvd di Amy. Era la prima volta, perché quando si era portata il dvd dall'ospedale non ne aveva avuto il tempo e nemmeno la voglia.

Flag, accucciato ai suoi piedi, cominciò a tossire. Era un anziano setter bianco e arancio. Malato, come si evinceva dal mantello spelacchiato. Nonostante le frequenti visite dal veterinario, aveva i denti incrostati di tartaro e puzzava. Ralph telefonava ogni giorno, quando non passava per vedere come stava. Flag sollevò gli occhi acquosi e si avvicinò ancora di più strofinando il muso sulle caviglie della padrona. Poi cercò di alzarsi e vomitò sul tappeto.

Nel tempo che ci volle per occuparsi di Flag e pulire il tappeto, il dvd era finito. La dottoressa Cliff lo fece ripartire da capo e si sedette a guardare con carta e matita, una copia della relazione aperta sulle ginocchia.

Lei aveva detto: "I bambini piangono quando hanno gli incubi," e Amy aveva risposto: "Ma Lucy non piange. Quando Lucy ha gli incubi, chiama la mamma". Melanie Cliff spense il lettore dvd.

60.

La terza udienza dei Pitt

Strand. Royal Courts of Justice. Lunedì 19 maggio

Era il giorno fissato per la terza udienza dei Pitt.

Sandra Pepper e Miss Barnes si erano date appuntamento nella caffetteria per discutere la tattica del giorno. Era quasi certo che l'udienza sarebbe stata rinviata – il tribunale aveva assegnato mezz'ora soltanto –, ma dovevano essere pronte a ogni evenienza.

"Mi brucia dover pagare la Cliff con i soldi del mio budget," diceva Lucretia Barnes. "Sono rimasta delusa dal modo in cui ha condotto il colloquio con Amy." Aveva guardato con attenzione il dvd e lo aveva confrontato con la relazione della psichiatra. "Amy ne è venuta fuori bene: matura e accurata. Certo, cosa c'è dietro a questo atteggiamento controllato in una bimba di appena otto anni, non si sa ancora! La Cliff invece oscillava dall'informale al prepotente, e a volte riformulava la domanda prima ancora di avere la risposta!" Miss Barnes era molto critica: la dottoressa aveva esagerato la storia della Jacuzzi e quella delle visite notturne: "Non ce n'era bisogno. Quello che importa è che Amy ha confermato che Lucy era rimasta sola col padre, e che lui andava nella loro camera ogni sera".

"Non riesco a capire perché lo ha fatto." Anche Sandra Pepper era perplessa. "Lo so io," rispose Miss Barnes con un pizzico di rivalsa, e bisbigliò: "Quella ha trasferito un suo trauma infantile su Lucy: la dottoressa Cliff dev'essere stata abusata da bambina". E aggiunse che conosceva personalmente molti operatori nel campo dell'abuso dei minori che a loro volta erano stati vittime di abuso. "Alcuni riescono a gestire il loro bagaglio emotivo, ma non lei: è soltanto una vittima che non ha ricevuto aiuto al momento giusto."

"Ssshh!" Sandra si guardava intorno. "Stai esagerando. Non

parlarne con nessuno, altrimenti avremo guai. In ogni caso lei rimarrà la nostra sola testimone, Mrs Dooms non la vedremo più."

"Non sono d'accordo con te: lei sì che ha a cuore il bene di Lucy, e se è necessario verrà. Ha voluto il numero del mio cellulare e mi chiamerà per sapere cosa è successo."

Steve incontrò i Pitt nell'ingresso esterno del tribunale. Mike e Jenny avrebbero preferito andare al lavoro, ma lui aveva insistito perché fossero presenti, nella remota eventualità che l'udienza non fosse rinviata. La squadra dei servizi sociali era già davanti all'aula. La dottoressa Cliff sedeva da sola, poco distante. Si salutarono con un freddo "buongiorno", poi Steve portò i Pitt a un tavolo lontano e cominciò a estrarre dallo zaino le voluminose cartelle, senza affrettarsi. Intanto seguiva con la coda dell'occhio Sandra Pepper: parlava con la dottoressa Cliff che non sembrava per niente contenta. Poi Sandra si avvicinò per dirgli che la dottoressa Cliff non aveva alcuna obiezione a una seconda opinione della dottoressa Moss.

Elaine Stanley, l'avvocato di Mrs Fox, era arrivata in ritardo. Disse che la tutrice delle bambine era da tempo malata e non aveva nemmeno letto il fascicolo: lei era venuta per chiedere un rinvio fino a quando la sua cliente non fosse tornata al lavoro. Aggiunse che Mrs Fox era furiosa per il comportamento di Steve, che aveva chiesto – e ottenuto – il consenso sui due esperti prima che lei fosse nominata tutrice. Intendeva chiedere al giudice di riconsiderare il beneplacito del giudicante precedente quando avrebbe avuto l'opportunità di valutare le qualifiche dei due esperti. I tre avvocati si spostarono in un angolo e discussero a lungo; Steve parlava più di tutti. Mike fissava la dottoressa Cliff: la odiava. Jenny, accanto a lui, sembrava che non fosse presente, un senso di vuoto che le ottundeva corpo e mente.

A un certo punto, i tre avvocati si infilarono in aula senza dir niente ai propri clienti. Steve non aveva degnato i Pitt di un'occhiata e non tornò nemmeno a prendersi le cartelle. Mike lo vide scomparire dietro le enormi porte dell'aula e si sentì impotente; strinse i pugni fissando le porte scolpite che si chiudevano implacabili sull'arcano di una giustizia invisibile.

"Un giorno sprecato! Il giudice voleva sapere se avevamo raggiunto un accordo. Gli altri sarebbero stati disposti ad accettare sia la dottoressa Moss sia il professor Duncan, se avessimo ceduto sui diritti di visita per dar modo alla tutrice di conoscere la famiglia! Comunque, torneremo giovedì: avremo tutto un pomeriggio per il dibattito sui diritti di visita." Steve era riemerso dall'aula e stava rimettendo le cartelle nello zaino.

"Te l'avevo detto di lasciar stare. La tutrice non farà niente tra oggi e mercoledì, e sarà un'altra perdita di tempo!" esclamò Jenny, rivolta a Mike. Poi cercò Steve sperando che le desse manforte, ma lui stava chiudendo lo zaino.

Mike si alzò di scatto – le braccia abbandonate lungo i fianchi, ma i pugni serrati –, sudava. "Sia ben chiaro, oggi non è stato sprecato! Voglio vedere di più le mie figlie." Aveva parlato a voce alta e si aspettava una reazione da Steve, ma Steve guardava la dottoressa Cliff, che si era avvicinata con Miss Barnes a Sandra Pepper e ascoltava il resoconto di quanto era successo in aula.

Miss Barnes aveva udito le parole di Mike e gli lanciò uno sguardo duro. La dottoressa Cliff invece era impallidita e si era irrigidita: sembrava non udire più Sandra Pepper.

"Cosa faresti con le bambine per una giornata intera? E io che faccio? Non le vedo tanto più di te, ora che sono al lavoro. Nei pomeriggi liberi me le portavo fuori e ci divertivamo, ora devono stare chiuse a casa!"

"Ne ho abbastanza. Andiamo." E Mike si trascinò via Jenny.

La squadra di Mike lo aspettava in ufficio. Il consiglio d'amministrazione di Wear-and-Go aveva dichiarato l'offerta di Jim Stutz un takeover ostile. Erano in guerra.

Rudy Halt prese Mike da parte e gli chiese com'era andata.

"Un altro fottuto rinvio. A giovedì."

"Ce l'hai il tempo di occuparti dell'acquisizione?"

"Certo. E vinceremo."

Rudy gli diede una pacca sulle spalle.

Mike e la sua squadra lavorarono freneticamente tutta la giornata. La sera andarono insieme in un club e Mike accettò una pista di cocaina.

61.

La quarta udienza dei Pitt
Strand. Royal Courts of Justice. Giovedì 22 maggio

Erano le otto di mattina e Pat e Sharon erano alle prese con la posta quando si aprì la porta e apparve Steve.

"Cosa si aspettano i Pitt dall'udienza di oggi?" chiese a Pat, e si mise a lavorare accanto a lei. Steve sapeva come tagliare le buste e poi mettere le lettere in ordine per apporvi il timbro della data al posto giusto e velocemente, come se quel compito non gli fosse nuovo.

"Chi te l'ha insegnato?" chiese Sharon.

"Ai miei tempi, i giovani di studio facevano anche questo." Poi Steve si girò verso Pat, pronto ad ascoltarla.

Mike era conscio che avrebbe ottenuto poco o niente: teneva molto di più al professor Duncan e da Steve si aspettava un controinterrogatorio spietato della dottoressa Cliff. Jenny era strana: diceva poco e sembrava più assorta nel suo lavoro. Non aveva parlato del marito se non per dire che andava spesso all'estero e che aveva già perso alcune visite durante la settimana. Secondo Pat, la tensione tra marito e moglie aumentava di giorno in giorno.

"Reggeranno?" chiese Steve.

"Speriamo." E Pat prese a timbrare la posta dei penalisti.

L'udienza era cominciata in orario. Il giudice aveva letto i documenti e osservato che gli altri giudicanti avevano omesso di fissare l'udienza per l'accertamento dei fatti contestati. In quel caso si trattava di un fatto soltanto: se Lucy era stata abusata dal padre. Se il giudice avesse deciso che l'abuso era avvenuto, all'udienza finale si sarebbe discusso soltanto il futuro di Lucy. Se invece avesse deciso che il fatto non sussisteva, i servizi sociali avrebbero dovuto considerare se abbandonare il procedimento o continuarlo sollevando altre accuse. Il giudice voleva che le parti prendessero le informazioni necessarie e gli comunicassero, alla fine del dibattito, le possibili date per quell'udienza.

Il primo testimone era la dottoressa Cliff. Parlò dei diritti di visita in generale e sostenne che non c'era alcun bisogno di aumentarli: erano già ampi e semmai avrebbero dovuto essere ridotti, qualora il monitoraggio avesse dimostrato che le bambine non ne traevano giovamento. A quel punto il giudice chiese a Steve se voleva porre domande alla dottoressa Cliff: la sua posizione era chiara. Steve rispose che era necessario un controinterrogatorio perché il trascritto del colloquio con Amy indicava che la dottoressa aveva travisato le parole della bambina e le sue risposte avrebbero avuto un effetto sul peso da dare alla testimonianza.

Steve parlava piano e ponderato, e ogni qual volta riportava frasi dalla relazione o dal trascritto faceva una lunga pausa.

"Questa è una richiesta per prolungare le visite sorvegliate del padre, e ridurre il numero dei sorveglianti. Sto cercando di stabilire quanto bene lei conosca la famiglia e mi concentrerò sul dvd del colloquio. Lei avrà certamente confrontato il trascritto con la sua relazione: c'è nulla che vorrebbe cambiare, in quello che ha scritto?"

"Nulla."

"Lei ha scritto che Amy le ha detto che il padre dà sempre alle figlie il bacio della buonanotte. '*Il padre rimane nella loro camera dopo il bacio della buonanotte e si siede sul letto di Lucy. Quando va via Lucy piange finché non si addormenta e qualche volta chiama la mamma.*' Vuol cambiare quanto da lei riportato?"

"No."

"Mi permetta di far riferimento al trascritto. Amy rispondeva a una sua domanda e le ha detto: '*Papà viene a darci il bacio della buonanotte quando torna a casa, non lo so se la mamma viene con lui, perché quasi sempre io dormo già*'. È corretto?"

Steve fece una pausa e la dottoressa Cliff guardò il trascritto.

"Sì."

"Poi ha chiesto ad Amy cosa faceva il padre nella loro camera da letto e lei ha risposto: '*Ci dà il bacio della buonanotte. E basta*'."

Un'altra pausa, in cui la dottoressa Cliff controllò il trascritto.

"Sì."

"Lei poi ha chiesto ad Amy se il padre rimaneva a parlare con

Lucy, e Amy le ha risposto: '*Qualche volta, se non riesce a dormire. Qualche volta Lucy ha gli incubi*'."

Pausa. Trascritto.

"Sì."

"Quindi ha chiesto cosa facevano il padre e Lucy quando lui rimaneva a parlare con lei, e Amy le ha spiegato che non lo sapeva perché non poteva vederli."

"Sì."

"Quel che Amy descrive mi sembra il comportamento normale di un padre affettuoso. È d'accordo?"

"Ho riassunto le risposte di Amy. La sua descrizione dell'angoscia di Lucy quando il padre la lascia non è quello che mi sarei aspettata in un sano rapporto fra padre e figlia."

"Dunque mi sta dicendo che lei ha scritto un riassunto di quello che le ho appena letto?"

"Sì."

"Ho ragione nel dedurre che lei è convinta che l'abuso sia avvenuto in quelle occasioni?"

"Sì, è quanto ho capito da Amy."

Steve fece una pausa e si girò verso i Pitt. I loro volti erano immobili: Mike teneva gli occhi fissi sulla dottoressa Cliff, Jenny sussurrava: "Lucy sta bene. Non le è successo niente".

"Amy non ha detto questo. Amy ha detto '*Presumo che Lucy si addormenti*', riferendosi a quando il padre la lasciava. È stata lei a chiedere ad Amy se Lucy avesse mai pianto, e la risposta di Amy è stata: '*E perché dovrebbe?*'. Poi, quando ha ricordato ad Amy che Lucy aveva incubi, Amy le ha confermato gli incubi ma non il pianto di Lucy. Lei ha commentato: '*I bambini piangono quando hanno gli incubi*'. Amy però non ha accettato il suo suggerimento; è una bimba sincera, e le ha risposto: '*Lei no. Quando ha gli incubi, Lucy chiama la mamma e mi sveglia*'. Lei poi ha suggerito ad Amy che Lucy *avrebbe anche potuto* piangere e parlottare fino ad addormentarsi. E Amy le ha risposto: '*Non lo so. Potrebbe, sì. Ma io non l'ho mai sentita fare queste cose*'. Lei ha scritto che Amy le ha detto che Lucy piange finché non si addormenta. Non è vero. La invito ora ad ammettere di aver sbagliato quando ha scritto: '*Quando il padre va via, Lucy piange finché non si addormenta e qualche volta chiama la mamma*'."

"L'importante è che Mr Pitt va ogni notte in camera delle figlie e si siede sul letto di Lucy."

"Ma Amy non ha detto che la sorella piange finché non si addormenta. È vero, o no?"

La dottoressa Cliff guardò il trascritto e sussurrò: "È vero".

"C'è qualcosa di sospetto nel comportamento di un padre che torna a casa la sera quando le figlie sono addormentate e va in punta di piedi nella loro stanza per dar loro il bacio della buonanotte?"

"Nulla."

"E c'è qualcosa di sospetto se il padre si siede sul letto della figlia di quattro anni che è sveglia e le parla per un po'?"

"Amy non poteva vedere cosa faceva Mr Pitt a Lucy. Amy ha detto che parlavano."

"Intende dire che Mr Pitt ha abusato Lucy mentre parlava con lei, ben sapendo che Amy era sveglia?"

"L'abuso può avvenire in una quantità di situazioni che all'apparenza sembrano perfettamente innocenti, come questa. Gli abusatori sono molto astuti."

"Lei ha dichiarato che Mr Pitt fa il bagno nella Jacuzzi con Lucy ogni sabato mattina, da solo, perché manda Amy nella sua camera. È esatto?"

"Questo è quello che le bambine mi hanno detto."

"Amy però non ha detto questo. Amy si è attenuta alla verità, che è confermata dai miei clienti: nel mese di febbraio, il sabato mattina Mr Pitt tornava a casa dal jogging e, poiché soffriva di tendinite, faceva un bagno caldo nella Jacuzzi mentre badava alle bambine: una volta ha permesso a Lucy di entrare in acqua con lui. Lei ha scritto: '*Ogni sabato mattina, quando la madre e la ragazza alla pari sono fuori casa, il padre manda Amy a giocare nella sua stanza e fa il bagno nella Jacuzzi con Lucy*'."

"Questo è quanto mi ha detto Amy."

"No, non lo è. Amy ha detto: '*Lui è entrato nella vasca con Lucy una volta, ma non con me*'. E poi, in risposta alla sua domanda, ha specificato cosa faceva mentre Lucy e il padre erano nella Jacuzzi: '*Ho fatto tante belle cose, quella volta che Lucy ha fatto il bagno con papà. Ho giocato, ho letto, ho guardato dalla finestra*'. Dopo di che, lei ha chiesto ad Amy se era rimasta con loro, e Amy le ha risposto: '*Ho chiesto a papà se potevo andare a giocare nella mia stanza. E lui mi ha detto sì*'. Quindi Amy ha aggiunto: '*Ora Lucy non fa la Jacuzzi con papà perché non la fa nemmeno lui. Ora sta meglio*'. Dottoressa Cliff, ammette che il suo riassunto della conversazione con Amy è sbagliato?"

"Potrebbe esserlo su qualche dettaglio."

Tutto a un tratto, l'aula si era oscurata. Una delle tempeste di grandine che flagellavano Londra in quella primavera infieriva sui vetri. La risposta della dottoressa Cliff era appena udibile. I presenti erano rimasti immobili, gli occhi rivolti alla finestra: gli avvocati con la penna in mano, il giudice con lo sguardo fisso dinanzi a sé, come i bambini che giocano alle belle statuine. Il picchiettio della grandine era sempre più forte e la luce era livida.

La dottoressa Cliff fu la prima a spezzare l'incantesimo. Chinò la testa verso il giudice e gli fece un mezzo sorriso. Il giudice batté le palpebre e disse a Steve di continuare.

"Amy le ha dato degli esempi dei segreti di Lucy col padre?"

"Non ricordo che me ne abbia dati."

"Mi permetta di suggerirle che la memoria non l'aiuta. Le leggerò l'unico esempio che Amy le ha dato senza alcun incoraggiamento: '*Se papà compra un regalo per mamma, Lucy corre subito a dirglielo. Se è un segreto, potrebbe non dirlo*'. Questo non è certamente il tipo di segreto che denota abuso sessuale."

"Potrebbero esserci altri segreti che potrebbero denotarlo. Io l'ho chiesto a Lucy, ma lei non ha voluto parlarne. Il gioco dei segreti è fondamentale nell'abuso dei bambini, soprattutto i più piccoli. Forse avrei dovuto chiederlo ad Amy."

"Lei ha descritto Amy come una bambina composta e accurata nelle risposte. Direbbe anche che diceva la verità, non è così?"

"Sì."

"Amy vorrebbe uscire con il padre durante le visite e se uno glielo chiedesse risponderebbe che vorrebbe vederlo di più. Le crederebbe?"

"I bambini abusati hanno un gran desiderio dell'affetto dei loro genitori, anche quando sono loro ad abusarli. Noi siamo qui per proteggerli."

"Grazie, dottoressa. A proposito, Amy le ha detto che suo padre fuma sigari, non sigarette."

Miss Stanley non aveva domande per la dottoressa Cliff; spiegò che la tutrice sarebbe rimasta in malattia almeno un'altra settimana e chiese un rinvio.

Il giudice, restio a cambiare i diritti di visita senza l'opinione della tutrice, si limitò a specificare che le visite fuori casa dovevano essere sorvegliate da Miss Wood o Lady Snowball, con l'ausilio di un'altra sorvegliante. Poi domandò se le parti avevano raggiunto un accordo sui due periti suggeriti dai Pitt. Miss Stanley aveva cambiato la sua posizione iniziale; ora la tutrice non si opponeva alla richiesta, ma i servizi sociali, quantunque non avessero altri periti da sottoporre al giudice, erano tuttora contrari. Sandra Pepper avvertì Miss Barnes che un'altra udienza avrebbe aumentato le spese: solo allora Miss Barnes diede il suo riluttante consenso. L'udienza per l'accertamento dei fatti venne fissata per il 4 luglio – nonostante le proteste dell'avvocato della tutrice, che pensava che fosse troppo presto, e il giudice diede loro le date entro cui la documentazione doveva essere depositata: quella dei periti il 13 giugno, quelle dei Pitt e dei servizi sociali il 20, e l'analisi dei fatti preparata dalla tutrice, da ultimo, il 27 giugno.

"Se il giudice non ha capito che quella donna è una bugiarda patentata, perderò fede nella giustizia!" esclamò Mike. Nonostante non avesse ottenuto nulla sui diritti di visita, era soddisfatto del controinterrogatorio di Steve, e volle dimostrarlo stringendogli la mano. Dopo di che si portò subito via Jenny, che mormorava ancora: "A Lucy non è successo niente... proprio niente...".

Steve aveva creduto di notare, sul palmo della mano di Mike, dei graffi a forma di mezzaluna in corrispondenza delle dita. Uno sanguinava ancora.

62.
"Il mio Mike di un tempo"
Brixton. Studio Wizens. Venerdì 23 maggio

L'indomani mattina il dottor Vita chiamò Steve. Voleva essere aggiornato sull'udienza e sull'interrogatorio della dottoressa Cliff, e poi disse a Steve che Mike gli aveva appena mandato un sms per disdire la partita fissata per domenica senza dare spiegazioni. Il dottore era preoccupato: Mike gli aveva accennato brevemente al risultato inconcludente dell'udienza e aveva detto che pensava di associarsi ai Fathers' Rights, un movimento che chiedeva maggior giustizia per i padri contro le madri che si opponevano ai loro diritti di visita e che dunque non aveva niente a che fare con i Pitt. Quando l'aveva spiegato a Mike, lui gli aveva risposto, secco: "Precisamente".

C'era di più: secondo lui Mike era clinicamente depresso e aveva rifiutato l'offerta di farmaci, dicendo che, se fosse saltato fuori nel corso del procedimento, i servizi sociali l'avrebbero usato contro di lui. Mike aveva bisogno di parlare con qualcuno e Jenny non sembrava capace né disposta a farlo. Poco dopo Jenny chiamò Steve sul cellulare. Voleva vederlo da sola e decisero di incontrarsi nel pomeriggio.

Quella mattina era venuta Miss Barnes. Era rimasta con lei a lungo e le aveva chiesto di punto in bianco se pensava di separarsi. Jenny aveva negato, ma non era stata interamente sincera. Voleva che Steve sapesse che c'erano tensioni e ne dava la colpa a Mike. Lui non accettava di aver perso il controllo sulla famiglia e mal sopportava di vivere da solo. Le visite erano diventate un peso per tutti, e cominciavano a esserlo anche per le bambine, che tuttora ignoravano che il padre non viveva a casa. Di recente, Amy le aveva raccontato di una compagna i cui genitori si stavano separando e le aveva chiesto se anche lei e il papà pensavano di divorziare. "Amy non fa domande senza motivo."

"Non c'è nulla di strano, i bambini sentono le tensioni nell'aria e Amy fa bene a parlare con lei." Poi Steve cambiò argomento. "Ha mai discusso le accuse con suo marito?"

"Non ce n'è bisogno: Lucy sta benissimo e io cerco di non pensarci. Se dovessi farlo, direi di nuovo che Mike non è un abusatore sessuale e non lo sarà mai."

A quel punto Steve azzardò la domanda che gli premeva: "È così sicura perché lei ha diretta conoscenza di un abusatore sessuale?".

Gli occhi di Jenny si rannuvolarono, e non rispose. Poi tornò sull'argomento che le stava a cuore, e con un certo pudore fece capire a Steve che tornava stanca dal lavoro e non era disponibile per Mike, non spesso come lui avrebbe desiderato.

Steve la osservava: ben truccata e con indosso pantaloni e camicetta intonati, dal taglio impeccabile e l'aria costosa, Jenny era infelice, eppure faceva uno sforzo coraggioso per mantenere un'apparenza di normalità.

"Ha paura che lui possa trovarsi un'altra?"

"Sì." Jenny si piegò in avanti e contrasse le labbra. "Quando lui non c'è lo desidero e sento la sua mancanza. Come oggi, perché so che non lo vedrò fino a domenica. Ma quando siamo insieme, non c'è tenerezza. Credo che Mike mi ritenga responsabile di tutti i nostri guai, per la mia avversione nei riguardi della Sunshine Nursery." Poi aggiunse: "Non sopporto più l'intrusione dei servizi sociali nella nostra vita". Si fermò di nuovo, quindi abbassò la voce: "Ero venuta a chiederle cosa ne pensa di... forse tutto questo finirebbe se Mike e io... un periodo di lontananza... fino a che la sua innocenza sarà dimostrata... vedremo...". Poi si ricompose: "Io amavo mio marito, potrebbe tornare a essere il mio Mike di un tempo...". E tacque.

Steve rispose senza alcuna compassione: "Che vi separiate o meno, la causa continuerà e i servizi sociali e la tutrice rimarranno sino al giudizio finale. Mi permetta di darle un suggerimento: dovrebbe essere più caritatevole nei riguardi di suo marito. È accusato di un crimine odioso, lei no".

63.

Mike anticipa il ritorno da Malta
South Bank. Sabato 24 maggio

La sera dell'udienza del giovedì Mike era andato a Ginevra per una riunione che si sarebbe tenuta il venerdì mattina. Mentre era lì gli era stato detto che doveva proseguire per Malta, dove Jim Stutz voleva incontrarlo; avrebbe perso anche la visita del sabato. Quando l'aveva detto a Jenny, lei ne era sembrata quasi contenta e gli aveva subito comunicato che la mattina di sabato avrebbe portato Amy e Lucy a un concerto per bambini alla Queen Elizabeth Hall e poi avrebbero pranzato alla Giraffe.

Jim Stutz gli aveva prenotato una suite in un albergo fuori La Valletta e aveva insistito per incontrarlo. Cenarono nella suite, come se Jim non volesse farsi vedere in giro con lui. Il motivo divenne chiaro dopo cena, quando ebbero finito di parlare di lavoro.

"Cosa sai dei collegi per ragazze di buona famiglia?" chiese Jim.

"Nulla, ma posso informarmi."

"Fallo, e dammi le informazioni di persona. Su uno yacht non si può ricevere una buona istruzione, e quei bastardi di Wear-and-Go mi stanno dando la caccia. Ma non mi prenderanno." Poi Jim divenne pensieroso e infilzò un calamaro con la forchetta. "So che l'acquisizione andrà in porto."

Masticava piano, assaporando, e poi disse a Mike in tono semiserio: "Non ti saresti dovuto fermare in quel caffè, a Siracusa".

Era notte e Mike fumava il sigaro sulla terrazza della suite. L'aria era molle. Le luci di Medina sembravano distanti e nel silenzio assoluto il mare, liscio e scuro come petrolio, brillava sotto il cielo stellato. Mike non aveva sonno, nonostante la stanchezza. Le turgide labbra della ragazzina di Siracusa e il volto grinzoso di Jim si alternavano come in un flash dinanzi ai suoi occhi stanchi in luride visioni di quel che succedeva sullo yacht, che forse era ancorato nella baia davanti a lui. La ragazzina sapeva cosa c'era in serbo per lei? Lo voleva?

Mike fece una ricerca su Internet e riuscì a trovare un volo notturno per Budapest e poi altri due che lo avrebbero portato a Londra in tempo per vedere le figlie.

Mike, stranottato, aveva preso un taxi da Heathrow fino all'Hungerford Foot Bridge; e lì aveva imboccato di corsa le scale davanti a cui l'autista aveva accostato, senza rendersi conto che erano quelle del ponte a monte del Tamigi, e che dunque i treni che attraversavano il fiume gli impedivano la vista del teatro da cui Jenny e le bambine sarebbero uscite dopo lo spettacolo. Sperava che lo spettacolo non fosse già finito, per poter vedere la sua famiglia senza essere visto.

"Buongiorno, signore." Dal suo posto di vedetta Mr Coutts aveva individuato la figura di Mike che si dirigeva verso il bar di fronte alla Royal Festival Hall e lo aveva raggiunto. Mike stava per ordinare un'aranciata e, colto di sorpresa, gli offrì da bere. "Non direi di no. Una limonata, grazie." Poi i due rimasero in piedi a guardare la fontana di Jeppe Hein.

Lucretia Barnes intratteneva i due proprietari giamaicani di un'agenzia di collocamento per assistenti sociali. Nutriva il sogno di mettere su una propria agenzia, non appena fosse riuscita ad andare in pensione. Aveva mostrato ai suoi ospiti la Royal Festival Hall, restaurata di recente, e aveva prenotato un tavolo al ristorante del secondo piano, da cui avrebbero potuto godere della vista del fiume.

In quel caldo sabato pomeriggio, aveva subito notato la silhouette di Mike Pitt: era l'unico a indossare un abito scuro e a portare una grande borsa di pelle a tracolla. Jenny l'aveva informata che il marito aveva disdetto la visita del sabato perché era all'estero e che ne avrebbe approfittato per portare le bambine a teatro: una scusa perfetta per una ben orchestrata infrazione.

Il concerto era finito e le famiglie si riversavano fuori dalla Queen Elizabeth Hall con bambini dagli occhi incantati e i visi sorridenti. Lucretia Barnes teneva lo sguardo fisso sulle porte: sempre conscia delle minoranze, cercava le facce scure – ce n'era una sola, una donna indiana con una ragazzina dalla pelle chiara.

"Nonostante si parli tanto di integrazione, i bambini neri sono esclusi dalla cultura di Londra. Vediamo se c'è almeno una faccia caraibica tra tutta questa gente!" E i suoi ospiti si girarono a guardare, dandole così l'opportunità di osservare indisturbata i Pitt.

Jenny si era rifiutata di comprare un gelato prima di pranzo, ma Lucy non desisteva e puntava gli occhi cupidi sul chiosco del bar. "C'è papà!" strillò, e cercò di divincolarsi dalla stretta della madre.

Pat e Ron erano andati a una mostra alla Hayward Gallery e stavano scendendo per le scale verso la terrazza. Pat guardò giù. Un uomo si faceva largo in senso contrario al flusso degli spettatori che uscivano dal teatro: era Mike Pitt. Pat si sporse cercando Jenny e la individuò subito – ferma tra la folla che spingeva da dietro, stringeva forte la mano di Amy e Lucy mentre gli altri che uscivano dal teatro le superavano.

Dimentica di Ron, Pat corse giù per le scale. Lucy si era liberata della stretta della madre e anche lei correva verso il padre. "Papà, sei qui!" Lo raggiunse un istante prima di Pat e alzò le braccia per essere presa.

"Non ti aspettavo. Quando sei arrivato?" Jenny era pallida. Poi salutò Pat e le presentò le figlie. Ron si era fermato dietro Pat e non capiva cosa stava succedendo.

"Vieni con noi alla Giraffe, papà?" chiese Amy.

Un momento di silenzio.

"Non posso," mormorò poi Mike, e non sapeva che altro dire.

"È colpa nostra," intervenne Pat rivolgendosi alle bambine, "stiamo andando in ufficio a lavorare con il vostro papà, ma prima voleva farci vedere le sue belle figlie." Mike si era subito accodato: "Siamo venuti per salutarvi, abbiamo tanto lavoro da fare. Domattina a colazione mi racconterete tutto".

Nessuno accennava ad andarsene e rimanevano in piedi tra la folla. Lucy, accanto a Mike, era interdetta e sbirciava Ron che si teneva in disparte, silenzioso. Amy raccontava del concerto, ma anche lei non capiva cosa stava succedendo. Allora Jenny prese il controllo della situazione. Disse alle bambine che il padre avrebbe offerto loro un gelato e che l'avrebbero mangiato mentre facevano la coda per andare alla Giraffe, ma dovevano andarci subito, altrimenti non avrebbero trovato più posto.

Miss Barnes osservava avidamente. Il gruppo si era incamminato verso il chiosco e Mike Pitt aveva comprato il gelato per Amy e Lucy, poi madre e figlie avevano imboccato la scala che scendeva sul lungofiume mentre lui si era soffermato a parlare brevemente con la coppia che li aveva raggiunti. Se n'erano andati anche quelli e lui era rimasto lì, accanto al chiosco, gli occhi fissi sulla fontana di Jeppe Hein, solo. Ma non a lungo; l'uomo con cui aveva preso qualcosa da bere prima gli si era avvicinato e i due erano restati, spalla a spalla, a guardare i bambini che giocavano nella fontana.

Il cameriere era pronto a prendere le ordinazioni e Miss Barnes dovette aiutare i suoi ospiti a scegliere dal menu.

Non guardò più fuori, aveva visto abbastanza.

Il cuore di Pat batteva forte e la fronte era imperlata di sudore: doveva avvertire Steve? Ron aveva cominciato a dire: "Quella bambina l'ho già vista...", ma lei lo interruppe: "Ho sete. Mi porteresti dell'acqua?".

Pat bevve e si tranquillizzò: non era il caso di allarmare Steve, ed era sicura che Jenny non avrebbe permesso un altro incontro. Si rivolse a Ron con un sorrisetto condiscendente: "Certo che l'hai vista, è Amy Pitt, la bimba del dvd!".

64.

Kahin si confida con Steve

Brixton. Studio Wizens. Lunedì 26 maggio

Kahin aveva telefonato a Steve all'ora di colazione. Avrebbe incontrato la nuova assistente sociale dopo la scuola e poi desiderava parlare con lui, nel suo ufficio. Steve, che aveva già un appuntamento serale con Mike Pitt, accettò, ma non prima di aver chiesto a Pat di restare fino a quando Kahin non se ne fosse andata.

Camicia bianca con cravatta, blazer e gonna blu a pieghe, Kahin portava l'uniforme senza alcuna civetteria. Dopo esserle stata presentata, Pat aveva ripreso a battere sulla tastiera. Con un orecchio seguiva il dettato del nastro di Steve, l'altro lo teneva teso a carpire il colloquio – ormai si era abituata ad ascoltare le conversazioni di Steve con i clienti, che non facevano caso alla sua presenza e la ignoravano, come se lei fosse parte della mobilia.

"Volevo chiederle scusa per l'altra sera. La madre affidataria mi ha rimproverato e ha detto che non avrei dovuto disturbarla a quell'ora in ufficio. Mi sento in colpa: e poi non ce n'era bisogno, gli amici della madre affidataria sembrano brave persone." Poi Kahin si fermò e disse tutto d'un fiato: "La nuova assistente sociale non mi piace" e tacque. Steve si protese sulla scrivania e aspettò che riprendesse a parlare.

Da quando, tre settimane prima, Kahin era stata accolta dai servizi, aveva già cambiato due assistenti sociali. Le avevano spiegato che la prima si occupava soltanto dell'accoglienza di emergenza, la seconda invece l'avrebbe seguita nei successivi tre mesi fino al compimento dei sedici anni, in agosto; poi ne avrebbe avuto una terza, che si sarebbe occupata di lei fino ai diciotto anni. Entrambe le assistenti sociali le avevano posto le stesse domande sulla sua famiglia, sulla scuola e avevano insistito per avere un resoconto dettagliato su quello che era successo, e ognuna aveva voluto sapere i nomi dei suoi genitori, degli otto fratelli e sorelle e dei posti in cui la famiglia era vissuta in Iraq, in Turchia e in Inghilterra. "Ogni volta ci vuole un sacco di tempo per rispondere alle loro domande e per scrivere i nostri nomi, che sono difficili. Quest'ultima avrebbe potuto risparmiarmelo, li aveva già scritti l'altra!" E Kahin sospirò.

Aveva detto alla prima assistente sociale che non voleva aver nulla a che fare con i genitori; lei l'aveva rassicurata. Invece ora la seconda insisteva per organizzare un incontro con la madre. Kahin aveva visto anche la tutrice, che le aveva fatto esattamente le stesse domande e aveva voluto sapere pure lei perché si rifiutava di incontrare la madre.

"Per favore, gli dica di smetterla! Cercano di forzarmi a vedere mia madre e a tornare a casa. Anche la madre affidataria non fa altro che ripetermelo." La voce di Kahin si era spezzata, adesso aveva alzato la testa e guardava Steve con gli occhi cerchiati di scuro nel viso esangue.

"Fanno il loro lavoro," le spiegò lui. "Gli assistenti sociali devono essere sicuri di aver capito i desideri dei giovani. Ti garantisco che non ti obbligheranno a tornare a casa, e neppure a vedere la tua famiglia."

"Ma la tutrice era molto insistente," ribatté Kahin. "Io mi fido di lei, perché mi ha detto che se non andiamo d'accordo posso scegliermi un altro avvocato. Posso cambiare tutrice?"

"No, il tutore del minore è nominato dal tribunale. Potrei chiedere che venga sostituito un assistente sociale, ma in questo caso dovrebbero esserci motivi molto validi, e non ce ne sono." Steve parlava come se fosse davanti al giudice.

"Per favore, dica a tutti quanti che io non tornerò mai a casa, e che non c'è motivo di incontrare mia madre – del resto nemmeno lei vuole vedermi. La smetteranno, se glielo dice lei?"

"Il ruolo degli assistenti sociali e anche dei tutori è innanzitutto di riunire le famiglie, non di romperle. Molti giovani che sono stati maltrattati tornano in famiglia quando i genitori riconoscono i propri errori. È meglio vivere a casa anziché con una famiglia affidataria o in comunità. I tuoi genitori potrebbero cambiare. Sono sicuro che ti toglierebbero molti dei compiti che ti avevano imposto; in ogni caso, non lavoreresti più al take-away, è illegale."

"Io a casa non ci tornerò mai più. Non mi vogliono, perché ho disonorato la mia famiglia due volte: la prima perché ho parlato con la professoressa, e ora perché vivo con una madre affidataria.

Mia madre non ha mai voluto bene né a me né alle mie sorelle, lei c'è soltanto per i maschi." E Kahin abbassò di nuovo la testa. "Ai suoi occhi loro non possono comportarsi male." Tacque.

"Ma i tuoi fratelli si sono comportati male con te," osservò Steve. "I tuoi fratelli si sono comportati male," ripeté a voce più bassa, "molto male; dimmi cosa hanno fatto, e poi non avrai più da preoccuparti – glielo spiegherò io ai servizi sociali e alla tutrice."

Era una giornata incerta e ventosa. In quel momento i cumuli che avevano coperto il sole vennero spazzati via, e i raggi irruppero nella stanza colpendo i capelli neri di Kahin e facendoli splendere.

Poi, un flusso di parole – precise, pacate e prive di emotività – senza pause e con tono monocorde, accompagnato soltanto dallo scricchiolio della penna di Steve e dal suono secco delle pagine voltate.

La famiglia Sivan era arrivata in Inghilterra dieci anni prima. Kahin allora aveva sei anni ed era la settima e penultima figlia: dopo di lei c'era una sorellina. Erano commercianti curdi che, perseguitati dagli iracheni, avevano perduto tutto, e si erano accampati a Diyarbakir, in Turchia; poi erano stati accolti come rifugiati in Inghilterra. Dopo essere stati sballottati per due anni da un centro di accoglienza all'altro, avevano ottenuto la residenza. Le tre sorelle maggiori dovettero occuparsi delle faccende di casa e dei fratelli minori, per consentire ai genitori di lavorare. Il padre importava vestiti che poi vendeva ai grossisti e attraverso una bancarella gestita dalla madre, che in seguito aveva messo su una sartoria dove altre emigrate cucivano capi di abbigliamento etnico adattato al gusto occidentale.

Quando l'ultima sorella maggiore aveva preso marito, Kahin, appena dodicenne, aveva dovuto accollarsi la responsabilità della casa e di badare alla sorellina e al fratellino più piccolo, nato in Inghilterra e allora di cinque anni.

"Era un lavoro pesante, mia madre non lo capiva perché non lo aveva mai fatto, nel nostro paese aveva dei domestici. I piccoli, che sono cresciuti qui, erano discoli e richiedevano più attenzione di noi figli maggiori, alla loro età."

Pat era rimasta ad ascoltare, le dita rattrappite sulla tastiera. Si accorse che Kahin aveva la gola secca, scivolò fuori senza farsi notare e tornò con un bicchiere d'acqua. Glielo mise vicino. Kahin sussultò: aveva dimenticato che lei e l'avvocato non erano soli. Pat si rimise le cuffie e pigiò il pedale. Kahin bevve l'acqua ma aveva smesso di parlare. Le dita di Pat presero a correre più veloci sulla tastiera e solo allora il racconto ricominciò.

In quel periodo i due fratelli maggiori vivevano in un appartamento vicino al take-away che il padre aveva aperto per loro. Il terzo fratello, diciassettenne, viveva in casa, ma anche lui lavorava nel locale. Tornava tardi, dopo la chiusura. Voleva cenare e svegliava Kahin perché gli cucinasse, e poi, mentre lei riordinava, rimaneva a guardarla. "Dopo faceva sesso con me," disse Kahin. Qualche volta la prendeva sul pavimento della cucina, altre volte nella stanza che divideva col fratellino.

Lei rigovernava piano piano, perché sperava che gli venisse sonno. Ma il fratello le diceva di far presto e le dava spintoni se non si sbrigava. Kahin alzò gli occhi verso Steve: "Mio padre dormiva, ma mia madre certe volte sentiva la mia voce e i suoi rumori. L'indomani mi diceva di starci attenta e non parlare, e di fare come voleva lui. Mi disse pure che lui era giovane e lavorava tanto: ne aveva bisogno".

Alla scuola superiore Kahin aveva molti compiti e non aveva il tempo di farli tutti perché quando aveva compiuto quattordici anni i genitori le avevano dato un altro incarico: pulire la cucina del take-away, ogni sera. Kahin doveva correre a prendere la sorella e il fratello a scuola, portarli a casa, fare le pulizie, cucinare per loro e poi per i genitori. Dopo cena il padre la portava in macchina al take-away e a notte fonda uno dei fratelli l'accompagnava a casa. Kahin era sempre in ritardo con i compiti e gli insegnanti la rimproveravano. Poi il padre aveva preso un altro take-away in centro, con sopra un grande appartamento; i tre fratelli vi si erano trasferiti, e avevano chiesto alla madre di mandare Kahin a dormire lì dal venerdì al lunedì, per fare le pulizie e per aiutarli a tenere la contabilità dato che lei era brava in matematica. La sera, a turno, i fratelli facevano sesso con lei. Il lunedì mattina si alzava alle sei, mentre loro dormivano, e prendeva l'autobus per tornare a casa in tempo per preparare la colazione ai piccoli.

Kahin era esaurita e aveva detto alla madre che era troppo stanca per studiare. La madre l'aveva picchiata per essersi lamentata, però poi aveva parlato con i fratelli, che le avevano cambiato il lavoro durante i giorni di scuola: stava alla cassa e non puliva più la cucina – un gran miglioramento, perché quando non c'erano clienti lei poteva fare i compiti. Ma era durato poco. Il fratello maggiore aveva aperto un altro take-away e lei, oltre a tutto il resto, era dovuta tornare ad aiutare in cucina i due fratelli rimasti.

Non si reggeva in piedi, non riusciva a concentrarsi, e una volta si era bruciata con l'olio bollente. A quel punto si era fatta coraggio e aveva detto ai fratelli che aveva bisogno di tempo per prepararsi agli esami – loro la presero a botte, e poi dissero alla madre che era ribelle, e anche lei la prese a botte. Da allora, i fratelli la picchiavano ogni qual volta non completava quanto ordinato o non lo faceva abbastanza velocemente. E continuavano ad avere rapporti con lei, a turno.

Gli esami di Kahin si avvicinavano: studiava di notte e dormiva soltanto due o tre ore, poi si addormentava in classe. L'insegnante volle sapere cosa le stava succedendo, e lei era crollata: lavorava troppo e i fratelli e la madre la picchiavano. La professoressa, visti i lividi e la bruciatura, aveva chiamato i servizi sociali. Kahin però non aveva rivelato l'abuso – aveva paura che il padre e i fratelli l'ammazzassero o la costringessero a sposare qualcuno che voleva venire a vivere in Inghilterra.

"Tua madre sapeva cosa ti facevano i tuoi fratelli?"

"Gliel'ho detto. Uno di loro non faceva attenzione e io avevo paura di restare incinta. Lei mi disse che le avevo già dato tante seccature e da allora in poi ogni volta che avevo le mestruazioni dovevo dirglielo."

"Ne hai parlato con le tue sorelle?"

"Con una: il fratello maggiore aveva fatto lo stesso con lei e per questo lei si è presa per marito il primo che mio padre le ha proposto. Mi ha consigliato di rassegnarmi, ma lei non doveva lavorare al take-away, e non le piaceva studiare. Io invece voglio diventare professoressa di matematica."

Kahin aveva un'ultima cosa da dire a Steve: era preoccupata per i due piccoli. La sorella adesso aveva undici anni e i genitori le avevano vietato di parlarle, ma loro si incontravano in segreto a scuola. Le aveva detto che la sorella maggiore era andata a vivere con loro, ma che presto sarebbe tornata dal marito. Kahin temeva che la sorellina potesse essere messa a fare i lavori di casa al suo posto.

Steve aveva chiesto a Pat di accompagnare Kahin alla porta. Mike Pitt aspettava da tempo, e andava su e giù nella sala d'aspetto, come un leone in gabbia. "Buonasera, signore," lo salutò Kahin.

Pat riordinava la scrivania. Aveva scritto pagine e pagine a casaccio e dovette cancellarle tutte. Prima di andare, ricordò a Steve che Mr Pitt lo aspettava, ma lui non le diede ascolto. In piedi davanti alla finestra toglieva le foglie morte dalle piante. Uno stanco raggio di sole colpiva i radi capelli sulla sua testa.

65.
Un consiglio a Mike
Brixton. Studio Wizens. Lunedì 26 maggio

Lunedì mattina Mike aveva ricevuto due telefonate in ufficio. La prima, da Miss Barnes: richiedeva un appuntamento quel giorno stesso; non aveva voluto dirgli nulla se non che Fiona se ne sarebbe andata alla fine della settimana e lei si sarebbe occupata di loro e che era assolutamente necessario che si incontrassero per completare l'accertamento sulla famiglia. Mike aveva proposto di incontrarsi dopo il lavoro, ma lei aveva rifiutato e infine si erano accordati per l'indomani mattina ai servizi sociali.

La seconda telefonata era di Steve: desiderava mostrargli le lettere per i periti e voleva discutere con lui i fatti del sabato; si sarebbero incontrati quella sera in ufficio.

Mike era sicuro che Steve gli avrebbe fatto domande anche su Jenny, di cui non voleva parlare. Sabato sera avevano litigato: lei lo accusava di aver messo a rischio il futuro delle loro figlie per averle viste senza supervisore e da lì erano passati a reciproche accuse e recriminazioni. Domenica erano stati ai Kew Gardens con Annabel e Teresa, e Jenny aveva fatto di tutto per rovinargli la giornata e tenergli lontane le bambine.

Steve cominciò col dire che aveva il dovere di informare le controparti dell'infrazione ai diritti di visita del sabato.

"È stato giusto il tempo di comprargli il gelato, e poi Jenny se le è portate al ristorante. Nessuno lo sa e non c'è niente da dire. Non sono un criminale!"

"Questo non c'entra: è un'infrazione, e io ne sono al corrente. Nasconderla potrebbe avere ripercussioni gravissime su di voi."

"Ma le ho detto che nessuno può saperlo! Lei è il mio avvocato e non può tradire le mie confidenze, in ogni caso è stata Pat a vederci."

"Appunto, la mia segretaria, che mi ha debitamente informato. Le bambine potrebbero parlarne con l'assistente sociale."

"Cosa vuole che si faccia? Andare di nuovo in tribunale per questa fesseria?"

"Propongo che lei e sua moglie rilasciate una dichiarazione. Spiegherò che lei era tornato dall'estero e all'ultimo momento aveva pensato di andare alla South Bank, dove sapeva che c'erano le bambine."

"Aggiunga pure che appena mi sono accorto che con loro non c'era nessuna delle sorveglianti me ne sono andato."

"Non è vero, lei lo sapeva già che erano sole. Ho visto sua moglie venerdì e stamane abbiamo parlato di nuovo. La visita di sabato era stata disdetta proprio da lei e sua moglie aveva detto ai servizi sociali che sarebbe andata a teatro da sola con le bambine."

"Mia moglie parla troppo con gli assistenti sociali... mi auguro che lei non faccia altrettanto..."

"Può darsi, ma dobbiamo risolvere questo pasticcio. Perché c'è andato?"

"Perché, perché?! Volevo vedere le mie figlie, anche se da lontano! Ho passato tutta la notte saltando da un aereo all'altro per arrivare in tempo! Era un giorno di visita, c'erano centinaia di persone attorno a noi e non so come avrei potuto abusarle. Si fidi, non c'è niente da dire ai servizi sociali."

"Le ribadisco il mio consiglio: bisogna informarne le controparti, e sua moglie è d'accordo. Intanto, dia uno sguardo alle lettere che ho preparato."

Mike rimase soddisfatto delle lettere agli esperti: dei ventiquattro disegni originali erano rimasti soltanto gli undici fatti all'asilo e le due fotocopie di quelli fatti in casa di Mrs Dooms. "Non è male per noi, quelli rimasti sono meno eloquenti degli altri," si fece scappare, e aggiunse tutto d'un fiato: "Sfido chiunque a trovare segni di abuso sessuale in questi disegni. Che stupidaggine!".

"Può darsi," disse Steve, "ma questo deve dirlo una persona qualificata, un esperto."

"Lei avrà pure un'opinione! O siamo diventati tutti deficienti e soltanto un 'esperto' può asserire quello che è palesemente ovvio?"

"Sono d'accordo con lei sul fatto che contiamo troppo sui periti: se ne fa un uso eccessivo. Ma non c'è niente da fare – il sistema è così."

"Le vostre udienze sono una farsa, glielo assicuro, e questa causa è una follia collettiva! Ora capisco perché certa gente ricorre a misure estreme, quando si trova di fronte a ingiustizie palesi. Mi guardi: come potrebbe una persona razionale credere che io sia un abusatore?"

"Lei non sa nulla della gente." La voce di Steve era forte e profonda. "Ho appena visto una ragazza abusata sistematicamente dai fratelli: li conosco perché sono stato loro cliente per anni, hanno sempre mantenuto l'apparenza di bravi giovani che lavorano duro, una famiglia unita e per bene." Steve gli puntò gli occhi addosso: "Lei, Mr Pitt, si sbaglia".

Aspettava una risposta, ma Mike si era preso il viso tra le mani: era la ragazza del take-away turco.

66.

I cioccolatini di Ron

Brixton. Studio Wizens. Martedì 27 maggio

Sharon era preoccupata per Mavis Clarke, che da più di due settimane non veniva in ufficio.

C'era un problema nuovo: il rapporto della polizia aveva rivelato, oltre alle condanne per furto e rapina, che Mr Turle a diciassette anni era stato processato per aver avuto rapporti sessuali con una minorenne; aveva ammesso il reato e non era stato incarcerato, il che lasciava presupporre che probabilmente era stato più un amore adolescenziale che un abuso. Ma i servizi sociali avrebbero dovuto fare gli accertamenti necessari, che avrebbero richiesto tempo.

"Significa che Stephanie non potrà andare dai nonni?"

"Non credo. Ma bisognerà aspettare, e Mavis andrà in panico."

"Steve ci riuscirà."

"Certo, ma vorrei che la chiamasse. Sono preoccupata."

"Perché non la chiami tu?"

"Perché sono solo una segretaria."

Steve era alla riunione dei soci dello studio, e le segretarie si occupavano dell'amministrazione del Legal Aid. A Pat sembrava che la mole di lavoro aumentasse di giorno in giorno e dunque era stata lieta di interrompere quando le aveva telefonato Jenny. I colleghi le avevano chiesto della festa d'inaugurazione della casa, che era stata fissata per il 21 giugno, e lei voleva sapere se Mike ne aveva parlato a Steve per ottenere il permesso del tribunale. Poi aveva aggiunto con una risatina: "Potrei anche farla senza di lui, è sempre in viaggio!". Dopo quella frecciata, Jenny era tornata seria: era preoccupata per le possibili ripercussioni dell'infrazione al diritto di visita del sabato precedente, e per l'incontro tra Mike e Miss Barnes.

Nella tarda mattinata aveva telefonato Mike. Era di pessimo umore e si lamentò di Jenny che gli si era rivoltata contro, poi chiese di parlare direttamente con Steve. Gli disse che quando era arrivato ai servizi sociali Miss Barnes aveva davanti a sé il fax della lettera sui fatti di sabato che Steve aveva insistito per mandare loro. Voleva saperne di più e insinuava che c'era stato ben altro! "Le ho detto che era tutto lì, e lei ha osato dire che certe volte gli avvocati aiutano i clienti a commettere infrazioni, voleva che le giustificassi la presenza della sua segretaria e del suo compagno! È peggio della Cliff!"

Mike aveva anche chiamato il numero verde di Fathers' Rights e gli avevano raccontato orribili casi di errori giudiziari: "Noi padri siamo trattati malissimo sul diritto di visita, perfino dai nostri avvocati!" aggiunse sprezzante.

"Se non ha altro da dirmi..." Steve riattaccò e uscì dall'ufficio.

"Certe volte penso che Steve sia troppo burbero con Mike Pitt," disse Pat. "Il fatto è che non capisce cosa significa essere un padre che rischia di perdere i figli."

Sharon la guardò con occhi di fuoco. "Steve lo sa fin troppo bene. Il suo unico figlio è morto di morte bianca." E non aggiunse altro.

Pat sarebbe voluta sprofondare. Senza dire niente passò a Sharon la scatola di cioccolatini che le aveva regalato Ron. Lei esitò, poi ne scelse uno e disse in tono mesto: "Di uomini buoni se ne trovano pochi".

"Ron è buonissimo!" esclamò Pat grata del suo perdono.

"E allora perché non te lo sposi? Con tutti questi cioccolatini, è chiaro che sta cercando di ottenere questo."

Pat non sapeva come rispondere. Non le venivano le parole giuste. Sharon incalzava: "State insieme da anni. Dovresti essere in grado di prendere una decisione".

"Non so, lui è..."

"Un po' noioso?"

"Hai indovinato." Sharon aveva messo il dito nella piaga. Ron, il suo sollecito Ron, non era eccitante.

Sharon prese dal cassetto il vasetto di crema alla noce di cocco e mentre si massaggiava braccia e mani sussurrò: "Allora non dovresti sposarlo".

Poi si era dischiusa in uno dei suoi sorrisi e le aveva raccontato che all'età di cinquant'anni sua zia Bessie aveva sposato un uomo bravissimo ma noioso e non era mai stata felice con lui. Quando era andato in pensione era voluto ritornare in Giamaica, dove aveva una grande casa. Zia Bessie non lo aveva seguito. Gli faceva visita una volta l'anno ed era sempre contenta di tornare a Londra, nel suo appartamentino. "Il problema," commentò Sharon, "è che io voglio il meglio dei due mondi: un uomo su cui poter contare e che sia anche divertente."

"Come il nostro capo?" chiese Pat canzonatoria. Le domande di Sharon su Ron l'avevano messa in imbarazzo.

"No, non come Steve. Ho dimenticato un terzo attributo essenziale: deve anche essere attraente."

Scoppiarono a ridere, ma in quella risata non c'era allegria.

Pat stava mettendo in ordine il fascicolo di Mrs Oboe, che era pronto per la parcella; il tribunale aveva stabilito che Ali sarebbe andato alla scuola differenziale a settembre. Pat raccoglieva in una cartella la stampata dei costi, le ricevute e i documenti essenziali e intanto eliminava dalla corrispondenza le doppie copie. Era un lavoro lungo.

"Cosa faccio con il dvd?" chiese a Sharon.

"Mandalo in amministrazione con tutto il resto. Quando la parcella verrà pagata, penseranno loro a distruggerlo. C'è una procedura speciale anche per quello."

Quella sera Pat e Ron erano andati al cinema. Sulla via del ritorno, Ron suggerì che facessero uno spuntino da lui. Aveva comprato formaggi francesi e una bottiglia di rosso dei Conti Maurigi a Trinity Stores. Mentre mangiavano, Pat gli raccontò delle procedure seguite per chiudere la pratica di Mrs Oboe. Poi divenne seria: "Devo chiederti scusa: avrei dovuto ascoltarti quando hai detto che forse Mrs Oboe era analfabeta".

Ron sorrise compiaciuto; poi, cercando di esserle ancora d'aiuto, disse: "Io ne ho fatta un'altra copia. La vuoi?".

"Non avresti dovuto!" E Pat arricciò il naso: "La cartella è già in amministrazione. Quando ritorna da noi per la firma di Steve, ci infilerò dentro la copia e nessuno si accorgerà che ne avevamo una in più".

Ron sembrava un cane bastonato e per farsi perdonare le spiegò che lui teneva sempre una copia dei dvd che lei gli dava, non per curiosità ma come precauzione, se per caso l'altra fosse andata persa.

Probabilmente Sharon aveva ragione, ma Ron era veramente un brav'uomo e lei gli voleva bene.

67.
La pasta di sale
Kensington. Casa Pitt. Mercoledì 28 maggio

Prima di essere accettata ai Meadows, Amy aveva sostenuto ben tre esami di ammissione ad altre scuole private. Dopo il secondo rifiuto, Jenny aveva fatto vedere entrambe le figlie da uno psicologo dell'apprendimento e dunque le bambine erano abituate a essere interrogate da adulti più o meno sconosciuti. Lucy e Amy non erano rimaste sorprese quando era stato detto loro che avevano un appuntamento con la dottoressa Cliff, e accettavano come normali le visite della puericultrice e delle assistenti sociali.

Eppure c'erano rimaste molto male quando avevano saputo da Lisa che la mamma aveva telefonato per avvisarle che un'altra assistente sociale, Miss Barnes, sarebbe venuta a casa dopo la scuola, per parlare con loro. Come i genitori, le bambine Pitt avevano una routine settimanale da cui non derogavano e si sarebbero aspettate di essere avvertite con maggior anticipo. "Significa che non possiamo giocare con la pasta di sale, come ci aveva detto mamma?" aveva chiesto Lucy, e si tranquillizzò solo quando Lisa l'ebbe rassicurata che ci avrebbero giocato quando Miss Barnes se ne sarebbe andata.

Anche Miss Barnes aveva dovuto cambiare i suoi programmi per quella visita. Non appena ricevuta la lettera di Steve, Sandra Pepper l'aveva chiamata d'urgenza e le aveva chiesto di farsi raccontare dalle bambine cosa era veramente avvenuto quel sabato, mentre il ricordo era ancora fresco nella loro mente – tanto lei che Miss Barnes erano convinte che Mike avesse raggiunto la moglie e le figlie al ristorante.

"Veramente noi due dovevamo giocare con la pasta di sale. Vuole giocare con noi?" disse Lucy, non appena Miss Barnes si fu seduta al loro tavolino.

"Ci giocheremo dopo. La vostra mamma mi ha detto che sabato siete state al concerto. Vi è piaciuto?"

Le bambine erano entusiaste. I musicisti dell'orchestra indossavano costumi e maschere e dopo lo spettacolo avevano invitato i bambini sul palcoscenico a suonare con loro.

"Io ho suonato il flauto, e Lucy il tamburello!" disse Amy. "Quando il clown ha chiesto chi sapeva leggere la musica Lucy ha alzato la mano ed è stata scelta. Ma lei non sa leggere la musica!"

"E invece sì!" insistette Lucy, con forza.

"Non è vero! Le comincerai l'anno prossimo, le lezioni di musica," la corresse Amy.

Lucy non le dava retta. "Comunque, la signora col violino mi ha detto che ho suonato benissimo!"

"Avete mangiato sulla terrazza, dopo il teatro?" chiese Miss Barnes.

"Mamma ci ha portate alla Giraffe e lì ci hanno permesso di prendere tre giraffe per una," disse Lucy. E mostrò a Miss Barnes tre giraffine di plastica.

"Cosa avete preso per dolce?"

"Macedonia di frutta. Mamma non ha voluto farci prendere il gelato perché papà ce ne aveva già comprato uno prima di mangiare."

"Vede," intervenne Amy, "alla mamma non piace il gelato che non è biologico. Lei ci compra soltanto quello, al supermercato."

"Mamma ci ha fatto prendere il gelato che ci ha offerto papà perché lui non poteva andare al supermercato a comprare quello giusto. Papà aveva fretta, doveva andare a lavorare," spiegò Lucy.

"È andato a lavorare dopo il pranzo?"

"Non lo so!" rispose Lucy.

"Il nostro papà lavora moltissimo e non ha mangiato con noi," spiegò Amy. "Doveva andare in ufficio, ce l'ha detto lui. Non so se ha mangiato per pranzo. Ci dice che a volte per pranzo mangia un panino, ma altre volte non mangia per niente."

"In ufficio papà guadagna tanti soldi per noi," disse Lucy con orgoglio, "e poi ci compra tante cose buone."

"Quali sono queste cose buone?"

"Di tanti tipi. Take-away, cioccolatini, brioche con la crema. E qualche volta ci porta al deli, dopo la piscina."

Miss Barnes si ricordò che Jenny era cattolica. "Vi compra cose buone dopo la messa?"

"Quando andiamo al cottage di zia Marjorie andiamo a messa tutti insieme, la domenica. Papà e mamma ci portano in chiesa soltanto per le occasioni speciali, come Natale e Pasqua, allora non ci comprano cose buone, dopo," rispose Amy.

"Ma io voglio tanto bene a Dio e prego tantissimo per lui!" la interruppe Lucy – voleva dire altro, e aspettava che le fosse permesso.

"E cosa gli dici?" Lucretia Barnes credeva di essere su una buona strada.

Lucy divenne seria e le disse tutta impettita: "Io gli dico: 'Caro Dio, io ti voglio tanto bene e ti auguro una vita lunga e felice e che tu muoia quando sei molto, molto vecchio'".

"Dio non muore mai!" la corresse subito Amy.

"Certo! Io prego ogni giorno perché abbia una vita molto lunga!" fu la risposta trionfante di Lucy.

Miss Barnes incontrò Teresa nell'ingresso. Uscirono insieme, anche lei andava a prendere la metropolitana. La ragazza era tutta un chiacchiericcio. Era andata con i Pitt ai Kew Gardens la domenica precedente, insieme a Lady Snowball. Lucy e Amy erano irrequiete e scorrazzavano nei viali, e Jenny le seguiva. Si erano allontanate dagli altri tre perché Lady Snowball camminava con difficoltà. Lucy chiamava il padre, ma Mike non poteva raggiungerle perché Lady Snowball non ce la faceva. A quel punto si era messo a fare telefonate di lavoro, ignorando tanto Teresa che Lady Snowball, che avevano continuato la passeggiata. Teresa pensava che Jenny avrebbe dovuto riportare le bambine da loro, ma non l'aveva fatto.

Miss Barnes pensò che la visita non era stata sprecata: nella facciata di armonia coniugale si aprivano sempre più crepe. Forse Jenny si stava rendendo conto di chi era davvero suo marito, ed ebbe compassione di lei.

Non appena messo piede in ufficio, Miss Barnes fu assalita dall'impiegata dell'amministrazione: l'assistente sociale temporaneo era in difficoltà con un utente e aveva chiesto più volte di lei. Miss Barnes sospirò e, senza nemmeno posare la borsa, li raggiunse nella stanza dei colloqui.

Mr Coutts cominciò a lamentarsi subito dopo essere stato presentato a Miss Barnes: "Ho aspettato per due settimane che qualcuno del vostro ufficio mi telefonasse per organizzare la mia prima visita alla bambina e finalmente mi è arrivata una lettera che mi offriva questo appuntamento".

"Prima di decidere sulle visite dobbiamo condurre un accertamento dei rischi, che inizia proprio con il colloquio di oggi," spiegò Miss Barnes.

Intervenne l'assistente sociale: "Stavo appunto cercando di cominciare, ma Mr Coutts non sembra interessato".

"Altro che, sono interessatissimo!" saltò su lui. "Si tratta di *mia* figlia! Ma prima di tutto devo darvi la mia versione dei fatti. Vi sono state dette tante bugie sul mio passato, e io ho il dovere di rettificarle, come voi avete il dovere di ascoltarmi: impedirmi di vedere mia figlia è una violazione dei diritti umani, così mi hanno detto persone che sanno di queste cose, persone degne del massimo rispetto."

Miss Barnes non gli staccava gli occhi di dosso. La pettinatura antiquata, i capelli di un castano sbiadito con la riga di lato e il volto dai lineamenti infantili erano quelli dell'uomo che aveva visto con Mike Pitt alla South Bank. "Ci dica di queste persone, potrebbero esserle molto utili per le referenze caratteriali."

"Uno è un membro del clero... l'altro, un commercialista..." Mr Coutts annaspava. "E poi ce n'è un altro che lavora in una banca d'affari. Anche lui è un padre vessato, come me."

"Vuol darci i loro nomi?" chiese Miss Barnes.

"Li leggerà soltanto quando riceverà le dichiarazioni che il mio avvocato sta preparando!"

68.

Sotto pressione

Holland Park. Martedì 3 giugno

Mike si sentiva sempre più escluso dalla vita delle figlie e da casa sua. Rimpiangeva persino i monologhi mattutini di Jenny che tanto lo avevano irritato; lei gli raccontava dei vestiti e dei giocattoli che aveva comprato per le bambine e delle difficoltà col personale e con gli operai, che lo tediavano, ma gli dava anche un'idea di quello che succedeva a casa e nelle piccole vite delle figlie.

I rari momenti in cui si trovavano da soli erano insoddisfacenti. Non parlavano ma si pizzicavano, Jenny più di lui. Lei ormai si comportava come un genitore unico e stava trasformando casa loro in casa *sua*. Nuove sedie da giardino avevano fatto la loro apparizione nel patio, i mobili venivano spostati da una stanza all'altra; la lavastoviglie si era rotta ed era stata rimpiazzata con una dipinta di giallo come le pareti e i pensili. Amy e Lucy gli parlavano dei nuovi acquisti della mamma per il loro guardaroba estivo, di giochi e amiche di cui lui non era più al corrente.

Dal di fuori, Jenny continuava a ottemperare ai suoi doveri di moglie e si occupava della nuova casa di Mike; il frigorifero veniva regolarmente riempito e lei badava che le sue cose venissero lavate e stirate. La loro vita sociale continuava, anche se in tono minore: andavano a pranzi e ricevimenti, e alle inaugurazioni delle mostre. Davanti agli altri si comportava come sempre. Ma non uscivano più da soli e lei aveva iniziato ad avere una vita tutta sua di cui lui non sapeva quasi nulla.

Mike non si era mai sentito a proprio agio con Steve, meno che mai da quando l'aveva costretto a parlargli della sua esperienza in collegio. Pat era sempre disponibile e comprensiva, ma dopo tutto era una semplice segretaria. Mike continuava a essere ossessionato da Fathers' Rights: visitava regolarmente il loro sito e più angosciose erano le storie di quei poveri padri, più lui si sentiva gratificato, per poi cadere nella disperazione. Sembrava cercasse maggior infelicità per lasciarvisi andare. Le sessioni in palestra erano diventate un peso e il jogging mattutino era sempre più breve. Odiava la casa nuova quasi quanto aveva odiato il Claridge's. Passava il fine settimana rinchiuso. Non usciva per negozi e aveva smesso di giocare a tennis. Sentiva la mancanza fisica di Jenny e guardava siti porno. Ogni notte si rileggeva la relazione della dottoressa Cliff. Era sempre lo stesso rito. Dapprima non si dava pace sul perché Lucy avesse detto quegli obbrobri alla Cliff, poi si chiedeva se non fosse stata incoraggiata o fraintesa dalla Cliff, poi era certo che la Cliff aveva voluto crocifiggerlo con quelle false accuse.

Ma allora gli calava fin nelle ossa, glaciale, il terrore che potesse essere tutto vero e che lui avesse cancellato dalla sua memoria il ricordo dell'abuso sulla figlia, così come aveva cancellato quello del collegio, su di lui ragazzino.

Mike passava dal freddo al copioso sudore, tremava, e allora veniva visitato dai suoi demoni.

Il lavoro lo distraeva ancora, ma nemmeno quello era più come prima. Il consiglio d'amministrazione di Wear-and-Go si difendeva con ferocia dall'attacco di Jim Stutz. L'amministratore delegato aveva lavorato con lui, in gioventù, ed era stato licenziato in tronco – e a suo parere ingiustamente. Da lì era cominciato un duello all'ultimo sangue, che ora aveva raggiunto il culmine. E la City lo sapeva. L'amministratore delegato aveva persino contattato uno dei figli di Jim, che aveva un cattivo rapporto col padre, e stava cercando di farne un suo alleato. L'acquisizione era diventata una guerra senza esclusione di colpi e Jim avrebbe dovuto lasciare Malta per Londra: proprio quello che non voleva e che si rifiutava di fare.

Sabato sera i Pitt erano andati a una festa da un collega di Jenny. Come sempre si comportarono come se niente fosse, e quando un amico chiese notizie dei lavori e ricordò a Jenny del suo "save the date", lei disse che la festa ci sarebbe stata, anche se Mike probabilmente doveva andare all'estero. "Ci sarò io, comunque," aggiunse ridendo. Non era la prima volta che Jenny faceva quella battuta. Si parlava molto delle vacanze e casualmente Mike la sentì dire che speravano di andare in Cina alla fine di agosto. Viveva in un mondo di fantasia, e Mike non la capiva più.

“Jenny ha degli orecchini bellissimi: un tuo regalo, immagino,” gli disse sorridendo un’amica della moglie.

Mike fece un cenno con la testa: non li aveva notati, e cercò Jenny fra gli ospiti. Era seduta sul bracciolo di un divano, le gambe accavallate. Ascoltava un uomo che Mike non conosceva: scosse i capelli biondi e a quel punto le pietre verdi incastonate negli orecchini brillarono.

Jenny era bella e gli piaceva. Mike tracannò il bicchiere di vino e andò a prenderne dell’altro.

Tornarono a casa a piedi da Holland Park. Era una serata calda, ma la mattina era piovuto e le piante e i fiori erano ancora generosi dei loro profumi. Jenny gli disse che dovevano prendere una decisione sulla festa per l’inaugurazione della casa.

“Come puoi pensare di dare una festa?!”

“Cerco di avere una vita normale, dovresti farlo anche tu anziché rimuginare sui nostri guai. A Lucy non è successo niente.”

Mike strinse il pugno: “Mi sorprendi. Rischiamo di perdere Amy e Lucy e tu parli di feste”.

Gli occhi di Jenny si riempirono di lacrime, ma le cacciò indietro: “Loro hanno bisogno di una madre serena e contenta”.

Mike cercò la sua mano. “Non toccarmi!” E Jenny si scostò, con vero disgusto.

Mike aveva bevuto troppo e si versò un bicchiere di latte. Poi sprofondò nella poltrona. Jenny aveva le sue amicizie, il lavoro, le figlie. E lui? Ricordò che durante il viaggio di nozze ad Atene le aveva detto che era la sua cariatide: senza di lei, il tetto della sua vita avrebbe cominciato a vacillare e poi sarebbe crollato. Ed era proprio così.

69.
Il tonico numero 74
Jermyn Street. Mercoledì 4 giugno

L'acquisizione di Wear-and-Go diventava più complessa di giorno in giorno e Mike, che sotto pressione dava il meglio di sé, ci si era buttato con determinazione ed entusiasmo, anche se non come avrebbe fatto un tempo. L'interesse della stampa finanziaria era altissimo: esattamente quel che voleva. La sua squadra lavorava fino a orari impossibili sulla documentazione contrattuale. Lui in prima persona aveva scritto la lettera agli azionisti, in cui avrebbe fatto a pezzi il consiglio d'amministrazione e l'amministratore delegato.

Quel giorno però Mike aveva meno da fare e chiamò Pat.

"Stavo per chiamarla io. La dottoressa Moss si è tenuta libera l'intero sabato per voi e le bambine o per altri eventuali colloqui. Steve le ha suggerito di parlare con il dottor Vita e con il preside e le due maestre dei Meadows, quella di Lucy e quella di Amy," gli disse lei, anche se, aggiunse, riteneva molto difficile che si rendessero disponibili di sabato con così poco preavviso.

Mike le rispose che ci avrebbe pensato lui a convincerli, e poi aggiunse: "Più ho da fare, meglio è. Oltre al lavoro non c'è niente nella mia vita, al momento".

"C'è la sua famiglia."

"Sì, la mia famiglia..."

Poco dopo, Mike la richiamò per comunicarle che il dottor Vita e gli altri tre dei Meadows erano ben lieti di incontrare la psichiatra infantile.

"Lei è fantastico! Ma come ha fatto?" Poi Pat ebbe paura di essersi lasciata trasportare: "Steve ne sarà contento. Era convinto che il preside non avrebbe accondisceso alla sua richiesta".

Ma il suo entusiasmo aveva fatto un gran bene a Mike, che si era risollevato. Aveva deciso di andare da Taylor per farsi regolare la barba. Era vanitoso e non aveva dimenticato che quella mattina una nuova collega, una donna grintosa e con una splendida capigliatura castana, gli aveva detto: "Ti sta bene, questa barba. Scommetto che devi curarla più di quanto io curi i miei capelli". Mike si era passato la mano sul volto e si era accorto di aver bisogno di una spuntatina.

La visita annuale da Taylor era uno dei suoi più bei ricordi d'infanzia. Era come addentrarsi in una grotta di Aladino profumata di acqua di colonia e piena di quelli che a lui sembravano prodotti esotici: non solo saponi, unguenti, oli, creme e lozioni, ma anche tutti gli accessori possibili e immaginabili per il bagno e la toilette.

Mike e suo padre attraversavano il negozio e raggiungevano la stanza in fondo, dove il barbiere e i suoi assistenti si prendevano cura di loro. Per lui era come affacciarsi sul mondo degli uomini adulti e ogni visita rinnovava quella sensazione. Ma c'era un ricordo più preciso: Mike aveva allora quindici anni, non era né carne né pesce e aveva il viso pieno di brufoli. Il padre aveva detto al barbiere di fargli una pulizia del viso dopo il taglio; poi gli aveva guardato le unghie e aveva ordinato anche una manicure. La ragazza che gli fece le mani era giovane e carina e si rivolgeva a Mike come se fosse un adulto, con l'antiquata cortesia che Mr Taylor esigeva da tutto il personale. Dopo la pulizia del viso, Mike ricevette il primo massaggio della sua vita, sulla testa e sulle spalle, e quello rimase per lui il momento che aveva segnato il passaggio all'età adulta.

Mike decise di farsi fare un trattamento completo. Si lasciò andare contro lo schienale e chiuse gli occhi. Da Taylor si rilassava completamente, sempre, ma quella volta non fu facile. Rimaneva teso. Non appena le dita del barbiere cominciarono a sciogliergli i muscoli contratti del collo e delle spalle, cadde in un torpore profondo da cui si svegliò d'improvviso quando quelle dita leggere cominciarono a descrivergli dei cerchi intorno alle orecchie. I suoi sensi si risvegliarono e si acuirono come mai prima e ondate di piacere si susseguirono intense diramandosi in tutto il suo corpo, deliziosamente. I demoni, pulsanti e danzanti, scesero su di lui e se lo portarono in un orrido mondo dove Mike ritrovò la ragazzina di Siracusa: lo eccitava. Mike odiò quel piacere.

Il barbiere sollevò l'asciugamano ancora tiepido scoprendogli il volto. "Ecco! Molto meglio, adesso."

Mike sbatté le palpebre. Nello specchio, un pedofilo: Mike Pitt. Tremò – non si mosse, gli occhi incollati sul volto tormentato del suo riflesso.

"I suoi capelli hanno bisogno di un tonico: le consiglierei il numero 74, contiene camomilla e dà dei bei riflessi," disse il barbiere. Cercò approvazione dall'immagine di Mike nello specchio – ma quel che vide lo fece allontanare.

Mike aveva percorso tutta Jermyn Street e adesso era a Mayfair. Gli impiegati si erano trasferiti dagli uffici ai pub e ai wine bar. Era una giornata calda e occupavano i marciapiedi, il bicchiere di vino in mano, e più bevevano, più ciarlieri e faceti diventavano. Per evitarli Mike aveva preso una strada secondaria che passava davanti a una galleria d'arte contemporanea, ma anche lì, davanti all'ingresso, c'era folla. Mike si ricordò di aver notato, a casa, l'invito all'inaugurazione della prima personale di un giovane scultore. Jenny non gli aveva accennato all'invito, ma decise comunque di fermarsi e bere qualcosa. C'era la crème dell'ambiente artistico londinese; lui non li conosceva, li aveva solo visti sui giornali e Jenny glieli aveva indicati quando era capitato di intravederli a qualche vernissage. Anche lì, Mike era un estraneo. Si guardò in giro. Il gallerista sapeva il fatto suo in materia di allestimento: pochi pezzi, su basi di pietra grezza. Prese un catalogo e si fermò davanti a una scultura che lo incuriosiva: una pietra traforata da grossi buchi che andavano da parte a parte, il cavo interamente foderato di aghi d'acciaio sulla cui punta erano infilzati pesciolini iridescenti smaltati di rosso e blu. Attraverso una di queste aperture scorse Jenny; era di spalle e indossava una tunica gialla che non le aveva mai visto, e sandali dorati incrostati di pietre, parlava con un'amica e spostava il peso da una gamba all'altra. Le raggiunse con due bicchieri di champagne, Jenny prese il suo e gli sorrise. Mike si unì alla conversazione, sollecito a riempire i loro bicchieri di altro champagne. Era un rito che riportò entrambi al periodo del corteggiamento, si erano innamorati in pubblico, a Jenny piacevano il suo modo diretto di parlare con gli estranei, le sue buone maniere e il suo sarcasmo, e lui adorava guardarla – era tanto bella – e ascoltare il suo chiacchierio vivace.

"Non te l'avevo mai vista," disse Jenny, allungando il mento in direzione della cravatta di Mike.

"L'ho presa l'ultima volta in aeroporto."

"E per me niente regalo?" Jenny flirtava.

"Per la verità sì, ma è a casa."
"Andiamo a prenderlo?"
Nel taxi Jenny si avvolse nello scialle di cachemire e si appoggiò contro il fianco di Mike. Poi le suonò il telefono. Nora era agitata, doveva andare al cinema e Teresa, che sarebbe dovuta venire a darle il cambio, non solo non era ancora arrivata ma neppure rispondeva al cellulare. Jenny la rassicurò, stava tornando a casa.
Prima di lasciarlo, disse a Mike di sfuggita che aveva ricevuto una telefonata da Mrs Fox, quella mattina. "Sembra una donna piacevole, non mettertela contro," gli raccomandò.

70.

Uno strano tè

Piccadilly. Hotel Ritz. Lunedì 9 giugno

Venerdì sera Pat e Sharon lavorarono fino a tardi per completare le dichiarazioni del preside e delle due maestre dei Meadows: dovevano essere inviate per e-mail alla dottoressa Moss quella sera stessa. Avevano ricevuto il dettato di Steve via computer, una tecnica che Steve aveva appena imparato. Quando lui era arrivato in ufficio l'aveva trovato vuoto, ma le dichiarazioni erano sulla sua scrivania, già stampate.

Lunedì mattina Steve portò un vassoio di dolci per ringraziare Pat e Sharon, e raccontò loro il suo venerdì pomeriggio. Mike aveva organizzato l'incontro con il personale dei Meadows alle quattro e mezzo, non a scuola – come Steve si sarebbe aspettato – ma al Ritz. Il preside e le due maestre l'avrebbero aspettato prendendo il tè. Steve era arrivato stanco e sudaticcio – veniva da un'udienza e al tribunale di Wells Street non c'era l'aria condizionata. Il concierge lo avvertì che i suoi ospiti erano nella Palm Court, dove il tè del Ritz era servito di continuo dalle undici di mattina fino alle sette di sera, per rispondere alle richieste.

Il tè del pomeriggio era in pieno svolgimento e camerieri in marsina svolazzavano tra i tavoli. Steve si era guardato intorno e si era sentito fuori posto, con il pesante zaino in spalla. Sulla parete di fronte a lui l'enorme composizione di stucco dorato sembrava un altare profano, con decorazioni grottesche di animali antropomorfi, putti con coda di pesce e una ninfa nuda e adorante davanti all'emblema dell'albergo; enormi porte finestre – finte – avevano specchi, anziché vetri, e tre grandi lucernai dipinti con corone di fiori illuminavano l'ambiente. Quella sala opulenta, che sconfinava nel cattivo gusto senza ricadervi in pieno, non era certo il posto più adatto per prendere delle dichiarazioni.

"Mike era riuscito a riservare all'ultimo momento due tavoli laterali, nell'alcova, dunque c'era un minimo di privacy. Mi sono avvicinato a quello più grande, dove erano seduti il preside e le maestre, e mi è venuta l'acquolina in bocca. Le alzate di argento e cristallo erano stracolme di sandwich, bridge-rolls, dolcini, scones, paste... Insomma, ogni ben di Dio. Ma il cameriere mi ha fatto sedere al tavolo più piccolo, lì accanto, dove c'era solo una tovaglia bianca. Ho sentito un testimone alla volta, appena avevamo finito ritornava al tavolo dov'era imbandito il tè e il cameriere gli portava un bicchiere di champagne. Per me, acqua."

Steve raccontò che aveva mostrato i due disegni di Lucy alla sua maestra. Vicino a loro c'era una coppia di spagnoli, che avevano seguito curiosi l'andare e venire fra i due tavoli e origliavano. A quel punto avevano allungato il collo per vedere i disegni, ma lui li aveva tenuti un po' sollevati e non c'erano riusciti; in compenso, ascoltavano. Aveva chiesto alla maestra se i disegni di Lucy fossero simili a quelli. "Non esattamente, ma riconosco la sua mano," aveva risposto lei. Poi le aveva fatto vedere il disegno con il grande pene. La maestra l'aveva guardato e aveva esclamato: "I peni non sono così, è vero?".

La spagnola a quel punto si era quasi affogata con il tè. "Ho dovuto spiegare alla ragazza che alcuni potevano essere in quel modo. Mi guardava incredula e io le ho indicato sul disegno che poteva essere circonciso. A quel punto lei ha esclamato: 'Certo, circonciso!', e gli spagnoli si sono alzati di corsa e se ne sono andati. Mi chiedo se sono andati a lamentarsi con il direttore. Mike Pitt ne sarebbe proprio contento," ridacchiò Steve.

Poi continuò a raccontare che nel tardo pomeriggio Mike l'aveva chiamato per sapere com'era andata e lui gli aveva fatto notare che avrebbe potuto scegliere un posto più adatto. "Crede veramente che quei tre avrebbero acconsentito a incontrarla se il tè fosse stato al Quality Cafe?" Steve aveva imitato la voce stridula di Mike.

"Avresti dovuto dirgli che la torta di banana del Quality Cafe è la migliore di Londra," disse Sharon.

"Ma alla fine l'hai avuta, una tazza di tè?" volle sapere Pat, curiosa.

"Non me l'hanno offerta, presumo su ordine di Mike."

"Allora non ti hanno dato proprio niente?" insistette Sharon.

"Esatto."

"Che cafone! Non mi è mai piaciuto, Mike Pitt!"

"Non ci avrà pensato, sono sicura che non l'ha fatto apposta!" lo difese Pat.

"Certo che l'ha fatto apposta. Voleva che mi concentrassi sul lavoro e basta, è uno che pianifica tutto," disse Steve. "A proposito, ho dimenticato di chiamarlo: la dottoressa Moss vuole che le bambine sappiano che lui non vive a casa; bisogna modificare il divieto del tribunale."

Mike non era d'accordo. Steve cercò di persuaderlo che era una richiesta logica, che oltre tutto andava a suo vantaggio: le bambine avrebbero detto a Mrs Fox, il cui avvocato aveva sollevato la stessa richiesta della dottoressa Moss, che volevano che il padre tornasse a vivere con loro.

"Assolutamente no. Cerchi invece di anticipare l'udienza del 4 luglio."

Steve gli rispose che era impossibile. I tempi erano già stretti e le parti non avrebbero potuto preparare la documentazione prima di allora.

"Se ce l'abbiamo fatta noi, possono farcela anche loro!" Quindi Mike informò Steve che Amy avrebbe ricevuto un premio per un tema durante l'assemblea della scuola il lunedì successivo e lui voleva andarci. Steve avrebbe dovuto ottenere il permesso. "A proposito, Amy voleva leggermi il tema da sola e me la sono portata in salotto."

"Lo sa che questa è un'altra infrazione? Minima, ma pur sempre un'infrazione."

"Me ne infischio."

"Lei aggrava la sua posizione."

"Stiamo vincendo. Ho parlato con la dottoressa Moss e questa volta non mi sbaglio, sarà dalla nostra parte."

71.
Le accuse di Miss Barnes
World's End. Ufficio dei servizi sociali. Mercoledì 11 giugno

Miss Barnes presiedeva una riunione d'emergenza sulla bambina dei Coutts. Mrs Coutts non c'era: da quando era tornata a casa era caduta in depressione e il legame tra madre e figlia non si era ben stabilito. Erano presenti il suo avvocato, il tutore della bambina e Mr Coutts, che annunciò di aver licenziato il suo avvocato e di non aver ancora dato l'incarico a un altro.

Il tutore suggerì che i servizi sociali mandassero qualcuno per aiutare Mrs Coutts e insegnarle a badare alla bambina, ma quel tipo di assistenza era stato abolito e i servizi sociali proponevano piuttosto che madre e figlia andassero in una casa famiglia specializzata per ragazze madri. L'avvocato di Mrs Coutts fece notare che la sua cliente si sarebbe trovata con giovanissime ragazze madri e questo avrebbe acuito il suo disagio; la tutrice era d'accordo, e aggiunse che il costo della casa famiglia era di gran lunga superiore a quello dell'aiuto a domicilio. Purtroppo non c'era niente da fare, il sistema era quello e non tollerava deroghe. La riunione non approdò a nulla. Poi Mr Coutts rimase per continuare il suo accertamento dei rischi.

Miss Barnes colse l'occasione per cercare di saperne di più sul perché avesse licenziato l'avvocato. "Non andavo d'accordo con Steve Booth," disse Mr Coutts. Miss Barnes capì qual era stato il collegamento con Mike Pitt, e volle indagare:

"Ne sono sorpresa, ha fama di essere un bravo avvocato. Conosce altri clienti che l'hanno lasciato?".

"Sono rimasto in contatto con uno, credo sia ancora allo studio Wizens."

"Perché non ci torna?"

"Non ci avevo pensato. Lo chiederò al mio amico, la prossima volta. Lui lavora in una banca d'affari e di avvocati dovrebbe capirne. Buona idea, forse darò un'altra chance a Mr Booth."

Miss Barnes si precipitò a chiamare Sandra Pepper. Mr Coutts era in contatto regolare con Mike Pitt: era come se l'avesse detto, anche se il suo nome non era stato pronunciato. Lei aveva letto nella cartella che, dopo la prigione, Mr Coutts era entrato in un giro di pedofili che operava nell'esercito e tra i professionisti dell'alta finanza. Ogni tessera del puzzle andava al suo posto: Mr Coutts aveva affittato una stanza nella casa di Chelsea di un ex colonnello a riposo e frequentava Mike Pitt, che aveva preso casa lì vicino. Che Steve Booth fosse l'avvocato dei pedofili?

"Vaneggi. Ti assicuro che Steve non ha niente a che fare con tutto ciò."

"Tu non sai quello che so io su di lui," le rispose secca Miss Barnes. "Qualche anno fa i servizi sociali di Southwork condussero un'inchiesta interna: una piccola cliente l'aveva accusato di averle messo le mani addosso. Ma come sempre, per certa gente queste cose finiscono in nulla."

Poi discussero le ultime richieste dei Pitt: Miss Barnes non consentiva a che Mike Pitt presenziasse alla premiazione di Amy; Jenny le aveva detto che lui andava molto di rado alla scuola delle figlie e la bambina non si sarebbe certo aspettata di vederlo, tanto più che quel tipo di premiazioni facevano parte della routine dei Meadows; in quanto alla festa d'inaugurazione della casa, a cui Steve aveva accennato, quella era proprio fuori discussione.

Sandra Pepper si era sentita in dovere di informare Steve della connessione tra Mike Pitt e Mr Coutts. "I Coutts sono stati miei clienti per un brevissimo periodo," disse Steve. "Per quanto ne so, non hanno niente a che fare con i Pitt, che sono stati introdotti da un avvocato della City."

Allora Sandra lo avvertì che Mike e Mr Coutts erano stati visti in luoghi pubblici dove giocavano i bambini. Steve le intimò di mettere quelle accuse per iscritto e le diede tempo fino al venerdì, altrimenti ne avrebbe parlato all'udienza, lasciando Sandra quasi in lacrime: lei aveva soltanto cercato di metterlo in guardia.

Steve rimase a pensare su quanto gli era stato detto, e chiamò Mike Pitt. Mike sembrò cadere dalle nuvole: aveva incontrato quel tipo una o due volte alla South Bank e ricordava vagamente di avergli offerto una bibita, ma non sapeva nemmeno come si chiamava. Steve non gli disse che Mr Coutts era un pedofilo – era un segreto professionale e doveva rimanere tale, almeno per il momento.

Ma Mike Pitt non lo convinceva e Steve scrisse una nota privata:

Infanzia solitaria. Pochi o nessun contatto con il fratello e la sorella. Trascurato dai genitori. Dagli otto anni, educato in collegio, dove è abusato sessualmente da un compagno più grande: probabilmente, sviluppo emotivo bloccato. Diffida degli adulti, è solitario, dominante, aggressivo, vendicativo, sprezzante, riservato. Forse si trova più a suo agio con i bambini che con gli adulti: si è preso cura di Lucy da neonata. Ama il potere. Ha un ruolo dominante nel matrimonio e regge male la tensione con la moglie. Oscilla fra certezza del successo e depressione. L'unica emozione visibile è la rabbia: contro la madre, contro la gente che non è d'accordo con lui, contro i professionisti dei quali si serve. Dubito che faccia parte di un giro di pedofili – vorrebbe dominarlo.

Steve la rilesse e ci pensò su. Lui aveva il dovere, comunque, di sostenere il cliente; Pat invece no. Se Pat avesse letto quella nota avrebbe potuto non essere più in grado di farlo, e invece doveva. Steve strappò il foglio.

Nel pomeriggio, Steve invitò Pat a prendere il tè al Quality Cafe.

"Non capisco Mike Pitt. Dimmi cosa pensi di lui," domandò Steve di punto in bianco.

"Be', ha tanti guai. Cosa ti dice il tuo sesto senso?"

"Quando l'udienza si avvicina, un avvocato deve affidarsi al cervello se ce l'ha, non al sesto senso. Ci sono tre elementi probatori contro Mike: i disegni, la relazione della dottoressa Cliff e lui stesso... il suo passato, il desiderio di vendetta contro Mrs Dooms e la dottoressa Cliff, il suo comportamento, la sua personalità, i suoi amici... se ne ha veramente."

"Gli hai chiesto di Mr Coutts?" lo interruppe Pat.

"Non ammette altro che un incontro casuale; e io gli credo. Sono troppo diversi." Steve bevve l'ultimo sorso di tè. "Il giudizio secondo me potrebbe andare contro di lui, eppure dentro di me penso che per le bambine sia meglio rimanere con tutti e due i genitori; allora lui non l'ha abusata... eppure..."

Pat pensava e ricordava la prima volta che Steve l'aveva portata al Quality Cafe; era stato allora che aveva preso la decisione di rimanere allo studio Wizens. "Se vuoi sapere cosa penso, credo che dovresti dare ascolto a quello che ti senti dentro. Qualunque cosa sia, in queste situazioni il tuo sesto senso è molto meglio del tuo cervello." E gli strinse il braccio.

72.

La relazione della dottoressa Moss
Mercoledì 11 giugno

Ho allegato il dvd dei colloqui che includono l'intera famiglia Pitt, il dottor Vita, il preside dei Meadows, la maestra di Lucy e quella di Amy.

Non è buona prassi reinterrogare un bambino o fargli dei test sullo stesso argomento nell'arco di tre mesi, per l'alta probabilità che ripeta le risposte date in precedenza. Per questo motivo, non ho usato le bambole anatomiche e nei colloqui con le bambine Pitt non ho fatto alcun riferimento alla dottoressa Cliff.

Mr Pitt è accusato dalla dottoressa Cliff e da Mrs Dooms, la maestra dell'asilo che Lucy ha frequentato dal 14 gennaio all'8 aprile, di abuso sessuale su Lucy, che non include penetrazione e dunque non può essere rilevato da un esame medico. È un caso inconsueto per i seguenti motivi:

1. Il procedimento legale non è stato istruito dai servizi sociali ma da Mrs Pitt contro il marito al solo scopo di tenere le figlie con sé.
2. Le prove contro Mr Pitt non provengono dai servizi sociali ma da Mrs Dooms, che ora non è più rintracciabile e che si è portata via tredici dei ventiquattro disegni secondo lei incriminanti. Undici disegni e due fotocopie sono tra gli elementi acquisiti al processo e saranno esaminati dal professor Duncan, un esperto di fama mondiale in questo campo.
3. Mr Pitt gode di diritti di visita estremamente generosi secondo gli standard prevalenti.
4. I Pitt sono una coppia di professionisti di successo e hanno rifiutato il gratuito patrocinio.
5. La dottoressa Cliff, che ha avuto un colloquio con Lucy il 15

aprile e un altro con Amy il 17 aprile, non ha registrato quello con Lucy perché l'ha vista come paziente privata e allora non sospettava l'abuso.

Un altro elemento peculiare è che, all'inizio del procedimento, il giudice ha deciso che le bambine non dovevano sapere nulla del caso legale e dell'assenza del padre da casa e la situazione è rimasta inalterata. Sorprendentemente, Amy e Lucy credono tuttora che il padre viva con loro.

Il medico di famiglia, i Meadows, la puericultrice e le cinque persone che sorvegliano le visite dichiarano che Lucy è una bimba sana e contenta, che non mostra nessuna delle caratteristiche dei bambini abusati e che i suoi disegni sono del tutto normali.

I servizi sociali sostengono che i bambini abusati talvolta nascondono l'abuso per anni. Questo è vero, ma mi lascia perplessa, perché Mrs Dooms sostiene che la bambina le ha rivelato l'abuso, e così dice anche la dottoressa Cliff. È strano, dunque, che negli ultimi due mesi Lucy non abbia tentato di dire o disegnare qualcos'altro sull'abuso.

Le accuse di Lucy all'inizio comprendevano la madre: aveva detto alla maestra che l'aveva tagliata nelle parti intime. Queste accuse sono state abbandonate e del tutto dimenticate: la dottoressa Cliff non vi fa cenno.

Ho parlato e giocato con Lucy per un'ora intera e le ho dato la possibilità di parlare dell'abuso, ma non lo ha fatto. Lucy sembra una bambina contenta, sicura di sé, che ama la sorella e i genitori. Amy è senza dubbio una bambina sincera e matura. Il suo resoconto di quanto detto e fatto con la dottoressa Cliff coincide con quello che ho visto nel dvd, e non coincide con quanto scritto dalla dottoressa Cliff nella sua relazione.

Mi è stato richiesto di rispondere a tre punti.

PRIMO PUNTO

Commentare le discrepanze fra la relazione della dottoressa Cliff e la trascrizione del colloquio con Amy.

Non ho dubbi che la trascrizione del colloquio con Amy sia accurata e che la relazione della dottoressa Cliff non lo sia. Ho letto i commenti a queste imprecisioni sottoposti al tribunale dagli avvocati dei Pitt e li sottoscrivo in pieno.

SECONDO PUNTO

Commentare la relazione della dottoressa Cliff su Lucy e sui suggerimenti per il futuro di Lucy.

La dottoressa Cliff è riconosciuta come un'autorità in campo di bambini autistici. Non sono in grado di fare alcun commento sull'accuratezza della sua relazione su quanto riferito a lei da Lucy, perché il loro colloquio non è stato registrato. Né ho avuto modo di vedere i suoi appunti, se ne ha presi.

Noto che le dichiarazioni depositate in tribunale dopo la relazione della dottoressa Cliff confermano che Lucy ha avuto un'infezione alle vie urinarie nello scorso febbraio, che la madre in quel periodo si assentò da casa per una notte e che il padre aveva messo a Lucy la crema prescritta dal dottor Vita, più di una volta; confermano inoltre che in quel periodo Mr Pitt soffriva di tendinite, e che il medico gli aveva consigliato di fare un bagno caldo dopo il jogging.

I Pitt e la ragazza alla pari confermano che Mr Pitt ha fatto il bagno nella Jacuzzi mentre badava alle bambine per tre sabati consecutivi e Amy ha indicato che soltanto una volta lei era assente mentre il padre faceva il bagno e in quell'occasione Lucy era entrata in acqua.

Non posso dare alcun parere sulle altre accuse che la dottoressa Cliff sostiene siano state fatte da Lucy attraverso il gioco con le bambole anatomiche – perché in realtà si tratta dell'interpretazione della dottoressa Cliff di quel gioco e perché Lucy aveva giocato con le stesse bambole la settimana precedente in casa di Mrs Dooms e mi sembra altamente probabile che abbia ripetuto lo stesso gioco. Non so se Lucy abbia avuto un incoraggiamento da parte di Mrs Dooms o da chi per lei.

TERZO PUNTO

Quali sono le probabilità che Mike Pitt abbia commesso abuso sessuale nei riguardi di Lucy Pitt e qual è il rischio che potrebbe rappresentare per lei in futuro.

È *possibile* che Mike Pitt abbia colto l'opportunità di stare solo con Lucy nella Jacuzzi, mentre Amy era in camera sua e che l'abbia abusata. Non posso dire altro perché non c'è un dvd del colloquio con Lucy.

È anche *possibile* che Mike Pitt abbia abusato Lucy di notte perché ogni notte entra nella stanza delle figlie e Amy ha confermato di avere il sonno profondo. In questo contesto, noto che le uniche accuse provengono da Mrs Dooms e dalla dottoressa Cliff.

Sulle discrepanze fra la relazione della dottoressa Cliff e la trascrizione del colloquio con Amy ho già commentato e sarà il giudice a decidere se la tesi sostenuta dalla dottoressa Cliff è più credibile di quanto affermano i Pitt.

A mio parere, sulla base degli elementi probatori a mia disposizione è *improbabile* che Mr Pitt abbia abusato Lucy.

Noto tuttavia che alcuni dei disegni fatti da Lucy sono scomparsi e, non avendo ancora visto la relazione del professor Duncan, non posso dare una risposta definitiva sui disegni. Vorrei aggiungere che ho diretto per dodici anni un dipartimento che aveva una sezione di terapia del gioco, che include arteterapia, e sono dunque competente in materia. I due disegni dei peni che la dottoressa Cliff ha scelto dal gruppo di quelli che Mrs Dooms le ha presentato sono inconsueti e non sembrano immaginari. Uno di questi potrebbe rappresentare un grosso pene eiaculante e circonciso, ma anche prestarsi a una spiegazione alternativa non incriminante. Amy mi ha detto che non sa cosa rappresenti e mi ha suggerito di farlo vedere a Lucy. Purtroppo, a mio parere Lucy non sarebbe in grado di dare una risposta attendibile per almeno tre mesi, in quanto la dottoressa Cliff glielo ha già mostrato. La probabilità che Lucy sia stata abusata dal padre dipende largamente dall'interpretazione del disegno, e da questa dipende anche l'entità del rischio che Mr Pitt può rappresentare nei riguardi di ambedue le figlie.

I Pitt affermano che Lucy non è stata abusata. Mrs Pitt sostiene che il marito non ha abusato Lucy né Amy e che non potrebbe mai abusare un minore. La maggior parte delle madri direbbe lo stesso del padre del proprio figlio in assenza di sospetti o indicazioni.

Il giudice dovrà stabilire se la relazione della dottoressa Cliff, per quanto riguarda Lucy, e quella del professor Duncan – nel caso in cui quest'ultimo consideri che i disegni di Lucy siano indicativi, nell'insieme o in parte, di abuso – siano sufficienti a far cambiare la posizione di Mrs Pitt, intesa come l'"ipotetica madre ragionevole", e se dunque Mrs Pitt sia in grado di proteggere le figlie dall'abuso. Il giudice ha il dovere di decidere se Mike Pitt ha abusato Lucy sulla base di un calcolo delle probabilità. A mio parere, non è probabile che l'abbia abusata. Ma se il giudice decide che Mike Pitt ha abusato Lucy e Mrs Pitt non accetta questa possibilità, dovrà considerare come meglio proteggere Lucy e anche Amy. In questo caso, la scelta peggiore consisterebbe secondo me nel separare le due sorelle dalla famiglia e l'una dall'altra.

73.
Un agguato
Temple. Venerdì 13 giugno

Quel venerdì mattina Mike telefonò a Steve di fretta – era su di giri perché l'operazione Wear-and-Go andava a gonfie vele ed era occupatissimo. Ripeté quanto già detto la settimana prima: non era necessario che le bambine sapessero del procedimento legale e che lui non viveva con loro, come se non l'avesse già detto all'avvocato.

"Le ripeto che potrebbe giocare a vostro favore!" gli fece notare Steve, ma Mike era stato categorico: lui e Jenny non volevano; "Se crede," aggiunse, "mi esporrà le sue ragioni all'ora di pranzo, quando discuteremo la relazione della dottoressa Moss. Mi sembra positiva. Vinceremo!"

Steve si chiese se Mike avesse dimenticato la loro conversazione precedente, e questo lo fece preoccupare. Altri clienti accusati di pedofilia si erano comportati nello stesso modo – dimenticavano o fingevano di dimenticare i consigli non graditi, si ripetevano, avevano vuoti di memoria quando faceva comodo a loro e, sotto pressione, erano soggetti a improvvisi sbalzi di umore.

Amy ricevette il suo premio ai Meadows. La madre era presente, ma non il padre. Se anche avesse avuto il permesso dal tribunale, Mike non ci sarebbe potuto andare. Quella mattina fin dalle sette, lui e la sua squadra avevano lavorato freneticamente con Jim Stutz. La sua presenza a Londra era ormai diventata imprescindibile e il martedì Mike era dovuto andare a Malta per convincerlo; erano rientrati insieme l'indomani.

Rudy Halt e Jim Stutz avevano un pranzo di lavoro con gli avvocati e Mike li avrebbe raggiunti dopo il *suo* pranzo di lavoro con

Steve e Jenny. I tre uomini attraversarono l'atrio della portineria della Trolleys diretti verso un taxi; Mike si fece da parte per far passare Rudy e Jim nella porta girevole.

Schiacciata contro la parete esterna, Helen, la moglie di Jim, aspettava in agguato. Si slanciò contro di lui e lo fermò, gettandogli addosso il contenuto di un pacco di farina: "Pedofilo! Sei un pedofilo!" gridò mentre due fotografi, uno davanti e l'altro di lato, scattavano foto a raffica. Finì tutto in un lampo: i fotografi saltarono sui sellini delle motociclette che li aspettavano con il motore acceso e guizzarono via, mentre Mrs Stutz si dileguava con un omone grande da far paura, sotto lo sguardo scioccato dei tre e della guardia privata dello stabile.

Jim e Rudy si infilarono nel taxi senza dire una parola e la macchina partì senza alcuna fretta; Mike si spolverò quel poco di farina che gli era rimasta sulla giacca e, senza fermarsi con i portieri che erano accorsi in ritardo, si diresse verso la metropolitana.

I Pitt rifiutarono i panini comprati da Pat e senza perdere tempo iniziarono a discutere la relazione della dottoressa Moss. Questa volta non avevano preparato insieme i loro commenti. Jenny aveva ignorato tutte le opportunità che Mike le aveva offerto e parlò per prima: la dottoressa Moss le aveva detto che Lucy stava benissimo e lei era soddisfatta. Pur di contraddirla, Mike si rimangiò quello che aveva detto a Steve quella stessa mattina: ora sosteneva che la relazione era stata uno spreco di denaro, la dottoressa Moss non aveva fatto altro che ripetere con parole sue quello che avevano detto loro sulla dottoressa Cliff e non aveva avuto il coraggio di scrivere cosa pensava veramente di lei. Concluse dicendo che era convinto che ci fosse un motivo recondito. E lanciò un'occhiataccia alla relazione, che teneva in mano.

Steve cercava di essere conciliante, in effetti dalla dottoressa Moss si sarebbe aspettato anche lui una posizione più critica e diretta. Tra lei e la dottoressa Cliff correva una reciproca antipatia professionale, e lui sperava che all'udienza finale, e dopo aver considerato il parere del professor Duncan, la dottoressa Moss si sarebbe schierata dalla loro parte. Secondo lui, tutto dipendeva dai disegni.

"Non ne posso più di aspettare: quando finirà la causa?" Jenny aveva ascoltato con grande disagio.

Mike rispose per Steve: "Non prima di ottobre".

"Non l'ho chiesto a te."

"Non vedo il motivo di sprecare il tempo di Mr Booth con domande di cui conosci la risposta. Adesso devo tornare al lavoro."

"Anch'io devo rientrare in ufficio! Non parlarmi come se fossi una ragazzina!"

"E tu non comportarti come tale."

Steve dovette intervenire: se l'udienza per l'accertamento dei fatti del 4 luglio non fosse stata risolutiva, quella finale sarebbe durata circa sei giorni, perché c'erano già dodici testimoni, e non si sarebbe tenuta prima di novembre.

"Non ne posso più!" Jenny scuoteva la testa e sembrava sull'orlo dell'isteria.

"Calmati!" Mike aveva alzato la voce.

"Non sopporto il tuo tono! Perché non puoi vedere le tue figlie una volta alla settimana come fanno tutti gli altri padri separati?" E gli rivolse una faccia cattiva.

"Una volta alla settimana? Questa è una novità! Non osare ripeterlo. Io non sono un padre separato e vedrò le mie figlie ogni giorno!"

"Quando ti fa comodo! Se devi andare all'estero, le bambine aspettano."

"È per lavoro, deficiente! Devo lavorare!"

Steve li ascoltava imperturbabile. Jenny si girò verso di lui e gli disse di botto: "Voglio separarmi".

Dopo aver lasciato Steve, Mike aveva raggiunto Rudy Halt e Jim Stutz dagli avvocati; li trovò intenti a passare al setaccio il testo della lettera agli azionisti, come se l'aggressione di Mrs Stutz non fosse mai avvenuta. Quando si ritrovarono soli, Jim spiegò a Mike che Helen era stata sobillata dall'amministratore delegato di Wear-and-Go, e che prima di mandare la lettera agli azionisti voleva consultarsi con gli avvocati che avevano in mano le sue trattative di divorzio – la voce di Jim era calma ma lo sguardo tradiva una profonda preoccupazione. In quel momento Mike ricordò che aveva creduto di intravedere la ragazzina di Siracusa mentre facevano la coda al controllo passaporti a Heathrow e si chiese se Jim non si fosse esposto troppo.

Jenny aveva fatto uno sforzo per apparire normale e allegra, al lavoro, a casa con le bambine e poi a cena con tutta la truppa: Lisa si era cimentata in un piatto polacco – pierogi di maiale con una salsina unta, un trionfo di grasso e calorie – e mentre le ragazze e zia Marjorie mangiavano di buon umore le era stato difficile reggere la situazione. Poi la zia era andata a letto e le ragazze erano uscite.

Jenny era nello studio: avrebbe dovuto lavorare, ma era scivolata in una profonda malinconia. Non era stata sua intenzione dire a Mike che voleva separarsi davanti a Steve, ma più ci pensava, più era convinta di aver preso la decisione migliore. L'atteggiamento di Mike nei suoi confronti era offensivo e sprezzante. Era giusto ridurre le visite, tanto lui durante la settimana vedeva poco le bambine: lei sospettava che ci fosse di mezzo una donna e che tutti quei viaggi improvvisi di una notte sola non fossero di lavoro. Non ne poteva più: era meglio porre termine all'agonia di un matrimonio finito e separarsi formalmente. Nonostante ciò, continuava a credere nella totale innocenza di Mike.

Scese in cucina a prepararsi una camomilla. Teresa era tornata a casa e aveva lasciato sul tavolo la sua copia del giornale della sera. Jenny si mise a sfogliarlo mentre aspettava che il bollitore fischiasse. Le caddero gli occhi su un titolo: MOGLIE OFFESA ACCUSA ANZIANO MILIARDARIO DI PEDOFILIA. Sotto, la foto di un uomo coperto di polvere bianca con gli occhi da diavolo – dietro di lui, Mike.

"Dopo quarant'anni di matrimonio, la moglie di Jim Stutz, il magnate dell'abbigliamento giovanile e fondatore della catena di negozi My Pals, lo accusa di pedofilia davanti all'ufficio della sua merchant bank. Il miliardario, secondo la moglie, tiene prigioniera nel suo yacht a Malta una minorenne extracomunitaria."

Jenny si ricordò che Mike le aveva chiesto se conosceva dei collegi per ragazze per un cliente che voleva iscrivervi una quindicenne straniera.

Ma chi era, davvero, Mike?

Guardava il foglio e le lettere si dilatavano, la pagina diventava tutta inchiostro, il nero si allargava sul marmo bianco e lo macchiava. Tende e pareti scivolavano sul pavimento, risalivano il tavolo e si tingevano di nero anche loro prima di avviluppare Jenny. Lei tentava di strappare quei drappi neri – le mancava il respiro –, ma più strappava, più quelle cortine le si addensavano intorno. Finalmente uno squarcio; intravide Amy e Lucy nei loro letti a castello. Dormivano tranquille.

74.

Troppe coincidenze

Kensington. Casa Pitt. Lunedì 16 giugno

Quel lunedì Miss Barnes arrivò in ufficio carica di giornali. Oltre a quello di venerdì sera, anche la stampa gratuita e i tabloid della domenica avevano riportato la storia degli Stutz. Sandra Pepper aveva dovuto convenire con Miss Barnes: c'erano troppe coincidenze. Le aveva consigliato di parlarne prima con Jenny Pitt e poi di affrontare Mike Pitt faccia a faccia.

Jenny si aspettava la chiamata di Miss Barnes e si erano accordate per incontrarsi ai servizi sociali all'ora di pranzo. Aveva già avuto una discussione pesante con Mike, la domenica: lui le aveva detto che la vita privata di Jim Stutz non era affar loro e le aveva ricordato che nel passato molti clienti russi gli avevano chiesto se conoscesse buone scuole private per i loro figli. Poi le aveva domandato se era ancora intenzionata a separarsi e lei gli aveva risposto che non aveva cambiato idea.

Miss Barnes le mostrò i giornali; Jenny era rimasta sgomenta: Mike era in tutte le fotografie. Miss Barnes incalzava, e lei non volle darle soddisfazione.

"Ne ho parlato con mio marito. È un cliente della banca, ma non è un suo amico. Nella foto c'è anche il capo di Mike."

"E lei ha accettato la spiegazione?"

"Sì. Non può essere responsabile della vita privata dei clienti."

"Ma non pensa che ci sia più di questo?"

"No. È una coincidenza."

"Mi parli del suo matrimonio."

"Comunque vada a finire tra noi, io dirò sempre la verità. Amy e Lucy non hanno niente da temere da loro padre; Mike non abuserebbe mai le figlie né nessun altro bambino."

Lucretia Barnes aveva subito chiamato Sandra Pepper: non c'era bisogno di parlare con Mike Pitt, la moglie era già stata istruita da lui per negare qualsiasi connessione con Jim Stutz, e non voleva discuterne. "Nega, come sempre. Mi ha detto che l'altro nella foto è il capo di Mike. Mi pare che lui avesse fatto capire a Fiona che è un tipo molto comprensivo e gli permette di assentarsi per le udienze perché un suo parente ha avuto un'esperienza simile! Il cerchio si stringe sempre più attorno a Mike Pitt e sua moglie è decisamente incapace di proteggere le figlie."

Quella sera Jim volle parlare con Mike da solo. L'amministratore delegato di Wear-and-Go aveva informato il figlio maggiore che Jim era pronto a fuggire sul suo yacht lasciando la moglie e la famiglia nella miseria. I due avevano poi parlato con Helen e organizzato l'imboscata. Jim aveva dato ordine ai suoi avvocati di ritirare l'offerta finanziaria nel procedimento di divorzio e di proferirne un'altra molto inferiore.

Aveva poi avuto un confronto con il figlio in termini chiari e duri: ora era più che sicuro che la moglie avrebbe ritirato le accuse e che la sua smentita sarebbe stata pubblicata da tutti i giornali che avevano dato risalto alla storia. Jim voleva passare al contrattacco usando le stesse armi: avrebbe mandato agli azionisti copie degli articoli che lo accusavano e delle ritrattazioni della moglie, facendo sapere a tutti loro che essere ignobile fosse il loro amministratore delegato.

Mike ci pensò e poi gli disse che era un rischio che valeva la pena correre.

Mike era rimasto sveglio fino a notte tarda, fumava e pensava che quell'acquisizione era diventata un campo minato. Improvvisamente, era suonato il telefono.

"C'è un incendio, vieni!"

"State bene?"

"Sì, ma adesso vieni, ho chiamato i pompieri!"

Mike arrivò a casa di corsa, prima ancora dei pompieri. Lisa aspettava sul portico. Lui entrò in salotto, dove erano riunite tutte, incluse le bambine. Subito dopo arrivarono i pompieri.

"Papà è andato a chiamare i pompieri, bravo!" E Lucy corse da lui tendendogli le braccia per esser presa, e a testa bassa – il suo modo di evitare che le si dicesse no. Mike le prese le mani e se le strinse contro le gambe carezzandogliele. Poi guardò Jenny: non sapeva se poteva prenderla in braccio.

Lei lo incoraggiò con un cenno della testa.

Lucy gettò le braccia intorno al collo del padre e non volle più scendere. Seguiva tutto, curiosa. La famiglia uscì di casa e rimase sul marciapiede mentre i pompieri facevano il necessario. Pian piano, le finestre delle case vicine si illuminavano. Nel frattempo ricostruirono l'accaduto: quando tutte erano a letto, Teresa e Nora erano andate a fumare una sigaretta nel cortile interno come era diventata loro consuetudine. Quella sera però aveva cominciato a piovere e loro si erano trasferite nella stanza dei giochi. Poi avevano vuotato il portacenere nel cestino della carta straccia senza controllare che fosse vuoto e se n'erano andate a dormire. A poco a poco, in mezzo ai disegni delle bambine la brace si era trasformata in fuoco, e le fiamme si erano attaccate alle tende. I pompieri rimproverarono severamente Nora e Teresa, e Jenny le mandò ognuna nella propria stanza, avrebbe parlato individualmente con loro l'indomani.

Lisa cercava di portare a letto Amy e Lucy, ma invano: le bambine volevano vedere la stanza dei giochi col papà e la mamma. Amy piangeva a dirotto: aveva lasciato sul tavolo il modellino che avrebbe dovuto portare a scuola l'indomani. Quando scesero si accorsero che il danno non era stato grave, ma la stanza era da ridipingere e il modellino non c'era più. Amy, disperata, si avvinghiò alla madre. Lucy la imitò e scoppiò a piangere sulla spalla del padre. Allora Jenny chiese a Mike di aiutarla a portare le bambine di sopra.

Mike non entrava nella stanza delle figlie da due mesi e si era sentito a disagio, soprattutto quando aveva messo Lucy a letto e le aveva rimboccato le coperte.

"Siediti, papino, fammi le carezze come quando ero piccola!" gli chiese lei, e Mike, imbarazzato, le accarezzò le guance ancora calde e rosse per l'emozione.

Jenny era rimasta in un canto, a guardarlo; poi l'aveva accompagnato alla porta della stanza e l'aveva chiusa per bene. Mike era rimasto sul pianerottolo. Piangeva. Un fruscio dalla stanza di Lisa, poi di nuovo silenzio. Appoggiata alla ringhiera Jenny lo guardava. Fece due passi verso di lui e gli gettò le braccia al collo, lo strinse tenendogli la testa sulla spalla, esattamente come aveva fatto prima Lucy. Lui era come se non se ne fosse accorto, continuava a piangere.

Poi le spinse la testa indietro e le infilò la lingua in bocca.

75.
Necrologio
Brixton. Studio Wizens. Lunedì 16 giugno

Pat aveva aperto da sola quasi tutta la posta del lunedì – era tanta – e aspettava Sharon che le aveva mandato un sms per avvertirla che era in ritardo.

"Un amico mi ha dato 'The Caribbeans'. C'è il necrologio di Mrs Ansell," annunciò Sharon entrando. "È morta lunedì scorso, si è buttata dalla finestra."

Si chinarono sul giornale.

"Evelyne Ansell è stata una delle prime donne d'affari caraibiche in Inghilterra. Lavorava come direttrice regionale di un'azienda di vendita per corrispondenza e nel tempo libero aveva creato uno dei più famosi circoli dell'House Deposit Club, un'associazione che richiede agli immigrati di depositare una piccola somma settimanale in una cassa comune. Quando la somma diventa ragguardevole, viene impiegata per pagare il deposito per la casa del primo della lista d'attesa, e così di seguito fino a quando tutti i soci dell'House Deposit Club diventano proprietari di casa. Mrs Ansell prendeva una piccola percentuale ed era sempre pronta a fare prestiti a quei soci che per un motivo o per l'altro non potevano versare la loro quota."

Il necrologio si concludeva così: "Era un membro della comunità molto rispettato e sarà ricordata come una donna coraggiosa e astuta, dietro ai cui modi bruschi si celava un cuore profondamente generoso".

"Non avrei mai creduto che fosse generosa," disse Pat.

"Direi piuttosto che era senza scrupoli," fu il commento di Sharon. "Impiegava donne per vendere i suoi cataloghi e le faceva lavorare tantissimo, anche quando erano malate, minacciandole che altrimenti non le avrebbe più chiamate. Un'amica di mia nonna che lavorava per lei ci aveva quasi rimesso la salute, per la paura di perdere il lavoro."

Nel frattempo, Mr Turle era venuto a chiedere un appuntamento con Steve: vide il giornale nelle mani di Sharon e commentò: "Conosco il marito, lo incontravo al pub. Non è una persona per bene. La figlia di un mio amico ha avuto un bambino da lui, e lui non le dà un penny e la maltratta. La moglie era gelosa e ha fatto come una pazza quando ha saputo che c'era di mezzo un figlio. Lo ha buttato fuori di casa e poi se l'è ripreso".

Sharon non credeva che la morte di Mrs Ansell fosse dovuta a un suicidio e ne parlò con Steve. "Se è per questo, nemmeno io," disse lui.

"Pochi giorni fa ho visto Mr Ansell al pub con il portachiavi della moglie. Potrei testimoniare!" intervenne Pat.

"Lui dirà che avevano due portachiavi identici. Meglio lasciare le cose come sono: nessuno testimonierebbe contro di lui, non ci sono prove, solo sospetti." E Steve tornò al suo lavoro.

Steve era in ansia. La perizia del professor Duncan avrebbe dovuto essere depositata in tribunale il venerdì precedente e non gli era ancora arrivata: il professore era molto anziano, ma non tanto da dimenticare la scadenza. Decise di chiamarlo. Il professore si scusò del ritardo, ma c'era un motivo valido, che, ne era sicuro, il giudice avrebbe accettato: aveva chiesto a numerosi colleghi di cercare un giocattolo che somigliasse al cosiddetto "pene" e non voleva completare la relazione fino a quando non avesse esaurito quelle indagini – doveva trovarlo, quel giocattolo! Era convinto che fosse un vecchio birillo di legno, e il suo assistente aveva ancora decine di cataloghi di giocattoli da spulciare e altre ricerche da fare in Internet – era un compito laborioso. In più, aspettava notizie da un collega che lavorava nelle Filippine, il quale gli aveva assicurato di avere buone probabilità di scovare il birillo adatto. Il professore assicurò Steve che quei due disegni di "peni" erano i soli che potessero destare sospetto.

Nessuno allo studio Wizens aveva letto alcunché sui guai di Jim Stutz.

76.

"Papà è un eroe"

Kensington. Casa Pitt. Martedì 17 giugno

Mike aveva svegliato Steve all'alba per dirgli dell'incendio.

"È una cosa seria," gli aveva risposto Steve. "Dobbiamo informarne le controparti immediatamente. Lei e Jenny dovrete rilasciarmi una deposizione, e altrettanto le ragazze. Dovrò avere anche la conferma dai pompieri."

Steve chiamò Pat e le chiese di andare in ufficio il prima possibile. Lei prese un taxi, che percorse strade secondarie per evitare il traffico e passò davanti alla casa di Mrs Ansell. Trasalì: un giovane nero camminava svelto come se non volesse dare nell'occhio e lo scambiò per il marito. Si agitò tutta, ma poi lo vide in volto – non era lui.

Steve aveva già registrato un nastro e Pat lavorò tutta la mattinata. Bisognava far presto e informare il tribunale e Mrs Fox prima che i servizi sociali entrassero in azione. Quando Pat ebbe finito chiese a Steve: "Ma allora Jenny non vuole più separarsi?".

"Ho dimenticato di domandarglielo."

Le bambine facevano colazione in cucina – Nora e Teresa, le responsabili dell'incendio, l'avevano pulita da cima a fondo. Rimaneva però ancora l'odore di fumo e la stanza dei giochi era fuori uso.

"Papà è un eroe," stava dicendo Lucy, "è corso fino alla caserma dei pompieri e poi è andato più veloce di loro." Quando Mike entrò in casa lo accolse cantando: "Papino! Eroe, eroe!". Poco dopo entrò Jenny, già pronta per andare al lavoro. Era diretta verso la fruttiera e gli passò accanto di striscio. Mike poggiò il braccio sulle sue anche e per un attimo accompagnò il suo incedere.

Jenny sceglieva un mandarino,"Il vostro papà fa tanto per voi. È molto bravo," diceva alle bambine e poi cercò lo sguardo di Mike, ma in quel momento Amy gli chiedeva come facevano gli incendi a svilupparsi tutto a un tratto e lui era assorto ad ascoltarla.

La visita della tutrice era stata fissata per il pomeriggio, quando le bambine sarebbero rincasate da scuola. Mrs Fox sapeva come comunicare con i bambini: Amy e Lucy le raccontarono per filo e per segno cos'era successo la notte prima e poi, pian piano, anche qualcosa della loro vita. Era chiaro che la madre era il loro punto di riferimento e che se avessero avuto una preoccupazione si sarebbero rivolte prima a lei e poi al padre. Amy però volle sottolineare che a volte avrebbe preferito parlarne con zia Marjorie prima che col papà: dipendeva dal tipo di preoccupazione.

La tutrice le chiese perché: "Papà ha tanto lavoro e sembra pieno di pensieri: per non farlo dispiacere".

"Papà decide cosa mangiamo al ristorante perché paga i conti e mamma decide cosa facciamo noi, perché siamo tutte e tre ragazze," aggiunse Lucy.

"Che ne direste se papà se ne andasse a vivere in un altro posto?"

"E perché dovrebbe?" aveva subito chiesto Lucy.

"In un altro posto per il suo lavoro?" Amy era confusa. Poi aveva aggiunto: "Il papà della mia amica Lola vive a Bruxelles durante la settimana e viene a Londra il venerdì sera. Vede, il mio papà certe volte va via durante la settimana, e anche il weekend per lavoro".

Nel frattempo Lucy sembrava voler dire qualcosa e batteva i piedi per far stare zitta Amy. Mrs Fox se n'era accorta e le diede spazio.

"Verrà anche lei a vivere a casa nostra?"

Jenny era tornata dal lavoro in anticipo per incontrare Mrs Fox. Dapprima le disse che, presa dal panico, chiamare Mike era stato il suo primo impulso, pensava che avrebbe potuto aiutarla a calmare le bambine. Poi dovette ammettere che lo voleva anche per riceverne supporto morale.

"Lo sa che non avrebbe dovuto? E che non deve succedere più?" la ammonì la tutrice.

"Dica quello che vuole, ma se una delle bambine avesse un incidente o dovesse andare all'ospedale lo rifarei. È il loro padre, e gli vogliono molto bene."

"Ma potrebbe abusarle, Lucy ha rivelato il suo abuso alla dottoressa Cliff."

"Io non ci credo. La dottoressa Cliff ha travisato le parole di Amy e avrà fatto altrettanto con Lucy." E Jenny guardò Mrs Fox dritto negli occhi.

Mike aveva avuto una giornata pesante, ma proficua. La lettera agli azionisti di Wear-and-Go era stata spedita; includeva un dettagliato resoconto delle malefatte della moglie di Jim Stutz e accusava direttamente l'amministratore delegato. Era corredata da copie di tutti gli articoli e trafiletti pubblicati dalla stampa, nonché da una copia della lettera scritta dagli avvocati di Mrs Stutz, che chiedevano scusa per il comportamento poco dignitoso ed emotivo della loro cliente, totalmente contrario alla sua natura timida e riservata. Mrs Stutz era stata informata dall'amministratore delegato – che già conosceva in quanto ex dipendente del marito – dei presunti tradimenti del marito con una donna molto più giovane, ed era stato lui a sobillarla. Sconvolta dalla gelosia, la signora aveva usato a sproposito la parola "pedofilo" – intendeva semplicemente accusare il marito di aver scelto una donna molto più giovane, non una bambina. Inoltre, Mrs Stutz asseriva di non avere alcuna prova della sua presunta infedeltà e tanto meno di infedeltà con un minore, e questo era confermato dai suoi legali: la sua richiesta di divorzio era per incompatibilità e non per adulterio.

Fondi pensionistici e altre istituzioni erano tra i maggiori azionisti della società madre di Wear-and-Go. La loro reazione era fondamentale e Mike e Rudy si misero in contatto con ognuno, dando un resoconto dell'imboscata tesa a Jim Stutz, e anticipando il contenuto della ritrattazione della moglie, che sarebbe stata pubblicata negli stessi giornali che avevano riportato il fatto, già l'indomani. Questi sembrarono molto comprensivi e convennero che Wear-and-Go aveva oltrepassato di gran lunga i limiti della decenza nel contestare l'offerta di acquisizione di Jim Stutz.

Trolleys nutriva forti speranze che le istituzioni della City avrebbero punito una moglie che aveva osato parlare.

Mike era tornato a casa esausto. Entrò e sentì odore di patate bollite: Jenny stava cucinando per lui: salmone, patate e broccoli. Aveva portato anche una bottiglia dello Chablis che lui preferiva. Mike salì in camera a cambiarsi e si accorse che Jenny aveva lasciato un borsone.

“Che ci fa il tuo borsone in camera mia?”
Jenny gli disse che Amy le aveva raccontato che la tutrice voleva sapere dei suoi spostamenti e lei le aveva detto che il papà spesso dormiva fuori casa durante la settimana, per lavoro. Allora le venne in mente di dire ad Amy che anche lei doveva fare lo stesso e che quella sera stessa sarebbe dovuta partire per Glasgow e avrebbe preso il primo aereo della mattina.
“Le bambine erano molto contente. E tu?”

Jenny non dormì bene quella notte. Il materasso era troppo duro e le tende lasciavano passare la luce. Faceva caldo, Mike aveva gettato in terra il lenzuolo e dormiva dandole le spalle. Jenny ripensò alle ore che avevano appena trascorso insieme – non c’era nulla in Mike che la facesse pensare a un pedofilo. Lui godeva della femminilità matura di una donna e il suo modo di fare l’amore aveva bisogno di un corpo adulto, che rispondesse al suo. Gli accarezzò il braccio, poi la gamba e la schiena. Mike era robusto, non aveva un grammo di grasso. Non c’era niente, proprio niente, nel suo corpo e nel suo comportamento che potesse farle dubitare che la sua sessualità non fosse altro che sana.
Il mio Mike non è un pedofilo, si disse. E continuò ad accarezzargli la schiena. Mike si girò e si gettò su di lei. La barbetta le solleticava il mento e lei sentì la guancia bagnata. Mike piangeva, come aveva fatto a casa davanti alla porta delle bambine.
“Cosa c’è che non va?” gli sussurrò.
“Ho passato tante notti chiedendomi chi sono e se ho mai fatto qualcosa di sbagliato, di sbagliatissimo. Non so a chi credere.” Poi Mike si sollevò sui gomiti e la guardò nella penombra a lungo e non disse più altro.

L’indomani mattina Jenny notò, nascosta sotto il letto, una copia della relazione della dottoressa Cliff. Le pagine erano gonfie e scolorite, come se fossero state lasciate sotto la pioggia.

77.

Miss Barnes decide

World's End. Ufficio dei servizi sociali. Mercoledì 18 giugno

"È una famiglia piena di segreti. Non ci hanno consentito di conoscerli, e la situazione familiare è decisamente anomala. Non hanno amici intimi e sono isolati. In più, non lasciano spazio alla possibilità di intervento terapeutico – ambedue i genitori hanno rifiutato la perizia di uno psicologo e Jenny mi ha ripetuto che, se ha bisogno di aiuto, c'è il suo medico curante. Questa madre ci ha raccontato tante frottole. Lucy è stata più che chiara con la maestra d'asilo e la psichiatra; Amy mantiene il silenzio, ma anche lei è soggetta ad abuso emotivo in questa famiglia dominata dal padre. Se la madre non accetta la possibilità dell'abuso dovremo toglierle le figlie – l'adozione congiunta delle sorelle dovrebbe essere fattibile in breve tempo. La documentazione da sottoporre al Comitato della Stabilità è enorme e incomincerò a prepararla sin da ora. Nel mio organico mancano tre assistenti sociali; siamo oberati da moduli e formulari da riempire a ogni mossa, e quando avremo l'autorizzazione del tribunale, non vorrei essere nella impossibilità di presentare le bambine Pitt al Comitato, perché non ho avuto il tempo di prepararla."

Sandra Pepper aveva fissato un'udienza per il lunedì successivo per le due richieste dei servizi sociali: la riduzione dei diritti di visita di Mike sulla base delle due infrazioni, e l'inserimento di Amy nel procedimento per assumere anche la sua custodia, in quanto era probabile che lei fosse soggetta ad abuso psicologico, se non anche sessuale.

"Riguardo ad Amy, mi sembra prematuro, non abbiamo le prove. L'udienza per l'accertamento dei fatti è fissata per il 4 luglio. Se il giudice deciderà che Lucy è stata abusata, non avremo alcun problema," disse Sandra a Miss Barnes, "Amy sarà inclusa nei nostri piani."

"Amy è una bimba ben addestrata all'omertà. Sarà la prossima vittima del padre. Nei casi di bambini, i rinvii devono essere evitati. Voglio essere nella posizione di offrire una buona famiglia affidataria che possa adottare le bambine Pitt, se dovremo toglierle alla madre in una situazione di emergenza. Prima le presenteremo al Comitato, meglio sarà."

"Il tempo c'è: l'udienza finale non sarà prima di novembre."

"Può succedere di tutto. La velocità è essenziale nelle cause sui minori, lo dice la legge!" Miss Barnes aveva cercato di porre fine alla discussione, ma Sandra Pepper voleva saperne di più per persuadere il giudice.

Miss Barnes allora le disse che avrebbe dovuto informare il giudice che Jenny non era attendibile: all'inizio era sembrata disposta a parlare con Fiona delle tensioni all'interno del matrimonio – che però attribuiva ai lavori in casa, alle difficoltà create dall'assenza di Mike e all'intervento dei servizi sociali – e in seguito aveva negato ostinatamente qualsiasi problema; la settimana precedente aveva ammesso che le tensioni nel rapporto di coppia c'erano, ma dopo l'incendio aveva detto a Mrs Fox che tra lei e Mike andava tutto benissimo e aveva asserito di non essere affatto pentita di averlo chiamato quella notte. Sui diritti di visita, aveva detto a Fiona che dovevano essere ridotti, e poi all'udienza aveva cambiato idea.

Non soltanto Jenny si era dimostrata inaffidabile, e dunque incapace di proteggere le figlie, ma non aveva collaborato con i servizi sociali nella ricerca di altri familiari che potessero prendersele in carico. "Sappiamo poco o niente delle famiglie d'origine dei Pitt. Jenny è figlia unica e orfana, ma ha tanti zii e cugini. Mike dice che non frequenta il fratello e la sorella e che le bambine li conoscono appena e non li vedono da tre anni. Nessuno dei parenti, tranne Miss Wood, è al corrente del procedimento legale!" Poi Miss Barnes riprese fiato e disse con un sospiro: "Puoi anche dire che ho visto Mike in compagnia di un uomo condannato per pedofilia, e accennare alla possibilità che Mike abbia a che fare con un giro di pedofili, a cominciare da questo Stutz!".

"Non hai letto le ritrattazioni di Mrs Stutz, e le smentite pubblicate dai giornali?" esclamò Sandra.

Ma per Miss Barnes le smentite non avevano importanza: i ricchi sapevano come tacitare la stampa, bastava una minaccia di querela. Quel Mike Pitt era scaltro come tutti i pedofili, pian piano però la sua natura era venuta a galla; erano troppe le coincidenze e troppi gli incroci "fortuiti" con i tipi come lui. Miss Barnes non si fidava nemmeno di quanto sostenevano i Meadows – le scuole private stavano dalla parte dei genitori che pagavano la retta – e il dottor Vita – era anche il medico della banca Trolleys. Non considerava attendibili neppure i resoconti delle ragazze alla pari e in quanto a Lady Snowball – una vedova indigente che era rimasta amica-quasi madre di Jenny da quando l'aveva assunta come Personal Assistant da giovanissima per un breve periodo – e alla zia di Jenny, era chiaro che avrebbero difeso i Pitt a spada tratta. Quelle sarebbero state capaci di testimoniare il falso.

78.

Mike non si riconosce più

Chelsea. Giovedì 19 giugno

Steve discuteva con i Pitt i piani dei servizi sociali per Amy e Lucy; Jenny non aveva battuto ciglio: se l'aspettava.

"Significherebbe togliere le bambine a Jenny, per sempre," diceva Mike, sgomento.

"Sì. Ma io non dispero. Non sappiamo ancora cosa diranno il professor Duncan e Mrs Fox. L'opinione della tutrice, in particolare, ha molto peso sul giudice, e la dottoressa Moss a mio parere è incline a passare dalla vostra parte," rispose Steve. "Ma il rischio c'è, e non è da poco," convenne.

"Ci voglio parlare io, con questo Duncan!" esclamò Mike, e fece il suo numero. Parlarono a lungo; a un certo punto Mike sbiancò. Poi riferì che il professore era ancora alla ricerca del birillo, e voleva che anche i Pitt cercassero tra i giochi delle figlie e nei musei di giocattoli. Da quel momento era rimasto silenzioso, pallidissimo. Jenny invece aveva discusso con Steve la tattica per l'udienza ed era speranzosa.

I Pitt avevano lasciato lo studio Wizens ed erano diretti ai loro rispettivi uffici. Mike era terreo. "Non preoccuparti, Lucy sta bene," gli aveva ripetuto Jenny prima di salire sul taxi, ma lui nemmeno le rispose.

Prima di lasciare l'ufficio per andare da Wizens Mike aveva preparato una scaletta per un uomo della sua squadra che l'indomani avrebbe incontrato un cliente importante e gliel'aveva inviata. *Me l'avevi già mandata!*, fu la pronta risposta. Bastò quella a farlo crollare. Sino ad allora era sempre riuscito a separare il lavoro dalle sue angosce, ma ora non più. Il professor Duncan gli aveva chiesto se fosse circonciso. Perché? Mike fissava lo schermo ed era come se il visino di Lucy fosse davanti ai suoi occhi. Cosa era successo nella Jacuzzi? Ce le aveva le mutande, o no? Lucy era entrata nella vasca dal lato opposto, le sue gambe erano tra le sue: lo avevano toccato? Lucy aveva visto i suoi genitali? Cosa era successo veramente mentre Jenny era a Parigi?

Era scappato via dall'ufficio. La giornata era plumbea, la pioggia scrosciava e tirava un vento scomposto. Non volle prendere un mezzo; camminava a grandi passi, a testa bassa, incurante. I ricordi del collegio lo tormentavano e si accavallavano all'immaginario della sua disperata ricerca di se stesso. Era stato vittima passiva o consenziente? Perché non si era ribellato? Ne aveva goduto? E dopo, aveva ripetuto l'abuso sui compagni più giovani? Perché gli era piaciuto così tanto badare a Lucy da neonata?

Le raffiche di vento aumentavano disordinate; formavano mulinelli, cambiavano direzione e strappavano gli ombrelli dalle mani. La pioggia scrosciante era arrivata a inumidirgli, attraverso giacca e impermeabile, il torso e le braccia, gambe e scarpe erano inzuppate dagli spruzzi delle pozzanghere. La gente aveva cercato rifugio dentro i portoni e nei negozi ancora aperti. Mike era il solo che andava avanti, come se cercasse quelle scudisciate umide e taglienti. Poi, il rombo di un tuono: l'acqua scrosciò più fitta, mista a chicchi di grandine grossi come ceci, riempiva e bloccava i tombini e scorreva veloce come un torrente, portando con sé, lungo le canalette, giornali, lattine e tutto quello che incontrava. Le strade erano lucide di pioggia, automobili e autobus fermi; qualche taxi cercava cauto di avanzare, poi desisteva. Mike ora si infilava tra le vetture, ora guizzava da una all'altra, nella speranza di slittare sull'asfalto allagato e finirci contro. E farla finita.

I vasi di terracotta ai lati del portico si erano rovesciati; le radici degli alberelli di alloro – un malloppo aggrovigliato nel poco terriccio – avevano attutito il colpo ed erano soltanto incrinati. Mike li raddrizzò, poi andò a controllare il giardino. Non se ne era mai occupato e l'erba del prato era cresciuta troppo e sembrava una palude; dal giardino accanto, il ramo di un albero, strappato dal tronco ma tenuto ancora dalla corteccia, si era schiantato sul muro di cinta. In piedi e bagnato fino al midollo, Mike si guardava intorno, schiaffeggiato dal vento. La terrazza del salotto era devastata – le sedie di legno, sconquassate; i vasi sul muretto, in frantumi e le radici delle piante schiantate a terra e nude come ragnatele mosce. I petali strappati dai gerani e dalle fuxie galleggiavano nelle pozzanghere del terrazzo insieme a rami portati dal vento, foglie maltrattate, foglie secche e altri rifiuti. Anche i due grandi vasi di terracotta ai lati della porta finestra si erano rotti e dai bordi a zigzag il terriccio inzuppato trabordava e colava sul pavimento come sangue nero e grumoso.

Jenny era venuta con la cena. Si era tolta galosce e impermeabile e si dava da fare ai fornelli. Mike era in camera a guardare il temporale, ipnotizzato. L'aveva sentita arrivare ma non si era mosso dalla finestra. Poi era entrato silenzioso in cucina e si era seduto al tavolo. Jenny era tutta un cicalio; nel pomeriggio aveva concluso un contratto con un designer cinese. "Ormai i cinesi sono all'altezza dei migliori del mondo. Non copiano più: sono sicuri di sé e la loro creatività ha raggiunto una straordinaria raffinatezza nelle rifiniture. Si fanno pagare caro, ma va bene così – più un prodotto costa, più piace: ai ricchi piace spendere. Ho convinto il mio capo a prendere l'esclusiva: li venderemo in un baleno, proprio perché sono cari!" Poi si girò verso Mike: "Credi che ce la faremo a portare le bambine a Pechino?".

Soltanto allora Jenny si accorse che lui non l'ascoltava: come un geco attaccato al muro, timoroso e pronto a guizzar via, Mike non si muoveva e seguiva i suoi movimenti. Jenny gli mise il piatto davanti e cominciò a mangiare. Riuscì solo a fargli assaggiare quello che aveva cucinato. Mentre mangiava, gli chiedeva se fosse successo qualche guaio al lavoro, se stesse male, e a ogni domanda lui scuoteva la testa. Impaurita, alla fine Jenny strillò: "Insomma, cosa è successo? Parla!", e Mike le disse piatto piatto che non sapeva se avesse abusato Lucy.

"Ma cosa ti è preso? Lo so io, nostra figlia è perfettamente a posto, nessuno le ha fatto del male, tanto meno tu. L'udienza andrà benissimo."

Mike voleva che lei tenesse le figlie e ammettesse in tribunale che lui era un possibile abusatore come lo aveva descritto la Cliff e che avrebbe chiesto la separazione. Jenny protestò, e lui alzò la voce – doveva fare come diceva lui, e basta.

D'un tratto, Mike scoppiò in singhiozzi. Adesso la supplicava di fare come le chiedeva. Poi la scosse violentemente, e le fece male, tanto da farla piangere, fino a quando non ebbe ottenuto da lei la promessa, allora la lasciò e risalì in camera.

La stanza da letto era al buio e sapeva di umido; Jenny inciampò negli indumenti zuppi, gettati sulla moquette in un mucchio. Lo trovò disteso sul letto, in catalessi. Lo fece andare sotto il lenzuolo e poi gli rimase vicino. Gli accarezzava i capelli. "Voglio dirti una cosa che credevo non avrei mai detto a nessuno. So come si comporta un uomo che abusa i bambini. Il marito di mia madre ci ha provato con me, più di una volta. So bene come funziona la seduzione, conosco i giochi e le trappole dei pervertiti: sanno come presentarsi; sono suadenti, affettuosi, solleciti e generosi; quando non ci riescono non si arrendono, assumono l'atteggiamento deluso e ferito di un amico tradito; poi passano alle minacce. Per questo mi sono rifiutata di seguire mia madre in Australia e sono andata da zia Marjorie. Tu non potresti mai abusare un minore: non ne sei capace."

Mike non reagiva. Jenny si sdraiò sul lenzuolo e si appiattì contro il corpo di lui.

Si amarono in silenzio e senza alcun contatto carnale.

79.

Pat dimentica i Pitt

Brixton. Studio Wizens. Venerdì 20 giugno

Buongiorno! Chiama Mike Pitt, mi sembra che ieri l'abbia presa male. I soci dello studio Wizens avevano ricevuto in dotazione un Blackberry e Steve stava imparando a usarlo per le e-mail.

Mike era al lavoro. "Notizie da Duncan?" chiese sentendo la voce di Pat.

"Non ancora, è troppo presto. L'avvocato voleva assicurarsi che lei stesse bene."

"Sto uno schifo" e poi aggiunse: "Dubito di tutto e di me". Mai prima di allora Mike era stato così chiaro. Pat rispose d'impulso:

"Lei non è come quelli. Loro non si comportano come lei".

"E lei cosa ne sa?"

"Ormai ne so abbastanza." E Pat chiuse la comunicazione imbarazzata dal suo ardire.

Steve aveva una giornata fitta di appuntamenti. Il primo, con la figlia di Mrs Ansell. Le porse le condoglianze e chiese cosa potesse fare per lei. La donna era imbarazzata dalla presenza delle segretarie; Steve la rassicurò, anche loro sapevano tutto di Mrs Ansell. La figlia cercava il testamento, e Steve le rispose che la madre si era rivolta a un altro avvocato; ma lei non accennava a congedarsi, si guardava intorno e infine parlò. Gli operai che lavoravano nella casa accanto avevano trovato la madre a faccia in giù, nel suo giardino, sotto la finestra della camera da letto. Erano accorsi scavalcando il muro di cinta, ma era già morta.

Lei era stata la prima a entrare in casa, con la polizia. La porta non era stata forzata e dalla cucina venivano fumo e puzza di bruciato – i fornelli con sopra le pentole della sera prima erano spenti, ma il forno elettrico era ancora acceso, e le patate dolci messe ad arrostire erano carbonizzate. Poi esitò, e disse che era entrata nella camera da letto prima dei poliziotti e aveva trovato qualcosa che le dava da pensare.

"Cosa ha trovato?"

La donna si passò la mano sulla fronte: "Il letto era disfatto, i cuscini stropicciati, e per terra c'erano delle manette rosa, di quelle che si comprano per giochi di un certo tipo...". Arrossì.

"Lo ha detto alla polizia?"

"Me le sono infilate in tasca di fretta. Quelli venivano dietro di me. Mi vergognavo. E poi, a che scopo dirlo a loro?"

"Mi parli di sua madre."

"Sapeva quello che voleva e faceva di tutto per ottenerlo. Del marito non si era mai fidata, ma ne era invaghita. Aveva messo a posto le cose prima di intestare la casa coniugale anche a lui: aveva preso un prestito garantito sulla casa e con quel denaro aveva acquistato appartamenti intestati a me. Al marito non rimarrà nulla, il mutuo è superiore al valore della casa."

"Pensa che sia stata uccisa?"

"Non ne sono certa. Era capace di tutto, mia madre, e negli ultimi mesi ce l'aveva con lui. Volevo chiedere a lei cosa ne pensa. Vede, io sono stata allevata da mia zia e mia madre l'ho frequentata poco. Pagava la retta della scuola e mi ha mantenuto all'università, ma non mi ha mai portato con sé in vacanza, e non ho mai dormito a casa sua. Anche quando era in ospedale, non gradiva le mie visite. Mi diceva che la facevo sembrare vecchia – si nascondeva l'età. Poi mi ha cercato negli ultimi mesi. Ci eravamo riavvicinate, o così pensavo, ma quando le faceva comodo lei mi respingeva e tornava da lui. È un poveraccio, e so che ha un figlio..."

"È sicura che la serratura di casa non sia stata forzata?"

"No. Le avevo raccomandato di cambiare le serrature, ma non aveva voluto."

"Ha degli indizi?"

"Nessuno, tranne che lui non mi ha mai chiamato per prendersi la sua roba; a casa non c'era nulla di suo..." Esitò, e poi aggiunse tutto d'un fiato: "Mia madre aveva indosso soltanto una vestaglia di broccato, pantofole coordinate, con i tacchi alti, e la parrucca nuova...".

"Potrebbe parlarne con la polizia."

"Mia madre aveva una sua dignità e non credo che volesse finire in cronaca nera. La cremazione è già avvenuta, e ho pulito la casa. Poi ho pensato con angoscia che un'altra donna potrebbe fare la sua stessa fine, e sono venuta da lei..."

"Dubito che possa accadere."

"Lo penso anch'io. Se ne dovessi parlare la stampa caraibica lo verrebbe a sapere. Ho una vita tranquilla, semplice. Non vorrei dovermi vergognare di mia madre e lei sicuramente non lo avrebbe desiderato."

Pat, a testa bassa, sembrava assorta nelle sue carte, ma aveva ascoltato. Solo fino a un certo punto però.

Era andata così, ne era certa. Dopo aver fatto la spesa al mercato, Mrs Ansell aveva acquistato una bottiglia di rum e della buona marijuana, aveva cucinato e poi si era fatta il bagno. Si era cosparsa di crema profumata, si era truccata e aveva messo la parrucca nuova. Sdraiata sul letto matrimoniale, lo aveva aspettato nuda, come la donna lasciva del quadro alla parete. Più aspettava, più le cresceva la voglia. L'aveva sentito entrare in casa. L'aroma del curry tenuto in caldo saliva per le scale: stava mangiando. Impaziente, era scesa in cucina.

Lui aveva fame e aveva mangiato come se non avesse fatto un pasto come si deve da giorni. Lei lo aveva incoraggiato e gli aveva versato del rum; avevano bevuto entrambi, lei gli accarezzava il collo ma lui la scostava e continuava a bere. Lei gli aveva chiesto qualcosa, lui aveva scosso la testa e aveva ripreso a mangiare, poi, trascinato per un braccio, l'aveva seguita, ancora affamato.

Adesso erano di sopra. Mrs Ansell si era sistemata al centro del letto, la schiena appoggiata ai cuscini contro la testata: si era slacciata la vestaglia e aveva allargato braccia e gambe. Gli aveva indicato le manette di raso rosa imbottite ordinandogli di legarla alle volute di ferro battuto. Lui aveva obbedito riluttante.

Ora, piegato su di lei, la leccava, come lei voleva. La baciava furioso e distratto, guardava il cassetto del comodino. I soldi erano lì. Sul volto di Mrs Ansell si avvicendavano emozioni contrastanti, smorfie di dolore, smorfie di rabbia, smorfie di piacere. La parrucca le era calata sulla fronte e lui aveva smesso: non ne poteva più. Lei continuava a dargli ordini, la bocca storta e rabbiosa. Ma lui non poteva, voleva che lei aprisse il cassetto. Invece lei lo trascinò in disperata furia verso la finestra: Mrs Ansell, puntellandosi contro il davanzale, gli aveva cinto la schiena e conficcato le unghie nelle spalle attraverso la maglietta aderente, lo aveva tratto a sé e gli aveva circondato con le gambe i fianchi fasciati nei jeans. Il volto contorto in una maschera di rabbia.

Lui non voleva – non poteva. Mrs Ansell spingeva. E poi, come al rallentatore, la maschera si rovesciò all'indietro e scomparve.

"Sembri addormentata, non hai sentito il telefono? C'è Kahin con la tutrice!" esclamò Sharon. La figlia di Mrs Ansell se n'era andata da un bel po' e Pat aveva gli occhi fissi sullo schermo buio.

La tutrice aveva voluto incontrare Kahin da Steve per darle certe informazioni avute dal padre. Kahin aveva i capelli ben spazzolati e con le punte in dentro e sembrava aver riacquistato la sua giovinezza; sedeva tranquilla accanto alla tutrice.

"Dobbiamo darti alcune informazioni. Non preoccuparti: rimarrai dove sei, e non tornerai a casa," era stata la promessa di Steve, e la ragazza gli sorrise. "La tutrice ha incontrato tuo padre, che accetta la tua volontà di vivere lontana dalla famiglia. Le ha detto che per ottenere lo stato di rifugiato per tutti i figli ha dovuto dichiarare che ognuno dei figli maggiori, te inclusa, aveva quattro anni in meno."

Kahin lo ascoltava e non capiva. Steve le disse che lui e la tutrice dubitavano che dicesse il vero, per quanto riguardava lei, ma desideravano fare degli accertamenti medici e stabilire la sua età dall'esame delle ossa. "È una cosa da niente, come una radiografia, e non fa alcun male."

"Per confermare che ho quindici anni?"

"Esatto, per confermarlo. Lo sappiamo tutti che hai, e che dimostri, quindici anni."

"E mio padre cosa dice della mia età?"

"Lui sostiene che i figli maggiori hanno quattro anni in più di quanto dichiarato all'Ufficio immigrazione: tu, per esempio, ne avresti diciannove, e tua sorella quindici. Vogliamo chiederti se acconsenti agli accertamenti medici, questo è tutto."

Kahin si era afflosciata sulla sedia, gli occhi fissi sulle mani minute. "Mr Booth, ma se ho diciannove anni, dove sono andati a finire quei quattro anni? Io non me li ricordo." E si sciolse in un pianto accorato.

Steve non aveva minimamente previsto che Kahin la prendesse così. Pat alzò gli occhi: Steve, una lacrima fra le ciglia, era senza parole.

La tutrice prese a confortare Kahin che balbettava sconsolata che, se era vero, lei era un'adulta e avrebbe dovuto lasciare la scuola. Steve si riscosse e le spiegò che il padre si era inventato tutto per annullare il procedimento legale, che riguardava soltanto i giovani al di sotto dei diciotto anni, e che lei non aveva nulla da temere.

"E se fosse vero? Quattro anni... allora avevo sedici anni quando sono andata alla scuola secondaria, con compagne di dodici!" diceva Kahin, e passo passo cominciò a ricostruire la sua vita seguendo quella "nuova" età. Si spiegava i suoi ottimi risultati negli studi con il fatto che era più anziana delle compagne, e così le incombenze affidatele dalla madre, e perfino l'abuso dei fratelli. Più ci pensava, più sprofondava nello sgomento. Steve l'ascoltava e di nuovo non riusciva a spiccicare parola.

La tutrice venne in suo soccorso e cominciò a raccontarle di altre situazioni in cui i genitori avevano inventato frottole sui figli per tirarsi fuori dai guai. Kahin la ascoltava e a poco a poco si rasserenò.

"Fa caldo, perché non andate a prendere qualcosa di fresco al Quality Cafe?" suggerì Pat. Steve annuì e le lanciò uno sguardo di gratitudine.

Prima di andare via, Sharon prese Pat da parte. "Non devi prendertela per Mrs Ansell. Lo so che hai visto il marito con le sue chiavi, e che vorresti avvertire la polizia. Ma a che pro? Non sappiamo esattamente cosa è successo. Forse lui ha già imparato la sua lezione e rispetterà di più le donne.

"Invece ti sei accorta come c'è rimasto male, Steve, per la faccenda di Kahin? Non l'avevo mai visto così giù... Ma anche questo ha un risvolto positivo, forse finalmente imparerà che deve mettersi nei panni dei clienti, prima di aprire bocca."

La sera Pat faceva jogging con Ron lungo il Tamigi. Da quando era venuta in ufficio la figlia di Mrs Ansell, Pat non aveva più pensato ai Pitt. Adesso, correndo, il loro pensiero le era tornato – angoscioso. "Non è giusto togliere le bambine da casa! Sono convinta che lui è innocente," disse tutto a un tratto. Non si era accorta di aver parlato a voce alta.

"Sono d'accordo, secondo me Lucy non lo ha accusato," rispose Ron.

"Ma tu non hai letto il resoconto della psichiatra: è tutto lì, nero su bianco!" obiettò Pat, e accelerò la corsa.

80.
La quinta udienza dei Pitt
Strand. Royal Courts of Justice. Lunedì 23 giugno

Steve non era preoccupato per l'udienza. Disse a Pat che i servizi sociali non avrebbero ottenuto la riduzione dei diritti di visita di Mike, e nemmeno l'inclusione di Amy nei loro piani: erano richieste premature, dato che ormai mancava poco all'udienza per l'accertamento dei fatti del 4 luglio. Ne avrebbe approfittato per ottenere che Miss Wood sorvegliasse le visite del fine settimana da sola. Steve invece era molto preoccupato dal silenzio del professor Duncan: si stava comportando come un vecchio bizzoso alla ricerca di un fantomatico birillo, totalmente incurante dei termini stabiliti dal tribunale per depositare la sua perizia, che era già in ritardo.

L'udienza andò liscia, come lui aveva previsto.

Steve chiamò Pat dal tribunale e le chiese di preparare uno spuntino per i Pitt, che sarebbero venuti in ufficio con lui per fare il punto della situazione.

Mike era ancora profondamente depresso e Jenny lo sosteneva come poteva. La festa d'inaugurazione della casa era stata annullata e il 21 giugno aveva invece prenotato un tavolo in un nuovo ristorante che a Mike piaceva molto e pensava che gli avrebbe fatto piacere. Lui glielo aveva fatto disdire. Ma Jenny reggeva bene l'ansia dell'attesa, era fiduciosa.

Miss Wood aveva telefonato a Pat in mattinata per dirle che aveva sentito la dottoressa Cliff alla radio in una trasmissione in cui si parlava dell'effetto della separazione dai genitori sui bambini portatori di handicap: aveva fatto un bell'intervento. Miss Wood era certa che alla fine avrebbe sostenuto i Pitt. Pat non aveva potuto rivelarle il contenuto della relazione della dottoressa, e non le aveva risposto e Miss Wood aveva chiuso la telefonata rinnovandole l'invito per il tè.

Pat entrò nella sala delle riunioni con il vassoio del pranzo e Steve la trattenne. Le chiese di andare, quel pomeriggio, al Museum of Childhood a Bethnal Green, per vedere se vi fossero dei giocattoli che potevano assomigliare ai disegni di Lucy.

"Allora ci sono speranze?"

"Quelle di chi ha le spalle al muro. Adozione, o innocenza di Mr Pitt: non c'è via di mezzo. Nei casi complessi e basati su prove intangibili, è la posizione migliore. Noi non desistiamo, giusto?" E Steve si girò verso i Pitt, che annuirono mesti.

Il Museum of Childhood occupava un edificio vittoriano che un tempo era stato una fabbrica. Era diviso in zone e ciascuna aveva un angolo per il gioco dei piccoli visitatori, secondo le fasce d'età, arredato con tappeti e cuscini. Lì, a ore stabilite, gli impiegati del museo li intrattenevano e mostravano loro alcuni giocattoli, che poi facevano passare di mano in mano. Era pieno di bambini accompagnati da genitori, maestre e nonni. C'erano anche delle coppiette di giovanissimi innamorati in un percorso di reciproca conoscenza attraverso i freschi ricordi della loro infanzia. Gli altri visitatori la osservavano curiosi: una visitatrice adulta e sola, che anziché soffermarsi davanti ai pezzi più belli – come le case delle bambole – scrutava birilli, oggetti di legno e giochi da ragazzini, destava sorpresa.

Pat non ebbe fortuna e, scoraggiata, pensava di tornarsene a casa; poi le venne in mente che forse Miss Wood conosceva collezioni private o altri musei, e la chiamò. La vecchietta non le fu d'aiuto, ma rinnovò l'invito per il tè e aggiunse che le sarebbe piaciuto parlarle di Jenny.

Miss Wood la accolse con un rimprovero. Non era più venuta a farle visita per vedere il Lego restaurato, e adesso era troppo tardi: l'aveva imballato in una scatola proprio quella mattina e l'aveva spedito. Andava a Sydney, in Australia, dove quasi tutti i suoi fratelli, chi prima e chi dopo, erano emigrati.

"Si sta bene lì, ma io preferisco Londra: è così eccitante!" disse Miss Wood con una risatina, e poi le parlò di Jenny: Mike l'aveva obbligata a promettergli di divorziare, altrimenti avrebbe perso la tutela delle bambine. Miss Wood non se ne capacitava: perché costringere Jenny a tanto?

Pat cercava di spiegarle la situazione senza dire troppo, e per evitare altre domande le parlò del giocattolo che cercava.

"Jenny mi ha chiamato questo pomeriggio con la stessa domanda. Io di birilli o altri aggeggi che assomiglino a un pene non ne ho in mente," rispose Miss Wood; poi ci ripensò: "Un momento, forse un braccio di bambola... uno di quelli con le mani snodabili, di celluloide, che si inserisce a incastro nel busto". E si mise a frugare in uno scatolone ai piedi della macchina per cucire: l'aveva portato a casa dal cottage, era il suo nuovo lavoro.

Miss Wood non trovò quello che cercava, ma il suo frugare non era andato a vuoto: fra gli arti di bambola aveva trovato uno degli omini di Lego, che aveva dato per perso. "Lo sapevo che ne mancava uno! Dovevano essere sei, e invece ne avevo soltanto cinque. L'avevo cercato dappertutto! Da due mesi vivo come un commesso viaggiatore, tra la casa di Jenny, questa e il cottage! Chissà com'è andato a finire in quella scatola, è rimasta al cottage fino alla settimana scorsa." Poi rise: "Ora mi ricordo: sulla sua testa ho fatto la prima prova per i capelli. Li avevo incollati con la colla da falegname, ma non era abbastanza forte: avevo chiesto a Lucy di tirargli i capelli e gliene era rimasta in mano la metà. Be', eccolo qui!".

E Miss Wood sollevò un omino di Lego dal corpo cilindrico con colletto e cravatta, e una semisfera per testa, corredata da un accenno di sopracciglia e una bocca sbiadita a mezzaluna. Sul cocuzzolo erano incollati lunghi fili di grossa lana marrone: tale e quale il disegno di Lucy.

"Potrei averlo?" Il cuore di Pat batteva forte.

"Lo prenda! Ormai non posso più restaurarlo per bene. Dovrebbe essere identico agli altri; alla mia età dimentico forme e colori, e stonerebbe tra i suoi fratelli. Mio nipote non saprà mai che ne manca uno. Mi fa piacere se lo tiene lei."

A quel punto Pat si sentì in dovere di dirle cosa ne avrebbe fatto: l'omino di Lego sarebbe andato in Florida.

"I suoi fratelli sono già in viaggio, via mare, per l'Australia! Sarei felice se grazie a lui quest'incubo finisse!"

Pat non vedeva l'ora di andare, ma Miss Wood la trattenne ancora. Andò in salotto e ritornò con una scatola di cioccolatini mezza vuota. Le raccontò che non era mai riuscita a sradicare un suo peccato – capitale, per di più: la gola.

Ogni mercoledì sua madre cucinava al forno e preparava dolci e biscotti. Lei l'aiutava volentieri perché poi le dava da leccare il cucchiaio con cui aveva mescolato l'impasto, e prima di lavare il ripiano di legno su cui stendeva la pasta dei biscotti per tagliarla con le formine, le permetteva di raschiarlo per raccogliere quel poco che vi era rimasto appiccicato. Quando divenne novizia, la monaca cuciniera, che le voleva bene, le conservava gli avanzi dei dolci. Miss Wood si viziava con un cioccolatino ogni sera, prima di andare a letto, perfino nei giorni di Quaresima. Non avrebbe mai pensato di poter rinunciare a quel contentino, invece, non appena era stata messa a conoscenza dei problemi di Jenny, aveva fatto voto di non mangiare dolci finché non si fossero risolti.

Era sicura che il suo omino di Lego sarebbe stato decisivo, e voleva offrire un cioccolatino a Pat – lei avrebbe aspettato la decisione del giudice.

Quella sera stessa, l'omino di Lego iniziò il suo lungo viaggio per due continenti. Dopo il pernottamento presso gli uffici della ditta di trasporti internazionali più affidabile d'Inghilterra, martedì di buon'ora si sarebbe imbarcato, in compagnia di un fidato rappresentante della ditta, su un aereo di linea – la sua prima tappa transatlantica. A Miami sarebbe stato fotografato e ripreso in video da tutti i lati per ottenere un modello tridimensionale; poi sarebbe stato accompagnato all'università, per conoscere l'équipe del professor Duncan; il mercoledì lo avrebbe esaminato il professor Duncan in persona, e lo stesso giorno avrebbe riattraversato l'Atlantico, con un diverso chaperon, su un aereo diretto a Manchester, dove sarebbe stato atteso da un altro accompagnatore che lo avrebbe portato in automobile nello Yorkshire. Così avvenne e quel giovedì l'omino di Lego passò la notte all'ospedale della dottoressa Moss, che ebbe modo di esaminarlo venerdì mattina di buon'ora. Poi ritornò a Londra, in treno, dove lo attendevano Steve e i Pitt, che morivano dalla voglia di vederlo "in carne e ossa". L'omino prese per la prima volta la metropolitana con Steve, che lo lasciò all'ufficio di Sandra Pepper dove c'era ad aspettarlo lo sguardo scrutatore di Miss Barnes; da lì, un tassista di fiducia lo portò allo studio dell'avvocato di Mrs Fox, la tutrice di Lucy, che lo prese in consegna fino all'udienza del 4 luglio.

L'omino di Lego non era riuscito a incontrarsi con la dottoressa Cliff perché lo stesso giorno del suo primo viaggio era partita, nella direzione opposta: andava in Romania, da cui sarebbe ritornata la sera prima dell'udienza. Avrebbe fatto la sua conoscenza in tribunale.

81.
"L'amore non dura"
Pimlico. Curry Cabin. Giovedì 26 giugno

Perfino Sharon era eccitata dal ritrovamento dell'omino di Lego, e aveva voluto vederlo sulla mail. Il professor Duncan aveva telefonato a Steve giubilante: non aveva alcun dubbio, l'omino era il soggetto a cui Lucy si era ispirata, e dunque i suoi disegni non erano indicativi, né tanto meno rivelatori, di abuso sessuale. Gli scarabocchi, le pennellate e le macchie nere suggerivano che la bambina fosse stata eccessivamente incoraggiata a ripetere certi disegni, per cui li aveva rovinati in segno di esasperazione.

A quel punto Steve aveva inviato le immagini dell'omino di Lego a tutte le parti, informandole dell'opinione del professor Duncan, ma non aveva ricevuto alcun riscontro. Attendeva con ansia l'opinione della dottoressa Moss, ma prima di parlargli lei voleva discuterne con la dottoressa Cliff e con Mrs Fox. La prima era andata nei Balcani per una breve vacanza, e avrebbe poi partecipato a un congresso sull'infanzia maltrattata, a Bucarest. Non c'era modo di rintracciarla. Flag era morto la settimana prima e lei, affranta, non voleva essere disturbata. E la seconda gli aveva fatto sapere tramite Miss Stanley che avrebbe fatto visita a Lucy soltanto dopo aver visto di persona l'omino di Lego e che la sua Analisi dei fatti per il tribunale sarebbe stata pronta il giorno dell'udienza, e non prima.

Steve era in costante contatto con i Pitt e teneva informata Pat: Mike non si riprendeva; meglio andavano le cose, più si convinceva che avrebbe perduto la causa. La moglie di Jim Stutz aveva revocato il mandato agli avvocati che l'avevano convinta a ritrattare le accuse e si era rivolta a un altro legale noto per la sua combattività. Alla Trolleys temevano che ci fossero altre accuse, questa volta con serie prove a carico, e Mike si era convinto che poteri oscuri tramassero contro di lui e che il suo nome sarebbe stato associato a quello di Jim Stutz.

Pat era preoccupata per Mike e ne parlava con Sharon.

"Mi mancano le sue telefonate, credo che potrei aiutarlo a tenersi su."

"Sei diventata la sua counsellor? È un cliente come tanti," la canzonava quella.

"Anche tu hai a cuore i tuoi clienti, si vede benissimo."

"Certo, ma non gente come i Pitt. Io mi preoccupo per quelli che ne hanno bisogno: per Mavis, ad esempio, che non vediamo da quando il Comune le ha tolto l'appartamento. Per lei sì che mi preoccupo."

Mavis aveva un appuntamento con Steve. Finalmente i Turle erano stati considerati idonei come famiglia affidataria per Stephanie: i servizi sociali avevano offerto un sussidio mensile e la bambina sarebbe andata a vivere con loro prima dell'udienza finale; bisognava soltanto concordare le visite della madre, che inizialmente sarebbero state ogni due mesi. Steve doveva confermare che Mavis accettava quanto proposto.

Mavis era molto dimagrita: era trasandata e aveva la pelle opaca. Stava di nuovo con il padre di Stephanie e raccontò a Steve che la settimana prima avevano litigato, davanti a un club. Lui l'aveva minacciata con un coltello e lei gliel'aveva tolto. Poi lui l'aveva afferrata per i capelli e lei l'aveva accoltellato, vicinissimo al cuore. Erano finiti lui all'ospedale e lei in una cella della polizia. Adesso era stato dimesso e aveva ritrattato le accuse accollandosi la responsabilità della rissa e della coltellata: aveva provocato Mavis, e poi aveva guidato la sua mano contro di sé. Mavis non voleva rivedere più Stephanie.

"Perché?" le chiese Steve. "Da come ti presenti, è chiaro che ti fai: proprio adesso che Stephanie andrà a vivere da tuo nonno e potrebbe beneficiare delle tue visite: ha bisogno di rassicurarsi che tu stai bene."

"È il mio destino. Stephanie ha diritto a una vera famiglia. Io sono una mela marcia, marcia dentro. Le scriverò una lettera. Vederla mi fa troppo male."

"Pensaci, prima di decidere."

Mavis era sul punto di andare. Si girò verso Sharon e le diede un fazzolettino di carta appallottolato. "È per te, grazie di tutto." Sharon lo prese e lo infilò in borsa.

Pat e Ron erano al Curry Cabin. Mr Patel, il proprietario, aveva offerto loro la birra: la figlia minore si era fidanzata con un ragazzo del Punjab e le nozze sarebbero state celebrate in autunno. Era un matrimonio combinato e, a sentir lui, i fidanzati erano felicissimi. La figlia, professoressa di liceo, aveva chiesto ai genitori di trovarle marito, ma seguendo il metodo moderno: aveva redatto una lista dei cento attributi che voleva in uno sposo – non avrebbe accettato di meno. Fortuna volle che il giovane prescelto li avesse tutti, e qualcosa in più: apparteneva a un'ottima famiglia e lavorava a Londra, presso uno studio di commercialisti della City.

Pat era curiosa di sapere cosa aveva spinto la figlia di Mr Patel a fare quella richiesta.

Lui le spiegò che l'altra figlia aveva contratto un matrimonio d'amore con un sikh nato in Inghilterra e non era felice, e la sorella aveva paura di fare la stessa fine. "L'amore non dura, quando ci sono differenze culturali tra le famiglie. Noi possiamo ancora ricorrere ai matrimoni combinati, che, se fatti bene, funzionano. Voi no, non sapreste come organizzarli. Certe volte mi diverto a guardare su Internet i vostri siti per incontri tra giovani: fanno pena."

Ron ascoltava attento, e poi guardò Pat, ma lei sgranocchiava un popodom, pensierosa.

"Una cliente di Sharon è tornata dal ragazzo che la pesta e ha ricominciato a drogarsi. L'udienza dei Pitt è la settimana prossima e Steve non riesce a spiegarsi l'accusa fatta da Lucy contro il padre." Pat si sfogava, accorata, e poi arrossì. "Mi chiedo se non sarebbe meglio lasciare Wizens e magari scrivermi io una bella lista di ciò che voglio dalla vita, per capirmi meglio..."

Ron la interruppe: "Non ti capisco, Lucy non ha accusato il padre!".

"Come fai a saperlo tu?"

"Ho cercato di dirtelo tante volte che l'avevo già vista, quella bambina! L'ho vista nel dvd della cliente che non sapeva leggere, quello che ti ho dato due giorni fa!" rispose Ron tutto d'un fiato.

"È ancora in ufficio, andiamo!" E Pat, nella fretta rovesciò sulla tovaglia le salsine indiane in cui intingere i popodom, arancio verde e bianco, come la bandiera del paese di suo padre. Si alzarono precipitosamente lasciando i piatti colmi di cibo.

Ron dovette fare la fila per pagare; quando venne il suo turno, Mr Patel gli diede una borsa con le vaschette di alluminio piene dei loro avanzi, quindi li accompagnò alla porta con un sorriso sornione.

82.

Steve si prepara per l'udienza
Peckham. Casa di Steve. Giovedì 3 luglio

Festeggiavano in anticipo il compleanno di Sharon, che il giorno dopo sarebbe stata in ferie: era il compimento di un altro decennio e Sharon era triste. "I quarant'anni sono una data simbolica. Zio George ha accettato di lasciare il suo appartamento e potrei prenderlo io. Ma mi fa paura, mi sembra un segno di zitellaggio," diceva.

"Sciocchezze! Anzi, mi stupisce che tu viva ancora in famiglia. Vedrai, stare da sola ti piacerà. Io non potrei mai vivere con qualcun altro, nemmeno con Ron."

"Ma io vorrei innamorarmi davvero e avere un matrimonio felice."

"Verrà. Sei ancora giovane, ne conosco tante che diventano madri alla tua età."

"Sì, con la fecondazione assistita, che costa un occhio."

"Anche senza, e poi con il servizio sanitario puoi farla gratis."

"No, non tutte possono! Forse dovrei pensare a un cambiamento di carriera. Mi piacerebbe diventare assistente sociale, ma anche andare all'università costa."

"Mi avevi detto che tuo zio George ha dei risparmi, di sicuro te li darebbe. Ma davvero ti piacerebbe diventare assistente sociale? A me sembrano dei mostri, guarda Lucretia Barnes..." E Pat disse a Sharon che quella mattina aveva ricevuto i commenti dei servizi sociali sull'omino di Lego: sospettavano che fosse stato ricavato da un pezzo di legno vecchio copiando il disegno di Lucy, anziché viceversa, e pretendevano che i Pitt dimostrassero che era originale facendo vedere loro gli altri pezzi di Lego, il che era impossibile perché erano stati mandati in Australia via mare.

Sharon posò la forchetta. "Ti sbagli. È una gran bella professione. Noi vediamo solo il peggio."

Mentre mangiavano le triglie che il proprietario del Quality Cafe aveva preparato appositamente per loro – in agrodolce, con una salsina di cipolle e pomodoro, squisita – Sharon tornò sull'argomento.

"Il fatto è che non vorrei lasciare i miei clienti... Guarda cosa mi ha regalato Mavis!" Alzò la mano: al mignolo portava l'anello che Mavis Clarke aveva comprato da Miss Gladys, e si illuminò in un sorriso.

Pat la capiva: da venerdì sera lavorava sodo per i Pitt e le dispiaceva non poter fare di più per loro.

Steve era andato fuori Londra per il fine settimana e lei, senza attendere il suo consenso, aveva trascritto il dvd. Lunedì mattina, le copie del disco e del trascritto erano pronte per essere distribuite alle parti e ai periti. Steve e Pat erano entrati in azione – non era stato necessario che lui le dicesse che i Pitt erano diventati i clienti urgenti. Miss Wood doveva rilasciare una dichiarazione sulle circostanze in cui era venuta in possesso dei pezzi di Lego e del ritrovamento dell'omino, nonché fornire la ricevuta postale della spedizione al nipote in Australia: di questo si sarebbe occupata Pat, Steve avrebbe parlato con i Pitt.

Martedì Pat aveva sbobinato una dichiarazione congiunta dei coniugi in cui negavano che l'abuso fosse mai avvenuto; accusavano la dottoressa Cliff di aver riportato in maniera inesatta il colloquio con Lucy – in pratica, di aver mentito – e invitavano i servizi sociali ad abbandonare la loro richiesta per la custodia delle figlie. Steve le aveva spiegato che era una mossa azzardata ma necessaria, data la posta in palio, e aveva insistito per mandare la documentazione alle parti con un corriere, in modo da essere sicuro che la ricevessero in giornata.

Negli ultimi due giorni avevano atteso con ansia il riscontro dagli assistenti sociali e dalla tutrice di Lucy, ma quelli avevano mantenuto un silenzio di tomba. Pat e i Pitt si scambiavano telefonate, gli uni per sapere se c'erano novità e l'altra per accertarsi che reggessero la tensione dell'attesa e rincuorare Mike. Quel pomeriggio lei avrebbe incontrato Mike e Jenny con Steve, per fare il punto della situazione, e l'indomani sarebbe andata in tribunale per l'udienza.

Mike era l'ombra di se stesso: era smunto e non proferì quasi parola. Jenny invece era serena e combattiva. Steve aveva esordito dicendo che la tutrice e i servizi sociali non avevano fatto alcun commento sul dvd di Lucy.

“Ma com’è possibile?! È chiaro che Lucy non è stata abusata, lei non l’ha detto! La Cliff ha mentito!” esclamò Jenny, esasperata. “Almeno ha sollecitato una risposta dagli avvocati, o no?”

“Certamente, e ho comunicato formalmente ai servizi sociali che se il giudice decide che il fatto non sussiste e dunque non c’è alcun capo d’accusa, cioè che è stata tutta una montatura della Cliff e della Dooms, chiederò che loro vi risarciscano interamente delle spese processuali, incluse le parcelle dei periti!”

“Cos’hanno risposto?”

“Ho ricevuto la risposta di sempre: stanno considerando la loro posizione. Non è inconsueto, per quanto strano possa sembrare.” E Steve aveva aggiunto che quella mattina l’avvocato di Mrs Fox si era lamentato con lui del ritardo con cui avevano rivelato l’esistenza dell’omino di Lego e del dvd, e per la seconda volta non aveva voluto dirgli nulla sulla posizione della tutrice; Sandra Pepper gli aveva inviato i dettagli della famiglia affidataria presso cui le bambine avrebbero alloggiato, in attesa della decisione finale; quanto al dvd, silenzio di tomba.

“Non dobbiamo dimenticare che Lucy ha ammesso con la dottoressa Cliff di avere segreti con il padre e ha mimato con le bambole un rapporto sessuale,” disse poi Steve. “È possibile che la tutrice chieda più tempo per conoscerla meglio e che il giudice rinvii l’udienza per l’accertamento dei fatti, ma non quella finale di novembre. Penso che non permetterà che le bambine lascino casa, ma anche questo è un rischio che abbiamo preso in considerazione.”

“Ma com’è possibile, le prove non ci sono!” sbottò Mike, che era rimasto zitto fino ad allora.

E Jenny: “Almeno ci dica che ora crede nell’innocenza di mio marito!”. Sorpreso dalla domanda, Steve esitò e poi disse:

“Domani farò del mio meglio per dimostrare la sua innocenza”.

Quando se ne furono andati, Steve disse a Pat: “Non mi è mai capitato di dover asserire, con prove, che un medico ha mentito. Non so come reagiranno il giudice e le parti, domani... destabilizzerà un po’ tutti. Sarà una giornata pesante”.

“Tu pensi a te, e non a Mike Pitt. La giornata sarà certamente più pesante per lui. Cerca di essere più umano. C’è qualcosa che non va, credo che abbia qualcosa da chiederti.”

In quel momento Mike era rientrato nella sala d’aspetto. Aveva lasciato il Blackberry nello studio di Steve. Pat se la svignò, lanciando uno sguardo di complicità a Steve.

"Ha parlato poco, oggi. Posso fare qualcosa per lei, rispondere a un quesito..." Steve era imbarazzato e non sapeva come cominciare. E Mike finalmente gli disse quello che da mesi non aveva il coraggio di chiedergli e che lo tormentava.

"Dal 24 aprile, il giorno in cui ne abbiamo parlato, ho un pensiero fisso. Perché mi ha chiesto se ero stato vittima di abuso?" Per la prima volta, Mike sembrava spaurito.

"Avrei dovuto essere più chiaro allora, mi scusi. Vede, chi abusa spesso è stato abusato da bambino: è uno dei tratti caratteristici del profilo dell'abusatore."

"Intende dire che il fatto che io abbia subito un abuso fa di me un abusatore?" Le parole di Mike volevano sembrare una sfida, ma nella sua voce c'era tanta paura.

"No. Molti dei miei clienti sono stati abusati da bambini ma non hanno abusato i loro figli, eppure la maggior parte degli abusatori sessuali hanno alle spalle una storia di abuso subito."

"E lei, in quale categoria mi mette?"

Steve era sul punto di dirgli quello che pensava, ma si trattenne.

"Fra quelli che vincono." E vedendo che Mike era rimasto sgomento aggiunse a bassa voce: "E che meritano di vincere". Ma Mike era già sull'uscio.

Steve si preparava per l'udienza. Conosceva l'incartamento a memoria e innaffiava le felci. Poi appoggiò l'innaffiatoio per terra e andò a cercare il rapporto degli investigatori privati sulla dottoressa Cliff. L'aveva tenuto a casa e non l'aveva letto. Era giunto il momento di commettere un'infrazione professionale nei riguardi di Jenny: Mike glielo aveva fatto recapitare e aveva chiesto che la moglie non ne sapesse nulla ma anche lei, in quanto cliente, aveva il diritto di esserne a conoscenza. Steve però doveva usare tutte le armi a disposizione: secondo lui, Mike non aveva abusato Lucy.

> Il padre della dottoressa Cliff, nata Pinter, era un giudice ungherese. Da ragazzo fa le scuole secondarie in un collegio inglese, e stringe amicizia con un giovane medico che conosceva la sua famiglia. Durante la Seconda guerra mondiale il giudice, la moglie e la figlia maggiore Annette cercano rifugio in Siria, presso parenti. Quando il governo della Repubblica di Vichy

diviene responsabile dell'amministrazione del paese per conto dei nazisti sono costretti a nascondersi. Dopo la guerra, il medico inglese riesce a rintracciarli. Alla coppia è nata un'altra bambina – Melanie. Ambedue i genitori perdono la vita lasciando Melanie, due anni, e Annette, otto. I parenti non possono più prendersene cura e il medico porta le bambine con sé in Inghilterra e poco dopo lui e la moglie, che hanno già un figlio quindicenne, le adottano.
All'età di otto e quattordici anni le sorelle vengono mandate insieme in collegio. L'anno dopo Melanie ottiene una borsa di studio per la Cheltenham Ladies' School e deve separarsi dalla sorella maggiore, che rimane in collegio e muore tragicamente in un incidente durante una gita scolastica, l'anno successivo. Il fratello adottivo perde la vita durante una scalata in Nuova Zelanda, all'età di venticinque anni. I genitori adottivi muoiono in tarda età.
La dottoressa Cliff si laurea a pieni voti in medicina e al momento di scegliere la specializzazione decide per la psichiatria infantile, incoraggiata dal professore di psichiatria e dagli stessi genitori. All'età di ventotto anni sposa un ingegnere meccanico di buona famiglia e più giovane di quattro anni: Ralph Cliff. Non hanno figli, il marito è infedele e ha un figlio illegittimo. Attualmente ha una relazione con una giovane collega sposata. Sul lavoro Ralph Cliff è rispettato e amato; i colleghi non nutrono simpatia per la moglie, considerata possessiva e invadente nell'aiutarlo a fare carriera.
Dalle informazioni bancarie risulta che i risparmi della dottoressa Cliff sono modesti e che il marito si è indebitato per ristrutturare la casa in cui la moglie ha il proprio studio.
La dottoressa Cliff partecipa alle attività dell'Ordine e il suo contributo è apprezzato: non ha amici, ma nemmeno nemici; i colleghi la descrivono come una donna elegante, priva di humour, a volte altezzosa, e dedita alla ricerca. Ha raggiunto velocemente la posizione di libero docente, poi la sua carriera universitaria si è arenata. Ha sperato di diventare capodipartimento, e quando il nuovo direttore – un giovane professore tedesco,autorità mondiale nel campo dell'autismo – ha sollevato dei dubbi sulla sua ricerca scientifica ha deciso di andare in pensione alla prima opportunità e sfondare nella libera professione; mira a diventare consulente tecnico nelle cause di diritto di famiglia – lo è di già nei processi in cui sono coinvolti bambini autistici.

Punti deboli: si dice che abbia fatto carriera grazie alla protezione del suo professore, ora in pensione, di cui forse è stata l'amante; un ex collega ricorda che a un congresso internazionale a Chicago, quando una celebrità televisiva americana aveva rivelato di essere stata abusata, lei ha commentato che anche nella sua famiglia c'è stato un caso di abuso. È ossessionata dalla moda e dalla cura del corpo. Dagli estratti conto risulta che paga ingenti somme per trattamenti di ringiovanimento e chirurgia estetica, e che ha comprato sotto banco prodotti americani la cui vendita in Inghilterra è illegale.
Hobby: teatro e cristalli vittoriani.

Steve si convinse che la dottoressa Cliff sarebbe stata un testimone difficile da domare, e passò la serata a curare le sue felci.

Nel frattempo, Melanie Cliff era al telefono con Sara Todd, che le dava preziosi consigli sulla sua testimonianza all'udienza.

83.

L'ultima udienza dei Pitt

Strand. Royal Courts of Justice. Venerdì 4 luglio

Pat era andata all'albergo in cui alloggiava il professor Duncan per accompagnarlo alla Royal Court of Justice. Era un vecchietto arzillo, che a una prima impressione dava l'idea di essere un tipo accomodante e alla mano; in verità, aveva preteso che la moglie lo accompagnasse a spese dei Pitt – la motivazione era che da quando si erano sposati celebravano insieme il 4 luglio, l'anniversario dell'indipendenza degli Stati Uniti – e aveva richiesto che i *Diari* di Pepys che stava leggendo fossero a sua disposizione nella camera d'albergo, perché i volumi erano troppo pesanti per portarli in valigia. Ciò nonostante Pat era disposta a soddisfare ogni suo desiderio perché il professore era un benemerito: la sua autorevole perizia, corredata da una selezione di pubblicazioni scientifiche e da un curriculum vitae infinito, escludeva categoricamente che i disegni di Lucy rivelassero alcun abuso.

Pat aveva un altro compito importante: Steve aveva voluto che incontrasse Miss Wood, il dottor Vita, il preside dei Meadows e la maestra di Lucy nella sala davanti all'aula per mostrare loro quelle parti delle deposizioni altrui che avrebbe chiesto loro di commentare e che aveva evidenziato in colori differenti, uno per testimone – non avevano il permesso di leggerle per intero.

Miss Wood era profondamente offesa dall'insinuazione dei servizi sociali che il suo omino di Lego fosse stato fatto da un falegname a somiglianza del disegno di Lucy, e volle vederlo ancora una volta: poi tenne banco descrivendo per filo e per segno a Mrs Fox e agli altri, attorno a lei, il minuzioso lavoro di restauro.

L'avvocato di Mrs Fox aveva finalmente rivelato la posizione della tutrice, contenuta nella sua analisi. Steve e i Pitt si erano appartati per leggerla, insieme al breve rapporto supplementare della dottoressa Moss, anche quello dato loro quella mattina. La prima accettava l'opinione del professor Duncan e confermava che Lucy, a cui aveva fatto vedere l'omino di Lego, l'aveva identificato come il giocattolo che il padre le aveva dato nella soffitta del cottage; l'aveva disegnato mentre lui guardava fuori dalla finestra. Lucy si era rifiutata di dirle il segreto del padre, e quando Mrs Fox le aveva suggerito che forse si era affacciato alla finestrella per fumare, aveva esclamato: "Chi gliel'ha detto? Mamma si seccherà con lui, papà non deve fumare in casa!".

Mrs Fox e la dottoressa Moss sostenevano che le bambine non dovevano essere allontanate da casa, ma non erano disposte ad accettare che la dottoressa Cliff avesse mentito. Avrebbero considerato la loro posizione dopo aver ascoltato la sua testimonianza e non prima.

"È una crudeltà tenerci così in sospeso fino all'ultimo, è chiaro che il fatto non sussiste!" aveva detto Jenny. Mike l'ascoltava e sembrava stordito – la conversazione del giorno prima con Steve non l'aveva risollevato.

Mancava ancora la dottoressa Cliff e l'usciere aveva annunciato con tono solenne che il giudice era pronto: avrebbe atteso pochi minuti soltanto, e poi avrebbe fatto entrare in aula i contendenti di un'altra causa, che aspettavano.

"Non ho avuto la possibilità di vedere il dvd, ma ho letto il trascritto," annunciò il giudice. Quando gli fu detto che la dottoressa Cliff era tornata dall'estero la sera prima e non lo aveva visto nemmeno lei, decise che lo avrebbero visto tutti insieme, in aula.

Steve parlò per primo e fu breve. Era convinto che non vi fosse alcun elemento contro il suo cliente: Mr Pitt era innocente. Mrs Dooms aveva influenzato la dottoressa Cliff al punto da offuscarle perfino il ricordo: quanto scritto da lei non rispecchiava il comportamento e le risposte di Lucy. Steve riferì della "coincidenza" di un incontro tra Mr Pitt e un pedofilo che era stato suo cliente – ora utente dei servizi sociali –, a partire dal quale Miss Barnes aveva addirittura sospettato l'esistenza di un giro di pedofili. Il cliente aveva incontrato Mr Pitt in ufficio, lo aveva riconosciuto alla Royal Festival Hall e Mr Pitt gli aveva offerto una limonata. Era stato un incontro puramente casuale.

Mike Pitt non era un pedofilo e Lucy non aveva subito abuso: lo asserivano la maestra, il medico curante, i Pitt e tutti quelli che conoscevano la bambina. La tutrice e la dottoressa Moss, cautamente, si erano riservate di decidere dopo aver dato l'opportunità alla dottoressa Cliff di persuaderle del contrario. La rigida posizione dei servizi sociali era semplicemente un errore madornale con potenziali tragiche conseguenze.

Il giudice gli chiese se il professor Duncan era arrivato da Miami.

"È qui, con Miss Wood: ho dovuto convocarli per testimoniare sull'omino di Lego, che secondo i servizi sociali sarebbe un falso. Hanno accusato i Pitt di averlo fatto fabbricare apposta."

"Vorrei vedere questo omino," disse il giudice, e la tutrice lo tirò fuori dalla borsa.

"Mmm," borbottò mentre se lo rigirava tra le mani. Poi chiese se le parti avessero obiezioni a far entrare in aula il professor Duncan e la dottoressa Moss. Nessuno obiettò e Steve suggerì che anche Miss Wood, la maestra di Lucy e il dottor Vita vedessero il video: se il giudice avesse deciso che alcuni dei fatti erano veri, ma che le bambine sarebbero rimaste con la madre, la visione del colloquio sarebbe stata loro d'aiuto nell'individuare tempestivamente qualsiasi segno di disagio o inquietudine in Lucy e nel sostenerla.

Miss Stanley non era d'accordo: era inusitato che a parenti e maestre venisse permesso di assistere a un'udienza sui minori. Sandra Pepper sostenne la sua obiezione e aggiunse che se qualcuno avesse riferito all'esterno quanto visto e sentito in aula avrebbe commesso reato.

"I procedimenti dei minori si tengono a porte chiuse per proteggere i minori. La maestra di Lucy, il suo medico curante e la sua prozia – che ha un OBE –, possono vedere il dvd: li aiuterà a conoscere meglio la bambina e a proteggerla, qualora io decida che Lucy rimanga a casa. Spiegherò loro che, se divulgano a chicchessia quello che succede all'interno dell'aula, rischiano la prigione. Sono professionisti e persone degne della massima stima e considerazione, che vogliono il bene di Lucy: escludo che possano anche solo contemplare di parlarne altrove," sentenziò il giudice.

Pat era andata a chiamare i cinque testimoni; mentre entravano in aula, teneva aperta la grande porta di legno dai pesanti pannelli scolpiti, e osservava il giudice – un uomo di mezza età dai capelli grigi e dalla carnagione rosata.

Si sentiva schiacciata dall'imponenza dell'aula, una delle più severe del tribunale, concepita come la cavea di un teatro rinascimentale. L'arredo era monocromo, pavimento, banconi, pareti e soffitto erano interamente rivestiti di legno di quercia: a pannelli, scolpito, intarsiato, a cassettoni. Le vetrate erano a losanghe beige e marrone chiaro. Dalle due porte d'ingresso, ai lati dell'ultimo dei cinque banchi riservati ai contendenti, scendevano due rampe di scale che finivano su una striscia stretta come un corridoio che separava la zona dei contendenti da quella riservata al personale del tribunale: tre banchi fiancheggiati da ripide scalette, una delle quali girava e portava al palchetto da cui deponevano i testimoni. Sopra, troneggiava lo scranno del giudice, come il piedistallo di un sacerdote giudicante.

Da una porticina invisibile era spuntato un giovane in camice grigio, capelli punk e orecchino – il commesso addetto a predisporre l'apparecchiatura per la visione del dvd. Pat si era affrettata a far accomodare i testimoni, poi riprese il suo posto dietro a Steve, accanto ai Pitt.

Il colloquio della dottoressa Cliff con Lucy

[*La dottoressa Cliff entra nello studio seguita da Lucy, che indossa la divisa scolastica. Si siedono sulle poltroncine attorno a un tavolo basso*]

"La tua mamma mi ha raccontato che oggi è stato il tuo primo giorno nella nuova scuola. Ti è piaciuta?"

"Sì! Abbiamo mangiato carne e patatine, e poi uno yogurt buonissimo!"

"Te lo ricordi il nome della nuova maestra?"

"Miss Stott. È buffo!"

"Perché è buffo?"

"Perché mi ricorda il mio nome: Pitt."

"Come si chiamava la tua maestra alla scuola di prima?"

"Mrs Dooms."

"Ti piaceva, Mrs Dooms?"

"A volte sì e a volte no."

"Erano più volte sì o più volte no, che ti piaceva?"

"Più volte sì. [*Lucy ci pensa, e poi aggiunge*] Non mi piacevano i suoi tramezzini al formaggio."

"Li aveva preparati a scuola con te?"

"No, no. [*Lucy scuote la testa*] Le maestre non preparano i tramezzini al formaggio a scuola, loro giocano con i bambini."

"Allora, dove li hai mangiati?"
[*Lucy tergiversa, infine risponde*] "A casa sua."
"Ti è piaciuto, a casa sua?"
"Così così." [*Lucy bisbiglia*]
"Perché?"
"Non mi piaceva l'uomo con la barba." [*Lucy è imbronciata, sembra che non voglia parlarne. La dottoressa Cliff aspetta che dica altro, poi cambia argomento*]
"Scommetto che ti piace molto giocare..."
"Sì, con mia sorella Amy. Lei era già alla mia nuova scuola, lo sapeva?"
"Lo sapevo. Ora raccontami come hai giocato da Mrs Dooms."
"Prima abbiamo mangiato, poi lei mi ha fatto vedere le sue bambole, e poi abbiamo disegnato e abbiamo incollato tante cose sui miei disegni: stelline, carta colorata, pezzi di lana [*Lucy li enumera, contando sulle dita*]. Mrs Dooms voleva farmi copiare i miei disegni, è buffo!"
"Spiegami che significa 'copiare i miei disegni'."
"Si era portata a casa sua i disegni che avevo fatto all'asilo, e voleva che gliene facessi un altro, e poi un altro, poi un altro ancora... li voleva tutti. Mi aveva detto che erano un regalo per lei!"
"E tu hai rifatto tutti i disegni che Mrs Dooms ti chiedeva di copiare per lei?"
"Sì..."
"Vuoi spiegarmi qualcosa su questo disegno? [*La dottoressa Cliff prende un disegno di Lucy e glielo fa vedere. Sono cilindri alti, coperti di scarabocchi*]
"No! Questo l'ho regalato a Mrs Dooms! È solo per lei! [*Lucy sembra contrariata e si guarda intorno, poi continua a parlare decisa*] Mi aveva detto che se lo voleva tenere... [*E guarda dall'altra parte*]
"Dimmi cosa ti piace disegnare. Bambini?"
"No."
"Cani, gattini?"
"No."
"Allora, cosa ti piace disegnare?"
"Mi piace disegnare tutto quello che capita. Le case, la gente..."
"C'è una cosa che ti piace disegnare più delle altre?"
[*Lucy si porta la mano al mento e ci pensa su*] "Tutto. Pesci, case, gente... [*poi si ferma e aggiunge, decisa*] Non cani e gattini."
"Quando disegni persone, gli fai occhi, naso e bocca?"
"A volte." [*Lucy si guarda attorno, annoiata*]
"E gli fai gambe e piedi?"

"Sì..."
"E che altro gli fai? Gambe, cucù..."
"Cucù no, quelli no!"
"Perché no?"
"Non si fa!"
"Perché non si fa?"
"Perché è maleducato!" [*Lucy sembra esasperata*]

Pat aveva tirato fuori il testo della relazione della dottoressa Cliff e seguiva il dvd confrontando quanto detto con quanto scritto, il dito sulle parole. Le sapeva a memoria, ma sussultò ancora una volta, leggendo: "*Lucy mi ha detto che le piace disegnare persone e mi ha spiegato che disegna gli occhi, la bocca e le gambe. Poi ha aggiunto: 'E anche i cucù'*".

[*Lucy si gira dal lato opposto della dottoressa Cliff e guarda la stanza. Vede le bambole su una poltroncina distante da dove sono sedute, e allunga il dito in quella direzione*]
"Sono come quelle che c'erano a casa di Mrs Dooms."
"Vuoi giocare con quelle bambole? [*La dottoressa Cliff si alza e si avvicina alle bambole. Lucy non si muove dalla sua poltroncina*] Vieni, Lucy, sono le bambole che erano a casa di Mrs Dooms. [*Lucy si alza e la segue di malavoglia*] Vieni qui, Lucy... [*Lucy si ferma davanti alle bambole*] Vuoi giocare con queste? [*Lucy sembra perplessa*] Prendine una. Quale ti piace di più?"
[*Lucy prende la bambola padre. Poi la rimette sulla poltroncina, dove l'aveva presa, e prende la bambola madre*]
"Chi è questa?"
"Una bambola mamma."
"La tua mamma?"
"No, la mia mamma è bionda! [*Lucy alza la voce*]
[*La dottoressa Cliff solleva la bambola padre*] "E questo è il tuo papà?"
"No, il mio papà ha i capelli neri."
"Vediamo se questa bambola ha altre cose che ha il tuo papà [*La dottoressa Cliff indica occhi, naso, bocca e li nomina, poi apre la bocca che ha una cavità e ne estrae la lingua rosa*]. Questa lingua è come quella del tuo papà?"
"Mmm..." [*Lucy borbotta e sembra confusa*]
"Vuoi spogliare questa bambola?"

[*Lucy la prende ed esita. La dottoressa Cliff la incoraggia e inizia ad aprire l'automatico dei pantaloni. Poi Lucy toglie i pantaloni, quindi la camicia e dà la bambola alla dottoressa Cliff*]

"Non vuoi togliergli la canottiera e le mutande?"

[*Lucy non dimostra interesse e sembra annoiata. Si guarda intorno e poi obbedisce, di malagrazia e di fretta. Appaiono genitali, pube e il resto*]

"Cos'è questo?"

"Il suo pisellino."

"Il pisellino di una persona grande, come il tuo papà."

[*Lucy sembra perplessa, poi risponde*] "Sì."

"Il pisello del tuo papa va su o giù?" [*La dottoressa Cliff solleva il pene*]

"Non lo so! Gli uomini fanno la pipì con quello!"

"Tu l'hai mai visto il pisello del tuo papà?" [*Lucy la guarda incredula e non risponde*]

Pat cercava il punto in cui era stata riportata quella parte del colloquio, e Jenny, seduta accanto a lei e attentissima, glielo indicò: "*Lucy si è diretta verso le bambole senza esitazione e ha preso la bambola padre: l'ha spogliata velocemente e l'ha lasciata in mutande e canottiera, poi le ha tolto anche quelle e non è sembrata sorpresa alla vista dei genitali. Mi ha detto: 'È come papà'*".

"Hai mai fatto il bagno con lui?"

"Qualche volta."

"Dove, a casa?"

"Nella Jacuzzi di mamma e papà, nella loro camera. È molto grande. Però prima, adesso abbiamo il nostro bagno."

"E c'era anche la mamma?"

"No. Mamma non era nella camera da letto."

"Ma era a casa?"

"Non lo so [*Lucy guarda dritto negli occhi della dottoressa Cliff*]. Amy e io abbiamo il nostro bagno, ora."

"Amy era anche lei nella vasca?"

"Amy è grande. Io sono ancora piccola e posso entrarci con papà. Il mio papà è molto grande!"

"Ti piace fare il bagno con il tuo papà?"

"Sì, ma mi diverto di più quando faccio il bagno con Amy. Giochiamo a spruzzarci con l'acqua."

Jenny aveva puntato il dito su: "*Lucy poi mi ha detto che il suo papà era 'molto grosso' e mi ha ripetuto che 'si divertiva' con lei nella vasca. Dopo di che non ha voluto aggiungere altro*". E bisbigliò: "Ha cambiato 'grande' con 'grosso'".

"Il tuo papà ti spruzza addosso?"
"Un pochettino."
"Ti piace?"
"Sì." [*Lucy non è interessata alla conversazione, sembra irrequieta e annoiata*]
"Il tuo papà ti lava? Sai lavarti da sola?"
"Papà non mi lava. Lui fa il bagno nella Jacuzzi, che è tutta bolle, e basta."
"Questa sei tu o Amy?" [*La dottoressa Cliff prende una bambola bambina, la più piccola. Lucy la guarda perplessa. La dottoressa Cliff gliela porge e Lucy la prende riluttante*]
"È la più piccola, posso essere io. Ma io ho i capelli biondi come la mia mamma."
"Facciamo finta che sei tu. Ti piace questa bambola?"
"È ok. Le mie bambole preferite sono le principesse."
"Ti piacerebbe essere una principessa?"
"Sì. Io mi vesto da principessa. La mia mamma mi ha comprato un vestito da principessa, ha anche la bacchetta magica."
"Vorresti innamorarti di un principe?"
"Come Biancaneve? [*La voce adesso è confusa*] Mmm... Mi piace vestire le bambole..."
"Ti piace anche spogliarle?"
"Sì..."
"Spogliamola, allora..."
[*Lucy spoglia la bambola*]
"Ti somiglia?"
"Un po'..."
"Guardala tra le gambe."
[*Lucy le apre le gambe: la bambola è anatomica*]
"Cos'è questo?"
"La sua pipì."
"Guarda qui, c'è un altro buco. [*La dottoressa Cliff le fa vedere la cavità vaginale. Lucy guarda e non parla. La dottoressa Cliff aspetta la sua risposta, e poi chiede*] Cos'è?"
"È il buco da dove nascono i bambini, me l'ha detto la mia maestra... [*Lucy guarda la dottoressa Cliff e poi continua*] Amy e io sia-

mo uscite fuori dalla pancia della mamma, il dottore l'ha tagliata e siamo spuntate noi! [*La voce di Lucy si alza e diviene insistente*] Posso andare in bagno, per favore?"

"Dopo, prima finiamo questo gioco."

"Ok."

"Sai andare in bagno da sola?"

"Certo! So anche pulirmi da sola!"

"E prima che tu imparassi, ti aiutavano papà e mamma in bagno?"

"Sì, e anche Lisa!"

"Chi è Lisa?"

"La nostra ragazza alla pari."

"E ti piace?"

"Sì, a volte ci sgrida."

"C'è qualcun altro a casa che vi sgrida?"

"Papà grida quando lavora a casa e noi facciamo rumore. E quando sono monella."

"E anche mamma vi sgrida?"

"No, mamma non grida. Lei ci manda nell'angolino."

"Che altro fa il tuo papà che non fa la mamma?"

"Lui lavora alla City e guadagna tanti soldi per noi."

"Volevo dire: che altro fa il tuo papà a casa con voi, che è diverso dalle cose che fa con voi la vostra mamma?"

[*Lucy riflette prima di rispondere*] "Mamma sta con noi la sera, papà viene a casa quando siamo addormentate."

"Allora la sera non lo vedi mai?"

"A volte."

"Ma mi hai detto che sei addormentata quando lui viene."

"Lui entra nella nostra stanza, di notte. A volte lo vedo, quando sono sveglia. A volte mi sveglio."

"Dormi con Amy?"

"Abbiamo nuovi lettini a castello. Io dormo in quello di sotto."

"Allora papà entra di notte nella vostra stanza da letto e..."

"Entra e basta." [*Lucy non sembra interessata a rispondere*]

"E poi che fa?"

"Ci dà un bacio."

"E tu sei sveglia o addormentata?"

"Le ho già detto che a volte sono sveglia. Amy dorme tutta la notte. [*Lucy sembra di nuovo interessata alla conversazione*] Papà mi dà un bacio. Mi fa il solletico, e io faccio finta di dormire."

"*Lucy poi mi ha raccontato che di notte il padre va a trovarla nella stanza da letto che divide con Amy e quando Amy dorme lui la bacia e le fa il solletico.*" Jenny sospirò: "E pensare che sono stata io a imporgli di andare a dare il bacio della buonanotte alle bambine, anche quando sono addormentate!". Pat si era girata verso Mike: dritto contro lo schienale, e pallido, fissava lo schermo; Pat riprese la sua postura e alzò gli occhi verso il giudice: anche lui teneva gli occhi fissi, non sullo schermo però; guardava Mike.

"Perché?"
"Mamma dice che i bambini devono dormire tutta la notte."
"E tu fai finta di dormire, quando lui entra in camera da letto?"
"A volte gli dico che ho paura dei miei sogni."
"E lui cosa ti risponde?"
"Lui mi dice che i sogni sono per finta, non sono veri, e che devo addormentarmi."
"Cos'altro ti fa quando viene nella tua camera?"
"Niente!"
"Davvero?, niente? Ogni volta che viene?"
"Aspetti un minuto, una volta che mamma non c'era mi ha messo la crema sulla pipì. Avevo prurito."

Pat leggeva: "*Senza nessuna sollecitazione da parte mia, ha aggiunto che quando la madre non è in casa il padre entra nella loro camera da letto e le tocca i genitali*". E sobbalzò quando la voce del giudice rimbombò in aula: "Un quarto d'ora di pausa!". Aveva interrotto il dvd e aspettava, impaziente, che se ne andassero.

Il visino di Lucy era immobile sullo schermo, bocca socchiusa, un occhio più aperto dell'altro.

Il passaggio dalla intensità claustrofobica dell'aula alla sala d'aspetto dall'alto soffitto a volta, in quel momento deserta, destabilizzava. Si sparpagliarono fra i tavoli vuoti incerti su come disporsi e all'inizio mantennero il silenzio che aveva dominato l'aula.

Steve si era appartato all'altra estremità della sala d'aspetto, accanto alla vetrata. Da lì la vista spaziava su tutti. Steve si accarezzava il mento e seguiva i movimenti della dottoressa Cliff. Era rimasta in disparte e sembrava incerta sul da farsi. Poi aveva preso a camminare in direzione del professor Duncan che parlava con Caroline Moss; questa l'aveva seguita con la coda dell'occhio, e le aveva fatto cenno di raggiungerli soltanto quando non aveva potuto evitarlo: sarebbe stata una palese scortesia.

Allora Steve si era staccato dalla parete e aveva cominciato a passeggiare da un capo all'altro della sala, apparentemente immerso nei suoi pensieri ma in realtà tutto orecchie: i tre parlavano dell'Università di Miami; Sandra Pepper era incastrata in una discussione animata e a voce bassissima con Miss Barnes e il direttore dei servizi sociali che le aveva raggiunte durante l'udienza. Mrs Fox parlottava con Miss Wood, e i Pitt erano seduti in silenzio.

Steve non perdeva di vista la dottoressa Cliff. L'usciere li richiamò in aula e la dottoressa si aspettava di rientrare insieme a Caroline Moss, che però perdeva tempo a sistemare la borsa. Pat si era avvicinata a loro e aveva portato con sé il professor Duncan. Era palese che Caroline Moss si dilungava apposta per non camminare accanto alla dottoressa Cliff, che girò sui tacchi e si diresse verso l'aula, impettita e solitaria.

"Hai spesso bisogno di farti mettere la crema sulla pipì?"

"Noo!" [*Lucy alza la voce*]

"Ti ricordi se papà ti aveva tolto i pantaloni del pigiama, quella volta?"

"Pigiama? Non ricordo... [*Lucy si concentra*] Penso che poteva..."

"Ti ricordi se lo ha fatto altre volte?"

"L'ha fatto quella volta soltanto, e poi io mi sono addormentata." [*Lucy è di nuovo irrequieta*]

"Ti era piaciuto?"

"Non mi ricordo! [*Lucy la guarda e parla ad alta voce, insistente*] Posso andare in bagno, per favore?"

"Dopo, non ancora. Voglio sapere se sei sicura che lui ti mette la crema sulla pipì, di notte."

"Sì! Papà aveva perduto qualcosa sul tappeto e aveva acceso la luce, ma Amy non si era svegliata!"

"Dopo l'hai detto alla mamma, quello che era successo?"

"Non lo so. Stavo meglio, dopo."

"L'ha fatto di nuovo?"

"Le ho già detto che stavo meglio, dopo! [*Lucy sembra arrabbiata. La dottoressa Cliff sospira profondamente e poi cambia di nuovo argomento*]

"Lucy, vorresti farmi vedere come hai giocato con le bambole da Mrs Dooms?"

"Mrs Dooms mi ha insegnato come si gioca con quelle bambole."

"Cosa hai fatto?"

"Le ho detto che ho giocato con le bambole."

"Come?"

"Posso andare in bagno?"

"Potrai andarci dopo. Prima fammi vedere come giocava Mrs Dooms con le bambole."

Il giudice fermò il dvd, e prese un appunto.

"Poi mi fa andare in bagno?"

"Sì, promesso."

[*Lucy mugugna*] "Va bene, allora glielo faccio vedere... [*Prende le bambole madre e padre e li fa baciare violentemente. Si ferma ed esita. Poi gira una bambola sottosopra, le sbatte una sull'altra e chiede*] Ora posso andare in bagno, per favore?"

[*La dottoressa Cliff apre il lucchetto della porta ed esce dalla stanza con Lucy*]

La telecamera era rimasta fissa sulle bambole di pezza nude e vestite, ammucchiate sulla poltroncina, come corpi morti. Nel silenzio, si sentiva il respiro affaticato del professor Duncan, che era raffreddato, seguito da quello degli altri, come un sommesso frinire di cicale. Poi un fruscio di pagine: la dottoressa Cliff sfogliava il trascritto.

[*La dottoressa Cliff ritorna con Lucy. La invita a sedere al tavolino basso e prende i disegni dal tavolo*]

"Lucy, vorresti del succo d'arancia e un biscotto?"

"No, grazie. Posso andare da mamma, adesso?"

"Vorrei farti qualche domanda su questi bellissimi disegni, poi potrai andare. Ora me lo dici che cosa rappresentano?"

"Questo è il cottage di zia Marjorie, e l'altro è un uomo. Li ho fatti al cottage di zia Marjorie."

"Ci vai spesso?"

"Sì."

"Da sola?"

"No, con mamma e Amy. Qualche volta papà viene dopo di noi."
"Cosa fai lì?"
"Giochiamo in giardino e facciamo passeggiate. Mi piace tantissimo andarci, è proprio bello!"
"Zia Marjorie sta tutto il tempo con voi?"
"Sì. [*Poi Lucy fa una pausa e pensa*] Una volta se n'è andata con mamma e Amy a far visita a una vecchia signora. Mi avevano detto che i bambini piccoli come me non potevano andarci, perché la signora era molto malata, e io sono rimasta a casa con papà. [*Punta il dito sul secondo disegno*] Allora ho disegnato quell'omino."
"Perché l'hai disegnato?"
"Vede, pioveva e non potevamo andare fuori. Papà mi aveva portato all'ospedale delle bambole."
"Dove si trova l'ospedale delle bambole?"
"L'ospedale delle bambole di zia Marjorie è in soffitta!"
"Zia Marjorie ha un ospedale delle bambole nella soffitta del cottage?" [*La voce della dottoressa Cliff è incredula*]
"Sì, l'ho già detto! L'ospedale delle bambole è in soffitta. Ci sono tanti giocattoli che hanno bisogno di essere aggiustati, e lei li aggiusta tutti!"
"E tu vai spesso con papà all'ospedale delle bambole?"
"No! Le ho detto che pioveva! Noi giochiamo in giardino!"
"Ma c'eri già stata in soffitta, prima?"
"Soltanto con zia Marjorie. I bambini non hanno il permesso di andarci, nemmeno Amy."
"Ma il tuo papà ti ci ha portata quella volta, vero?"
"Sì."
"Come mai?"
"Perché sì."
"Che ti ha fatto quando eravate lassù?"
"Niente!"
"Non può non aver fatto niente! Ha giocato con te?"
"No, lì c'erano tanti giocattoli."
"Che ha fatto, allora?"
"Ha aperto la finestra."
"E ha tenuto la finestra aperta per tutto il tempo che eravate nella soffitta?"
"Può essere... Non per tutto il tempo, forse..." [*Lucy si confonde*]
"Ti ha chiesto di giocare con il suo omino?"
"Me lo ha dato per giocarci. Mi ha detto di fare attenzione, e io sono stata attenta!"

"Ti ha toccata, il tuo papà?"
[*Lucy è sorpresa dalla domanda*] "Qualche volta, non ricordo."
"Era un modo di toccare buono o cattivo?"
"Un modo buono, papà non ci dà botte."
"E poi cosa ha fatto tuo padre?"
"Se n'è andato alla finestra."
"E cosa faceva lì?"
"È un segreto!"
"Hai segreti con il tuo papà?"
"Certe volte."
"Me ne racconti uno?"
[*Lucy si arrabbia*] "Non sarebbe più un segreto, allora!"
"Ok, e questo disegno cosa è?"
"Gliel'ho detto prima: è un uomo, un buffo uomo di Lego." [*La voce di Lucy finisce in un bisbiglio*]
"Che hai detto?" [*La dottoressa Cliff non ha sentito*]
"Le ho detto che è un uomo."
"Il tuo papà?"
"Ora posso andare dalla mia mamma?"
"È il tuo papà?"
"Potrebbe essere un papà. Posso andare, ora?"
[*La dottoressa Cliff si alza e porta Lucy fuori dalla stanza*]

Il giudice alzò gli occhi, sembrava stanco. Avrebbe ascoltato la dottoressa Cliff dopo cinque minuti di pausa; le parti potevano rimanere in aula. Balzarono tutti in piedi mentre lui sollevava il quadernone su cui aveva preso appunti. Il segretario gli tenne aperta la porta del corridoio dove i giudici avevano le loro stanze e Pat intravide il tappeto vermiglio che copriva i corridoi e gli uffici riservati ai giudici e al loro personale.

Il giudice era ritornato. L'usciere si era diretto al banco dove sedeva la dottoressa Cliff, prima ancora che Sandra Pepper, già in piedi, dicesse: "Chiamo la dottoressa Cliff a testimoniare".
"Può dire il suo nome per intero, per cortesia."
"Melanie Claire Cliff."
"Ha visto il dvd del suo colloquio con Lucy, e ha scritto il resoconto del suo colloquio con la bambina. Li accetta come parte della sua testimonianza?"
"Sì."

"C'è qualcosa che vorrebbe cambiare o spiegare?"
"Nulla."
A quel punto intervenne il giudice: "Miss Pepper, preferirei porre io le domande alla dottoressa Cliff. Lei, se vorrà, potrà continuare dopo".
"Molto bene, M'lord."
Il giudice si aggiustò gli occhiali sul naso e si piegò sullo scranno, rivolto alla dottoressa Cliff:
"Abbiamo tutti visto il dvd; io ho letto accuratamente la sua relazione. Ho trovato molte discrepanze tra quanto è realmente avvenuto nel suo studio e quanto lei ha scritto.
"Lucy non è andata direttamente a prendere la bambola padre, è stata incoraggiata da lei a prenderla e a spogliarla.
"Lucy non ha detto che i genitali della bambola erano come quelli del padre, né che i genitali del padre erano grossi.
"In effetti, Lucy non ha detto nulla sul bagno con il padre che indichi minimamente abuso, né che lui si divertiva con lei; anzi, ha detto che lei si divertiva di più quando faceva il bagno con la sorella.
"Lucy non sembrava per niente impaurita quando le ha detto, dopo una serie di domande, che il padre gridava quando lei e la sorella facevano rumore e lui lavorava.
"Lucy ha detto che il padre andava a dare la buonanotte alle figlie e che il suo bacio le faceva il solletico. È evidente, basta guardare Mr Pitt: ha la barba.
"Lucy non le ha detto che il padre l'aveva toccata sui genitali. Dopo una sfilza di domande ha detto che ricordava che una volta le aveva messo la crema sulla pipì, una volta sola, e ha anche spiegato il perché: 'Stavo meglio, dopo,' le ha detto.
"Lucy era restia a giocare con le bambole anatomiche e non si è identificata con la bambola più piccola; il sesso simulato tra la bambola padre e la bambola madre è avvenuto in risposta alla sua domanda: 'Fammi vedere come giocava Mrs Dooms con le bambole'.
"Quanto alla visita nella soffitta di Miss Wood, lei le ha domandato se il padre le aveva chiesto di giocare con il suo 'omino': immagino che la maestra di Lucy si sia riferita a questo 'omino' quando le ha spiegato i disegni di Lucy. Lucy ha detto chiaramente che si trattava di un omino di Lego. La bambina voleva andare via, e soltanto allora, in risposta alle sue pressanti domande ha detto 'poteva essere un papà'. Ho ascoltato due volte questo punto della registrazione, nell'intervallo, e lei, dottoressa Cliff, ha

molto probabilmente travisato le parole con cui Lucy si riferiva all'omino di Lego scambiandole per un riferimento al pene di Mr Pitt.

"Quanto al segreto, mi sembra chiaro che riguardi il fumare di Mr Pitt, di cui ha riferito anche Amy.

"Abbiamo tutti visto l'omino di Lego e non ho dubbi che il professor Duncan abbia ragione: i disegni di Lucy non rivelano alcun abuso sessuale. E mi permetta di suggerirle che il colloquio con Lucy non lo rivela per niente. Ritiene che la mia analisi sia corretta?".

Il giudice parlava ma Melanie Pinter non ascoltava. Aveva cinque anni ed era in camera da letto, di sera. Annette dormiva nel letto sotto la finestra, il suo era contro la parete opposta. Il fratello adottivo entrava di soppiatto, si accostava al letto di Annette e si inginocchiava accanto a lei. Le scostava le coperte e infilava la mano di sotto, poi la ricopriva. Lei tremava di paura e ribrezzo. Era un rito, sempre identico – il respiro lento, poi affannato del fratello, quello mozzato della sorella. Lei li guardava: lo odiava, e soffriva per Annette. Poi lui se ne andava e Annette piangeva, piano, per non svegliarla. Melanie non riusciva ad addormentarsi. L'indomani le sorelle non si dicevano nulla. Una volta era estate, e dormivano con la finestra aperta. Un moscone era entrato nella stanza e si era posato su di lei, accucciata sotto il lenzuolo. Lei l'aveva scacciato e lui aveva sentito il fruscio del lenzuolo. "Sia ben chiaro, tu non hai visto niente" aveva detto con voce dura, ed era rimasto a guardarla nel buio con occhi cattivi fino al suo flebile "sì".

Il giudice aspettava la risposta della dottoressa Cliff, che non arrivava.

"Cos'ha da dire su quanto ha riportato nel suo resoconto della conversazione con Lucy?"

"Sto diventando vecchia, M'lord."

"Mi spieghi: accetta che quanto abbiamo visto è sostanzialmente diverso da quanto lei ha scritto, e che nel dare il mio giudizio devo basarmi su quello, e non su quanto scritto da lei a tal riguardo?"

"Sto diventando vecchia, M'lord."

A quel punto il giudice chiese a Sandra Pepper se voleva porre altre domande alla sua testimone. Sandra Pepper non voleva.

Poi il giudice si rivolse a Steve.

"Una domanda soltanto, M'lord." Steve prese la relazione della dottoressa Cliff e la arrotolò come se fosse la bacchetta di un direttore d'orchestra, che agitava parlando. "Dottoressa Cliff, lei ha dichiarato ai miei clienti che Lucy le ha detto che il padre l'aveva abusata. Lucy non ha detto nulla di tutto ciò: sia ben chiaro! Dottoressa Cliff, accetta che quanto da lei detto non corrisponde alla verità?"

La dottoressa Cliff era sbiancata; sembrava sul punto di svenire e il giudice le venne in soccorso.

"La domanda dell'avvocato Booth è una perifrasi di quanto detto nel mio riassunto dei fatti salienti del colloquio, che lei ha accettato. È vero?"

"M'lord, sto diventando vecchia."

A quel punto, con un battito di ciglia il giudice fece capire a Steve che non era il caso di insistere e si girò verso l'avvocato della tutrice. Ma Miss Stanley non aveva domande da porre.

Sandra Pepper chiese se la dottoressa Cliff poteva andar via, ma il giudice voleva che rimanesse in aula, nel caso in cui avesse desiderato porle altre domande.

Era il turno di Miss Barnes, ma il giudice non volle sentirla. Chiese di parlare direttamente con la dottoressa Moss e la interrogò senza farle prestare giuramento. "Vorrei soltanto sapere se è d'accordo con quanto ho detto sul colloquio tra Lucy e la dottoressa Cliff, e con la mia conclusione: che Lucy, da quanto ho letto, visto e udito, non rivela alcun abuso, né la probabilità di abuso da parte del padre."

"M'lord, sono d'accordo. Non ho riscontrato elementi di abuso," disse Caroline Moss.

Il giudice si rivolse a Sandra Pepper: "I servizi sociali hanno richiesto che io includa anche Amy nel procedimento di tutela relativo a Lucy, allo scopo di togliere le bambine a Mrs Pitt, dal momento che nega la possibilità di abuso del marito, e per certe vaghe accuse secondo le quali Mr Pitt, che si è incontrato una volta con un ex cliente dello studio Wizens, farebbe parte di un giro di pedofili non meglio identificato. Sono queste le vostre prove?".

"M'lord, la famiglia Pitt ha segreti: non ha voluto collaborare con i servizi sociali e i genitori si sono rifiutati di sottoporsi a una perizia psicologica."

Il giudice la interruppe: "I Pitt mi esortano a invitarvi a ritirare la vostra richiesta, e io sono incline ad accettare quanto mi chiedono. Pensateci su. Nel frattempo, vorrei sapere cosa ne pensa la tutrice".

Elaine Stanley illustrò la posizione di Mrs Fox con un discorso lungo e prolisso. La tutrice accettava in pieno quanto detto dal giudice, ma capiva anche la posizione dei servizi sociali: i Pitt erano stati restii a collaborare con loro, erano reticenti sulla loro famiglia, insomma, consideravano il loro intervento come un'intrusione.

"Il loro comportamento non mi sorprende per niente, in questo caso," commentò il giudice.

"Allora, M'lord, la tutrice è totalmente d'accordo con quanto lei mi sembra intenda proporre."

"È d'accordo che questa famiglia possa essere riunita, al riparo da qualsiasi ingerenza esterna?"

Elaine Stanley disse che forse gli assistenti sociali avrebbero potuto aiutare il reinserimento di Mike Pitt in famiglia. Il giudice la interruppe: Mrs Fox, dietro di lei, cercava di attirare la sua attenzione. "Si rivolga alla sua cliente, forse vuol dirle qualcosa." Elaine si girò e parlottò con la tutrice, poi disse: "Sì, M'lord".

Il giudice si rivolse a Sandra Pepper. "A questo punto, vorrei sapere cosa hanno deciso i servizi sociali. Io sono proclive a permettervi di ritirare la vostra richiesta."

"M'lord, vorrei avere un momento da solo con i miei clienti."

Lasciarono tutti l'aula, silenziosi.

La dottoressa Cliff si sedette a un tavolo e tirò fuori dal portafogli la fotografia del cane Flag, ma venne subito raggiunta da Sandra Pepper e dagli assistenti sociali.

Erano di nuovo in aula.

Sandra Pepper disse che i servizi sociali continuavano a nutrire riserve sulla famiglia Pitt e avrebbero voluto seguire lo sviluppo emotivo delle bambine per almeno un anno: un ordine di supporto alla famiglia avrebbe garantito che i Pitt accettassero il ruolo protettivo degli assistenti sociali. Poi aggiunse: "In certi casi l'abuso diventa evidente solo col passar del tempo...".

"Non vi capisco. Lucy non ha rivelato alcun abuso nei suoi disegni e nemmeno nel colloquio. Quanto al sesso simulato, accetto totalmente la teoria che Lucy abbia mimato ciò che la sua maestra, Mrs Dooms – come voi, un'impiegata del vostro comune –, ha fatto a casa sua."

Il capo di Miss Barnes allungò il braccio e toccò la spalla di Sandra Pepper.

"Si consulti ancora con i suoi clienti e mi faccia sapere," disse il giudice. I tre parlavano sommessi, ma il tono era concitato e le espressioni dure.

"M'lord," annunciò infine Sandra, "il direttore del dipartimento dei servizi sociali mi ha incaricato di ritirare la richiesta di assumere la potestà genitoriale nei riguardi di Lucy e Amy Pitt, e di confermare che i servizi sociali non richiedono di visitare le bambine e la famiglia. Il caso dei Pitt sarà chiuso."

"Ha il mio permesso di ritirarla."

Il giudice diede un giudizio estemporaneo.

Lucy e Amy Pitt avevano corso il rischio di essere tolte a due genitori che le amavano e le allevavano bene. Da un'infezione urinaria e da alcuni disegni insoliti Mrs Dooms, la maestra della Sunshine Nursery, spinta non si sa se dal desiderio di proteggere Lucy Pitt o da altro, aveva creato una ragnatela di sospetti e indizi che erano cresciuti a dismisura ed erano culminati nella causa nella quale era chiamato a giudicare. La dottoressa Cliff, probabilmente influenzata dalla maestra, era giunta a conclusioni erronee su Lucy e aveva accusato il padre di abuso della figlia.

I servizi sociali non avevano iniziato il procedimento: erano stati prevenuti dai genitori stessi, in modo che la madre potesse tenere le bambine con sé. Le bambine erano rimaste a casa con lei e il padre era stato costretto ad allontanarsi dalla famiglia e a vedere le figlie con visite sorvegliate. Già dal primo momento del loro intervento, i servizi sociali erano convinti della colpevolezza del padre e che Lucy e Amy fossero a rischio in famiglia, perché la madre credeva nell'innocenza del marito e sosteneva che alle figlie non fosse successo nulla. I servizi sociali non avevano tenuto in conto i pareri della puericultrice, della scuola delle bambine e del medico curante, che sostenevano che erano sane e contente, e nemmeno il fatto che le visite sorvegliate tra padre e figlie dimostravano l'ottimo rapporto tra loro.

Il dvd del colloquio tra la dottoressa Cliff e Amy aveva sollevato gravi dubbi sull'accuratezza della dottoressa nel riassumere quanto detto dalla bambina, ma non era stato possibile indagare sul suo resoconto del colloquio con Lucy perché lei non lo aveva registrato. Nonostante le perizie della dottoressa Moss e del professor Duncan dichiarassero che Lucy non dimostrava nei disegni e nel comportamento alcun segno di abuso, i servizi sociali non avevano desistito. Rimaneva un disegno che non era spiegabile. Grazie a una fortuita coincidenza, l'omino di Lego opera del bisnonno materno delle bambine era apparso sulla scena, ma a quel punto i servizi sociali avevano sospettato che fosse un falso. Il ritrovamento del dvd sul quale era stato casualmente registrato il colloquio tra la dottoressa Cliff e Lucy aveva spazzato via qualsiasi dubbio sull'innocenza di Mike Pitt: Lucy non aveva indicato o confermato alcun abuso. C'era voluto l'intervento del direttore per far sì che gli assistenti sociali si rendessero conto che la loro richiesta di assumere la potestà genitoriale nei riguardi delle bambine non aveva alcun fondamento. "La tutrice di Lucy è intervenuta tardi nel caso e ha mantenuto una posizione neutrale, fino a oggi. Il suo avvocato mi ha detto che anche lei è convinta che Mike Pitt non abbia abusato Lucy e che Lucy non abbia accusato il padre di abuso, e abbia disegnato un pezzo di Lego, come lei stessa ha spiegato alla tutrice."

Poi il giudice si rivolse direttamente ai Pitt:

"Sono molto dispiaciuto che abbiate passato mesi di sofferenza e tensione; il vostro conforto, che è anche il mio, sta nel fatto che le bambine non hanno sofferto e non sospettano nemmeno che il padre non viva a casa. È senza dubbio merito suo, Mrs Pitt, e io ammiro il suo coraggio nel non aver accettato la colpevolezza di suo marito.

"Lei, Mr Pitt, non ha abusato sua figlia. Mi permetta di parlarle da padre a padre: la esorto a riprendere la vita di prima, a fare entrare le sue bambine nella Jacuzzi, a curarle, amarle e proteggerle come ha fatto in passato.

"Le vostre spese processuali saranno a carico dei servizi sociali. Vi auguro buona fortuna".

I giudici hanno il dono di far terminare le udienze all'ora giusta: in quel caso, quella del pranzo. La sala d'aspetto pullulava di contendenti che uscivano dalle aule. La squadra dei servizi sociali era riunita nel corridoio, parlavano tra loro, scuri in viso. La dottoressa Cliff si era dileguata, e così la dottoressa Moss, ma non prima di aver lasciato a Pat un bigliettino: *Auguro alla famiglia Pitt tanta felicità*.

Gli altri testimoni erano attorno a Steve, che raccontava loro quanto era successo in aula. Mike non riusciva a rendersi conto che il suo incubo era davvero finito. Ci pensò Jenny: "Venite tutti a pranzo da noi, lo champagne è già in fresco".

"Come hai potuto pensare a predisporre un pranzo!" le disse lui.

"A Lucy non è mai successo niente! Sapevo che il giudice lo avrebbe capito."

Zia Marjorie si era appartata. Pat temette che l'emozione l'avesse sopraffatta – le era sembrata invecchiata, quella mattina. Invece frugava nella borsa, da cui tirò fuori un Bacio Perugina. Tolse la stagnola con cura, poi si infilò il cioccolatino in bocca e se la coprì con la mano per non farsi vedere.

84.

Una tavola rotonda

Chancery Lane. Ordine degli avvocati. Venerdì 4 luglio

Pat era al settimo cielo: i Pitt avevano ragione e Mike era stato discolpato. Sicuramente la dottoressa Cliff avrebbe ricevuto una sanzione. Le sarebbe piaciuto accettare l'invito dei Pitt e celebrare la vittoria a casa loro con il resto della comitiva, ma non poteva, Sharon aveva preso un giorno di ferie per il suo compleanno e lei e Steve dovevano ritornare in ufficio.

Attraversavano il cortile interno delle Royal Courts of Justice.

"Abbiamo il tempo per un bicchiere di vino?" chiese a Steve.

Lui la guardava stancamente e non rispondeva. Senza rallentare il passo mormorava: "E la nostra vita, che oggi viviamo con tanta naturalezza, apparirà col tempo strana e scomoda, priva di intelligenza, non sufficientemente pura..." e posò lo sguardo sul caschetto rosso di Pat.

"...forse addirittura immorale..." continuava lei, come sovrappensiero.

"L'hai visto anche tu, *Tre sorelle*?" chiese Steve.

"C'ero anch'io, quel sabato."

Mentre entravano nella cabina per uscire sulla strada Steve si fece da parte per farla andare per prima, e nel lasciarla passare le fece una leggera carezza sui capelli.

La receptionist aveva lasciato un messaggio sulla scrivania di Steve: i servizi sociali rifiutavano di pagare le spese dell'accertamento delle capacità genitoriali di Mr Abel, il ragazzo con i capelli rossi con cui Sharon aveva parlato per prima – i risultati degli esami del Dna avevano dimostrato che era il padre del bambino, e lui aveva confessato di aver avuto un rapporto con la madre, giustificando il fatto di averlo tenuto nascosto con la paura che la sua ragazza lo lasciasse. Ora chiedeva l'affidamento. Per Steve si profilava un'altra battaglia e si mise subito al telefono per discuterne con l'avvocato dei servizi sociali.

Il caso Pitt era in chiusura e Pat si diede da fare per mettere in ordine la cartella e mandarla al ragioniere. Nel pomeriggio, quando Steve era già andato via, le furono recapitati un mazzo di fiori e un enorme cesto di Fortnum & Mason da parte dei Pitt.

La sera Steve andò a una tavola rotonda di avvocati e psichiatri infantili, alla sede dell'Ordine degli avvocati. Il professor Melville-Smith presiedeva, e la dottoressa Cliff partecipava alla tavola rotonda per commentare la Conferenza internazionale sull'abuso dei minori di Bucarest.

Melanie Cliff indossava lo stesso elegante tailleur della mattina, ma era andata dal parrucchiere e i riccioli neri erano in perfetto ordine. Parlò delle misure preventive di altri paesi europei e aggiunse che nelle giurisdizioni in cui i giudici minorili erano specialisti l'abuso sessuale sui minori veniva identificato dal tribunale con maggior rapidità e accuratezza.

"Per esempio, stamane ho incontrato un giudice che di abuso sessuale non capisce niente. Fa parte del nostro lavoro educare i giudici a comprendere che il fatto che l'abuso sessuale spesso non sia dimostrabile fisicamente, non significa che non avvenga..." E si interruppe: aveva visto Steve tra il pubblico.

Epilogo

La dottoressa Cliff fu nominata vicepresidente dell'Associazione degli psichiatri infantili periti del Tribunale e continuò la sua ascesa come perito per i casi di minori.

Mike Pitt cercò in tutti i modi di avviare un'azione legale contro di lei, ma i suoi avvocati non riuscirono a trovare un solo psichiatra disposto a testimoniare che la relazione della dottoressa potesse giustificare un procedimento per negligenza professionale: la dottoressa Cliff non aveva ammesso la propria incompetenza, né il giudice l'aveva evidenziata nel suo breve giudizio.

Da allora in poi, quando un padre aveva bisogno di pagare privatamente per un accertamento o un perito e non poteva permetterselo, bastava che Pat chiedesse un assegno a Mike Pitt per riceverlo la mattina dopo. Il giovane con i capelli rossi fu il primo di tanti.

Per anni Mike continuò a leggere la relazione della dottoressa Cliff, ogni sera, prima di addormentarsi accanto alla moglie.

Amy e Lucy non seppero mai quello che era avvenuto.

Indice dei personaggi

Lo studio Wizens

Steve Booth, avvocato dei Pitt
Sharon Steen, segretaria
Pat Hall, segretaria
Ron Temple, compagno di Pat
Evelyne Ansell, cliente
Mavis Clarke, cliente
Stephanie Clarke, figlia di Mavis
John Turle, nonno di Mavis
Amina Oboe, cliente
Ali, figlio di Mrs Oboe
Kahin Sivan, cliente
Miss Gladys, ex cliente
Mr Coutts, cliente
Mrs Coutts, moglie di Mr Coutts

I Pitt e il loro mondo

Mike Pitt, dirigente della banca d'affari Trolleys
Jenny Pitt, moglie di Mike
Amy Pitt, la figlia maggiore
Lucy Pitt, la figlia minore
Lisa, ragazza alla pari polacca
Nora, ragazza alla pari italiana
Teresa, ex ragazza alla pari polacca
Marjorie Wood, zia di Jenny

Lady Annabel Snowball, amica di famiglia
Justin Vita, medico di famiglia
Chris Pottis, avvocato della City
Rudy Halt, capo di Mike
Jim Stutz, cliente della Trolleys
Helen Stutz, moglie di Jim

La controparte

Sandra Pepper, avvocato dei servizi sociali
Mrs Bell, direttrice della Sunshine Nursery
Linda Dooms, maestra della Sunshine Nursery
Fiona McDougall, assistente sociale
Lucretia Barnes, capo di Fiona
Samantha Harvey, puericultrice

I professionisti

Melanie Cliff, psichiatra infantile
Ralph Cliff, marito della dottoressa Cliff
Sara Todd, presidente dell'Associazione degli psichiatri dei minori periti del tribunale (APMP)
Caroline Moss, vicepresidente dell'APMP
professor Melville-Smith, psichiatra infantile
professor Duncan, docente di psicologia dell'Università di Miami.
Mrs Fox, tutore di Amy e Lucy Pitt
Elaine Stanley, avvocato di Mrs Fox

Ringraziamenti

È bello ringraziare quando lo si sente per davvero.

Ho scritto il romanzo prima in inglese e poi in italiano. Non è stato facile tenere aperti – come direbbero gli architetti – due cantieri. Ma l'ho fatto. Ancora una volta ringrazio di cuore Alberto Rollo, che mi ha sostenuto in questa nuova sfida e ha letto in aprile la prima stesura incompleta in inglese, a Londra, e poi, in settembre, la bozza finale in italiano. Il suo apporto è stato profondo e illuminante.

Il romanzo in italiano non è stata una mera traduzione. Ho dovuto necessariamente reinventare il tono, il passo, il ritmo della storia. In questo lavoro è stata fondamentale Giovanna Salvia. In due riprese, fra Londra e Agrigento, sedute una di fronte all'altra, abbiamo trasformato *There is nothing wrong with Lucy* in *Vento scomposto*. Ricordo i momenti felici di questa fatica, le considerazioni sull'armonia del linguaggio, sulla pertinenza del lessico, l'anima che ogni lingua ha e lo sforzo per rispettarle entrambe.

Nella fase successiva mi ha affiancato Annalisa Agrati. Che è stata una vera scoperta. Il suo lavoro di cesello e la freschezza del suo pensiero mi sono stati di immenso aiuto nell'ultima, decisiva revisione.

L'amico Augusto Righi ha fornito la sua preziosa consulenza psichiatrica, ma lo sollevo da ogni responsabilità per qualsiasi eventuale incongruenza a cui l'affascinante mestiere di scrivere generosamente ci espone.

INDICE